周梅森反腐经典

梦想与疯狂

周梅森 作品

江苏文艺出版社
JIANGSU LITERATURE AND ART
PUBLISHING HOUSE

图书在版编目（CIP）数据

梦想与疯狂 / 周梅森著. — 南京：江苏文艺出版社，2014
（周梅森反腐经典）
ISBN 978-7-5399-7211-4

Ⅰ. ①梦… Ⅱ. ①周… Ⅲ. ①长篇小说－中国－当代 Ⅳ. ①I247.5

中国版本图书馆 CIP 数据核字(2014)第 032347 号

书　　名	梦想与疯狂
著　　者	周梅森
责任编辑	孙金荣
出版发行	凤凰出版传媒股份有限公司 江苏文艺出版社
出版社地址	南京市中央路 165 号，邮编：210009
出版社网址	http://www.jswenyi.com
经　　销	凤凰出版传媒股份有限公司
印　　刷	南京新华泰实业有限责任公司印刷厂
开　　本	718×1000 毫米　1/16
印　　张	21.5
字　　数	315 千字
版　　次	2014 年 4 月第 1 版　2017 年 4 月第 2 次印刷
标准书号	ISBN 978-7-5399-7211-4
定　　价	39.00 元

上 卷

1

当监狱的铁门砰然关闭时，孙和平产生了一种异样的感觉，好像他不是来探监会见刘必定，而是也像刘必定一样进来了。他进来的规格还挺高的，监狱长亲自陪同。监狱生产的螺丝钉期待着他们公司的订单，所以监狱长不能不陪同。孙和平却觉得这陪同像押解。从一排排牢房门前走过时，竟没来由地想，这里哪一间属于他？潜意识中似乎随时准备听到一声“到了”的吆喝。瘦小的监狱长一直没吆喝，只带着一脸笑容介绍情况。各类螺丝的生产情况。还建议他顺便考察一下。孙和平哼哼哈哈应着，因着犯罪感作怪，根本没听清监狱长说的啥。及至进了满是犯人的车间才恍然悟到，他的考察已经开始了。

这真是莫名其妙。他这次来，是要和上市公司希望汽车大股东刘必定进行最后谈判，敲定希望汽车的股权转让，而不是考察监狱小作坊！堂堂北柴股份，一家在香港上市的大公司咋会给这种小作坊下订单呢？也不知公关部的人是咋搞的，怎么就给这位监狱长留下如此热烈的期待！孙和平却也不好多说什么，在监狱长的引导下，硬着头皮看了看，便结束了这次“顺便”的考察。出了车间大门，本想实话实说，可话到嘴边又咽了回去，只道，订单我让外包部门具体来谈吧。

监狱长说，那我们随时恭候了。又说，别看这里是监狱，其实一切都很方便，又在市区，绝对保证及时供货。孙和平敷衍说，我真不知道省城有一座监狱哩。监狱长说，这还是当年的模范监狱哩。模范监狱仍然是监狱，撞入孙和平眼帘的景象灰暗且单调，尤其是四处刷着的那些强制意味很浓的大幅标语，让孙和平身临其境时倍感压抑。

比如，正对着劳改车间的墙上就有一条：想想你是什么人，记住这是什么地方！孙和平心中抢答，什么地方？监狱啊。什么人？反正不是好人，好人不到这里来。刘必定就不是好人，犯了证券欺诈、操纵市场等等之类的事，被判了五年，如今熬过了两年，还有三年。

这倒霉的老同学，承认自己倒霉，却一直不承认自己犯罪。在自由的日子里刘必定何等嚣张啊，在资本市场上呼啸而来呼啸而去。以大中华宏远投资控股集团的名义弄出了个“宏远系”，鼎盛时曾控股包括希望汽车在内的港沪深三地五家上市公司，旗下资金滚到哪里哪里就是一场金融风暴。狗东西真叫牛啊，在上海设立了决策本部，把全国划分为四大战区，设四个集团军，动辄就是“资本决战”。孙和平印象最深也最受刺激的是，这家伙曾多次声称要把北柴股份买下来。2002 年 4 月，先是刘必定手下华东集团军老总找上了门，继而刘必定亲自出马，煽动他在资本战场上火线起义，背叛他上面的控股公司——北方重型机械装备集团。北重的一把手是他和刘必定的大学同学杨柳，杨柳对北柴股份有过救命之恩，他岂能贸然答应？也幸亏没答应，否则他没准也会被那个草莽时代的霉气送进大牢。当然，当然，人生在世总会有些霉气的日子，他霉气灌顶时不也行贿骗过贷款么？他骗贷后听到警车声心里就发毛，犯罪感真实而强烈。而刘必定呢，却认为骗贷欺诈是资本运作的成功，从未有过犯罪感。这大概就是他这种偶然违点法的好人和一贯不守法的犯罪分子的本质区别了。

嘿，在这种地方竟想起了当年的行贿骗贷，真是岂有此理！他当年骗贷又不是为了自己，是为了一个大型国企的艰难生存，为了让全厂八千多名干部职工吃上饭嘛！况且，还是刘必定出的鬼主意呢。刘必定那会儿还没辞职下海，还是他们厂里分管财务供销的副厂长呢。

到了监狱长办公室，监狱长让手下人把身着囚服的 0765 号服刑犯刘必定带来了。两年多没见，刘必定还是老样子，未见衰老，感觉上精气神反比自由时还好哩。经常被他讥讽的将军肚小多了，镜片后的那双小眼睛贼亮贼亮，冒光似的。孙和平便想，看来这家伙在这里活得还挺滋润呢，自已似也不必再对其进行一番假仁假义的安慰了。

监狱长对刘必定很客气，要他别考虑时间，好好和贵宾谈事。刘必定对监狱长也很恭敬，擦着眼镜片说，是，是，感谢政府照顾。孙和平注意到，刘必定的恭敬中带着一种不易察觉的隐晦的傲慢。

监狱长出去后，刘必定的傲慢变成了放肆，一屁股坐倒在沙发上说，孙和平，你真不够意思，直到今天才来！若不是为了我手上希望汽车的控股权，不是我点名道姓让你来，只怕你还不会来，是不是？

孙和平笑意盎然，连连点头，是，是，你说得没错，这种地方我真是不想来。哦，这不关乎友谊啊，主要这不是啥好地方，一来我心情就不爽，就觉得也像犯了啥罪似的。哎，你说，这感觉是不是很奇怪？我没找到当政府的感觉，却只有犯罪感！这叫什么事！说罢，将带来的两条软中华扔到茶几上，又掏出烟来，递了一支给刘必定。

刘必定在监狱长面前是0765号犯人，在他面前又恢复了昔日的老模样，接过烟，点着火猛抽了几口，才带着嘲讽说，你老弟很有自知之明的嘛！其实，你或许也该进来！像我们这种人，常在资本市场的海边走，这潮起潮落的，哪能不湿鞋？进来出去的都很平常嘛！

哎，看看，看看，刘总，还没认罪服法吧？政府白改造你了！

刘必定却又正经起来，俨然一副哲学家的嘴脸，孙总，说到底人人都有犯罪心理，不犯罪并不是不想犯罪，而是因为法律、道德、游戏规则的制约和束缚，是不是？如果摆脱这种制约和束缚，人人都可能犯罪。犯罪多好啊，随心所欲，本能大解放。比如说你当年吧……

孙和平做了个手势，哎，打住，打住，别说我了，咱说正事！

刘必定不谈正事，知道么？我现在研究犯罪心理学了，哦，还研究萨特——让-保尔·萨特，听说过吧？我正读他的《存在与虚无》呢。

孙和平有些惊讶，老同学，真想不到啊，你在这里学起哲学了。《存在与虚无》别说你，就是在法国知识界只怕也没几人能读下去。

刘必定一脸的正经，在这里就读得下去，这里可真是读书的好地方。太想念你和杨柳了，要是你们能再来和我做一次同学多好啊！

孙和平想，这没准是刘必定的真心话，狗东西栽了，也巴不得他和杨柳哪天也栽进来呢。嘴上却道，别扯淡了，还是说咱们的事吧。

刘必定又续了一支烟，看，就是不够意思吧！说起来咱们是汉江大学机械动力系老同学，毕业后又一起在北柴厂共事几年，今天好不容易来看我一次，陪我聊聊天都不行？我郁闷啊，就盼有人说说话。

孙和平只得笑着解释，必定，你不知道这阵子我多忙！这次来省城，我一大摊子事呢！得去集团向杨柳做汇报，去国资委听训话，哦，对了，这希望汽车的股改又要开始了，还得和保荐人见个面……

刘必定一声冷笑，孙和平，你小子是不是太急了点？希望汽车的控股人直到现在都还不是你和北柴股份啊，是我，是宏远集团嘛！

孙和平道，是的，是的，所以我才来和你最后敲定这事啊。

刘必定身子往沙发靠背上一仰，其实也没啥好谈的了。欠银行的贷款得还，我和宏远只能忍痛割爱了！不过割给谁倒是个问题，孙和平，我实话告诉你：宏远董事会不太赞成把股权转让给你们啊。

孙和平差点跳了起来，你开啥玩笑？我们可是谈了大半年了。

刘必定说，我不开玩笑，如果有人出价高当然是价高者得嘛。

这就是说，最后时刻竟然冒出了个竞争对手！这对手是谁？谁会和他一样对希望汽车控股权这么情有独钟？总不会是北柴股份的老子公司北重集团吧？却也说不准，杨柳曾提出过由北重集团主导这次重组，被他和北柴股份董事会否决了，嗣后杨柳也没再提过这话头。

孙和平不得不认真了，哎，刘总，是不是北重的人找过你了？

刘必定打了个响指，聪明！王小飞来了，估计是杨柳派来的，开价四亿八千万，吃进我手上股权。宏远和北方重工实现了双赢，而你们北柴股份，可能出局了。杨柳毕竟是我大学时的班长，得支持嘛。

孙和平盯着刘必定的小眼睛，尽量平淡地问，这是啥时的事？

哦，前天上午。昨天我们宏远三名董事就在这里开了次董事会。

孙和平心里一阵发凉，身不由己地站起来，在屋里踱着步说，刘总，你们动作可真够快呀，在监狱里开董事会，还马上就开起来了？

刘必定说，这有啥稀奇，开常委会更快！兄弟，古龙县腐败案听说过吧？县委九名常委进来六名，包括他们县委书记。那位书记现在想召集常委会马上能开起来，我们的董事还得一个个从外面过来呢。

孙和平点点头，哎，刘总，根据法律规定，你既进来了，就被剥夺了政治权利，董事长好像不能再当了吧？你们这董事会合法吗？

刘必定很傲慢，合法不合法还不都是形式？实质性的问题是：希望汽车两亿一千万股权在我手上，否则你也不会百忙之中跑来见我。

孙和平哼了一声，可不幸的是，我今天好像还是白来了嘛！

刘必定挺开心，笑道，也不算白来，你总算尽了同学加兄弟的情谊探望了我，我们还就双方关心的问题愉快地交换了意见，是不是？

孙和平勉强笑了起来，好，好，刘必定，我们就双方关心的问题继续交换意见吧。哎，我真不知道你对杨柳还这么有感情呢，如果记忆没欺骗我的话，你可是一直以他为对手的，还策划过资本起义吧？

刘必定不接他的话茬，镜片后的两只小眼睛狡黠地看着他，反问道，和平，有些问题我也很奇怪啊，你当真是看中了希望汽车生产的那些变速器、分动器、汽车组件？就没点针对北重集团的阴谋吗？

孙和平佯作天真，阴谋？啥阴谋？北柴股份和北方重工都是北重集团的控股公司，我们谁来主导希望汽车的资产重组都是一回事嘛！

刘必定手一挥，错！据我所知，你最近蠢蠢欲动，好像要有什么大动作。你看重希望汽车控股权，是因为希望汽车控股K省的正大重机厂，你和北柴股份准备进军重卡机械装备市场了！其发展趋势必将是独立于北重集团另立山头，形成新老巨头重新分割市场的局面。

这个刘必定，眼光真毒啊，在监狱里坐着牢，对北柴股份和北重集团的矛盾并不知情，竟然一刀刺穿了真相，不像为抬价虚晃一枪。

刘必定见他沉默不言，也不追问，又说，现在让我正式告诉你宏远董事会的决定：在同等条件下，你孙和平和北柴股份拥有优先权。

孙和平这才缓缓道，就是说，我和北柴股份要加价三千万了？

对，其实我更希望你加价四千万，双方竞价嘛。可转而一想，还是别难为你了。我知道你不甘久居人下，一定会用资本和市场的力量去赢得强大的独立，所以在你和杨柳之间，我的良知最终选择了你。

良知？这小子还说良知？股权并购价意外增加三千万，他还不能不接受，不接受就意味着此后一系列运作都将止步。而接受了，麻烦也不小，一旦独立不成，杨柳和集团董事局就会好好收拾他，罪名现成的：向刘必定输送利益，甚至会怀疑他得了刘必定啥好处。至于北方重工和王小飞的暗中抬价，完全可以是“事出有因，查无实据”。

刘必定看出了他的迟疑，笑问，是不是要向杨柳先汇报一下？

汇报个屁！孙和平眼一瞪，心一横，定了，就四亿八千万了！

刘必定夸张地拍起了手，好，好，好一个孙猴子啊！你其实早就该从五指山下跳出来，来一场大闹天宫了。在你身上我恍惚看到了当年的我自己，好男儿自英雄决不气短，该出手时就出手不计后果！

孙和平颇为沮丧，刘必定，你就咒我吧，我真要像你，早晚也得进来。说罢，马上绷起脸，哎，我认这四亿八千万是有前提的，就是北方重工和杨柳的相同报价，我必须见到北方重工的书面报价单啊。

如果没有书面报价单呢？你小子还赌不赌？刘必定歪着头问。

孙和平半真不假地道，那我肯定不赌。八年前骗贷听了你的，我看到警车就紧张，这次来探监，一触景生情，犯罪感又生动活泼了。

刘必定略一沉思，好，你会看到那份对你至关重要的书面报价单的，但是，老弟，为这份书面报价，你和北柴股份还得加价一千万。

什么？什么？又是一千万？孙和平这回真火了，那我出局算了！

刘必定却在微笑，不必这么冲动嘛！不就是一千万吗？对你一个在香港上市的股份公司算啥呀？这一千万我也不是白要的，我得骗杨柳拿出书面方案来，把他们的报价白纸黑字写下来给你当护身符嘛。

太贵了！孙和平强压着心头的恼火道，我若不要这护身符了呢？

刘必定手一摊，那还是四亿八千万嘛。不过，这你可真得想清楚了，你的对手是杨柳，你和北柴股份准备干的是分裂和独立啊……

绝不能让刘必定牵着鼻子走，孙和平打断了刘必定话头，你不要瞎猜测了，我和北柴从没想过要从集团独立出去。我和杨柳过去是同学，现在是同事，我们从来都是大事讲原则，小事讲风格……

刘必定大笑起来，孙和平，你官话已经说得很溜了嘛，还大事讲原则，小事讲风格？在资本市场上有啥风格好讲？儿子坐大了肯定要独立门户，当老子的肯定死活不答应，一场立体对决在所难免嘛……

刘必定就是刘必定，此人决非凡品，目光敏锐高远，再这么扯下去，只怕连裤衩都能让这家伙扒了。孙和平不敢恋战了，挥手道，我和北柴股份的事，你他妈少操心，你还是在这里好好研究萨特吧！

刘必定自嘲道，萨特要研究，市场也要研究啊，洞里方几日，世上已千年，不研究我哪知道上市公司要股改，我手上的希望汽车又成了香饽饽？我现在有个感觉，股改可能又是一次圈钱的好机会……

孙和平残忍地说，这好机会和你没关系了。说罢，起身要走，行了，刘必定，咱们就这么说吧，我回去安排人来签股权转让合同。

刘必定却把孙和平拦下了，这是啥地方？你说走就走？得让监狱长送你出去！说着，拿起内部电话，请示监狱长是不是过来送客。

等待监狱长时，刘必定又憧憬地说，和平，现在房地产也很火爆呀，你说我出去后要是把这座监狱给拆迁了，搞一把房地产多好！这么一块黄金宝地，愣是安了座破监狱，巨大的资源浪费嘛。我大致算了一下，目前这里犯人人均占有国家土地资源性资产不下五十万！

孙和平讥讽说，哟，你可真是身在监狱心系天下呀，坐牢都能坐出生意来！不过，你住过的号子是不是别拆了，留给后人瞻仰啊？

就说到这里，监狱长进来了，要留孙和平吃午饭，说已安排了。

孙和平见了监狱长马上想到了不可能存在的订单，再加上也确实有很多事要办，就没答应。监狱长也不好强留，只说孙总到哪不是山珍海味茅台五粮液啊，就算不忙也不愿吃咱这里粗茶淡饭的。孙和平说，哪里，哪里，实在是没时间，早就约了好多事的。说着，要走。

这时，刘必定不知发了啥神经，突然冲着他的背影一声叫，哎，孙总，我们新生厂生产的螺丝钉你可赶快下订单啊，别给我忘了！

这他妈的叫什么人？想立功也不能这么立啊，这不是将他的军嘛！却也不好当着监狱长的面回绝，影响刘必定在狱中的地位和未来三年的幸福生活。便煞有介事地说，知道，知道，这点小事你老念叨啥。那意思似乎 0765 号服刑犯刘必定对狱方忠心耿耿，这两小时不是在和他斗嘴斗智谈希望汽车的股权转让，而是谈新生厂的螺丝钉。

2

种种迹象都在指向一个事实：孙和平和北柴股份正尝试摆脱北重集团，一步步走向独立，最明确的信号就是对希望汽车控股权的极度渴望。这理所当然地引起了杨柳的疑虑：希望汽车控股 K 省正大重机，一旦落到孙和平手上，北柴就不仅仅生产系列柴油发动机了，它将获取重卡机械整装能力，事实上成了又一个北重集团。到那时，谁是儿子谁是爹，可就说不清了。所以，当孙和平把收购希望汽车股权的方案报上来时，杨柳代表集团明确提出，最好由集团出面收购。孙和平不干，声称北柴的收购方案已经董事会决议通过，不能轻易变更。

杨柳却非要变更不可。专门把孙和平从平州请过来喝了场酒，喝得隆重而热烈。许多敲山震虎的话都是在喝酒佯醉时说的，话题明确无误指向历史：北重集团对北柴股份的解救史，他对孙和平个人的恩义史。言谈之中还数次请出了符拉基米尔·伊立奇，两位老同学不无深情地重温了伊立奇同志的著名教导：忘记过去就意味着背叛……

孙和平有数得很，在酒桌上大肆上演感动秀，频频敬酒。敬酒时眼里泛着泪光，不住地说，杨董，你就是不提伊立奇他老人家，我也不敢忘记过去，真的，打死也不敢忘啊！大学毕业后，你去了省管大厂北重，后来又搞集团。我和刘必定被发配到平州柴油机厂，不是投奔了你和北重集团也没今天。杨柳说，是嘛，没有集团的支持，哪来北柴股份这家香港上市公司？更甭谈啥董事会了！你不是不知道，为你们香港上市，集团砸进去了几个亿啊！孙和平连连点头，就是，就是！可杨董，咱集团对北柴是相对控股，只占 24%的股权，所以，你的提议一上董事会肯定被否。杨柳说，就算集团绝对控股了，只要你不想干的事，我十有八九也干不了。你现在抖了，成人物了嘛！孙和平忙道，那我也不敢忘记过去啊！杨柳说，但愿如此吧！对了，你和刘必定当年骗平州工行三千万贷款，也是我替你们还的吧？没有我怕还真还不了，你们就等传票吧！孙和平说，是，是，就冲这，我还得敬你三杯，杨董，你随意，我喝干。说罢，这厮又是三杯灌将下去。

这么一来二去，孙和平便喝多了，最后被他和大伙儿抬了出去。

回家想想，杨柳才觉得不对头，孙和平好像是故意喝醉的，醉了之后谁也没法和他谈正事了。果不其然，第二天一早再找他谈希望汽车时，他已离开省城，驱车回了平州。据他在电话里说，吐了一路。

现在看来，当初支持北柴股份在香港上市只怕是个错误。给了孙和平一个资本运作平台啊，而且是天地广阔的国际资本平台。这个平台的触角一直延伸到美国华尔街和德国法兰克福，——北柴股份最新一期财报显示，华尔街上两家著名基金和德国一家投资银行已名列十大股东，持股量还都不小。他也真不能搞中国特色，牛不喝水强按头了。于是，才有了让北方重工私下加价收购希望汽车股权的新设计。

时至今日，孙和平司马昭之心可谓人人皆知了。在最近的一次集团董事会上，他务虚说了个规划：下一步考虑整合集团旗下产业，在条件成熟时，吸收合并在香港上市的北柴股份，和在国内上市的北方重工，实现集团在香港和内地的整体上市。孙和平一听就急了，跳脚反对，说是吸收合并北柴股份的条件永远不会成熟，除非他不在了。

散会后，王小飞凑到他面前说，杨董，你这不是故意刺激人家孙猴子吗？集团整体上市，北柴股份岂不又成了集团的大型生产车间？

王小飞是北方重工的董事长兼总经理，对杨柳一直很忠诚。可杨柳城府颇深，才不会轻易让人看出他的心思呢。在王小飞这样的亲信面前，杨柳仍多般掩饰，看你，都想哪去了？孙总也有他的道理嘛！

王小飞说，有啥道理？我看孙猴子是想跳出如来佛的手心了！杨董，请面对现实吧，北柴股份对集团喊爹称臣的日子已永远过去了。

杨柳笑道，谁让北柴股份喊爹称臣了？你们这种心态就不对。这才似乎无意地把思谋了许久的底牌打了出来，让王小飞以北方重工的名义秘密到监狱去会见刘必定，加些价设法拿下希望汽车的股权。

王小飞心里啥都明白，有些不屑地说，你还费劲和孙猴子争股权啊？向省委做个汇报，让省委把这只不听指挥的坏猴子撤了就是。

真这么简单就好了，他也不会为这猴消耗这么多脑细胞了。从组织原则上说，下属干部要服从上级安排，他是能以组织名义把孙和平从北柴董事长的位置上调开。也试过，给这猴安排天宫里的职位，可不是弼马瘟啊，是集团监事局主席、党委副书记兼纪检组长，名列他和总裁之后的集团三把手啊。可人家偏不愿干，说是不想当官只想干事。当然，也说了，若是不让他离开北柴岗位，在集团兼几个职，他愿勉为其难，为当年老班长多挑点担子。杨柳听了这话，气得差点没晕过去。这坏猴想得倒美，一边抓着独立王国，一边当着集团领导。

王小飞说的撤职就更不可能了。你有啥理由撤人家？人家没日没夜地工作，为融资，为订单，国内国外满天飞，又没犯啥错误。再者说，人家现在也玩大了，全国政协委员都当上了，是能轻撤的主吗？

于是，杨柳当时就很正经地对王小飞说，你不要想这么多，我让你们拿希望汽车的股权，不是为了对付孙和平和北柴股份，而是觉得还是集团出面比较好，更有利于整合市场。王小飞听了也没再说啥。

那日，王小飞走后，杨柳又揣摩开了，撤了这猴不太可能，在集团里给升个三把手，这猴还看不上眼。那私下里帮他跑跑官呢？让他升大点，升得正式点呢？比如弄个正五品的市长、厅长啥的干干呢？

毕竟是大学同学，又在一起共事多年，杨柳自认为还是了解孙和平的。此人有官瘾嘛，行政支配欲很强烈嘛。在汉江大学做他手下班委时，就把班委的职能行政化了，弄得很像官，还教他咋做班长，让他保持什么神秘感，对大家要多表扬，少批评之类。平州柴油机厂改制成为北柴股份划入集团后，他先是挤进集团党委做了委员，为此还跑到他家送了一堆平州土特产。后来建立集团董事局，他以北柴股份董事长的身份进来做了董事还不满意，还妄图做董事局副主席……

思路由此豁然开朗。除了正面狙击，杨柳还真就在背地里试着为孙和平谋起官来。在分管省长书记面前汇报时，总有意无意地夸孙和平，说是北重集团有人才啊，孙和平就是一个，省里应该考虑使用。

这事不知咋的让集团总裁周到知道了，周到颇为恼火。周到贵为集团老总，却极难收获来自北柴和孙和平的必要尊重，对孙和平意见最大，有一阵子甚至闹到见面不说话的程度。周到找到杨柳，怒火冲天地责问：孙和平算啥人才？是不是造反抗上的人才？集团下属这么多子公司孙公司如果都像他那么干，集团也别做大做强了，干脆散伙吧！杨柳见周到发这么大火，迫不得已，也只好含蓄地把"踢升"孙和平出局的设想和周到说了说。周到的火这才消了，却也有所疑惑。

十天前，省委组织部要全省县处以上干部民主推荐厅局长和几个市的市长，杨柳找周到一嘀咕，二人暗中布置了一下，结果北重系统八十八名处以上干部几乎一致推荐了孙和平。孙和平听说后很得意，在他面前感慨说，这叫公道在人心啊，我这些年的拼搏大家还是看到了。杨柳趁机探问，省委真让你离开北重你就舍得？孙和平说，当然舍不得，可得服从组织安排不是？说罢，咂了咂嘴又说，也得看咋安排，市长书记那是干事的位置，我当仁不让，一般厅局就不能考虑了。

孙和平现在就是这么牛，连一般厅局都不考虑了！如此说来，他还得按市长书记的方向给他去跑？这不极大地增加了跑的难度么?!

更没想到的是，孙和平得意之下忘了形，没大没小地把汗毛裸露的长臂往他肩膀上一搭，恳切探问，杨董，你咋回事？我怎么听说你这次只得了一张推荐票？是不是因为工作得罪了不少人？杨柳把孙和平的长臂扒开后，强压着一肚子不快说，这次是推荐厅局级，我早就正厅了，不在推荐之列。孙和平这才惭愧了，哦，哦，我还搞错了？

孙和平搞错了，他杨柳可不会搞错：为了未来有一个强大的北重集团，希望汽车两亿一千万股的股权必须拿到手，孙和平也必须尽快滚蛋。现在看来，这两件事办得都不错。见利忘义的刘必定多收了三五斗，已经对王小飞承诺将股权转让给北方重工。赵安邦省长那里风也吹到了，今天一次约好的汇报也许就能将孙和平"踢升"出局。

约定的时间是上午十一时半，汇报半小时，谈文山柴油机厂的资产整合，周到一起参加。十时半左右，周到匆忙赶到了他办公室，进门就说，走吧，杨董，咱早点去等赵省长吧，别让赵省长等咱们啊。

杨柳说，不忙，你坐下，有些事咱得先通好气，别到时说漏嘴。

周到没好气地说，还通啥气？不就是想法把孙和平提拔走么？我全面配合！这孙猴子早该滚蛋了，他不滚蛋，咱们集团就别想安生。

杨柳笑道，看看，还这么大情绪，我就担心你这情绪！你既知道得让省里提拔了他他才能走，就不能有情绪嘛，就得诚恳替他忽悠。

周到有些怀疑，哎，杨董，你说这招真行么？就孙和平这种不顾大局无法无天的主，还真弄个师长旅长的干干了？省里能听咱忽悠？

杨柳坦诚道，周总，实话说这我也不知道。可孙和平是进入赵省长和其他省领导视野的风云人物，赵省长挺欣赏他，三年前就刮号副厅了，这次民主推荐又得了咱们这么多票，提一提也不是没希望……

就说到这里，桌上的电话响了。杨柳看了看来电号码，笑了，对周到说，你说巧不巧，孙和平的电话！说着，拿起了话筒，哦，孙总啊，你在哪里？孙和平那边没好气，还能在哪里？在平州总厂，正布置落实你和周总的重要讲话精神呢！杨柳应付着，哦，好，好，这气冲冲的，又啥事啊？孙和平在电话里直叫，啥事？杨董，我咋听说北方重工的王小飞也找刘必定谈希望汽车股权了？还加价三千万？杨柳想都没想就说，哪有这种事？是刘必定和你说的吧？你别上当，他是借口抬价！孙和平说，我建议你还是找王小飞问问，别让他陷我于被动，陷你于不义！杨柳道，好，好，我回头就找王小飞问，可我也得提醒你：绝不能上刘必定的当啊，你若上了当，加了三千万价，咱俩都说不清！刘必定是你我大学同学，外界会怀疑咱向他输送利益！孙和平叫苦说，所以难啊，你就说我咋办吧！杨柳说，我咋知道？你看着办好了，只要别给我找麻烦咋办都行！说罢，果断地挂了电话。

放下话筒后，一丝不易察觉的笑容浮上了嘴角，杨柳的情绪一下子变得好极了。夹着公文包和周到一起出门时，情不自禁地哼了几声小曲。小曲出口造成事实后，杨柳才意识到自己不小心犯了得意忘形的错误。周到从他的错误中悟到了啥，上车后就说，希望汽车的股权真要能被王小飞弄到手可是大好事啊，就把孙和平的独立梦掐了。杨柳不语，像没听见似的。周到这才挑明了问，这事你真不知道？杨柳没法回避了，语气诚恳地道，我真不知道，就算我再想拿下希望汽车股权，也不能让王小飞这么内讧嘛。说到这里，略一沉思，还是留了余地，不过，就算小飞这么做了，也是北方重工的事。通过控股希望汽车拿下K省的正大重机，有利可图的买卖小飞为啥不能干？周到似乎明白了，会意地笑道，对，北方重工也好，北柴股份也好，都是集团下属控股公司嘛，两个儿子干上仗了，咱当老子的只能协调，协调不下来，就收归老子所有嘛，杨董，你实在是高。杨柳呵呵笑了起来，周总，啥都瞒不了你啊，不过，看透不说透，还是好朋友！

就这么一路说笑着，轿车徐徐驶入了省政府大门。在赵安邦办公室所在的一号楼前下车时，杨柳又对周到交代了一句，周总，要注意情绪啊。周到一脸笑容说，放心好了，我现在的情绪史无前例地好。

杨柳的情绪也挺好，颇为愉快地想起了一首关于"送瘟神"的著名诗句，甚至已经考虑起"纸船明烛照天烧"的欢送事务了……

3

合上手机，孙和平陷入了短促的沉思。果不其然，杨柳绝口否认北方重工争夺股权的事实，更绝的是，还不准他加价。北方重工可以加价，他却不能加，一加就是所谓利益输送。这真是狼和羊的现代寓言啊，狼对羊说得很清楚了，你或者逃避出局，或者被吃掉。如此看来，那张护身符还真得要呢，多付一千万也得付，算他妈付保安费吧！

主意打定便不再去想了。孙和平在车里坐正了，振作起精神，对总经理田野和董秘钱萍说，希望汽车的事就这么定了，田总，回头你打个电话，通知家里修改合同，在北方重工的报价上再加码一千万。

田野从前排座位上偏过头说，好，好，这样最好，这一来就没政治风险了。孙和平却说，只可惜鹬蚌相争渔翁得利啊，便宜刘必定那小子了。又交代说，你们可一定要看到王小飞的书面报价啊，否则我们没法向公司董事会交代，也没法对付来自集团那边的风言风雨。

说这话时，车已驶出省城模范监狱所在的模范马路，驶往通向机场的高速公路。飞K省的飞机一点起飞，而且就这一班，赶不上这班飞机，他们一行就得在省城住上一夜了。一夜之间还不知K省正大重机那边又会发生啥事。拿下希望汽车并不是此役的结束，而仅仅是个开始。K省的狙击战已经打响了，据可靠情报：正大重机为阻止积怨甚深的市场竞争对手北重集团入主，正和国际重卡机械装备巨头JOP紧张谈判，拟定向扩股引进 JOP，改变希望汽车控股的被动局面。

田野也说起了正大重机，孙董，正大重机的任总不好对付啊，不愿见咱们的代表小仲，小仲连电话都没能和任总通上。孙和平想，这是意料中的事嘛，人家现在不知你的底牌，防守狙击很正常嘛。田野又说，小仲刚来了个电话，建议我们暂缓过去。孙和平这才问，JOP 大中华地区高管的薪酬标准搞清楚了吗？董秘钱萍回答说，搞清楚了，他们的年薪大致在人民币二百五十万至四百万之间，不算太高。

田野知道他的意思，分析说，这个标准我们付得起，可集团只怕不会同意，除非希望汽车的股权落到王小飞手上。再说咱也不知道人家任总他们愿拿美元还是拿人民币？JOP 毕竟是国际著名大公司啊。

钱萍也赔着小心说，孙董，我觉得现在最重要的事还不是应对正大重机，而是明晰产权，争取省国资委的支持，把北柴股份的国有控股权从北重集团划到省国资委来。这一步要不走通，就算我们拿下希望汽车，入主正大重机，也仍活在北重集团的笼子里，没有自己的一片天地。今天说到省城来，我原以为会顺便去省国资委送报告呢。

孙和平这才想起问，哦，国有股权划转申请报告你们搞好了？

钱萍说，搞好了。孙董，你看这样好不好：K 省我就不去了，代表你和田总到省国资委去送报告，国资委女主任孙鲁生我挺熟悉的。

孙和平觉得不行，想都没想就一口否决了。现在还没到送这份报告的时候。在没完成全盘布局之前，他不能撕破脸皮和杨柳交火。日后的分手是必然的，但他希望最大限度回避可能引发的冲击波。却也没和钱萍多解释，只提醒道，钱萍，你别忘了一个事实啊，迄今为止北重集团还是咱最大的常年客户，每年吃进我们六万台发动机啊。

田野是总经理，对此心中有数，孙董说得对，六万台发动机不是小数目，如果我们不能找到替代客户，独立之日也许就是死亡之时。

孙和平没再说什么，可脑子仍在飞快地转着：现在最重要的就是搞定正大重机。搞定它不仅能使北柴股份获得重型卡车和大型轮式机械的整装能力，还可以让正大重机成为北重集团的替代客户，起码每年能吃进北柴股份四万台发动机。随着以后的产能扩张，完全有可能全面替代北重集团。这是最坏的设想。往好的方向设想呢，北重集团寻找新发动机生产商也有个过程，过渡期的订单也许还能拿到一些。

这时，田野的手机响了，是打前站的小仲从K省打来的。小仲在电话里不知和田野说了些啥，田野脸色先是变得难看起来，其后冲着手机直叫，小仲，你这公关部长还能干么？不能干辞职！去了三天了，倒落了这么个结果！你告诉正大的人，就说我们已经上飞机了。

孙和平急于知道情况，拍拍田野的肩头，田总，给我，给我，我来说。田野又吼了句，你向孙董直接汇报吧！这才把手机递给他。

孙和平口吻很平静，小仲，说吧，他们任总不愿见我们是不是？

小仲嗓音嘶哑说，是，人家明说了，让我们别打他们的主意。您看这咋办？你们三位领导是不是先别来了？这种气氛真没法谈事啊！

孙和平说，没法谈也得谈啊！你马上行动，弄清一件事：看看这位任总家住哪里？我们下午下了飞机，晚上就直接到他家门口去堵。

小仲请示道，那孙董，要不要准备点礼物啊，比如茅台啥的？

孙和平说，不必了，这位任总不是几箱茅台酒就能打发的。

小仲毫无信心，赔着小心再次建议说，孙董，您和田总是不是别这么急呢？我……我担心任总不让你们进门，毕竟来日方长嘛……

孙和平这才火了，斥责道，什么来日方长？我只关心今天，从不幻想明天！我怎么说你就给我怎么办！结束通话，把手机还给田野后，孙和平马上问身边的钱萍，小钱，那位任总的有关材料带来了么？

钱萍摇了摇头，语声有些怯，任总的材料我不早就给你了么?!

孙和平脸拉得老长，给我不错，可明知今天要去会见任总，你们该带的材料还得带嘛！我满世界打仗，你们的后勤服务得保障好嘛！

钱萍灵机一动，哎，孙董，我……我都能把任总材料背出来了！

孙和平怔了一下，把眼睛眯了起来，努力坐舒服了，那你背吧！

钱萍面无表情地背了起来：任延安，男，56岁，民族，汉，党员。清华大学机械动力专业毕业，研究生学历，历任正大重机助理工程师、工程师、副总工程师、副厂长兼总工程师、厂长、厂长兼党委书记，企业改制后，任正大重机总公司董事长、总经理兼党委书记……

孙和平听得有些不耐烦，睁开眼道，咱又不是组织部门，不是对任延安进行组织考察，你尽背他的简历干啥？说说他的性格特点！

田野插上来说，孙董，你别难为小钱了，任延安的材料我也研究过，还真难找到多少性格和人格弱点。记者们在报道中的描述比较一致，说此人性格内向，话不多，不喝酒，不抽烟，甚至连茶都不喝。

孙和平“哼”了一声，那他还活个啥劲啊？哎，他玩不玩女人？

田野呵呵笑了起来，哎，孙董，你是不是准备给任延安安排一场美人计啊？小心他弄了咱们的美人不中计。哎，钱萍，你说是不是？

钱萍没接这话头，看了孙和平一眼，孙董，我是不是继续？

孙和平又眯起了眼，哦，继续，继续吧，都别开玩笑了。

钱萍根据对材料的顽强记忆，继续介绍任延安的情况：根据我们找到的多方报道，任延安是个实干家，最困难时接手了正大重机。在“国退民进”许多人大肆瓜分国有资产时，他带着班子顶住了包括来自JOP的收买诱惑，保住了这家国营大厂，在K省企业界威信很高。

孙和平的记忆也被唤醒了。任延安何止在K省企业界呀，在全国重卡装备行业的威望也很高。此人不但是实干家，还是重型机械专家。作为北重集团的市场竞争对手，在集团董事会上，杨柳和周到都没少谈过任延安。五年前JOP试图入主正大重机的事也听说过，据说任延安当时是基于做大做强民族装备工业的理想，才顶住了这一卖厂求荣的诱惑。那今天的任延安为啥又和JOP谈起了合作？问题肯定出在希望汽车股权上，希望汽车股权在刘必定手上是财务投资，落到竞争对手北重集团手里就是亡厂灭种。所以任延安宁予洋人，不予对手。正大重机可不知道北柴股份和北重集团的微妙关系啊，把北柴股份也当做北重集团了，如此说来，此行似有必要道破这个微妙而深刻的秘密，让任延安和正大重机明白，未来的北柴股份并不属于北重集团，也许恰恰是任延安和正大重机对付北重集团的可靠盟友呢。

钱萍仍在介绍，无意中带上了些分析：任延安在正大重机公司根基很深，一言九鼎，是个铁腕人物，班子其他六名成员都唯他马首是瞻。正大重机目前所谓的狙击阵营，其实就是任延安的个人意志……

孙和平眯着眼，顺着钱萍的话头想，任延安有铁腕，能一言九鼎也是好事情。对付一个铁腕比对付一批群氓容易，擒贼擒王讲的就是这个道理。况且这位铁腕还颇有民族主义理想，这也是可以加以利用的。如果他代表北柴股份亮出脱离北重集团的底牌，重新唤起任延安的民族主义理想，应该能在相当程度上瓦解正大重机的心理抵抗。

只是第一次见面是否就揭这张底牌一时还吃不准。杨柳是聪明反被聪明误啊，如果不借王小飞之手设局，他还真不敢考虑向正大重机进行战略交底呢。他呢？现在交底是不是也属于聪明反被聪明误？

正这么不无激情地畅想着，不知谁的手机响起来了，连响了好几声。田野提醒说，哎，孙董，电话，你的电话。孙和平这才发现是自己的手机在响。看了看来电显示，嘿，竟是刘必定的前妻祁小华。

祁小华是汉江大学公认的校花，学财经的，曾是他、杨柳和刘必定共同的偶像。在那场青春激荡的爱情中，最初的胜出者是杨柳。三年大学生涯，杨柳和祁小华缠绵了至少两年。可最终的胜利者并不是杨柳，而是最不可能成事的刘必定。刘必定不知靠啥手段赢得了祁小华的芳心，让祁小华背叛了杨柳，和他结了婚，搞得杨柳很狼狈。刘必定案发生前后，祁小华又大张旗鼓和刘必定离了婚。不过，有人说祁小华这次并不是背叛，她和刘必定其实是假离婚，可谁知道呢。

祁小华在电话里开口就问，孙和平，我怎么听说你们北柴股份要吃进刘必定手上两亿一千万股希望汽车？咋的，想在国内借壳上市？

孙和平眼前晃动着祁小华的芳姿丽影，心里潮湿着，嘴上却不敢乱说。祁小华的身份可是汉江证券副总经理，分工管理汉江证券旗下庞大的代客理财项目和自营盘，他这里稍有疏忽，希望汽车的股价就能飞上天。便反问起了祁小华：哎，你咋知道的？你前夫和你说的？

孙和平，你别给我提刘必定啊，提我就和你急！我现在就问你。

问我你不如直接问刘必定，他愿不愿转让还不知道呢！哎，祁小华，我可告诉你：今天我出于同学情谊去探监看望刘必定了，这家伙精神真他妈好哩，比在外面还好！你说咱人民监狱是不是特锤炼人？

孙和平，别和我胡说八道啊，你是不是也想进去锤炼几年？哎，说正事，北柴股份有借壳打算吗？如果有我可以帮你合计合计嘛！

孙和平仍是胡说不休，我要你合计啥？你又不愿做我老婆，你和刘必定离了婚也没来找过我！哎，我咋听说你又去找杨柳叙旧了？

祁小华笑道，怎么？吃醋了？我找他还不如找你呢！你有心没心我不知道，起码你嘴比他甜，在寂寞的时候也能勉强充当替代品。

孙和平夸张地叫道，啥替代品，你直接说是自慰玩具不得了。

祁小华大笑起来，笑罢说，行了，别对我搞性侵犯了。我先透个秘密给你吧，知道这次民主推荐厅局级，你为啥得这么多选票么？

孙和平心里格登一下，预感到了哪里不对头，嘴上却说，还能为啥？原因很清楚嘛，咱群众的眼睛贼亮，我的拼搏奋斗获得了肯定！

祁小华一声冷笑，拉倒吧，孙和平！你们集团以杨柳为代表的高管层一致想把你踢升出局，请注意一个关键词啊，踢升，不是提升。

孙和平这才恍然大悟，却原来杨柳和周到这帮人在这事上也做了手脚！怪不得杨柳会问他离开集团舍不舍得，看来他们要他出局的心情比较迫切啊！于是，在另立门户的问题上也不瞒祁小华了，想用一个秘密去掩饰另一个秘密。小华，那我也和你交底，不用杨柳赶，我正准备离开北重呢。不是我一个人走，是带着北柴一起走。刘必定手上的股权就是我另立门户的资本之一。所以我不会考虑借壳上市，而是通过希望汽车股权，整合K省正大重机，搞一个新的整装集团！

祁小华说，其实，这和借壳上市并不矛盾，我建议你再想想。

孙和平坚定地说，用不着想，起码在产业整合完成前我不考虑。

结束了和祁小华的通话，孙和平不由警觉起来，要钱萍打开手提电脑，看看希望汽车股票有没有异动？股票价格万一长起来了，刘必定的报价没准又要抬高。上网看了看，还好，希望汽车走势正常，上午前市成交不到一百万股，价格一直在三元五角八分至三元六角一分之间的三分钱范围内盘整，近期K线显示没主力机构入驻迹象。这时，沪市前市已收市，上证综指收在1005点，孙和平这才放了心。

车到机场已过十二点了。飞K省的飞机一点起飞，正式吃午饭是来不及了。孙和平便吩咐田野和钱萍，一个去排队换登机牌，一个去候机厅打开水泡方便面，自己却跑到在候机厅外面抽起烟来。

抽烟时禁不住又想起了祁小华的电话：祁小华的信息都是从哪来的？杨柳能把“踢升”他的阴谋都告诉她？这不是杨柳的风格嘛。如果真能告诉她，那说明杨柳和她的关系不一般，没准旧情复萌又滚到一张床上去了。还有刘必定，在监狱里蹲着，信息也这么灵通。是凭智商分析的，还是谁告诉他的？祁小华和她的这位前夫又是啥关系？

站在省城国际机场候机厅外，看着2005年7月的一片晴好天空，孙和平在心里默默问自己，在这么危机四伏的情况下，他当务之急真的是飞K省，向任延安亮出底牌吗？此一去是一飞冲天，还是落入地狱？会不会等他回来时，杨柳就得给他开欢送会了？踢升出局，很有创意啊，以升的形式让他走人，他咋早没想到把杨柳给踢升掉呢？

4

来自北重的汇报简明扼要，有事实，有数据，颇有说服力。用杨柳的话说就是：事实再一次证明，省政府当年做大做强北重集团的决策是英明而富有远见的。因此杨柳在汇报结束时提出，为了新形势下的可持续发展，做出行业大格局，文山柴油机厂最好也能划入北重。

赵安邦觉得挺符合省政府的思路，当即表态说，好啊，你们给省国资委打个报告吧，我也会打招呼。国企就是要形成拳头，做大做强嘛。组建北重集团时文柴要进来，是你们死活不要嘛，怕包袱太重。

杨柳笑着解释，赵省长，当时周总还没过来，我也不是一把手。

赵安邦说，知道，我知道，我不是怪你们，只是指出一个事实。

其实，指出这个事实，就是对前任北重集团领导的批评。组建北重和几大国有控股集团，是赵安邦出任省长后的一个大动作。当时许多人不理解，认为是搞拉郎配，一时间阻力很大，什么意见都有。北重前任党委书记就在会上公开说，把一群叫花子组成集团，还不如让他们各自讨饭呢。赵安邦当时就发了火，批评说，你这同志咋这么没出息啊，只想着讨饭？就没想过凝聚力量，占领市场吗？！他不管那一套，说干就干了，一边和各路诸侯谈判，讨价还价，一边拎着乌纱帽铁腕推行。现在看来效果不错，尤其是北重集团，因为有了杨柳和孙和平这两员能干的大将，发展速度远远超出了他和省政府的想像。

于是，赵安邦又说，现在你们想整合文柴，省政府当然支持，文柴和北柴都是生产发动机的，早就应该整合到一起了！文柴交到孙和平手上就活起来了，孙和平手上有市场，有融资平台嘛，是不是？

杨柳满面春风道，是，是，赵省长，孙和平同志是大能人嘛。

赵安邦对杨柳和孙和平都挺欣赏，这两位企业干部都是他在这场集团化改革中发现的人才。杨柳政治上强，落实执行省委精神不打折扣，雄心勃勃，却又一直保持低调，风格颇为稳健，是个帅才；孙和平有开拓拼命精神，市场适应能力很强，风风火火的，是员能横刀立马拓疆辟土的大将。现在北重集团有个国内上市的北方重工，有个香港上市的北柴股份，国内国外都有了融资平台，局面很好。因此，赵安邦心情不错，夸杨柳说，你也是大能人嘛，没两下能震住孙猴子？

周到直乐，说，哎，赵省长，你也知道孙和平外号孙猴子啊？

赵安邦笑道，我可不官僚，你们董事局主席杨柳一个，孙和平一个，还有一个刘必定，汉江大学三杰嘛！遗憾的是，刘必定完了，闹成了上市公司杀手，不到三年搞垮三家上市公司，好像判了几年吧？

杨柳说，是，赵省长，判了五年，正在省城模范监狱服刑哩。

赵安邦说，但愿他在监狱里能安分些！现在要搞股改了，也不知被他搞垮的那些上市公司怎么改啊，包括希望汽车。哎，杨柳，希望汽车控股权好像转让给你们北柴股份了吧？北柴股份要付对价吗？

杨柳汇报说，希望汽车的股权谈了大半年了，北柴股份未必就能和刘必定谈成功。如果真谈成了，按股改规定是要支付一定对价的。

赵安邦说，北方重工可是国有绝对控股，对价又准备咋付啊？

杨柳道，哦，我们股改方案已经正式公布了，每十股送三股。

赵安邦嘱咐说，方案公布后要和中小投资者多沟通，别让中小股东给否了。股改文件我看了看，这次中小股东可真有了否决权啊。

周到抱怨道，就是，上面给中小股东的权力太大了，前所未有。

赵安邦说，我看也该给中小股东一些权力了，都是你大股东说了算，资本市场就搞不好。说到这里打住了，又说起了文柴的事。现在文柴虽说还比较困难，但不是包袱，你们一定要有发展眼光。北柴股份就是例子嘛，不是困难时候能收到手啊？孙猴子他们肯定不干嘛！

周到说，赵省长，您可不知道，当时孙猴子对我们可是感激涕零啊，恨不得给杨董磕头哩！现在倒好，成香港上市公司了，牛了……

杨柳忙打断周到的话头，哎，该牛就得牛，理直气壮地牛嘛，就像赵省长说的，把企业搞上去了，就该理直气壮前排就座嘛！你我和集团都得支持他前排就座，比如说这次厅局级干部民主推荐……

赵安邦这时并没注意到杨柳为孙和平跑官的意图，仍想着文柴厂的事，脑子里突然冒出一个想法，觉得与其把文柴划给北重集团，倒不如让北柴股份直接在市场上融资收购了。这一来，既壮大了北重集团和北柴股份的产能实力，又盘活了国有存量资产。可这想法一说出来，杨柳和周到都坐不住了，两人语气婉转但异口同声地一致认为不行：由北柴股份融资收购有个漫长过程，资产划拨很简单，一纸文件啥都搞定了。而文柴划入集团后，集团还要进行整顿治理，在整顿见到绩效，且行业拐点出现时再装入上市公司，应该更为有利。

……赵省长，您想啊，等我们把文柴厂收拾光鲜了，行业拐点又出现了，不是能多卖点银子吗？今天在这里我得做个检讨：两年前把北柴股份搞到香港上市，我和孙和平都太急躁了点，如果不急，推迟半年到一年上市，H股筹资起码增加四五个亿。所以，赵省长……

赵安邦也没坚持，好，好，杨柳，别所以了，你这想法也不错。

杨柳搓着手，满脸歉意，赵省长，我们可不是故意顶撞您啊！

赵安邦说，嘿，讨论问题嘛，该顶就得顶！孙猴子也常顶你吧？

周到正要接上来说什么，杨柳却抢先开了口，我们董事局讨论问题有时也比较激烈，但孙和平对事不对人。他这个人作风正派，为人正派，真抓实干，尽管没出任副厅实职，可这括号也括了三年了……

赵安邦挥了挥手，不在意地说，什么正厅、副厅，还括号！搞企业就是搞企业，世界五百强都啥级别？国家级还是联合国级啊？

杨柳温和地干笑着，多少有些窘，赵省长，咱这不是在中国搞企业吗？搞的又是大型国企，干部配备讲级别也不是一时能改得了的。

周到也说，就是，国企的头头们赚不了大钱，不就图个级别么。

赵安邦有些意外，看着杨柳和周到说，你们一个正厅级董事局主席，一个正厅级总裁，在我省企业集团里少有啊，还嫌级别小吗？

杨柳忙摆手，不，不是，不是，赵省长，我们说的不是自己。

周到也赔着笑脸说，赵省长，您误会了，我们是替孙和平说的。

赵安邦心里不由一惊，哦？都是替这位孙猴子邀功讨赏的？如此看来孙猴子还真牛起来了，官瘾见长啊！本事也不小嘛，竟能让北重的两个一把手替他来跑官要官！脸上却没动声色，笑了笑，说，好，好，正事谈完了，还有点时间，你们想说啥就说吧，哎，谁先说啊？

杨柳先说了起来，口气极是恳切，带着充沛的感情历数了孙和平这些年来的功劳苦劳和疲劳。周到顺着杨柳指引的方向又忽悠了半天，给赵安邦的印象是，像孙和平这样的干部再不提拔简直是罪过。

赵安邦收拾着桌上文件，漫不经心地听着，待得二人都说得差不多了，才问，你们想咋提他啊？集团再增加个正厅级？说得过去吗？

杨柳说，赵省长，我们也知道在北重集团安排不了，可咱省厅局级单位多着呢，就说这次民主推荐吧，十二家厅局，还有三个市市长。

周到也说，就是，就是！赵省长，你都不知道孙和平现在威望多高！我们北重八十八名处以上干部，他得了八十七票啊，前所未有！

赵安邦一下子明白了：这二位一唱一和说了这么多，无非是想把孙和平弄走。却也没说破，只问，你们觉得让孙和平当市长合适么？

杨柳略一沉思，赵省长，我看挺合适的。您对孙和平很了解，他可是个能开拓局面干大事的人，我觉得他不比现任的许多市长差……

周到插上来说，赵省长，我个人意见，孙和平还是摆在条条里比较好，比如机械厅，哦，对了，现在没机械厅了，变行业协会了……

杨柳瞪了周到一眼，没让周到说下去，自己接着说，赵省长，如果省委、省政府对和平同志还要再看看，可以考虑先安排副市长嘛。

赵安邦看看表，已经十二点了，不愿和他们泡了，起身送客，行了，你们的意思我听懂了，不就是想把孙和平给提拔走吗?！孙和平这次是不是就安排，怎么安排，不是哪个人能定的，常委会上看吧！

杨柳和周到似乎看到了啥希望，对视了一下，抢着和他握手。

周到握着他的手，激动地说，赵省长啊，孙和平这次要真能安排了，我们北重集团五万三千名员工感谢您，感谢省委、省政府啊。

杨柳把周到拉开了，说，周总，别激动，你别这么激动……

赵安邦心想，还别激动？我都激动了。你们为孙和平这么泡，戏过了！却也不愿直接点破，只问，杨柳，你们班子最近没出问题吧？

杨柳一脸无辜，赵省长，您咋这么问呢？我们班子咋会出问题呢？我们大事讲原则，小事讲风格，是个特别团结的领导集体。

赵安邦话里有话，好，特别团结就好。你带个话给孙猴子，让他好好搞他的发动机，进一步扩大市场份额，少考虑啥厅级、副厅级的！

这话是故意说给杨柳听的，让杨柳感到一种威胁：若是哪天他因为今天跑官的事批评了孙和平，孙和平这猴头是决不会轻饶了他的。

果不其然，杨柳一听这话就急了，赵省长，您可别误会，我为孙和平说公道话，既不是搞本位主义，孙和平本人也不知道。可孙和平不该考虑的事，我们，哦，您和省委得考虑嘛，不能让好人吃亏嘛！

赵安邦不愿和杨柳再烦了，行了，行了，好人吃不了亏的。

送走杨柳和周到，到机关食堂吃饭时，在食堂门口正好碰上了省国资委主任孙鲁生。赵安邦把孙鲁生叫到小餐厅，先说了说文柴厂的事，继而问起了北重班子的团结问题，主要是杨柳和孙和平的情况。

孙鲁生汇报说，赵省长，北重集团的班子确实挺团结，只是杨柳和孙和平的情况不太妙。北柴股份日渐坐大，已有和集团分庭抗礼之势。孙猴子一心想跳出如来佛的手心，独立门户，私下里和我说了几次，想把北柴股份的国有控股权从集团划到省国资委来。那个如来佛杨柳呢，则一心想削藩。据孙和平说，杨柳已在考虑吸收合并在香港上市的北柴股份，和在国内上市的北方重工，搞集团的整体上市了。

赵安邦心里一阵不安：这两个他都挺欣赏的能人竟拼起来了，一个要独立，一个要削藩，全是胡闹嘛！北柴独立于北重集团不符合做大做强省属重点国企的既定方针；杨柳和北重削藩也没多少道理，好端端一个国际融资平台，你乱削啥？没事找事啊？怪不得今天这么热情地为孙和平跑官要官，目的怕就是要把藩王礼送出境，实施削藩。

说到后来，孙鲁生直叹气，赵省长，现在他俩都心怀鬼胎，随时可能撕破脸皮，我还真不好多说啥，我们国资委管资产不管干部。

赵安邦不吃了，放下筷子，这么说，杨柳和孙和平要调走一个？

孙鲁生叫道，哎，赵省长，你还问我呀？一山不容二虎，你不把一只虎调出来，天下能太平么？只能调出一只，让它到外面咬去嘛！

赵安邦想了想，孙鲁生，那你看把哪只虎调出去比较好？

孙鲁生想都没想，当然是孙和平了，调出来，给他提提！

赵安邦一怔，哎，孙鲁生，你没吃杨柳他们的回扣吧？

孙鲁生有些奇怪，我吃杨柳啥回扣？是你省长征求我意见的。

赵安邦说，杨柳今天来了，也是这意见，提提，让孙和平走。

孙鲁生笑了，这叫不谋而合嘛，赵省长，那你和省里的意见呢？

赵安邦又吃了起来，我和省里的意见不能告诉你，再想想吧。

孙鲁生起身说，好，赵省长，你就好好想吧，没别的事，我就先走了，下午国资系统有个会，布置股改，我省股改已全面推开了……

赵安邦却又将孙鲁生叫住了，等等，孙鲁生，我问你：杨柳和周到咋这时候突然想起文柴厂来了？他们是不是准备在北柴股份独立出去后，甩掉对北柴股份发动机的依赖，自己配套生产发动机啊？

孙鲁生怔了一下，说，有这个可能，杨柳肯定得留后手嘛。

赵安邦追问道，那杨柳是不是和你们国资委透露过这层意思呢？

孙鲁生说，这倒没有，杨柳又不是孙和平，哪会这么直来直去。

赵安邦心里有数了，让孙鲁生走了，自己继续吃起了饭。

继续吃饭时，心里想的仍是北重集团山头上的两只虎。一只盘踞山头多年的笑面虎，一只随时准备下山扑食的凶猛饿虎。孙鲁生说得没错，两虎相争必有一伤。可当真把孙和平调离吗？调走孙和平，北柴股份会是啥局面？会不会再冒出另一个孙和平？北重集团对北柴股份毕竟是相对控股啊。如果孙和平离去致使局面失了控，海外 H 股股东趁虚而入，推出个新董事会又怎么办啊？削藩就得不偿失了。

必须和他们说清楚：独立和削藩都是不能允许的。他们这两只虎不但必须在一个山头上好好呆着做大做强，还不能内讧乱咬。谁咬谁走人——没提拔这回事，就是撤职走人。当然，该做的工作，他还得做一做，先礼后兵嘛。必须尽快安排个时间，分头和他们都谈谈……

5

任延安住在正大重机公司家属宿舍重机新村。新村名不符实，一看便知是上世纪五六十年代的产物，陈旧而破败。虽说隔着几千里地，又是头一次来，孙和平倒也没多少陌生感。北柴股份也有过这样的家属区，前几年拆迁了，员工们现已住上了公司原址开发的新商品房。

孙和平因此很感慨，走进新村大门，看着眼前色彩单调灰暗的人和物，对田野和钱萍议论说，正大重机很像我们公司七八年前啊。

田野四处看着，说，是啊，亲自到这里走走，我也有信心了。

钱萍却说，不过，那位任总现在仍住在这里，倒让我挺敬佩。

孙和平马上想到：北柴股份困难时，他和几个厂领导没和大家同甘共苦，而是在外面买了几大套商品房住着，就觉得钱萍对任延安的敬佩，实际上是对自己的批评。于是便说，这种事也得辩证地看，好领导不能只会陪大家过穷日子，而是要能领着大家都过上富日子。

钱萍忙扮上笑脸，哎，孙董，我这也是随便一说，你别误会啊！

孙和平道，我误会啥？你们现在谁没好房子住？！这才又说起了任延安，任总这么做应该肯定，但我更希望他能开动脑筋，把资本市场上的钱搞进来，把这片上世纪的建筑垃圾全拆掉，建一片新花园。

田野打趣说，这不，咱们今天不是赶着抢着给他送钱来了么！

孙和平眼皮一翻，送啥钱？我是伙他一起到资本市场上圈钱。

小仲这趟差事没办好，见面后一直不怎么言语，这时说话了，虽说赔着一份小心，观点却不含糊：孙董，田总，别看这里不咋的，可人家厂区并不比咱差多少。人家这是有传统的，先生产后生活嘛。

孙和平没怀疑小仲的话，觉得先生产后生活完全有可能，任延安是老派人物，这种计划经济时代的干法，正是老派人物的风格之一。

这么说着，看着，孙和平一行来到了新村最后面一座老楼前。老楼是红砖楼，典型的苏式风格，应该是上世纪中苏友好年代的特殊产物，虽说破旧不堪，却仍保持着一种没落贵族式的尊严。斑驳的墙面粉刷一新，在前面一片灰暗破平房的映衬下，也算得上鹤立鸡群了。

小仲指了指老楼中间一个门，说任延安就住门内二楼二〇一。

这时时间已过六点，任延安应该下班了，孙和平想，如果运气够好的话，他们应该在半小时之内堵到他。就算运气不好，任延安在厂里有活动，他们也不怕奉陪。赶过来之前，他们已提前吃过了晚饭。

却也有些尴尬。田野嘀咕说，一家香港上市公司的董事长和总经理为见一个即将被其控股的下属企业老总，竟要取此下策，将来传出去只怕要被别人笑话。孙和平却不这么认为，说是恰恰相反，这事传出去必是一段佳话。刘备三顾茅庐才请出了诸葛亮，我们在他门口罚上半夜一夜站算得了啥，七月天又不冷。钱萍一怔，说，还准备等个半夜一夜啊？孙和平说，对，咱和任延安同志不见不散了，除非他不回来了。小仲忙道，肯定会回来的，任延安这人从不参加应酬，就是和JOP的代表谈判，也只参加谈，不陪吃饭，一般都是副手们陪。

于是便等，在老楼对面花坛前等。这时天还大亮着，西边的天际火红一片，花坛四周的树荫下还有两拨退休工人模样的老人们围在一起打牌。在等的过程中，先是晚霞和天光消失了，天色暗淡下来，打牌的人散了。继而，星星出现了，越来越多，夜幕正式降临……

一直等到快九点，一辆轿车驶了过来，雪亮的车灯撕破夜幕。孙和平和田野一阵欣喜，以为任延安回来了，忙在小仲的引导下往车前走。走到车前一看，下车的却是一位管生产的副厂长，住中门一楼。

副厂长一见小仲就认出来了，说你咋还没走啊？小仲说，我们董事长、总经理非要见到任总，我哪敢走啊。副厂长这才知道和小仲一起站在他面前的都是什么人。不敢造次了，走到远处打了个电话，回来后说，孙董，田总，任总没想到你们会到家门口等他，可他呢，厂里还有不少事，一时半会儿怕回不来，要你们别等了，先回去歇着。

孙和平笑道，没见着任总，我哪敢回宾馆歇着？我们继续等。

副厂长说，何必呢？哦，任总还说了，他明天去宾馆看你们。

孙和平才不上当呢，今夜若见不着他，明天只怕就更难了。没准明天一早就会接到任延安一个电话，说是什么飞北京或飞上海了，因此深表歉意。这事他就常干嘛，他不想见的人根本就别想见上他。却也不便把话说破，只对那副厂长道，你歇着去，我们还是等任总吧。

副厂长没法说服他们离去，只得回家，竟没敢让他们到家里坐。

田野沮丧极了，说，小仲说得不错呀，我们这是进了敌战区啊。

钱萍也抱怨说，就是，来时想到过难，却不知会这么难！

孙和平先没作声，后来看着满天繁星，说起了当年。要说难，能比当年更难吗？客户退货，债主堵门，全厂八千号人一年零九个月没发工资，我不也带着你们四处求人吗？求平州各大银行，求不来就和刘必定想法去骗；求老同学杨柳，只要他能给咱们一口饭吃，把咱们收编进他们北重集团，我都恨不得跪下给他磕头，抱着他的腿喊爹！

田野感叹道，这困难时求人，没想到今天财大气粗了还求人！

孙和平说，同样是求人，但性质不同。过去求人是为活下去，取得生存权；今天求人是为壮大自己。不抓住机会壮大自己，将来咱还会为生存权去求人，这是我决不愿再见到的，所以我宁愿在这罚站。

这话说得不无悲壮，田野、钱萍像似都被震撼了，半天无话。

这么说着，又过了一小时，快十点时，任延安终于被逼出来了。

从专车里下来后，任延安没啥歉意，礼节性地和大家一一握了握手，淡淡说了句，既然来了，就屋里坐吧！说罢，径自进门上了楼。

上楼到了任延安家，任延安仍没好脸色。让他们在客厅的老式沙发上坐下，招呼老婆给他们一人倒了杯白水，自己就在老婆伺候下吃起饭来，说是没想到和JOP的人谈了这么久，现在还没吃晚饭呢。

孙和平说，好，任总，那您吃您的饭，我说我的事，我们不多耽误您的宝贵时间，话说完马上就走，给您也给正大重机提供一种选择。

任延安根本不看他，喝着小米粥，咬着馍，不冷不热地说，我和正大重机没啥要选择的，我们正和JOP谈着，JOP就是我们的选择。

孙和平说，就算您们选择了JOP，听听我的想法总没坏处吧？

任延安耷拉着眼皮，继续喝粥，喝粥声很响，那你说，随便说。

孙和平说了起来，任总，今天我们在您家门口等了四小时，在这四小时里，我感慨挺多。北柴股份也是从计划经济年代走过来的，我也曾是一个国营大厂的厂长……哎，任总，你不会嫌我太啰嗦吧？

任延安抬头看了孙和平一眼，你随便，想说啥都可以，我洗耳恭听。你一个上市公司的董事长能等我四小时，我也可以陪你一夜。

情况看来相当不好，任延安和正大重机十有八九是铁了心要追随JOP了，可能马上签合作协议，甚至已签了协议。如果正大重机和JOP的合作真成了现实，他手上希望汽车的控股权也就失去了战略意义。

这无疑又是一个历史性的时刻。就像当年进入北重集团。现在已经看得很清楚了：北柴股份在生死关头进入北重，在北重的扶植下成功在香港上市，是北柴股份成为伟大企业的起点；今天通过正大重机获得重卡机械的整装能力，则是北柴股份成为一个伟大企业的重要转折点，没有正大重机，北柴股份只能是个发动机制造商。因此，他不能放弃，决不能！他必须说服任延安和正大重机参预他和北柴股份创造伟大企业的历史过程，哪怕他们和JOP的协议已经签订，也要说服任延安予以撕毁。他相信，参与创造一个伟大企业是有诱惑力的。

任总，我刚才说了，我也曾是国营大厂厂长，您面对的局面，我也曾面对过，而且远比您困难。因此您和正大重机急于引进JOP我不奇怪，就像当年我不得不投奔北重一样。但这里有个区别，我和北柴当时是别无选择：厂子停产瘫痪，银行停止贷款，资不抵债。而目前的正大重机不是这个情况啊！虽有些压力，但不存在生存问题。你们在北中国市场仍是北重集团最强大的竞争对手。海外呢，欧美先不说，西北亚市场完全在你们手上，仍有成长为一个伟大企业的可能。

任延安冷冷道，多谢你的恭维，我想，JOP就是个伟大的企业。

孙和平激动起来，是的，JOP是个伟大的企业，但不是您和正大重机缔造的伟大企业。加盟 JOP,你们就成了 JOP 的一部分,在中国民族工业伟大企业的名录上将永远不会再有正大重机。其实,你们还有另一个选择,那就是参与缔造一个伟大企业,民族品牌的伟大企业。

任延安插了一句,是的,这个民族品牌的伟大企业叫北重集团。

不,不,任总,我说的这个企业叫北柴股份,而不是北重集团。

任延安怔了一下,放下手上的碗,你们北柴不就在北重旗下吗?

孙和平看到了希望,马上表明态度,不,将来的北柴肯定不在北重集团旗下,否则,我没必要来见您。继而又说,任总,您是我国重卡装备行业的专家,为了中国民族工业的崛起奉献了毕生精力。据我所知,五年前您为了保住正大重机民族品牌,拒绝了 JOP 的高薪诱惑,甚至在有关部门已决定引入 JOP 的情况下,您仍坚持反对意见。

任延安摆了摆手,哎,孙董,过去的事不要说了,请你说现在。

好,说现在。现在我的想法是:利用北柴股份的融资平台,将正大重机优质资产整合进入北柴股份。加大对正大重机的投入,扶持正大做大做强。最终北柴股份、正大重机和希望汽车合三为一,以北柴股份集团的名义在香港和内地整体上市。顺便说一句,未来的北柴集团将会实行股权激励计划,高管层集体持股,相信任总不会反对吧?

田野及时地插上来,另外,高管的年薪也不低,大致在人民币一百五十万至三百万之间。目前我的年薪二百万,孙董接近三百万了。

孙和平注意到,任延安脸面上没露出啥,但听得认真了,喝粥的声音明显小了起来。于是又恳切说,任总,我今天并不要求您马上给我们一个答复,只是希望您和正大重机知道还有另一种双赢的选择。

任延安这时已吃得差不多了,推开碗,也坐到沙发上。让老婆切了个西瓜,招呼大家吃。吃西瓜时,任延安才说,孙董,你是不是说完了?你若说完了,我就要问些问题了,你可以回答也可以不回答。

孙和平笑道,只要我能回答的一定都会回答,任总,您请问吧。

任延安问,希望汽车两亿一千万股权是不是已落到了你们手上?

孙和平答,已经谈得差不多了,只是股权转让合同暂时还没签。

任延安想了想,问,为啥暂时没签?孙董,你和北柴又在想什么?

孙和平很坦率,没您任总认同,我和北柴无法入主正大重机,要希望汽车股权有多大意义?转让方又一再涨价,所以我不敢乱签啊。

任延安脸上有了些笑意，北柴股份整合正大重机和希望汽车，做成了拥有整装能力的大集团，那你们的老子公司北重集团咋办呢？

孙和平道，好办，我们正在做的工作就是：把北柴股份国有股权从北重集团划拨到省国资委直管，形成平行的两大独立的集团企业。

任延安点了点头，这就是说，未来的两大集团是竞争的关系，北重和它旗下的北方重工仍将以南中国市场为依托进行一次次北伐，我们呢，则仍要为争夺南中国的广大市场，对北重发起一场场攻势？

孙和平乐了，任总，我终于听到了一个让我欣慰的词：我们！是的，正大重机和北柴股份的融合，不但不会失去啥，反而得到了新的战斗力，新的我们诞生了，这个新我们将改变重卡机械的行业布局。

任延安果然内向，面对如此诱人的前景仍不动声色，继续问：孙董，据我所知，哦，对了，你刚才也说了，北重扶植过北柴股份，北重集团的杨柳还是你大学同学，你背叛北重集团和杨柳，心能安吗？

孙和平决绝道，这是两回事，和心扯不到一起！一个伟大企业的成长必然伴随着无数血泪，自己的血泪和别人的血泪。伟大企业的文化一定是非凡的文化，决不是常人和俗人能理解的。我那位老同学如果认为我今天的所作所为是背叛，那我只能认为他是个二流角色。

任延安没再问下去，说，好，孙董，你们的想法我知道了，容我再想想，也和班子里的同志商量一下吧。孙和平看出了主人送客的意思，遂和田野等人起身告辞。不料，走到门口，任延安又说了句，孙董，希望汽车的合同，我个人建议你们尽快签下来，免得夜长梦多。

孙和平大喜过望，一把握住任延安的手说，谢谢您的提醒！

任延安却又正经作色道，哎，孙董，我可没答应你们什么啊！

孙和平心照不宣道，是，您和正大重机没答应我什么，我们也没说什么呀，北柴股份受让希望汽车本来就是正常市场行为嘛。又试探问，哎，任总，我们大老远来了，能到厂里看看么？就是随便看看。

任延安略一沉思，可以的，如果可能的话，我亲自过来陪你们。

这夜回到宾馆，孙和平颇为兴奋。考虑到刘必定那边的合同还没签字，上网看新闻时顺便看了看股市收市情况。这一看，吓出了一身冷汗，希望汽车后市突然异动起来，成交量一下子放大到了五百多万股，而且竟是以三元八角八的涨停价报收的。这是咋回事？刚刚逝去的这个下午都发生了啥？哪条狼进场了？谁动了他的奶酪？谁？

6

低迷的熊气笼罩着2005年7月的中国股市。浓厚的乌云压得人们抬不起头来。高速增长的中国经济震惊着世界，却难以消融股市的坚冰。作为经济晴雨表的证券市场曲线没有以同步上升反映出中国经济的成长，而是反常地不断下滑破位，如临深渊。随着沪深各类证券指数日复一日的下行，数以万亿的国民财富水银泻地般地流逝了。

中国证券业面临着从未有过的全行业危机。七千万股民亏损累累，几近绝望。各证券公司营业部门可罗雀，了无生气。一个又一个资本庄系资金链断裂，相继崩溃。许多闻名遐迩的著名证券公司已经破产清算或濒临破产清算。祁小华所在的汉江证券公司就属于濒临破产之列，到2005年累计亏损高达二十五亿，净资产已不足三个亿。

汉江证券之所以迄今仍没破产，还得感谢祁小华前夫刘必定。

刘必定的宏远系在崩溃之前让公司自营盘及时撤退，汉江证券避免了近四亿元的损失。公司金总因此说刘必定是义庄，刘必定入狱后还去探过监。而只有祁小华知道，刘必定才不愿当义庄呢。是她借助妻子的有利地位，凭职业的敏感，及时嗅到了刘必定宏远系即将崩溃的危险气息，向金总紧急汇报后，亲自指挥了一场敦克尔克大撤退。

直到今天，祁小华仍记得很清楚，那是2003年1月18日上午，上证综指1432点，深圳成指3654点。她走进自营室向操盘手们下了一道严厉的命令：不要问为什么，三天内抛空宏远系坐庄的所有三只股票，其中包括希望汽车。希望汽车那时被宏远系盘踞着，正浓妆艳抹表演投资价值，年报据说每股利润九角，号称绩优股。股价也高高在上，竟达三十五元。希望汽车的回家之路就是从那日上午她下令抛空开始的，从当时三十五元飞流直下，直到如今的三元多，折损90%。

刘必定和宏远系的大崩溃也始于那个上午。她组织的敦克尔克大撤退没给刘必定和宏远系准备船只。刘必定和宏远系在深沪两市的滩头阵地坚守了十二天后，被2003年的市场一举歼灭。刘必定和他手下的三名宏远系盟友，也在其后两个月中先后失去自由，进了大牢。

这种结果祁小华事先并没完全想到。她想到了宏远系会崩溃，却没想到崩溃会来得这么快；想到了刘必定会被挫败，却没想到他会进监狱被判上五年。刘必定在接到判决书当天，提出和她离婚。她想了几天，最终同意了，在省城模范监狱内和刘必定签订了离婚协议书。

签协议时，刘必定仍气愤难平，骂她背叛，骂她是狼，是汉江证券安排在他身旁的奸细。她一语不发，默默听着，直到临走，才噙着泪发泄说，我咋知道你们宏远系会这么快垮掉呢？你的事和我说过多少？你发达起来后，哪天不是美女相拥，夜夜狂欢？我们还像夫妻么？刘必定哼了一声，我明白了，你这是报复！祁小华头一摇，你想错了，我犯不着这么报复你，可也没必要陪你一起来坐牢。这九个亿如果不撤出来，汉江证券就要破产，我和金总都有麻烦。你不是不知道这九个亿是从哪来的？那全都是客户的保证金啊，动一分都犯法！

嗣后的情况比祁小华预料的还要糟。没想到 2003 年 1 月 18 日的 1432 点和 3654 点还是市场的阶段性高点。近两年过后，上证综指和深证成指滑到了今天的 1005 点和 2601 点。国家出台股权分置改革措施，也未能改变这种令人沮丧的低迷市道。上个月六号，上证综指竟跌破 1000 点，报收 998.23 点。在祁小华看来，股改是个利好，上市公司非流通大股东为取得流通权，要向中小流通股东支付相应对价，一般是每十股送三股，借以弥补流通盘扩大后可能带来的股价下跌损失。可这种利好却被市场理解为利空，送股后股票大都贴权。这晌对价股份刚送出去，那晌股价便持续阴跌，让市场人士大跌眼镜。

偏偏在这时候，希望汽车突然来了个涨停板。成交也明显活跃起来。从每天不超过一百万股，放大到五百万股，而且到当日收盘，涨停板的位置上买盘仍有八百余万股。就是说，如果卖家出手放货，当日成交肯定在千万股之上。更重要的是，这只是涨停的开始，谁知道希望汽车以后还会有多少涨停板？难道股改的利好发挥作用了？显然不是，大盘仍在沉寂，市场还在昏睡，唯一的可能是新机构进场。

这个机构是谁？祁小华头一个想到的就是北柴股份和孙和平。孙和平为刘必定手上两亿一千万希望汽车的法人股权折腾了大半年，昨天上午还到模范监狱见过刘必定。其实，孙和平前脚走，她后脚就去探监了。得知刘必定已答应将股权转让给北柴，她当即就想到了北柴可能谋求在国内市场借壳上市。孙和平电话里偏不承认，反倒和她大谈正大重机的资产整合。现在看来资产整合是可能的，进一步在市场上吃进流通股也是可能的，但另一个事实是：这么吃进势必拉高希望汽车股价，孙和平在没最终和刘必定签订转让合同之前不会这么做。

那么，谁希望希望汽车的股价上来呢？前夫刘必定算一个。合同毕竟还没签，他为了最后提价，完全有可能在二级市场把希望汽车的股价炒上去。刘必定失去了自由，他所谓董事会几个人还在外面的天地里自由飞翔，而且据说在宏远系崩溃过后，仍秘密潜伏下来不少资金，起码八千万。只是昨天探监会见时，刘必定没给她任何明示或暗示，一直在和她谈女儿慧慧的教育问题。自从2003年背叛的故事发生后，他们之间的任何谈话都再没有关乎各自市场动作的信息了。

第三个可能进场的应该是杨柳。这位北重集团掌门人没能拿到刘必定手上的股权，又极不希望即将打起独立大旗的孙和平拿到这两亿一千万法人股权，也有可能指挥旗下资金大举入场，促使刘必定再次大幅度提价，杀孙和平一个透心凉，让孙和平最终知难而退……

次日开盘前，召开例行的工作晨会时，祁小华仍想着希望汽车蹊跷的涨停，眉头紧皱，一脑门官司，却没把话题主动在会上抛出来。

在这黑暗时刻，首席分析师卜东阳保持着乐观和自信，认为股改的启动在宏观上为中国股市提供了一轮大牛市的坚实基础。从技术层面看，大市也在构筑大底，筑底后将反身上攻。公司自营盘经理陈红没这么乐观，发表意见说，股改本质上是重大利空，流通盘超常规扩大，势必要导致大盘继续下沉，下一步将见600点。因此，现在要抛开大盘做异动个股，在某些个股上制造局部牛市，比如希望汽车。

祁小华眼睛一亮，哎，陈红，你就说说这个希望汽车吧。

陈红说了起来，希望汽车股性活，曾是宏远系的看家股。宏远系垮了后，尤其是我们大肆出货后，股价先暴跌后阴跌，竟跌破了净资产。破了净资产后，引起了我们的密切关注。最近有消息说，国际机械装备巨头JOP在和正大重机秘密谈判，准备收购正大重机……

晨会结束后，祁小华才问陈红，希望汽车涨停是不是你们制造的？陈红摇了摇头，没您指令，我们哪敢啊，我也是盘后发现的。祁小华迟疑道，我们自营盘这阵子进了近一千万股吧？是不是趁机出掉一部分呢？陈红说，我的意见恰恰相反，不是出，而应该进，它有控股正大重机，被外资变相并购的概念哩，而且股价现在并不高啊。

祁小华想想也是，心一横，好，那就跟进吧，注意跟进节奏。

从自营室回到办公室，刚打开电脑，孙和平就来了个电话，开门见山问，祁小华，你和汉江证券方面是不是对希望汽车股票动手了？

祁小华道，哎呀，孙和平，你咋会有这么奇怪的想法？你北柴又不准备借壳上市，我要这种冷门股干啥？我们又不想入主正大重机！

孙和平说，那谁在大买希望汽车啊？妹妹，你帮我分析一下。

这时，沪市已经开盘，开盘点位 1009 点，希望汽车又是一个涨停板，涨停价是四元二角七分，集合竞价成交十二万股，涨停位置挂着五百多万股。祁小华看着盘面，不动声色对孙和平说，我也注意到了这只股票的异动，但真说不准谁在买。会不会是正大重机那边发动了反控股？或者是私募、游资炒你们的借壳概念？要不北重进场了？

孙和平说，正大重机不可能搞什么反控股，不瞒你说，我现在就在 K 省正大重机公司里，正在他们任总的陪同下视察生产线呢！

祁小华又敏感起来：如果 JOP 入主正大重机是真的，孙和平就不会呆在正大重机。希望汽车的这两个涨停会不会是哪方高人做的局啊？资本市场的故事总是充满惊险，充满悬疑，让人听得悚然不已。

孙和平又说，我估计杨柳也不会让北重集团在股票市场上和我开战，他真想拿控股权，可以再向刘必定加价嘛，妹妹，你说是吧？

祁小华完全失去了判断力，心里唯有惊疑和不安，敷衍说，也许是市场游资的袭击吧？孙总，你也别太着急，我们再观察几天吧！

如果没有 JOP 的外资收购事实，她是不是该把已下达的命令收回来呢？放电话，祁小华极度不安起来，在心里不断这么问自己。股市熊到今天，公司自营购入的股票大都套牢了，手上的资金子弹已没多少了，万一吃了圈套被关到希望汽车里，她可真不好向金总交代了。

然而，希望汽车的盘面却也怪，涨停上的巨大买单没撤，一直是五百多万股。这说明就算做局人家也做得信心十足，现在根本不是她想不想被关进去的问题，而是能不能抢进去的问题。于是压在电话上的手几次要拨电话，又几次中止了，最终没向陈红下达反手做空的新指令。熊市中这难得的机会必须抓住，甭管谁在买进，她都得跟进。

这时，电话又响了。竟是本市人民证券报总编于文发的。

祁小华心里不由一惊，马上敏感地想到，这位老总该不是为北方重工股改兴师问罪的吧？王小飞前不久打着杨柳的旗号找过她，和她达成了一项秘密协议：只要汉江证券客户投股改赞成票，北方重工就对汉江证券进行奖励，每股赞成票奖五分钱。这一来，汉江证券就意外地多收入二十几万元，也能给在熊市中饿绿了眼的员工们发点奖金补贴了。可这于文发却以中小股东代表自居，自从股改开始后，就让手下记者四处抓这种负面新闻，将其称之为"投票门"。仗着手上掌控着一张证券报纸，四处找"卖票"券商机构的麻烦。对这样的主，可不能怠慢，于是，没说话先送上了一串笑，哟，于总，咋想起我了？

于文发说，哎，祁总，你们咋回事啊？北方重工中小股东准备联手和大股东博弈一场，纷纷委托我们《人民证券》投反对票。其他证券公司都支持，起码也不反对，咋就你们汉江证券要反对阻挠啊？！

祁小华强做镇静，哦，是这事啊！那我解释一下：北方重工对股改很重视，和我们沟通过，我们考虑它是本地重点上市公司，就建议一些小股东委托我们投赞成票，这也仅仅是个建议嘛，就像你们建议股东委托你们投反对票一样。觉得凭《人民证券》征集的那点反对票侈谈博弈几乎是个笑话，便又问，哎，于总，你们征集多少反对票了？

于文发说，这是机密，现在不能告诉你！能告诉你的是，这一次我们准备在北方重工上做篇好看的大文章，进行一场真正的博弈！

这种蚂蚁战大象的博弈，股改后已发生了十多起，《人民证券》参加了其中的三起，每次都征集投票，却无一成功，这总编真幼稚。

祁小华便笑着调侃，于总，您和《人民证券》真是中小股东的杰出代表啊，屡战屡败，屡败还屡战，这又瞄上北方重工了？哎，我给你投篇寓言稿咋样？题目叫蚂蚁和大象的博弈。一群斗志昂扬的蚂蚁决定干掉大象，打着《人民证券》的旗帜，发誓掐断大象的脖子……

于文发没容她再说下去，停，停，祁总，你也怀疑股改博弈吗？

祁小华断然道，我当然怀疑，小股东一盘散沙，你们省点事吧。

于文发叫了起来，看看，这就是问题实质所在！怪不得大家都说对价博弈是假的，是个大忽悠，原来连你这证券公司老总都不相信！

祁小华道，本来就是大忽悠嘛，你有那劲，不如多拉点广告了！

于文发硬邦邦说，广告我要拉，股改博弈也得搞。祁总，别陷入投票门啊，真陷进去了，别怪我不讲情面！我相信，众多蚂蚁总能掐断一两只大象的脖子，也许这只大象就是北方重工！先向你们透个底吧：这次有位神秘而厉害的蚂蚁参战了，你等着看我们的报纸吧！

祁小华本想问：这神秘而厉害的蚂蚁是谁？于文发却挂了电话。

这该死的东西，明白警告她和汉江证券哩。杨柳和王小飞手上的五分钱看来不好挣啊，被于文发和《人民证券》抓住把柄就惨了。便到楼上金总办公室，把于文发的电话说了说。金总听罢，牙疼似的抽了半天气，骂了句脏话，才苦着脸说，杨柳是你老同学，咱该帮的忙照帮，不过别要那五分钱了，让你老同学看着办吧！给咱发点实物也行啊，都穷得揭不开锅了，昨天又有四个员工到我这儿辞了职。祁小华知道，这阵子饿跑的业务骨干不少，金总日子也不好过，便应了一声，准备离去。这时突然发现：金总电脑上竟也是希望汽车的 K 线图，便说了句，今天我让咱自营室继续跟进了。金总"哦"了一声，我正要和你说呢，我把你的指令取消了。指着电脑屏幕，你看看，封涨盘这么多，今天咱或者买不到，真让咱买到了，可能就是阴谋啊。

7

杨柳判断，阴谋来自孙和平。事情应该是这样的：孙和平从刘必定口中得知王小飞加价收购希望汽车股权的竞争事实后，不顾他的威胁，再次加了码。可能已在事实上和刘必定达成了股权转让协议，甚至形成了某种以他和北重集团为对手的利益同盟。从希望汽车这两天反常的走势看，这种可能性完全存在。孙和平操纵某些机构把股价拉起来，擅自加价就有了一定的合理性，集团当真追究，他就可能借机生事，公开独立。另外，把股价拉起来还有一个好处：为刘必定的出尔反尔提供根据，你北方重工想要这笔股权吗？好啊，继续加价吧！

周到下午过来谈工作时也气得要命。周到和他一样，认定希望汽车的股价异动和孙和平有关。进门后，正事没谈，先骂孙和平。道是这混帐的猴头，这么疯拉抬希望汽车股价，不知得给集团造成多大的损失，真他妈的是个内战能手，应该军法从事，拉出去立即崩了！

杨柳嘴上没说，心里却想，这内战可是他先挑起的啊！如果不是他让王小飞去加价收购，孙和平也不会有这种强烈反应。便意味深长说，周总，你就别心疼了，就算有些损失，十有八九也与我们无关。

周到很奇怪，哎，杨董，你咋这么说？这猴头一提拔滚蛋，北柴股份也好，希望汽车也好，他拉下的这些屎，还不都得我们收拾么？

杨柳没有周到这么良好的感觉，潜意识里总觉得对赵安邦的忽悠不太成功，到底哪里不成功，却又难以言表。便道，我觉得咱们对孙和平的推荐，还是缺点力度啊。从赵省长的态度看，马上提拔走，怕是有些难度。所以我们得做三手准备：他提拔走人，我们送瘟神；他留在集团，大家好好共事；他拉着北柴股份独立，该咋对付你知道。

据平州那边的情况反映，孙和平这几天奇怪地失踪了，既不在平州总厂，也不在平州市内。更蹊跷的是，孙和平手下的哼哈二将田野、钱萍也同时没了踪影。北柴办公室对外的公开说法是，该猴和猴山上的部分领导为北柴股份半年财报的事去了香港。杨柳根本不信，觉得孙和平很有可能躲在省城某个证券营业部把玩希望汽车。而田野和钱萍呢，也许正在为孙和平的这番不无快意的把玩，秘密筹集资金呢。

为了验证自己的这个感觉，杨柳在召见周到之前，先往孙和平的手机打了个电话。电话通了，通话效果良好，他却故意说听不清，让孙和平用座机回过来。该猴不知是计，用座机回了话，号码一显示出来，让杨柳吓了一跳：该猴既不在省城，也不在香港，竟然在K省！

孙和平这时出现在K省决不是旅游观光，肯定是冲着正大重机去的。这意味着啥？意味着反叛和独立呼之欲出！杨柳由此推测，希望汽车的股权对孙和平来说已不是问题，包括股市上出现的股价异动也许都是假象，该猴以迅雷不及掩耳之势突然空降K省，才是命门要害。天哪，他如此警觉防范，仍让这坏猴子一个跟斗栽出了界外。

身在界外的孙和平犯了个细节错误，——此人马大哈，经常犯这种细节错误，竟没发现使用座机会暴露他所处的位置，仍在电话里撒谎，说是在香港。杨柳也不捅破，只道，集团党委最近想开个会，落实省纪委关于廉政建设的一系列重要指示，要孙和平尽量回来参加。

正是孙和平突然空降K省的事实，促使杨柳紧急召来了周到。

周到骂完孙和平，也想起了正事，哎，杨董，你急着找我干啥？

杨柳不动声色问，咱们集团现在欠北柴股份多少发动机货款啊？

周到想都没想便道，哦，总计三亿五千万，按年前签订的供销合同，其中一亿三千万六月底前就得支付了，我今天刚签了字准备付。

杨柳忙说，赶快把你签字的审批表追回来，这钱暂时不要付！

周到怔了一下，杨董，我知道你的意思，别给孙和平提供股市操作资金。可这笔钱再不支付，孙猴子肯定会打上门，骂我祖宗八代！

杨柳说，周总，你不要瞎猜，这笔款与孙和平和股市无关！你让财务部门给我拖着，也可以让孙和平直接来找我，我亲自对付他！

周到没再说啥，摸起桌上的电话找财务部。也真巧，财务部陈经理说，她正准备划帐呢，晚几分钟这一亿三千万就出去了，还说，北柴也知道集团要划帐了。周到说，那就让他们等吧，他们不追问，你们就别主动去说。具体啥时再划这笔帐，你们等我或者杨董新通知。

待周到放下电话，杨柳又问，市内老厂区厂房啥时动迁啊？

周到说，这你知道啊，最迟九月底，三分厂已搬走一大半了。

杨柳道，那好，通知北柴，再进五千台发动机吧，存放三分厂。

周到叫了起来，咋又进五千台？上半年你让多进的一万台还都压在库里呢。不多进一万台发动机，咱也不会欠北柴股份这么多货款。

杨柳不愠不火道，周总，你别叫！我实话告诉你：当时是因为没库房放，有库房放，我就进一万五千台。现在三分厂有地方放了，就得赶快进啊。至于货款，再多欠点有啥关系呢？咱人不死帐不赖嘛！

周到突然明白了，杨董，看这架式，你是真准备和孙和平分手了？这未免太悲观了吧？我认为，咱们踢升孙和平出局还是有希望的嘛。

杨柳淡然一笑，我可从不把希望当现实，再说，就算孙和平踢升出局了，我们采取这种措施也不会损失啥，这些事你们马上去办吧！

周到咂了咂嘴，只怕也难，欠款不给，他还给咱继续发货啊？

杨柳冷冷道，他们肯定要发嘛，新货不发，旧款更拿不到了。再说，就算北柴独立门户，我们仍然是它的常年大客户，我相信孙和平的聪明，会明白怎么在大客户面前委曲求全。周总，你是没见过孙和平当孙子的模样啊，我可见过，从当年在汉江大学时我就吃透他了。

周到想了想，哎，杨董，你说孙和平会不会也防着咱们一手？

杨柳道，他现在不是防守，而是进攻，一时半会还顾不到这些细节。

基于我对他的了解，此人是战略上的天才，细节上的蠢蛋。他一个跟斗能栽出十万八千里，可时不时会露出红屁股让人痛殴一番。

周到笑了起来，杨董，能治住孙和平这泼猴的，怕也只有你了！

周到这边刚走，王小飞匆匆进来了，喜形于色汇报说，杨董，您这次判断错了，我今天去见了刘必定。他既没要我们加价，也没食言。

杨柳十分意外，这简直是天方夜谭！孙和平一行已经很真实地出现在K省正大重机了，王小飞竟然还能从刘必定那把希望汽车的股权拿到手?！便惊奇地问，还是原先说定的四亿八千万吗？签字了？

王小飞说，还是那价。不过我签了字，刘必定还没签。他留下了协议书，说是他们董事会过几天在监狱里开个会，研究一下就签字。

杨柳发现了问题，他们董事会不是开过好几次了吗？这个价格他们董事会的人都知道，也都认可，怎么还要研究？好像不太对头吧？

王小飞迟疑说，是啊，我也觉得有些奇怪，也许是出于谨慎吧？

杨柳不认为这是什么谨慎。刘必定从来就不是谨慎的人，上大学时不是，在平柴厂不是，独立门户后更不是，若谨慎今天也不会闹到大牢里呆着。这里面透着浓郁的阴谋气息，肯定和孙和平的加价收购有关，甚至有可能是孙和平要这份协议！这两位老同学新盟友这次让他上了一当！王小飞和北方重工草拟的这份挑起内战的协议，可是孙和平迫切需要的，孙和平只要拿到这份白纸黑字的协议，就不是他和集团追究孙和平的问题了，而是孙和平反过来兴师问罪，大将他和集团的军了。好在他留了一手，没冲在第一线，事情还有缓冲的余地。

王小飞不知他在想啥，又问，刘必定他们研究后再加价咋办？

杨柳笑了笑，这还问我啊？你是北方重工董事长，你们定呗！

王小飞说，您大老板不发话，我哪敢定啊，我服从命令听指挥。

杨柳本不想说，现在却不得不说了，在这事上，你千万别说服从命令听指挥了，就说是你们董事会的自主决定，我和集团都不知道！

可我们收购成功后，您和集团还不知道吗？集团是控股大股东。

那我明白告诉你，收购不会成功了，孙和平已拿定这笔股权了！

王小飞实在想不通，这怎么可能？刘必定这么干岂不成了骗子？

杨柳这才火了，刘必定本来就是骗子，一直是骗子，这一回他是为孙和平做骗子，骗到了你手上的协议书，你还愚蠢地签了字！也不想想，协议书落到孙和平手上，岂不证明是你们挑起内战？让我和集团咋办？哦，顺便说一句，我已答应孙和平，要找你了解情况的。现在的情况是这样的：集团发现了你们自作主张，坚决地制止了你们！

王小飞这才算明白了，对，对，您和集团制止得还很及时哩。说罢，又有些不甘心地问，杨董，您说，我是不是再到监狱去一趟啊？

杨柳苦笑着摆了摆手，算了算了，该认输就认输，还是好好想想你们上市公司股改的事吧，这可是目前的重中之重，你可别大意了！

王小飞苦起了脸，杨董，这事我正要说呢！昨天有十几位小股民为股改方案跑来闹事了，有人竟然声称要抱着炸药包，搂着我这董事长去投票。还有那个《人民证券》也操蛋，正在报上征集反对票呢！

就说到这里，电话响了。杨柳一边走过去接电话，一边说，我们的赞成票不也在征集吗？要进一步加大力度，多找几个像汉江证券这样的券商帮忙！说着，接起了电话，真是巧，来电话的正是汉江证券副总经理前情人祁小华。杨柳乐了，祁总，你看你看，我正向王小飞表扬你呢，你的电话就到了！怎么样，帮我们征集多少赞成票了？

祁小华说，估计五百多万股吧，我们自营盘和代客理财帐上有近四百万股，中小散户那里已落实了九十多万股，有的还在做工作。

杨柳热情洋溢地说，好啊，好啊，祁总，我要代表北重集团和北方重工感谢你和汉江证券啊，感谢你们对我们股改工作的支持啊！

祁小华却不高兴了，哎，杨柳，我咋觉得你官腔越来越浓了？是不是不会说人话了？孙和平还知道给我挠挠痒呢，你咋就没长进呢？

杨柳这才及时记起了自己和祁小华在汉江大学时的初恋历史，以及那些岁月久远而又模糊不清的海誓山盟，一时间有点窘。可往深处一想，不对啊，后来背叛海誓山盟的是她，而不是他啊，是她最终选择了刘必定那混帐东西嘛，她咋还这么理直气壮？再说他也没打啥官腔嘛，他是真心表示感谢嘛。却也不好争辩，故作轻松地发出一连串笑，不称祁总了，直呼其名道，小华，看你，还是那校花脾气，我感谢还谢出毛病了？好好帮我们干吧，奖励的事小飞汇报后我同意了。

祁小华道，这事我正要说呢，现在正闹投票门，奖励的事别再提了，我们金总的意思啊，那二十几万你们变成实物发给我们员工吧。

杨柳说，好，好，那我让王小飞来落实，反正不会亏了你们的。

祁小华这才说，哦，对了，杨柳，你告诉王小飞，让他尽快去和《人民证券》沟通一下，据我所知，于文发和《人民证券》可能会针对北方重工的股改搞大动作，不仅仅是征集反对票那么简单。于文发在电话里向我透露说，有一个什么神秘而重要的人物要出场参战了。

杨柳问，哎，是不是哪位没掌握的大户啊？你们那边有线索么？

祁小华说，没有，你们再查查大股东名单吧。又说，杨柳，我这么卖力给你帮忙，你也得给我点回报吧？我问你，希望汽车这两天的涨停板是不是你们的杰作？如果是的话，我们自营盘也想跟进一些。

杨柳道，小华，我真不知你是咋想的，就算是我们的杰作，我也不会告诉你啊，何况不是。我建议你们问问孙和平吧，他可能知道。

祁小华叫道，让我问孙和平？孙和平还问我呢！你不说就算了！

结束和祁小华的通话后，杨柳又敏感起来：如果希望汽车的股价异动和孙和平无关，那么会不会和K省的正大重机有关？正大重机老总任延安可是个深藏不露的老狐狸，这么多年来和北重集团在市场上交手频繁，出过不少狠拳。在孙和平和北柴没打出独立旗号的情况下，正大重机和任延安必会把孙和平当成对手，孙和平这厮该不是遇到了大麻烦，才带着田野和钱萍紧急空降K省的吧？但另一个问题又来了：如果孙和平胆大包天，把独立门户的底牌向任延安摊开，任延安又会作何反应呢？别人也许没这么大的胆，孙和平这泼猴可真敢这么干啊，尤其是拿到王小飞签字的加价三千万的协议书后……

王小飞这时还没走，见他愣在那里半晌没说话，赔着小心问，杨董，祁总在电话里都说了些啥？流通股东中的大户我们都掌握了嘛。

杨柳"哦"了一声，回过神来，你们再查查吧，祁总说啊，这是一位挺神秘的人物。另外，要尽快和《人民证券》的于总沟通一下。

8

沟通？谁和他们沟通？现在咋沟通？箭在弦上了，我们不得不发了！于文发把玩着红蓝铅笔，审阅着即将付印的报纸头版大样，耳肩之间夹着话筒，漫不经心地和经营副社长王艺全通着电话，你告诉北方重工王小飞，就说没找到我好了。说罢，挂了电话，又看起了大样。

那位署名蚂蚁的神秘人物及时送来篇好文章啊。题目就挺绝:《我愤怒》,文笔老辣犀利,三言两语就把目前股改面临的危机点透了。

——我们正作为牺牲者在亲历历史。将来的证券研究者们也许会这样记录:2005 年,中国股市先天不足造成的原罪无法追赎,新的剥夺再次发生了。上市公司和包括国资部门在内的利益集团以其天然强势挟持了股改,中国股市到了最危险的时候。七千万股民在亏损累累的情况下,继续在股改中血流成河。作为一名小股东,资本市场上的一只小蚂蚁,今天,我必须发出我的吼声:我愤怒……

很好,蚂蚁同志!于文发想,你和中小股东早该愤怒了,七千万蚂蚁的愤怒不应该被市场忽视,更不能在虚假的博弈中继续被大股东和相关利益集团愚弄。是捅破那些假面具,呈现历史真相的时候了。

——我愤怒,是因为我被管理层欺骗了,他们告诉我这是一个法制的市场,而我没在这个市场上看到普遍的认真的执法;我愤怒,是因为代表非流通大股东利益的国资部门的蛮横无理,在和流通股东的对等谈判中,我没有找到对等的感觉;我愤怒,是因为上市公司普遍缺乏诚信,他们除了圈钱,从没想过好好回报中小股东;我愤怒,是因为我们的钱来得都不容易:那是我们的工资,我们的稿费,我们的退休养老金,我们的血汗积累!我们的每一分钱都是清白的……

从上面这段文字看,这只蚂蚁应该是个作家,或者是位记者,文中提到了稿费嘛。接到稿子后,于文发曾让手下编辑记者查明作者身份,了解相关情况,结果没查到作者的任何线索。但从接下来的文字看,作者必定是北方重工的一名长期投资者,对这家公司的沿革和圈钱历史很了解,于文发估计,作者的长期投资的亏损应该相当严重。

——现在让我们分析一家叫北方重工的上市公司。这家公司的前身是 ST 维丰,北重集团是以资产重组形式入主该公司的,重组成本每股四元多,重组后进行增发,增发价三十二元;次年配股,配股价二十五元，两次圈钱二十二亿；你非流通股四元多持股成本，流通股东接受了高价增发配股，持股成本近三十元，公平的方案应十股送十股以上，但他们却只能十送三！面对资本强权，我们是弱者，所幸的是这次管理层给了我们否决权。中小股东们，千万珍惜您手上的否决权，一定要去投票！哪怕只有一百股，您也要大声地告诉他们：我愤怒了，不能再容忍了，我反对这种掠夺方案！从来就没有救世主，您的命运掌握在你手上，站出来，对所有侵权方案投反对票……

不错不错，作者说得不错啊，如果广大中小股东都能站出来维权投反对票，就完全有可能把一场忽悠变成严肃的游戏规则。他们这次和北方重工的博弈，也许就不会再像前几次那样以悲壮的失败结束。退一步说，就算再败了也没啥了不得，反正是把新闻做出来了。

那还有啥可说的？于总，签字付印，替蚂蚁们再愤怒一回吧！

于文发拿起红蓝铅笔，正要签字，桌上的电话又响了，还是那位管经营的副社长王艺全。王艺全开口就问，明天的报纸还没送厂吧？

于文发说，我刚看完大样，马上要送了，你这又怎么了？

王艺全口气很急，于总，那最好先别送，我这就过来汇报。

于文发警觉了，哎，老王，你在哪？是不是在北方重工啊？

王艺全这才说了实话，是，人家王小飞董事长正和我沟通呢！

于文发火了，老王，你……你沟通个啥呀？赶快给我回来……

这时，电话里出现了王小飞的声音，嘿，于总，终于找到你了！

于文发不好发作了，笑道，哦，王董啊，找我干啥？我又不能帮你们拉赞成票！你还是得多往汉江证券跑一跑，和祁小华多沟通嘛！

王小飞说，哎，于总，我们的广告你们不要了？这不，王社长正和我谈着哩！你快过来吧，我们还没开喝，就等着你于大总编了！

于文发觉得不妥，担心禁不住广告的诱惑，丧失原则，便道，王董，对不起，我现在手上的事太多，改天再说吧！说罢，挂断电话。

再拿起大样，准备签字时，于文发突然发现了一个问题：蚂蚁的公开信是摆在头版头条位置发表的，二条位置配发了他以本报评论员名义写的文章："千万股民倒下去，一个作家站起来"。作家是他的合理推断，可作者若是个记者呢？又或者是其他啥人呢？业余写文章的人不少嘛，他业余时间不还写写诗吗？便把评论员文章标题改了一下："千万股民倒下去，一只蚂蚁站起来"。且不无得意地想，汉江证券的祁小华不是要写篇关乎蚂蚁战大象的寓言故事么？他正好给她提供点素材嘛！让祁小华们看看这只神秘蚂蚁将怎么收拾北方重工。

大样签了字，却没急于送工厂付印。王艺全私自沟通的做法不对，有点叛社投敌的意思，但对他的意见却也不能不尊重啊。毕竟是王艺全负责搞钱，四处求人，也够辛苦的。现在市道不好，中小股东日子不好过，上市公司日子也不好过，拉广告搞赞助越来越难了。老王已经不想干了，暗地里正谋求到日报去做编辑部主任呢。另外，于文发一直认为，做重大决策时多少也得民主些，哪怕是做戏也得做一做。

于是，于文发一边等着叛社投敌的王艺全，一边让办公室通知其他几个主要领导和相关部门头头过来开个会，想最后"民主"一下。

等王艺全和众人到齐后，于文发手里抓着已签字的大样，煞有介事表演民主，既没提老王叛社投敌的事，也没说自己的决策，不动声色地问大家：蚂蚁的文章还发不发？这是不是新闻？我们要不要做？

广告部主任没注意到大样上已签了字，当真以为可以自由发表意见，第一个跳出来反对。说是这新闻再好也不能做，蚂蚁的文章更不能发，理由很简单：蚂蚁怒斥的是北方重工，而北方重工已准备在《人民证券》上做三整版广告，价值高达二十至二十五万元。广告部主任建议把文章给他，由他去找北方重工谈判，争取拿二十五万广告费。

王艺全这才自我暴露，说是他刚和北方重工董事长王小飞见面回来，情况很好，出乎意料的好。本来北方重工牛得很，老说准备做广告，准备五个月了也没准备好，现在准备好了，而且广告费三十五万。

于文发自己没表态，却让管新闻的林副总表态。林副总虽说不管经营，却不能不考虑经营，咂着嘴说，毕竟是三十五万的收入啊，让我说啥好呢？咱不是党报，自收自支，没广告全社八十多号人吃啥呀！

于文发笑了笑，社长兼总编是我，你管新闻，吃啥归我管，不归你管。你就说这封公开信吧，内容好不好？能不能引起反响？现在没几个人相信股改博弈，都说是忽悠，可一只蚂蚁站出来了，就相信！

林副总编想了想，是，这正是文章的可贵之处啊。我一直承认这是篇好稿，可也和你说过的，风险也不小啊！咱们连作者的真实身份和情况都没搞清楚嘛！所以，于总，如果你这回真民主的话……

于文发脸一拉，打断林总的话头，老林，我哪回民主是假的？

林副总忙道，哦，口误，口误！于总，经营和我无关，是王艺全的事，可我还是建议缓发，发表之前最好送有关部门审查一下。

于文发讥讽道，是不是送给北方重工王小飞审查啊？荒唐嘛！别忘了咱们报纸的名称，它叫《人民证券》，不叫《资本玩家》！

王艺全忙提醒，哎，资本玩家咱也不能得罪，广告靠他们……

于文发手一挥，两回事！你们广告部门继续和资本家周旋去，北方重工的广告能拿照拿，拿到十万都行，但要快，真拿不来就算了。

广告部主任小声嘀咕道，那蚂蚁的文章就不能现在马上发表。

于文发想了想，算了，算了，那就不要北方重工的广告了！把报纸发行量搞上去，多发个十万八万份，何止三十五万！说罢，再不和大家玩民主的游戏了，一脸正气敲着桌子，以“集中”的口气严肃教训起来，——大家都别忘了，咱吃的不是国拨经费，是全国中小股东买报纸养活了咱们！本报发行量之所以能在同类报刊中长期雄踞第一名，就是因为我们能为中小股东代言，敢为他们呼吁！

王艺全是老同志了，应该看出他“集中”的意图了，却还在那里进行“民主”的最后挣扎，苦笑摇头说，那也得有个度啊！咱抛开广告不谈，蚂蚁的公开信这么尖刻，也得考虑到发表后的社会效果啊。

于文发说，我觉得社会效果是积极的。会唤醒中小流通股东的维权意识，引导他们积极参加股改博弈，恢复对政府的信心。所以蚂蚁的新闻也要好好做，对北方重工股改要跟踪报道，同时利用我报本身的网站平台，和全国各大网站取得联系，让各大网站都积极跟进……

散会后，王艺全留下了，郁郁说，于总，王小飞今天一定要见你，你当真不见？于文发反问，我见了他，北方重工的广告你们就能给我拿来了？王艺全说，你非要做这个新闻，广告肯定拿不来了，但是你得见见，人家和你沟通并没错，咱反对人家也得说说反对的理由吧？

于文发想想也是，便答应和王艺全一起，到报社附近的茶馆和王小飞以及北方重工的几个人见一面。去的路上，还半开玩笑半认真地对王艺全说，我既然去了，你们广告可还得想法给我弄啊！王艺全没好气，咱为蚂蚁们摇旗呐喊，我还有啥理由弄？于文发道，这不正是理由嘛，蚂蚁们在呐喊，大象更要大做广告，发出声音。让他们花点钱讲讲自己的苦衷，说说北方重工未来的发展前景嘛。王艺全说，你可也真够损的！却又说，不过，这倒也能自成一说，我就试试看吧！

估计王小飞已从王艺全那里得到了信息，没提广告，和他一见面就说，股市一直这么低迷，中小流通股东买了股票损失都这么惨重，他和北方重工董事会和管理层也很痛心。所以股改的文件一下来，马上闻风而动，在第一时间里落实，迅速出台了十送三的股改方案。

于文发说，王董，照你的意思，人家中小股东还得感谢你们的慷慨大度了？别忘了你们当年的增发价和配股价啊。委托本报投反对票的很多中小股东都向我们反映，你们十送三的对价怕是远远不够啊！

王小飞呵呵笑着，是，是，股改就是博弈嘛，于总，你今天既然来了，咱们就好好沟通，你和《人民证券》所代表的任何一位中小股东的意见，我都负责向大股东转达，我今天是带着谦卑的诚意来的。

于文发心想，还谦卑呢，如果真按王艺全的意思做了那三十五万的广告，你们还会这么谦卑么？却也没说破，就事论事说起了股改方案。道是北方重工的股改方案太不合理，实际上是新的掠夺。广大中小股东高价参加过增发配股，增发价每股高达三十二元，配股每股二十五元，真是血泪付出啊，可得到了多少回报呢？七年以来总共分红三次，两次是每股二分，一次每股三分，全部分红只有区区七分钱。

王小飞苦笑说，这是事实，中小股东有气我也有气。于总，你可能不知道，三十二元增发时我们管理层都参加了，集团要求的，每人至少一千股，我一时发了昏，买了三千股，直到今天老婆还骂呢！

于文发说，好，这么说，你也是受害者，虽说是公司董事长兼总经理，也是位中小股东，那么请问：十送三这种对价合适么？尤其是在市道如此低迷的情况下，能在多大程度上补偿中小流通股东呢？这种低对价的股改公司送过股后哪家不贴权？股价暴跌，等于没送嘛。

王小飞想想问，于总，那你们的意思呢？让集团大股东送多少？

于文发道，许多小股东要十送十，可这办不到，能十送五吗？

王小飞摇摇头，这恐怕也办不到。我省上市公司共计一百二十三家，大部分是国有控股，于总，我向你透露个秘密，你千万不能公开说：省国资委定下的底线就是十送三，刚刚开过会，不准轻易突破。

这可是于文发没想到的。股改全面启动后，北京的主管部门领导公开讲话时一再说，国有大股东和中小流通股东是平等博弈，汉江国资委这条底线一定，哪还有平等博弈，还不是大股东说了算？于是便道，怪不得没人相信这场博弈呢，照你说的事实看，还真是大忽悠了？

王小飞有点怕了，哎，于总，我是想让你知道我们的难处，才对你和王社长交底交心的啊，你可别在报纸上公布，把我给害了！你真公布了，我可是决不认帐的。十送三这条底线上面让我们只做不说。

于文发没好气地道，我知道，这又不是头一回了！有些事是只说不做，有些事是只做不说，中国特色嘛！那你还和中小股东沟通啥？

王小飞这才说，因为北方重工两次高价融资情况特殊，经过大股东北重集团努力争取后，最终的对价会增加到十送三点二，以表明博弈的存在和国有控股股东的诚意，这个对价也许将是汉江省最高的。

于文发明白了，这就是说，广大中小流通股东只能被动接受了？

王小飞反问，那还能怎么办啊？你们当真以为能否决这个方案？

于文发想到那条所谓的底线就恼火，不愿和王小飞谈下去了，起身道，中小股东当然要否决嘛！王董，请你转告大股东北重集团和董事局主席杨柳，告诉他，这意味着战争，蚂蚁们准备向大象开战了。

王小飞和随他一起过来的董秘以及证券代表全都愣住了……

一直没说话的王艺全，这时说话了，哎，哎，王董，你们可别误会，千万别误会！我们于总说的开战，是参加股改博弈的中小股东向你们的控股大股东开战，我们《人民证券》实际上是严守中立的！

于文发知道王艺全要谈广告了，抬腿就走，对不起，不奉陪了！

9

正大重机的新区总厂和各分厂给孙和平一行留下了深刻印象。

和生活区重机新村的陈旧破败截然不同，总厂及下属各分厂的厂房设备，重型卡车、厢货车、搅拌车的生产线大都是国内一流的，一点不比北方重工差。尤其让孙和平兴奋的是，经过几年发展，正大重机已经具备了十四吨以上底盘和驾驶室总成的生产能力，潜力巨大。

最新一期生产报表显示，正大重机目前各类重型汽车装备的在产量已达到四万三千多辆，如果北柴股份入主以后，能投入几亿技改资金，进一步扩大产能的话，有望达到年产七万辆。真能如此的话，正大重机就完全可以取代北重集团，成为北柴发动机的最大常年客户。

孙和平感叹不已：任延安果然是先生产后生活啊，把宝贵的资金全用到刀刃上了。为了站稳中国北部市场，任延安麾下的八千员工真是在艰苦奋斗啊。也正因为如此，正大重机才具有了不可忽视的整合价值，它的资产是经营性的有效资产，严重低估。不像有的大型国企，帐面资产花花绿绿煞是好看，过细一审不少是非经营性的无效资产。

管理水平也令人叹服，这两天看下来，就连挑剔的田野也无话可说。两天中，任延安一直亲自陪同，而且毫无隐瞒，想看哪里就看哪里。他们三人坐着载客电瓶车，在一个个分厂、车间巡视时，没看到一个无所事事的闲人，没在厂区的任何角落发现一个烟头，一缕棉丝。

刚开始，孙和平并不知道进入厂区后就不能抽烟，在电瓶车上点了一支。任延安当时正背着身子和田野、钱萍说啥，闻到烟味后回头一看，就对办公室主任说，记下来，我的客人违规了，罚我一百。孙和平忙把烟掐了。主任笑道，晚了，我们任总已经损失一百块了……

真是英雄相惜，相见恨晚啊，孙和平对考察中亲眼看到的一切很满意，任延安对孙和平的欣赏也很高兴。最后一天中午，从不陪客的任延安将孙和平一行破例请到小食堂，陪同客人们吃了次饭。上了茅台酒，自己不喝，以水代酒，却劝孙和平一行好好喝，来个一醉方休。

喝酒时，孙和平说，任总，耳听为虚，眼见为实，到厂里这么走一走看一看，我才明白了，你有傲慢的理由，有资格罚我四小时站！

任延安笑了，孙董，那是你想站的，我可不敢罚你们！又很感慨地说，不要总说国企搞不好，只要肯下劲来搞，就没有搞不好的！

孙和平由衷说，是啊，你任总领导下的正大重机就搞得很好，不过，该提的意见我还得提：对员工生活上的欠帐得尽快还。你们生活区在市内，完全可以在市场化的条件下解决掉大家的住房问题嘛。

任延安说，市场竞争这么激烈，这事还是以后再说吧。现在技改要五个亿，扩大市场网络的也得铺上两三个亿，我们哪来的钱啊。不是受资金困扰，我们根本不会和JOP谈合作的，起码现在不会谈。

孙和平说，这七八个亿你们别担心，一旦我们合作，这些资金北柴股份会统筹解决。员工住房，包括你们干部住房还得抓起来，也花不了多少钱。我们是这么搞的：企业自己成立一家房产公司，原拆原建，拿卖商品房的盈利补贴员工，员工自己再搞点房贷，啥都解决了。

任延安眼睛一亮，哎，这主意好，也不违反政策，可以试一试。

孙和平这时已把正大重机纳入了北柴股份的扩张版图，又说，任总，你们的管理很好，水平一流，我们入主后，除了派一位财务总监之外，生产班子不派一个人过来。一切都不动，维持原状。您呢，还可以进入北柴股份决策层，我代表控股大股东提议您出任副董事长。

任延安笑问，孙董，你这么有信心啊？就不怕我们投奔JOP。

孙和平说，你不会，这两天你亲自陪同我们，我心里就有数了。

任延安难得大笑起来，孙董，你四小时没白等，你感动了我啊。

孙和平手一摆，任总，别来这一套，您是能被轻易感动的人？如果没有双方共赢的大好前景，我站四十小时只怕也感动不了您。

任延安用筷头指点着孙和平，孙董，你真精，比猴都精！这才说了实话，知道么？这两天我是白天陪你们考察，夜里给领导班子开会啊，一开开到大天亮！最后一致决定，放弃JOP，加盟北柴集团！

孙和平大叫，好，太好了，来，我们一起干杯，为任总加盟！

任延安举起杯，和孙和平、田野、钱萍碰了一下，象征性地抿了口，继续说，孙董，你说服了我：参预缔造一个中国的伟大企业，而不是成为国外跨国公司的一部分，哪怕它是JOP。

孙和平说，就是嘛，你成为JOP的一部分，就算在市场上打垮了北重，也胜之不武嘛，那不是你的胜利，是人家JOP的胜利！

任延安赞同道，就是，再说，我任某人也是个民族主义者。现在你们来了，正大重机得到了宝贵的资金，壮大了力量，同时又事实上削弱了北重，——你们脱离北重集团，北重的动力系统将重新布局。

孙和平补充说，还有，正大重机的品牌也保住了嘛，任总，那可是你们的脸面和荣誉啊。中国民族工业品牌名录上，正大品牌仍将熠熠生辉。我甚至考虑，将来我们的集团更名为中国正大或者中国重机。

任延安连连点头，是，是，所以，我们有啥理由不干呢？现在倒是我和正大重机担心你们了，孙董，你们当真能脱离北重集团吗？

孙和平看了田野一眼，郑重承诺道，这是一定的！为此，我们已准备了近两年，事实上从北柴股份在香港上市之后，准备就开始了。

任延安说，好，那我就等着你们的好消息了。不过，我是个很现实的人，在北柴股份的独立成为事实之前，我和正大重机仍不能放弃和JOP的谈判，这一点希望你们能理解。当然，我会放慢谈的速度。

孙和平心里颇为不快，可却也不能强求任延安和正大重机在他这一棵歪脖子树上吊死，想了想说，好，你们放慢速度，我们加快速度。

因为要加快速度，孙和平当天下午就离开了K省，和田野、钱萍三人同时飞往三个方向。孙和平飞广东，和希望汽车所在地的国资部门协商希望汽车的股改对价方案。股改对价方案不敲定，刘必定手上的股权就是拿到手，也会因股改问题受到当地国资部门的阻碍。钱萍飞回平州老营，着手准备向海外股东的公告材料。田野飞省城，代表北柴股份公司正式向省国资委提交关于公司国有资产划转的报告。

任延安对孙和平的雷厉风行的作风很欣赏，亲率在家的四位副总级领导将他们送到了机场。在机场贵宾室，双方人员依依不舍，仍说个没完。站在安全红线前进行最后告别时，任延安和孙和平先是紧紧握手，后来竟冲动地相互拥抱起来，大家不约而同地为他们鼓起了掌。

通过安检，进了机场候机区，孙和平看看表：三点十分，飞广州的飞机已开始登机了。时间虽紧，孙和平还是向田野交代了几句，要田野一定要找孙鲁生直接谈，别忌讳啥。同时亲自到模范监狱和刘必定签订股权转让合同，说既说通了任延安，有把握拿下正大重机，合同就该签了，免得刘必定变卦。田野说，股市上连着两个涨停，只怕刘必定已变卦了，甚至怀疑股价就是刘必定炒上来的。孙和平判断不会，刘必定毕竟关在监狱里，就算有心有钱炒，动作也不可能这么快。

钱萍这才想了起来，哎，孙董，你说会不会JOP在抢控股权？

孙和平突然警醒了：这也不是没可能。现在股市低迷到极点，一片弥漫的熊气，别说希望汽车了，质地良好的北方重工都从二三十元跌到了四五元。为了吃掉正大重机，JOP真在证券市场上动手也不奇怪，就算股价涨到十元，JOP也不过多掏几千万美元罢了。对海外那些大腹便便的资本集团来说，现在正是廉价铲底大肆收购中国资产的好时机。既想到了这一点，就得弄清楚，以便下一步采取应对措施。

于是，孙和平让田野和钱萍各自散去后，自己一边排队登机，一边掏出手机给任延安拨了个电话。让任延安在和JOP继续谈判时设法摸摸JOP的底，看看JOP或者JOP在华尔街的投资人以及其在中国内地的几家合资公司是否已经在证券市场上动了手。说这很重要。

任延安是重卡机械的行业专家，却不是在资本运作专家，孙和平说了好半天，他才听明白，答应去摸底，并及时向孙和平通报情况。

这时，在平州守摊的程总来了个电话，说了两件事。一是六月份该付的一亿三千万货款据集团财务部说，总裁周到已批了，估计两三天内就会到帐。二是集团突然又来了个五千台的大订单，还要求尽快发货，销售部不知该不该签？孙和平想都没想就说，签，赶快签。库存的先发过去，一些不急的订单往后压压，先满足集团的需要。程总说，集团要这么多发动机干啥？孙和平不耐烦地说，你管他干啥？有本事倒卖就让他们倒卖去！我现在不怕集团要货，就怕他们不要货。

程总还想说什么，孙和平却不愿听了，关上手机，上了飞机。

飞机六时许降落广州，因为事先打了电话，广东地方国资局来了位办公室主任接机。从广州白云机场赶到希望汽车所在县，已经是晚上七点多了，县国资局局长、副局长正在一家宾馆的宴会厅等着他。

又一轮紧张谈判在杯盏交错中开始了，孙和平再次强打起精神。

国资局金局长开宗明义声明，此次股改不是儿戏，上面说得很清楚，哪个省不完成股改任务就不能在资本市场上融资。所以希望汽车的股改应随着北柴的入主尽快完成。他们目前只有8%的股权，北柴股份受让两亿一千万股后，股权占到了24%，双方要商量一下：怎么向中小流通股东支付对价？这当然是个大难题，希望汽车的非流通股东持股太少，不可能按十送三的主流方案送股，问孙和平如何办？

孙和平早就想过这事，根本不愿支付对价，便来了场兵不厌诈的舌战群雄：希望汽车此前的一切与北柴股份无关。北柴股份是一家在香港联交所上市的H股公司，并没有借希望汽车的平台在国内市场融资，对价的支付者应该是国资局。根据国资局现在的持股情况，按十送三的送出率计算，也可以做到每十股向流通股东支付零点二股。

金局长皮笑肉不笑地问，孙董啊，你认为流通股东能接受吗？

孙和平反问，让我们送股，北柴股份的H股股东就能接受了？

金局长叹了口气，孙董啊，你别拿H股说事好不好？你到市场上听听，到网上看看，十送三小股东都嫌少，送零点二我们敢提吗？

孙和平眼皮一翻，为啥不敢提？这是历史造成的嘛，能怪谁！

金局长也不客气，尽管脸上仍在笑，但立场却不含糊，你们北柴股份既然接了这两亿一千万股权，就得承担股改的责任和义务，也得和我们国资部门一样，按十送三的送出率向中小流通股东支付对价。

孙和平略一沉思，金局长，你可能忘了一个事实：到此刻为止这两亿一千万股权还没到我手上，受让协议还没签，我可以选择退出。

办公室主任一看不好，忙打圆场，哎，孙董，喝酒，咱们喝酒！

孙和平喝了杯酒，灵机一动，信口开河说，金局长，你们也不要这么官僚，别光坐在办公室喝茶看报，也注意一下希望汽车的市场表现嘛！市场听说北柴股份要入驻了，希望汽车这两天连着两个涨停。

金局长和几个副局长被唬住了，你看看我我看看你，一时无言。

孙和平趁热打铁说，对希望汽车的中小流通股东来说，一家香港上市公司的入驻就是最好的对价，远强过十送三，市场已经在证明了！

金局长快乐起来，好，有道理！那些十送三的公司全都贴权，送了等于没送，股价只要能上涨，中小股东就能满意。可话题一转，却又狡猾地说，既然如此，你们干脆把我们这点股份也受让过去算了！

孙和平才不上当呢！十送零点二的股改方案无异于玩火，搞不好就会烧了他的猴屁股。这种既危险又肯定要挨骂的游戏，得让金局长们以国资部门的名义玩。便笑道，哎，我和北柴股份可不想让你们出局啊，股改完成后，我还希望继续得到你们地方国资部门的支持呢！

金局长也没坚持，应付说，好，好，该支持的我们一定支持。

孙和平再没想到，希望汽车这两个莫名其妙的涨停板竟会变成他手上的利器，竟这么轻松就推掉了支付对价的难题。其实，根据股改文件规定，北柴股份是应该支付对价的，来之前他已想好了支付对价问题，想要讨论的只不过是送出率，能争取到十送二就算是胜利了。

难题既已解决，下面的酒就得喝好了。人头马、XO开了一瓶又一瓶。你敬我，我敬你，敬得个不亦乐乎。孙和平中午和任延安喝了不少国酒茅台，现在又来了洋酒，两种酒在胃里来个中西结合，顿时难受起来。办公室主任却还在劝酒，孙董，得喝啊，能喝一斤喝八两，对不起股东对不起党；能喝八两喝一斤，党和股东都放心……

金局长也喝多了，歪在椅子上直叫，主任，上段子，上段子。

办公室主任不劝酒了，遵命说了个黄段子：儿子出国留学，老爸交代他说，无聊时可以找妓女，但别和你妈说，帐单上就写打鸟。一个月后，老爸收到了儿子的帐单：打鸟费两千。老爸心疼了，回信说，找便宜的鸟打。没多久，帐单又来了：打鸟费五十，修枪费五千。

满桌人哈哈大笑，孙和平也笑了起来，胃里的动静消停了不少。

这时手机响了，响了好半天孙和平才接了，刚"喂"了一下，酒便吓醒了：来电话的是赵安邦的大秘。大秘也不问他在哪里，只说赵省长要找他谈话，时间定在明天，也就是周日下午三点整。他悬着心打探谈话内容，大秘说，内容他也不知道，估计也就是听听汇报吧！

孙和平想，听啥汇报？该不是要按杨柳的意思"踢升"他出局滚蛋吧？赵安邦和省政府可一直要做大做强北重集团的。这一想，呆不住了，要金局长立即安排车送他回广州白云机场，连夜飞返汉江……

10

虽说隔着监狱高墙电网，刘必定和外部世界的联系仍未割断。想割也割不断。他成了 0765 号在押服刑犯进来了，但犯下的那些事还得有人不断擦屁股。屁股在监狱里，轮到谁擦谁就得来探监了，连香港警察都来过。宏远那几个下属就更别说了，探监更频繁得像上班。

监狱长见他不断被带进带出，讥讽说，刘总，我看你简直比我还忙。刘必定眨着眼镜片后的小眼睛说，不敢，不敢，报告政府，这都是我过去犯的错啊，我错误严重。又挺真诚地说，其实这些人我一个不想见，尤其是香港警察。监狱长好奇问，香港警察找你干啥？会不会把你弄到香港？刘必定说，报告政府，不会的，现在一国两制，别说我现在已在大陆监狱，就是出了监狱，只要不过罗湖桥，他们也不能直接抓我。监狱长问，你在香港犯了啥事？刘必定欺负监狱长不懂经济，叫苦说，香港更叫冤枉了，说我挪用香港上市公司资金，这从何谈起？我完全是为了股东的长远利益，才搞了点财务投资，造成了些损失。监狱长说，那你该见的人还得见，尽量配合搞清问题，也帮人家弥补损失。刘必定连连点头，就是，就是。又向监狱长探询，监狱图书室有香港法律书么？监狱长说，好像没有吧？

只有咱大陆这边的法律书。刘必定请求，你能让人马上帮我买几本香港法律书么？监狱长说，这可以。当下就让人去替他买书。到号子送书时，监狱长意味深长说，刘总，咱新生厂的螺丝生产快要搁车了，下月没订单了。

刘必定说，咋会没订单？报告政府，下月订单包在我身上，我和北柴股份公司董事长孙和平说好的，十万元订单马上下。监狱长松了口气，好，刘总，只要这北柴股份订单拿到手，你又立功了，若能拿到一年长单，我不但建议给你立功减刑，还让你离开车间管经营。刘必定又来了个报告政府说，我可以立功，但不想减刑了。监狱长问为啥？刘必定说，在这里住都这么多人找我，出去后还不把我忙死?!

拿到几大本香港法律书籍，刘必定迫不及待看了起来。因为涉嫌侵吞八千万公众公司资金，他在香港已上了通缉名单。两年后从这里出去，还得到香港法庭上继续对付那些法官，甚至继续坐牢，不好好研究一下香港相关法律真不行啊。萨特和《存在与虚无》尽管挺伟大，但解决不了香港那边迫切而具体的问题，暂不研究也罢。

周六一大早，刚研究出点头绪，正对照相关条款给自己规划刑期长短时，监狱长来了，又说接见。刘必定不由想到了孙和平：希望汽车的股权协议还没签字，狗东西就不能不来。现在希望汽车已是两个涨停板了，两亿八千万肯定不行了，起码三个亿，外加新生厂的订单。

尽管在监狱呆着，刘必定因为管生产，仍在狱内一定范围享有自由，特别是看电视的自由。给犯人集体看的电视有不少财经频道。大队长和监狱长办公室是有线电视，能看到沪深两市股票实时行情。所以刘必定对外面股市一点也不陌生，每个交易日的股票涨跌，大盘收盘指数全都一清二楚。希望汽车的这两个涨停板自然也瞒不了他。

不料，出了号子门，监狱长却说，来探监的不是孙和平，是他妹妹刘必英。但监狱长仍是为新生厂的订单来的，吩咐他在接见时和妹妹说一下，务必让妹妹尽快去催催孙和平：订单问题很紧迫，没有订单不生产了，影响利润事小，影响犯人劳动改造事大，希望多多关照。

因为订单问题，刘必定和刘必英的会面仍受到了照顾。周末亲属接见应该在会见厅，那里既吵规矩又大，监狱长便让队长把他们安排在了狱内无人的图书室。刘必英给他带来了换洗衣服和一些日常生活必需品，完全一副亲属探监的样子，并不引人注目。看守的狱警例行公事检查过刘必英送来的东西后就走了，图书室里只留下他们兄妹。

狱警一走，刘必定立即和妹妹刘必英悄声谈起了正在进行中的操纵市场的重要“工作”。希望汽车又是一场漂亮的战役啊，是在股市极度低迷，人们信心全无时打响的，而且已经基本打胜了。天才就是天才，别看他现在是0765号囚犯，在监狱里呆着，照样风生水起。

都说法网恢恢疏而不漏，其实不然。刘必定认为，只要是网就有漏洞，没漏洞就不叫网了。前妻祁小华关键时刻的无耻背叛，导致他和宏远系走向了崩溃灭亡的不归之路，中国资本市场上一个伟大的奇迹烟消云散。然而，千足之虫僵而不死，因为中国资本市场的非线性迷乱，因为他的未雨绸缪，因为法网的疏漏，刘必定仍留下了些东山再起的资本。妹妹手上还有七百万股希望汽车的流通股，和两千八百万现金。这些股票和现金是他的秘密私财，别说宏远的人不知道，就连祁小华也不知道。2003年初宏远系资金链完全断裂了，他也没想过把这些现金和股票都拿出来。嗣后破产清盘，有关部门调查了他和宏远系有来往的所有的公司和个人，就是没想到调查他妹妹刘必英。

妹妹是他从小一手抱大的。母亲去世早，父亲要工作，大哥带小妹是很自然的事。妹妹小时候很漂亮，像个讨喜的洋娃娃，长大后反而不行了，模样普通得很，走到街上没几个人会注意她。可妹妹的感觉挺好，男朋友谈了不下一个排，却谁也没看中，快三十了，还像个没长大的孩子，整天眨着一双傻乎乎的大眼睛显示天真。刘必定发达后，妹妹辞职跑到宏远做了办公室副主任，但除了领工资，基本不上班，一直在家里遛狗喂狗，再就是逛商店，买时装。她买的那些时装价钱死贵不说，还大都希奇古怪。有一次，妹妹穿了身袒胸露背的时装，天女下凡似的突然降临公司，吓得刘必定连连讨饶，让她赶快回家，永远别来上班。后来她还真不来了，连每月八千元的工资都让他在家发。祁小华对这位小姑子一直很反感，不止一次在刘必定面前抱怨说，你们公司养这种妖怪废物干啥呀？得赶快想法把她嫁出去啊。

刘必定没理睬祁小华的抱怨，对妹妹仍是一味容忍。其实妹妹早已成了他私财代管人。他让妹妹从老家搞来一堆身份证，在省城六家不同证券公司开了近百个股东帐户。妹妹一直在坐在家里按他的指令买进卖出宏远系坐庄股票，其中包括希望汽车。正是因为有了这么一位从小抱大的忠诚可靠的妹妹，他才有了一条通往未来的秘密通道。

今天的妹妹变得庄重朴实了，穿着一身职业套裙。这也是他的指示：宏远系已经败了，奢侈将引起世人的怀疑，要学会过普通人的生活。妹妹是听话的，从他入狱后，每次来探监都着装朴素素面朝天。

妹妹很兴奋，显得比他还高兴，哥，我都按你说的办了，这两天用咱六家证券公司的八十五个帐户连续买进希望汽车，还真拉了两个涨停板哩！现在股价都到四块二角七分了，没准还能拉一个涨停板。

刘必定忙问，帐上还有多少资金？手上希望汽车又增加了多少？

刘必英说，资金还有一千多万，希望汽车咱原来有七百万股，第一个涨停板又买进了三百四十二万，加一起一千多万股了。第二个涨停板大家都抢进，咱只买了三万股，挂上去的三百多万一直没成交。

刘必定想了想，这样吧，小英子，今天是周六，下周一出货，一路卖空，一股不留。记住我教你的出货策略，关键时刻不能迟疑。

刘必英很不理解，哥，既然有人跟进了，咱为啥不再拉一个涨停板呢？咱手上又不是没钱，还有一千多万呢，对付一个涨停有把握。若再来个涨停，股价就到四块七角了，咱还能多赚将近五百万。哦，对了，对了，现在市场都在传呢，说希望汽车有JOP外资并购概念。

刘必定手一摆，语气坚定地道，对这种毫无希望的熊市不要抱任何幻想。小英子，我告诉你，你要记住：永远不要相信市场的传言！

刘必英睁着天真的大眼睛，看着自己英明的哥哥，为什么呢？

刘必定“哼”了一声，因为我们就是市场传言的制造者！这种事宏远系过去干得多了。你不想想，我们不拉这两个涨停板，市场会有这种传言吗？希望汽车有什么海外并购概念？扯淡！受让这两亿一千万股权的是孙和平，还有谁比我知道得更清楚？哪来的啥JOP啊？

刘必英嘴一撅，哥，那……那咱还发动这场希望之战干啥？

刘必定道，两个目的。其一，希望汽车股性很活，拉起容易。而只要拉起来，市场一定会自行猜测它的异动原因，那些跟风者们会积极发挥想像，帮我们编故事。现在不是在编了吗？我能趁机解套，顺手小赚它一笔。咱手上套的七百万希望汽车一直是我的一块心病啊。

刘必英多少明白了些，点头道，哥，这个目的好像已经达到了。

刘必定继续说，其二，现在毕竟是熊市，人气低迷。市场也许失去了想像力，没人替我们编故事了。我们把股价往上一拉，卖盘就出来了，为此会赔一些，再套进几百万股。但只要二级市场股价涨，孙和平就得为那两亿一千万股权多掏点银子，最终我们是稳赚不赔的。

刘必英连连咂嘴，佩服无比，哥，你真了不起，啥都想到了。

刘必定说，就按我说的办吧，只要能高位出货就是很大胜利了。

刘必英听明白了，好，好，哥，我就按你说的办。还有事么？

刘必定又说，孙和平那里的合同得赶快签了，不能等到下周希望汽车跌回三元八再签。趁着二级市场的大涨，我再加价两千万，马上写份全权委托书给你。你交给宏远的老吴。让老吴在下周开盘前务必和孙和平签订这两亿一千万股权的转让合同。而且要按新价格签。

刘必英提醒说，不是还有你们新生厂螺丝订单的事么？你和孙和平说了么？要不，也把这条提出来？这对你很重要，监狱长急着呢。

刘必定何尝不知道？可孙和平的北柴股份是香港上市公司，怎么可能使用来自监狱小厂的螺丝呢？于是便说，这我当然要提，但希望不大，小英子，你告诉老吴，让他随便找个皮包公司下订单吧，先打十万块过来，过阵子把货拉走，找地方先堆着，不行就卖废铁吧！

一切安排完毕，刘必定报告政府，求赐纸笔，监狱长亲自把纸笔送来了，刘必定当场写了委托书，同时另写了一纸条件，要求北柴股份支付十万元订金，向监狱新生厂下达三十万元各型号螺丝订单。

监狱长十分高兴，赞叹说，刘总就是刘总，在这里还这么牛。

因为这么牛，且是为了监狱的生产订单而牛，刘必定又获得了新优待：在妹妹探监走后，仍获准留在图书室继续研究香港法律……

11

在做任何重大决策时，杨柳都很注重细节，尤其是那些可能决定成败的细节。不把这类细节想清楚，哪怕机会就在眼前，利益唾手可得，杨柳也决不贸然出手。刘必定和孙和平正相反，往往会先扑上去再说。至于扑上去后果如何，是否会被烧残爪子，烫伤狗嘴，二人往往很少考虑，甚至不考虑，当年在汉江大学时他们就不是一路人。在刘必定和孙和平看来，他对细节的注重，是谨小慎微，循规蹈矩呢。

在整个大学时代，刘必定都是他的对手。他是校方培养起来的优秀学生，班级和系学生会的干部，刘必定是天生的反对派。在杨柳的记忆中，这厮在三年大学生活中除了应付考试，余下的精力和时间几乎全用于和他作对了，甚至在爱情上。据说某次舞会后，刘必定在黑暗中一把搂过祁小华，郑重地对祁小华说：忘掉那个循规蹈矩的小官僚，跟我走吧，那是一条幸福光明的大道！我向你保证，三十岁，我将让你拥有宝马、别墅；四十岁，你会拥有一家甚至几家公司；到五十岁，你的名字肯定会出现在中国富豪的财富排行榜上。祁小华由此认定刘必定有气魄，一步步投入了刘必定的怀抱，最终和刘必定结了婚，成了那个草莽英雄时代的变相牺牲品，她现在应该后悔了吧?!

孙和平那时还不是现在的孙猴子，还没成精，一直左右摇摆，哪边有好处就向哪边靠拢。既参加过刘必定的“倒阁”阴谋，也“入阁”做过他的班委。毕业后，和刘必定一起分到平州柴油机厂，二人又沆瀣一气，搞到企业混不下去了，发展到合伙骗贷的地步。嗣后，刘必定拉出宏远系大旗去资本市场闯荡，孙和平倒还有点头脑，没跟着刘必定去抓草莽英雄时代的“机会”，在省里搞集团时，重又回到了他身边。但孙和平动摇过，刘必定策划北柴股份叛逃的事孙和平从没和他说起过。所以二人今天在希望汽车上再度联手，杨柳一点不奇怪。

然而，他们忽略了一个细节，忘记了广东国资部门手上那八千二百万国有股，这些股份占希望汽车总股本的8%。更有意思的是，希望汽车的第二大股东DMG国际投资公司早在两年前就从宏远系受让了希望汽车一亿两千万法人股，其国内控股公司又从市场上买进了六千万股，手上已有了一亿八千多万股。这就是说，如果北重集团拿下广东国资部门那八千二百万国有股，和DMG联手，控股大股东就是DMG和北重集团，而不是北柴股份了，孙和平借控股地位拿下正大重机的美梦就将破灭。天哪，这泼猴竟忽略了这么重要的一个细节。

周六之夜，当孙和平无视这一细节漏洞，紧急飞返汉江时，杨柳却在精心研究这一有趣的细节。研究的结果又让杨柳吓了一跳，网上的公开资料显示，DMG国际投资公司的董事长竟然是美藉华人简杰克。

简杰克杨柳并不陌生，他可是王小飞请进北方重工董事会的独立董事。据王小飞此前介绍，此人有华尔街背景，是国际某著名投资银行的执行董事，对未来北方重工掌握国际惯例，走向国际资本市场会有所裨益。他当时并没在意，以为简杰克就是个投行专家，不知道他在中国资本市场卷入得竟然这么深。现在查了资料才知道，简杰克为他们集团旗下的DMG出了不少力，近年来以超低价格收购了三家资产庞大的国有企业，还收购了一家股份制银行，三年就赚了二百多亿。

简杰克和DMG怎么对希望汽车也这么感兴趣，竟早已潜伏在里面了？答案只有一个：简杰克的DMG和孙和平一样，瞄上了正大重机。

杨柳再没想到，在他前门拒虎，和孙和平近身肉搏时，后门早已进了狼，一条比孙和平还要凶险的国际资本之狼。和这条狼的合作几近无稽，且不说孙和平和北柴现在并没独立门户，就算真的独立门户了，他和集团也不能同门灭子啊。北柴毕竟是他们集团一手扶植起来的国有控股上市公司，就算最终要灭，也得看赵安邦和省里的脸色。

这么一来，杨柳重新找回了老子公司的立场，决定先替儿子公司堵上这一危险的细节漏洞，遂打电话从床上叫起了周到，要周到到他家来一趟。周到不太情愿，说是晚上有应酬，喝多了。杨柳便说，你真爬不起来，那我去你家吧。周到这才清醒了，带着一身酒气过来了。

过来后，杨柳泡了杯浓茶，让周到喝着醒酒，把情况说了说。

周到的大脑袋不知是被酒精烧糊涂了，还是一时没反应过来，竟大大咧咧说，就这事啊？这和咱有啥关系？别说现在那个简杰克孙和平还没斗起来，就算斗起来了，咱们正好坐山观虎斗，看他们咬嘛！

杨柳不高兴了，哎，周总，你醒没醒酒啊？要不要再来壶醋？

周到说，哦，醒了，醒了，杨董，你说，继续说，我听着呢！

杨柳在屋里踱着步，说了起来，孙和平和北柴股份下一步到底会怎么样，我们不知道。听说赵省长要找他谈话，谈话内容不详。估计不会是提拔滚蛋，如果是，组织部那边会有风声，现在仍没有。支持孙和平搞分裂的可能也不大，省里一直要做大做强几大产业集团嘛。

周到接上来，所以，还是我说的嘛，孙和平的屁股还得咱们擦。

杨柳摆了摆手，你想简单了，不是替谁擦屁股的问题啊！这八千二百万国有股的归属，很可能会决定我们，也决定北柴股份和DMG的未来命运。DMG和简杰克如果拿到了，北柴股份和孙和平就没戏了。

周到仍糊涂得可以，那不正好吗？这猴就得老实呆在集团里！

杨柳道，那我们面对的将是啥？DMG入主正大重机，势必以其资本实力和国际一流的管理经验，对我们的生存构成极大的威胁。我们就领着这只败下阵，烧焦了屁股的孙猴子，在市场上被动挨打吧！

周到说，可反过来说，这八千二百万国有股落到孙和平手里，也未必是好事啊，他就算现在被省里压着暂时不独立，日后也是隐患。

杨柳这才说到了根本，所以，这八千二百万国有股权必须由我们拿下，而且要立即行动。这一来，既堵严了后门，不给DMG和简杰克机会，又掐住了孙和平的猴脖子，让北柴股份以后好好摆正位置！

周到稍一沉思，乐得跳了起来，对啊，杨董，我举双手赞成！

杨柳笑了，我知道你会赞成。那明天一早，你就代表我们集团飞广东，立即就希望汽车八千二百万国有股的转受让问题展开谈判吧！

周到忙道，好，好，杨董，你放心吧，不但我亲自去，也把集团相关部门的头头都带过去，争取来个速战速决，免得夜长梦多……

杨柳又交代了一番：既要速战速决，也要注意策略，不要显出一副急不可耐的样子。建议周到做个小小的局，就说到香港开会，路过广东，和相关国资局头头随便见个面，似乎是很意外地谈成了这笔股权生意。至于价格，杨柳认为，要考虑股改因素，应该是扣除股改对价股份后的每股净资产，也就是三元左右。如果对方急于出手，还可进一步压价，反正双方都是国有性质的，不存在国有资产流失问题。

周到全明白了，对，对，我也这么想，每股最多不超过三元。和他们"顺便"见面的由头也找到了。咱是北柴的大股东嘛，自然要关心希望汽车的股改，一起谈谈嘛。一谈起来，我就把北方重工的股改难处说给他们听，告诉他们：我们十送三估计都难过关，他们还想十送零点几？让他们好好揣摩一下希望汽车这只山芋有多烫手吧……

就说到这里，电话响了。杨柳看了看表，都快夜里十一点了，真想不到谁会在这时来电话找他？拿起话筒一听，竟然是省长赵安邦。

杨柳很意外，对周到做了个手势，让周到住了口。这才对着话筒恭敬地说，哦，是赵省长啊，您咋这时找我了？有啥紧急指示吗？

赵安邦口气轻松，哪这么多指示，还紧急，就是和你聊聊天！

杨柳笑了，开啥玩笑，您省长半夜三更和我聊天，是有啥事吧？

赵安邦说，有，估计你会高兴，经你和周到同志极力推荐，省委常委会慎重研究，决定调孙和平同志任平州市副市长，主管工业……

杨柳兴奋地看着周到，故意大声重复，什么，让孙和平同志去做平州市副市长了？好，好啊，赵省长，这个有能力的好同志到底用起来了！我相信，让孙和平管平州工业，平州工业肯定会上个新台阶！

周到也激动了，先是冲着杨柳晃大拇指，后又把脑袋探了过来。

却不料，赵安邦那边呵呵笑了起来，笑罢，话头一转，杨柳，你就做梦去吧！别以为我看不透你那点小诡计！你不就是要削藩吗？不就是怕北柴股份独立门户吗？不就是想把孙和平踢弄走吗？我可警告你啊，也请你带个话给周到，都给我在北重集团这个山头上好好呆着，这个藩不能削！你们削北柴股份的藩，我和省委就免你们的职！

杨柳被搞懵了，结结巴巴道，赵省长，这……这哪来的事啊？集团啥时想过要削藩啊？这……这肯定是孙和平同志的误会……

赵安邦也说起了孙和平，我知道，这个孙猴子也不安分！北柴股份在香港上了市，有了资本，他们也想独立门户，这也是胡闹嘛！我准备找他好好谈一谈了，哦，对了，已经让秘书约定了谈话时间。

杨柳郁郁问，那赵省长，孙和平若坚持要从集团独立出去呢？

赵安邦道，他没这么大胆吧？想独立也行啊，我和省委先撤他的职！又和气地说，杨柳啊，你别担心，我会让他和北柴股份摆正位置的！你呢，一直是听招呼的，我和省委对你很放心，今天就算谈过了。

杨柳只好说，是，是，赵省长，我和集团仍然听招呼，坚决执行您和省政府做大做强北重集团的既定方针，只希望您们上面别动摇。

赵安邦笑道，上面会动摇啊？当初阻力这么大，我省几大产业集团不还是整合起来了吗？现在因为这只孙猴子，我就动摇了？笑话！

结束通话，杨柳冲着周到手一摊，咱继续和这只猴合作共事吧！

周到却叫了起来，赵安邦也真是的，他当省长的也开这种玩笑！开始把我高兴的啊，真以为能放鞭炮送瘟神了呢！那广东还去不去？

杨柳道，为啥不去？那更得去。赵省长灭了孙和平的独立梦，北柴股份就是我们的，广东的股权就更不能落到简杰克和DMG手上。

周到这才想起问，哎，你说那位简杰克会不会抢到我们前面？

杨柳摇头道，这我不知道，如果真抢到我们前面，那就是命了。

周到走后，杨柳洗洗睡了，可躺在床上翻来覆去却总是睡不着。

对上级领导的话必须好生揣摩，其中的精神要点必须吃透。不吃透就会给他和集团的工作带来很大的被动。赵安邦的意思很明白，踢升孙和平出局不可能，北柴股份独立门户也不可能，这位铁腕省长要维持现状。但问题是，这现状当真能维持下去吗？孙猴子为独立门户蓄谋已久，现在已经一个跟斗栽到界外了。而且，赵安邦还忽略了一个重要事实：现在可是市场经济啊，孙和平虽说是省管副厅级企业干部，更是香港上市公司的董事长，这董事长就那么好撤吗？真好撤的话，他和集团早就撤了。通电话时，他本想提醒赵安邦的，可话到嘴边却没说出口，做下属的，在任何时候都不能显得比领导高明啊！

12

周六之夜，孙和平搭乘凌晨一点的红眼航班飞回了汉江。飞机抵达省城机场是凌晨三点多，赶到汉江宾馆住下，已快五点了。孙和平又累又乏，在浴缸洗澡时就睡着了。待得眼一睁，天色大亮，竟已是上午十点了。困乏消解了许多，肚子变得极端饥饿起来，早餐已过了时间，孙和平便掏出包里常备的方便面，泡方便面吃。不料电热壶是坏的，只得用洗澡的热水泡起了方便面。这种干法并不是第一次，在香港和欧洲出差时，他经常领着下属这么干。孙和平吃得欢畅，正准备再泡一包时，才突然想起来：他妈的，这汉江宾馆的非饮用水咋能和香港、欧洲宾馆的饮用水比啊？别吃拉肚子！便放弃了再泡的打算。

想想真是悲哀，就这么吃着方便面拼命干活，却得不到好报，杨柳和集团那帮家伙还想踢升他。孙和平认定赵安邦找他不是好事，肯定不会是给他授勋发奖。这位省长八成是受了笑面虎杨柳蛊惑，要代表组织给他安排后事。组织是啥呀？就是你遇到难事时对你说，我们无能为力。你遭遇不公平时对你说，要正确对待。你权益受侵时对你说，要顾全大局。你受到诬陷，被排挤出局时对你说，要相信组织。

孙和平想，他真在这时候被踢升出局，一个故事就结束了，那个即将横空出世的伟大企业，由国有股东控股的重卡机械行业新巨头北柴集团将胎死腹中。因此，他必须抗争，哪怕被省委撤职。真被撤了职，他不是国有控股股东代表了，却可能成为海外投资机构的代表，没准北柴股份的董事长还是他。但可悲的是，他就变成了洋买办。

尽管心里悲凉，但孙和平就是孙和平，不到最后时刻决不轻言放弃。下午三点才和赵安邦见面，现在还有五小时哩，他该干啥还得干啥。便先打了个电话给田野，问他在哪里，事办得如何了。田野说在汉江宾馆。他一听就乐了，那你快过来吧，我也住这里 1123 房间。

田野过来了，见面就叫苦。说是孙鲁生真难找，直到昨夜九点多才在她家门口堵到。资产划转报告交给她了，反馈不是太好。孙鲁生先说涉及省里既定做大做强的大型国有企业集团的资产她和国资委无权批，得主管副省长甚至赵安邦直接批。后来又说，就算划转，也不是马上能办的。现在重中之重是搞好股改，省内一百多家公司，家家有本难念的经，既要落实支付对价的规定，又不能造成资产流失。

孙和平气道，这娘们，过去和我说得挺好，咋现在口气变了？

田野道，就是，我也觉得奇怪。真把北柴股份的国有控股权直接划给省国资委，她手上不又多了张能打的好牌吗？哦，对了，孙鲁生还暗示说，你这董事长有可能干不成了，或许省里要让你升一升了。

孙和平一直没把踢升的事和任何下属说过，此刻见田野主动提及，这才说了，升啥？我在北柴股份干得好好的，给个省长老子也不换，我看赵安邦能把我咋的。又骂，这都是杨柳那帮家伙搞的鬼！

田野忧心忡忡，孙董，我看这事不简单。省里毕竟早有决策，要重点打造北重集团，让北重成为中国乃至国际重卡机械行业的龙头啊。

孙和平烦躁地挥挥手，这事别说了，下午我和赵安邦省长当面去谈，我就是滚蛋也得滚出个响！说希望汽车吧，和刘必定的人见面了？

田野说，我昨天下午五点才回到的汉江，这哪来得及啊?!

孙和平不悦地说，你再来不及，希望汽车的股价就长天上去了。

田野苦笑说，我已打了个电话给他们老吴，说好在这里见面。

孙和平问，是宏远系的吴为仁吧？几点钟见？有没有啥变化？

田野说，定的十一点见，哟，时间快到了。估计有变化，老吴说要面谈。我就怕他们再变，已经让平州总部把合同、公章全送来了。

孙和平道，好，好，我既到了，就一起谈吧，就在我这谈！今天说啥也得把合同签下来，如果不签，周一开盘再来个涨停板就坏了。

这时，离十一点还差十几分钟，田野到楼下大堂接吴为仁去了。

孙和平在屋里踱着步，又想开了心思：就算下午赵安邦代表组织和他谈了话，让他离开北重，他北柴股份董事长的职务未经董事会的选举程序仍是免不了的。而在召开董事会之前的这段时间里，他有足够的时间飞香港，甚至飞纽约，和H股大股东通报情况，然后以H股大股东为背景，策划新的战略布局。在新的战略布局中，希望汽车和正大重机对北柴股份的H股大股东们仍然十分重要，同样必须拿下。

十一点十分，田野引着吴为仁进来了，吴为仁身后还跟着个女士。孙和平听吴为仁介绍后才知道，是刘必定的妹妹刘必英。刘必英说自己昨天刚从监狱探监回来，手里不但拿着刘必定的全权委托书，还给孙和平带了一封信。说罢，将委托书和信给孙和平、田野二人看了。

孙和平看罢，当即拉下了脸，对吴为仁和刘必英说，这两项是完全不可能的！四天前我亲自到监狱和刘必定谈定的，转让款就是四亿八千万，岂能见风长？给新生厂下生产订单更不可能，传到香港会引起海外人权组织的异议，既会影响公司形象，又会影响H股的股价。

田野也说，你们应该清楚，这两亿一千万股权不是流通股，是非流通股，不能因为这两天被市场炒了一下，就跟风涨价，没道理嘛。

刘必英眨着大眼睛，挺天真地说，孙董，田总，你们说的这些事情我都不懂，我哥让我带信带委托书，我就带，委托的也是他老吴。

吴为仁说，委托我不错，可委托价是五个亿呀，少了我没权签。

孙和平想想也是，挺不安地看了看田野，一时真不知该咋办了。

吴为仁一副不急不忙的样子，看了刘必英一眼，又说，要不，你们二位领导再想想？或者你们再到监狱和刘总商量去，我们先回去？

孙和平哪敢让吴为仁回去，灵机一动，突然道，你们别走，我现在就往监狱打电话，和刘总商量，商量出结果后，咱们照样签合同。

刘必英叫了起来，孙董，你以为监狱是宾馆啊，电话想通就通？

吴为仁也说，就是，就是。除非你们能按刘总的要求，答应给监狱下个订单，借着谈订单的机会和刘总谈谈合同，这倒还有点可能。

田野这时插了上来，算了，孙董，螺丝订单咱就下了吧，不就是十万订金么？将来要不要他们的螺丝再说吧，就算白扔也不过十万！

也只能这样了。十万订金和两千万不在一个档次上，他哪怕谈下三五百万，这电话也该打。于是便让常去监狱的吴为仁打通了监狱长的电话。吴为仁说是正和北柴股份的董事长、总经理谈生产订单，人家这边一定要和刘必定通话，谈订单的生产规格，交货时间啥的。

这么一来，孙和平就直接和刘必定通上了电话。订单的事几句话就谈完了。孙和平阴阳怪气说，刘总，螺丝规格啥的你看着办。发达之前你也在北柴厂呆过，有多少型号你该知道。质量和供货时间我也不操心，没准永远用不上。刘必定那边说，行，行，我知道你小子的意思，就算你拉回去全扔了，也得给我帮这个忙，日后我赔你就是！

孙和平这才说起了正题，哎，老同学，你可是太不够意思了，股权转让价见风长啊？咋又加了两千万？把我和北柴股份当肉头了？！

刘必定说，孙和平，你别整天野心膨胀尽做独立的大头梦，也多少关心一下希望汽车二级市场上的股价！这两天就是两个涨停板。

孙和平道，这事我听证券部汇报了，咋的？市场涨你就涨？刘必定，我提醒你注意一个事实：现在正搞股改，非流通股东都要向中小流通股东支付对价的，都十股送三股以上。我这刚从广东谈完回来。

刘必定似乎有些意外，你和广东那边国资部门也要十送三啊？

孙和平信誓旦旦撒谎，是啊，定了，就十送三！这两亿一千万股一下要送出六千三百万股啊。刘必定，你替我算算，送股后我们北柴还有多少股？每股转让价是多少？你这么狮子大开口，我只好放弃。

刘必定那边也不示弱，孙和平，你放弃也成。不瞒你说，JOP 对正大重机也很感兴趣，据说二级市场的这两个涨停就和他们有关。你说我有没有必要派老吴和 JOP 谈谈？哦，对了，还有简杰克的 DMG，他们手头已有了一亿多股，估计也会对这个价格有些兴趣的……

孙和平心里挺不住了，嘴上却强硬着，真想和 JOP 谈你就去谈嘛，不过这转让过程可不简单，要报北京商务部批，也许你出了狱也批不下来。简杰克的 DMG 也要报批不说，根据国家规定像他这种海外资本，最多只能再受让你四千万股了，怎么？你们打算拆零卖了？

刘必定那边多少软了下来，孙和平，咱们毕竟是老同学，为了友谊，为了北柴股份的独立自由，我让一百万，你再加一千九百万算了！

孙和平心想，虽然刘必定只是让了一百万，可毕竟还有谈的余地嘛。于是，略一沉思说，最多加一千五百万，我他妈认倒霉了！

刘必定道，老同学，既然你认了倒霉，那我忍痛出血，再减一百万：希望汽车这两亿一千万股权的最后成交价为:四亿九千八百万。

孙和平紧张地思索着,判断是否还有进一步讨价还价的余地?

刘必定那边急了,孙和平,你他妈痛快点吧,监狱长催我了!

孙和平这才想起了王小飞的报价单,哎,我要的护身符呢?

刘必定忙说,在我这里,值一千万呢,我能不放在心上吗?!

孙和平道,我当时就说太贵,你现在一加价,我更觉得贵了。刘总,你这护身符我不要了,这一千万我也不出了,就四亿八千八百万!

刘必定说,你不能言而无信啊,再说,你不怕杨柳收拾你啊?

孙和平说,你就言而有信了?一次次加价!又信口开河道,现在老子不怕杨柳了,实话告诉你:省里已经原则同意我们独立门户了。

刘必定沉默了半天,好,我认倒霉,就这样吧,护身符奉送了。

孙和平心里窃喜,你爱送不送,送给我也是将来分家吵架时用。

希望汽车的股权转让合同就这么在多次讨价还价之后,以四亿八千八百万的价格签下了。虽说比最先谈定的四亿五千万多出了三千八百万,孙和平仍认为是一大成功:正大重机由此收入他和北柴囊中。

吴为仁和刘必英走后,田野才问,孙董,你昨天到广东和国资部门的官僚都咋谈的?咱们入主希望汽车后也得给小股东十送三吗?

孙和平笑了起来,啥十送三,那是我唬刘必定的,咱们一股也不送!又拍着田野肩头说,田总,别以为这两个涨停板害了咱,让我们多掏了八百万,实际上这两涨停帮大忙了!咱不要向中小流通股东送股了,一下子省了六千三百万股啊!国有资产在咱手里增值了!便将昨晚酒桌上和广东国资局那帮官僚斗智斗勇的情节挺得意地说了说。

田野有些担心,孙董,这些官僚糊里又糊涂,我们得清醒啊!现在很多公司十送三,那些中小流通股东都不满意,只怕会有麻烦啊。

孙和平没当回事,大大咧咧说,中小流通股东全是散兵游勇,能翻起啥大浪啊?你看一个个股改公司,有多少中小股东参加股改投票了?他们也就是在网上骂骂娘,咒骂让他咒骂,好财咱得搂紧了。

却不料,中午和田野出门吃饭时,无意中在路边一家报摊上看到了当天刚出的《人民证券》报。报纸头版头条竟是一位署名蚂蚁的股民针对股改的一封公开信,被痛斥的对象竟然是北方重工。孙和平买了一份,站在路边看了起来。因为整的是北方重工和北重集团,先还有些幸灾乐祸。

深入看下去后才觉得不对头了，心里不禁有些发毛。

这真是咄咄怪事啊，《人民证券》咋发表这种和国有大股东捣蛋的文章？且配了一篇评论，标题实在耸人听闻，什么《千万股民倒下去，一只蚂蚁站起来》。证券营业部有提醒嘛，股市有风险，投资要慎重，你们一个个不慎重，该倒就得倒嘛，一只蚂蚁站起来有啥用？

田野站在一旁也伸头凑过来看，边看边说，你看看，你看看，北方重工十股送三股啊，都让这群蚂蚁愤怒不已，你还想一毛不拔？

孙和平眼皮一翻，没好气地冲田野说，我为啥要拔毛？北方重工高价圈过钱，我又没圈过；希望汽车谁圈了多少钱与我们没关系！

田野苦笑道，还是有关系的，我们和那些圈过钱的大股东有承继关系，咱们不承认不行，股改文件也是这么规定的，我认真研究过。

孙和平知道田野说的是事实，不和田野争了，说，先看杨柳、王小飞咋对付吧！我们的股改方案反正还没公布。再说我这董事长也不知干到哪天，没准下午和赵安邦谈过话后，集团就派新董事长过来了。

13

这是一场攻势，一场北重集团和北方重工从未碰到过的舆论攻势。一切都是精心策划的，从那位自称“蚂蚁”的小股东的公开信，到《人民证券》的评论员文章。“我愤怒”三个特大号黑体字触目惊心，公开信的内容更是大胆尖刻，把北方重工大股东北重集团、国资部门、管理部门全骂了。评论员文章竟然对这位蚂蚁股东的观点表示全面支持，呼吁全国中小股东好好读读这封公开信，积极参加股改博弈，像这位蚂蚁股东一样，挺直胸膛站起来。对他们国有大股东却以提醒名义发出警告，要求他们正视历史，正视现实，还市场以公道。

更要命的是，蚂蚁的公开信和评论员文章不只是发在《人民证券》报上。还挂到了全国各大网站上，从新浪、搜狐、雅虎，到网易、百度，全都挂在首页显要位置。不少网站加发了编者按，为之欢呼鼓噪。周日下午，连新华网、人民网这些国家官方网站也积极跟进了。

网上反响十分强烈。杨柳上网粗略看了看，短短一天的时间，各大网站网友留言已达上万条。留言一面倒，全是对蚂蚁的支持，几乎看不到几条反对意见。这在网上是前所未有的。杨柳清楚，网络是自由世界，网友留言大都不署真名，一般贴子能有个百分之六七十的支持率就很不错了。这只“蚂蚁”的愤怒竟引发了全国中小股东的愤怒。

这时再看重一遍公开信和评论员文章，杨柳最初的恼怒情绪消失了不少，多少客观了一些。蚂蚁尽管言词激烈，但话说的没错，包括他们北重集团和北方重工在内的或国有或私营大股东圈钱的确是圈过分了，给中小流通股东的回报实在是太少了，这次的股改方案真是说不过去。可这能怪他和王小飞吗？他们何尝不想多送点？省国资委和孙鲁生坚决不同意嘛，定的底线就是十送三，三点二还是争取来的。

正在心里抱怨孙鲁生，孙鲁生的电话就打来了。开口就是一通批评，杨柳，你这个国有大型企业集团的董事局主席是咋当的？和《人民证券》咋沟通的？你看这动静，大有炸平庐山停止地球转动之势。

杨柳抱怨说，这不是沟通的问题，确实是对价太少。连我们自己的董事长王小飞都有意见嘛，王小飞也是参加过高价增发的小股东。

孙鲁生说，你叫王小飞同志摆正位置，有意见也烂在肚里！赶快想办法让《人民证券》打住！我今天就去找省委宣传部，我得问问郑部长，它《人民证券》到底想干什么？还要不要正确的舆论导向了？

杨柳心想，这和舆论导向有啥关系？国家要求双方博弈嘛。大股东利用自身的资金和公关优势发文章发广告是一种博弈手段，像蚂蚁这类小股东发公开信也是一种博弈手段，实质性的问题还是提高对价。你国资委定了个底线，让各国有控股公司大股东失去了提高对价的空间，等于不让博弈，本身就是不对的。嘴上却没说，觉得孙鲁生真要能说动宣传主管部门压压《人民证券》也好，他的压力就轻了。

孙鲁生又说起了文柴厂的事，还有，文柴资产的划拨报告，我可给你特事特办了，王副省长和赵省长都批了，你明天派人过来拿吧。

杨柳不快的情绪这才多少好了些，连声道，谢谢，谢谢了。

孙鲁生说，你要真谢我，就把北方重工的股改认真搞好了。十送三点二的对价已是破例了，决不能提高，股改投票还得想法通过了。

杨柳直咂嘴，我的大主任，你都知道《人民证券》有炸平庐山停止地球转动之势了，我们是不是能以其他形式变相提高一些对价呢？

孙鲁生口气又变了，杨柳，记住你的身份！你是国有资产在北方重工的代表，不是中小流通股东的代表，不能造成国有资产的流失。

杨柳耐着性子解释，孙主任，国有资产咋就流失了？二十二亿增发可都是中小流通股东掏的腰包，国有资产实际上是大大增值了……

孙鲁生说，这不很好吗？让它继续增值嘛！杨柳，不是我今天批评你，你的原则立场有问题，都不如北方重工的独立董事简杰克。你别光听那只蚂蚁瞎叫唤，也听听简杰克先生的意见，简杰克不也发表文章了吗？公开说的嘛，股改支付对价违反国际惯例。我回头找宣传部郑部长，就得让宣传部指示《人民证券》多发表简杰克的好文章。

简杰克和他的DMG廉价收购国有资产没造成国有资产流失，国有股东向中小流通股东支付相应合理的对价却造成国有资产流失了，这实是说不过去的。孙鲁生还高度评价简杰克，真让杨柳哭笑不得。

于是，杨柳阴阳怪气说，孙主任，你批评得好啊，简杰克这位洋朋友比我还爱护国有资产啊！一个外国人，不远万里来到中国，帮助中国人民保护国有资产，这是什么精神？这是国际主义的精神……

孙鲁生不高兴了，哎，杨柳，你开啥玩笑？简杰克哪点说错了？

杨柳突然不可遏止地发作了，简杰克没错，全是我们的错！我们不需要一个公平有效的市场，不必管市场参与者的死活，让全国七千万中小股东全亏到泥里，让市场彻底垮掉，我们国有企业也不用到市场融资了，让简杰克DMG和美国财团一一把中国企业全收购掉好了！

孙鲁生那边十分惊愕，哎，杨柳，你今天是怎么了，这么发火？

杨柳多少冷静了些，孙主任，我现在真难呢！北重集团和北方重工急需资金，既要技改，又要增加产能，可证券市场这么低迷，我们根本没法融资。孙和平和北柴股份呢，又在做着独立门户的美梦，甚至真会和我们的老对手正大重机合流。我面临的局面可以说是危机四伏，从没有过。证券管理部门说得很清楚，股改不完成，就不能再融资了，我还准备股改顺利过关，尽快发行可转债，融资十几个亿呢。

孙鲁生仍不吐口，杨柳，你难我也难，咱要相互理解。正是知道你难，所以我才同意你十送三点二嘛，别的企业不能超过十送三。汉江省不是只有一家北方重工，一百二十三家上市公司呢，你突破他突破，国有资产就要在股改中大量流失，我这个国资委主任就是失职。

这倒也是事实，杨柳知道再争也没用，郁郁不乐地放下了电话。

这边放下电话，那边王小飞敲门进来了，说，大老板还加班呢？

杨柳指着办公桌上的《人民证券》没好气地道，你看看这个，不加班行吗？也不知你们这些天咋和于文发沟通的，闹了个惊天动地！

王小飞说，本来我都和王艺全说好了，拿三十五万在《人民证券》做三个整版的股改广告，让他们撤下蚂蚁的文章，停止征集反对票。没想到，总编于文发就是不同意！今天一看到报纸，我也不能再客气了，给《人民证券》打了个电话，要求转发简杰克不付对价的文章。

杨柳一听简杰克就来火，手一挥，像打发一只讨厌的苍蝇，王小飞，从今以后，你少给我提那个假洋鬼子！知道大家是怎么评价简杰克的吗？中国股改的麻烦制造者！哦，对了，他这独董也快到期了吧？

王小飞怔了一下，说，没，早呢，根据合同还有两年期限……

杨柳脸一拉，我还得忍受他两年啊？赶快找个借口让他滚蛋！

王小飞有些发蒙，杨董，咋了？简杰克的背景可是华尔街……

杨柳说，所以他才更得赶快滚蛋！这个人比于文发麻烦十倍！

王小飞越发不解，可在股改上，他一直是站在我们国有大股东一边的。他的文章我送你看过，连一股也不愿送，正好对付于文发啊。

杨柳一下子发作了，把对孙鲁生、于文发以及《人民证券》的恼火，全借着简杰克大肆发泄出来，我宁愿十送五十送十，也不愿接受简杰克别有用心的支持！现在资本市场成啥样了？中国经济高速发展，资本市场却一片低迷，优良资产卖着垃圾不如的价格。国家再不搞好股改，中国资本市场就要出大问题！简杰克之流是啥东西啊？他们希望的不就是资本市场继续低迷，好让他大肆收购廉价中国资产吗？我们真上当听了他们的，哪一天北方重工和北重集团被华尔街的财团收了去我毫不奇怪。真那样的话，你我就变成了他们的买办，中国企业就变成为他们的血汗工厂！王小飞，你这董事长可别糊涂啊！

王小飞连连点头，是，是，杨董，还是您看得深，看得远啊！

杨柳这才缓和口气，还啥国际惯例？中国股市是为国企解困才搞起来的，全世界有咱们这样的股市吗？能谈到国际惯例吗？笑话！

王小飞又发起了牢骚，是啊，当年高价增发，我不也买了三千股么？觉得自己是领导，得为解困出点力啊，现在倒好，快赔光了……

杨柳挥挥手，别说你那点破事了！又提醒道，国资委孙鲁生刚才在电话里可是交代了啊，希望你这事烂在肚里，你是在职董事长！

王小飞不服气，可我同时也是小股东嘛，和蚂蚁一样是受害者！

杨柳不耐烦了，行了行了，小飞，顾全大局吧！还是说《人民证券》的事。《人民证券》那三十五万的广告合同，你们还没签字吧？

王小飞说，没签，于文发又没答应我们的条件，我凭啥签？他们那位副社长还做大头梦呢，忽悠说，越是这样，广告越要做，咱大股东要在《人民证券》上发出声音！妈的，蚂蚁发出声音骂我们，《人民证券》不收他的广告费，还给他发稿费，我们发出声音就得掏钱！

杨柳思索着，该掏就掏嘛，不就是三十五万么？对我们算啥！

王小飞有些糊涂了，大睁着眼睛看着杨柳，杨董，你啥意思啊？

杨柳这时已打定了主意，我的意思呀，那位副社长说得对，这种时候哪能光有小股东的声音，没我们的声音呢？我们是要把自己的想法和股改后公司的发展前景说一说，这三个版的股改广告我们要做！

王小飞说，杨董，就算要做，也不能在《人民证券》上做啊，抢广告的报刊多着呢！这样吧，我明天就和《中国证券报》联系……

杨柳手一摆，不要联系其他报，就是于文发的《人民证券》！

王小飞急了，哎哟，杨董，我实在是不能理解了！您是不是认为于文发和《人民证券》这么和我们作对，我们还得给他们来点奖励？

杨柳说，该奖就奖嘛，这个于文发，我看比简杰克好！就冲着他宁愿不要这三十五万广告，也坚持为中小股东代言，我就佩服他！

王小飞一脸无奈，好，好，您是大老板，我……我不理解也执行！

杨柳这才笑了，小飞啊，你现在不理解，将来一定会理解。实话告诉你，我倒有个担心，怕于文发和《人民证券》不要咱的广告呢！

王小飞叫了起来，这不可能！他们王社长一天几个电话盯我！

杨柳说，好，既然这样，那你回头就找他谈吧！给我记住两个要点：一、要《人民证券》下周连续三天头版版面，还不得标注广告字样；二、广告文章我们不写，请《人民证券》派记者过来写，我们只负责提供股改文件和公司资料，而且要快写，最好同时派三个记者。

王小飞这下知道难度了，《人民证券》从没这样发过广告，尤其是头版，都是发表重要证券消息和文章，不注明广告怕有些难办。

杨柳道，所以我才说，他们不一定会要这三十五万的广告嘛！

王小飞自作聪明，我明白了，让他们知难而退，又显示咱们的大度！瞧瞧，我们并没因为你们捣乱就不做广告了，是你们不愿做嘛！

杨柳认真道，哎，小飞，你想错了！我不是让他们知难而退，是真想做广告！你好好做王艺全和于文发的工作，恳切告诉他们，我们要第一版也好，要求不注明广告字样也好，都是为了宣传股改方案嘛，进一步和中小流通股东沟通嘛，明显是广告，人家中小股东还看啊？

王小飞仍没看出这步棋的高妙之处，这……这好像也有道理啊！

杨柳说，好了，这事你最好今天就去办，谈成了，就让《人民证券》明天把三个记者派过来，我们好好接待，一人再发一万元稿费！

王小飞应着，正要走，突然又想起了什么，哎，杨董，希望汽车涨停内幕我弄清楚了，听说是 JOP 收购造成的。JOP 是国际重卡机械巨头，希望汽车控股正大重机，孙和平能想到的事，JOP 会想不到吗？

杨柳心想，这王小飞，真是糊涂得可以，仗已打到这份上了，还不明敌情。希望汽车大股东是 JOP 吗？分明是简杰克和 DMG！却也懒得说破，故作深沉地道，这不就是危机么？中国资本市场如此畸形无效，资产价格如此低廉，JOP 这类国际大鳄们不扑过来抢食才怪呢！

14

赵安邦一见到孙和平就说，孙董事长，你现在不简单啊，听说把北柴股份也快搞成大集团了？是不是向我和省政府汇报一下你们北柴集团的最新进展啊？这话本意是敲打孙和平，让这只泼猴老实些。

孙和平却一点不老实，竟立即打开手提电脑，当真汇报起筹建北柴股份集团的想法和实施方案了。该猴没开玩笑的意思，态度真诚得让人感动。赵安邦还不能不让他说。过去皇帝金口玉言，他虽然不是皇帝，却也是省长呀，你让人家汇报集团进展，人家当然能汇报了。

孙和平真是一绝，公然挑战他和省政府做大做强北重集团的既定方针，却毫不胆怯，不像个犯上作乱的下属干部，倒像个打了胜仗的将军，洋洋洒洒汇报了足有半小时。从北柴股份在香港上市后如何成功筹集到二十五亿港币资金，壮大了企业实力，迅速占领了市场，成为海内外发动机巨头；到如何经过半年艰难谈判，以四亿八千八百万的价格取得了国内上市公司希望汽车的相对控股权，进而实现了对国内重卡机械重点生产厂家正大重机的再控股；从北重集团目前的实力地位和面对包括股改和再融资方面的种种困难，说到北柴股份已获得的实力地位和未来必将成为中国重卡装备行业伟大企业的辉煌前景。

在孙和平以汇报名义进行的描述中，北柴股份不但已经在市场的博弈中壮大起来，具有了和北重集团平起平坐的地位，甚至在资本实力上已超越了北重集团。北重集团国际化程度不高，国内资本市场低迷无效，产能正受资金的严重困扰，能稳住目前国内市场的占有率已属不易。而北柴股份完全可以凭借香港、华尔街有效的国际平台适时融资，以完成发动机和整装重卡机械的产能扩张，进一步占领市场。

这真是不听不知道，世界真奇妙。短短两年的时间，儿子竟强大到要吃掉老子了？看来他这省长真有些官僚了。整天忙忙碌碌，没注意到北柴股份超常规发展的事实，也许真的低估了孙和平和北柴股份的发展潜力。如此说来，他和省政府是不是该让儿子升格为老子，把杨柳的北重集团交给孙和平的北柴股份来管理？事情咋会这样呢？

面对孙和平呈送到面前的报表资料，赵安邦陷入了深思之中。这真是个意想不到的格局，孙和平创造出的奇迹般的格局。敲山震虎的想法先是动摇，继而消失得无了踪影。事情很明白，北重集团山头上两只虎的地位发生了巨大变化，杨柳这只弱势父虎再想控制孙和平这只强壮子虎已经力不从心。他真一厢情愿让他们在同一个山头上好好呆着，根据他和省政府的意思继续做大做强，几乎是不可能的事情。

那么，是不是可以根据新形势新情况，以让孙和平创造出的北柴股份集团取代杨柳和现在的北重集团为前提，继续执行做大做强的既定方针？可这样做合理吗？公道吗？能被杨柳接受吗？这些年来，是杨柳和北重班子在认真执行他做大做强的精神，杨柳和总裁周到都没啥可指责的。北重目前的资金困难是国内资本市场造成的问题，不是杨柳、周到造成的。而孙和平呢，尽管能创造奇迹，开疆拓土，可毕竟是在抗命，在犯上作乱嘛！如果让这只犯上作乱的顽泼猴头大获全胜，不要说杨柳和北重集团班子不干，他和省政府也不能干。真这么干了，以后谁还听他和省政府的？这是重大原则问题，想都不能想。

唯一的选择只能是把孙和平和北柴股份这只猛虎放出北重集团的笼

子，让它到外面世界去冲，去咬，去进一步占领国际国内市场。

然而，这又是多么无奈而痛苦的选择啊，在赵安邦此前的从政历史中还从未出现过。古时候有挟天子而令诸侯的事情，孙和平今天呢，分明是挟市场而令权力嘛！怪不得杨柳这么敏感，在昨天晚上的电话里还提醒他和省里不要动摇，现在他不就动摇了吗？真是的！

挺住，省长同志，现在还没到让步的时候，且看市场会如何表演。就算真的要让步，也得让出尊严，也得把权力的鞭子悬在市场头上。

主意打定，赵安邦开始对付泼猴了。泼猴刚才汇报时，故意不看他，只看手提电脑，以防被他打断。他现在也不看坐在沙发上喝水的泼猴，翻看着桌上北柴股份报上来的材料，慢条斯理说，孙和平，你很厉害呀，我的讲话，省委精神，对你和北柴股份已经完全不起作用了。像你这样的省管企业干部，我从未遇见过，真让我大开眼界啊。

孙和平脸上笑着，话却说得不含糊，赵省长，我知道您肯定要批评，我也准备好了接受您的批评，甚至准备被您和省委撤职。但有一点我必须说明：作为一个上市公司董事长，我既是省管干部，更是一个香港公众公司的决策管理人，必须为了股东的利益，按市场规律办事。接到您找我的电话后，我反复想觉得没做错啥，要怪就怪市场。

赵安邦心里明白得很，这当然是市场的力量，市场解放了人，也造就了人啊。在过去计划经济条件下，孙和平敢这么干吗？当真不怕撤职罢官啊?！现在他就不怕，你不用这只虎替你和国家去拼咬，它就会替别人拼咬，它是能在国内外大市场上拼杀打胜仗的猛虎，他怕谁啊？你硬要维护权力，顾及自己的面子，国家利益就要受到损害。

孙和平继续说，赵省长，您是了解我的，过去对我还挺欣赏，所以我今天想和您说说心里话。不论咋说，您和省政府都得考虑让北柴股份从北重集团脱离出来，把北柴股份的国有资产划拨给省国资委直管。这样一来，将出现两个大型重卡机械企业集团，省里就多了一个选择，多了条退路，不论今后哪个集团上去了，您和省里都是赢家。

赵安邦这才抬头看了孙和平一眼，你就没想到省委把你撤了？

孙和平胸有成竹说，赵省长，我想到了，刚才我就先说了嘛，您可以撤了我，可您和省委不能撤了一个市场。撤了我市场上会出现啥情况呢？我董事长的职务未经董事会选举免不了。在召开董事会之前的这段时间里，香港、纽约的H股大股东肯定要和我沟通情况，我也会实话实说。H股大股东会咋想呢？北柴股份虽说是国有控股，可股权只占24%，华尔街两家基金和一家欧洲银行加在一起的持股量达到了31%，香港汇丰下属一家公司还持股12%，这就是说他们四家海外机构的持股量43%。我预测这43%的股权不会听您和省委的指示，撤掉我这个能拼命扩张给公司创造利润的董事长，而接受一个你们指定的董事长。更糟糕的是，当我成了海外大股东提名的董事长以后，北柴股份将不再是国有控股公司，而只是参股公司。我这段时间收购希望汽车，控股正大重机，也和国有股权没太大关系了。赵省长，我这可不是信口开河，这些情况我上报给您材料上都有，您看后判断吧。

这就是市场和股份制经济的力量啊，赵安邦不无恼怒地想，你就算撤了他的官，开除他党籍，开除他公职，也无法改变他说的事实。

市场的表演实在是精彩啊，不是令诸侯的问题了，是当面逼宫。

赵安邦脸色越发难看，真想拍案而起，让这泼猴滚出去。官居省长高位这么多年，他今天在一个泼猴面前竟这么无可奈何。但赵安邦毕竟是赵安邦，再气也不能不顾大局，最终还是忍住了，"哗哗"翻着材料，看起了北柴股份的最新财报。财报证实，孙和平没说假话。

孙和平也发现了他强压着的恼怒，话头一转，为自己和北柴股份叫起苦来，赵省长，您知道为了今天这一切，我和北柴股份管理层付出了多少艰苦卓绝的努力吗？在您和省委免我职之前，我孙和平一直在努力报效党和国家！为了赢得战胜美国巨头JOP的机会，我带着我的总经理、董事会秘书在正大重机老总家门口站了整整四小时啊……

这种事孙和平干得出来，赵安邦知道，这猴头不屈不挠，蛮缠死打的精神是少见的。据说出国时还经常在宾馆用洗澡水泡方便面。没有孙和平这些年来玩命般的扩张和奋斗，也没北柴股份的大好今天。

赵安邦脸色多少好看了一些，看着材料说了一句，你今日能在正大重机老总的家门口站四小时，北柴股份就能在市场上站稳四十年。

孙和平眼中突然噙上了泪，赵省长，您终于说一句温暖的话了。

赵安邦这才把面前北柴股份的材料推开了，起身走到孙和平对面的沙发上坐下，口气严厉地道，但你不服从命令，在战场上要枪毙！

孙和平抹去眼中的泪，可现在我们是市场，不是战场！就算是战场胜利者也不受指责！赵省长，我……我不相信您和汉江不要我了！

赵安邦这时已决定向市场让步。不让不行，你不让孙和平和北柴股份独立门户，独立门户的事实仍将出现，国有股东还要失去控股地位。与其这样，倒不如放虎下山了，况且，孙和平的想法也不是没道理，北柴股份成独立集团，省里也多了条退路，不论今后哪个集团上去了，省里都是赢家。至于杨柳、周到那里，只能找时间再做工作了。

这么一想，赵安邦接过了孙和平的话头，我不要你，海外财团和H股大股东要你呀，没准你过得比现在还好，起码不必听我训话！市场解放了企业，解放了人嘛，我省长也没办法搞行政命令了。不过孙和平，请你记住：市场经济解放人，也会解放人心中的鬼！所以，你们得到解放之后，一定要好好创业干事，不要被心中的鬼牵着鼻子。

孙和平连连点头，恢复了应有的恭敬，是，是，赵省长，我刚才有些话说过头了，也许失去了立场。其实，我只有一个目的，就是搞好北柴股份，为汉江省，为国家民族打造一个传之百年的伟大企业。

赵安邦被迫接受了两个企业集团并存的现实，考虑起了未来，思索着问，孙猴子，那你们这个呼之欲出的新整装集团是不是要和北重集团展开竞争呢？你新拿下的正大重机可一直是北重的市场对手啊！

孙和平并不回避，竞争是必然的，但新的北柴股份集团决不仅仅只和北重集团竞争，而是要在全国全球大市场竞争，将来和JOP竞争。

赵安邦点点头，又说，现在我们国资对北柴股份是相对控股。你从刘必定那里受让到手的希望汽车又是相对控股。而希望汽车对正大重机还是相对控股。你这个北柴股份集团的资本控股链可是有危险啊，一旦哪个环节上出了问题，你打造伟大企业的梦想就得落空了。

孙和平说，赵省长，您真厉害，一眼看出了我的心病啊。这种控股链当然危险，所以我才半夜三更在正大重机公司厂长家门口站四小时。我下一步要做的是：把正大重机的国有资产和希望汽车的股权资产全装到北柴集团去，把盘子做大。同时，对在集团下属三大企业员工和管理层进行定向增发，以平衡股权结构，加强内资的控股地位。

赵安邦明白了，这就是说，将来这三家公司就变成了一家了？

孙和平道，对，整合后北柴股份集团将在香港和国内同时上市。

赵安邦说，有这个战略部署很好，但不要被胜利冲昏头，要脚踏实地一步步来，千万记住某些著名企业盲目扩张的失败教训……

孙和平又是一连串的点头称是，还打开手提电脑，装模作样要记下他的重要指示。赵安邦喝令泼猴停止作秀。最后对孙和平说，他个人意见可以考虑让北柴股份从北重集团脱离出来，双方在市场上同时做大做强。但还要和主管副省长，和国资委、杨柳他们谈。要求孙和平在省政府决定未正式出台前，不得轻举妄动，增加不必要的麻烦。

孙和平拍着胸膛保证说，赵省长，您放心，现在我继续摆正位置，照样向北重集团董事局，向杨柳汇报工作，直到您给我发解放证书。

孙和平走后，赵安邦还是不爽，这谈话结果他再没想到。权力败给了市场，真岂有此理！对这孙猴子，以后真得找机会好好拾掇……

15

周日晚上，任延安正听总工程师王沪生汇报技改情况，突然接到了孙和平打来的电话。孙和平在电话里告知说，北柴股份已将希望汽车控股权拿到手，省里也原则同意北柴股份独立门户了。任延安十分欣喜，当即向孙和平承诺道，那我们也马上停止和JOP代表的谈判。

却不料，因为是周日，任延安和JOP停止谈判的命令还没来得及下达，副省长兼国资委主任汤家和就打了个电话过来，要任延安马上到永福会馆来一趟，说是一个很重要贵宾过来了，有事要和他谈。

任延安对汤家和一直极为不满。这位副省长年届五十八，资格老官气足，哼哼哈哈的，开口闭口都是文件语言，几乎不会说人话，实际上是大草包一个。任延安对这草包是能躲则躲，实在躲不了就应付。

如果汤家和仅仅是草包倒也罢了，他可以做个阿庆嫂。可这草包还兼着混帐，处心积虑想把正大重机卖掉，介绍过来的主大都不是东西。最早有刘必定的宏远系，其后有新疆一家卖羊毛发达起来的龙生系，再后来还有几位股市炒家兼巨骗。也不知这草包吃了人家多少回扣，就一一批准国有股权陆续转让。搞到今天，正大重机股权变得极度分散，法人股东不下二十家，K省的国有股权只剩下22%了……

今天又是怎么了？任延安一路往永福会馆赶时就想，汤家和该不是又给正大重机剩下的那22%国有股权找了新买主吧？正大重机和北柴股份的合作意向目前是个秘密，汤草包尚不知道；可和 JOP 的引资扩股谈判，汤草包应该知道啊，JOP 有意受让 22％的国有股权，他也是正式汇报过的。该草包总不至于让他和正大重机甩了 JOP 吧？

赶到富丽堂皇的永福会馆，汤家和的秘书将任延安引入了豪华气派的巴黎厅。任延安进门一看，红光满面的汤家和正坐在迎门的大沙发上和一个西装革履的英俊中年人谈笑风生。中年人戴着副金丝眼镜，油头粉面，正不无敬意地看着汤家和，嘴角挂着优雅的微笑。中年人身旁坐着一位女宾，年龄无法判断，但美艳惊人，气度不凡。

见任延安到了，汤家和指指对面的沙发，让任延安坐下，既不介绍任延安的身份，也不介绍两位客人是干啥的，继续着自己文件风格的高谈阔论……中国的改革创造了一个伟大奇迹，这个奇迹是十三亿伟大的中国人民在我们党的领导下创造的。中国必将成为世界经济的发动机。我们 K 省呢，就要做中国北方的经济发动机。所以你们摩生财团和 DMG 能在这时候来 K 省投资，是抓住了历史机遇啊……

什么？美国华尔街的摩生财团？DMG？这汤草包还玩大发了？

汤家和继续说，尽管是套话，却说得很有激情，……我们 K 省一直走在全国各省区思想解放的前列。K 省经济发展的成功，就是思想解放的必然结果嘛。国退民进，我们搞得最早，国有企业能卖的全卖了，不但卖给国内民营企业家，也卖给海外著名大企业。在积极引进外资方面，我们 K 省政策也是最优惠的，我提了一个观点，把上面的政策用好用活。用好你们能够理解，用活就大有学问了……

这草包，还好意思吹。做了五年国资委主任，三年副省长，大量国有资产在他手上流失了，不到五千万人口的一个省竟有三百多万人下岗失业，简直混蛋嘛。早两年省政府门口三天两头坐着群访的下岗工人，成了一大景观，不是他硬顶着，正大重机的大半工人也得下岗。

说了足有五六分钟，汤家和终于闭嘴了，这才官腔十足地进行了介绍，老任，这二位贵宾可了不得啊，来自华尔街！这位是摩生财团大中华地区 DMG 的董事长简杰克先生。这位是 DMG 执行董事兼董事局秘书包尼娜小姐。哦，简杰克先生、包尼娜小姐，这位就是你们想见的任延安了，我国重卡机械行业的权威，我们 K 省的宝贝啊！

简杰克和包尼娜满面笑容和他这 K 省的宝贝热情握手。二人的手都软软的绵绵的，似若无骨。任延安当时有一种感觉，只要他稍微用些力气，他们的手就会被捏粹。在一双劳动与创造的大手上，他们的手太不具抵抗力了。那手上和身上散发着浓郁的香气，虽说是香气可任延安闻不惯，觉得有些熏人。草草握过手后，为回避香气的熏人气味，赶快退到沙发上坐下了。不料，简杰克偏又走了两步，再次握住他的手，且将他的一只手举了起来，挺激动地对汤家和说，汤省长，您看，这是一双多么伟大的创造之手啊！劳动创造世界，劳动创造财富，今天看到任先生这双粗糙而伟大的手，我才明白正大重机为什么能坚持到今天！汤省长，有任延安先生这样的好厂长，我很有信心！

任延安觉得奇怪：你有没有信心与我和正大重机何干？却也不好问，只强笑着，看着汤家和试探问，汤省长，不知您找我有啥事啊？

汤家和呵呵笑着，老任，好事啊，大大的好事！摩生财团和 DMG 在整个大中华地区选中你们正大重机了！初步意向投资八亿人民币取得 22％的国有股股权，下一步准备再投入一部分资金继续收购国内那些法人股权，对正大重机实现绝对控股，老任，你正大重机就牛吧！

任延安怔了一下，故意吞吞吐吐道，汤省长，这……这 22％的国有股权转让，我们和 JOP 可是正谈着呢。另外，还有一家国有控股的 H 股大公司对……对这 22％的国有股权转受让也有明确意向……

汤家和手一摆，他们谁能和摩生的 DMG 比？老任，你自己想！

任延安心道，我想你妈的鬼！DMG 他又不是不知道，的确财大气粗，可却不像 JOP 和北柴股份那样是制造性企业集团，而是财务投资型集团公司。DMG 和这位简杰克先生决不会像北柴股份和 JOP 那样入主后认真搞生产经营，而是把资本帐目做漂亮后转手卖给别人。这种事 DMG 在中国大陆，在台湾，在韩国，在菲律宾全干过。

这时，简杰克带着一脸迷人的微笑开了口，任先生，刚才我赞扬了您劳动和创造的手，请相信我是真诚的。可我现在要说的也许你不乐意听：作为一个现代管理者仅有一双粗糙的手是远远不够的，甚至不是必须的，您更应该拥有一个优秀大脑。我们 DMG 的原则是，用优秀的大脑去驱动创造。比如对正大重机，如果我们入驻了，就会在世界范围内聘请最优秀的专家进行管理，使它进入世界一流行列……

任延安这才明白了，原来这位简杰克先生对他劳动和创造的手其实并不欣赏，他粗糙的大手已成了落伍的标志。简杰克已说得很清楚了，入驻后要聘请一流的管理专家进入正大重机，他任延安没戏了。

简杰克似乎看出了他的心思，口气温文尔雅，态度神情却不无傲慢，任先生，希望我们能合作，请您按汤省长的指示好好想想。DMG 选中正大重机是极为慎重的，已经做了两年多的充分准备，志在必得。

任延安紧张地想，什么？DMG 和这位简杰克竟然在暗中准备了两年？他怎么一点没察觉？JOP 和孙和平为什么也没察觉？这事太怪了。唯一的可能是，这位草包副省长早就在暗中把正大重机卖了。

果不其然，汤家和说，老任，为了你们正大重机，我真是操碎了心啊！两年前就和简杰克先生接触过，正大重机的有关材料我也全给简杰克先生看了。你可能都没注意，这两年我每次到你们厂视察，都带着 DMG 的朋友，最终促使简杰克先生和包尼娜小姐下了这决心。

任延安气得差点没跳起来，这辈子他见过不少草包，以及兼任混蛋的草包，可却从没见过像汤家和这么混蛋透顶的大草包！你就算要卖厂，卖之前也不能把所有底牌全交给对手嘛。怪不得简杰克这么自信，敢说志在必得，人家已对正大重机知根知底了，你等着挨刀吧。

正因为汤家和是草包，无意中也帮了任延安和他盟友孙和平的大忙，这草包当着简杰克和包尼娜的面把 DMG 卖了。老任，你现在不要糊涂啊，简杰克和 DMG 已经是正大重机的大股东了。买买提一拉合尔和光明投资手上的股权已经转让给 DMG 了，占了 21%啊。目前是第三大股东，咱们这 22%再一转让，人家就 43%，快绝对控股了。

简杰克带着踌躇满志的笑容说，任先生，汤省长没说错，我们 DMG 将成为正大重机的控股股东，希望汽车即将失去控股地位了。

任延安实在忍不住了，回了一句，可现在控股股东还是希望汽车。

汤家和继续着自己的草包事业，又说起了希望汽车。老任，你又错了！简杰克先生是啥人物？刘必定、孙和平是 DMG 的对手啊？人家简杰克先生早在两年前就从宏远系受让了希望汽车一亿两千万法人股。国内控股公司又从市场上买进了六千万股，手上已经有了一亿八千多万股！就算你想不通，不同意国有股转让，可 DMG 控股了希望汽车，加上手上现有的 21%股权，照样控股正大重机，是不是啊？

简杰克阻止汤家和显然是来不及的，但汤家和此话一说，马上掩饰，汤省长、任先生，这你们别多想，希望汽车我们只是财务投资。

任延安心想，啥财务投资？骗谁呀？孙和平的北柴股份目前的控股股份只有两亿一千万股，你简杰克和DMG已经掌握了一亿八千多万股，如果继续吃进希望汽车，控股正大重机还不在情理之中吗?!

情况危急，一刻也不能拖延。这一涉及正大重机未来命运的重大情报必须立即通报孙和平，让孙和平采取措施。于是，任延安平静地起身道，汤省长，您的指示我有数了，我会和简杰克先生的DMG好好谈，深入接触，反正要引进外资，谁条件好就引进谁，市场经济嘛。

出了永福会馆回到家，任延安越想越气，操起电话打了一通，把刚刚躺下睡觉的几个副总、副书记全叫了起来，说是出大事了，要他们立即到他家里来开紧急会议。等班子成员时，任延安又急不可耐地给孙和平打电话，拨了几次也没拨通。孙和平竟不接电话，真要命。

班子成员到齐后，任延安阴着脸介绍了和汤家和、简杰克会面的情况，破口大骂汤家和是草包、混蛋、卖国贼，简杰克和DMG是资本暴徒、文明强盗、市场阴谋家。班子成员全被他的失态吓坏了。

任延安骂完了，出够了气，转而问班子成员，我们怎么办啊？

好半天没人作声。事情很明显，简杰克和DMG可以说是最坏的选择，不论是对正大重机还是对他们个人。简杰克的DMG有汤家和支持，霸气十足，不会给他们啥有益的好条件。而汤家和自己只要吃饱了简杰克的回扣，根本不会管正大重机和他们这帮人的死活。继续引进JOP呢，又涉及民族工业品牌的消亡，这是谁也不愿看到的。

任延安火了，咋都不作声？怕汤家和吗？我不怕你们怕啥？说！

总工程师王沪生这才带头说道，任总，这您还问我们啊？最好的合作对象当然是北柴股份了！我们现在是怕您被汤家和撤了，都知道姓汤的是草包，可这草包前面有衔，是副省长，找个理由就能撤您！

任延安桌子一拍，我这次和他拼了，不行就把官司打到省委常委会，打到北京中央！这草包混蛋把好端端一个重点国企搞成了个股权分散的乱营，我们好不容易遇上了北柴股份，这草包又来瞎指挥了！

王沪生和班子成员这才纷纷表态，说是事情真搞到这一步，他们就陪他把官司打到中央去。可激昂一番后，又有人说，这简杰克不简单，闹不好北京有人哩。王沪生也想了起来，说是简杰克好像很受北京某位高官欣赏。任延安觉得奇怪，问，为啥？王沪生说，人家一个美籍华人比咱们都爱国，这阵子正四处发表文章帮咱保护国有资产呢。

这时，孙和平的电话回过来了。孙和平依然热情洋溢，任总，您召唤我了？任延安没心思开玩笑，忙把相关情况说了，最后道，如果汤家和把K省国有股权再转让给简杰克和DMG的话，他们就超过希望汽车成控股股东了。而希望汽车也不妙，搞不好会被简杰克控股。

孙和平显然极为震惊，听罢他说的情况，好长时间沉默不语。

任延安急了，哎，孙董，说话呀你，我的班子都在这等着呢。

孙和平这才缓缓说话了，声音低沉，任总，您知道汉尼拔吗？

这种时刻任延安没耐心猜谜，又是哪家跨国公司吧？你直说！

孙和平说，不是跨国公司，是古罗马时代的一位将军。这位将军在一场决定生死的大战前这么说过：士兵们，此地是你们和敌人决战的地方，你们只有两个选择：要么打败他们，要么就是死亡。你们必须战斗，如果你们取胜，上帝会给你难以想像的赏赐，这份赏赐之丰厚甚至是永生之神也无法比拟的，那就是一个传之万世的伟大企业！

任延安只觉得一股热血冲向头顶，好，孙董，这话说得好，我们和你们，北柴股份和正大重机必须取胜！哎，罗马将军也搞企业啊？

孙和平说，最后那句是我加的。任总，现在的正大重机就是我们生死决战的地方，我们要赶快布置作战。打败简杰克的DMG，否则等待我们的就是死亡！您任总一定要守住正大重机的正面战场，进行顽强狙击，决不能向简杰克和那位副省长低头。但也不必硬顶，拖住他们，迷惑他们，让他们陷在正面战场不能自拔。我这边马上调集几亿资金在股市上开辟第二战场，打响希望汽车控股权的保卫战。股市上的情况我会及时向您通报，但任总，您一定要记住保密。如果咱们在股市的秘密泄露了，我们这第二战场的股权保卫战将会十分艰巨。

任延安明白了，激动不已，好，孙董，我会记住你的话！尽管还没签合同，但在我心中，我们已经是一家了。你的命令我和正大重机坚决执行。我们就同心协力为必将诞生的一个伟大企业决一死战吧！

孙和平那边也很激动，电话里传过来的声音有些发颤，任总，谢谢您，谢谢同志们！在这场保卫民族工业，保卫我们尊严的伟大战役中，我和北柴真庆幸找到了你们这样的盟军和战友！您给我提供的情报很及时，让我抓住了战机。另外，请您告诉班子里的同志们，不要怕被撤职，那位副省长可以撤您的党委书记，甚至开除您的党籍，但他不能阻止我们共同缔造的伟大企业——北柴股份集团对您和同志们的报答和使用。那个属于我们的伟大企业将会以惊人的高薪聘请您和同志们出任现职，或更高的合适职务。因为我国重卡机械行业的人们深深知道，您和您领导下的这些同志，是最好的管理者和经营者。

任延安眼里不禁蒙上了朦胧泪光。孙和平富于激情的话让他既敬佩又感动。此刻的孙和平不就是古罗马时代的大将军汉尼拔吗？大气磅礴临危不乱，又这么具有民族气节。而且把能想到的全想到了，甚至他和班子同志们的日后安排。孙和平庆幸找到了他，他也庆幸遇到了孙和平啊！有些人你和他交往几十年，比如汤家和，大学毕业没多久就和他打过交道，双方仍形同路人。而有的人，比如孙和平，你只和他见了一面，两颗心就碰到了一起，就成了能相互依赖的朋友。

结束和孙和平的通话后，任延安看着自己班子六名成员，突然老泪纵横，哽咽着说，同志们，丢掉幻想，准……准备战斗吧，我们现在终于有……有了一位能带我们打胜仗的将军，这位将军叫孙和平！

16

这真是一场惊险的狙击战啊！也许许多年过后，杨柳都会为2005年7月的那个周六之夜自豪不已。细节果然决定成败。他对细节的关注，让北重集团在关键时点上抢占了先机，既有效遏制了DMG和简杰克，也牢牢拽住了孙和平的猴尾巴。如果不是他敏锐发现希望汽车那八千二百万国有股上的漏洞，果断决定吃进，北重集团就只能处于被动挨打的地位了。后来的事实证明，在正大重机的激烈争夺战中，不论是孙和平赢了，还是简杰克赢了，北重集团都是输家。他如愿拿到了广东这八千二百万国有股权，就占据了主动，成了关键的力量。

周到这总裁大事不糊涂，周六之夜他们定下的事，周日一早，就带着相关部门几个头头和法律顾问，紧急飞到广东，而且在当天晚上就和金局长以及两个副局长"顺便"在广州一家五星级宾馆见面了。

周到在今天一早的电话里汇报说，简直是险象环生。据金局长无意中透露，DMG 的董事长简杰克这几天就要过来考察希望汽车，同时要到他们县国资局拜会。简杰克这种大人物拜会一个县国资局干啥？必然是冲着金局长手上的股权去的。虽说按有关照规定，DMG 持股不能超限，但 DMG 的利益一致行动人可以出面接受股权转让。

杨柳认为，周到分析得对，简杰克之所以对国资局只谈拜会，不提股权转让，也是在做局，和他一样，想以“顺便”的手法，以尽可能低的价格拿下这笔股权。简杰克和 DMG 可不做正常买卖啊，非暴利而不为，看看 DMG 这些年收购的那些国有资产就知道了，哪家不是黄金货，垃圾价？可这一回简杰克和 DMG 失算了，他和北重抢到了他们前面。便在早上的电话里指示，价格合适就行，快把合同签了。

周到却诉苦说，股权转让还没和金局长他们正式谈。说是昨晚吃饭尽谈北方重工的股改了，效果挺好，把金局长他们吓得不轻。后来想谈正事了，金局长和两个副局长偏又喝多了，一共七个人喝了四瓶茅台酒，外加一瓶洋酒，夜里几个干脆没走，现在还在宾馆睡着呢。

杨柳恼火透顶，批评说，周总，你是咋掌握的？酒瘾也上来了？

周到道，我哪来的酒瘾啊？是金局长他们有酒瘾，我又不能不让他们喝，他们毕竟是我请来的客人，又是冲我着大老远跑广州来的！

杨柳心里仍火着，却也不好发作，那你快把他们叫起来谈吧！

周到这才说，哦，对了，孙和平前天也来过，他头脚走，我后脚到的。据金局长说，孙和平就是为股改来的，双方达成了一致意见。

杨柳吓了一大跳，哦？他们达成了一致意见？股权给孙和平了？

周到说，不是，不是，是股改的事，就县国资局一家送，北柴不送，金局长以为北柴股份是我们集团控股，我们和孙和平是一回事。

杨柳惋惜道，你看看，你看看，话都说到这份上了，正好谈嘛！

周到脱口而出，哎呀，杨董，我当时不也喝多了嘛！似乎意识到了失误，忙又说，你别急，我这马上叫他们起来，和他们正式开谈！

杨柳恨不能扇周到两个大耳光，这家伙啥都好，就是喝酒误事！

周到却安慰说，杨董，你放心，我这酒不是白喝的，和金局长他们加深了感情。我看他们好对付，也许用不了三元一股就能拿下来。

杨柳没好气道，行了，别说了，现在谈都没谈呢，你瞎吹啥！我提醒你注意一个事实：希望汽车上周最后两个交易日都是涨停，你知道的，今天是周一，如果开盘再涨停板，三元一股这价可就悬乎了。

周到没底气了，如果金局长的报价真超过咱们定的底线咋办？

杨柳说，还能咋办？该拿还得拿啊，你们随时汇报吧！反正我今天哪也不去了，就在集团办公室等你们的消息，两个手机也都开着！

考虑到希望汽车没准真会开盘涨停，杨柳吃了早饭赶到集团办公室，头一件事就是打开电脑。这时才八点半，股市还没开盘，但希望汽车的公告出来了，因原第一大股东宏远系向北柴股份转让两亿一千万股份，第一大股东易位，控股权发生转移，希望汽车停牌一天。这就是说，起码在今天希望汽车不会发生涨停板的事实了，杨柳多少松了口气，将这一很有利情况转告了周到，给周到及时注入了些底气。

也正因着希望汽车的这则停牌公告，杨柳的火气又猛然窜上了心头：这混帐猴头，他可真有胆啊！公告上公布的转让价格竟然是四亿八千八百万！一举加价三千八百万，怪不得刘必定会转让给他。更混帐的是，他眼中根本没有集团了。和刘必定签了转让合同不汇报，发了公告也不和他，和集团这边打个招呼！这是儿子公司干的事吗？

正思索着，是不是该打个电话给孙和平，以集团董事局的名义敲打敲打。不曾想，孙和平的电话却先一步打进来了，口气竟然十分谦和，杨董啊，我和北柴股份董事会得向您和集团董事局做个汇报啊。

杨柳只得平和起来，故意说，哎，你不是在香港吗？回来了？

孙和平道，哦，昨天回来的，这阵子忙得连放屁的空都没有。

杨柳说，这我能想像到，我知道你家伙是拼命三郎嘛！但要多注意身体啊。哎，对了，和平，你的胃最近怎么样啊？胃病没犯吧？

孙和平笑道，没犯，就像广告说的，牙好胃口就好吃嘛嘛香！

杨柳心道，你和北柴股份胃口是不错，拿下希望汽车，控股正大重机，哪天脸一翻，就成集团的爹了，嘴上却很和气，你要汇报啥？

孙和平说，哦，是这样，杨董，我到底把希望汽车那两亿一千万股权拿下了！他妈的，和刘必定那厮讨价还价半年多，都累死我了。

杨柳道，这我知道了，你不是发了公告吗？加价三千八百万！心头的火有点压不住了，集团现在想了解你们的情况也只能看报纸了。

孙和平竟叫了起来，杨董，你还说呢！不是王小飞和北方重工不顾大局，暗中加价三千万，我和北柴股份能加价吗？这事我向你汇报过的，你说刘必定诈我，刘必定就把王小飞签了字的合同给我看了！

果不其然，孙和平拿到了那份王小飞签字的合同！杨柳的火只得转向王小飞，这事我听说了，我严厉批评了王小飞，而且制止了他。

孙和平似乎很痛心，本是同根生，相煎何太急？杨董，教训啊！

杨柳说，是啊，是啊，是个大教训嘛！我们集团下属的两个上市公司，啊，一母所生的亲兄弟啊，竟然为这笔股权争打了起来，让刘必定占了个大便宜！突然想起来，赵安邦在电话里说过，要找孙和平谈话的，也不知谈得咋样？便又问，听说赵省长找你谈话，谈过了？

孙和平道，哦，谈过了，谈过了，昨天下午谈的，在省政府。

杨柳试探问，赵省长有啥新指示啊？能向我和集团传达一下吗？

孙和平称呼变了，口气也变了，我的老班长老同学，赵省长有啥指示，你和周总会不知道？领导为啥找我？还不是你们一直吹歪风？

杨柳说，看看，我就知道好心没好报吧，还吹歪风！我几次汇报工作，对你和北柴股份都高度评价，周总也是！别看周总表面不待见你，可关键时候能说话公道。我和周总都认为，你迟早还得上台阶。

孙和平口气恳切，上啥台阶？官当多大才叫大啊？老班长，我就愿跟你干，死心塌地跟你，和咱北重集团荣辱与共。谈话时，我对赵省长和省政府表了态：在集团里一定摆正位置，该汇报的事全汇报。

看来赵安邦批评了这泼猴，所以，泼猴今天知道汇报了，虽说晚了点，希望汽车的公告先出来了，可这总是进步。便也表态说，和平，对北重集团整体上市的事，你也别多想了，我当时就是随便一说嘛！

孙和平越发恳切，杨董，如果集团真有这个考虑，该上就上，我理解不理解都坚决执行，决不会拖后腿，我说摆正位置就摆正位置！

放下电话后，杨柳心里不禁冷笑，还摆正位置，戏过了！如果孙和平连北重集团整体上市都不反对，他和北柴股份就没必要在希望汽车上这么折腾了。这猴头今天的表演有些耐人寻味，如果不是被赵安邦压服了，就是赵安邦向孙和平许了什么愿。压服的可能性不大，若是许愿，会许啥愿呢？该不会是把他或者周到"踢升"出局吧？！

这不是没可能。孙和平是香港上市公司董事长，用行政手段拿下来不容易，他和周到都是国企干部，随时可以调换。如果省里将他调走，让孙和平来做集团董事局主席，孙和平当然不会再反对集团整体上市了。

真这样的话，他今天所做的这一切，就都是为这猴忙活了。

快十点时，周到的电话过来了，激动得变了腔，杨董，成了，喝个早茶的工夫，我们就谈成了，转让价格你都想不到，每股才两元！

杨柳道，好，好，这太好了！又有些不相信，价咋会这么低啊？

周到说，嘿，孙猴子给我们打下了个好基础啊！金局长主动提出来，要把这笔国有股转让给北柴股份，孙猴子连价都没问，就一口回绝了，他竟指望人家股改时送对价！这一听说我们有兴趣，金局长就甩包袱了。可人家说了，希望我们马上付清一亿六千四百万转让款。

杨柳道，告诉他们，付款没问题，堂堂一个北重集团，会拖他们这点转让款么？你趁热打铁，到他们县里去，把合同签了再回来吧。

周到说，是，我们正说要这么做，名目是到希望汽车公司考察。

杨柳道，可别忘了拜会他们的市县主管领导，转让合同要批的。

周到很快乐，当然，当然！不过，杨董，批的事你放心，金局长说了，市县分管领导早想扔掉这只烫手山芋了，再说，县里也等这笔钱派用场，会特事特办的。主要还是付款，人家不见兔子不撒鹰啊！

杨柳道，行，告诉他们，兔子会有的，他们是不是被骗怕了？

周到说，就是被骗怕了，刘必定当年受让他们的股权，只付了一千万定金，其他五六个亿付了三年多，直到进监狱的前一年才付清！

杨柳道，那你明确告诉他们，我们可以在一周内把全款付清。

一颗心终于放定了。慢慢放下话筒时，杨柳又想起了孙和平。

这只孙猴子，真是机关算尽太聪明，反而误了卿卿的性命。你忽略了这八千二百万国有股的战略价值本来就是个蠢不可及的错误；人家给了你一次弥补错误的机会，把股权捧到手上要给你，你竟然能为了一点小小的对价就回绝了，这真是天作孽尤可恕，自作孽不可活！

就从这一点上看，这只猴子的道业也浅，离成佛还远，估计赵安邦不会让他到集团做董事局主席，没准是给了他只尿脬让他先搂着。

17

门铃响了许久。祁小华像没听见，只顾对着镜子贴面膜。她扭了腰在家休息，谁知道？谁又会来？面膜贴好，门铃不响了，敲门声又响了，一声比一声重，像鬼子扫荡进了村。祁小华很恼火，扶着腰过去开了门，谁呀？我，祁小姐永远的粉丝！话音未落，孙和平举着一支红玫瑰，像端着刺刀的日本兵，迈着夸张的步伐，走了进来。

祁小华十分意外，死样，咋会是你？过来也不先打个招呼！

孙和平打哈哈说，打了招呼，还能欣赏到你这副尊容吗？扭了腰在家休息还这么臭美！哎，妹妹，我这象征爱情的玫瑰给你插哪呀？

祁小华没好气道，插你自己脖子上吧，你也臭美一下好了！

孙和平真就把玫瑰插在了衣领上，这就叫好花插到了牛粪上！哎，妹妹，咱脸上的面膜能揭了吧，跟鬼似的，吓人，爱情它不经吓。

祁小华说，揭啥揭？我这一张面膜几十块呢，比你的爱情贵！

孙和平哈哈大笑，祁小华，当年的杨柳和刘必定是不是也经常被你这样折磨？天哪，我是多么幸运啊，尽管是堆牛粪，可没受折磨。

脸上的面膜还是揭去了。祁小华请孙和平在客厅沙发上坐下，忍着腰上的伤痛说，哎，孙和平，你这大忙人，咋突然这时想起我了？

孙和平把玫瑰从衣领上抽下来，放到沙发上，探望伤病员啊！我打电话到汉江证券，金总说你光荣负伤了，我一听就急了，就来了！

祁小华才不信呢！是急你自己的事吧？突然想到，希望汽车已发了公告，便推测说，你们成了希望汽车大股东，是不是也要股改了？

孙和平说，是，国家规定嘛，哪家上市公司也逃不掉。不过，我们北柴股份一股不送，广东国资部门那边送点，也就十送零点二吧。

祁小华讥讽说，你可真有胆，真是个孙猴子，竟然连一根猴毛都不想拔。落到于文发和《人民证券》手上，你死定了，你好好造吧！

孙和平说，妹妹，我不是造，真是不能送股。我们北柴股份真要来个十送三，希望汽车的控股权就没了，正大重机也丢了，整个一大败局。今天我来找你，不是表演爱情，送旧船票，就是谈这件事！

祁小华正经起来，精神多少振作了些，啥情况？有我好事啊？

孙和平说，当然有你和汉江证券的好事了，我这是肥水不流外人田，有了好事先想着你！是这么回事：就是不股改送股，我们希望汽车的控股权也受到了威胁，有一家机构这两年秘密吃进希望汽车……

祁小华道，别说了，我知道了，这家机构是杨柳的北重集团！

孙和平敲了敲茶几，哎，小姐，你听我说完嘛！尽自作聪明，上大学时就这毛病，所以我不爱你！这家机构你想像不到，是摩生集团下面的DMG，掌门人就是简杰克，已经控制了一亿八千万股以上。

祁小华恍然大悟，好家伙，孙和平的北柴股份和简杰克的DMG拼上了，好戏，好戏啊！在这熊气逼人的股市上如果真能如期上演这么一出争霸好戏，那就太激动人心了。汉江证券自营和代客理财帐上还有近一个亿，岂不跟着发一把？怪不得上周希望汽车来了两个涨停板，原来是他们两大机构在抢筹啊，于是便问，你想让我们干啥？

孙和平道，当然是想让你们入盟参战，抱团取暖了。现在，我先说一下你和汉江证券入盟的好处：我调三个亿给你们，以北柴股份下属三个全资子公司的名义开户，帮你们做交易量，让你们赚手续费。

祁小华说，好，好，这可太好了，孙和平，你小子够朋友啊。

孙和平继续说，还有更好的呢，鹬蚌相争渔翁得利。别管我和简杰克谁是鹬，谁是蚌，反正我让你们公司的自营业务做一回渔翁。

祁小华说，这是当然的，我们跟着你们吃进，高抛低吸赚一点。

孙和平笑道，妹妹，咋学会谦虚了？不止赚一点吧?！又说了起来，你们赚多少我不管，那是你们的事。下面得说说我的要求了：首先，给我请几个高手操盘，在震荡过程中择机低位吃进希望汽车，记住，是低位可不是高位，如果想高位买，我就用不着和你们合作了。

祁小华说，这你放心，我这里高手云集，会根据盘面相机行事。

第二，如果股权争夺战结束了，你们手上还有希望汽车的话，不管是多少股，都必须支持我，而不是简杰克，股改时也要支持我。

祁小华咂了咂嘴，孙猴子，你一根猴毛不拔，我也得支持啊？

孙和平说，当然要支持了，否则我何必让你和汉江证券做渔翁！

祁小华想了想，笑了，孙和平，这一回你失算了。我这渔翁做定了，就算不答应你任何条件，也知道了一个股权争夺的巨大秘密。

孙和平摇摇头，又自作聪明了，老毛病又犯了。这不是啥巨大秘密，我今天不说，你在未来的盘面上也看得出来。更重要的是，如果我放弃了争霸之战，那么我以上陈述的好处，你们一点也得不到。

祁小华手一摊，怎么会呢？你这大野心家不是梦想一个整装集团吗？如果让简杰克的DMG控股希望汽车，正大重机岂不也要丢了？

孙和平道，我可以放弃希望汽车，用准备投入希望汽车保卫战的资金主攻正大重机，从K省国资委和其他九家企业法人那里受让股权。顺便透露一下，K省主管副省长汤家和我很熟悉，关系也不错。

祁小华立即反击，孙和平，你别和汤家和也不错了！这位副省长我可知道，黑着呢！当初刘必定的宏远系为拿到正大重机25%的控股权，两次送了老家伙二百四十万，全是现金，刘必定用邮袋背去的！

孙和平根本不信，别瞎扯了，我看汤省长挺清廉的，都不喝酒。

祁小华没好气地说，可他喝血！你都想像不出这老家伙的家是啥样子，刘必定送钱回来和我说，老家伙家的每个房间都装了防盗门！

孙和平说，我还是不信，真这样，刘必定案发后咋没揭发他？

祁小华道，他傻呀他？刘必定若说了这事，不又多了个行贿罪么？没准立不了功，反倒再多判三五年呢！行了，还是说正事吧！

孙和平回到了正题，好，就算汤省长是贪官，那正大重机国有股股权我岂不是更容易拿到手么？所以我也未必一定要在股市上打这一仗。我这人你是知道的，吃亏的事不干，打得赢就打打不赢就走！

祁小华想想也是，孙和平从来就不是股市炒家，他这次被逼进股市是为了正大重机。如果权衡利弊，股市争霸战的作战经费远高于对正大重机国有股的转让，他有可能放弃这场战争，进行战略转移。于是便说，好吧，孙和平，我答应你的条件，你们把三个亿划过来吧。

孙和平手一摆，别急，我的条件还没说完呢！第三，因为事发突然，在我们的资金到位之前，要请你们帮忙垫资一个亿。哎，哎，祁小华，你别急着叫啊，利息由我付，而且是高息，一天就是五十万。

祁小华陷入了深思，觉得这事有些怪：这猴头要发动战争，却还让她和汉江证券垫资，他咋就知道她帐上还有近一个亿？这会不会是一个精心设计的局？细想一下，又觉得不像，北柴股份财大气粗，不会连一个亿都拿不出。于是便问，孙和平，你这三个亿啥时能到帐？

孙和平说，三四天吧，也许更快，我也不愿一天付给你们五十万。

祁小华略一沉思，成交。我这边的资金没一个亿，只九千六百多万，但你们仍要每天付五十万融资利息；另外，这笔钱不一定就用得上，希望汽车今天停盘，如果周二开盘仍是涨停，就可能买不到……

孙和平接上来说，哪怕一股不买，我仍会付五十万利息，OK？

正事说完，孙和平马上起身，妹妹，那就拜托你了，记住，此战只许成功不许失败！明天一早，我就让我的两名证券代表到汉江证券报到上班，同时给你们带一份合同过来。我希望这是我们合作的开始。

祁小华扶腰站了起来，哎，咋说走就走？不说说你的旧船票了？

孙和平自嘲说，嘿，我那张旧船票早就登不上你的客船了。

祁小华揶揄道，还爱情呢，孙猴子，牛粪的爱情就是不值钱。

孙和平在门口站下了，嘴一咧，妹妹，你说现在哪还有值钱的爱情？都贬值了！这是一个讲效率的时代，爱情也得讲效率了，全都直截了当，两人对眼上床就是！你腰若不疼了咱就上床，也爱情一回？

祁小华哭笑不得，将沙发上的红玫瑰拿到门口，往孙和平手上一扔，滚吧你，自慰玩具比你小子更有效率！这花哪拾的还扔哪去！

孙和平又开了句玩笑，不能这么对待客户啊，小心我投诉你！

孙和平就这么旋风般来又旋风般走了，祁小华估计，这猴头是安排作战资金，寻找战略盟友去了。一场股权保卫战仓促打响，方方面面的事很多，这野心家就算对她真有那么点爱情，也来不及表演了。

想想也挺有意思，她过去一直认为，和杨柳、刘必定相比，最没爱情价值的就是孙和平。可造物主捉弄人啊，聪明过人而又深得女人欢心的刘必定进了大牢；本分传统的杨柳按部就班一步步爬升，成了大型国企北重的庸官，当年仅有的那点激情和活力也消失了；偏偏是看起来毛毛糙糙，最不可能成功的孙和平在海内外市场上获得了巨大成功。祁小华有充分的理由相信，在未来的岁月里，孙和平将是她曾经的三个粉丝中最成功的一个，他属于这个资本为王的新时代。

真让人感慨不已啊，啥叫时过境迁，祁小华算是体会到了。让杨柳得势的计划经济时代和让刘必定大显身手的草莽英雄时代说过去了就过去了，梦也似的匆匆地过去了，想想还像昨天的事。他们拥有的那个旧时代的残留余迹，正在今天资本的狂欢中一点点最后消失。

心里泛起了难以遏止的温情。孙和平的面孔和那枝玫瑰又出现在面前。这猴头，别管真假，总还想着带了枝玫瑰来。这便有了些不可言说的后悔，其实她何尝不可以假戏真做，和这口无遮拦的家伙来一场讲效率的“爱情”呢？这么个有活力的男人绝对胜过自慰玩具了。

然而，后悔也没啥用，人家走了，空荡荡的大房子里只有她。

由孙和平，又想到了刘必定和杨柳。刘必定的传奇结束了，也许永远结束了。他承诺过的宝马、别墅和令人沉迷的财富，像美丽动人的泡沫一样破碎了，这真让她伤感。杨柳以后还难说，这小官僚的故事好像还没完，创造传奇没可能，但还能往上爬。杨柳有心计啊，她和他在大学时代缠绵了两年多，彼此多少还是有所了解的。这个内向的男人不哼不哈的，看起来很平庸，但梦想和野心并不比孙和平小。

那么，在这个资本时代，杨柳会是孙和平这种市场英雄的对手吗？在孙和平和北柴股份凭市场力量骤然发动的这场挣脱权力的战争中，将鹿死谁手？杨柳和他手上掌握的北重集团庞大的国有资本还能凭制度和权力优势取胜吗？看来够呛，杨柳适应官场，不适应市场。

18

市场讲利益，媒体讲良知。一份报纸既要良知又要市场，操作起来就有些难。对《人民证券》来说，既要坚持原则，在股改中代表伤痕累累的中小股东发言，又想争取大股东的广告，几乎是天方夜谭。

然而，这天方夜谭的事还就发生了。北方重工董事长王小飞并没因为蚂蚁挑战文章的出现，和《人民证券》征集反对票的叫板而停止做广告。人家广告继续做，还不还价，说过三十五万就是三十五万。

副社长王艺全带着无限感动和无限幸福，大发感慨，……于总，这叫啥？这叫风度，这叫气魄，这叫会当凌绝顶，一览众山小啊！

什么“会当凌绝顶，一览众山小”？这老王，越吹越玄乎，就没点大出息。不就三十五万么？咋就幸福成这样子？况且人家也是有条件的，要连续三天的头版不说，还不准标上广告字样，这都是难题。

王艺全感慨完毕，又自我表扬，于总，我可是不屈不挠啊！那天你走后，我和王小飞他们又谈了快一小时，舌战群儒啊！我这人就这样，哪怕有万分之一的希望，也做百分之百的努力，瞧，还就成了！

于文发心中五味杂陈，却也不好说啥，广告毕竟拉来了，王艺全没功劳也有苦劳，便言不由衷地表扬说，老王，干得不错，很不错！

王艺全继续汇报，王小飞希望广告在本周发，我也希望快发，别出现啥意外，让煮熟的鸭子飞了。所以呢，今天一上班，我就把任务给派下去了，让三个手上没活的机动记者都去北方重工采访写稿。

于文发一怔，我说老王，你这就把记者派去了？也太急了吧？

王艺全叫道，哎呀，我的于大总编，不急行吗？今天已经是周一了，我们就是排周四到周六三天的头版，稿子也得在周三出来啊！

于文发眼皮一翻，老王，谁告诉你这三篇广告文章一定要在本周发？我要不同意发呢？要是不能上头版呢？咱总得保留点尊严吧？

王艺全脸上的幸福一下子荡然无存了，哎，于总，你可不能开这种大玩笑。这三十五万的广告是你让我做的，现在合同签了字，我们不按合同的规定执行就是违约，得按广告额的200%挨罚款呀！

于文发无话可说了，合同内容王艺全在电话里汇报过，罚款是很真实的，便掉转了话头，三个记者去了，稿费谁付？他们还是我们？

王艺全脸上又有了笑意，当然是他们付。钱都送来了，今天一大早王小飞派人送到我办公室的，一共三万！说着，拿出个厚厚的大信封，往于文发面前一推，于总，这是你的稿费，八千，你点点吧！

于文发怔住了，啥稿费？老王，莫不是北方重工的堵嘴费吧？

王艺全忙道，不，不，这和北方重工没关系，就是稿费。人家一篇文章付一万，三篇不就三万么？都付到我这了。我呢，是这样安排的：第一篇文章你挂帅当第一作者，稿费八千；第二篇文章，林副总挂帅当第一作者，稿费六千；第三篇我当仁不让，稿费也是六千；余下一万，三个写稿记者均分，一人三千三百三十三，还不美死他们！

于文发实在是哭笑不得，这老王，真是财迷心窍了，也不知咋想的！这种丢人现眼的广告文章，他们《人民证券》的三位主要领导能当第一作者吗？他们真当了这种文章的第一作者，那些愤怒的蚂蚁们会怎么看？谁还会相信人间的良知和正义？再说，这分赃方案也太黑了，就像这次股改中控股大股东对待中小流通股东，实在无耻之极。

王艺全见他半天没说话，竟以为他嫌钱少，又解释说，于总，除了你这八千，林副总那我还没发也没说数，要不再改改，你拿一万？

于文发这才把装钱的厚信封推回到王艺全面前，老王，这八千元你拿回去，林副总那六千也不要发。我和老林既不能当这种文章的作者，也不能拿这种所谓的稿费，人家是给记者的，就让记者们分吧。

王艺全极其失望，领导这么拿钱也不是咱一家，这是规矩……

于文发轻描淡写说，有些规矩得改改了！但你的六千可以拿，这笔广告是你亲自拉来的，文章也是你组织写的，拿点报酬也应该。

王艺全保全了自己的利益，没意见了，可于总，你太亏了……

于文发摆摆手，这事不谈了，你该干啥干啥吧，我得看稿了。

周二报纸要上的重点稿，林副总已签送过来了，于文发却看不下去。王艺全走后，越想越不对头，又在心里骂起了自己。蚂蚁的文章推出后，情况好得出人意料。迄至昨夜零点，网上点击率已达到八千万，创造了一个惊人奇迹。而他偏这时为了三十五万，接了北方重工的广告，为五斗米折了腰。王艺全财迷，他不财迷吗？竟在电话里答应了王小飞苛刻的广告条件。当然，接电话时他刚喝过酒，可那点酒精不该烧毁一个新闻从业者的良知底线啊！而且，不标明广告发软广告类的文章属于卖版面，上面是明令禁止的，操作起来有一定难度。

于文发啊于文发，你这总编是咋当的？啊？你惭愧去吧，你！

惭愧归惭愧，但违约不能考虑，200%的罚款不是开玩笑。唯一的补救措施只能是加大对“蚂蚁”们的支持力度，进一步表明他和《人民证券》的立场，以抵消“大象”三幅头版广告带来的消极影响。

这就很自然地想起了蚂蚁先生答应要写的新文章，便给蚂蚁发了个邮件过去，询问情况：写了没有？能否尽快发过来？中午吃过饭上网一看，嘿，蚂蚁的回复到了，新文章也到了，题目很大气：《谁对人民资产的流失负责》，副标题是《致中国证券管理部门的公开信》。

于文发带着急于立功补过的心情，迫不及待地看了起来。

——我对你们的期待已经太久太久了！而你们却让我和中小投资者一次次失望，甚至绝望！当一家又一家以圈钱为目的的垃圾公司包装上市对我们进行公然欺诈时，你们在哪里？当或国有或民营的控股大股东掏空我们投资的上市公司时，你们在哪里？当强势资本集团借股改再次进行掠夺时，你们在哪里？当我们被这个市场剥夺得一无所有整日以泪洗面时，你们又在哪里？人民在哭泣，你们听到了吗……

于文发及时记起了许多网民的留言。几万条留言发人深省啊。有些网友的留言血泪交加。这些中小流通股东为中国资本市场的建立做出了历史性贡献，可他们的血汗钱和他们的资本人格何时受到过应有的尊重啊？在某些人眼中，他们是投机者，似乎就该接受上当受骗的命运。一些无知的文艺家也在那里贬损他们，好像还拍过个电影叫什么《股疯》。谁疯了？他妈的，在一个无良市场上你能不疯吗？这样的股疯可不是过去说的“一小撮”，那是人民中一个庞大的群体。

——我要指出的是，我说的人民不是你们口中的响亮名词，而是七千万中小投资者。按一家三口计算，这批人民不下两亿之众。我说的人民资产和你们所说的国有资产也不是一回事，我是指两亿人民已经流失了的资产，和在股改中继续流失着的资产。简杰克之类的海归经济专家对股改中国有资产的流失忧心如焚，而统计证明，国有资产在别处流失了，恰恰在中国股市和这次股改中实现了增值，真是可喜可贺！国有资产实现了进一步增值，那么七千万中小投资者呢？两亿中小投资者的家庭呢？谁该对人民资产的流失负责呢？是你们，是他们，还是我们？涉及两亿人民的事决不是小事。问题相当严重……

是的，问题相当严重。于文发的惭愧由此深刻起来，他和《人民证券》在这种严重关头竟为区区三十五万就出卖了三天的头版，不明底细的人还以为他和《人民证券》改变立场了呢。就是从经济角度来看，似乎也是失大于得嘛，倘若处理不好，引起发行滑坡就坏事了。

这么想着，又不安地看了下去，觉得蚂蚁骂的人中也有他。

——我的思索和发现是：中国股市是你们参预制造出的一个制度性掠夺的怪胎。“制度性掠夺”学说不是我的发明，美国经济学家施莱弗在《掠夺之门》中有精彩论述，诺贝尔经济学奖得主阿克洛夫也发表过令人警醒的真知灼见。在中国股市，通过政府管制进入市场者都赚了大钱，利益是通过权力进行分配的。没有权力或者与权力无关的群体不可能获得正当的市场利益。正是这种权力掠夺式的财富分配方式，使得广大中小投资者利益严重受损，股市长期低迷。事实是不是这样呢？中国股市是为国企解困设立的，是靠权力分配上市指标的，一直承担着为国企融资的重任。这种制度安排从始到终就是场掠夺的游戏。在这种游戏中，和你们权力有关系的国有控股公司成了天然掠夺者，中小投资者成了被掠夺者，于是人民的资产开始流失……

于文发不由得倒吸了一口冷气：这蚂蚁眼光可真够毒的啊，提出了制度性掠夺之说。这是一个很深刻的事实，但他和《人民证券》敢这么宣传啊？当真想关门整顿了？你说啥也别说制度啊。现在谁的资产不在流失？你好好谈流失就是，在人民资产流失上说啥都成。有些网友留言说得就挺绝：正规赌场的输赢概率还50%呢，他们参预中国股市投资却是百分之百的输，输得差不多只剩下裤衩了……

——现在我才知道，我们是多么天真，竟一次次相信了这个市场所谓的投资价值！事实上我们一直在受骗。在这个掠夺性市场上，与你们权力有关系的利益集团是主子，我们是奴隶；与你们权力有关系的利益集团是狼，我们是羊；与你们权力有关系的利益集团是绞肉机，我们是肉；我们对这个血泪市场毫无信心！因此，你们应该承担起人民的重托，对制度性掠夺进行制度性补偿。在制度性补偿没完成，市场还不是市场的时候，先不要说什么和国际接轨了，这个轨目前接不了！我们是有中国特色的社会主义，洋经验解决不了我们的特殊问题！在此，请允许我把美国证监会的一句名言敬赠给你们："保护中小投者，就是保护华尔街。"对你们来说，保护中小投资者，就是保护中国股市。我不能设想一个人民信心丧失殆尽的市场会是有希望的市场！同志们，醒醒吧，你们已经昏睡得太久了，人民真的很生气了……

整篇文章看完，于文发做出了判断：这篇文章还是要发，不发不足以平衡在北方重工那边失去的良知和尊严。可出于谨慎的考虑，得请蚂蚁改一改再发。制度这词太敏感了，加上掠夺，会授人以柄的。

于文发便给蚂蚁回了个邮件，在肯定文章的同时，婉言建议蚂蚁改稿，把涉及制度性掠夺的言词都改掉，换个说法。要蚂蚁快改，说是急用。

因为连着三天的头版卖给了北方重工，没敢提上头版头条。

邮件发出去后，于文发整个下午都在等蚂蚁的回音，可邮箱里一直没有蚂蚁的新邮件。到快下班时，蚂蚁却来了个电话。于文发一看来电显示，是北京的电话号码！嘿，这只大蚂蚁竟然来自北京啊！

正想着蚂蚁身居首都，会不会有啥背景，蚂蚁却在电话里道出了底细，说是昨天从汉江赶到北京开一个文学研讨会，文章是在机场写的，因为上网不太方便，所以回复迟了，希望于文发能理解。于文发一问才知道，却原来蚂蚁并不属于北京，而是汉江省城的一位作家。

至于改稿，蚂蚁觉得不好改。在电话里说，他既不是要大牌，也不是故意为难《人民证券》并肩战斗的盟友，是因为文章主要谈的就是制度性掠夺，把制度和掠夺都拿掉，整篇文章的意思很难说清楚。

最后，蚂蚁说，于总，你认为不妥就别发了，我挂到网上去。

于文发沉默了好一会儿才说，这样，让我再想一想吧！你给我留下北京的固定电话，或者你的手机，我有了新想法马上和你联系！

蚂蚁留下了手机，号码是省城的，这是条逼他现身的新线索。

下班回到家，吃了饭，正审视蚂蚁的文章，王艺全又来了个"汇报"电话，说是北方重工和王小飞真够意思啊，先付了稿费不说，还热情款待哩，中午一顿晚上一顿全上了茅台，眼下正喝着呢。于文发嘴上没说，心道，你他妈就丢人吧，几瓶茅台就把你们几个打倒了。

王艺全又说，于总，更够意思的是，王董事长说，三十五万广告费明天就给咱打过来了！哦，于总，你等一下，王董要和你说话哩！

王小飞的声音响了起来，于总，感谢你和《人民证券》对我们大股东北重集团，和我们北方重工股改工作的大力支持啊！这只是一个开始，我和王社长一致认为，我们双方应该建立一种战略合作关系！

《人民证券》若是和这种资本利益集团建立战略合作关系，那些中小股东，弱势的蚂蚁们还活不活了？嘴上却不好这么说，对战略合作不予呼应，只就事论事道，王董，也感谢你们对《人民证券》的大力支持啊！选择《人民证券》做广告，你们很有眼光嘛！本报市场占有率很高，读者主要是中小股东，对你们和中小股东沟通很有利啊！

王小飞不知是不是喝多了，赤裸裸地说，于总，你老兄别唱高调嘛！啥中小股东？中小股东算老几？没你于总和《人民证券》，他们能掀起多大的浪啊？我不也是中小股东么？我也发牢骚，可谁理我？

于文发故意激道，《人民证券》理你！王董，你可以把你和北方重工高管当年接受高价增发的事写出来，提出合理的对价要求嘛！你要真够胆，不怕大股东撸你的董事长，还可以委托我们来投反对票！

王小飞怕了，你饶了我吧，我认你狠！三十五万也堵不住你嘴！

于文发立即反击，如果是为了堵我的嘴，这广告我们就不做了！

王小飞忙道，哎，别，别呀，于总，我这不是喝着酒和你瞎扯几句嘛！于总，我还是那句话，从此以后我们建立战略合作伙伴关系！

放下电话，再看蚂蚁的那篇文章，于文发不禁怒从心头起，恶向胆边生，按蚂蚁留的手机号码，给蚂蚁打了个电话，开门见山说，你的文章我又看了两遍，改起来也确实挺难，那就不改了，原文照发！

蚂蚁很满意，好，好啊，于总，你真是个有勇气，敢担当的人！

于文发感慨说，世无英雄遂使竖子成名啊，我也勉为其难。可再难也不能丧失正义和良知，本报叫《人民证券》不叫《资本玩家》。

蚂蚁赞扬道，说得好，一只蚂蚁站起来不重要，一家媒体站起来才重要！又问，于总，我的稿子发表时，你们还配发评论员文章吗？

于文发说，当然配！这个标题如何？人民生气了，事情很严重。

蚂蚁叫道，好，太好了，于总，你总能抓住我文章的灵魂！

于文发这才说，蚂蚁，现在您能向我报一下尊姓大名了吧？

蚂蚁笑道，于总，你这么聪明，应该想到嘛！我是北方重工的小股东，不是大象是蚂蚁，蚂蚁的虫字旁去掉，两个字念啥？马义！

马义？好家伙，还真是个大作家呢！不但在全国著名，还是汉江省城的作家协会主席啊！怪不得文笔这么老辣，思想这么深刻敏锐！

19

有些收获，甚至是十分重大的收获，总会在意想不到中得之。

就像古诗里说的，众里寻她千百度，那人却在灯火阑珊处。

上帝他老人家对伟大企业——北柴股份集团实在是太垂爱了，垂爱到让孙和平难以置信。孙和平再也没想到，祁小华嘴里会无意中说出汤家和巨额受贿的事实。他当时强忍着，才没让激动的心跳出胸膛。

其实他和那个叫做汤家和的贪官副省长不认识，也没见过面。他是从任延安告急电话里第一次听说了这个名字，知道此人是对任延安和正大重机正面战场上最大的威胁，才在网上查找了汤家和的有关资料。查资料时没啥明确目的，只是一般性掌握，打仗要知己知彼嘛。

到祁小华家谈合作时，也没想到当年宏远系和刘必定与汤家和打过交道。他谈到汤家和，信口胡吹，完全是为了震住祁小华，让这位狡猾券商明白：这场仗北柴股份可以换一种打法。没想到的是，祁小华倒说出了这么大个秘密，汤家和竟然两次受贿二百四十万！而且细节清楚，是刘必定用邮包背去的，汤家和家里每个房间都装了防盗门。

这可就太有意思了。这一来，正大重机和任延安就安全了，意味着西线无战事啊。孙和平相信凭他手里掌握的巨大秘密，汤家和既不敢把任延安撤职，也不敢轻易把K省国资委22%的国有股权批准转让给简杰克的DMG。就算这贪官同样受了简杰克和DMG的贿，吃了一把好食，也只能吐出来。孙和平认定汤家和决没有胆量在阳光下和他来一场对决。这位国资委主任兼副省长能收受刘必定的贿赂，必然会收受其他人的贿赂。正大重机目前的股权结构如此奇怪的分散是不合情理的。孙和平认为汤家和有多次受贿廉价零卖国有资产的嫌疑。零卖比整体转让更发财啊。卖一次就能受一次贿，还能显得自己为了企业解困操碎了心。估计任延安没看出来，或者看出来了，但没抓到汤家和受贿的线索和证据不敢说，只认定汤家和是个大草包。孙和平认为，汤家和在国有资产的管理上是大草包，在捞钱发财上决不是草包，那是精明过人。今天这个精明人算栽了，刘必定行贿线索让他知道了，汤家和老实服软则罢，若敢犯混耍横，他真得到北京找中纪委，让中纪委根据他这位全国著名企业家的举报好好查一查……

这是坏的设想。往好处想，他才不做这种反腐英雄呢。反腐不产生利润，再说，腐败也反不完。反腐倡廉多他一个不多，少他一个不少，而他梦想中的伟大企业北柴股份集团可只有一个。为了他伟大企业的梦想，他该和魔鬼合作就和魔鬼合作。英国首相丘吉尔当年咋说的？如果希特勒的法西斯进攻地狱，大不列颠就和魔鬼合作。丘吉尔先生和大不列颠都设想过和魔鬼合作，他和北柴股份为啥不能和魔鬼合作一次？只要汤家和这个魔鬼能帮他实现梦想，带来利润就成。因此，孙和平真诚希望汤家和能识时务，和他好好合作。合作总是双赢的嘛，汤家和会赢得安全着陆，快六十岁的老小子了，安全就是福啊。

他和北柴股份呢，则在合作中反守为攻，吃进那22%的国有股权。而且不给他喂食，一把米都不撒。既是草包就该去吃草嘛。再者说，老小子这么贪婪，迟早会出事，他和北柴股份可不能担行贿的罪名。单位行贿也是行贿。早年在刘必定的唆使下，为解决平州柴油机厂的困难，他就干过行贿骗贷的事，那时不知是犯法，现在知道了。

这么重大的事，而且思路已明晰，应该向正面战场通报一下了。

孙和平这才打了个电话给任延安，没说汤家和巨额受贿，怕老党员任延安同志得知此事后，正气突然浩荡起来，泛滥成灾，坏了他和魔鬼合作的大计。只乐呵呵说，任总啊，现在情况有了积极变化，能降服汤家和的人，到底让我找到了。我和北柴股份有绝对信心赶走简杰克和DMG，并在汤家和副省长的支持下，受让那22%的国有股权。

任延安大为吃惊，孙董，你可真有能耐啊！哎，你找的这位后台是谁呀？他是和我们省委书记省长熟悉，还是在北京中央有啥人啊？

孙和平说，任总，我这大后台是谁，现在还真不敢告诉您，领导要求保密。您和正大重机班子成员现在就做一件事：正式向汤家和汇报正大重机和北柴股份的全面合作计划，明确提出将股权转让给我们。然后瞪大眼睛盯住汤家和以及简杰克，看看他们都是啥反应，有啥动向立即告诉我。我现在正调集资金开辟第二战场，一时还来不及过去签你们国有股权受让合同。准备汉江这边一安排好，马上飞过去。

任延安兴奋地说，好，好，孙董，我就按你说的执行，及时向你通报情况。却又有些不放心，哎，你说汤家和若吃了简杰克和DMG的回扣咋办？他真吃了回扣，也有可能硬压咱们啊，老家伙黑着呢！

孙和平朗声大笑道，任总，您放心好了，汤家和就算吃了DMG的回扣也得老实吐出来，我这后台硬得无法想像，能让老小子进去！

任延安大有正气浩荡泛滥成灾之势，激动地问，哎，孙董，你的大后台该不是中纪委吧？中央是不是已掌握这腐败分子啥证据了？

孙和平自知失言，可话已收不回去了，只得含混地道，任总，您就别问这么细了，有些情况你和同志们知道了并不好。就这样吧！

结束和任延安通话，孙和平不知疲倦的脑子又转开了。开始具体设计咋拿下汤家和。像作家写小说编故事,既有想像力又有说服力。

故事最初设想的主角是总经理田野,或者再次一点,派董事会秘书兼总经理助理钱萍去趟K省,和汤家和来次历史性会面。先礼后兵,从北柴股份和正大重机积极合作,创造中国重卡机械伟大企业的梦想和远景谈起。但估计不会起作用,汤家和会打官腔,会一推二六五,甚至有可能三言两语结束谈话。这时,田野或者钱萍就该暗示汤家和斥退左右,让汤家和隐约听到一注好银子的沉闷响声,进行二人密谈。既是密谈,定是送钱嘛,这道理汤家和肯定懂,就算已收了简杰克和DMG的银子,贪婪和好奇也会使得这贪官看看这边下的注。

待得秘书杂人一走,田野或者钱萍就要在汤家和对那注好银子的美好期待中讲故事。这故事惊心动魄哩,大气磅礴哩。宏远系巨头刘必定先生用邮袋给您老送过来二百四十万现金,是分两次送的。您老多大的面子啊。刘必定当时是啥人?能两次亲自给您老送钱,足见您老德高望重啊。对,汤家每个房间那些可爱的防盗门决不能忽略,一定要设计上去。田野或者钱萍应该充满敬意地告诉汤家和,那些现金实在是太重了,两次都是我帮着刘总背到您家门口的。门一开,刘总就让我走了,您老没看见我,我也没看见您老,可您老家每个房间咋都装着防盗门呢?是不是每间房里都锁着大堆收受上来的好银子?

估计故事说到这里,汤家和就得汗流浃背了。如果这位贪官素质好,功夫硬,可能抹去头上的汗水,告诉田野或者钱萍:你这是从哪听来的胡说八道啊?谈股权就谈股权,根据这种胡说八道搞讹诈没门。我是副省长,能管这么具体吗?股权你们去和正大重机谈,任延安他们不反对,我就支持。你问问任延安和正大重机的同志们,这些年为了他们这个国营企业,我操了多少心?头发都掉光了。我这主管副省长当得容易吗?有些别有用心的人还这么造我的谣!可耻。田野或者钱萍这时就得立即承认,这的确是造谣,极端可耻,汤省长一身正气,两袖清风,咋会受贿呢?我去探监时一定会让刘总永远忘了这事。然后,田野或者钱萍礼貌告别,和魔鬼的合作开始,故事结束。

如果汤家和素质不好,估计当场就得瘫倒,甚至有可能像某些软骨头那样,"扑通"一声,立即跪倒在田野或者钱萍脚下,作揖求饶。

好故事,真是好故事啊,只怕那些混饭吃的作家也不会编得这么出色。虽说作家们的文学创作来源于生活，可在这个伟大而又复杂多变的时代里，生活本身的精彩早已远远超过了作家们的想像力……

咋想到文学上去了？得让他编好的故事尽快上演啊！简杰克和DMG的人还在K省呢，早一点行动多份主动。这才想到确定故事的主角。主角的档次应该高点，人家毕竟是副省长，钱萍去不合适，就让田野去吧。但也有遗憾，田野是男的，对汤家和缺少天然诱惑力。

已拿起电话，准备拨了，孙和平又突然觉得不对头：如果田野去讲这个故事，汤家和会咋想？这种涉及巨额受贿的事实如果田野能知道，他这个董事长会不知道？汤家和甚至会认为整个北柴股份董事会和高管层都知道了，便也有可能破罐破摔。再者说，这毕竟是黑吃黑啊，有点敲诈的意味。让田野知道了也不好，影响他的人格形象嘛。

唯一正确的选择是，把这边的事布置完后，自己亲自去一趟。

田野的电话还是打了，汤家和不谈了，听希望汽车保卫战和其他各方面的资金调度情况汇报，短期内突然调动这么多资金不是儿戏。

事情发生后，田野他们也忙翻了天。田野在电话里汇报说，从周日到今天晚上，两天里他和财务总监已分头跑了省市九家银行，现在正和财务总监及财务部、资产部、证券事务部三部门连夜开资金紧急调度会。到目前为止的情况是：省工商银行同意北柴股份以受让的希望汽车两亿一千万股权做抵押发放四亿九千万新贷款，期限一年；省建设银行接受以平州总厂新引进的一条生产线为抵押发放流动资金贷款一亿五千万；北柴股份国内八家子孙公司在月内可陆续调出三个亿左右；北重集团积欠北柴股份发动机货款三亿五千万也可以追讨。

孙和平算了一下，九亿左右的资金已有把握。又想起北重集团上半年一亿三千万的欠款周到签了字，应该付过了，便问田野。田野却说没付，道是集团可能没钱，就算有钱，这种情况下也不会付。孙和平想想也是，这笔款看来得他亲自去找杨柳要了，赵安邦已原则同意了他和北柴股份的独立，集团的欠款就得赶快要了，早要回早主动。

因为汤家和落入了一个好故事里，估计西线无重大战事。但希望汽车保卫战仍然要打，也许还会打得十分激烈。在祁小华和许多人面前，他侈谈正大重机，实则是以一个秘密掩饰另一个秘密。没有希望汽车哪来的国内资本平台？杨柳和北重集团有个北方重工，他必须有希望汽车。

受让刘必定这两亿一千万股权只是第一步，就算没有简杰克和DMG的威胁，他也得至少吃进几千万股加强控股地位。现在股市低迷到极点，正是大量收进廉价上市资产的好时候。就拿希望汽车来说吧，净资产四元六角，股价两个涨停后才四元二角七分，他此时不收更待何时？只有在人们信心全无时，最大的机会才会降临市场。

这夜，孙和平睡了个好觉，且在梦中亲切会见了汤副省长……

20

奥迪开出省政府大门，杨柳脑子里涌出的第一个念头就是，北重集团和北柴股份的分手成了现实，一场内战将不可避免地公开爆发。

杨柳咋也没想到，周二一早，省长赵安邦就会找他谈话，谈话的内容既在意料之中，也在意料之外：孙和平的北柴股份和他领导下的北重集团要分家了。孙和平两年来的阴谋和梦想竟然实现了，而且是在赵安邦和省政府的支持下实现的。开始他咋也想不通，这都是怎么回事？他和北重集团班子坚定不移执行省里做大做强的精神，最终竟落得这么个结果！赵安邦本来在电话里说得好好的，既不能削藩，也不能分裂，谁不听招呼撤谁的职，现在倒好，让这种不规矩的坏猴子一举修成了正果。怪不得孙和平学会了汇报，在电话里这么谦恭！

赵安邦看出了他的不满情绪，和气地做工作说，杨柳啊，这不是我和省政府的本意，是市场化结果，股份制和市场化已不是行政命令能制约的了。除非我们走回头路，回到计划经济老路上。可那是一条死路，我们试验了三十年，白白丢掉三十年宝贵的发展时间啊！还婉转批评他说，其实这也怪你自己，你早就察觉到孙猴子不安分，要另立山头，为啥早不向我汇报呢？两年前孙猴子还是小猴子，香港和华尔街的那些H股大股东他认识几个？他猴毛没长齐时，我们改变局面是可能的。你呢？因为和他是老同学，护着他，从不汇报。前两天还拉着周到来为孙猴子泡官，想让他体面离开，实在是用心良苦啊！

是啊，他用心良苦，赵安邦也看出来了，可对孙和平造成的这种现状却无可奈何，他还能说啥呢？赵安邦心里估计也不好受，虽在他面前隐忍着，说是队伍大了总要分嘛，今天不分明天也要分。天下大势，就是分久必合，合久必分，都很正常嘛。但这位省长对孙和平的不满和担心也不无流露，不安地说，市场解放了企业解放了人，只怕也会解放人心头的鬼啊。杨柳当时就说，孙和平心中的鬼早放出来了。

幸亏他和集团一直防着孙和平这一手。及时把文山柴油机厂拿到手了，并在此之前以投资的方式，对文柴进行了发动机生产线的技术改造。这段时间又超量多进了北柴股份一万五千台发动机。周到现在该明白了吧，对文柴的投资太及时了，就算省里不整体划过来，因其生产线业经改造，也能替代北柴股份长期为集团提供发动机。而没有他严令积备的这一万五千台发动机，他们现在就要被动挨打了。孙和平月内就可能大幅提价，你不答应，他就会以停止供货相威胁。还有占款，那一亿三千万不是及时被他拦下，孙和平又多了笔进攻的子弹。

更重要的是，八千二百万希望汽车国有股已落入他手中。转让合同昨天签了，当天下午，他就下令财务部将股权转让款打过去了，就算简杰克、孙和平想加价收购，金局长他们后悔，一切也来不及了。

如此一来，在即将爆发的内战中，他和北重集团就有了相当的主动权，文柴厂替代发动机生产线今年年产可达四万台，几天后生产线就可以剪彩开工。北柴股份的一万五千台发动机也拿在手上，北重集团全年原计划中的发动机缺口也就五千多台，在市场上适时调配毫无问题。孙和平呢，一旦失去了北重每年六万台发动机的大订单，必将手忙脚乱，香港市场上的 H 股将跌得看不见路，香港可没涨跌限制。

对了，这事得马上办了，让王小飞找一家有影响的香港投资分析师，分析一下北柴股份嘛！看看北柴股份在永远失去六万台发动机大订单的情况下该得到什么投资评级？未来半年的预期股价是多少？

这个重要电话在驱车回集团的路上就给王小飞打了。王小飞说没问题，前阵子跑香港上市的事，结识了几个大分析师。其中一位李约翰先生来自华尔街，最有名，对香港股市影响也最大，可以请他来篇英文分析文章。杨柳交代说，那你马上就办，文章啥时见报，听我招呼。王小飞连连称是。合上手机，杨柳便想，打蛇要打七寸，要稳准狠。孙和平不口口声声高谈市场吗？赵安邦和省政府不也被迫屈从于市场吗？那就让市场给这个寡恩无义的背叛者一个扎实的教训吧！

让杨柳没想到的是，到了集团，背叛者竟满面笑容等着他了。他二十楼的办公室孙和平进不去，这猴头是在他办公室隔壁小会议室等着的。孙和平戏又过了，见他来了，忙不迭地从小会议里出来，和他热情地握手，啊呀呀，杨董，盼星星盼月亮终于盼来了共产党……

杨柳不冷不热地道，有急事吗？不急先回去，我手头事不少！

孙和平呵呵乐着，像往常一样，长臂往他肩上一搭，老班长，你手头事再多，也得先接见我啊，听我做个简单汇报，最多半小时。

杨柳一把拨开孙和平的手，脸一拉，孙和平，请放尊重些！

孙和平这才意识到哪里出了问题，跟在他身后问，杨董，咋了？

杨柳自顾自地走到自己的大办公桌前坐下，拿起内部电话，刘主任吗？通知各部门负责人，一小时后到十八楼第三会议室开会。接着又拨了个电话，李总吗，让他们查查款到帐没有？好，到了就好……

孙和平今天真是绝了，受到如此怠慢，竟仍然满脸笑容。这在过去是不可思议的，这泼赖猴头在北重集团怕过谁呀？和他这位董事局主席兼党委书记没大没小，和集团总裁周到说话的口气像似他领导着周到，碰到不满意的事就大喊大叫。人家这是在最后表演风度啊。

杨柳压着心头的厌恶，也表演起了风度，孙董啊，不是我没时间听你的汇报，是没资格再听你汇报了。现在你和我平起平坐了，分属两大企业集团了，我再恬不知耻听你的汇报，你心里不笑我弱智吗？

孙和平一怔，杨董，这么说，你都知道了？赵省长找你谈了？

杨柳笑了笑说，谈了，赵省长对你很欣赏啊，指望你和北柴股份集团给他，给省政府长脸呢！不过我没说你啥好话。这么多年了，我尽说你好话，这次没说。我明确告诉赵省长，我杨柳和北重集团养了一条狼，最终被狼咬了，你现在解放了这条狼，没准将来也会被咬。

孙和平风度甚好，竟有了一种唾面自干的优秀，杨董，您别和我开玩笑了。就算分家，只要省政府文件没到，您就还是我的领导，我该汇报就得汇报。我向赵省长保证过，直到最后一分钟都摆正位置！

杨柳讥讽说，孙和平，这么摆正位置可太累了，别累着你啊！

孙和平仍在笑，看您，看您，又开玩笑！杨董，我可汇报了：我们北柴股份上半年生产和销售形势都不错，超额完成了原定计划。但客户欠款情况比较严重。最大的欠款客户——真不好意思，可我还得说，就是咱们集团。现在七月了，根据香港联交所的规定，马上要出半年度财报，为了半年度财报好看点，集团拖欠的三亿五千万……

杨柳这才明白，这个无赖，并不仅仅是在表演摆正位置，实则是以汇报为由讨债啊。现在是谈债务的时候吗？是回忆历史的时候。于是杨柳像没听见孙和平的话，自顾自地说了起来，孙董啊，我们既是老同学，又是老同事，彼此之间应该很了解了。可今天赵省长找我说到分家的事，我还是很吃惊，觉得你和北柴股份的背叛行为太不可思议了。往事历历在目啊。七年前组建北重集团时我还是二把手，党委副书记兼总经理。是我，而不是别人，坚持把一具叫做平州柴油机厂的僵尸送到了手术台上，给它大量输血，让它以北柴股份的名义活了下来，还帮忙把它嫁到了香港的花花世界。可现在我和集团得到了什么呢？得到了一个不知报恩的对手。你和北柴股份有弑父情结啊！

孙和平这才结束了所谓的汇报，撕下脸上的笑容，开始了和他的强硬交锋，杨董，我和北柴股份为啥要报恩？不错，在北柴股份最困难的时候，北重集团收留了它，给它输过血，我大体算了一下，应该有三个亿吧？可这是哪个个人的恩德吗？不，是省里的大政策……

杨柳插了句，纠正一下，那几年的输血费是三亿六千五百万！

好，就算三亿六千五百万。可这不是你杨柳个人掏的腰包吧？这三亿六千五百万也没进我孙和平个人的腰包吧？那我孙和平为什么要对你杨柳报恩呢？你不觉得这种逻辑很奇怪吗？要求很无理吗？

杨柳气得浑身发抖，站起来，桌子一拍，怒喝道，因为你当时是平柴的厂长兼党委书记！因为你已经无法对平柴厂的八千干部群众负责了！因为你连骗贷的犯法手段都使上了！孙和平，你还让我再说下去吗？是谁在我面前痛哭失声？是谁抹着眼泪鼻涕说，只要能让平柴活下去，你让我喊爹都成！从此集团就是爹，爹不能不管穷儿子……

孙和平反倒冷静下来，哎，杨董，别激动，别激动！我有些话可能没过脑子，脱口而出了。从对你的个人感情和友谊上说，我也许有些欠缺。但是，人类的历史就是一部竞争史嘛，我们的祖先猿猴就是在恶劣自然环境中，在和万兽的竞争中胜出了，才演变成为人的……

杨柳冷笑道，我看你孙和平还没演变成人，你不还是孙猴子吗？

孙和平很是正经，杨董，你别跑题嘛，忘了？在大学咱们演讲辩论时，跑题要扣分的。又说了下去，弑父其实也没错，消灭弱父才有强子，才有一脉种族的强壮延续，这正是一个伟大企业的本质精神。

杨柳简洁地反驳说，不，你说的那是野兽的法则，狼的精神。

孙和平毫不客气，狼的精神又有啥不好？在你眼里我也许就是狼，你和周总还有许多人可能是牛，吃的是草，挤出的是奶。但没有狼不行啊，中国这三十年改革创造出的经济奇迹，有你牛的贡献，也有我们狼的贡献。难道不是吗？上次吃饭，你不断引导我回忆符拉基米尔・伊立奇的名言，忘记过去就意思着背叛。今天我也想引导你回忆一下恩格斯的一个著名论断，恶是推动人类历史前进的原动力……

杨柳故作惊讶，哦，你还记着恩格斯？还信仰马克思主义？我记得你好像是佛教徒吧？今年春节大报恩寺头炷香好像是你拍得的吧？一炷香二十万啊。前年我们去伊斯坦布尔，你不又成了穆罕默德的信徒吗？我们急着飞开罗，你偏在大清真寺门口和伊斯兰们趴在一起不愿走。去年在罗马梵蒂冈，你在上帝面前跪得那个虔诚，就差没受洗了吧？我看你是见神拜神见鬼拜鬼，干脆搞个信仰托拉斯吧！

孙和平做出一脸无奈的样子，杨董，你咋这么天真？这是一个信仰的时代吗？你到街上随便拉个人问问，他们信仰啥？我告诉你，就一个字，钱！我的信仰托拉斯就信钱！只要都保佑北柴股份不断创造利润，佛爷上帝穆罕默德我全好好拜，没钱我今天没法和你这么对话！

杨柳不无夸张摇着头，孙和平，你真让我开了眼，你不说我还不知道，时代竟变成了这种样子！一个忘恩负义的背叛者竟这么理直气壮，竟有这么多堂而皇之的理由和理论！但背叛就是背叛，它决不会因为你这一番狡辩而变得崇高伟大起来。我决不相信一个靠背叛起家，以背叛为荣，带着弑父灭祖卑劣因子的企业会成长为一个伟大企业，孙和平，就让我们在国内外市场上见吧！历史将证明：北重集团和北柴股份谁会最终成为一个真正伟大的企业，谁将笑到最后……

孙和平哈哈大笑，杨董，这还用说吗？当然是北柴股份！我这么说，并不是要气你。因为北柴股份赢得了市场，而且还将继续赢得市场，北柴股份作为一个伟大的企业，已像东方的朝阳，喷薄欲出了。

杨柳背对着孙和平一声仰天长叹，市场啊市场，多少罪孽打着你的旗号招摇于天下！叹罢，突然回转过身，请问孙和平先生，你真的尊重市场吗？如果是真的，你怎么竟敢提出零对价方案？不要重复那些无耻的理由，你廉价受让的股权里包含着希望汽车广大中小流通股东的血泪，你不是不知道！在这一点上，你的无耻和简杰克毫无二致！

孙和平连连摆手，杨董，别激动，别激动，您又激动了。股改就是博弈，让中小流通股东和我博弈好了，与您和北重集团有关系吗？

杨柳这才哈哈大笑起来，孙董，这回你错了，这事咋会与我没关系呢？广东那边八千二百万国有股，也就是8%的股权已经转让给了本集团，你北柴这第一大非流通股东就不该和我北重这第三大非流通股东研究一下股改方案吗？就不该征求我们的意见吗？北重认为，鉴于希望汽车曾高价增发高价配股，最好十送十，你和北柴意下如何？

孙和平一下子呆住了，怔在那里，看着杨柳，好半天没做声。

杨柳继续说，孙董，我今天不要你回答，你回去想想吧。毕竟是老同学，为了帮你拓宽思路，顺便告诉你两件事，一、北重集团不排除进一步增持希望汽车流通股；二、不排除以适当的价格向北方重工独立董事简杰克先生的国内控股公司转让这八千二百万非流通股。说罢，轻蔑地扫了孙和平一眼，手向门外一指，请回吧，孙董！我马上还要给集团各部门和下属几个重要子公司、分公司老总开个会……

21

于文发周二早上一上班，夜班副总编就乐呵呵地过来汇报。说是迄至早上八时，蚂蚁博弈文章的网上点击率已过亿。国内几百家日报晚报晨报全面跟进，跟进报道都是正面积极的。许多专家学者发表了评论，观点一面倒支持蚂蚁。最新消息是，日本《经济新闻》、英国《金融时报》、美国《纽约时报》也关注到了蚂蚁维权事件，其驻华记者分别打电话到报社，了解事态的新进展，预计要做重点报道。

于文发大为振奋，本已发虚的底气又被及时充了气：既然全国几百家报纸都正面积极跟进，那么多专家学者一面倒支持，足以说明《人民证券》导向上没啥大问题。就算他于文发导向水平不高，几百家报纸总编也会一起犯糊涂吗？更有意思的是，日本、美国、英国三大著名媒体同时关注，这可是《人民证券》创立以来从未有过的事啊。

于是，于文发在当天的例会上指示，要求各部门把公开信事件的所有积极反应及时搜集整理，二十四小时监视网上动态，随时向他通报情况。负责股民热线的老赵汇报说，中小流通股东看了博弈文章来电来访很多，电话都打爆了。股民们因为严重亏损，情绪很激动，言词也很激烈。于文发又指示老赵，接电话时既要积极热情，又要做好疏导工作。要告诉股民，蚂蚁和《人民证券》不是反对股改，而是从另一个不同角度支持股改，引导中小流通股东积极参加股改博弈。

例会结束，于文发回到自己的总编办公室，正准备上网看看新情况，报业集团大总编的电话来了，要他放下手上的事，立即来一趟。

去见集团大总编时，于文发预感不是太好，估计不是去受表扬领奖金。集团社长兼总编秦中华是个心直嘴快的人，真要对《人民证券》干的事持肯定态度的话，在电话里就会大肆夸奖，好，好，小于，干得很不错啊！就这么好好给我干吧，到年底我和集团不会亏了你们！

果不其然，到了老大办公室，老大脸拉着，一脸乌云。小于，你搞什么搞？不把《人民证券》给我搞死不好受是不是？发了那个蚂蚁一篇文章还不够，又来了第二篇！于文发心道，高潮还没来呢，马上还有篇《蚂蚁现身本报，原是著名作家》的热点新闻要上呢。却也没敢说，只赔着笑脸道，秦总，那我就向您做个蚂蚁的专题汇报吧！老大挥了挥手，小于，你别向我汇报了，这回你玩大发了，去省委宣传部直接汇报吧！常委郑部长正恭候你的大驾呢！去，去，快去吧！

从老大办公室出来，于文发就像是从受刑室出来，整个人变了个模样。头发晕，腿发软，眼前一片昏花。原本明晰晴朗的世界一下子变得模糊不清了。包括导向的正确与否，真理的是否存在等等……

现在不是人民生气了，事情很严重；是部长生气了，事情很严重。像他这种级别，哪配让人家日理万机的常委部长恭候？一般性的错误，比如集团下属晚报、晨报、时报，原创报道说某走红女明星为了上戏潜规则了可最终没潜但也有可能实际潜了之类的坏新闻，最多就是新闻出版处副处长接见训训话，连正处长一般都不会出面。错误性质再严重一些，属于导向性的了，报纸要停刊整顿，也就是主管新闻的副部长出场严肃批评，重申新闻纪律，当面痛斥一番而已。他这回看来真像老大说的，玩大发了，老大肯定得受到他的连累，老大对他还能有好脸色？但他完了，估计老大不会完，也就是写写检讨罢了。

这才想到及时检讨。检讨不检讨那可是态度问题，犯了错误不要紧，改了就是好同志嘛。这么一想，于文发便没急着去宣传部，反正常委部长已在恭候了，就让他多恭候会吧，他得带着好态度过去。这便摇摇晃晃去了集团总编办，找到了专职负责检讨业务的邢副主任。

邢副主任见了于文发很惊讶，说，于总，你这是咋了，整个像没了魂？于文发没好气地说，别谈魂不魂的了，谈你的业务。邢副主任不太相信，哎，你财经类报纸也需要我的业务吗？说着，在打开的电脑上调出了一份规格检讨书，指了指空白处，错误事实你自己填。于文发凑过去一看，……因为我们把关不严，审美趣味低级庸俗，致使这篇黄色下流的娱乐新闻见诸报端，产生了消极恶劣的社会影响……

于文发要的不是这种，眼睛和脑袋离开电脑，对邢主任说，我要的是导向性错误那种。邢副主任说，导向性错误的检讨有三种规格等级，你说清楚，错误到了哪个等级？于文发说，你就按最严重的等级来。邢副主任吓了一跳，撤职停刊？于文发说，对，对。邢副主任马上调出导向三级规格检讨书，请于文发坐到电脑前填写事实，自己站在一旁，喝着茶水半真半假说，于总，你既玩到了导向三级，根据一般估计，你也快到这儿跟我打杂了，不过请放心，兄弟我决不歧视你。

带着打印好的导向三级检讨书，于文发到宣传部去见了常委郑部长。进门时，郑部长正握着话筒打电话，示意他在沙发上坐下，自己继续对着电话发布指示。好像是在布置全省各地市宣传部长会议。于文发看着打电话的郑部长，不安地等待着部长同志的震怒。可郑部长似乎没有即将震怒的样子，脸色挺正常，还带着笑容哩。于文发便揣摩，这副笑容是属于那位正和部长通着话的同志，还是属于他？有一点可以肯定了，就算部长要震怒，十有八九也不会和他玩震怒。他一个小小处级，不值得让部长震怒，部长震怒的对象应该是集团老大。

就想到这里，郑部长结束了通话，端起桌上的大茶杯走了过来。

于文发慌忙站了起来，郑部长，我……我们秦总说，您找我……

郑部长和气地挥了挥手，坐，坐！自己也坐下了，小于啊，你们《人民证券》报这次动静闹得不小啊，轰动了全国啊，是不是啊？

于文发尽量保持镇静，是，郑部长，全国几百家报纸也报道了。

郑部长点了点头，现在股改全面开始，大小股东博弈，全国中小流通股东亏损又很大，这个 PK 事件就成了热点新闻，意料之中嘛。

于文发大胆开了句玩笑，郑部长，您还挺新潮哩，都知道 PK。

郑部长道，我不能新潮啊？与时俱进嘛！又说了下去，不过，小于啊，你们和蚂蚁搞得这么热闹，我这里也就跟着热闹了。国资委孙鲁生主任找到部里大喊大叫，激动得很呢。赵安邦省长也打电话找我问情况。还有一些地市的宣传部长、国企老总，都给我打电话……

于文发紧张地看着郑部长等着结论，一颗心几乎悬到喉咙口。

郑部长却不说结论，端起杯子喝起了水，也招呼于文发喝水。

于文发遵命喝了口水，然后小心地把一次性纸杯放下，又盯着郑部长看，甚至已在考虑何时掏出深刻检查了。根据目前情况判断，郑部长没有太恼怒的意思，如果自己态度够好，也许有可能顺利过关。

郑部长继续说，小于啊，你说我咋办啊？实事求是说，宣传部门管意识形态，股改这种经济领域的事情我还真不太懂。不懂就要学习啊，你小于和《人民证券》逼我非学不可呀，这下子就把我害苦喽。我用了周六、周末两天的时间，把中央有关股改的文件全看了一遍。

于文发心里这时已经比较有数了，郑部长今天好像没有批评他和《人民证券》的意思，集团老大十有八九是把郑部长的精神领会错了。

果然，郑部长没批评，只提了条建议，小于啊，国家六部委文件讲得很清楚，非流通大股东和中小流通股东要博弈嘛，你们《人民证券》不但是财经类报纸，更是证券专业报纸，是两类股东博弈的地方嘛！蚂蚁这类小股东的意见要发表，大股东的意见也要发表嘛！孙鲁生反复向我提到一个叫简杰克的先生，说是他有些意见就很好嘛。

于文发急忙汇报，郑部长，大股东的意见我们发表得更多。您注意一下，每天都有，也整版整版发表，包括为他们宣传对价方案……

郑部长不糊涂，笑道，小于，你糊弄我是不是？你们报纸我这几天集中看了一下，大股东的文章全在广告版，你们是当广告发的。我是说不收钱，就让那位不主张股改送股的简杰克和蚂蚁们去辩论嘛。

于文发连连点头，好，好，郑部长，您既有这个重要指示，我们《人民证券》就坚决贯彻执行。我回去后立即布置，尽快安排简杰克先生的文章，而且不收广告费，不放广告版。郑部长，您继续指示！

郑部长站了起来，我这不是什么指示哦，是建议，听也在你，不听也在你！好了，我得走了，省委何新钊书记还在办公室等我哪！

一场虚惊就这么过去了。于文发分析揣摩，郑部长这回百忙之中亲自找他，既无关啥导向也不是要找《人民证券》啥麻烦，十有八九是为了应付孙鲁生和省国资委。部长亲自出了面，还把孙鲁生的要求作为指示或者建议发布下去了，这是何等的重视啊！而实际上呢，他和《人民证券》该咋干还能咋干，郑部长和宣传部没有叫停的意思。

于文发回去后，把情况和揣摩向集团秦老大一汇报，秦老大也乐了。立即换了副面孔，亲切热情地拍着他的肩膀，铿锵有力地夸奖说，好，好，这太好了！我本来也觉得不会有啥导向问题！又交代说，小于啊，既然郑部长有了重要指示，你们就赶快落实，上天入地也把那个简杰克找到，让他和蚂蚁们辩论一番！这一来就更热闹了，发行量起码再增加个四五万份，小于，就这么好好给我干吧，到年底我不会亏了你！于文发马上想到去年的年终奖至今没兑现，同志们意见都挺大，便婉转提了出来。秦老大一脸惊讶，有这种事吗？我回头查查。

于文发心想，查个屁，你大老板这种事会不知道？却不敢说，灵机一动，把北方重工的广告难题抛了出来。对了，还有个事，郑部长对我们有个批评，说我们把大股东的股改方案宣传文章放在广告版上有悖平等博弈的公平性。秦老大眼皮一翻，那咋办？免费给他们宣传啊？都免费宣传，我们吃啥？于文发把肚里的“坏水”挤了出来，那这样行不行，这类软广告不打广告字样，在其他版面的目录上注一下某版面为广告。秦老大想了下，可以，这既不违反规定，又落实了郑部长的指示精神。又随口问了句，哎，最近广告情况好吗？于文发一脸苦相，不好，好不容易弄了个广告，还要上头版。秦老大问，他们出啥价？于文发说，三十五万。秦老大桌子一拍，叫道，那还有啥说的？就给他头版！他要出三百五十万，你们在我额头上发广告都成！

这次出了秦老大办公室的门，于文发的心情快乐极了。走到总编办门口，伸头一看，邢副主任正好在。于文发便当着邢副主任的面把那份导向三级检讨夸张地一把把撕毁，一点点扔到纸篓里。然后，像秦老大拍他一样热情亲切地拍着邢副主任的肩膀，小邢啊，看来我不必到这里跟你干了，你老弟好好干吧，干得好，到年底我和《人民证券》不会亏了你！邢副主任被他搞愣了，天哪，你于文发还就活着回来了？你站好，让我看清楚，你是活于(鱼)吗？该不是诈尸吧……

22

杨柳撂下的那一番狠话，像一梭子骤然出膛的子弹，将孙和平打得全身都是窟窿。孙和平一时间惊呆了，眼睁睁看杨柳出了门，仍站在原处没动。秘书小刘说要锁门了，孙和平这才步履沉重地出了门。

这实在是太意外了。希望汽车最后那八千二百万国有股权竟然落到了杨柳和北重集团手上！杨柳还不排除进一步增持流通股！这意味着他现在的对手已不仅是一个简杰克的DMG，而是两个。更可怕的是，杨柳的北重集团有和简杰克DMG合流结成战略同盟的意向。杨柳刚才公开说了嘛，不排除以适当的价格向简杰克的国内控股公司转让手上八千二百万股。如果杨柳和北重集团真和简杰克的DMG结成了战略同盟，他和北柴股份的希望汽车保卫战似乎不必再打了，就算坚持打下去也没太大意义。北柴股份只比DMG多了三千万股，杨柳和北重集团的八千二百万股只要往简杰克和DMG一倒，控股权就易手了。希望汽车新一届董事会必将由第二大股东简杰克和第三大股东杨柳来掌握，第一大股东北柴股份甚至连一席董事席位都得不到。

股市上战斗将相当艰难。由于杨柳北重集团军的意外出现，暗战很可能已变成了明战，遭遇战变成了阵地战，北柴股份就失去了先天优势。为了势均力敌达到股权对等，北柴股份和阵前的两大结盟对手已相差了五千余万股。北柴股份为夺回控股权，势必不断增兵，投入大量资金。DMG和北重集团为保住已取得的控股优势，定会血拼到底，最终将导致股价高企。北柴股份胜算渺茫，甚至有可能随着希望汽车的股价飞涨，资金消耗殆尽，而打不起这场昂贵的股权保卫战。

更要命的是，如果真的丧失了希望汽车的控股权，正大重机也保不住了。就算他在任延安的协助下拿下汤家和，顺利得到22%的国有股份，也不会如愿成为控股大股东，他设计好的一切将通通完蛋……

可怕，实在是可怕，意想不到的最坏局面就这么真实地出现了。

细想一下，却又觉得杨柳无可指责。北柴股份可以和北重集团的市场对手正大重机结盟，北重集团为啥不能和简杰克的DMG结盟呢？现在不是咒骂抱怨的时候，而是要面对严峻现实，挽狂澜于既倒。

本来是想找杨柳讨完货款后，到汉江证券会见祁小华，进一步策划股市保卫战。现在看来得改变思路了，他和杨柳的故事还没完。省政府的分家文件还没到啊，他还是杨柳领导下的控股公司老总。他还得继续摆正位置，参加杨柳主持下的集团会议。于是，孙和平便又强打起精神，大步流星地追着杨柳，赶到十八楼集团第三会议室开会。

孙和平进门时注意到，杨柳已经在往常主持会议的位置上坐下了。杨柳看见他进来，显得很意外，却又没说什么。孙和平知道杨柳不好说什么，现在除了他和杨柳两人，与会者谁也不知道北柴股份要和集团分家。孙和平便像啥也没发生似的，走过杨柳身边时含笑问了一句，哎，杨董，今天会议啥内容啊？杨柳脸上很平静，向他招了招手，示意他靠近些。孙和平把脑袋凑过去后，杨柳才声音低沉地说了句，孙和平，请你不要这么无耻！孙和平煞有介事点点头，很郑重地说，知道了，杨董，您放心，您的指示我全照办！说着，在会议桌边找个空位置坐下了。真巧，旁边座位上是杨柳的忠实走狗王小飞。

王小飞皮笑肉不笑地看着他，孙董，我咋听说你们快升天了？

孙和平一点不恼，笑着说，哎，王董，你咒我是不是？啊？

王小飞拍了拍他的肩头，模样很亲昵，嘿，我咋是咒你呢?！孙董，你们北柴股份不是马上要脱离集团，独立升空了吗？你说我和北方重工啥时也能来个独立升空呢？找时间，给我说说好经验？啊？

孙和平很是正经，王董，谁告诉你北柴股份要脱离集团？

就在这时，杨柳宣布开会。孙和平和王小飞停止了交谈。

杨柳扫视着与会者，语调平和地说，向大家宣布一件事，根据省政府指示精神，原属北重集团的北柴股份公司即将脱离北重集团公司，成为和北重集团并立的又一个独立的整装机械集团。现在，让我们用热烈的掌声，向北柴股份董事长孙和平同志表示热烈的祝贺！

除了杨柳一人面无表情地独自鼓着掌，惯性掌声并没因为杨柳的号召而在会场上响起，倒是一片愕然的脸孔和目光投向了孙和平。

杨柳讥讽的掌声停止后，会场上一时间静得吓人。孙和平心里清楚，这静寂中隐含的决不会是对他和北柴股份的赞赏，而是恼怒与仇恨，下一步很可能是王小飞之流的辱骂和攻击。杨柳干得真绝啊，公然违反保密纪律,在正式文件没到之前,就宣布分家决定。孙和平认为,杨柳原定召开的这个会肯定没这项内容,是因为他摆正位置参加了会,杨柳才临时来了这一手。杨柳既来了这一手,他就得接招啊。

孙和平于一片静寂中,在杨柳、王小飞和与会者阴冷目光的注视下,缓缓站了起来,面带笑容道,同志们,本来分家的事杨董不应该在今天宣布,但杨董宣布了,我就得有个态度。众所周知,北柴股份是在北重集团温暖的怀抱里长大的。没有北重集团长期以来的呵护支持,就没有今天这个强大的北柴股份,对这一点,我和每一个北柴股份的员工都将永志不忘。在这里,请允许我以个人的名义,并代表北柴股份高管层和全体员工,向杨董,向北重集团,向所有到会的同志们致以深深的敬意和谢意!说罢,先对着杨柳的主持人位置,又对着会议桌三面与会者的位置,深深地鞠了四次躬。鞠完躬,又表情恳切地说,但是同志们,省政府的文件毕竟还没到,我和北柴股份现在还是集团的一员,还在杨董的领导之下。我仍想以一个下属公司的名义坚持开完最后一次集团会议。说罢,坐下来,认真打开了笔记本。

没想到杨柳做得比他还绝。他这边屁股刚坐下,刚打开那本印有北重集团字样的笔记本,杨柳却已站了起来,手一挥,宣布:散会!

人家既然散会了,他这位置也就不必摆正了。便超越王小飞和许多与会者,急忙追到杨柳身旁,杨董,我还得向您继续汇报,希望您给我一个机会!杨柳大步向前走着,看都不看他,孙董,我现在真不能再听你汇报了,你要摆正位置,我也得摆正位置啊!以后我们两大集团好好合作吧。孙和平只得改口说,杨董,我想向您汇报的就是今后合作上的一些想法。杨柳却又说,这你也未免太急了一些吧?事实上北柴股份的国有股权划拨还没开始,我们双方要算的帐可不是一笔两笔啊。孙和平忍着气,继续跟着杨柳的话题转,所以我们俩才更得早些交流一下啊,双方都把帐算算清楚,免得将来扯不清。杨柳这才吐了口,好,这我不反对,不论是父与子还是兄弟之间都得明算帐。

重回杨柳办公室,杨柳门一关,又拉下了脸,孙和平,这帐你想咋算?当年三亿六千五百万输血费,北柴股份准备怎么还?是在国有资产的划拨中扣除呢,还是用集团现在欠你的三亿五千万货款抵扣?

孙和平说,货款抵扣肯定不合适,不符合香港联交所规定的国际通用的财务规范。国有资产划拨时扣除恐怕也不行，国有股现在对北柴股份是相对控股，如果进一步削减股权，对保持控股地位不利，就算我答应你，孙鲁生也不会答应。因为在孙鲁生和国资委看来，这三亿六千五百万无论摆在北重集团，还是摆在北柴股份，性质都一样。

杨柳讥讽说，孙和平，照这么说来，我和集团只能认倒霉了？

孙和平手一摊，很遗憾，事实上就是这样。在咱们会前上半场讨论中我已说过：这三亿六千五百万不是你杨柳个人掏的腰包，也没进我孙和平个人的腰包，它作为国有资产进入北柴股份后实现了保值增值。话题一转，但是，我就算是一条狼，也得讲狼的感情，免得你和北重集团真认为我不知感恩。这才说出了他纠缠不休的真正目的，杨董，我想变相给北重集团以补偿，以集团积欠的三亿五千万货款换取集团手上那八千二百万希望汽车非流通股权，这符合香港会计准则。

杨柳沉思了一下，有些意思。我们一亿六千万拿到的希望汽车股权，转手就赚了一亿九千万。孙董，我真想不到你会如此仁慈大方。

孙和平挺恳切地说，杨董，别说我不知报恩，其实这也怪你。你一见我就符拉基米尔·伊立奇，弄得我很不爽，所以我才说了些伤感情的话。现在事实证明，我不是不知道报恩的，杨董，你说是不是？

杨柳缓缓摇起了头，意味深长说，孙和平，我认为不是。你这可不是大方仁慈，更不是知恩图报，而是担心失去希望汽车的控股权啊。而一旦失去希望汽车的控股权，正大重机这块肥肉就从你和北柴股份嘴边溜走了。作为市场对手，没有谁比我更清楚正大重机的股权结构了，就算目前K省国资委手上的22%股权转让给你，但只要希望汽车的控股权不在你手上，你那伟大企业之梦就做不下去了。你也不配做下去，作为一个伟大企业的缔造者，你不具备伟大的人格。你这同志很聪明嘛，你想啊，这八千二百万股我咋会考虑向你和北柴股份转让呢？就算你仁慈大方到把价格提高十倍也是不可能的。可如果简杰克先生和DMG报出较好的价格，我和集团董事局倒可以考虑转让！

这就叫猫玩耗子。孙和平不无沮丧地想，现在他成了落在杨柳手上的耗子。这老同学干得绝啊，利用他的疏漏掐住了他和北柴股份的命门。他痛得恨不能叫起来，恨不能一枪把自己毙了：广东他不是没去，金局长主动提出要转让，他竟为了贪那点股改上的小便宜拒绝了。

杨柳这恶猫此刻玩耗子的心情估计是好极了，也说到了那位金局长。孙和平，我咋也没想到，你这机关算尽的人咋就没算到这对你和北柴股份性命攸关的八千二百万股国有股权呢？金局长气愤地告诉我们，说你不愿向中小流通股东支付对价。天哪，这是一个伟大企业缔造者应有的胸怀和眼光吗？你可真替你的老班长我丢人现眼啊！

孙和平只得承认丢人现眼，郁郁不快地说，老班长，我承认犯了一个该挨枪毙的大错误。但我的错误就是我的错误，它不该成为你犯错误的理由。从你今天的话里我听出一个意思：你不惜代价争夺希望汽车股权是为了对付我和北柴股份，而得益者是谁？是简杰克的DMG，是美国财团，是来自华尔街的资本巨狼！当华尔街的巨狼们凭藉资本实力横扫中国民族企业时，北柴股份会丧生狼腹，北重集团也会落入狼口啊！说到这里，孙和平面色红涨浑身颤抖，冲动地叫了起来，杨柳，你作为我以前的老班长，作为到目前为止让我十分尊敬的领导，我真没想到你会这么糊涂啊！连基本的民族感情和立场都丧失了！老班长，想一想吧，当年我们为啥选择了汉江大学机械动力专业？不都怀着同一个强国梦想吗？为了一个从积弱百年中崛起的大中国提供强大的动力！我记得在学生会的演讲中，你曾这样说……

杨柳做了个暂停的手势，打住，打住！孙和平，请你不要在我面前表演热血沸腾好不好？更不要来民族主义那一套！你是啥人我很清楚。你说说看，我会相信一个信仰托拉斯老总慷慨激昂的欺骗演说吗？如果我是穆斯林，只怕你就该和我谈《古兰经》和穆罕默德了吧？

孙和平这才后悔起来，觉得自己在上半场对决中犯了错误。那就是和这位老同学说得太多，太深，太露骨。他一时兴起，把穿在真理身上的漂亮外衣全扒光了，连裤衩都没留，让真理光了屁股。现在他再试图靠这种崇敬真理的激情演说打动杨柳已无可能。败笔，败笔啊！

理想主义既然失败了，现实主义还得继续。孙和平叹了口气，又说，杨董，既然如此，那三亿五千万的货款，希望集团能及时支付。

杨柳轻描淡写说，孙董，该付总会付。不过以后不要再找我，请你直接找财务部。我个人意见，这种具体事情你也不必亲自来了。说罢，做了个手势，现在能请了吧？总不至于让我请你吃散伙饭吧？

孙和平无奈，知道再呆下去也是浪费时间，只得悻悻告辞离去。

顽强的努力在同样顽强的对手面前惨遇失败。就像拿破伦在滑铁卢碰上了惠灵顿。孙和平在心里默默想，今天这痛苦而耻辱的经历也许将会伴随他今后的一生一世直至永远，直至他拥抱着一个缔造于世的伟大企业长眠于九泉之下。但还会有那个梦想中的伟大企业吗？命运之神会再次向他微笑吗？上帝会原谅他这次犯下的愚蠢错误吗？

强力支撑着精神走出北重集团大楼时，孙和平眼前已是一片模糊，用手背一抹才发现，遮住他视线的竟是聚在他眼中的泪水……

23

孙和平走了。带着独立后的满足和被揪住猴尾巴的剧痛走了。再不会像大学时代玩学生会游戏那样，今天翻脸走明天又回来。如果在今后资本和市场的双重博弈中，他和北重集团不能获得压倒性的绝对胜利，哪怕揪断他的猴尾巴，只要给他留口气，他都不会再回来。这只跳出界外的孙猴子，就像当年的刘必定一样，就此成了一路诸侯。

做过诸侯的刘必定曾经很风光啊，好像就是在策划孙和平叛逃那阵子，刘必定为了显示自己非凡的成功，以同学聚会的名义，请他到上海去了一趟。那真是一次难忘的聚会，到场的八个同学的机票全由刘必定的宏远公司报销。在沪期间，每人配了辆好车，不是奔驰就是凯迪拉克。在南京路上，豪华车队一路呼啸，刘必定在前导车上手持报话机一路吆喝，X 号车跟上，X 号车跟上，祁小华也自豪得很呢。

更牛的是，在刘必定面对黄浦江的大办公室，一面墙的文件柜里都装满了房产证，足有几千本，而房产证上标明的房子竟连一块砖都没有。刘必定也不隐瞒，说是马上就盖，全国各地银行总计给他们宏远系放贷二十七亿，他最近又在沿海某地一举圈地三十平方公里，建国际开发区。杨柳简直是目瞪口呆，他这个穷困的国企老总想贷几亿都贷不到，人家竟贷出二十七个亿，竟能在房子连影子都没有的情况下把房产证办出来！他当时就问刘必定，如果日后还不了贷，你就不怕进去吗？刘必定大笑，老班长啊，你落伍了，我咋会进去呢？贷得越多越安全啊，现在银行最怕我进监狱出意外，我进监狱出意外，贷的巨款就还不了了，就是为了我的安全，银行也不敢反对我买好车！

然而，刘必定最终还是进去了。把上海、北京、广东的好几个银行行长和一家证券公司的老总也拉扯进去了。至于刘必定和宏远系欠的贷款是不是还了，还了多少，杨柳就不知道了。孙和平在那时候没去追随刘必定，不是对他和集团的忠诚，只怕是看出了极大的风险。

现在，孙和平成了又一个刘必定，其嚣张气焰不在当年的刘必定之下。当然，他们之间也有区别，刘必定是草莽英雄时代的枭雄，孙和平是资本市场时代的霸主。瞧他今天说的，啊，北柴股份赢得了市场，还将继续赢得市场，作为一个伟大企业，已像东方的朝阳，喷薄欲出了！当真喷薄欲出了吗？狗屁！这厮和刘必定一样，高估了自己的力量，忽略了国家意志，他们忘记了一个事实：这个国家的经济叫社会主义市场经济，市场要服从和服务于社会主义的国家意志！也正因为如此，刘必定的草莽英雄时代不会长久，孙和平以市场挑战权力能得胜于一时一役，却决不可能在今后漫长的发展过程中永远得胜。

更何况，在此一役中，谁胜谁负还难说得很。孙和平和北柴股份前有简杰克和DMG的正面进攻，后有他和北重集团揪住尾巴的必然痛击。在腹背受敌的这场复杂恶战中，孙和平凶多吉少，甚至会以完败告终。北柴的独立不是一轮朝阳的喷薄欲出，而是日薄西山的末日。

正这么想着，秘书敲门进来了，小心请示道，杨董，被孙和平搅黄了的资金调度会咱们还开不开了？王小飞他们还在楼下等着呢！

杨柳这才从沉思中醒过来，怔了下，这个会明天上午再开吧！

秘书应着，好，好，杨董，那我就去通知了！说罢，转身要走。

杨柳又说，哎，等等，把王小飞留下！有个会要马上开，你通知董事局成员和集团副总以上高管下午都过来，开个紧急联席会议。

秘书提醒，杨董，周总他们一帮领导到广东出差还没回来吧？

杨柳有些不耐烦，广东的事办完了，周总他们今天应该回来了。

秘书走后，杨柳亲自给周到打了个电话，问周到是不是已回来了。周到说，刚下飞机，累得要命，准备回家休息一下，明天到集团上班。杨柳说，都别休息了，从机场直接到集团来吧，开紧急会议！

当日下午三点，集团董事局和高管层的紧急会议如期召开，除出国考察的一位副总，该到的全部到齐，包括王小飞。王小飞不但是北方重工董事长，也是集团董事局成员。会议开始前，杨柳先宣布了纪律：这个会不要记录，更不准录音，都用嘴说，用耳听，在心里记。

除了王小飞和财务总监因为参加了上午那场被搅黄了的资金调度会，知道杨柳要说孙和平以及北柴股份独立的事，周到和其他同志对这次紧急会议内容一无所知，扫向杨柳的目光都带着茫然和疑惑。

杨柳没让大家的茫然和疑惑持续多久，宣布完纪律，开门见山通报了赵安邦省长和省政府的最新指示精神，平静地向大家告知了北柴股份独立的事实，并表明态度，他这个董事局主席对赵省长的指示坚决贯彻执行，也希望集团董事局全体成员和在座全体同志贯彻执行。

周到极为吃惊，站起来大叫，杨董，赵安邦和省政府咋能这样做呢？这不是闹而优则仕吗？真要这样，我建议集团管理层集体辞职！

杨柳指了指周到，哎，周总，别激动，坐下，坐下，先听我说。

周到坐下了，可仍气愤难平，这还有公道吗？还让人干事吗？!

王小飞和其他人也跟着叫了起来，就是，赵安邦还什么铁腕省长呢，连个孙猴子都治不住！别是省长大人吃了孙和平的回扣吧?！吃回扣不至于，但赵安邦欣赏孙猴子啊！这回算知道了，赵安邦和省里的指示精神还真不能贯彻执行呢，谁执行谁倒霉，得向孙和平学习。

杨柳耐心听了半天，待大家的议论声渐渐消失了之后，继续说了下去，仍是不动声色，好像谈的不是自己领导下的北重集团，而是别的什么企业：北柴股份从北重集团独立出去，我省机械重卡行业就有了两大同类整装集团，从某种意义上说，这也是好事嘛！面前多了个强大竞争对手，就会逼着我们练好内功，迎接这个资本时代的挑战。

周到反驳道，这个对手是咋强大起来的？还不是我们扶植的！

杨柳像没听见，所以，我希望大家能从积极的意义上理解赵省长和省里的决定。在这里，我要提醒一下，都少发牢骚说怪话，我们要站在赵省长和省政府的角度想一想这个问题：如果孙和平的北柴股份没有取得市场优势，没有强大到足以和集团比肩的地步，省里会做这种决定吗？有力气发牢骚，倒不如把力气用到自身的锤炼上，别等哪一天败在北柴股份手上了，让孙和平同志来收购兼并我们北重集团。

周到已是急不可耐了，杨董，你说完了没有？说完我有话说！

杨柳其实还没说完，一系列的部署还没安排呢！可也不能不让周到说，周到毕竟是集团总裁，更何况周到本来就对孙和平"苦大仇深"，现在孙和平又率着北柴股份独立成功大获全胜，周到求战之心不在他之下，能替他起到战前动员的作用。于是便说，周总，那你先说吧！

周到站了起来，双手按着桌面，扫视着众人，同志们，杨董说得对，我们不发牢骚，而是要准备战争，一场在市场上消灭孙猴子，并一举扫平北柴山上猴窝的战争。哎，大家不要这么看着我，我说的既不是酒话，也不是胡话。我们手里已掌握了一张灭掉孙和平的王牌！

杨柳知道，周到可能要说的是那八千二百万希望汽车的股权。

果然，周到说起了这件事，把希望汽车微妙的股权结构和孙和平的疏忽失算，把简杰克和DMG对正大重机的精心图谋，和他这次去广东闪电签订希望汽车股权转让合同的情况说了一遍，最后，激动不已地道，我们只要把手上这八千二百万股权转让给简杰克的DMG，孙和平就死定了，希望汽车控股权就落到了简杰克和DMG手上，希望汽车控股的正大重机也就成了简杰克和DMG囊中之物！

王小飞跳了起来，那还等什么？简杰克本来就是我们北方重工的独立董事，沟通起来很容易！如果董事局不反对，我可以代表集团和简杰克先生联系，而且争取让简杰克以翻倍的价吃进这笔关键股权！

财务总监动作缓慢地鼓起了掌，小飞的建议很好！说文明点，叫四两拨千斤；说直接点，叫借刀杀人！现在的问题是，啥时杀？是现在就杀，还是等等再杀？大家别误会，不要以为我对孙和平有恻隐之心，我是算经济帐：简杰克和DMG不会不清楚这笔股权的重要，十有八九会主动来找我们，那么转让价就不是翻一倍了，起码翻五倍！

主管经营的叶副总裁呵呵笑了起来，真这样，孙猴子整装集团的梦想就破灭了，北柴的独立就失去了意义，甚至还不如留在集团呢。

集团党委权副书记说，想留下也行啊，北柴的董事长是不能让他再当了，级也别轻易降，工会主席到点了，让他做集团工会主席吧！

杨柳见周到和大家说得差不多了，才又说，同志们啊，你们的意见咋这么一致啊？啊？就没想过把股权转让给孙和平？让北柴股份做大做强？或者谁都不给，以第三大股东的少数股权制衡他们双方？

与会众人看着杨柳，全都怔住了，包括总裁周到和王小飞。

杨柳继续说，把股权转让给简杰克和DMG是不能考虑的，至少现在不能考虑。为什么？因为DMG是国际资本大鳄，今天是北柴股份的对手，明天必将是我们的强大对手，这里有个面对未来的问题。

周到讥讽道，那我们就为了渺茫的未来，让孙和平吃掉我们吧。

杨柳说，孙和平咋能吃掉我们呢？北柴股份会成为一个伟大企业吗？孙和平具有伟大的资本人格吗？他的失败是注定的，但不应该败在我们的借刀杀人上，我们的刀尤其不能借给掠夺性的海外资本啊。

王小飞似乎记起了他对简杰克和DMG的评价，转变了态度，频频点头，赞同道，杨董说得很有道理，就是比我们站得高，想得深！

杨柳脸上几乎看不到表情，另外，请大家再思索一个问题：赵省长希望看到一个破土而出的新整装集团在我们和海外资本夹击下败灭吗？如果赵省长不是从国家利益考虑，会屈从于孙和平的市场意志吗？我的判断是：赵省长愿意我们把股权转让给孙和平，支持北柴股份战胜DMG，而不愿看着我们和DMG合流，灭掉猴王，扫平猴山。

周到有些明白了，倒也是，没赵省长同意，孙猴子也成不了事！

主管经营的叶副总裁还不服气，杨董，那这一次，我们吃亏了。

杨柳笑了笑，不一定！走了北柴，文柴不是划过来了吗？孙和平能不能拿下正大重机还是未知数，但我们还可以争取向赵省长和省里讨要同类优良资产嘛，比如宁川路机公司，听话的孩子会有糖吃的！

叶副总裁乐了，杨董，若真能把宁川路机给咱划拨过来，那可就太捧了！这家公司生产的推土机、压路机都有很好的市场前景……

杨柳说，所以嘛，大家有意见可以向省委有关领导，包括赵省长反映，但赵省长和省里的指示，一定要坚定不移地贯彻执行，对独立后的北柴股份和孙和平同志也要尊重，市场竞争不等于个人恩仇嘛。

最后，杨柳以董事局主席的身份开始安排部署，要财务总监和集团驻香港办事处配合，在十天内准备三亿港元，听候董事局调拨；要王小飞和北方重工证券事务部在搞好股改投票的前提下，加快香港H股上市的筹备工作；要周到和党委权副方记研究一下，立即着手对文柴班子的调整，先拿个方案出来。杨柳特别强调，为接受孙和平割据北柴股份的教训，文柴现班子主要高管一个不留，全平调或升半级调集团下属其他企业。布置完后，宣布散会，只把周到一人留了下来。

众人走后，门一关，周到便说，杨董，你也真够绝的，恨不得一把掐死孙猴子，在会上还一口一个孙和平同志，还要大家去尊重呢！

杨柳说，你蹦得那么高，我也跟你一起蹦，成何体统？马上说起了正事，周总，你掌握一下，让我们投资公司把风放出去，要在股市上吃进希望汽车。但别认真，最多动两三千万，给他们博弈添点料！

周到乐了，你明说添乱不得了？让孙和平和简杰克都紧张去吧！

杨柳也笑了，随你咋理解去吧！又说，你不吵着高管层要集体辞职吗？在我面前说没用，你得到赵省长那去说，到主管咱们的王副省长那说！王副省长不是你的老领导么？找老领导发发牢骚很正常嘛！

周到说，杨柳，以为我不敢去说吗？他孙和平凭啥爬到我上头？

杨柳忙道，哎，别说你，说集团，你是因公起愤，不是为自己！

周到眼珠一转，老弟，那你说清楚，是不是又打省里啥主意了？

杨柳笑道，这我在会上不是刮了一句么？宁川路机嘛！噢，他赵安邦和省里弄走咱一个在香港上市的北柴股份，不给咱补偿啊？文柴厂不算，那是孙和平没走就说定的。我现在的想法是，把宁川市的路机厂赶快划过来，和文柴厂资产捆绑在一起上市，还不大发它一笔？

周到说，宁川路机效益挺好，也正在筹划上市，这恐怕有难度。

杨柳道，事在人为嘛，我实话告诉你：赵省长现在惭愧着呢，对孙和平是有苦说不出，没准还就能让咱弄成了！所以你得出面去吵！

周到答应了，好，那咱就一个唱白脸，一个唱红脸！好事都是你的，你继续当好干部，我做发牢骚的落后分子，反正我不想升了！又说，这些年花在北柴股份身上的输血费不能白扔了，也得找省里要！

杨柳咂嘴说，这怕有些难，但该要照要，要来了白赚；要不来也让省里知道咱吃了多大的亏，数字往高报，反正赵安邦不会来查帐！

周到走后，杨柳没急着回家，独自坐在办公桌前的大转椅上，思虑着这一天发生的事情。这一天发生的事太多了，从早上赵安邦找他谈话，到上午和孙和平的两场尖锐交锋，还有下午集团高层的秘密会议。他都必须应对，但应对得如何啊？有没有啥细节上的失误？孔子说过，要三省吾身啊，在这种重要的时刻更要三省，乃至五省十省。

细想下来，好像还不错。孙和平上午的两场叫嚣是公开宣战，他和北重集团除了应战，别无选择。既然他已经揪住了这只坏猴的猴尾巴，何不就势把它打翻在地，揪光它的猴毛？当然，这种话在高层会上不能说，非但不能说，还得维护赵安邦和省政府的权威。赵安邦谈话也很有意思，透着明显的无奈和惭愧，那么补偿能没希望吗？对忠诚要有回报嘛，否则，以后谁还会这么卖力地执行他赵省长的指示？

24

赵安邦再也没想到孙和平晚上会追到机场贵宾室找他汇报工作。

今天国家商务部一位副部长带十几个国家的驻华使节和商务代表来汉江考察，赵安邦到机场接机欢迎，哪有空听孙和平的汇报？从秘书口中得知孙和平已到了机场，当即批评说，你咋让他追到这来了？现在是听他汇报的时候吗？商务部的专机再有半小时就到了。秘书为难地说，可孙和平也急啊，说他汇报的事关系到北柴股份的生死存亡，您和省政府如果不及时采取措施，后果将不堪设想，所以……

赵安邦不无惊讶，心道，有啥了不得的事关系北柴股份的生死存亡啊？孙和平这猴头不是被市场解放了吗？咋解放了没几天又要他和省政府及时采取措施了？看看墙上的电子钟，觉得还有点时间，便向秘书交代，把孙和平带进来吧，告诉他，汇报时间最多十五分钟。

片刻，孙和平在秘书的引导下，匆匆忙忙进来了。赵安邦敏感地注意到，孙和平尽管努力保持着一份镇定，强做着笑脸，但眼神中的沮丧无法掩饰。也许是因为心中慌乱，快走到他面前时，被铺在地上的厚地毯的边沿绊了一跌，踉跄了一下，差点儿没跪下。赵安邦心中愉快，当即开涮说，哎哟哟，孙董事长，别行这么大礼，我可消受不了！平身，快平身！孙和平脸上的笑容这才消失了，带着可怜兮兮的哭腔道，赵省长，您还开玩笑呢，杨柳这大阴谋家快把我逼死了！

赵安邦仍是一副开玩笑的口气，孙猴子，别这么夸张嘛！杨柳算啥阴谋家？他要是大阴谋家，你就是大野心家。有事说事，给我抓紧时间，我觉得你就算死也不会死这么快，你被市场解放了才几天啊？！

孙和平说了起来，赵省长，您不知道杨柳那个狠啊！您和省政府的分家文件还没正式下达，按照工作纪律来说，他不该擅自公布，可他就公布了！而且早在暗中做了我和北柴股份大量手脚：几个亿投资文柴进行发动机生产线改造，省里现在又把文柴划拨给北重集团，我们北柴股份新的发动机订单肯定不会再有了，也许永远不会再有了。

赵安邦说，这在意料之中嘛，有啥奇怪的？你和北柴股份要独立门户，杨柳和北重当然要考虑自力更生了，市场行为嘛。孙和平，我可警告你啊，咱们不能市场有利就要市场，市场不利就找省长啊！我记得你可和我当面说过，我和省委能撤了你，但不能撤了一个市场。

孙和平大为窘迫，结结巴巴道，我……我承认说……说了些过头话。可……可是，赵省长，杨柳擅自宣布分家，也……也没听您的。

赵安邦说，这我会批评杨柳的。孙猴子，就这事吧？行了，我知道了，你回去找杨柳，和北重好好谈判，到市场上自己解决去吧！

让赵安邦想不到的是，这并不是事情的结束，而仅是个开头。

他这话说完，孙和平非但没告辞，反倒挪挪沙发上的屁股，坐得离他更近了。可怜巴巴说，赵省长，发动机订单的事，我当然可以在市场上解决，可希望汽车和正大重机控股权问题没法在市场解决！现在杨柳和北重集团掐住了我和北柴股份的命门啊，随时有可能让我们这个新成立的国有控股企业集团死在华尔街那些资本恶狼手上……

听孙和平一说，赵安邦才知道，北柴股份的资本控股链到底出问题了。这原本在他的担心之中，上次谈话他还提醒过这猴头。北柴股份对希望汽车是相对控股，希望汽车对正大重机还是相对控股，这种结构很危险。一旦哪个环节出了问题，孙和平打造伟大企业的梦想就得落空了。现在果然落空了。可让赵安邦想不到的是，这一导致孙和平和北柴股份梦想落空的环节竟掌握在北重集团手上，这真算报应。

孙和平仍在说，情绪激动……杨柳咋能这样做呢？他还有起码的党性原则、国家立场吗？他宁予洋人，不予家奴，哦，不对！我和北柴股份不是谁的家奴。赵省长，您设想一下，如果杨柳和北重集团当真把这八千二百万股权转让给了简杰克的DMG，会是啥局面？啊？

赵安邦却想，杨柳和北重集团为啥一定要把这些股权转让给简杰克和DMG呢？估计杨柳是抓住了孙和平的猴尾巴，狠狠打该猴几下屁股而已。若真想转让给简杰克，杨柳决不会在孙和平面前公开威胁。

这一来，赵安邦不能不对杨柳刮目相看了。原来的杨柳在他眼中不过是个听话的大型国有企业集团老总，一个平常普通的小官僚。现在看来不是这么回事啊，这个杨柳也和孙和平一样，在市场竞争打拼中锤炼出来了，一步步赢得了市场。这一次，他和省政府在市场上失去的面子，竟然让杨柳在市场上重新找回来了，真是大快人心啊！哈哈，大快人心事，扭住孙猴子，让孙和平的独立梦见鬼去吧。他和省政府做大做强北重集团的意图看来仍有可能实现，杨柳和北重集团手上这八千二百万希望汽车就像条鞭子，没准能把孙猴子抽回笼子里。

孙和平几乎声泪俱下了，赵省长，您是了解我的。为了打造一个属于我们汉江，属于我们民族的伟大企业，我孙和平付出了多少艰苦卓绝的努力啊！我这不是为自己，是为党，为国家，为民族！

赵安邦这才意味深长说话了，孙和平啊，你现在知道市场的复杂性了吧？不要以为这个市场只属于你，只有你和北柴股份能在这个市场上称王称霸。看看，现在被杨柳和北重集团掐死了吧？是教训吧？

孙和平连连点头，是教训，大教训，我都恨不得毙了我自己。

赵安邦故意问，哎，孙董事长，那你下一步想咋办呢？说说看。

孙和平又坐近了些，急切地说，赵省长，这就是我急着找您的目的。您和省政府找杨柳谈谈，让他和北重集团顾全大局，把手上的希望汽车一次转让给我们。只要您和省政府出了面，杨柳肯定会照办。

赵安邦讥讽说，你咋就这么肯定？我凭啥要出面？找杨柳谈分家时，知道我是咋做工作的么？我和杨柳说，市场解放了企业，解放了人，我这省长也没办法搞行政命令了。你让我和省政府自打耳光啊？

孙和平怔住了，目光虚怯地看着他，一时不知该如何应答。

赵安邦这才慢吞吞地说，其实孙和平啊，你和北柴股份还有另一条路好走，也许是一条光明大道，那就是重回集团。和平你想啊，在希望汽车上，你是第一大股东，杨柳是第三大股东，你们的股权合在一起，简杰克和DMG有啥戏啊？正大重机更没问题，可以让北重集团来整合。而文柴厂呢，交给你们北柴股份，你们就争取做专业发动机的大制造商，做成国内海外最大的龙头企业，这不也是伟大企业吗？

孙和平茫茫然看着他，似乎想说什么，赵……赵省长……

赵安邦微笑着摆了摆手，哎，和平同志，你听我说完嘛！这么说时心里就想，下面得给这个不安分的猴子一个甜桃，起码得给颗桃核了。如果重回北重集团，你仍然是北柴股份董事长，我和省政府可以考虑向省委建议，把那括了几年的括号去了，让你兼任集团董事局副主席、党委副书记，在班子里排名第三，仅摆在杨柳和周到之后。

孙和平急忙站了起来，赵省长，您别说了，我不是要当官，是要做事！我……我宁愿在市场上被杨柳和北重集团打败，也决不投降！

赵安邦脸一拉，不无恼火地问，那你还来找我干什么？走吧！

孙和平抹着额头上的汗，身子向后退着，准备狼狈逃窜，是，是，赵省长，我……我错了，也许我找了一个最不该找的人！到了这个地步，该猴仍不死心，临走时最后又说，赵省长，我退到底线：您能否给杨柳打个招呼，让他和北重集团不要把手上股权转让给简杰克？

赵安邦手一摆，口吻严厉地说，市场的事市场解决，我和省政府说不管就不管！你孙和平要不服，觉得有委屈，可以到省委书记何新钊同志那里去反映，就说我赵安邦党性原则、国家立场也有问题！

孙和平被吓住了，赵省长，我……我哪敢啊，我……我走了。

这该死的孙猴子，被杨柳掐住命门了，还不放弃独立梦，混帐！

孙和平走后，机场同志过来汇报，说是因天气原因，商务部专机可能还要晚半小时降落。赵安邦便和杨柳通了个电话，尽管心情还是不爽，但对杨柳却是一通热情赞扬。好啊，好啊，杨柳！我和省政府的权力败给了市场，没想到让你和北重集团给我夺回来了！看来你和北重集团这父虎还没老，孙和平和北柴股份这只子虎也没强大到横行天下的地步嘛。杨柳不知发生了啥，被他搞蒙了。他这才把孙和平追到机场，寻求行政权力支持的过程大体说了说。说罢，问杨柳，你们手上那笔对孙和平和北柴股份性命交关的股权打算怎么办？当真准备转让给简杰克的DMG吗？杨柳说，赵省长，我和北重现在有三个选择，一、转让给简杰克让DMG吃掉北柴股份；二、转让给孙和平这混蛋，让北柴股份战胜DMG；三、自己留着，谁也不给，以小搏大制约他们双方。您认为我和北重该选择哪一方案？赵安邦想了想说，我个人意见啊，第三种最好，DMG不要谈了，没戏了。对孙和平也是个有效制约，对付这种疯猴子，必要时就得给他念上几声紧箍咒嘛。杨柳立即表态说，好，赵省长，那我和集团就按您指示精神坚决执行！说罢，又提出了个要求，赵省长，对北柴股份的独立，集团董事局和高管层意见很大，包括总裁周到同志。有些情况我想当面向您和省政府做次汇报。赵安邦想，这在意料之中，没意见倒不正常了。便说，好吧，汇报时间我们再约。又说，杨柳，你政治上强，要多做工作啊！杨柳说，是，在今天的会上我已经发了通火，暂时把他们压下去了。

结束通话，赵安邦心情又快乐起来。杨柳真是个好同志啊，不但听话，还很聪明，其实希望汽车股权怎么处理哪是他的指示？可杨柳就能巧妙自然地把自己和北重集团的既定策略变成他的“指示”，让他显示英明。又想，就算孙和平渡过面前危机独立出去，没准哪天还会败在杨柳手下，甚至重新被杨柳关进笼子，当然这得靠市场的力量。

25

尽管不断吸筹，北柴股份下属几个子公司帐上的希望汽车也只增加了不足两千万股，距孙和平和北柴的要求差之甚远。而希望汽车股价已扶摇直上，又是连续五个涨停板，冲到了六元八角八分，仍无打开涨停的迹象。今日，从早上开盘到前市收盘，二百多万股买盘一直挂在涨停位置。虽说买盘不多，可这种无量涨停你根本买不到。孙和平企盼的低位吃货更无可能，几近于痴人说梦。祁小华记得很清楚，股权争夺战打响以来，除上周二有一千多万股卖盘在四元三角附近奇怪地不断涌出，后来就再没大单卖出。参战各方激烈争夺筹码已近白热化，这连小散户们都看清了，谁还会在这时卖出希望汽车啊?!

嗣后许久祁小华才知道，上周二那一千多万卖盘竟出自前夫刘必定之手。刘必定在省城模范监狱呆着，竟指挥妹妹刘必英抛空了手头最后的存货。而且竟是他自作聪明地率先以两个涨停板启动了希望汽车的股价。刘必定启动股价是为了在熊市里出货，却没想到会诱发北柴和 DMG 的股权大战。这事实再次证明，刘必定的时代结束了。一轮前所未有的伟大牛市就在眼前，就算希望汽车不发生股权大战，也会在这轮牛市中涨到令人匪夷所思的程度。如果刘必定不是这么短视，他手上这一千多万股希望汽车将不是四千多万，而是四五个亿！

这日的上证综指已冲至 1100 点附近，从日 K 线上看形成了一个小双底形态。但这个双底实在小得可怜，任何技术派也不会认为有啥战略意义。可让技术派们大跌眼镜的是，这轮牛市就这么在一片看空声中悄然起步了。9 月 13 日重上 1200 点，回探后上攻 1300 点，嗣后一路大涨小回，直至 2007 年 10 月 16 日创出 6124 点的历史新高。

然而，那日莫说刘必定，就连对后市挺有信心的祁小华也未能完全准确地预见到未来。面对 2005 年 7 月的灰暗市场，她不敢奢望获取未来牛市的滚滚财富，而是想着怎么帮助孙和平打赢希望汽车这一仗，并在股权争夺战中赢得属于汉江证券的那点微薄可怜的手续费。

事情发展到这种地步，汉江证券连手续费都很难赚了，实际上仗已无法打下去。这天下午孙和平赶到汉江证券时，祁小华就明确告诉孙和平：除非我们不顾死活大幅拉高股价，诱使参战的对手获大利出局。否则放弃，我方反手出货，获利走人。孙和平当时就急眼了，近乎疯狂地在她办公室大叫道，不，决不，买进，给我继续买进！祁小华说，你看看盘面，还有买进的机会吗？如果下面再来五个涨停，你也买进吗？那时希望汽车的股价可就是十一元以上了，你和北柴真想如愿再买到五千万股，那还得投入六七个亿啊！我劝你好好想清楚。

孙和平痛苦不堪地想了半天，说，祁小华，我告诉你，我没有退路，就算再投入六七个亿，我也得打赢这场股权保卫战。否则，我和北柴股份就死无葬身之地。又一厢情愿推测说，也许不会再来五个涨停了吧？也许到此为止了呢？股价都涨这么多了，总会有人出货的。

祁小华说，不行我们就利用手上的筹码砸盘，先把股价打下去。

孙和平又不干，我的姑奶奶，我们手上总共就两千万股，你给我砸光了咋办啊？前两天你们不试着乱砸盘，我还能多三百多万股呢！

孙和平说的不错，北柴股份操盘手们不是没试过砸盘。结果只短时间在盘面上造成了点波动，还白白损失了三百万股筹码。于是，祁小华又回到了原来的建议上：让它疯涨，到十一元以上反手做空，赚它一个亿。股价砸下来陆续吃进；就算下不来了，北柴股份也可用赚的一个亿，加上准备投入的八个亿拿下正大重机，反正里外不吃亏。

孙和平摇头叹气说，妹妹，真要能这样就太好了。我实话告诉你吧，如果不能控股希望汽车，我就不可能拿到正大重机控股权！省里就得逼我回到北重集团笼子里呆着，受杨柳的折磨，我只有一拼啊！

祁小华觉得很奇怪：你不是和简杰克打么？咋又扯上了杨柳？

直到这地步，孙和平才吞吞吐吐向她交了底，把这七八天发生的事说了。祁小华这才知道，现在孙和平和北柴的对手不仅是简杰克和 DMG，还有杨柳的北重集团，怪不得对手盘这么强大。更没想到的是，省长赵安邦也想借此机会把这只出了笼的猴头再逼回笼子里去。

祁小华不得不对杨柳刮目相看了：这个国企官僚竟然还有这种市场意识和资本谋略啊？竟然能把孙和平这种市场英雄和资本高手玩得如此被动！再压上赵安邦手上的铁腕权力，孙和平估计就死定了！

孙和平骂骂咧咧说，我他妈的就是死了，在股市上打到弹尽粮绝了，也不会再回杨柳手下去！赵安邦别说许我个三把手，就是集团二把手，让我顶周到，只要还在杨柳手下，老子就不会干！永远不会！

祁小华知道再劝也是无用，便说，那还说啥？我按你的意思打下去，你也快筹集资金，现在资金肯定不够用，马上再打三个亿过来！

孙和平皱着眉头，含糊其辞地答应着，心神不定地准备离去。

让祁小华咋都想不到的是，一个天大的奇迹竟在这时发生了。

就在孙和平快走到门口时，他口袋里的手机突然响了起来。

祁小华注意到，处于沮丧绝望中的孙和平情绪恶劣，从口袋里掏出手机，也不看看来电显示，就粗声粗气地"喂"了一声。"喂"过之后愕然一怔，马上像换了个人似的，声音低了八度，变得极是恭敬温和起来，哎呀，赵……赵省长，咋会是……是您啊？我……我听着呢，听着呢，请您指示！什么？什么？好，好，这……这可太好了！

也不知赵安邦都和孙和平说了啥，孙和平变得大为激动，像赵安邦就在他面前似的，对着半开着的门不断点头鞠躬，话也说得顺溜多了。赵省长啊，感谢您对我和北柴股份的厚爱啊！您简直就是我们北柴股份的救命恩人啊！赵省长我就知道没找错人！是，是，国家利益嘛！赵省长，您当然要考虑国家利益！这么打下去最终受损失的是国家嘛，北柴股份是国有相对控股，北重集团更是我省全资国有的大型企业，这场大战的资金来源大部分还是国家的嘛。赵省长，我不瞒您说，现在就在汉江证券指挥战斗呢！哎呀，被迫应战啊，都调动八个亿了，准备再调八个亿，和杨柳和DMG决一死战，哪怕把流通股买光！是，是，我不敢吹牛，我这是没办法嘛！向他们表示一种决心。

合上手机，孙和平回到屋里，倒在沙发上疯了似的哈哈大笑。

这时，祁小华已从孙和平的话语里知道了个大概，估计赵安邦出手干预了，北柴股份这场希望股权的保卫战似乎不必再打下去了。

果然，孙和平笑罢，对祁小华感叹起来，妹妹，赵省长可不糊涂啊，为了国家利益，不愿看着我和杨柳再打这种资金消耗战了。已经做通了杨柳的工作，北重手上的八千二百万股国有股不会转让给 DMG 了，我和北柴股份得救了。起码由死刑立即执行改成死缓了。

祁小华开玩笑说，死缓没准也会死。缓期执行期间表现不好，死刑还会执行的。孙猴子，你不好好表现，杨柳和赵安邦还会执行你。

孙和平说，可眼前的警报解除了，以后的事以后再说嘛！谁执行谁还难说呢！我的观点你是知道的，关注的是今天，从不幻想明天！

祁小华笑道，你也真够绝，都这地步了，还和赵省长吹呢！你帐上哪来的十六个亿啊？我要是赵安邦就让你吹炸，让市场来教训你！

孙和平得意地说，看看，看看，又不懂了吗？我这是表示一种决死精神！让赵安邦明白，我这人是不计后果，不顾死活的。我不顾死活了，他赵安邦和省政府就得考虑我的死活，这叫置之死地而后生。

祁小华问，既然你已后生了，这仗是不是不打了？到此结束？

孙和平忙道，别，别，妹妹！该打还得打呀，只是不升级了。像今天六元八角八的这种价格，只要有，我们照吃，跌低了更要吃。慢慢吃，不着急。你可别忘了，我和北柴这是死缓，老子的猴尾巴还攥在人家手上呢！哦，过阵子我给市场来个利空吧，咱趁机再吃点货。

祁小华本能地警觉起来，孙猴子，你别胡闹啊，想放啥利空？

孙和平说，嘿，我只要宣布希望汽车股改零对价，股价能不跌？

祁小华说，哎，那你为啥早不宣布？早宣布也许没这五个涨停！

孙和平苦起了脸，妹妹，你说我来得及吗？刘必定宏远系的股权刚转给我，新董事会还没产生呢，杨柳和北重就这么及时给我捣乱……好了，不说了，妹妹，你就按我说的办吧，我这得飞 K 省了！

孙和平走后，祁小华马上下令让基金自营盘在涨停价卖出了部分希望汽车。现在情况起了变化，孙和平不再抢筹拉抬股价，杨柳和简杰克同样不会拉抬，获利回吐盘必将涌出。汉江证券自营业务正可做个大好波段，同时，也满足北柴股份进一步收集筹码的美好愿望。

祁小华预计，如果她这边的自营盘陆续将两千八百万股出空，带动获利回吐盘顺势涌出，股价很可能重回六元之下，甚至重回五元附近。想想真有意思，孙和平防着许多对手，却忘了防她。孙和平让她来指挥这场希望汽车保卫战，实际上是给了她一个看着底牌博弈的机会。如果看不到底牌，汉江证券底部收集到的两千多万筹码或许早出货了，或许要来回坐上几趟电梯。现在很好，可以高位卖给孙和平。

自营盘的出货行动好像开始了。盘面显示，封在涨停位置的二百多万买盘在减少，成交量在放大。打电话一问，果然是北柴股份操盘室在悄然买入。自营室也卖得机智，始终让涨停上保持着一定买盘。

这时，金总来了个电话，情绪很好，祁总，干得漂亮啊，打了希望汽车这一仗，我们公司这季度的工资奖金就有了。不过，还要努力，我注意了一个事：《人民证券》上周四到周六，连续三天头版都是北方重工的正面宣传。估计于文发和《人民证券》被收买了，八成也掉进了“投票门”。那咱也别客气了，你尽快找找你那位老同学和北方重工的王小飞，重新和他们谈判。现金奖励照要，每股赞成票不是五分了，你给我按一毛谈，起码争取八分，大平股份买赞成票就是八分。

祁小华苦笑不已，金总，你可看清楚了，《人民证券》发的那是正面宣传吗？全是软性广告！蚂蚁的新文章和蚂蚁现身记的新闻不又发出来了吗？蚂蚁可是著名作家马义啊！这种麻烦咱们还是别惹了！

金总又牙疼似的抽起了气，这个……这个，唉，那就算了吧！

26

杨柳怎么也没想到，接连发难，剑挑北重集团的，会是他大学时代的校学生会主席，现省城作家协会主席马义。《人民证券》报上的马义不显老，仍有当年在汉江大学主席台上给他们各院系学生干部训话的威势。该主席手握话筒的半身大照片在《人民证券》头版左上方占了约摸三分之一的版面。右上方是新闻特写《蚂蚁现身本报，原是著名作家》。新闻下方是马义的个人简历和主要代表作介绍，从最早的成名作《资本风云》三部曲，到最近刚出版的长篇《立体对决》。

杨柳知道，马义就是因为写《资本风云》一举成名，才要求从省政府办公厅调到省作家协会做专业作家的。后来因为写了部反腐败的长篇小说《春天的愤怒》，惹出了一场对号入座风波，害得省里四十余名厅局级干部联名告他。当时赵安邦还不是省长，是常委，在常委会上说了句话：文学作品不能对号入座，谁认为马义书中描写的腐败和他有关，就请纪委好好查一下。这话一说，谁还敢对号啊？可马义在省级机关也不太好混了，才又调到市作家协会，前几年做了主席。

马义这市作家协会主席，和他杨柳的董事局主席不是一回事，一个弼马温罢了，本不值得重视。但这弼马温名气太大了，再说汉江大学一直是省委、省政府的黄埔军校，马义不少同学校友都上来了。马义的前任学生会主席苏维克做了管组织的省委副书记，和马义要好的副主席郑文山做了省委常委宣传部长。孙鲁生为马义的文章找郑部长抗议过，郑部长好像没理睬，这起码说明郑部长不愿得罪这位原学生会的老学友吧？那他为啥要去得罪呢？现在的股改博弈还是公事，万一弄成了私怨，不影响他个人前程和北重集团的发展吗？马义既不想升官往上爬，又不想创造啥伟大企业，他怕啥呀？他要有忌惮，能写《春天的愤怒》吗？杨柳觉得，马义有些像当年的谏臣，不怕皇帝杀头，就怕皇帝不杀头，杀了他就成全了他的名节，所以才闹得起劲。

那还有啥可说的？赶快去沟通吧，让蚂蚁老爷息怒。为了沟通的成功，特意要王小飞查了一下马义的持股情况。查到的情况让杨柳很欣慰：马义仅有六千股。杨柳马上算帐：这六千股就算是高价增发买入的，也不过十八万元左右，他把他请进董事局做独董，每年送上十万年薪，任期三年就是三十万了，马义非但没啥损失，还能小小发上一笔。而且现在机会也有，简杰克必须滚蛋，就让马义顶简杰克嘛。

然而，让杨柳没想到的是，这位蚂蚁老爷牛气得很，在电话里先冷嘲热讽打了几句哈哈，没等到他展开话题，提出独董的事，就自说自话地提出了他的对价要求：大股东北重集团这次股改必须十股送十股，否则免谈！说罢，就挂了电话。杨柳又惊又气，差点没晕过去。

万般无奈，只得让王小飞找了《人民证券》，通过于文发请。于文发是马义的战略盟友，马义给了于文发面子，同意和他见面。可马义仍是那么牛，申明前提是：不吃饭，不喝酒，过时不候。并指定了具体时间地点：明天下午三时在市作家协会见，由于文发全程陪同。

于文发陪同没啥，本来他也想和于文发沟通。地点也没问题，人家是老学长嘛，他可以屈尊。问题是马义指定的时间真有点难。明天上午文山柴油机厂新生产线剪彩，这是十天前定下的，他必须去。而且，因为赵安邦在文山调研，还请了赵安邦。也不知下午三点能不能赶回来，他总不能因为这位蚂蚁老爷的牛气，怠慢了赵安邦省长吧？

王小飞苦着脸说，杨董，您就尽量赶吧，万一赶不回来，我先去应付着，好歹还有于文发在，这位马主席总不至于真的拔腿就走吧？

杨柳苦笑道，你是不知道这马主席啊，他当年在校学生会就横！

王小飞替他抱屈，这马主席做了一届校学生会主席，就永远是你的主席了？他现在凭啥呀？他不就是个小股东么？这次是存心捣乱！

杨柳说，他捣乱也好，维权也罢，都得认真对待！他是只钢蚂蚁啊，就是把他吞进肚里都没法消化，更别说他几篇文章影响这么大！

次日一早，杨柳赶到文山，先按事先安排，到宾馆接了赵安邦。

和赵安邦同车赶往文柴厂时，赵安邦说，这回孙猴子惨了，为独立梦付了不少做梦费啊。杨柳说，就是，被市场教训了一回。赵安邦说，还是你顾全大局啊。杨柳说，您的指示我能不执行么！北柴股份不谈了，我现在考虑的是如何继续扩张，做大做强，练好内功……

杨柳本想自然而然地把话头引到宁川路机上，在正式伸手前，先探探赵安邦的口气。赵安邦偏谈起了北方重工的股改，说蚂蚁原来是马义呀，怪不得这么厉害。杨柳只得紧跟领导，您也看《人民证券》报啊？赵安邦说，这阵子在看，担心你们股改通不过，给全省股改造成被动嘛！杨柳说，真有通不过的可能呢！《人民证券》把事情闹大了，马义的博弈文章震动全国，这个作家您知道的，写过《春天的愤怒》。他这么和我们对着干，我们的年度融资计划只怕要吹了。赵安邦叹息说，是啊，是啊，这次股改不通过，你们就不能继续融资，这是你要考虑的问题。孙鲁生呢，考虑的是国有资产保值；而我除了这些应该考虑的问题之外，还有个更重要的考虑：这一次一定要让广大中小投资者——参预股改博弈的这部分人民，相信我们人民政府！

剪彩仪式结束，返回省城时，一路上杨柳都在揣度赵安邦的话。

这话意味深长。尽管赵安邦很看重北方重工这次股改的成败，可更看重的是政府公信力啊。国家六部委让他代表北方重工国有控股大股东和蚂蚁们博弈，却又没真正给他博弈权；而马义代表的中小流通股东则第一次真正拥有了否决权，没有他们三分之二赞成票支持，任何股改方案都没法通过。赵安邦话里就出现有了第二层意思：宁肯看着北方重工的股改方案通不过，也要让广大中小流通股东相信人民政府的公信力。如此看来，赵安邦已做好了接受投票失败的心理准备。

然而，他和北重能接受这种失败吗？显然不能。一个资产规模高达三百多亿的集团企业败在一群小股东手上难以想像，更何况还有下一步迫切的融资需求。必须说服老学长马义放弃投反对票，这一点非常关键。杨柳相信，如果马义能转变立场将会带动很多人转变立场。

一路紧赶慢赶，总算在下午两点半进了省城，按说不会误点。可进城后四处堵车，市作家协会衙门又太小，司机不知道在哪。最终找到和平路旁的一条小巷里，才看到了市作家协会的院落。车子开进去后，杨柳看了看表：三点零九分，比蚂蚁老爷指定的时间晚九分钟。

作家协会的院落既小又破败，充分展示着资本时代文学的凋零无奈和作家这种灵魂职业的没落。杨柳便想，当年马义若不是写小说爆得大名，而是在省政府好好呆着，现在十有八九已经是哪个大市的书记、市长，甚至是省政府秘书长、副省长了。大学毕业就分进省政府的有几个？当年马义手下两个副主席不都分下去了？现在全升上来了，一个省委副书记一个常委宣传部长，马义现在该后悔莫及了吧？

马义却没有后悔的样子，见他进门了，冲着他点头微笑，开口就是一番讥讽，杨主席啊，这个地方比较难找吧？今天，我作为市作家协会主席真是极其荣幸啊，竟然能让资本大象来探望贫困的文学！所以，你晚来了几分钟，我也不计较了！让我们鼓掌，向资本致敬！

于文发当真鼓起了掌，但坐在于文发身旁的王小飞没敢起哄。

这在预料之中，杨柳没动气，像没听见似的，上前两步，捏住马义的手，情真意切地摇着，老学长，老领导，您气度不减当年啊！

王小飞这才搭讪说，就是，马主席真风趣，刚才一直开玩笑。

马义脸一拉，王董，我开啥玩笑了？哪句话不是事实啊？又对杨柳说，杨主席啊，我现在哪还有啥气度？我和文学都没气度了。我持股六千股，你北重集团持股多少？八亿五千万股！我们市作协一年经费四万元，你手上掌控的资产是多少？三百多个亿！我唯有敬仰啊！

杨柳一时不知说啥好，拿起破茶几上的一只茶杯，想喝口水，可茶杯竟是空的。这蚂蚁老爷说过清茶一杯的，现在竟连清茶都没有。

王小飞忙起身给他倒了杯白水，解释说，茶叶霉了，没法喝。

马义话头一转，可敬仰之余，我真替你们担心，就怕将来你们死无葬身之地，中国资本市场毁在你们手上！因此，我不得不站出来说话，不得不抡起鞭子给你们一番抽打。许多人很奇怪，可能你杨柳也奇怪：马义这小子为啥放着省政府的官不做，非要当作家？因为我尊敬作家这个职业，作家是社会的鞭子，能抽着社会不断走向进步。具体到这次股改，我对你们北方重工的抽打，正是为了你们的未来嘛！

王小飞笑道，马主席，既是这样，您该支持我们搞好股改嘛！

马义说，我支持的力度还小啊？停止了一部长篇小说的创作，连发了几篇文章，还提出了十送十的明确意见，哪点不是为你们好呢？

天哪，世界上竟还有这种蛮横无理的人！挥着鞭子一次次猛抽着你，却还是为你好！杨柳没反驳，只笑着说，马主席，我愿闻其详！

马义把长头发往后一甩，杨主席，你不会忘了我原来的专业吧？

杨柳恳切地说，这哪会忘啊，您本来是学财经专业的嘛，所以我和北重集团董事局才准备提名建议，请您做北方重工独立董事嘛！

马义敲了敲茶几，这事不要再说了，我们说正事，说大事。又说了起来，杨柳，你想过没有？你们集团的持股成本只有四元多，而中小流通股东的持股成本是三十元，这是不是一个事实？你承不承认？

杨柳点点头，我承认，我们也在争取多付些对价，但做不到啊。

马义没接他的话茬，只按自己的思路说，那么，我再说第二个事实：你们目前持有的这八亿五千万股的属性是不是产业资本？是不是你们把企业资产精心包装后，以股票溢价的形式一次次卖给我们的？

杨柳不知马义到底想说啥，再次点头道，是的，是这么回事。

马义又说起了第三个问题：中小流通股东通过股市买入你们的高溢价股票是不是掏的真金白银，这真金白银的属性是不是金融资本？

杨柳多少有些明白了，马义不愧是学经济的，真够厉害，已把他绕进了一个危险的陷阱：产业资本和金融资本各自不同的价值取向。

果然，马义接下来道，好了，股改后你们八亿五千万股进入了全流通，股价只要超过四元就减持，有些公司大股东持股成本甚至只有几分钱，啥价格都能减持。减持对你们产业资本有利嘛。你们减持后从市场上拿到了真金白银，重新建个厂子，再高溢价卖给社会，暴利不断。而中小股东和金融资本呢，在一次次为产业资本流血后，估值系统势必全面崩溃，你们产业资本就再也别想从这个市场融资了……

杨柳不得不承认，马义说得对，深谋远虑啊，他当独董够格！

马义最后说，所以我才说，我今天所做的一切也是为你们大股东好。我提出十送十，不是为了我手上区区六千股，是为了努力争取产业资本和金融资本在股改中实现成本的基本平衡，是为了你们赖以生存的资本市场不至于完蛋，为中国有一个评估体系一致的健康市场。

杨柳真诚地鼓起掌，马主席，您真该留在省政府管经济！你说的这观点我无保留地赞成，我现在正式向您提出建议：做我们的独董！

马义也不客气，我不但有资格，也有能力做你们的独董，可我的疑虑是：这算啥呀？是交易，还是收买？中小流通股东会咋看啊？现在朋友们都知道我的两大业余爱好，下下围棋，骂骂你们大股东！

杨柳大度地说，马主席，你该骂照骂，包括对我杨柳。在学生会时，你不也批评过我吗？做了独董，你还可以在保持独立立场的前提下，为小股东维权，监督我们大股东，同时也会知道大股东的难处。

马义仰脸看着灰暗的天花板，似乎在考虑做不做这个独董。

于文发这时发问了，杨董，马主席做独董，有没有前提条件？

王小飞笑着插上来，前提条件谈不上，还是希望多支持……

杨柳忙打断王小飞的话头，不，没任何前提条件！马主席十送十的要求照提不误，对此次股改方案投什么票，那更是他自己的权利！

马义不看天花板了，把脸转向杨柳，那好吧，这独董我就干了！

杨柳忙上前握住马义的手，太好了，马主席，这是我和北重集团的荣幸！听您一席话，胜读十年书啊！

王小飞很机灵，又把话题拉回了头，希望马义能从独董的角度考虑一下公司的未来。恳切地告诉马义，北方重工目前正处在一个关键历史转折期：一方面重卡机械行业的复苏拐点已出现，另一方面北柴股份却在这时闹独立挑起内战，公司迫切需要进一步融资，为下一步的战略性跨越打下良好的基础，因此，这次股改能否通过关系重大。

马义听完王小飞的话，不问王小飞，却拉下脸问他，杨主席，这是啥意思，还希望我投赞成票？那好，我收回承诺，这独董不当了！

杨柳急了，马主席，您别把王小飞的话当回事，我代表北重集团，并以我个人人格再次向您保证，对您出任独董，决无任何前提条件！

马义却犹豫起来，看了看于文发，问，于总，你看呢？咋办啊？

于文发倒还不错，在这个问题上帮了他一把，马主席，我既相信杨柳主席和北重集团的真诚，也相信杨主席的人格，您不应该拒绝。

马义点点头，对杨柳道，我欣赏有原则的人，这位于总是一个！

杨柳松了一口气，脸上的神情舒展了，老学长，那就这么定了！

于文发得到了马义的称赞，也吹捧起了马义，话却是对他和王小飞说的。杨主席，王董，实话实说，我更欣赏马主席！马主席说得不错，作家就应该是社会的鞭子，得抽打着社会不断向前发展进步。但现在这样的鞭子在哪里？作家和文学的声音在哪里？全失落了……

杨柳接上来，所以，马主席的文章和声音才有这么大影响嘛！

本来，杨柳还想借此机会和于文发谈谈《人民证券》征集的那些反对票，看看有没有可能把反对变作赞成，可因着马义的毫不妥协的立场，不敢谈了。又和马义聊了聊大学时代的一些旧事，便告辞了。

回去的路上，王小飞说，就算马义、于文发他们反对，股改方案仍有通过的可能。说是前十大流通股东中有三家基金入驻，都已承诺投赞成票。汉江证券那边，因为《人民证券》连续三个头版的广告起了作用，又多征集到五百多万股，祁小华昨天说，赞成票已经超过一千万股了。杨柳心知肚明，这一来，给汉江证券的奖励就得五十多万了，而为了说服三家基金投赞成票，只怕又付出了不少代价，自己还是不知道好。王小飞又抱怨，马义寸步不让，独董的事就不该提，他做了独董，有些事就难办了。杨柳说，没啥难办的，只要讲原则啥都好办，我还就欣赏马义和于文发的原则性。王小飞说，都这么原则，这投票也许真通不过。杨柳说，通不过就通不过吧，让孙鲁生看看也好。王小飞说，真通不过，资金缺口咋办？咱可不是孙和平，敢一抛十亿八亿打股权保卫战，能在香港市场上融资，咱只能盼股改通过。

杨柳也想起了孙和平和北柴股份，看了王小飞一眼，意味深长地问道，哎，王小飞，香港李约翰先生的那份分析报告应该出来了吧？

王小飞道，哦，出来了，出来了！我正说要送你看呢！果然不出所料，李约翰将北柴股份评级下调到沽出，未来半年至一年的股价预期下调了47%，香港各大报刊的广告版面我们也已经提前预定了……

杨柳说，好，时机一到，就让香港市场再给孙和平一记耳光！

王小飞笑道，这记耳光打下去，这恶猴得七窍出血了！做了个鬼脸，哎，你让香港办事处弄三亿港元，也是为这记耳光做准备的吧？

杨柳脸一拉，不该问的不要问，更别自己瞎猜，四处乱说！

27

孙和平赶到K省宾馆刚住下，任延安就过来汇报。说是汤家和不知吃了简杰克多少回扣，一心要把股权转让给DMG，对和北柴股份的合作毫无兴趣，连送上去的方案都不愿看，也不愿见北柴股份的人。这期间，JOP的代表知难而退了，在JOP看来，DMG入主似乎已成了现实。孙和平自恃手中有牌，毫无退意，让任延安替他联系汤家和。任延安把电话拨通后，孙和平和汤家和通了话。因为当着任延安的面，又是在电话里，他不便提及刘必定和那二百四十万，只说要做个简要汇报。汤家和直打官腔，说是北柴股份不归他领导，没必要向他汇报，至于正大重机的国有股权转让，K省没考虑过北柴股份。

这可是没想到的事，精心准备好的一个故事竟然没机会开讲了。

任延安怂恿孙和平把后台搬出来，说是只有这一招了。孙和平心想，他哪有啥后台？只有一个好故事。可又不能和任延安明说，只得做出一副有后台的样子，声称要向领导汇报，让领导找汤家和来谈。

经过一夜焦虑紧张的思索，孙和平最终决定铤而走险，和姓汤的老小子直接摊牌。次日一大早，就壮着胆往汤家和家打了个电话。汤家和一听北柴股份这几个字，马上要挂机，说是股权转让的事不必再谈了。孙和平忙说，哎，汤省长，您先别挂机，我不和您谈股权，这个电话是刘必定刘总让我打给您的，刘总的电话您总不能不接吧？

汤家和在电话那头怔了半天，才问，孙董事长，您和刘必定是？

孙和平道，是大学同学，平州柴油机厂同事，后来在宏远系跟刘总干财务总监，我曾两次到您府上去过，遗憾的是一直没进你家门。

汤家和或许是听明白了，或许是在诈他，在电话里笑道，如此说来，也是我的遗憾了？竟然两次没让您进门？那你过来吧，家里说！

孙和平逮着了讲故事的机会，汤省长，这不太好吧？如果您这三年没搬家的话，您家里每个房间的防盗门会让我产生很不好的联想。

汤家和这回可能已经比较明白了，在电话里沉默了半天没说话。

孙和平觉得机会难得，索性把话说透了，汤省长，说个段子给您听听，供您一笑，千万别对号入座啊：组织部长说，谁关心我，我就关心谁。纪委书记说，谁不关心我，我就关心谁。市委书记说，谁关心我，我就让组织部长关心他，谁不关心我，我就让纪委书记去关心他。我这里呢，添了一句，谁不关心我，我就让刘必定关心他……

汤家和这回是彻底明白了，打断他的话头道，孙董事长，电话里别说这么多了，我们尽快见个面！这样吧，今晚我到宾馆看你去！

结束和汤家和的这番冒险通话，孙和平乐坏了。有意思，真是太有意思了，故事竟然是在电话里开讲的，而且效果好像还不错，一下子就抓住了这唯一的听众。这说明什么？说明汤家和心虚得很，此前的傲慢无礼并不证明他有底气，只是因为他没打开这本好看的故事书看一眼。现在故事书已经打开了，故事中的主人公汤家和进入了设计的剧情，下一幕必将上演痛哭流涕悔不当初，或者外强中干虚张声势之类。可不管是演哪一幕，正大重机国有股权北柴股份算是拿定了。

这么一想，孙和平觉得应该给任延安打个电话报喜了。可电话拨通后却又后悔了，没敢说啥满话大话，只道，他已通过北京一位领导找过了汤家和，汤家和口气有了变化，要到宾馆来看望他。任延安既意外又惊喜，连声问，要不要他过去一起陪同汇报？孙和平心想，我这故事会还没开完呢，哪敢让你一身正气的任总陪？便说，不必了。

也幸亏任总任延安没来，否则下面的故事会还真就没法开了。

嗣后发生的事是孙和平完全没想到的，腐败精英汤家和竟跳出了他精心设计的剧情，不但独自进行了创造性演出，还反手套住了他。

为迎接这位腐败官员的光临，孙和平做了些准备。把原住的标准间特意调换成了带会客室和办公室的商务套房，特意穿上西装打了领带。可一直等到七点多钟，汤家和仍没到。打手机汤家和关机，打电话到汤家问时，汤家人说他还没回家。孙和平觉得有些怪，不免忐忑起来，心想，汤家和该不会反手给他做局吧？这也不是没可能。万一祁小华搞错了呢？当初行贿的毕竟是刘必定，又不是祁小华。万一汤家和偏不是腐败分子而是个有些糊涂的清官呢？他岂不成讹诈了?!

故事发展到这里，大有讲砸的可能，好在他这么做是为了企业。

快八点时，门铃终于响了。孙和平振作精神去开门时，心里的紧张也到了极点，真担心门一开进来的不是故事主角汤家和，而是K省的警察。如果真是这样的话，故事就得结束了，结尾将出人意料。

开门之后，悬念顿解。门口站着的不是警察，而是孙和平在电脑屏幕上见到过的汤家和。此人看上去比屏幕上要老些，满脸的皱纹。

汤家和满面笑容，像老熟人似的，哦，孙董事长，久等了吧？

孙和平忙去和汤家和握手，哎哟，汤省长，您还真来看我了？

汤家和呵呵笑道，你是谁呀？上市公司北柴股份董事长啊，我能不来吗？凡来我省投资的重要客商我都要看望的，又不是你一个嘛！

这么寒暄时，汤家和的司机扛着一箱酒，送进房间后又走了。

汤家和这才说，孙董事长，知道我为啥来晚了么？给你老弟搞酒去了。我们的好酒啊，窖藏了百年，市场上根本不卖，比茅台还好啊。

这又不在设计之中。孙和平咋也不会想到，头一次见面的汤家和会亲自为他到酒厂搞一箱好酒来，并因此让他心惊肉跳了一个小时。

汤家和这时发现了他手上的汗，随口问，你手上咋这么多汗？

孙和平说，老毛病了，身体虚啊，光穷忙了，也顾不上去医院。

汤家和说，哎，再忙也不能忘了身体呀，身体是革命的本钱嘛！

孙和平恭敬地连连应道，是，是，汤省长，您请坐，快请坐！

汤家和很自然地在沙发上坐下了，也让他坐，没有任何迹象显示即将痛哭流涕，或者表演外强中干虚张声势。倒是他显得比这腐败分子还紧张，——孙和平再没想到会在这种精神状态下和汤家和见面。

汤家和并不回避刘必定，坐下后就挺亲切地问，刘总还好吗？

孙和平说，还算好吧，将军肚下去了不少，人也挺精神。嘿，为了能让他多立功早出狱，我这次探监，还捏着鼻子买了他们监狱厂的一堆破螺丝钉呢，也不知哪里能用上！哦，刘总让我代他向您问好。

汤家和说，好，好！又问，哎，刘必定没骂我不够朋友吧？

孙和平摆手道，没，他犯的事与你有啥关系，是他自找的嘛。

汤家和似乎很同情，也很痛惜，是啊，是啊，当时我就劝过刘必定，钱赚了那么多都十位数了，该收手就收手嘛，弄本假护照，往国外一溜，人家哪找你去？可他不听啊！又感叹说，不过刘必定也真是大能人，路子野，门道多，广交天下豪杰，也够朋友。当年他那个宏远系真不得了……就说到这里，突然掉转了话头，哎，孙董事长，你说你两次到我家门口都没进门，都咋回事啊？我咋没一点印象呢？

这老家伙，是想耍赖，还是在试探？孙和平心道，这可是你找不自在了，便笑道，汤省长，您想想，二百四十万现金装在邮袋里有多重啊？都是我亲自取亲自装的，也是我帮着背到您家门口的。门一开，刘总就让我走了，您没看见我，我也没看见您，我就瞅见了您家房间那些防盗门。不是有个段子说吗？一怕小姐有病，二怕小蜜怀孕，三怕赃款被盗，四怕对手写信。所以对那些防盗门，我后来也理解了。

汤家和听得这话，既不气也不怕，竟呵呵直乐，孙董事长，我还真没想到你为我做过无名英雄哩！这就要怪刘必定了，不讲游戏规则嘛，这种送钱事哪能用什么无名英雄，得自已亲自上阵啊，一次不行就多跑几次嘛！不过也好，你做了无名英雄，咱们今天就成了朋友！

这么无耻无赖的腐败分子实在是少见。孙和平真不知该怎么谈下去了。故事主角太不安分，一再跳出预定情景，原有剧本看来要作废了。更不妙的是，现在汤家和似乎正在或者已经成了他的朋友。放在行李柜上的那箱好酒就是交朋友的确证，他好像反上了汤家和的套。

汤家和又感慨起来，亲热地拍着他的肩头，很朋友的样子，连称呼都变了。老弟啊，现在这年头做人难啊！有钱吧，说你准变坏；没钱吧，说你真失败；有情人吧，说你真坏；没有情人吧，说你变态！哎，老弟，我给你介绍个这里的小情人吧？杨柳细腰，包你满意！

孙和平身心紧张得快要崩溃了，哪有心思搞女人？本能地想谢绝，可话到嘴边又咽了回去——人家改了你的剧本，一心要交你这个朋友，你不做他的朋友，哪会有正大重机的机会和利益？便学着汤家和的无耻，也很朋友地笑问，汤省长，您打算把几手情人转让给我？

汤家和大笑起来，老弟，我的情人不转让，别管是几手的！我儿子汤强的广告公司有一帮佳丽，我让他安排一个过来陪你，放心，决不是鸡！说罢，真打了个电话出去，给他安排了一个陪睡的女人。

事情要糟，大有不受控制，滑向深渊的趋势。他好不容易见到汤家和，可不是为了交朋友搞女人。于是，强行拉回话头，汤省长，我还是向您先做个汇报吧！前阵子我探监看刘必定，代表北柴股份和他的宏远系签订了希望汽车的股权转让合同。汤省长，您知道的，希望汽车就是在刘必定的宏远系时代控股了正大重机，可现在 DMG……

汤家和微笑着摆了摆手，哎，哎，老弟，先不要谈 DMG 嘛，谈你老弟。既然你老弟做过无名英雄，知道规矩的，我就不多啰嗦了。

这话是啥意思？暗示他也像刘必定当年一样送钱？天哪，这新交上的老朋友也真敢想！但他和北柴股份敢送吗？老小子这么贪，大肆索贿受贿，说出事不知哪天，他和北柴股份可不能落个单位行贿罪。

汤家和似乎看到了他心里，又笑眯眯地说，老弟，知道现在朋友的定义么？要一起嫖过娼，一起分过赃啊，总不能你老弟抓着我的把柄，动不动让刘必定来关心我，让我啥都抓不着吧？这不够朋友吧？

孙和平想想也是，汤家和说得不无道理。可按汤家和的道理演绎这个故事，他将来的处境就太危险了。面前的事实证明，汤家和可不是草包，而是老奸巨猾，思维缜密，难以对付。他事先想到了无数可能性，偏就没想到汤家和会和他玩交朋友这一手，用这一手套他。那么，他还有既不危险，又能成事的选择吗？好像没有，他被套牢了。

汤家和对他的沉默并不介意，拍拍他的肩膀说，老弟呀，你也别急着回答我，愿不愿意交我这个朋友，你也可以再考虑，我等着你。

孙和平这才很不朋友地问了一句，汤省长，你就不怕我举报你？

汤家和心理素质真是好极了，淡然一笑道，你要举报就不会到这里讲故事了。你既来讲故事，说明你想交我这个朋友，想做交易。交朋友做交易多好啊，双赢嘛。举报呢？双输。我也许完了，你呢，能得到啥？正大重机的股权飞了，以后也没人敢和你做生意了。商场需要的是利益，不是啥反腐英雄嘛！所以你老弟电话里一提到我们共同的朋友刘必定，我马上就把你当做了朋友，我们其实是一路人嘛！

简直是岂有此理，他这个可能的反腐英雄，怎么会和这种可恶的腐败分子是一路人呢？这是对他的诬蔑，对这种诬蔑必须进行严正反驳。于是，孙和平呵呵笑道，汤省长，我们不会是一路人吧？我可从来没有成邮袋收人家的钱，更不会在事情暴露之后还这么理直气壮。

汤家和也笑了起来，笑得豪放而坦荡，笑罢道，老弟呀，那我要请问了：刘必定为啥要给我送钱？你今天打着刘必定的旗号找我，又图谋啥？不会是阳光下的公平交易吧？你们想的都是经我的手制造国有资产流失嘛。没有你们这些朋友的非法钻营，哪来我们这些腐败分子啊？所以我们是一路人嘛，不管你承认不承认！好了，咱先说这些吧，老弟，你好好想想，我得走了，明天一早还得给简杰克送行。

孙和平头脑一热，慢！汤省长，如果我答应交您这个朋友呢？

汤家和明确道，那这次送行后，简杰克和DMG就不会回来了。

这还有啥可说的？这是战胜DMG的唯一机会，于是便说，汤省长，我现在就回答您，我和北柴股份肯定会让您满意，但不会用邮袋给您送钱了。刘必定的草莽时代结束了，现在输送利益的形式很多嘛。

汤家和用手指指点着孙和平，笑道，聪明！所以宏远系垮了，刘必定进了监狱，你老弟和北柴股份却坐大了。好，我们成交了，下一步你和任延安他们去谈吧，谈出啥结果我都支持！但是这种利益输送一旦公之于众，在法律认定上仍叫行贿，老弟，对此你可别糊涂啊。

这可恶的老家伙，非要把他拖入泥潭，逼他行一次贿不可。

送走汤家和后，孙和平陷入了极为痛苦的思索之中。不过满脑子想的已不是是否行贿的问题，而是怎么巧妙行贿。既有行贿之实，让汤家和满意他这新交的朋友，又能在将来事发后成功逃脱行贿之名。

正云里雾里想着，门铃响了。开门一看，门口站着位妩媚漂亮的姑娘，孙和平心道，这该不是汤家和给他介绍的陪睡"情人"吧？

果不其然，姑娘进门就自我介绍说，她叫白丽丽，是汤省长的儿子汤强派来的，唯一的任务就是陪好董事长，满足董事长的一切要求。

一切要求自然包括性要求了，孙董事长，上吧，和面前这位可心的小美人来一场颠鸾倒凤的好戏吧，现在的主角不是汤家和了，换成你了。故事讲到这里，你的剧本全废了，得按人家汤家和的剧本演了。

送上门的这位白小姐肯定知道剧本内容，已准备激情上演。当着他的面甩了高跟鞋，脱去了上衣和长裙，只穿着条巴掌大的半透明艳红小裤和吊袜带，看起来有几分像卖淫的小鸡。白小姐嘴里嚷着热死了，要到浴室洗澡。扯下的胸罩、网眼丝袜全扔到了孙和平脚下。

孙和平不由得一阵冲动，真想一把搂住白小姐，先干了再说。

转而一想，又觉得哪里不对。汤家和该不会真的弄个鸡来套他吧？下一步是不是该上演一出扫黄闹剧了？这老狐狸的剧本他可没有先看过。又想，这房间里该不会有摄像头吧？哪天出一盘毛片，他就有把柄攥在汤家和手上了。再细想又觉得不会，如果汤家和剧本里有扫黄情节，那么，他肯定会自作主张加演一场反腐重戏，汤家和应该不敢冒这个险。至于摄像头，好像也不该有，这套商务房是他今天下午临时换的，汤家和没有时间，也没机会做手脚。如果这两点都不成立，会不会有第三种可能呢？汤家和试图用这位白小姐做诱饵长期套住他？但汤家和又凭什么判定他孙和平就一定会上套呢？这种进门就脱的主，能套住一只世事练达的老鸟吗？除非她床上功夫特好。

天哪，那位也许床上功夫特别好的白小姐已经脱光了，正站在浴室门口向他含情微笑呢！尤物，真是天生的尤物啊！瞧她那对丰满颤动的白乳房，那细细的杨柳小蛮腰，那圆润光滑的可爱的小屁股……

活着，还是死去，这是一个问题，哈姆雷特先生当年的问题。

干，还是不干，这也是一个问题，他孙和平眼下面临的问题。

28

赵安邦从文山调研回来当天，主管工业的王副省长找到他办公室，送来了一封信。信是北重集团总裁周到和三个副总联名写的，号称“汇报”。内容只有一个：对北柴股份的独立门户表示强烈不满。

信上说，省里违背了做大做强北重集团的既定方针，造成了干部群众的思想混乱。拉山头，搞内讧，省里不但不处理，还支持，让集团赔了夫人又折兵。周到和三位副总列出了一笔笔细帐：为扶持当年陷入绝境的北柴股份，集团在自身资金十分紧张的情况下，陆续投入八亿九千七百万，才有了现在的北柴股份，北柴才得以在香港上市。

周到等人十分忧虑，集团一块最优良的可交易资产被划走了，失去了国际融资平台，市场竞争力大大削弱。而北柴股份呢，却控股希望汽车，又拿下了集团的传统市场对手正大重机，杀气腾腾，接下来只怕要吞并集团了。周到等人带着明显的怨气建议，干脆让孙和平现在就派班子接管北重集团好了，他们四位高管顾全大局，集体辞职。

赵安邦看罢信，问王副省长，老王，对这封信，你怎么看啊？

王副省长苦笑说，还能怎么看？他们说的也不是没道理，可我们也难啊，又不好向他们解释，孙和平是如何挟市场向我们逼的宫！

赵安邦沉思着，是啊，是啊！四位高管辞职，不也是逼宫吗？

王副省长说，这也是跟孙和平学的。安邦，我当时就和你说，孙和平再有道理，国家利益再重要，决定都得慎重，看，后果来了吧？

赵安邦可不糊涂，孙和平是玩真的，周到他们是一时撒撒娇。哎对了，老王，周到做过你的秘书吧？你对他会不了解？他找你了吧？

王副省长说，找了，诉了半天苦，眼泪都下来了，还埋怨杨柳！

赵安邦感慨道，幸亏北重董事长是杨柳！如果是周到，这回还不闹翻天啊？有个情况你不知道：北重可不像周到说的那么被动，其实很主动，真想一把掐死孙和平和北柴股份，凭一笔股权就能做到……

王副省长说，这我知道，周到说了，可又是杨柳阻止了他们！

赵安邦道，这正是杨柳的成熟可贵之处！在这种时候，受了这么大的委屈，仍保持清醒头脑，没忘了民族立场，坚决执行省里指示。

王副省长问，那我们能让北重集团这么委屈下去？也得考虑点安慰和平衡吧？周到提出，要北柴股份还回集团过去投入的那八亿九千七百万，还希望省里再相机划块和北柴股份等同的优良资产给他们。

赵安邦道，那八亿九千七百万不可能再还给他们，都是国有资产嘛，真还回去，股权结构一变动，北柴股份就不是国有控股了。再说了，当真有八亿九千七百万啊？你别让他们懵了。划块同等资产倒可以考虑，杨柳是个帅才，又这懂市场，就像韩信用兵，多多益善嘛！

王副省长说，这话我也正想说呢，安邦，你别把北柴股份超常规发展的功劳都记到孙和平帐上，这里面杨柳和周到他们贡献都不小！

赵安邦连连点头，我承认，我承认！又说，老王，这样吧，你通知一下，明天我们一起出面，和杨柳、周到谈谈，杨柳一直说要汇报！

第二天上午，开完省长办公会，赵安邦和王副省长一起，在省政府小会议室，和杨柳、周到进行了一场关乎北重集团今后发展的谈话。

谈话开始前，赵安邦先拿周到开涮，说是你们几位老总的联名汇报信看过了，也和王副省长初步研究了，可以考虑你们的意见，接受你们的辞职，就让孙和平派班子接管。杨柳一听，直向周到挤眼。周到不知是被杨柳提醒了，还是心里本就有底，笑言道，真同意我们集体辞职，你赵省长和王省长也不会同时接见我和杨董了。赵安邦指了指周到，呵呵笑了起来，吃了点小亏就受不了了？就四处撒娇啊？

周到说，我们吃的叫小亏？亏大发了，净赔八亿九千七百万！

赵安邦手一摆，周到，你少懵我！杨柳，请你说实话，这些年来对北柴的投入到底是多少？你是董事长，应该最清楚，你凭党性说！

杨柳一脸诚恳，怕没周总说的这么多，也就七亿六千多万吧。

赵安邦说，这还差不多！现在你们想收回这笔投入不可能。昨天和王副省长商量后，我考虑了一下，在技改和替代进口项目下补给你们！补八个亿，分四年补，一年两个亿，这算不算让好人吃亏啊？

杨柳笑笑说，那太感谢省政府了！就算吃亏我们也没啥怨言。

周到就是没杨柳大气，听到银子的响声，眼睛就发亮，手伸得更长了，赵省长，这技改和进口替代，我们本来就该有补贴的……

王副省长反驳说，是有补贴，可年年都有吗？有这么多吗?!

周到仍不死心，还有投入，真是八亿九千七百万啊！杨董，你肯定是弄错了！北柴上市时置换给咱的那是啥资产？不计算折价呀？

王副省长敲了敲桌子，周到，这里不是市场，别讨价还价了！

周到见自己的老领导发了话，闭嘴了，打开笔记本准备记录。

杨柳早已打开了笔记本，说是要听候二位领导做重要指示。

赵安邦说，今天不是做指示，是一起讨论北重今后的发展，在北柴独立后如何继续做大做强啊？有好的意见和建议，包括要求都可以提。现在北重和北柴虽是两大集团，但省里的重点仍是北重。为什么呢？因为北重集团是大型国有企业，北方重工也是国资绝对控股。

杨柳聪明极了，马上表决心，提要求，希望省政府把宁川路机厂划给他们。赵安邦对宁川路机太熟悉了，这可是一家资产规模不亚于北柴股份的省属企业，生产的推土机、压路机市场占有率很高，而且正在谋求上市，是块难得的优良资产。周到目光短浅，只看到眼前的小钱，杨柳真是个辣手啊，一把就揪住了他和省里心尖子，真厉害。

王副省长也明白得很，待杨柳说罢，便说，杨柳啊，你和北重要哪个企业都成，只要是省属机械行业的企业，可就是宁川路机不行！

杨柳坚持着，口气却很缓和，为啥就一定不行呢？宁川路机不是机械行业么？北重作为大型机械装备企业集团，产品应该自成体系嘛，就是今天不收进宁川路机，日后产业链也必然要向路机延展的。

王副省长直皱眉头，你们不知道吧，宁川路机已准备上市了。

杨柳说，我们知道啊！正因为宁川路机准备上市了，才更要赶快划过来。划过来后，和文柴进行闪电式资产整合，一起捆绑上市嘛。

王副省长头直摇，杨柳啊杨柳，你就再闪电整合，没有一年半载也完成不了！宁川路机已经在做上市辅导了，说上随时会上……

杨柳手一摆，宁川路机现在上不了！市场这么低迷，已失去了融资功能，就算勉强上了，也融不了多少资。而等股市走牛上，不就能多融资吗？把文柴资产捆绑进去盘子做大，还不一举融资几十亿啊？

赵安邦觉得杨柳分析得对，很想当场表态，把宁川路机划拨给杨柳的北重，将来市场好了和文柴捆绑上市。可因着王副省长在那里反对，怕王副省长面子下不来，便不说话，只用欣赏的目光看着杨柳。

王副省长仍是反对，杨柳，宁川路机的事别说了，交通厅不会答应，我另提个建议吧：把省林业局的林业机械厂划给你们好不好？

杨柳说，好啊，王省长！可宁川路机，我们仍然要求划拨过来！

赵安邦怕杨柳和王副省长闹僵了，笑着插上来，杨柳，你胃口不小嘛，省政府你要不要？我们这座大楼在黄金地段，起码值十几亿！

周到以为银子又响起来了，马上问，哎，赵省长，是不是省政府要拆迁了？省政府真要拆迁，大楼我们当然要，可以做集团总部……

杨柳哭笑不得，说，周总，赵省长又涮你了，你可也真敢想！

赵安邦呵呵大笑起来，笑罢说，好了，今天就到这里！你们提出的要求，我和王省长会认真考虑，很快就会给你们一个答复！可你们也不要急，宁川路机归省交通厅，林业机械厂归林业局，都得协调。

杨柳和周到走后，王副省长带着满脸的疑惑说，安邦，我听你这话的意思，好像宁川路机也要划给北重？交通厅刘厅长能同意啊？

赵安邦说，你以为刘厅长也是孙和平啊？他不同意就挪挪窝，换个同意的同志来做交通厅长！这个宁川路机是当年我在宁川做市长时一手搞起来的，交给杨柳和北重我放心！当然，现在的老总李大瑞也不错，我向省委何书记建议一下吧，让他去交通厅，安排副厅长！

王副省长想了想，这一来，杨柳和北重集团非但没吃亏，反赚了不少便宜！走了北柴，进了文柴，实现了发动机自给；这又要走了宁川路机和林业机械厂，产业链进一步延展了，实际上成了大赢家啊。

赵安邦说，我们就该让杨柳成为大赢家，让事实告诉大家，听话的孩子有糖吃，都争做好孩子。孙和平这次没输，也实现了重型机械整装制造的战略构想，但这不等于以后不输。这猴头的猴尾巴不还攥在北重手上么？想要驯猴时，我们一声令下，杨柳就会举起鞭子……

29

中国的许多事情透着神秘，让人难以琢磨。有时候，似乎很难吃到嘴的天鹅肉，你有意无意地张了张嘴，偏偏就吃到了，如同做梦一般。有时候，你紧火慢火炖一只鸭子，炖到熟透上桌，鸭子却飞了。

简杰克认为，正大重机国有股权受让失手就属于后一种情况。

为了拿下正大重机，简杰克真是费尽了心机啊。两年之中以合资形式在国内成立了三家控股公司，受让了买买提－拉合尔和光明投资的21%股权。既逃避了中国政府的监管，又在事实上成了正大重机仅次于希望汽车和K省国资委的第三大股东。嗣后，他和包尼娜以大股东身份，三次飞K省和汤家和会谈，谈得非常融洽，并借助汤家和，把正大重机底牌摸得更清楚了。如果汤家和不变卦，按此前承诺把K省国资委22%的国有股权转让给DMG，他和DMG就拥有了正大重机43%的控股权。控股这么一个价值低估的中国腹地的优质企业，他和DMG付出的价格不过十五亿人民币，几年后转手就能卖上百十亿。华尔街分析家们认为，中国重卡机械行业的重要拐点已经出现。为此，他给了汤家和不少好处，万没想到，汤家和把好处吃进肚里，油嘴一抹，不认帐了，让你又气又恨，还无可奈何。DMG和汤家和的交易并不是这一笔，此前还有两笔，真翻了脸对谁都没好处。

简杰克怎么也弄不明白，汤家和为啥在最后时刻变卦了？此公说的理由很荒唐，竟是那位任延安和正大重机坚决不同意。任延安算啥东西？不就是一个副厅级国企官员吗？撤掉他，换上一个听话的官不就完了？共产党不是讲组织纪律性么？一个副省长怎么就管不了一个副厅级呢？还有没有组织纪律性了？简杰克认为，这是托词，唯一的可能是，孙和平和北柴股份私下承诺给了汤家和或汤氏家族更多的好处和实惠。对此你还不好去问，按潜规则送好处又不能搞招投标。

在这一过程中，他和DMG也犯了个错误，就是忽略了任延安的作用。这位K省的宝贝对DMG的控股充满敌意，宁要JOP也不要DMG。简杰克判断，后来股市上发生的希望汽车股权争夺战，估计也是任延安泄露的消息，让孙和平获得了两条战线的主动出击机会。

但是，孙和平和北柴股份的日子也不好过。这只恶狼和北重集团已彻底闹翻。香港传过来的消息说，北重即将取消北柴的常年发动机订单，一份针对北柴的重要价值分析报告也许将在近期公开发表。北柴在香港市场的股价结束了阶段性上升，开始小幅回落。更重要的是，北重为了防止北柴股份控股正大重机，抢在DMG前面，以闪电速度拿到了希望汽车八千二百万国有股权。简杰克认为，北重的这场闪电战应该不是针对他和DMG的，他现在还是他们北方重工的独董呢。

这八千二百万希望汽车的股权意义太重大了，虽说不多，却起着四两拨千斤的作用。给了孙和平，孙和平将加强控股地位，正大重机也将由北柴股份控股，他和DMG就完败了，两年心血白费。而给了他，则DMG及一致行动人将赶走孙和平，获得希望汽车控股权，正大重机也将由DMG控股，他就是完胜。北重和杨柳会向谁转让这笔股权呢？北柴股份肯定没戏，倒是他和DMG，如果出价足够高，还是有可能拿到的，当然，这势必大幅提高控股成本，但是非常值得。

于是，在丧失了K省的机遇后，简杰克立即掉转方向，猎犬似的嗅着那八千二百万希望汽车股权的气味，紧急飞赴汉江。一路上紧张地设想着该如何说服杨柳，使之同意和他进行这笔伟大的交易。

没想到，在王小飞陪同下，赶到杨柳办公室会谈时，杨柳没等他谈股权，倒先说起了他的独董任职。尽管口气温和，但让他辞职的意图明确。杨柳指出，他和DMG以及一致行动人现在既有正大重机股权，又有希望汽车股权，事实上成了北重对手公司的重要股东，已很难保证独立立场了，根据相关规定，自然失去了独董的任职资格……

当然，杨柳笑着说，简先生如果能退出上述两家关系公司，我们仍可履约继续聘请您担任北方重工的独董，如何选择，悉听尊便。

简杰克有些意外，略一沉思，回答说，杨董，王董，我没想到北柴股份会从北重独立出去，使我和DMG因拥有希望汽车股权而成了关系公司股东。还要说明的是，受让正大重机股权的不是DMG，只是DMG下属子公司。但你们今天既然提醒了我，那我就辞职吧！

王小飞解释说，简先生，你别多想啊，我们这么做并不是因为股改要投票了，也不是受了《人民证券》和中小流通股东的压力……

这真是此地无银三百两。这时候让他从北方重工辞职，不为股改投票为了啥？就因为他旗帜鲜明地提出支付对价不符合国际惯例，会造成国有资产流失，就被歪曲成了什么股改麻烦制造者，网上喊杀声一片。那位蚂蚁先生还要和他论战，《人民证券》一个叫于文发的总编都把电话打到K省去了。他没理睬，明确回答说，他既没这个时间，也没这兴趣。但今天王小飞既然提出了这个话题，他还得说两句。

于是便说，杨董，王董，你们还真不能轻易向中小流通股东让步呢！蚂蚁的文章和《人民证券》上的评论员文章我都看到了，完全是民粹主义的喧哗和躁动嘛！既不符合国际惯例，也不符合资本市场的规则。从股改一开始我就说过，中国政府支付对价的政策犯了一个很大的错误，看看，市场也没因此好转嘛，我预计会跌破400点……

杨柳笑问，简杰克先生，你是否很希望中国股市跌到400点呢？

简杰克摆了摆手，哎，杨董，这不是希望与否的问题，是客观事实。违背国际惯例和市场规则就会受到惩罚嘛！我坚定地看400点！

杨柳仍在笑，真到400点的话，中国股市还要跌60%，你简先生和DMG可就有大机会了，可我认为不会！

简杰克接过话题，呵呵笑着说，杨董啊，现在不是我们，而是你和北重集团来大机会了，你手上的国有资产有了大幅增值的好机会。

杨柳怔了一下，哦，简先生，你和DMG会给我们带来这种机会？

王小飞也很奇怪，简先生，摩生财团准备高价收购北重集团了？

简杰克耸耸肩，NO，是笔有很大利润的小生意，我是指希望汽车八千二百万股权。杨董，我得实话实说，您的闪电战打乱了我的部署，如果你们晚两天飞广东，这笔股权也许就在我们DMG手上了。

杨柳说，是吗？这我可没想到，我们是无意中谈成了这笔生意。

简杰克道，您和北重无意也好，有心也罢，都造成了一个无法改变的重要事实，所以今天我和DMG拟以每股十元的价格向您收购。

王小飞乐了，每股十元？八千二百万股可就是八亿两千万了？

杨柳没动声色，对王小飞说，王董，你别大惊小怪，它就值这个价！简先生聪明啊，要借我们这笔股权赢得对正大重机的控股权。

简杰克禁不住鼓起了掌，OK！我唯一要说明的是，这是一笔双赢的买卖。我赢得了控股权，你们在获取巨额利润的同时，粉碎了北柴股份的独立梦想。试想一下，孙和平在失去了希望汽车和正大重机控股权后，还会有那个新的整装集团吗？在这里，我可以代表DMG承诺：如果这笔伟大的交易成立，DMG旗下的正大重机将不会给北柴一台发动机订单，北柴的选择只能是死亡，或者向你们认输投降。

王小飞似乎有所动心，看着杨柳说，杨董，好像有点意思啊！

杨柳淡然一笑，这对简先生有点意思，对我们没多大的意思！

简杰克没想到杨柳会是这种反应，忙问，杨董，难道你不希望孙和平和北柴重回北重集团吗？这笔交易的最大意义就在这里嘛！

杨柳道，但两个国有控股企业会因此落到外人之手，这是我不愿看到的。对不起，简先生，我得实话实说，我说的外人是指你们。对孙和平的怨愤，还远没使我达到丧失基本立场和理智的程度，况且我还知道唇亡齿寒的道理，不希望哪一天也落得和孙和平同样的命运。

简杰克苦笑不已，杨董，我真没想到你会这么狭隘，在世界经济一体化，中国已加入WTO的情况下，还这么守旧！资本没国界，也不具有民族属性。它在这个日益开放的世界上四处流动，哪里有价值洼地就流向哪里，谁给它带来最大的利润它就和谁结盟，这很正常。

杨柳应道，对，对，简先生，这话我赞成。瞧，我不是那么狭隘守旧吧？可我的问题是：现在的价值洼地在哪里？在中国嘛，你简先生看到了，难道我们就没看到吗？你和DMG想在这种市道低迷的时候大量吃进中国廉价资产，我们就不想吃进吗？实话告诉你，就算不考虑我这八千二百万股希望汽车的战略控股意义，它本身的市场价值就不止八个亿啊，在资本市场恢复后也许将是几十个亿，您说呢？

简杰克夸张地大笑说，杨董，您是不是对未来市场太乐观了？

杨柳点点头，是的，我很乐观，我不相信一个正在崛起的东方大国的资本市场会永远这么低迷，也许这已是黎明前的最后黑暗了。您说的这笔伟大交易恐怕不能成立啊，我不会在黎明前接受黑暗价嘛。

简杰克心里凉了半截，却仍镇定地坚持着，杨董，那请您报个价。

杨柳笑道，简先生，我们对未来市场的认识截然不同，您非常坚定地看400点，我倒是看到了4000点，我还有必要报价吗？免了吧！

简杰克想想也是，杨柳如果真报出二三十亿的天价，他和DMG是无法接受的。而且杨柳似乎无意向谁转让这笔具有战略意义的股权。于是又回到老话题上，杨董，您真的不想让孙和平重回集团吗？

杨柳平淡地道，他回不来了，就算失去正大重机，没有新整装集团了，他也不会回来的。有些情况您可能不清楚：北柴股份国有控股权只占24％，华尔街和香港四家财团的持股量合计已是43％。如果我真用手上这八千二百万股权成全了你和DMG，孙和平会摇身一变，成为海外大股东提名的董事长，北柴股份也将不再是国有控股公司了。

这番话把简杰克说楞了。杨柳的判断没错，这不是不可能的。

杨柳继续说，其实，简先生，相同的股权转让要求，孙和平也找我提过，甚至找到省长那里，我的回答也是NO。至于将来会不会转让？转让给谁？我们目前没考虑。哦，对了，简先生，有件事我正要和你说，孙和平向我透露：希望汽车的股改，他一股不愿送。我告诉他，我们主张送，而且尽可能多送，进一步摊薄北柴股份的股权嘛！

摊薄北柴股份的股权，不也摊薄他们DMG的股权吗？简杰克忙摆手，NO，这我反对！这不符合美国法律，我没法向投资人做交代！

王小飞插上来说，简先生，可您和DMG现在毕竟是在中国投资嘛，就得执行中国政府的相关规定，你不送股，股改就没法通过。我们北方重工十送三点二估计都难通过，这阵子我和杨董正犯愁呢！

简杰克耸耸肩，我不犯愁，你们也别犯愁，让孙和平去愁吧！

这笔设想中的交易没有完成。想想也在情理之中，不能让孙和平和北柴股份重回北重集团，杨柳实无交易的必要。希望汽车和正大重机落到DMG手里和落到北柴股份手里有啥区别？还不都是北重集团的市场竞争对手吗？站在杨柳的角度，从战略意义上来说，这笔以小搏大的股权还的确不能转让，它是条鞭子，能在必要时给对手以教训。

没想到，三天后，孙和平和北柴股份总经理田野一行赶到上海DMG总部拜望他了，孙和平在电话里说，他带来的将是和平与合作。

30

简杰克先生，我十分佩服您的勇气，当股改被民粹主义的喧嚣挟持，非流通大股东资产因对价流失时，我听到了一个清醒的声音，就是您的声音。因此我相信，我们起码已在对股改认识上达成了一致。

说这话时，孙和平和田野已坐在DMG上海总部贵宾室，和简杰克开始了一场关于和平与合作的对话。既然是寻求和平与合作，对话当然要从共同点起步，拒绝支付股改对价就是双方的共同点之一，孙和平认为，简杰克应该听得进去。但简杰克无动于衷，脸上看不出什么表情，也不大接他的话题，只坐在那里端着咖啡杯悠闲地呷咖啡。

孙和平继续说，股改是非流通大股东和流通中小股东的博弈，双方都不应该设有底线。国资部门规定十送三不对，一定要大股东送股也不对。所以作为希望汽车第一大股东，我不准备向流通股东送股。

简杰克这才说了句，真送股，你们的控股地位会进一步削弱。

田野及时地插了上来，简先生，这主要还是不符合国际惯例！

简杰克放下咖啡杯，那你们有把握不支付对价让股改过关吗？

孙和平没正面回答，反问道，简先生，您说小股民现在最怕啥？

简杰克想都没想便说，怕股改后股价继续下跌，进一步贴权嘛！

孙和平点了点头，又说下去，那么，如果我们保证希望汽车股价未来一年中不下跌，用信心做对价，中小流通股东应该会欢迎吧？

简杰克眼睛一亮，哎，很有想像力嘛，继续说，我洗耳恭听！

孙和平说起了设想中的股改方案：希望汽车因为股权争夺战的偃旗息鼓，最近股价有所回落，一直在六元附近盘整，估计在未来一段时间里不会上涨，正是进行股改的好时候。三大非流通股东——北柴股份、DMG和北重集团在宣布零对价的同时，共同公告承诺：股改完成的一年后，以七元左右的价格收购愿意出售的所有流通股。有此承诺，股价肯定不会再跌到承诺价之下，哪怕大盘下泄见到400点。

简杰克听罢说，孙先生，我得承认，这是一个极具智慧的，也是我目前所见到的对大股东最有利的方案，还不违反国际惯例。在这种低迷的市场上，能有百分之十几的收益预期，小股东们应该满足了。

孙和平乐了，简先生，这方案的实质是，小股东没得到补偿，但实现了止损，只能用于弱市，一旦市场好起来，这个方案就不智慧了。

简杰克说，所以，应该尽快落实执行！另外，你们也要考虑大盘下跌怎么办？假若一年后流通股东都以承诺价将股票卖给我们呢？

田野反问，简先生，难道您会拒绝以此价格增持希望汽车的股权吗？据杨柳说，你已为他手上非流通股权开出了每股十元的高价啊。

简杰克淡然一笑，田总，这不是一回事！当我和DMG谋求控股权时，它值十元一股，甚至更多，财务型投资它也许连五元都不值！

孙和平鼓起了掌，呵呵笑道，说得对，对极了，和简先生这种高智商的人对话总是让人心旷神怡！简先生这么一说，我就放心了。我原拟方案是：一年后如果真出现对市场流通股的增持，三方应以现有股权比例同步增持，DMG既要自愿放弃，我们北柴股份全盘接收。

简杰克不愧是资本市场投资高手，愕然一怔，马上反应过来，不，不，孙先生，您误解了我的意思！我刚才阐述的是股权投资理论，并没说要放弃将来同比例增持希望汽车流通股。自嘲地笑了笑，我没忘记希望汽车控股正大重机的事实，我还持有正大重机21%的股权嘛！

孙和平笑道，是啊，我们在正大重机上也是合作伙伴。所以，市场硝烟散去后，不管我们彼此个人情绪如何，该面对的都要面对，该谈的也都要谈。简先生，您说是不是？说来遗憾啊，如果没有我们的股权争夺，希望汽车的价格不会超过四元，我们的承诺价本可以更低。

简杰克没接这话题，突然道，孙先生，我能否问您一个问题？

孙和平不知简杰克要问什么，您请讲，只要是我能回答的。

简杰克直愣愣地看着孙和平，您是怎么得到K省国有股权的？

孙和平没想到竟是这个问题！略一沉思，简洁地回答道，汤家和副省长和正大重机老总任延安先生都是民族主义者啊，他们最终选择了国有控股的北柴股份，没有选择美国的DMG，让您遗憾了吧？

简杰克讥讽地大笑，天哪，汤家和也是民族主义者？笑话！这种中国官员我见得多了，你给他一根骨头，他就能把主人的一头牛送给你！孙先生，冒昧地问一句，您和北柴股份给了汤家和什么承诺？

孙和平近乎庄严地道，简先生，我对汤家和副省长和K省的承诺是：把正大重机打造成一个国际一流的伟大企业！我想，也许正是我和北柴股份的这一郑重承诺深深打动了汤家和副省长。另外，简先生，您对中国官员的评价我也不敢苟同，中国官员中有腐败分子，但整体和主流还是好的嘛，比如汤省长就挺廉洁，不喝酒，不抽烟……

简杰克哈哈大笑起来，别说了，孙先生，你……你笑死我了！

孙和平一脸茫然，有啥可笑的？你发现汤省长哪里腐败了么？

简杰克仍在笑，笑出了眼泪，手直摆，没，没，我和DMG没发现腐败！说罢，拍了拍孙和平的肩膀，你真被中国特色修炼成精了！

孙和平口气严肃，态度诚恳，简先生，我们不要开玩笑了，还是谈正事。鉴于我们是合作伙伴，我今天带来了一个方案：在希望汽车新一届董事会里，DMG 二人，北重一人进入董事会。管理层也同时进行改组，由您和 DMG 派人出任总经理，组织团队进行经营管理。

简杰克怔住了，让我和 DMG 经营？北柴股份董事会讨论过了？

田野道，我们来的前一天，董事会讨论了，大家认同孙董的建议。

孙和平说，是的，简先生，这是我慎重考虑后提出来的。我说服董事们的理由是：我们要创造一个伟大企业，就要有伟大的胸怀，就要善于吸收利用一切成熟的好经验。在资本市场上 DMG 曾经是我们的对手，将来也许还会成为我们的对手，但并不妨碍双方之间基于共同利益而合作共事。就算从财务投资角度看，DMG 也希望把公司业绩搞上去，将来能把手上的股权卖出个好价钱。而 DMG 的经营管理无疑是国际一流的，已经在亚洲各国成功改造了不少大型企业。

简杰克半晌没说话，看着沙发对面的一幅西洋油画，不知在想啥。

孙和平认定这假洋鬼子没想到他会这么建议，便又说，知道我为啥会这么考虑吗？简先生，是您提醒了我。您对正大重机任延安先生说过，您赞赏他那双粗糙的劳动的大手，但更赞赏的是优秀的大脑！

简杰克这才缓缓道，孙先生，我当时的原话是：作为一个现代管理者仅有一双粗糙的手是不够的，甚至已经不是必须的了，更应该拥有的是优秀的大脑。DMG 的原则是，用优秀的大脑去驱动创造……

孙和平击掌叫道，对，用优秀的大脑去驱动创造！这正是未来希望汽车和正大重机要走的路！简先生，尽管现在是我控股，但我们双方理念相同，合作并不存在任何障碍。我和北柴股份董事会支持您和 DMG 在世界范围内聘请优秀专家进行管理，我们共同分享它的成长。

简杰克连连点头，OK，OK！又由衷地感叹说，孙先生，您让我大跌眼镜！我怎么也没想到，您会这么有胸怀，这么有眼光，还这么有勇气！竟然能在一场资本市场的激战过后，迅速一个立正转身，和昨日的敌手结成利益的盟友，并且毫不犹豫地将阵地交给昨日敌手。

孙和平笑道，资本只有永恒的利益，没有永恒的敌人，这是我和北柴股份的理念，也许哪一天，我也会和北重进行这样的合作！简先生，如果您同意的话，希望您和 DMG 尽快考虑希望汽车的经营团队。

简杰克说，好，好，我争取在股改完成前后组建这支国际团队。

田野说，这样最好不过，也能为希望汽车股改提供一份利好！

简杰克又问，那么，正大重机的团队呢？是不是放在一起考虑？

孙和平摆摆手，恐怕暂时不能考虑。任延安团队经营管理水平能够应付局面，宜稳不宜乱。另外，我对任延安的经营班子有过承诺。

简杰克是明白人，一听就懂，是的，我在正大重机的失手，其中一个重要原因就是没对任延安进行过承诺，他们就怕新团队进场啊！

孙和平笑了，简先生，您若早想到这一点，也能像我一样，在任延安家门口站四小时，正大重机可能就是DMG的了。遗憾的是，你不但没这么做，反而过早地暴露了自己的战略意图，就把事情搞被动了。作为一位美籍华人，你对中国特色的理解远在许多洋人之上，你们DMG注重资本和权力的结合，因此成就了不少项目，这就使你们有了底气。而我呢？从来不敢有这种底气，我坚持认为，在中国做事情，不但要和权力结合，还要因地制宜，因人制宜，要把资本市场的普遍规律和具体项目的实际相结合。对不起，可能有些班门弄斧了！

简杰克不无夸张地鼓起了掌，NO，这是一番接近真理的论述！

孙和平感觉好极了，继续说，简先生，您对正大重机的战略设想并没错，任延安和现任班子必须退出历史舞台，将来正大重机也要按DMG模式在全球范围中组建优势团队，但我们需要三年的过渡时间。

简杰克道，这就是说，您从没考虑过让任延安团队长期经营他们的企业，只是实行了赎买政策？就像当年国家对民族工商业的改造？

孙和平说，有这个意思，但我赎买的价格很高，任延安三年中的年薪将和我一样，每年三百万，还有股权激励，他们现在都很满足。

简杰克想了想，孙董，我还是有点疑惑：据我所知，任延安有强烈的民族主义情绪，我总认为他是个理想主义者，不会接受赎买……

孙和平缓缓摇起了头，不，简先生，我更倾向于他是位现实主义者。像这种老同志兢兢业业奋斗了一生，得到了啥？所以有些人就去贪污受贿。任延安聪明啊，与其贪污受贿去犯罪，倒不如合法地一次性卖了自己，他为啥不卖给我们呢？何况我们迎合了他的民族主义情绪，让他在获得巨大经济利益的同时，保持了理想主义者的尊严。

简杰克笑了，孙先生，你很智慧。如果任延安知道你的这些真实想法，还会和您结盟，对抗我和DMG吗？你毕竟夺走了凝聚着他们一生心血的企业，而且最终还要赶走他们，交给我们DMG经营……

孙和平不无激情地打断了简杰克的话头，该夺走的就要夺走！一个伟大的企业必须由最好的团队去经营，比如DMG，比如JOP，任延安和他的同仁应该具有这种胸怀，否则就不配进入这个伟大企业！

简杰克全听明白了，孙先生，你让我无话可说。起码在目前，我无法怀疑您和北柴股份的真诚。如果您能保证这真诚的长期有效，我和DMG将视希望汽车和正大重机为自己的企业，不再考虑斩仓出局。

孙和平笑道，您和DMG还考虑过斩仓出局吗？要出局也应该把企业搞上去后高位出局呀，这才是DMG的获利模式嘛！不过，简先生，我劝您别把合作的基础建立在真诚上，真诚只有在利益一致时成立，双方利益不一致，甚至利益相反时，我们的真诚都将不复存在。

简杰克手一拍，完全正确！孙先生，我们是不是该打开香槟了？

对北柴股份的未来具有重大历史意义的上海会谈进行得十分成功。因为两个资本运作高手的高瞻远瞩，北柴股份和DMG一举从资本市场上的敌手，变成了重要战略合作伙伴，让市场人士大跌眼镜。

杨柳嗣后曾当着孙和平的面发表评论说，这是利益的结合，也是狼与狈的结合，道德风险极大。孙和平的回答是，如果惧怕风险，北重集团可以考虑现在退出。杨柳手一摆，NO，当风险来临时北重会果断退出，但不是现在，北重既然进入了角色就要把角色演好。孙和平心里明白，杨柳仍希望获得由DMG团队经营带来的高回报，同时也用手上少数股权，对他和北柴股份进行有效遏制，这可恶的家伙！

说来也巧，就在他飞赴上海，和DMG进行战略结盟期间，北方重工股改开始投票。北方重工的股改命运，某种程度上预示着未来希望汽车的股改命运，在一个复杂多变的市场上，博弈是立体的多层面的，对手和盟友的角色也在不断变化。因此，在北方重工投票前一天的晚上，他主动给杨柳通了个电话，了解相关情况，并希望股改方案能顺利通过。杨柳毫不领情，冷漠地声称，为了未来能有个健康向上让广大投资者有信心的资本市场，北方重工准备承受失败的结果……

31

于文发想，中国股市会记住这个日子，2005 年 7 月 29 日。这日上证指数开盘 1083 点，收盘 1084 点，全天盘整。因担心非流通股全流通造成股价下跌，股改后的股票仍在贴权。不但大股东送出的对价付诸东流，很多股票甚至不断创出新低。上证指数下探 600 点，甚至 400 点的预测不绝于耳。不少中小流通股东把减少损失的希望寄托到了股改博弈上，非流通大股东和中小流通股东的矛盾十分尖锐。北方重工因为有马义和《人民证券》的高调反对，成了市场注目的焦点。

近五百名中小流通股东在马义和《人民证券》的召唤下，赶到汉江参加股改投票。全国一百多家新闻机构和著名门户网站记者云集北重集团大厦，现场报道投票实况，北重大厦空前热闹起来。

这一天，于文发不但陪马义早早到场，还让林副总编率一个记者组进行全面采访。马义以著名作家的身份出现在投票现场本身就是媒体的大新闻，所以，从他陪着马义进入北重大厦那一刻开始，就一直被各路记者们的长枪短炮包围着，像当红影视明星的靓丽出场。到得十八楼北重集团大会议室，一场由他和《人民证券》事先组织好的记者见面会迅即开始，闪光灯雷电般爆闪，晃得他们几乎睁不开眼。

马义作为著名作家，就这样和他一起站到了中国财经证券大舞台上。这个大舞台对他和《人民证券》很熟悉，对马义来说还是相对陌生的。可马义就是马义，站在中国股市一个重要历史时刻的财经证券聚光灯下，毫无怯意，面对全国一百多家媒体记者的话筒和镜头，微笑着开始了精心准备好的简短演说，《我有一个梦》，说得极富感情。

——我有一个梦，一个普通中国公民和中小投资者的梦，这个梦虽不关乎人权，但和美国民权领袖马丁·路德·金的梦在精神上是相通的。在我的梦中，这个国家能给她的公民一个法制的，既属于融资者又属于投资者的健全市场；在我的梦中，公民的资本投入能得到正当的回报，而不是扔进无底洞被控股大股东肆意挥霍；在我的梦中，强势资本集团大腹便便的肚皮和中小股东尚不丰满的钱袋，能得到平等的投资机遇；在我的梦中，金融资本和产业资本评估体系能达到一致；在我的梦中，历史原罪能得到清算，恺撒的归恺撒，人民的归人民。我的梦会实现吗？朋友们，当你意识到自己是这个国家的公民，而不是封建帝国臣民的时候；当你不再匍匐于地，期望着青天大老爷降恩垂怜的时候；当你挺直胸膛站起来大声说出“我反对”的时候；这些梦想也许就快实现了。今天在这里看到这么多中小股东来投票，发出反对声音，我深感欣慰。因此，尽管我对中国资本市场的未来充满忧虑，但没失去应有的信心。因为股改毕竟开始了，一群群蚂蚁站起来了，一场伟大的博弈正在进行。在我看来，这不是一场利益争夺的内战，而是资本市场制度改革的实践。因此它没有胜利者，也不会有失败者，有的应该是博弈后的双赢。那就让我们在博弈中结束此前不堪回首的历史，去赢得一个充满生命力的健康向上的伟大资本市场吧！

记者和与会股东们的掌声响了起来，十分热烈。于文发也起劲鼓掌，鼓掌时注意到，杨柳不知啥时已进了大会议室，正站在马义前面不远处，微笑着向马义挥手致意呢。马义也看到了杨柳，在回答一位电台记者提问的间隙，向杨柳打招呼道，杨主席啊，我来支持你了！

记者们这才发现了杨柳，长枪短炮换了方向。中央电视台记者提问道，杨主席，您作为控股大股东也能说说您的梦吗？或者说希望？

杨柳手里已拿着一篇文稿，看来事先也做了准备。但因为马义抢先占据了话语制高点，杨柳不得不临场应变，说，好，我就不念这篇已经准备好的稿子了，也像我十分尊敬的马主席一样，说说我和大股东北重集团的梦想吧！这个梦想在许多地方和马主席的梦并不矛盾。

——在我的梦想中，一个正在创造经济奇迹的伟大国家，能给我和所有企业公民，提供一个健康向上的资本市场；在我梦想中，这个资本市场应该是经济的晴雨表，能准确反映经济的速度和本质，而不是低迷紊乱甚至反向显示；在我的梦想中，优良的中国资产能在正常的市场得到合理价格，而不是以垃圾价落入掠夺性资本的虎狼之口；在我的梦想中，当企业的发展需要资金支持时，能得到各类投资者真诚的拥护而不是厌恶和唾弃；在我的梦想中，当我和中国民族企业遭遇国际巨头恶意狙击时，我身后能站着十三亿能给我资本力量的中国投资者。所以，我非常赞同马主席结尾时的话。我和马主席一样，对我们国家资本市场的未来充满信心。马主席说得好，股改博弈没有胜利者和失败者，有的只是双赢。我们结束了一段错误历史，让上帝的归上帝，市场的归市场，就将得到一个充满生命活力的伟大市场……

于文发带头为杨柳的演说鼓掌，又一阵热烈的掌声响了起来。

直到这时，博弈的双方都保持着充分的理智，甚至可以说是彬彬有礼。于文发预计中的具有民粹主义倾向的喧哗和骚动并没发生。在马义和杨柳演说过程中，虽有几位小股东的反对之声，但尚无形成喧哗和骚动的趋势。事后想想也正常，双方演说毕竟没具体涉及投票。

这时，股权登记结束，股东大会即将开始。王小飞要求记者们先退出会场，在场外等候投票结果，于文发因有投票权不在退出之例。

记者们陆续退出后，一帮满头大汗手提相同塑料袋的男女——足有十几人，蜂拥而入。这些人声称是股东，要参加股东大会，工作人员说公告规定的股权登记时间已过，不让他们入场。喧哗和骚动开始爆发，场内股东代表颇为激烈地对门外那帮小股东进行声援，一时间骂声、叫声、口哨声四起。更有些情绪冲动的男性股东，冲到门口为那帮小股东武力助阵，和保安撕扯起来，现场秩序一下子变得大乱。

这时，一个上海口音的中年小股东跑到他和马义面前道，侬要说话呀，他们是来支持侬，投反对票的，侬得让他们进来啊。于文发正犹豫，马义倒说话了，这帮人不论是不是来投反对票的，都应该让他们进来，股东大会毕竟还没开始，进行股权登记还来得及。于文发想想也是，便跑到主席台前，对王小飞说，你们为啥不让他们进来？他们是不是北方重工的股东？王小飞说，这帮人都是投票油子，专吃股改饭的！知道哪家公司要股改投票了，就买个一百股，来搓顿饭，领点纪念品。其中三个早上了我们股改公司防备名单。今天他们来得这么晚，是因为还有一家公司投票，于总，你看看他们手上的塑料袋！

这倒是于文发没想到的。经王小飞提醒，他才注意到，那帮人手上果然人手一只印有“汉江农业”字样的塑料袋，里面鼓鼓的，不知装了些啥。于文发问，那你们是不是也送纪念品？王小飞说，我们不滋长这种不良习气，啥也不发。正说着，杨柳走了过来，对王小飞指示，让他们都进来吧，这么多记者在门外，别闹出啥负面新闻来。

最终，那帮投票油子们进行过股权登记后进来了，果然都是人手一百股。其中一位老太太挤到于文发身边，坐下就问，哎，这个会发啥？于文发摇摇头，啥也没发。老太太不甘心，是不是会后发？于文发仍是摇头，啥也没有！老太太当即叫了起来，那不就亏大了？买这一百股北方重工花了四百多呢！我买汉江农业才花了二百多，人家送的纪念品就值三百！马上转身，对同来的男女传达了这会啥也不发的信息，男女们都起哄叫将起来，那没啥说的，反对，全是反对票了！

这种反对票让期待着反对票的于文发无法高兴起来，他甚至觉得，这帮人的反对票对马义和参加博弈的中小流通股东是一种污辱。

嗣后，股东大会不可逆转地上演了一场民粹主义色彩浓郁的活剧。参加博弈的中小股东在理智和礼貌缺失的情况下，陷入了一种发泄状态。王小飞介绍情况的发言一次次被粗暴地打断，一个基金公司代表发表了支持股改方案的意见，立即被围攻咒骂。有些股东还试图冲上台抢话筒，恶骂大股东是吸血鬼。甚至有人把矿泉水瓶往主席台上的杨柳和王小飞砸。这难道是他和《人民证券》想要唤起的场面吗？

杨柳似乎早有心理准备，在这种暴力民主的气氛中，坚持自己的讲话，而且讲话过程中始终努力保持着微笑，让于文发油生敬意——

……股东们，请冷静一些，激动不解决问题，我们必须面对现实。虽经努力争取，大股东仍无法满足你们的对价要求。这不是说要求不合理，而是大股东没有增加对价的权力。我们是戴着镣铐跳舞，请给我们以理解，以支持。我今天能代表大股东保证和承诺的是，股改方案通过后，大小股东利益实现了一致，你们必将获得丰厚的回报！

杨柳话一说完，口哨声、叫骂声又响了起来：滚蛋吧，没权力你坐在台上干啥？去你娘的，我们不指望以后回报，只要血本！对，让大股东以当年三十二元的增发价收回股票！你们他妈的都死去吧……

于文发心情沉重，对马义说，看看，民主就带来这种结果，你现在是不是后悔了？马义说，没啥可后悔的，这是预料中的事，小股东亏损累累，压抑得太久了，抓住了股改投票的机会，肯定要发泄。于文发说，这可以理解，但他们咋就不能在自己发表意见的同时，也尊重一下对方发表意见的权利呢？咋能靠这种语言暴力表达诉求呢？

就说到里，王小飞讲话了，请《人民证券》代表发言并投票。

马义捅捅他，哎，于总，上吧，演示一下啥叫文明的民主吧！

于文发带着羞愧站了起来，潜意识中认为自己该对今天的场面负责。现在不管他愿意不愿意，他和《人民证券》都成了民粹主义的代表，除非他改变立场，对股改方案投赞成票。但他能投赞成票吗？他和《人民证券》公开征集的就是反对票，委托他和《人民证券》的三百多名股东没给他改变的权力。再说也没赞成的理由，国资部门的底线横在那里，真正博弈并不存在，他只能反对，于是走上主席台，在发言席接过王小飞递过的话筒，礼貌而观点鲜明地说了起来。

——各位股东代表：今天是个历史性的日子，不论我们愿意不愿意，这场博弈都成了众所瞩目的焦点。因此，在投票前，我要表明我和《人民证券》代表股东的立场态度。首先，我认为，大股东代表杨柳先生和董事长王小飞先生以各种形式和中小流通股东进行了广泛沟通，诚恳认真，直到今天发言时，在一些失去理智的股东进行咒骂时，仍然保持着这种令我感动的态度，我要向他们致以深深的敬意。

这番话说罢，于文发转过身，对着杨柳和王小飞鞠了一躬。

台上的掌声响了起来，是杨柳和王小飞他们的掌声。台下也有些掌声，但十分稀落。于文发注意到，马义拼命领掌，也没激起响应。

质疑的声音倒响了起来：你们《人民证券》是不是被收买了？报上征集的可是反对票不是赞成票！有屁快放，你到底要投什么票！

于文发像没听见这些声音，继续着自己的发言，但是，在国资部门的挟持下，大股东代表杨柳先生无法保障中小流通股东的权益，我对此深表遗憾。正是鉴于国资部门的霸道无理，鉴于国资部门的不公平的对价底线安排，鉴于这场博弈的虚伪性，我和《人民证券》代表持有的一千二百五十六万三千七百股，对本次股改方案投反对票！

狂热的掌声和口哨声响了起来，有人站到椅子高呼：《人民证券》好样的！《人民证券》万岁！会场内一片响应，万岁之声惊天动地。

由于他代表《人民证券》投下了关键性的一千二百五十多万股反对

票，股改方案已有了被成功否决的希望。因此，著名“蚂蚁”马义上台投票发言时，获得了较好的会场效果，台下搅人的杂音小多了。

主席台上的杨柳，似乎为了进一步缓和气氛，在马义上台和他握手时，一只手高举起马义的手，另一只手抓过话筒，说了几句：股东们，我要特别介绍一下现在就要发言投票的马义主席！马义主席不但是我们公司股东，市作家协会主席，还是我大学时代校学生会主席！

这话一说，台下更安静了，与会众人的目光全投到了马义身上。

于文发也看着马义，觉得这事有点奇怪，根据他和王小飞事先的商定，马义就是在记者会上发表一篇演讲，没说投票时发言，可杨柳现在偏说马义要发言，还这么介绍马义，也不知是咋回事？他们两个老校友又达成啥新协议了？马义这独立董事提前上任了？有点可疑。

这时，马义已接过杨柳手上的话筒说话了，不像在刚才记者会上演讲时那么严谨，口气随意。杨主席刚才说的是事实，可能让你们惊讶了吧？在大学里我挺风光，一进资本市场，我混成了蚂蚁，他倒长成大象了，我们现在还要博弈！杨大象前几天拿着放大镜才找到我。

台上台下一片笑声，这是股东大会开始后唯一一次有共识的笑。

马义继续说，杨大象真就像《人民证券》于总说的那样，很真诚啊，屈尊到蚂蚁窝和我沟通，我这只小蚂蚁真受宠若惊。他询问我对价要求是多少？我出于对他的支持，提出了最低要求：十股送十股。

台上台下又是一片哄然大笑。与会的小股东谁敢梦想十送十？只有马义敢想，会场情绪就让马义巧妙调动起来了，语言暴力消失了。

马义又说了下去，杨大象见我这么支持他，也就理解我，同情我了，可我的最低要求他也办不到。为什么办不到？他自己说了，《人民证券》的于总也说了，这都是事实。所以同志们，让我们给大股东一些理解吧，另外，在我们行使民主权利进行博弈的时候，对大股东和不同意见要有起码的尊重。鲁迅说过，辱骂和恐吓决不是战斗！

于文发听到这里，带头为之鼓掌，又在会场上带起了一些掌声。

马义这时举起了手上要投的票，脸上的表情严肃了，为了我文章中说过的那些理由，为了能有一场真正伟大的博弈，为了赢得一个充满生命力的健康向上的资本市场，我六千股对现股改方案投反对票！

会场上再度爆发了一轮伴随着口哨声的长时间的热烈掌声。

当日下午四时，现场投票结果出来了。赞成票没超过主管部门规定的三分之二，北方重工股改方案被否决。五时后，网上投票结果也出来了，同样没超过三分之二被否决。向记者们宣布这一结果时，杨柳和马义已双双离去。王小飞神情黯然，声音嘶哑地宣布将进一步和中小流通股东沟通，争取三个月以后在大股东支持下再次启动股改。

北方重工成了股改以来靠中小流通股东力量否决的第一家上市公司。次日，《人民证券》头版发表了他连夜赶写的大块文章《庶民的胜利》，同时刊登了他和马义以及杨柳在股东大会上的大照片。在全国各大财经报刊电视媒体上，北方重工股改被否的新闻均被醒目而隆重地推出，各种新闻标题眼花缭乱。蚂蚁就这样战胜了大象，由于他和《人民证券》的鼎力支持，马义成了最具话语权的强势小股东。

然而，让于文发想不到的是，两个月后，马义的强势和《人民证券》的权威却被希望汽车大股东击个粉碎。希望汽车的控股大股东北柴股份以股权结构特殊为借口，推出零对价方案，只给中小流通股东一个承诺：一年后的最后五个交易日，大股东以每股七元的价格收购流通股。这种一毛不拔的方案无任何诚意可言，比北方重工被否决的方案要恶劣得多。马义再次拍案而起，以一个持有一百股的小股东的名义在《人民证券》连发几篇文章，呼吁中小流通股东投票反对，他也积极配合在报上公开征集反对票。结果却让马义和他都大跌了眼镜，希望汽车这最无耻的股改方案竟然以93%的赞成率高票通过了。

这都是怎么回事？于文发百思不得其解，难道投赞成票的中小流通股东真的不想获取对价补偿吗？是中小流通股东集体弱智了，还是市场出了问题？看来是市场出了问题。这个市场的基础在崩溃，支撑市场的中小流通股东在经历了一次次损失之后，陷入了集体绝望，对这个残酷的市场已不抱啥幻想了，宁愿不要任何补偿而止损离场。

嗣后，当大盘指数突破6000点，希望汽车被北柴股份合并收购后股价冲上一百元时，零对价的始作俑者孙和平在一次宴会上得意洋洋对他说，这也是一种正常博弈的结果：信心的承诺在特定条件下是一种很好的对价。投赞成票的中小股东心里很清楚，支撑着这一承诺的是强大的资本力量。这话霸气十足，让于文发感到厌恶，于是，于文发毫不客气地反驳道，没错，这也是博弈的结果，但并不像你说的那么正常！你很不道德地利用了2005

年的弱势市场和流通股东的弱势心理。孙和平笑道，这不关乎道德，资本没有任何道德属性！于文发冲动地拍起了桌子，可市场有规则，人类有良知！你践踏了规则，丧失了良知！如果你看《人民证券》的话，应该知道一个事实：就在你们股改投票那天，一位下岗工人自杀了，自杀前做的最后一件事是在网上投下了三千股的反对票！这三千股是她在近四十元的高位买的。她希望获得应有的对价，哪怕是十送三，可你们让她绝望了！孙和平道，其实她就不该进入股市！蚂蚁在公开信上说的很形象嘛，中国股市就是搅肉机，直到今天仍然是搅肉机，一切并没有改变……

是的，一切并没有改变。对北方重工的博弈成功就像轰然升空的礼花，在2005年夏季瞬时间照亮了夜空，但并没有给广大中小股东带来黎明。夜还是夜，市场还是那个市场，搅肉机仍在疯狂转动……

32

2005年的孙和平适应并赢得了市场。和简杰克及DMG的战略结盟，既引进了优秀管理团队，也消除了一个竞争对手。他和北柴股份获得了宝贵的喘息时间，为整合正大重机，迎战北重集团提供了条件。

种种迹象显示，杨柳和北重集团已准备在香港市场打响内战第一枪了。北柴股份的股价结束了前一阶段的上升趋势，持续走软。坊间传闻说，来自华尔街的著名分析师李约翰先生随时可能抛出一份分析报告，内容是，北柴股份在失去北重集团常年大订单后，投资价值将直线下降。他必须赶在这份致命报告发表前，公布控股正大重机，打造整装集团的重大利好，以体现北柴股份的投资价值和大好前景。

没想到在一个细节上出了问题：正大重机国有股转让协议报送汤家和审批时竟被卡住了。身为副省长兼国资委主任的汤家和严厉责问正大重机，为什么给北柴股份的转让价是七亿五千万？DMG当初的报价已经是八个亿了，要求任延安做出合理解释。任延安的告急电话一打过来，孙和平马上意识到，糟糕，可能是自己这边出啥麻烦了。

根据他和汤家和最终达成的利益输送协议，北柴股份要以广告代理的名义，向汤家和儿子汤强的广告公司打入五百万，代理K省境内三年标版广告。因为有这种利益输送，他才大胆在任延安的配合下搞出一个低于DMG报价五千万的股权转让价格。任延安此前说，这个价格汤家和是知道的，只是没明确表态，应算是默认。现在人家不默认了，十有八九是利益输送没实现。找田野一问，果不其然，广告部竟然还没和汤强签合同，说就算照顾，广告代理费也只值二百万。

孙和平火透了，对田野怒道，你命令他们给我签，谁不愿签谁走人，换个愿意签的人来签！田野见他如此大怒，揣摩着广告费可能和正大重机的股权转让有关，自告奋勇说，不行我来亲自签吧。孙和平立即否决了，你为啥要签？因为汤强是汤副省长的儿子吗？记住，这是一笔正常的广告业务，就算将来出了事，也是广告部经营失误。和汤家和副省长，和正大重机收购毫无关系！和你，和我更没有关系！

广告代理协议最终由广告部签了，汤家和这才接受了任延安代表正大重机做出的解释：DMG是财务型投资公司，而北柴股份是国有控股的制造型企业，从长远的战略发展眼光看，由北柴股份控股更有利于K省经济的大发展，为此做出五千万的价格折让也是合理的。

可这么一闹，李约翰抛出那份致命分析报告时，关乎正大重机的这一重大利好没法及时宣布了，股权转让协议签字晚了仅仅几天，就在香港市场上造成了一场地震。北柴股份股价在李约翰报告发表当天暴跌32%，从十八点六港元跌至十二点六港元，一天市值损失高达十二亿。气得孙和平在田野面前大骂不止，声称应该把广告部主任枪毙个十次！

华尔街和香港大股东纷纷致电公司，询问内情。香港联交所也要求公司做出解释。孙和平却没法解释，直到这时北重集团还没下战书呢。孙和平便要钱萍按规定准备公告，内容是：北柴股份仍系北重集团控股公司，公司迄今为止未接到集团拟取消其常年发动机订单的信息。同时也承认，公司和北重集团下半年的发动机供货合同尚未签订。

不料，钱萍这边拟好公告，还没来得及发给香港联交所和相关媒体，先是省国资委关于国有资产划拨的67号文件发下来了，宣布将北重集团持有的国有股划归省国资委。孙和平真有些哭笑不得，此前他那么想拿到这份文件，却迟迟拿不到；现在他希望文件能晚些时下达，给他和北柴股份一点缓冲时间，甚至为此给孙鲁生打了电话，孙鲁生也答应了，可文件偏偏这么快就下来了。更要命的是，仅仅两小时后，杨柳和北重的战书也传了过来，像似和国资委主任孙鲁生串通好了似的。是总裁周到签名发来的一份传真，传真彬彬有礼地宣布：鉴于北柴股份已不是北重控股公司，自2005年下半年起，北重集团将不再订购北柴发动机，并声明，这一决定将在明日香港报纸上公布。

情况糟透了。北重要公布，北柴股份也要按规定立即公布，控股正大重机的利好又没法及时跟上来，股价肯定要继续下跌。果然，因为利空消息被证实，北柴股份次日继续放量大跌12%，报收于十一点零一港元的历史最低价。香港媒体一片指责之声，骂他和北柴股份董事会对市场投资者不负责任，和原控股大股东无端内讧，让香港投资者血流成河，蒙受了重大利益损失。李约翰更明白无误地说，北柴股份唯一正确的选择只能是向原控股大股东北重集团公开谢罪，以期获得稳定的常年订单，才能保障股东长远利益。国内一些媒体也跟着起哄，指控他在香港市场上造成了国有股权市值的重大损失，说他为争个人意气，置国家利益于不顾，是资本市场上的内战高手和麻烦制造者。

孙鲁生看了相关报道，打电话过来责问，孙和平，这是我们应该看到的局面吗？我和国资委给了你自由，你却给了我们一个大耳光！

孙和平忍气吞声道，孙主任，这耳光来自杨柳和北重啊！再说，我和你们国资委说过，分家文件晚些时候再发，你们偏这么快发了！

孙鲁生说，你们敢独立门户，就得有应对措施！没有金刚钻，你揽啥磁器活？告诉你：对这种内战损失，我和国资委是不能接受的！

国际投资者更不能接受这种因中国境内两大企业内战造成的巨大损失。最大的H股股东，华尔街FTOP基金经理人琼斯先生，在北柴股份第二次暴跌后，发了份英文传真过来，质疑北柴股份脱离北重集团的合理性和必要性。明确提出，如果现任董事长先生和董事会不能做出让各H大股东满意的解释，FTOP不排除提议改组公司董事会。

这才是最可怕的。如果琼斯先生代表FTOP提出改组董事会，把他从董事长的位置上赶走，他此前的一切奋斗都将归零。根据北柴股份的股权结构，琼斯先生真的联合其他H股大股东改组董事会不是没可能。他若不能挽狂澜于既倒，就将倒于狂澜之下。于是，孙和平当机立断，指令公司证券部立即分头联系华尔街、欧洲和香港的各大股东，准备连夜召开全球视频电话会议，解释阐述股价暴跌的背景和他呼之欲出的整装集团的战略布局。孙和平相信，这些充分利好的事实将会说服市场停止对北柴股份的非理性抛售。同时也会让H股大股东们相信，他才是海外投资者在中国最好的代理人。他们今天损失的只是一时的市值，得到的将是一个足以雄视天下的伟大企业集团。

为了方便美国和欧洲大股东，视频电话会议安排在夜里二十二时。

二十二时前半小时左右，孙和平挺意外地接到了简杰克一个电话。

简杰克开宗明义说，孙先生，北柴股份在香港两天跌掉40%，估计您和董事会不会容忍它继续下跌了吧？似乎应该放出利好了吧？

孙和平警觉地说，能有啥利好？让利空消化一下也是好事嘛！

简杰克道，香港市场胃口不好啊，已经闹肚子了。更让人担心的是，如果您不给它止泻，欧美的洋医生就会出场了，他们会下虎狼药的！我和DMG不愿因为他们的入主，失去和你们的战略合作机会。

这假洋鬼子真是厉害，竟然从股价的暴跌中嗅到了危机的气息。

简杰克继续说，孙先生，您知道吗，今天如果不是我和DMG果断进场的话，北柴股份的股价就不止跌12%啊，很可能再跌30%！

天哪，这市场魔鬼，竟在这时候进场了！这是看着底牌下注，包赢不亏啊！还有谁比简杰克更清楚他的战略布局呢？希望汽车和正大重机未来的经营团队都将来自DMG啊！于是，由衷叹服道，简杰克先生，我得承认，您和DMG打了个漂亮的伏击战，只不知歼敌几何？

简杰克说，这要看利好的冲击力多大，总能赚上两亿港币吧！

这就是说，今天简杰克起码低位接手了两千万股的抛盘，今夜的视频电话会议结束，利好一见报，简杰克只要在恢复性上涨中反手抛出，一笔暴利就到手了。这个视频会议你还不能不开，利好还不能不出，简杰克是何许人？他早就算定你迟早要出利好，而且还得早出！

这时，全球视频电话会议的准备工作已经就绪。英文、法文、德文翻译人员全部到位。会议桌上的十几台电脑完成了和各通话方的网路测试，全打开了。孙和平、田野、钱萍等人都坐到了电脑前，严阵以待，准备对付琼斯先生和各位国际大股东提出的任何尖锐问题。

荧屏显示，琼斯先生正置身于曼哈顿FTOP的经理人办公室。这间办公室他和田野为北柴股份搞全球路演时去过，琼斯在那里热情接待过他。现在琼斯的热情荡然无存，焦虑不安地坐在转椅上，一双鹰也似的眼睛向这边扫视着，似乎随时准备越过太平洋向他发起攻击。

德国法兰克福中国投资公司代表卡尔、香港大亨刘查理、法兰西KUDR投资银行首席分析师雷曼等八大股东代表人也一一在荧屏上露面,表情看上去都不轻松。北柴股份的股价两天跌掉40%多,这些大股东市值损失惨重,这时候谁能高兴起来啊?必然要兴师问罪的。

会议开始后,孙和平刚说了几句客套话,琼斯便第一个发难。这个有着三分之一犹太血统的新泽西人用汗毛毕现的拳头擂着桌面,严厉指责说,脱离北重集团的决定愚蠢至极,是狗屎!我想不明白,你们为什么要放弃能给公司带来稳定利润的控股股东,另立炉灶?卡尔马上从法兰克福予以呼应,资本市场不是你们中国人阶级斗争的战场,德国投资者要赚钱,对这种造成巨大损失的斗争毫无兴趣。KUDR投资银行首席分析师雷曼是位漂亮法国姑娘,事先显然做了准备,当场提供了一份分析报告,和李约翰报告大同小异:因为失去了北重集团的长年订单,公司2005年年度利润将骤减45%,未来的市场风险更难以预料。雷曼要求孙和平和董事会解释,替代北重集团的新用户和新市场在哪里?在可预见的未来,公司是否还有新的利润增长点?

孙和平面带微笑,开始了解释和阐述:女士们、先生们,很高兴能有机会和大家进行如此坦诚的交流。首先要声明的是,控股股东的变更,是中国国资部门根据标的企业的发展状况做出的决定,不以本董事会和各位的意志为转移。但是,我不反对在此讨论这个问题。脱离北重集团是否像琼斯先生说的,是愚蠢至极的狗屎决定呢?我的答案是NO!因为公司已不再是单一的发动机制造企业,已经成为一个不亚于北重集团的具有整装能力的重卡机械企业了。琼斯先生,两年前的那个婴儿现在已经长大了,大到让北重集团无法容纳的地步了。

荧屏上的琼斯一脸惊讶和茫然,孙,告诉我们,到底发生了什么?

孙和平指了指身旁的田野,那就让田野先生讲讲一个婴儿的成长奇迹吧!女士们,先生们,我希望你们能和我一起来见证这个奇迹。

田野说了起来,从抗衡原控股股东北重集团,以北柴股份的名义受让宏远系两亿一千万希望汽车股权,相对控股希望汽车;到对决简杰克和DMG,成功受让正大重机国有股权,进一步绝对控股正大重机,并转而和DMG结盟,引进DMG管理团队。田野边说边看面前的资产报表,罗列了一连串数据。证明这一系列复杂的资本运作,使北柴股份的资产控制能力大大增强，大幅提高了资产质量。更重要的是，在重卡机械行业拐点出现前，一举完成了未来发展的战略布局。

孙和平笑呵呵插了上来，女士们，先生们，请告诉我：让这个长大的婴儿继续躺在北重集团怀里吃奶是否荒唐得近乎可笑？关于失去的六万台订单，我们已在被控股的正大重机找回了四万台，其他两万台就算一时找不到市场，希望汽车和正大重机带来的整装利润也足以弥补了。我和董事会可以预告诸位的是，本公司 2005 年的利润非但不会下滑 45%，反而会有超过 50%的增长，年报决不会让市场失望。至于雷曼女士所言的可预见的未来，我在这里简单报告一下：公司已在考虑吸收合并正大重机和希望汽车的优良经营性资产，以换股和定向增发的形式分别注入公司。此番整合完成后，公司资产规模将扩大三倍，赢利能力将一举提高 250%至 300%，无可置疑地进入了一个高速发展期。更有趣的是，伴随着公司高速发展期到来的是行业拐点的出现，女士们，先生们，请好好想像一下这个公司的未来吧！

琼斯率先鼓掌，OK，我收回开始时说过的话！但是，孙，你们仍然犯了一个错误：为什么不及时公布这些好消息呢？如果有这些鼓舞人心的好消息，那个该死的李约翰报告就不会造成股价这么暴跌。

孙和平说，完全正确！事实上我已经预料到未来的市场对手北重集团会抛出这个报告，本准备在此之前或者与此同时公告上述好消息，但是，非常遗憾，命运在我们得意的时候，小小地惩罚了我们一下：因为官僚制度的效率低下，这个报告发表时，我们还没拿到正大重机的国有股权转让的批准文件。可这又有什么关系呢？明天这些好消息都将公布，北柴股份股价会回到应有的位置。退一步说，就算股价暂时无法上去，女士们，先生们，难道你们就会丧失信心，而抛出这个伟大企业的股票吗？请相信我，你们买入的这个伟大企业正伴随着中国经济的增长高速成长着，我甚至不能想像它未来是什么样子。

视频电话会议非常成功，次日香港市场开盘，北柴股份跳空近一港元高开，一路震荡走高，买盘强劲。至前市收盘，已大涨 18%，报收十二点九九港元。周四利好消息公布，股价再度大涨 48%，以十九点二三港元报收，不但收复了此前的全部失地，比暴跌前还略微上涨了一些。

孙和平却不满意。在他的设想中，股价不但应该收复失地，还应冲得更高些。他宣布的不是一般的利好，是一个伟大企业的隆重登场啊，市场应该给它热烈的掌声——更高的溢价。后来才知道，破坏了市场掌声的坏家伙，除了简杰克的DMG，竟还有杨柳的北重集团……

33

看着一只屁股着火的猴子呲牙咧嘴，猴爪乱抓四处扑火，委实是件很有趣的事。尤其有趣的是，屁股着火之前，还是这猴自己抢着非要坐到汽油筒上的，拦都拦不住。这猴恶啊，是它不是它的都抢，连它老子的东西都抢，据说这叫竞争，叫市场为王。那好，当老子的让你，不但连这桶汽油和桶都给你，适当的时候，再随油奉送你火种一粒，猴头，你就搂着油桶好好玩吧！待得你玩昏了头，火种出其不意扔给你，既让你这不孝之子防不胜防，当老子的还不负纵火之责。

杨柳觉得，李约翰报告发表后的孙和平，就像那只屁股着火，被烧得惨不忍睹的猴子。北柴股份既然独立了，北重凭啥再常年使用你北柴的发动机？发表公告宣布这一事实很正常嘛，这是按香港证券监管部门的规定办事嘛。李约翰据此做出分析判断也很正常，正确引导投资，不能误导市场嘛！再有偏见的人也不能说北重集团和李约翰报告有啥不对，你烧了猴屁股是你的事，有句话咋说的？玩火者自焚！

当然，为了让这猴"焚"得好看些，场面壮观些，并能借这场不大不小的猴窝火灾，拾点洋落，杨柳也着实消耗了不少脑细胞。在许多细节上下了大功夫，还到香港去了一趟。他就相信细节决定成败。

首先，李约翰报告的发表时机必须选准，要在他和北重集团三亿港元的伏兵布好之后，战而不宣，闪电出手。在香港密谈时，李约翰说，根据一般情况，应由你们北重先出事实公告，再推出我的分析报告，否则违规。杨柳说，我不让你违规，北柴独立市场早有传闻，你就分析是：如果独立会是啥后果，看看市场是啥反应。李约翰说，几乎可以肯定会暴跌，香港没有停板制度。杨柳道，这就构成了第一轮打击。接下来，北重发表正式公告，证实你报告中的传闻，岂不又构成第二轮打击？我和北重要的就是这种结果，先战后宣，战果最大化。

要实现战果最大化，还必须了解对手的反击能力。只有在对手没有反击能力时，两轮打击才会获得良好效果，对手的动态必须及时掌握。这也不难，北柴进入集团时，他就在孙和平身边掺了沙子，这粒沙子现在已是他们的副总了。据沙子最新情报，正大重机的股权转让虽说谈成了，但一时还没批下来，急于独立的孙和平就反常地要求国资委和孙鲁生，不要急于下发资产划拨文件，还没告诉孙鲁生具体原因。沙子分析，孙和平很可能是想真正把正大重机拿到手后再独立。

来自猴窝的这个情报很关键。这猴头试图用正大重机的利好对冲他和北重放出的利空。杨柳立即行动，及时跑到国资委，找孙鲁生总结北方重工股改失败的教训。在失败教训里强调了一条：孙和平这阵子闹得整个集团人心惶惶，在很大程度上影响了股改沟通的力度。孙鲁生说，也是，孙猴子跳得这么欢，大家都分心了嘛。杨柳便说，那就赶快把解放证书发给他吧，也有利于我们股改的二次启动。孙鲁生当场答应说，发，国资委明天就给你们两家下文件，以后也不烦了。

这一来，好戏开场了。战况比杨柳预料的还要好。李约翰报告发表当天，北柴股份股价竟然暴跌了32%，从十八点六港元一路下滑，收盘时跌至十二点六港元。第一轮打击获得成功。集团驻香港办事处下属公司按他的指示，于当天下午在十三港元附近分头试探买进，一天甩出去六千多万港元。次日，北重集团的正式公告出来，第二轮打击开始，北柴股份继续放量大跌12%，前市盘中竟出现了十一点零一港元的历史最低价。杨柳在网上看着盘面情况，摸起电话果断命令香港，悄悄地全仓吃进。结果，两个多亿又甩了出去，收盘竟然就收在十一点零一。

香港办事处主任有些担心，不安地在电话里问，如果明天再跌咋办？杨柳平静地说，再跌我们就拿着好了。北柴股份毕竟是我们一手扶植起来的嘛，这种危难时刻，我们不支持谁支持啊？弄得那主任一头雾水。孙鲁生也一头雾水，打电话过来问，北柴股份咋跌得这么凶啊？杨柳说，就是，很意外，很意外啊！你看看啊，孙和平控股了希望汽车，拿下了正大重机，这全都是大利好嘛，咋会被我们一个公告弄成这样？可这公告又不能不发。孙鲁生有些怀疑，哎，杨柳，你没套我吧？杨柳口气严肃起来，鲁生，这种话不能随便说啊！我套你干啥？北柴暴跌是我们抛售打压造成的吗？我就算想打压也得有股票啊！口气缓和了些，又说，出现这种情况我也很着急，很痛心啊，这不，我让香港那边用出口设备的外汇紧急入场，为北柴托盘，花了将近三亿港元！孙鲁生没话说了，那就好，杨柳，我可能也是多心了。

香港战场的战况完全按他的预料向前发展着，几乎没发生任何意外。他和北重集团在低位吃足货后，北柴股份的利好全公布了，股价强劲反弹，恢复性上涨。杨柳立即下令兑现伏击暴利，对驻港办事处主任说，好了，我们的托盘任务完成了，也算对得起孙和平和北柴股份了，鸣金收兵，全盘撤出吧。主任倒不干了，现在正涨得欢呢，都快冲到二十元了。杨柳说，我让你们撤，你们就撤，我们是为北柴股份托盘，不是为了赚钱。主任说，可事实上只要现价抛出就赚了两亿多港元。杨柳说，那还嫌少啊？快撤！于是，香港办事处下属各公司在十九港元附近拼命抛售，两天内抛空了手上的全部股票。后来杨柳才知道，那当口，若不是以美国FTOP基金为代表的海外资金在坚决吃进，接手他们一轮又一轮抛盘，北柴股份的股价肯定还会有所回落。

香港伏击战结束后，北柴股份集团正式挂牌，要举行隆重的挂牌仪式。孙和平请了赵安邦省长和王副省长，也请了他和周到。周到一口回绝，坚决不去，也劝他别去。杨柳说，你可以不去，我得去捧个场，表示下祝贺。这猴毕竟是咱一手拉扯大的，我们又是当年同学。

去的路上，杨柳就想，这只大难不死的猴，带着屁股上和身上爪子上的累累伤痕要举行登基大典了，真是可喜可贺哩。哪一天像刘必定一样玩进监狱，就更可喜可贺了，到那时他一定去探监。孙和平毕竟不是刘必定，和他没有情场上的冲突，他不去看刘必定，得去看孙和平。这猴虽然极端可恶，可和这猴斗颇有意思，也算棋逢高手了。

然而，在他和孙和平两位高手中，谁更棋高一着呢？显然不是孙和平，而是他。孙和平太迷信市场和资本的力量了，当真以为在今日之中国，市场决定成败，竟敢把赵安邦省长弄得这么被动。他可清醒着呢，既得抢市场，玩资本，又得找省长，要政策。所以，孙和平的独立扩张搞得好辛苦啊，在市场上东奔西突，为希望汽车，为正大重机，疲惫不堪、晕头转向。他和北重呢，几份报告往上一交，林业机械厂、宁川路机厂、文柴厂全拿到了手，还拿到了新的上市指标。赵安邦在电话里说，在省长办公会上定了，全面满足他和北重的要求。

想想也真是，都是同学，差距咋就这么大呢？都生在新中国，长在红旗下，孙和平咋就忘了中国特色呢？我们可是社会主义的市场经济啊，像北重集团这种大型国有企业，是国家的基石和支柱，既可以代表国家资本在市场上进行利益博弈，又能享受到其他经济体无法享受的政策优惠。你这猴和北柴股份会是北重集团的对手吗？做梦去吧！

车进平州，经解放桥驶入了平州国际工业园，杨柳远远看到北柴股份那座熟悉的奶黄色十五层大厦，心里却又不是滋味了：过去来这里是检查，是老子看儿子，现在却成了客人，再没资格说三道四了。

这日，北柴大厦门前摆满了祝贺的花篮，其中就有他们这个前老子集团现兄弟单位北重送的，既大又醒目。孙和平西装革履，带着田野、钱萍等一帮高管人员，全像新郎新娘似的站在大厦门厅前，一一和前来祝贺的贵宾握手。和贵宾们握手时，孙和平和这帮"新郎新娘"们都是手动脚不动，不离站立的位置。贵宾他们也不送，由迎宾小姐引领。可见他到了，先是孙和平离了站立位置，紧跑几步，上前和他热情握手。接下来，田野、钱萍等人也一一抢上来握手，都说着对他和北重集团感恩致谢的堂皇好话，也不知是不是孙和平事先交代的。

在这种公开而特殊的场合，孙和平热情洋溢，话也说得得体：老领导，老同学啊，您今天能来真是太好了！送请柬时我还想呢，您这么繁忙，也许自己没空来，八成会让周总或者哪个副总代表来一下！

杨柳笑着，哪能啊，再忙也得来啊！我们两家是啥关系？过去是一家人，现在是兄弟单位，就算砍断骨头也还连着筋啊！是不是？

孙和平一副感慨的样子，是啊，是啊，没有您和北重集团，也没我和北柴集团今日辉煌嘛，你有个提醒我会记住，也让同志们记住！

杨柳怔了一下，不由得警觉起来，孙董，啥提醒啊？哪方面的？

孙和平道，符拉基米尔·伊立奇呀，忘记过去就意味着背叛啊！

杨柳心想，你孙猴子要记住的只怕是玩火自焚后的怨愤吧？嘴上却笑着说，记住也好，这能激励你们在今后的市场竞争中多打胜仗！

这么说着，孙和平亲自引着他走进了专为赵安邦和其他省领导安排的休息室。赵安邦和省领导们都还没到，孙和平便喝着茶，一副随便的样子和他聊了起来。老同学啊，我过去真小瞧你了，你进步咋这么快？仗越打越精了！用李约翰报告在香港打压北柴股价，趁机低位进场，分手前还揪了我一把上好的猴毛，毒辣手段不亚于简杰克啊！

杨柳很严肃，一脸的正经，孙董，你咋这样想问题？又是你那套野兽法则，狼的逻辑吧？别忘了，你我手上掌握的可都是国有控股公司，这里面有个国家利益问题，北柴股价暴跌不符合国家利益，我当然要进场护盘嘛！股价上去了，护盘任务完成了，自然要退场，哪来的啥毒辣手段？至于说到什么上好的猴毛，对不起，孙董啊，你又错了！那是市场对我善良举动给予的回报，与你和北柴可毫无关系啊。

孙和平说，但你明明和简杰克一样，是看着底牌下注，才赚了两亿多港元，这是不是事实？还有谁能比你和简杰克更清楚北柴的底细？现在倒变成了市场对你善良的回报，还扯上了国家利益。老同学啊老同学，你这种深刻而伟大的谦逊真值得我好好学习啊！我以后也不能总以狼的面目出现了，也要披上羊皮，还得牢牢裹紧在身上……

杨柳苦笑摇头，孙董，你是不是准备和我进行第三场论战了？知道你的毛病在哪里吗？就是习惯以恶的眼光看世界，把一个美好的新世界看得一片灰暗。这件事情在我，在孙鲁生，在很多善良人们的眼里是为你托盘，是鼎力相助，在你眼里竟如此糟糕，还扯上了狼……

孙和平嘴直咧，老同学，咱们别这么虚伪好不好？我就承认我是狼嘛，上次论战时，和你争辩过狼和牛的不同贡献！可你别干着狼的勾当，还把羊皮蒙得那么紧。杨柳，现在没外人，我得一吐为快了：你要不是狼，能在一年前就暗中布置以文柴取代北柴吗？能用希望汽车的少数股权死死掐住我和北柴的命脉吗？老同学啊，你还不是一般的狼啊，那是狼中的高手，如果换个人，只怕早被你咬死了。

杨柳宽容地微笑着，孙董，你又想错了！我和集团拿下文柴的最初目的是想交给你，把文柴注入北柴让你做大做强，成为国内外发动机的龙头企业。以闪电速度受让希望汽车的少数股权更是为了你，我若晚动手两天，这笔股权就落入了简杰克和DMG手上，今天就没有你这个正式开张的啥北柴集团了。而在我手上，北柴集团仍能开张。

孙和平怔了一下，可你和北重凭这笔股权，还掐着我的脖子啊。

杨柳说，总体而言，你还是打赢了嘛，连赵省长都不得不向你让步，今天还来祝贺了。但恕我直言，我仍认为一个靠背叛和弑父起家的企业很难成长为一个伟大的企业。所以，孙董，希望你不要再以背叛和弑父为荣，在走向伟大的道路上，先由猴变成人，先拥有一个伟大的资本人格。

我这番善意提醒，不至于又让你理解为什么恶意吧？

孙和平道，对你的善意我有深刻体会，今天是北柴集团挂牌的日子，我不想继续论战，只请你尊重事实：在我艰苦卓绝的努力下，一个重卡机械装备集团在2005年这个低迷无效的资本市场，在包括DMG、JOP和你们北重在内的海内外各路资本搅起的血水中，奇迹般地诞生了，我和北柴人会永远记住这个伟大企业的艰难诞生过程！

杨柳心想，这的确是事实，而且他必须尊重。孙和平在各路资本的剿杀和行政权力的压迫中，硬是凭市场的力量突出了重围，让他不得不服。于是，由衷地说，孙董，我承认，你不容易，创造了一个市场奇迹，你是位市场英雄。所以，我要向你和北柴表示真诚的祝贺！

孙和平口气缓和了，你也是位英雄啊！过去我真没看透你，以为你只能在官场混，没市场意识。没想到你会绸缪于我独立之前，伏击我于独立之后。还精心布局在香港向我开火，打得如此成功，经典之极！哎，杨柳，你就没想自己干吗？自己干，这两亿港元就是你赚了。

杨柳摇摇头，我为啥要自己干呢？成为刘必定第二吗？再说，年薪八十万也够我花的了，赚二十亿也带不到棺材里去。所以，我更愿意用手中掌握的国家资本去体现国家意志。孙和平啊，这一点你现在可能还不会理解，以为我又虚伪了，可以后总有一天会明白的……

就说到这里，赵安邦和王副省长在田野引领下进来了，见他和孙和平谈得这么融洽，怔住了，哎，你们这对冤家是不是又准备合作了？

杨柳反应机敏，对，正谈以后两大集团的相互支持和协作哩！

孙和平就是只猴，咋也长不成人，就是不会揣摩领导意图。领导希望你们两家以后再死掐呀？当然希望相互支持和协作嘛，顺着这话说多好啊？可孙和平偏说，哪里呀，我老领导杨柳正狠狠教训我呢！

赵安邦笑道，好，你孙猴子是欠教训，以后还得给你多念紧箍咒。

孙和平趁机叫了起来，还说呢，赵省长！今天北柴集团正式挂牌了，您和王省长又亲自来了，就不能给我和北柴人一个贺礼么？你们下个令，就让杨柳和北重集团把希望汽车八千多万股转让给我们吧！

赵安邦是什么人？什么智商？会上这种当啊？像没听见似的，往他身边一坐，问，杨柳，我咋听说你要把马义弄到北方重工做独董？

杨柳说，我和董事局是有这个设想，马义虽说是位作家，可本身是学经济的，对中国资本市场有独到见解，还有公义心，有原则性。

赵安邦赞扬道，好，好，有气度啊！孙猴子，这又值得你好好学习！马义剑挑北重，可杨柳呢，还把他请进了董事会！换了你，还不一把掐死人家？所以我劝你，别整天张牙舞爪，这会让你吃大亏的！

孙和平挤到赵安邦面前，是，是，赵省长，您批评的对！马上又提起了紧箍咒的事，可赵省长，杨柳和北重集团手上那八千多万股希望汽车还是转给我们比较有利，这一来，我们的股权结构就合理了。

赵安邦不得不面对了，哼了一声，孙和平，连你都不听我的，杨柳就听我的了？这事我早说过嘛，你们的市场问题到市场解决去！

杨柳心道，孙猴子，你真是找不自在，还想要这份贺礼呢！如果不死死揪住你猴尾巴，只怕你要跳到赵安邦的桌上翻跟斗了！嘴上却笑眯眯地说，孙董啊，你咋就是盯着我手上这点股权不放呢？就不能让我们也分享一下你们北柴集团未来的发展成果啊？不够意思吧？

王副省长也说，就是嘛，孙和平，今后你们两家既要在市场上竞争，又要像杨柳说的，相互支持，好好协作，共享发展成果！又对赵安邦说，安邦啊，这么看来，我们的决策没错，北柴北重是双赢嘛！

赵安邦道，我看是三赢！我们省里也赢了嘛，又多了北柴集团这只下山猛虎嘛！我对孙和平从不客气，但该表扬也要表扬，孙和平不简单，没有他的程门立雪，没有他的顽强意志和决死拼搏，希望汽车和正大重机就要落到JOP或者DMG手上去了，他是我们的英雄！

杨柳注意到，赵安邦话一落音，孙和平眼中的泪水哗地下来了。

赵安邦没注意到孙和平在流泪，手一挥，起身站了起来，走吧，同志们，让我们为一位市场英雄缔造的这个新企业集团揭幕去吧！

众人纷纷起身，随着赵安邦往外走。孙和平抹去了眼中的泪，拉过田野抢先一步出了门，杨柳估计，这二位主角要到现场先做安排。

跟着赵安邦、王副省长往门外走时，杨柳又本能地敏感起来，揣摩起了赵安邦这番话的含意。是对孙和平的高度评价，还是场面上的官话？好像不是官话，赵安邦是有个性的强势省长，就算说官话也不会在他和孙和平面前说。那么，赵安邦对孙和平的评价这么高，对他和北重集团意味着什么？看来他和北重集团还不能掉以轻心啊……

这时，门外的鞭炮、锣鼓声响了起来，礼花满天，一片欢腾。

下 卷

34

透过四楼监狱长狱内办公室的前后窗，既能看到犯人监管区的一排排号子，又能看到外面模范马路半条街的街景。狱内情形依旧，高墙电网下一派灰暗压抑，仿佛一幅呆板拙劣的木刻画，和他四年前进来时没啥两样。如果非要说上点变化，那唯一的变化就是高墙上的标语颜色不如当年鲜亮了。而目光所及的模范马路的半条街，变化真叫大。一片片低矮的老平房和旧楼房大都消失了，一座座高楼起来了。

这可是在刘必定耳闻目睹中起来的。四年来高墙外的打桩机、挖掘机轰鸣声不断，干扰了他和号友多少个睡眠之夜啊。这些开发商不把犯人当人嘛，在其他生活区，他们敢这么半夜施工扰民吗？白天也闹心，这四年刘必定虽说是坐牢，可坐得不肃静。他因经济失误进来了，失误的后果还在那里摆着，你忘了，人家没忘，都到牢里找你解决，你想歇歇都不成。号子太小，劳改车间太吵，放他出去，狱方没权，也不放心，也只能常借出办公室让他会客谈判，开董事会了。每逢这时候，他总会透过这间办公室前窗，看着外面日新月异又自由火爆的景象愣上好半天，还会在心里替开发商算一算利润帐。白监狱长曾开玩笑和他说，刘必定，出去后别忘了给我们付些场租费啊。他当即一个立正，报告政府，你们都记在帐上吧，我刑满出狱后一定付。

今天真要出狱了，白监狱长有些恋恋不舍，场租费没提，倒提起监狱新生厂今后的生产，皱着眉头说，刘必定，你这一走，我们真是有些被动哩，以后生产订单恐怕会有些问题，希望你还能常想着点。

刘必定不是省模范监狱0765号在押犯了，不用报告政府了，指着白监狱长笑道，老白，你既不想让我早走，还两次给我减了一年刑？

白监狱长听惯了报告政府，这冷不丁听到一声老白，似乎不太习惯，看着刘必定，不禁一怔。可仅片刻功夫，白监狱长就习惯了，脸上的笑很诚恳，称呼也改了。刘总啊，我就是再想留你，也得依法办事嘛！你四年来立了这么多功，该减刑就得减！我们的报告上可是说了，你认罪服法，改造积极，尤其是对监狱新生厂生产有很大贡献……

刘必定心道，认罪服法未必，他不就是时运不好，在资本市场上栽了么？贡献很大却是事实。新生厂一半生产订单都是他通过关系弄到的，包括孙和平北柴的订单。孙和平挺够意思的，开始是因为想拿到他手上希望汽车股权，捏着鼻子吃进了订单。后来见他们的产品还不错，价格又便宜，这一笔生意的短单竟变成了长单，订货订到今天。

监狱长也提起了孙和平，刘总，我知道您和北柴的孙和平是老同学，北柴的常年订单别给我弄黄了。别你一出去，姓孙的马上翻脸。

刘必定觉得新生厂生产的螺丝物美价廉，应该没问题，便道，老白，这你放心好了，北柴的订单不会丢的，除非哪天这座监狱拆迁。

监狱长说，好，好，那就好啊！又说，刘总，你这拆迁监狱的设想，我向上面反映了，还真要拆迁呢，估计也就是今年年底的事了！

刘必定道，就是嘛，这么一块黄金宝地，让监狱占着，实在太浪费了。又关切地问，哎，老白，拆迁以后，咱这里的犯人都往哪转？

监狱长说，往哪转也与你没关系了！我听省监狱管理局说，大部分要转到白云山里省第六监狱开矿采石头去！你小子不减刑也得去！

刘必定道，老白，你看我被改造得多彻底？古人说，位卑未敢忘忧国，我呢，当了在押犯，宁愿去白云山里采石头，也替国家着想！

白监狱长直乐，行了，不和你闲扯了，手续办完了，你走人吧！

刘必定坐在沙发上没动，反倒架起二郎腿，擦起了眼镜，别，别呀，老白，我够意思，你老哥不能不够意思啊！就这么急着赶我走？

监狱长看了看表，哟，快十一点了，刘总，要不，咱加深一下感情？你吃了中饭再走，我让食堂加几个拿手的好菜，给你送个行吧！

刘必定把眼镜戴上，哎，老白，这就对了嘛！现在我不是你们看管的0765号在押犯了，我们欢聚一堂也不违反纪律了。再说，我都被你们和政府改造得这么成功了，总得向同志们表示一下谢意嘛！

由于白监狱长重视，亲自安排，中午这顿最后的牢饭很丰盛。大鱼大肉、整鸡整鸭全上来了。参加送行的除白监狱长，还有一位在家的监狱副政委和一位负责监管他的韩大队长。虽说是以水代酒，却也喝得很像回事，酒场上该走的程序全走了，该敬的也全敬了，是双方的互敬，充分体现了一种在和谐社会里自由公民之间的平等与和谐。

刘必定啃着鸡腿，感慨万端，呜呜噜噜说，老白，你们的牢饭要是都能这么丰盛，我还真舍不得走了呢！白监狱长喝着杂粮粥，调侃道，还说呢，临走还非吃我一顿，又造成了一回国有资产流失，啥叫奸商，我算知道了。监狱副政委咬着馍，插了上来，刘总，要是你能来开发咱这片地儿就好了。韩大队长这时正在吃包子，一口包子下肚，突然想了起来，哎，刘必定，你该走不走，莫不是怕门外有人找你要帐吧？

这时，刘必定一只鸡腿已啃完，抹抹油嘴，老实承认道，不排除有这种可能啊，别从你们这一出去，又被谁盯上了。我在明处，他们在暗处，不能不防嘛！所以，我妹妹接我的车不到，我决不迈出狱门一步。白监狱长哈哈大笑，笑出了眼泪，怪不得你不愿走呢！刘总啊刘总，这么说来，咱们很可能会迅速再见啊？你没准还能赶上进山采石头哩！却又说，不过今天请你放心，我们一定保证你安全获释。这样好了，我破个例，让你妹妹的车开到食堂门口接你，够意思吧?!

因为白监狱长和狱方的够意思，妹妹刘必英的富康车开进了监狱行政办公区，就从他们吃饭的食堂门口，把他直接接上了车。刘必定上车后，和白监狱长最后握手时才说，老白，咱们肯定不会在这种地方再见了，我就不信我刘必定的运气会这么糟糕，我也该转转运了！

就这么自由了。自由真好。妹妹驾驶着富康车载着他开出监狱大门，聚在监狱门口的人们还没回过神来，他们的车已飞快地开上了模范马路。哈哈，刘总今天安全出来了，日后谁再找他刘总可就难喽！

然而，这番得意仅仅保持了片刻，刘必定就发现情况不对头。倒车镜显示，一辆大奔驰紧盯着他们的富康不即不离，好像就是从监狱大门方向过来的。刘必定不免有些紧张，要妹妹注意身后的大奔，设法甩掉它。妹妹倒是想甩，可富康哪是大奔的对手？到得模范马路和大华东路交叉口等红灯时，大奔鸣着笛，一下冲到他们车前，把他们的车拦住了。大奔车上下来两个人，走到他们车旁，一左一右，同时敲起了车窗。刘必定心慌意乱，忙对妹妹喊，倒车，快倒车改道！妹妹打了倒挡，车却倒不了了，后面排着一串车，把他们的退路堵死了。

天哪，人家白监狱长和狱方这么照顾，他又这么防着，竟还是出现了意外！也不知大奔车上的这二位是何方神圣，是来自香港，还是来自北京、上海、深圳？是资本市场上的某路英雄，还是实业界的哪位好汉？是想向他收点自由保证金呢，还是想把他再次送进去……

这时，两边车窗上的敲击声更急了，伴随敲击声的还有一声声叫唤，刘总，刘总，快下来上我们的车啊，我们孙董等着给你接风呢！

孙董？他妈的哪路孙董？这才骤然想起：嘿，孙和平这猴不就是董事长吗？北柴集团董事长啊。再细看敲窗的两个家伙，才发现其中一个是认识的，好像姓仲，叫仲什么记不起了。当年他在北柴厂当副厂长时，小伙子是刚进厂的打字员，后来好像做了办公室副主任吧？

果然，他把车门一打开，小伙子就说，刘总，您不认识我了？我是仲秋啊，快换车吧，孙董一上午打了几个电话过来，等得急死了。

有意思，这不是伏击，竟是接风，甚至透着几分真诚哩。想想也在情理之中，孙和平毕竟不是杨柳那种只讲原则的大型国企官僚，多少还是讲些感情的。没有他和宏远系两年前希望汽车廉价的股权转让，这猴头能拿下正大重机吗？能有目前这个在香港和国内两地整体上市的北柴集团吗？今天他出狱了，孙和平给他接个风很正常，他若执意不去，反倒不正常了。再说，在这种距模范监狱不远的公共场合拉拉扯扯也不好，真引出一场伏击麻烦就大了。刘必定这才换了车。

妹妹刘必英不太乐意，却也不好说啥。只道，哥，那你见见孙董就回来，你女儿慧慧和她妈都等着你呢！刘必定说，知道，知道，我尽量争取早点回来，不过，晚饭别等我了，估计得在孙和平那吃了。

坐到豪华大奔上，自由变得更加美好了，昔日刘总的感觉找回了不少。刘必定便及时恢复了刘总的思维，从生意的角度考虑起了孙和平接风的目的：这不应该只是朋友同学之间的友好表示，似乎还有别的意图吧？孙和平会是啥意图呢？是双方合作吗？不太像。他的宏远系已经烟消云散，孙和平和北柴集团正如日中天，再说，他手上也没有可供合作的类似希望汽车的股权资产了。在2005年7月的那一局中，他因为对市场判断发生了失误，不但廉价向孙和平和北柴集团转让了那笔具有战略意义的法人股权，而且把手上最后的700万股流通筹码也卖在了底部，还挑起了一场股市大战，想想真令他扼腕痛心。

孙和平会不会是知恩图报呢？北柴集团毕竟是靠他和宏远系当年那两亿一千万股权一举定天下，才赢了个大满贯的，现在见他落魄了，要主动拉一把了？也不太像。刘必定觉得，孙和平不是这种知恩图报的人，否则就没法解释其对杨柳和北重集团的背叛了。最可能的情况是，他对孙和平还有用场，甚至是大用场，孙和平才会这么急着来堵他。可他一个刚出大牢的刑满释放犯，又能派得上啥大用场呢？

刘必定想疼了脑仁，也没想出孙和平这么急着接风是为了啥。

来接他的仲秋显然也不知底，在车上一再说，刘总，今天好歹是把您接到了，真接不到您，孙董还不骂死我？所以，监狱后门我也派了人！刘必定说，接不到晚几天接风就是，我是出狱又不是入狱。仲秋也说，就是嘛，我也这样想的，可孙董急啊，也不知想和您说啥。

看看，人家孙董急啊，还不知孙董急的都是啥？好在他和宏远系不欠此前的北柴股份现在的北柴集团一个大子，也和孙和平个人没任何经济纠纷，倒也没啥可顾虑的。这么一想，一颗心才算安定下来。

奔驰车在大华东路路口接上他后，穿越城中繁华闹市区，一路向北急驶。据仲秋介绍，去年初，北柴集团在北郊风景区买下了一座民国名人故居，改造成了集团驻汉江办事处，条件很好，内部设施超过了五星级酒店。孙和平一大早从平州总部过来，一直在办事处等他。

仲秋说这话时，奔驰车正好从汉江证券一家营业部门前驶过。刘必定投向车窗外的目光无意中扫到了证券营业大厅里一片涌动的人头，和正对着大街的股市行情电子显示屏幕。大厅里人满为患，屏幕上跳动着一片艳红的数字，意味着又一个上涨的好日子。这时，刘必定闭塞的思路才一下被激活了：嘿，孙和平这猴该不会是急于请他出山，为他们北柴集团搞证券投资吧？妈的，他咋就没想到这一点呢！

中国股市最伟大的一场牛市已经来临，上证指数一路逼近5000点，他在牢里呆着，都能靠上次败局留下的四千多万赚八千多万，孙和平和北柴集团财大气粗，能眼看着这种大好机会不动心？还不梦想赚它十亿八亿的？而他又是啥人？是因啥进去的？就是以宏远系为平台操纵市场嘛。这事往坏处说，叫犯罪；往好处说，叫能人，叫资本英雄！哈哈，没想到他会在一轮如此伟大的牛市中出狱，真是生逢其时。若是在两年前的熊市中出狱，孙和平才不会这么急着等他呢！

于是，2007年8月23日那个下午，刘必定在省城北郊风景区北柴集团驻汉江办事处门前下车后，由仲秋引导着走进装饰豪华奢侈的贵宾厅时，精神状态极佳，颇有一种天降大任于斯人也的良好感觉。

不曾想，进门却没见到孙和平。仲秋解释说，孙董正处理几件急事，马上就到，让他稍事休息。说罢，退了出去，反手带上了门。刘必定正诧异时，贵宾室内的一道电动暗门伴着音乐徐徐打开了。两个三点毕露，只穿着性感吊带袜的妖艳女孩出现在内间暧昧的灯光下。

刘必定一下子明白了休息的含义，毫不客气地来了个“双飞”。

毕竟四年没见荤腥，当年的刘总不行了，飞了没几分钟就迅速落了地。完事后，正惭愧呢，暗门合上了，两个妖艳女孩不见了。贵宾厅的正门及时打开了。孙和平笑眯眯走了进来，老同学啊，我们又见面了！刘必定迎上去握住孙和平的手，是啊，今天是个伟大的日子！

35

孙和平咋也没想到，当年正大重机的股权转让还会出问题，而且又出在老朋友汤家和身上。据这位很不够朋友的老朋友说，由于任延安玩忽职守，资产统计时漏计了城内老厂区的土地资源项目，给国有资产造成了巨额流失，因此要求孙和平和北柴集团于年内补交土地款三亿八千万，否则这块地将由K省国资委依法收回，公开招标拍卖。

这真是岂有此理！正大重机老厂区前年就投入了开发，正大花园城一期工程的主体已经起来了，三十万平方米高档住宅正在销售，姓汤的偏来了这一手，也他妈的太混蛋了。不错，当年签协议时，这块黄金宝地是没计入，可也是有条件的，是以安置全部厂内原住户为前提的。退一步说，就算要计入一些土地价值，也不能以今天房地产火爆后的价格计算嘛，按2005年的地价，扣除拆迁安置费用，最多不过补交几千万，哪能开口就是三亿八千万？这不是把他和北柴集团当土豪打吗？于是，孙和平亲赴K省，找到了汤家和，把这话当面说了。汤家和的回答毫不含糊，孙董，这还叫打土豪啊？补交三亿八千万，真是对你们北柴的大大优惠了！你也不看看正大花园城周边土地都是啥价了？真按今天地价算的话，起码六个亿。这事你看着办吧！

孙和平一看就看出了名堂：这两年地价、房价爆涨，北柴集团的股价也在香港和内地一路上扬，老家伙估计是后悔了，觉得自己得的好处太少，找借口索贿。田野也看出来了，背地里和他嘀咕，说是不给这位副省长一些好处，只怕难过这一关。孙和平说，好处我们可以给，但谁敢去送？再说，谁知道这老家伙胃口到底有多大？田野说，不行，咱就准备补交地款吧。孙和平不干，开啥玩笑？这可是三亿八千万啊，真交了的话，今年的财报可就没那么好看了，股价非掉不可！

在这种大好牛市里，北柴集团的股价是决不能往下掉的。这不但关乎企业形象，更关乎他和高管及员工的利益。两年前成功地进行了一场独立战争后，北柴不但如愿以偿地合并吸收了希望汽车和正大重机，实现了香港和内地的整体上市，而且和国际接轨，实施了期权激励和员工持股计划，他和田野等高管全因持股和被授期权成了亿万大款，持股员工也一个个奇迹般富了起来。北柴集团今年财报上若是出现了这三亿八千万的减值损失，那么，股市上的市值损失可能就是几十亿上百亿，所以，明知汤家和是条贪婪的恶狼，他也得与狼共舞。

这才想到了老同学刘必定。当年他能交上汤家和这位朋友，拿下正大重机，是打了刘必定这张牌，现在解除危机只怕还得打这张牌。

主意打定后，孙和平便想再次探监，和老同学讨论一下可恶的汤副省长。不料，办公室主任仲秋一打听，刘必定竟要提前出狱了，他岂能不在第一时间接风？给汤家和送钱这种事，得刘必定去干嘛，二人是行贿受贿的老朋友了，应该有个长期合作的优惠价。就算没优惠价，或者优惠的部分让刘必定吃了，也得让刘必定干。刘必定本来就是犯罪分子，多犯一次罪少犯一次罪没啥本质区别，他可不能犯罪。

于是，在刘必定自称的这个伟大的日子里，孙和平热情地拉着刘必定的手摇个不休，明确赞同说，是的，老同学，这是个很伟大的日子！一位资本大鳄的自由提前来临了！自由多么美好，值得珍惜啊！

刘必定说，能提前出来，也得感谢你！你的订单让我立了功！指点着贵宾室豪华奢侈的陈设，又说，哎，这里不会是啥犯罪场所吧？

孙和平开玩笑道，必定，在你之前可没一个犯罪分子进来过！

刘必定扶了扶鼻梁上的眼镜，我算啥犯罪分子？我要是犯罪分子，你们个个都是犯罪分子！我和你们的区别是，你们运气好，没被人抓住。别忘了，老同学，咱们可是当年一起骗过贷款的老搭档……

孙和平不敢开玩笑了，拍了拍刘必定的肩头，喝止道，必定，打住，给我打住！历史问题宜粗不宜细！说罢，在沙发上坐了下来，换了个颇为温馨的话题。哎，还记得两年前的那个七月么？我去探监看你，你老兄正研究萨特的《存在与虚无》呢！让-保尔·萨特……

刘必定点了点头，不过，孙和平，你那次是探监看我的吗？好像是看望希望汽车股权的吧？咱们就算不虚无，可也别虚伪啊！

孙和平呵呵笑了起来，你这家伙呀，还那么尖刻！说罢，长臂一搭，亲昵地将刘必定搂倒在沙发上。说真的，我和北柴集团真要好好感谢你啊！没有你和宏远系那笔股权，哪有我和北柴集团的今天啊？

刘必定也不谦虚，那是，要不是时运差，这一切也许会属于我。

这倒也是一种事实。从股权布局上来看，刘必定和宏远系当年控股希望汽车，也志在正大重机。如果刘必定的资金链不断，能顽强挺到今天的话，也许就没有他这个北柴集团了。遗憾的是，刘必定玩过了界，陷入了犯罪的深渊——你时运再不济，也不能去犯罪呀……

却也不好在人家获得自由的头一天就讨论过去的犯罪，更何况他要谈的项目也有犯罪的意思。于是说，说吧，让我和北柴咋感谢你？

刘必定透过眼镜上方的边框看了他一眼，和平，我不要你谢，只是想知道，你为啥这么急着见我呢？总不至于是急着一定要谢我吧？

孙和平一拍膝头，那是！猜猜看，我想请你干啥？快速抢答。

刘必定道，还能干啥？是请我出山，做你们的投资顾问吧？

孙和平立即起身，和刘必定握手，恭喜你，答对了，加五分！

刘必定笑着，一把甩开孙和平的手，孙和平，你真是个猴，就不能老实坐一会儿？买卖玩得这么大了，也得学学人家杨柳的稳重了。

孙和平一听杨柳就气，哎，刘必定，你可别给我提杨柳啊，提他我就来火！他北重集团欠了我和北柴两亿多货款就是不还，都拖了两年了。我前阵子刚发了话，让我们的律师团在香港正式起诉他……

刘必定做了个停止的手势，孙董，你找我不是开诉苦会的吧？

孙和平愣了一下，哦，对，对，言归正传，咱们言归正传！

刘必定擦拭着眼镜，说吧，你们集团准备给我多少亿搞投资？

孙和平笑了，必定，你是咋想的？啊？刚出狱就这么大胃口？

刘必定口气轻松，这胃口还算大？我进去前股市熊成那样子，我还掌控着好几亿资金呢！现在这大好牛市，正需要我的好胃口嘛！

孙和平这才发现，刘必定弄错了，其实，这应该是一个酝酿犯罪的日子。于是，便道，必定，实话实说啊，我和北柴集团都不会错过这轮大好牛市，我们证券部已经做了些证券投资，也有不少斩获。我和你说的投资，是具有感谢性质的，直说了吧，就是想给你帮点忙。

刘必定眼皮一翻，那，孙和平，你倒说说，想咋给我帮忙呢？

孙和平说了起来，口气很严肃，必定，我是认真的。你现在刚出来，恐怕也没个着落，是不是？我就替你设想了两个方案，其一，请你到我们K省房地产公司做副总，年薪一百万左右，先过渡一下……

刘必定立即摆手，孙和平，年薪一百万，你也好意思说呀？

孙和平指点着刘必定，笑道，看看，我就知道你会看不上，所以就设计了第二套方案：专为你成立一家投资公司，送几千万让你玩！

刘必定仍是不屑，起身道，行了，行了，老同学，这笔钱你留着自己玩吧，对不起，我女儿还在家等着我呢，恕不奉陪了！

孙和平忙把刘必定拦下，哎，必定，你看你，咋突然生气了？

刘必定道，我生啥气？我不生气，你真的非要送我几千万，我也不推辞，你让人打我卡上去吧！卡号我明天告诉你。哎，还有事么？

孙和平发现了自己的失误：刘必定是啥人？草莽时代的资本英雄啊，翻手云覆手雨，啥事没经历过？会相信这种天上掉馅饼的好事？

刘必定虽说起了身，也没急着走，哎，还不把象牙吐出来啊？

孙和平略一沉思，只得吐出了象牙，赔着笑脸道，必定，那我直说了吧，我呢，既想给你帮忙，也想请你给我和北柴帮个忙！这才吞吞吐吐说起了汤家和，以及汤家和带来的三亿八千万危机，最后，极是恳切地说，……必定，据我掌握的情况，你和这位汤副省长关系好像非同一般，我就想了，如果你能代表我出面找找他的话，也许……

刘必定不接他的话，重又坐到沙发上，擦起了眼镜。

孙和平试探着，当然，现在办事都得花钱，该花照花！必定，我是这样想的，按2005年的地价补交地款，最多三四千万吧，我给你成立个投资公司，投个五千万，你只要能把这事给我们搞定就成……

刘必定仍不说话，不知是嫌钱少，还是当真被政府改造好了，不愿继续犯罪。便又诱导说，必定，我决不让你再犯错误，更不是指使你去向汤副省长行贿。你老兄咋会行贿呢？你和汤副省长关系这么好，酒杯一端还不就把啥事都办了？而我和北柴集团呢，是对你搞点投资，——当然，我们也可以把它理解为项目承包，这都合理合法。

刘必定这才戴上眼镜，呵呵笑道，孙和平啊孙和平，你他妈的也够绝的，为省三亿八千万，能想出这种损招，甚至不惜派人在监狱前后门堵我！你可不是我啊，是上市公司董事长，犯得着冒这种风险吗？

孙和平苦着脸，说起了实话，你以为我这上市公司董事长就这么好当？正大重机这笔帐在2005年就结束了，现在老汤非要重算，我咋向海内外股东交代？还有，真补交了这三亿八千万，北柴股价能不下跌吗？损失就太大了，想来想去，还是通过你私下摆平了比较好。

刘必定这才认可了，有一定道理，不过，孙和平，这可叫犯罪！

孙和平忙道，哎，必定，我刚才不是说了吗，这是项目承包……

刘必定坚持着，你这个项目本身就是犯罪项目，罪名很清楚，叫单位行贿罪！别忘了，我可是在监狱里研究过犯罪学的，现在几乎是个法律专家了！又说，孙和平，你小子真够朋友啊，啊？在我出狱头一天，又想让我去重新犯罪！我说这里是犯罪场所，你还不承认呢！

孙和平有些怕了，哎，哎，必定，你误会了，肯定是误会了！我就是请你出面帮个忙嘛，也没说过要你去给汤副省长送钱行贿啊……

刘必定一脸冷峻，孙和平，那我问你：老汤是啥人，你会不知道吗？不送钱，人家能为你办事吗？话既然说到了这一步，那你也实话实说吧，你们当年拿下正大重机，有没有给老汤啥好处？给了多少？

孙和平实在吃不透面前这位老同学了：这小子像似真被改造好了，——即便还没改造好，似乎也不准备马上就实施犯罪，自由毕竟很珍贵啊。便赔着小心说，必定，我们还真没给他啥好处，就是提了提你，老汤呢，把我当成了你的朋友，就把股权转让协议给批了！

刘必定夸张地大笑起来，天哪，我家汤哥从啥时起变廉洁起来了？怪不得现在要你们补交三亿八千万呢，你们还是老实交款去吧！

孙和平不敢再谈下去了，好，好，必定，这事就算我没说……

刘必定偏逼了上来，哎，别，别呀，和平，窗户纸既捅破了，我就得把话说说透了。我告诉你：我当初从老汤手上拿股权，前后送了他二百万美元，外加二百四十万人民币。美元是打到境外他指定帐户上去的，人民币是给的现金。你敢说没送过？你有这么大的面子吗？

这真叫偷鸡不成蚀把米，不，应该叫引狼入室啊！孙和平沮丧极了，无力地辩解道，必定，你……你别不信，我们还真就没送呢……

刘必定咂起了嘴，看把你吓的，想请我帮忙，还不说实话！

孙和平又看到了希望,刘必定,你还真愿给我们帮这个忙?

刘必定笑道,该帮的忙还得帮啊!既然你这么看重我,非要让我重新走上犯罪道路,我不走也说不过去。咱们是啥关系?当年共同骗贷犯罪的老搭档啊,你今天重操旧业,我还有啥话说?再说我和老汤也是老关系了,这么多钱都送过,哪在乎替你们再送一次……

孙和平窘迫地干笑着,哎,哎,老同学,咱们别老往犯罪上扯行不行?这不是中国国情,中国特色嘛,不都是些没办法的事嘛!再说了,你和汤副省长咋整是一码事,咱们之间又是一码事嘛,是不是?

刘必定道,你看看你,咋这么虚伪?差不多成另一个杨柳了!

孙和平只得说,好,好,我不虚伪,必定,说说你的条件吧!

刘必定身子往沙发靠背上一仰,眼望天花板想了想,和平,咱这样吧,老汤的事我去办,连补地款加送钱有多少算多少,也许五千万不够,也许用不了,这得看我和老汤谈的情况,我呢,分文不取。而作为对我的酬谢,你们只要把省下的这三个亿,借给我用三个月就成。

这可不在他的计划之中,三个亿不是小数目,万一让刘必定玩砸了,他麻烦就大了,甚至不如不请刘必定帮这忙。于是,迟疑道,借三个亿给你用几个月没啥大问题,可我也得考虑资金的安全性啊……

刘必定不愧是玩钱的老手,想都没想便说,安全性没问题!你把这三个亿打到汉江证券,由券商监控限制嘛。当然,股市上的事很难说,我也可能亏损,亏了就赔你们嘛,我拿五千万给本金保底够了吧?

孙和平不免有些吃惊,哎,必定,你手上现在还有五千万啊?

刘必定淡然一笑,瘦死的骆驼比马大,你要能借给我六个亿,我就拿出一个亿保底,而且还可以考虑向你们支付10%的年息……

孙和平乐了,好,必定,那就这么定了!具体怎么合理合法地落实,我再想想吧。你呢,赶快给我联系老汤,或者干脆明天飞K省!

刘必定缓缓摇起了头,别这么急嘛,我得先看到那三个亿啊!

这可恶的刑满释放犯,也太斤斤计较了!可却又不能不答应,于是道,必定,我保证你本周内就会看到那三个亿,但我再重申一下……

刘必定心知肚明,别重申了,我知道,这和补交地款没关系。

孙和平笑了起来,对,对!必定,走吧,咱们该去喝点啥了。

刘必定也笑了,哎,是为我接风,还是庆贺一笔买卖的成交?

孙和平手一挥，嘿，两层意思都有了，但主要还是为你接风！

因为是密谋行贿，这日的接风酒没第三者参加，连办公室主任仲秋都没露面。二人便像当年在大学时一样放开来喝，不知不觉一瓶半茅台下去了，话也多了起来。刘必定大发感慨，后悔当年转让了希望汽车的股权，还提出了自己的困惑，问孙和平是咋搭上汤家和的。孙和平也是喝多了，在冲天酒气中不无得意地把故事会的情景说了一遍，说得绘声绘色，还点名道姓提到了刘必定前妻祁小华的“贡献”。

万没想到，刘必定竟为这种事翻了脸，借着酒意，指着他的鼻子大骂不止，孙和平，你他妈的也太混蛋了吧？能想出这种损招！竟拿我的秘密去套人家！这不但坏了圈子里的规矩，也坏了我的名声，让我咋再去见老汤？行了，孙和平，咱到此为止吧，你的事我不管了！

这混帐的刑满释放犯，竟还有搞腐败的原则立场哩！该犯说完这番话，起身要走。是真的要走，怎么拉都拉不住。孙和平虽说喝了不少，心里还是明白的，知道就是把刘必定勉强留下来，只怕也难以谈事了。没办法，只得叫来自己的司机，吩咐司机送刘必定先回家。

刘必定走后，办公室主任仲秋过来了，汇报说，在他和刘必定会面吃饭期间，田野来了个电话：平州主管工业的副市长裴小军明天上午要到集团考察，希望他能赶回来接待。还有一个是钱萍的，说是突然接到省城法院送来的传票，北重集团以违约为名把他们北柴告了。

孙和平已被刘必定闹得很不舒服了，听完汇报就火了，小仲，你咋回事？这么重要的两个电话，咋早不说呢？让我现在赶回平州啊？

仲秋道，这……这不是您的指示么？让我不要打搅你们谈事。

孙和平想想也是，自己是下过这道命令的，便借着酒性又骂起了杨柳和周到，妈的，杨柳、周到赖账还有理了，竟敢在省城告我们！

仲秋说，孙董，恐怕没周到啥事了吧？周到不是要调走了么？

孙和平这才想起，不错，北重的班子正调整，周到要滚蛋了！

36

直到周到调走，班子调整成了事实，杨柳才骤然发现，在那场和孙和平的内战中，表面上的胜利者是他和北重，而真正的胜利者却是孙和平和北柴。有一种失败叫做胜利，2005年他和北重获得的就是这种可悲的胜利，这种胜利具有相当的麻醉性和欺骗性。就像第一次世界大战后的中国，虽是战胜国却要割让青岛，胜得有些惨不忍睹。

不错，走了北柴，进来了文柴、宁川路机和林业机械，还顺手多拿了个上市指标，他和北重没吃亏，好像还赚了便宜，他曾暗自得意了两年。现在看来不对了，这胜利并不属于他，似乎从来就没有属于过他。他妄言的国家意志其实是权力意志，他和周到都是权力摆弄下的算盘珠。周到是多好合作的总裁啊，为啥一定要调到省安监局做局长呢？周到并不想去，都五十六的人了，又不能上副省级，一动不如一静。经济上也不合算，在集团年薪加奖励超过一百万，安监局长一年下来收入多少？才不到十五万。周到让他找赵安邦做做工作，要求留下来。他便找到赵安邦做了次汇报。赵安邦的回答却是，让周到留下是不可能的，省委有省委的考虑，组织上决定的事谁都无权改变。

孙和平就没有组织这回事了。这猴头虽说在两年前的独立战争中吃尽了苦头，被四起的战火烧得遍体鳞伤，但却一举修成了正果。现在，成了北柴的真正主人，说一不二的土皇帝，他想干的事情，没谁再能阻止得了，别管是国有控股股东，还是海外大股东。孙和平记吃也记打，再没敢忘掉在股权上吃的大亏。合并吸收希望汽车和正大重机时，搞了员工持股，低价向高管层和包括希望汽车、正大重机在内的两万员工定向增发了一亿多股，构建了一个超稳定的股权结构。汉江国资委虽说再次增资，勉强保住了第一大股东地位，股权也只占18%。孙和平控制的职工持股倒占了17%，加上海外大股东的15%，构成了三足鼎立之势。在这种股权结构下，北柴真正控制人成了高管层，说白了，就是孙和平。所以，孙和平和他麾下高管不但能拿上几百万上千万的年薪，还能搞期权激励，一批亿万级富翁拔地而起了。

他和北重集团的高管就没法比了。大北重在香港上市后，为争个脸面，董事会也为包括他在内的高管定下了高薪，他的年薪好像是八百多万，可从来就没真正拿到过。根据国资部门的明确规定，这种高薪属于名义性质，全要进入公账，多拿一分都是贪污。股权激励和员工持股也想过要搞，可国资部门拖着压着不同意，总说条件不成熟。

这都无所谓，人生在世不能为钱活着，作为正厅级的大型国企干部，该做些牺牲就做些牺牲吧。可牺牲换来的是啥？是权力支配下的身不由己，是对企业和自身命运的无法掌控。今天是周到，没准哪一天就会轮到他头上，省委一纸调令过来，北重就和他杨柳没关系了。

个人的命运无法把握，北重的前景又如何把握呢？虽说现在市场一片火爆，日子好过，可将来呢？在市场条件发生变化后，还能在海内外市场的激烈竞争中，再次打败北柴集团和JOP、DMG这类强势对手吗？只怕难说了。何况，眼下集团要对付的麻烦也不少：北柴集团的独立战争虽说在2005年7月就结束了，后遗症却一直没处理好。

北重要求独立后的北柴签协议正式承诺，继续向其提供此前北柴产发动机的备件和系统维护。孙和平一口回绝，声称北柴没有义务为市场竞争对手提供后备支援。他和周到都气坏了，让财务部拖着北柴的两亿多货款拒不支付。前阵子，双方的律师同时将状纸递到法院。

在海内外市场上，双方也没有过一天的消停。先是北重以种种优惠，挤进了前正大重机现北柴集团长期垄断的西北亚市场。其后，北柴连续两年发动春季攻势，大举南征，夺走了北重南中国市场的不少份额。而海外重卡机械巨头JOP失手正大重机后，并没放弃庞大的中国市场和本土化政策，一座号称亚洲动力的新工业城已在K省拔地而起了。据报道，这是JOP全球范围内最大的生产基地，一旦达产，将对全球市场，尤其是对亚洲和中国市场产生强大的冲击……

在为周到送别的酒会上，大家也谈到了和北柴正要开打的两场官司，以及将来和北柴的竞争。周到酒杯一顿，挺冲动地说，我要是孙和平，才不和你们在法庭上、市场上恶吵硬争呢。就做一件事，唆弄上面把杨董这种能干事的头头调走，换个草包上来，让你们不打自败。

杨柳心里赞同周到的话，嘴上却道，周总，你也别这么说，上面不会这么糊涂！再说了，地球离了谁不转啊？照样坐地日行八万里。

王小飞说，就是，铁打的营盘流水的兵嘛，这进进出出也正常。

周到情绪很大，脸一拉，正常他妈个屁！把企业搞好了，都想过来摘桃子，有背景，有后台的，还就过来了！所以，你还真不能把企业搞好哩，你搞得越糟，欠债越多，地位就越牢，谁也不会来抢。

这秘密算是让周到说透了。早些年北重集团不景气时，谁愿过来啊，尤其是从省委或政府机关过来。这两年都想来了，还都想到两个上市公司来。上面打招呼，你还不能不接受。王副省长去年退休，就把自己的副处级秘书安排过来，做了宁川路机副总经理。这次把周到调走，也不知又要安排哪位大领导的亲信过来。这正是最让他担心的。不过，周到在这种场合这么说也不是太好，会涣散军心。于是好言劝道，周总，你还是少说两句吧！来，喝酒，我再敬你老兄一杯！

周到把他敬的酒喝了，恳切说，杨董，我希望你别走，就是给个副省长你也别去当！咱北重集团有今天不容易啊，可别让它趴下了！

杨柳笑道，周总，这请你放心好了，没人会让我当副省长……

王小飞似乎别有用心，插上来说，哎，杨董，咋没有啊？今年人代会上，不就有一批机关的人大代表推荐你做副省长候选人吗?!

周到提醒说，是啊，推荐你的人大代表中可就有那个李大嘴啊！

周到一直认为李大嘴是赵安邦的人，把他调走，就是为李大嘴腾位置。但这可能吗？真是李大嘴，赵安邦能不露一丝口风吗？他找赵安邦时，明确问过接周到的新总裁是谁，赵安邦说人选有了，只是没最后定。会不会因为是李大嘴，赵安邦为了避嫌，才不露口风的呢？

李大嘴真名叫李大瑞，不是个好合作的人，个性强，揽权，又有赵安邦背景。这人若过来，北重集团这支队伍谁当家可就难说了。真闹出了矛盾，影响了工作，挨板子的肯定是他。就算赵安邦和省里很公道，对他们各打五十大板，他挨的板子估计也会比李大瑞重得多。

这么一想，杨柳越发觉得周到长期摆正位置很难得，便在散席后送周到上车时，挺动感情地说，周总，北重还是你的家，记着常回家看看啊，碰到啥困难，需要我和北重帮忙，你老兄只管说，别客气！

周到说，哎，有个事我正想说呢！安监局是个清水衙门，这些年进来的许多小青年都没房住，你能不能把咱集团房产公司的房子给我十套八套的？钱照付，成本价吧，让我也给他们带去个小惊喜嘛！

杨柳想都没想，便道，这没问题，一个大集团的总裁过去，是得给人家带点见面礼，给你十套！另外，你的奔驰和司机也可以带走。

周到说，奔驰车就算了吧，我可不敢坐，得学着过清贫日子了。

杨柳强笑道，别说得那么可怜嘛，你现在可是正经政府官员了！

周到这时已经上了车，又摇下车窗，悄声提醒了他一句，哎，老弟，你是不是该给赵某打个电话呀？我正式滚蛋了，上面该揭宝了！

杨柳见王小飞等人都在跟前，没接这话茬，挥挥手，让周到走了。

回到家后，杨柳想来想去，还是给赵安邦打了电话。周到说得没错，该走的走了，该来的也得来了，问问也无妨。自从上次找赵安邦汇报摸底，又是十几天了，不管是不是李大瑞，上面都该有个说法了。

赵安邦这日不在省城，却在平州。接了他的电话，没等他开口汇报，倒先问起了他，杨柳，我咋听说周到有情绪啊，还四处抱怨我？

杨柳挺意外，本能地替周到掩饰，这都哪来的事啊！赵省长，周到对集团有感情不想走是事实，可服从命令听指挥也是事实啊……

赵安邦似乎不太高兴，行了，杨柳，你别替他打掩护了！我听说了，周到有些话很不负责任，说我为安排李大瑞，让他腾位置！也不想想，我是省委书记吗？一个厅局级企业班子的调整是我能定的吗？

杨柳不敢搭言了，心想，周到不知在谁面前乱发牢骚了，估计又是喝酒误事。酒场上气氛好啊，大哥二哥麻子哥的，你就放肆地说吧骂吧，只怕酒还没散场，你的话就传到领导那去了。官场结构是座金字塔，越往上越拥挤，也越残酷，人家踹掉个对手就少份竞争，能不给你上眼药么？好在周到安监局长的任命下来了，否则可就麻烦了。

赵安邦仍在批评，火气不小，一个党员干部，咋能这么无组织无纪律呢？北重集团是谁的一亩三分地吗？省里就动不得了？动一动就是要安排谁的亲信了？杨柳，你带个话给周到，让他给嘴放个岗！

杨柳忙应着，好，好，赵省长，我一定把您的批评转告给他，让他注意点！却又硬撑着，替周到解释，不过，周到也……也真是对北重集团有感情啊，今天我们班子给他送行，他眼泪都下来了……

赵安邦口气缓和了些，我批评他，并不是否定他。全面来看，周到还是个好同志，否则，省委也不会把他摆到这么重要的岗位上去！

杨柳又是连连点头，像似赵安邦就在面前，是，是，赵省长！

赵安邦这才想起问，哎，杨柳，你突然找我有啥事啊？说吧。

杨柳这时已悔青了肠子，现在还有啥好说的？从赵安邦的口气判断，新总裁估计就是李大瑞了，你敢提异议啊？还轮得到你提异议啊？于是，便把汇报变成了表态，赵省长，听您这么一说，我心里有数了，这么多年来，我和周到能团结共事，和李大瑞同志也能团结共事。在这里，我先表个态啊，大瑞同志过来后，我首先摆正位置……

赵安邦却叫了起来，哎，杨柳，谁告诉你李大瑞要过来？你瞎表啥态啊？怎么，你也相信周到的推测了？是不是你们一起推测的啊？

杨柳呆住了，这么说，他还判断错了？握着话筒，半天没说话。

赵安邦叹了口气，杨柳啊，实话告诉你，李大瑞同志是想到北重集团去，还真找过我呢，我当场回绝了，认为他不合适。这位同志很能干，就是不好合作啊，外战内战都是高手，是个孙和平式的人物。

杨柳多少松了口气，赵省长，您真是知人善任啊，对下面的干部这么熟悉！又违心地说，不过，大瑞同志就算是孙和平式的人物也没啥不好嘛，您看孙和平这两年把北柴集团拾掇的，真出乎我的想像。

赵安邦道，所以，对李大瑞这类干部，要用就得让他独当一面。

杨柳这才说，赵省长，那您能不能给我透个底：我们的新总裁到底是谁？啥时才能过来？企业这么大，事那么多，我心里得有底啊。

赵安邦终于交了底，你和周到可能都没想到，是平州副市长裴小军同志。年轻能干，好合作，又是学机械专业的，你该满意了吧？

杨柳岂敢说不满意，忙道，好，这就好，赵省长，我们就等着欢迎裴小军同志了，哎，您见了他也先代我问个好！说罢，挂了电话。

真没想到新调来的总裁会是裴小军，这太出他的意料之外了！

结束和赵安邦的通话后，杨柳睡不着了。裴小军是什么人？不仅是平州的副市长，更是汉江前省委书记现中央领导裴一弘的小儿子啊！这位权贵子弟不但是学机械制造专业的，而且还就毕业于汉江大学机械动力系，是他和孙和平晚了十届的小学弟。裴小军毕业后的第一个工作单位就是平州柴油机厂，而且，就在孙和平当分厂厂长兼支部书记的二分厂做助理工程师，和孙和平的友谊一直保持到今天。

这就有些怪了，裴小军三十八岁，是汉江政坛上的一颗新星，又有裴一弘的光亮照着，为啥放着好好的仕途不走，非要到北重来？裴小军的意外到来，会不会和孙和平有啥关系？别真像周到在酒桌上说的，唆弄一个草包过来，把他们都给挤走，让北重集团不打自败吧？

再一想，又觉得不太可能。裴小军咋说也不是草包，上大学时就入了党，和马义一样，做过校学生会主席。毕业后，没凭自己老子的关系进政府机关，而是从最基层的平柴厂起步，一步一个台阶走到了今天的位置上。这其中当然有他老子裴一弘的因素，但也不能不承认其自身的奋斗和努力。孙和平想成功唆弄这么一位政坛新星，怕没那么容易，何况赵安邦和省委书记何新钊这些领导也不会听孙和平的。

还有，调走个五十六岁的老总裁，来了位三十八岁的小总裁，省委是啥意思？有没有更深层次的考虑？裴小军究竟是来顶周到的，还是来顶他的？他毕竟也五十岁了，在正厅级的位置上呆了十年，如果不能再进一步，这辈子也差不多了。往好处想，组织上可能已考虑到他了，他下面要做的，就是把裴小军扶上马送一程，然后交了班去进步。当然，也有另一个可能，就是裴小军借北重集团做跳板，从平州副市长这个副厅级上，跳到北重总裁这个正厅级，镀层金升官走人。

如果真这样，他和裴小军的合作就是短暂的，总比来李大瑞好。

37

早上八点多钟，孙和平被电话吵醒了。是田野的电话，说裴市长到了。他正朦胧发呆，电话里就传出裴小军的声音，孙老师，你在哪里？故意躲着不见我？孙和平这才发现睡过了，开口就是一个谎，小裴市长，对不起，对不起，我在省城谈事呢，一直谈到天大亮，这刚刚把客人送走。裴小军说，哟，这么忙，啥客人？省城的美眉吧？孙和平又信口开河，哪来的美眉啊，就是一帮律师，又老又难看。你可能不知道，北重集团刚把我们告了。又说，你等着，我这就过来了。

一路往平州老营赶时，两个手机响个不停，请示汇报不断。仲秋一一应付，所有回答都是，孙董正开会，有事请和我说，我转告。车出省城，刚上高速公路，祁小华来了个电话，偏不和仲秋说，点名道姓要他接电话，而且要马上接。仲秋捂着话筒，征求他的意见。他这时正就着牛奶啃着面包，忙把一口面包咽下去，被迫接了这个电话。

祁小华开口就骂，孙和平，你他妈的是不是存心害我啊？你昨晚给刘必定接风时都瞎说啥了？啊？他回家后大发酒疯，又吵又骂的！

孙和平这才想起了刘必定和那场尚未成功的交易。事情看来有些糟糕，这刑满释放犯竟找前妻祁小华算帐了。却也不好解释，便装糊涂道，这是咋了？我们喝酒时好好的啊，也没说啥呀？更没提到你。

祁小华说，你没提到我，他哪来这么大的火？孙和平，我可告诉你，我和刘必定虽说离了婚，可从没想过要害他，尤其是这种时候！

孙和平由这话判断，认定刘必定没把具体啥事情告诉祁小华，便说，小华，刘必定怕还是记恨你当年的背叛，找借口发泄一下吧？

祁小华道，不对不对！刘必定说我二次背叛了他，被你利用了！

孙和平故做轻松，天哪，你祁小华是啥人？弱智的傻大姐啊？是能被利用的主吗？要说你利用我还差不多！别以为我不知道，两年前希望汽车的那场股权之战，我可是让你们汉江证券占了大便宜……

祁小华火气消了不少，就是，我要被谁利用也不叫祁小华了！

孙和平这才说，小华，你别多想了，你不想害刘必定，我也不想害他，还要帮他一把。我说了，准备借笔资金给他，让他在这轮大好牛市里赚上一笔。哎，你把刘必定的电话告诉我吧，我正要找他呢！

祁小华道，你打他妹妹的电话吧，昨晚吵过架后，他就带着孩子住到他妹妹家去了，他妹妹刘必英的电话，我这就用短信发给你。

没一会儿，祁小华的短信到了，孙和平便顺利找到了刘必定。

刘必定开口就没好气，孙和平，咋又是你啊？没完没了了?!

孙和平说，这不是关心你吗？醒酒了吗？醒酒了，咱说正事。

刘必定道，我和你没啥正事，股市要开盘了，你他妈少烦我！

孙和平说，哟，出来第二天就上岗了？我那笔钱你还要不要啊？

刘必定道，不要了，我真没脸再见人家老汤了，这可不是酒话。

孙和平直乐，必定，你还真当个事啊？好，那你到老汤面前骂我吧，就说我不是个东西。可你别骂人家小华啊，她又不是故意卖你！

刘必定很敏感，哦，她还找你了？具体啥事我可没给她说啊！

孙和平说，我也没和她说。不过，人家对你挺好的，还希望我帮你呢！哎，必定，昨晚说的那事你再考虑一下，可别意气用事啊……

刘必定显然是应付，行，行，咱再说吧！哦，股市开盘了，高开了近40点啊，5070点，看来5000点是有效突破了！说着，挂了机。

孙和平有些失落。真没想到刘必定能活得这么潇洒，从监狱出来就像从宾馆回家似的，没任何心理落差。更没想到这小子底子还这么厚实，手上竟有上亿资金。如果运气够好，在股市赚上个三五倍，便又有东山再起的资本了。今日的股市遍地神话啊，北柴集团试着投了五个亿，一年多都净赚了十个亿，何况坐庄炒股起家的刘必定了。也正因为如此，孙和平断定，刘必定不会对那三个亿一点不动心……

这时，远在K省的任延安来了电话，仲秋照例应付，应付得挺艰难。仲秋说了他在开会，会议很重要，任延安还非要他接电话。他烦了，从仲秋手上一把夺过手机。老任，说，你说吧，还是那事吧？

任延安说，不是那事还能是啥事？孙董，汤省长把过去的帐全算到我头上了，口口声声说我玩忽职守，还几天一个电话，催我们补交地款，可您又不愿交！正大那帮老员工也在闹，四处上访告我。我准备到平州向您和董事会做个汇报，哦，已经订了明天的飞机票……

孙和平忙道，哎，哎，老任，你千万别来，我明天不在平州。

任延安说，可这事得解决啊，孙董，总不能把我架在火上烤吧？

孙和平强压着恼怒道，没人把你架在火上烤，这事我正在紧急处理，已经快有结果了。只要问题解决了，哪还有谁玩忽职守？汤省长那里你也别去吵，他批评你就先听着，这种时候顾全点大局行不行？

任延安就是倔，委屈得不得了，玩忽职守可是原则问题……

孙和平不愿多说了，好了，老任，就这样吧，我正在开会！

任延安的这个电话，彻底败坏了孙和平的好心情。这老家伙，实在是不让人省心。挂着北柴集团副董事长的头衔，高薪股权拿着，大财发着，却一点风险不想担。老汤一个玩忽职守就让他受不了了。那他呢？就该为集团和管理层的期权利益啥的苦心策划单位行贿吗？！

没一会工夫，任延安的电话又过来了，仲秋迟疑地看着他，不知该不该接。他明确说，你不要再接了，以后凡是老任的电话都别接。

嗣后一个多小时，任延安的电话又来过四五次。直到车开进平州老营了，还来过一次。让孙和平把这坏心情一路带到了裴小军面前。

于是，孙和平一见裴小军就大倒苦水，小裴市长，你真不知道我过得叫啥日子！早上一睁眼，夜里十二点，就没一会儿的清闲肃静！

裴小军笑道，谁叫你是上市公司董事长的？还想清闲肃静呢！

孙和平这才问田野等人，哎，田总，你们陪小裴市长下去过了？

田野说，下去过了。裴市长不让等你，我们就陪着裴市长到二分厂看了看，顺便呢，也把上半年的生产和经营情况简单汇报了一下。

孙和平和裴小军熟得很，这位年轻副市长曾在他手下呆过两年多，直到现在都还喊他孙老师，这么称呼他的，只有裴小军一个。因此，他对裴小军也没那么多客套，手一挥说，那好，我的任务就简单了，中午就和小裴市长喝酒，争取陪好陪倒。走，走，先到贵宾室坐！

到贵宾室坐下后，裴小军才正经作色说，孙老师，我今天来不是喝酒的，是有事，你和田总得帮我落实好。刚才我已和田总说了，就是二分厂的老厂房保护，一百多年的老厂房，洋务运动的产物啊，至今还堡垒似的耸着，全国都不多见。我真怕你们扩线改造给拆了……

孙和平笑道，小裴市长，你莫不是想在这儿留个念想吧？你当年在二分厂呆过嘛，那栋老厂房里留下了你仕途上的第一个足迹……

裴小军很严肃，哎，孙老师，我是认真的，这不关我的念想，是文物保护。文物局的同志来看过了，希望市里保护起来。我呢，也和主管文物的金市长通了气，决定认真保护，规划建一个近代工业博物馆。你们若是不愿出钱，市里可以出，可我希望你们别让市里出了。

孙和平没当回事，老厂房保护裴小军早就提过，他并不反对，北柴财大气粗，哪用得着市里掏钱？便说，行，这点钱我出了，就按你的指示办！你小裴市长官当得再大也是北柴人啊，我们北柴不能给你丢脸嘛！不过，中午你可得好好喝酒，别又给我乱扯啥纪律规定的。

裴小军这次很爽快，好，那我就违反一次规定，和你们好好喝一回！但我再重申一下，这事你们一定要落实好了，别让我留下遗憾！

直到这时，孙和平都没想到裴小军要调走，更没想到会调到北重集团去做总裁。倒是田野比较敏感，到贵宾餐厅吃饭时，扯了扯他的衣角，悄悄说，哎，裴市长咋说起遗憾了？莫不是要动动了？他没当回事，人家副市长干得好好的，往哪动了，没风声啊！又问田野，你啥意思？就这点小事也不想办？田野说，嘿，你误会了，我会这么傻么？这事该咋办咋办，他动也是往上动，我不知道他是谁的儿子啊！

田野想到了往上动，可也没想到裴小军会往北重集团总裁的位置上动。于是这最后的午餐就成了要命的陷阱，让他和田野都在无意中陷进去了。事后想想，还不好怪裴小军，裴小军要调走了，最后来一下，是为了落实老厂房的保护，也许还有个顺便告别的意思，但决不会故意过来刺探军情。问题还是出在他和田野身上，这么多不能向对手泄露的秘密都是他俩主动说的，真有点坦白交代的意思，惭愧啊。

最初的话题是他挑起的，就是北重在省城起诉的事。他骂骂咧咧说，准备先和北重打管辖权官司:北柴是香港上市公司,注册地在平州,官司要么在香港打,要么在平州打。他希望在平州打,因为香港还有场他们告北重的官司。他像过去一样,要裴小军动用他父亲裴一弘的关系,帮着做做工作。裴一弘在汉江树大根深啊,省城政法委书记早年做过裴一弘的秘书。孙和平认为,只要裴小军找那位政法委书记说个话,管辖权就有可能转移到平州来,而转移到了平州,杨柳和北重就没啥戏唱了。北柴是平州的纳税大户,哪个法官敢判北柴输?

裴小军一边听,一边吃,等他说完了,没接他的话题,倒说起了笑话。哎,孙老师,你这说到打官司呀,我倒想起个段子哩,就是说打官司的。有个男同志气势汹汹往法院走,有人问,哥们哪去啊?那男同志说,哪去?打官司!人又问,你原告还是被告?男同志说,我能当被告么?原告!人再问,告啥呢?男的说,你嫂子被人强奸了!

一桌人都笑了起来,孙和平也笑了,说,这是讥讽天津人的,用天津话说效果才好哩,便学着天津话重说了一遍,又惹出一片笑声。

裴小军笑得前仰后合,笑罢,端起一杯酒,来,来,孙老师,还是你水平高,我先祝贺一杯!田总,还有你们各位,也准备祝贺啊!

大家便祝贺起来,你一杯,我一杯的,让孙和平连喝了七八杯。

这时,酒桌上气氛很好,孙和平就把北重的起诉忘了。这事本来就不大,他对裴小军也就随口一说。裴小军是主管市长,一直屁股指挥脑袋,维护北柴几乎成本能了,能帮的忙都会帮,用不着他强调。

都把裴小军当自已人,大家说话也没啥顾忌。田野便闯祸了,接下来,给裴小军敬了杯酒,说,裴市长,最近有个大新闻您知道么?

裴小军不在意地问,啥新闻?你们把平州钢铁的股权拿到手了?

田野说,哦,这倒没有,还在谈着,问题不大吧!又说起了自己的泄密话题,哎,裴市长,您能想到么?北重集团内部矛盾现在可不小啊,他们高管层的一位重要人物准备叛逃,随时有可能投奔我们。

孙和平乐了,非但没去阻止田野,反而抢了上来主动说,就像一个犯罪分子要抢着交代立功似的。对,对,小裴市长,这不但是重大新闻,目前也是我们的核心机密!你老弟知道后可别透露出去……

裴小军笑着阻止,孙老师啊,既然是核心机密那你们就别说!

孙和平道,和你说有啥关系?是这么回事:北重管营销的副总裁王小飞要过来了！他宁愿到我们北柴做二级公司的老总，也不愿在杨柳手下干副厅级！可我能让王小飞干二级公司老总么？他可是管营销啊，能带不少客户资源过来，我咋说也不能降他的职嘛，你说是吧？

裴小军似乎有些吃惊，你们这么挖杨柳的墙角，有些过分了吧？

孙和平酒杯一顿，过分啥？小裴市长，当年的事你又不是不知道，杨柳用希望汽车的少数股权掐我的脖子，差点没掐死我！我瞅准他蛋窝，能不狠狠踹他一脚吗？我准备让王小飞做北柴营销总监！

田野也说，这事怪杨柳，别看他不吭不哈的，骨子里狠着呢！北方重工两地上市后，杨柳怕王小飞以后也学孙董闹独立，就把董事长的位置抢走了，给王小飞来了个明升暗降，王小飞能没想法么？早些年王小飞和孙董一样，都是上市公司董事长，现在好了，一个天上一个地下了。孙董成了驰骋天下的一方豪杰，身家几亿，王小飞呢，继续在杨柳手下受气不说，还挣不着大钱，人家凭啥再留在北重卖命？

孙和平牛劲上来了，小裴市长，你现在明白了吧？我当年带着北柴独立是多么英明，否则，我就是另一个王小飞！指了指田野和众高管，还有你们，更没啥好日子过！员工持股，股权激励，想都别想！

田野立即起身，来，来，同志们，让我们为英明的孙董干杯！

众高管纷纷起身，准备集体向孙和平敬酒，裴小军也站起来了。

孙和平一见，忙把裴小军按在座位上，哎，小裴市长，没你的事！

裴小军说，咋没我的事？十五年前我也是北柴二分厂的工程师嘛！硬是站了起来，举起杯，让我们为北柴，为孙董，干掉这一杯。

这杯酒干掉，裴小军说，一晃十五年，没想到北柴会有今天……

孙和平又抢了上去，今天不算啥，一个伟大企业刚起步嘛！小裴市长，下一步，我们拟增发一亿股，吃下平州钢铁。平州钢铁不但有钢铁，还有铁矿资源，我们作为用钢大户，产业链就上延了两级。未来钢铁涨价的因素基本消化了，可以长期保持产品制造的成本优势。

田野进一步透露说，裴市长，实际上，我们已经做通了大股东顾盼的工作，以四十亿左右的价格受让他手上的全部股权，这可是个大秘密啊，别说杨柳不知道，就是平州钢铁的董事长顾平也不知道……

裴小军敲了敲桌子，田总，孙老师，你们能不能让我说两句啊？

孙和平说，好，好，小裴市长，你说，你说完我们继续汇报。

裴小军笑着摆手，别汇报了，孙老师，还有田总，你们今天抢着说了这么多秘密，我不让说你们还非要说，现在也让我说个秘密吧！

孙和平和众高管全都看着裴小军，不知这位副市长要卖啥关子。

裴小军脸上的笑容收敛了，本来我不想说，可不说真不行了，谁知道你们还会说出多少秘密？是这样的，赵安邦省长昨天已经代表省委正式和我谈过话了，我明天就要离开平州，到北重集团出任总裁。

简直是晴天霹雳，孙和平、田野和在座的所有高管都惊呆了……

38

马义认为，中国股市的许多历史高点和历史低点都是在不经意间被情绪创造出来的。比如，2005年6月的998点和今天开盘的5100点。在这里，起决定作用的从来就不是投资价值，而是市场参与者的情绪。市场情绪低落时，998点不是底，市盈率低至十倍以下，人们仍会选择卖出，悲观地下看600点，甚至400点。情绪高涨时，5100点不是顶，市盈率高达几十倍甚至上百倍，人们仍会选择买进，乐观地上看6100点7100点。因此，作为合并重组后新北方重工的独立董事，马义在上星期的公司董事会上发表警示性意见说，作为产业资本，我们一定要保持足够的清醒，不要相信证券市场的所谓理性，因为它根本就没有理性，不论是中国证券市场，还是国际证券市场。

基于这种判断，马义建议董事会在公司的财务性投资上改变策略，变进取为慎重，对大幅获利的股票逢高减仓。还建议杨柳考虑一下，对由希望汽车折换来的北柴股票是不是择机抛出？两年锁定期过去了，这八千二百万股希望汽车折换的三千多万股北柴已经解禁了。

杨柳会上未置可否，中午吃饭时才问，马主席，照你的判断，这轮牛市快到头了？马义说，也许还会往上冲，但能冲多远不好说。政府的信号很明确，不想看着市场疯狂，否则也不会半夜三更宣布提高印花税了。杨柳说，可重卡机械行业景气的好日子远没结束啊！马义说，既然如此，那你们何不把高估的金融资本转换为产业资本呢？拿这赚到手的十几个亿，又能建个新的企业了！杨柳这才说，这倒也是啊，过几天我让集团投资部的同志们议议吧，听听他们都是啥意见！

今天的市场真是疯了，这个世界也疯了。人人都在买股票，还喊出了死了都不卖的口号。各大企业之间也相互大量持股，美其名曰财务投资。甚至连政府的机关单位也在买股票。省文化基金会就在年初一举抛出三个亿，牛气十足地入了市。这源源涌入的资金像洪水一样在市场上泛滥，把原本低廉的中国资产价格哄抬到令人不安的高空。

这真有意思，中国还是那个中国，企业还是那些企业，2005年只配有个垃圾价，现在咋就变得这么金贵了呢？市场上为之一片鼓噪，为疯狂寻找理由。说什么股改是场伟大的制度革命，已彻底改变了中国市场。这如果不是资本利益集团的别有用心，就是纯粹的扯淡。

马义至今仍坚持当初狙击北方重工时的观点：如果市场参与者的持股成本没有基本平衡，低廉的产业资本一定会对高昂的金融资本进行必然的毁灭性打击。现在一时的疯狂并不证明这种打击不存在，当产业资本的非流通股大量上市时，市场又会重回低迷，甚至会回到原点。只要上市企业的市场价值大于重置成本，产业资本的选择只能是卖出企业股票，以更低的重置成本另建同类企业，就像他向杨柳建议的一样。这既躲避了风险，又实现了市场套利。正因为如此，北方重工启动二次股改，把对价提高到了十送五，连于文发和《人民证券》都改变立场了，马义仍投了反对票。尽管反对没成功，股改通过了。

杨柳很大度，知道他这么做是坚守一种资本的价值理念，也是为了市场的健康发展。所以不改初衷，在原董事长王小飞极力反对的情况下，坚持把他请进了新董事会，他由此和杨柳成了无话不说的朋友。

做了北方重工的独立董事，几千股北方重工的股票冻结了，而且不能像普通投资那样自由买卖北方重工的股票了。但其他股票还能做，马义便在上证综指冲破1300点后，把二百多万稿费积蓄投入了股市。做得极其小心，提高印花税的半夜鸡叫之前，最多时赚过四百多万。半夜鸡叫之后，股市连续大跌，他账面上二百多万利润一下子被抹去了。可没想到的是，暴跌过后是更疯狂的暴涨，今天盘中竟冲破5100点，又一次创出了历史新高。北柴开盘没多久就涨停了，股价一举冲上了六十元。中午前市收盘前几分钟，北方重工也在强劲买盘的大力追捧下，奋起直追，跟着封上了涨停板，尽管封得有些勉强。

市场疯了，马义可没疯，他毕竟是学经济的，在基本的价值判断上不会错。于是，便在六十元的高位上，将二十多元买进的十六万股北柴一举卖掉了，眼见着电脑上蹦出了九百六十多万的资金数字。

完成交易后，马义浑身轻松。股票卖完了，以后的市场风险和他再无关系。这次说不买就不买了，除非哪一天再暴跌到原点附近去。

说来惭愧，从狙击北方重工开始，这两年多一直泡在市场上，他这作家协会主席差不多成证券协会主席了，参加《人民证券》和证券公司的活动比参加文学活动还多。由于做了北方重工的独立董事，他就重点研究起了重卡机械装备行业和相关的上市公司，一不小心竟弄成了这方面的专家。于文发和《人民证券》经常要他对这类上市公司进行点评，杨柳也时不时地请他去聚聚，喝上几杯，听听他的高见。

这么一来，就很对不起文学了。两年前写了一万多字的长篇小说还是那一万多字，就像老百姓的银行存款，没任何增长。书中的主人公陈美丽在电脑里沉睡了两年多，至今还美丽地沉睡着，作为创造者的马义几乎忘了她的背景和模样。这二年倒也奉命主持了几次文学活动，全是些应景文章。这也不能全怪他，就算他想好好伺候文学，但作家们不愿伺候啊，一见面就和他大谈股票，文学研讨啥的一不小心就弄成了股市分析。就连市委宣传部的文艺处长也热情地参加分析。

现在好了，他手上终于没股票了，要真正回归文学了。那还等什么？去洗手薰香吧，把手上物质性的铜臭味洗去，薰染些高尚美丽的精神，好好写小说吧！一个身家近千万的富裕作家应该走向崇高了。

然而，走向崇高的道路十分艰难。刚打开那部小说文件夹，正重温着陈美丽昔日的美丽，于文发的电话就过来了，口气很是兴奋：马主席啊，今天大盘又创新高了，重卡机械装备行业相关上市公司股票集体暴动，收市时七家涨停。你是这方面的专家了，是不是能给我们来篇行业综合述评啊？今天周五了，周六急着用，能给我们赶赶吗？

马义决然回道，不行了，于总啊，我从今天开始回归文学了！

于文发有些意外，你不一直是市作家协会主席吗？啥时离开过文学啊？哎，别开玩笑了，马主席，你快点赶赶吧，我们等着呢……

马义忙道，哎，哎，于总，你千万别等，以后也别等了。我手上的北柴集团全部在涨停价上卖光了，从今天开始正式戒股了……

于文发既吃惊又惋惜，你把北柴都卖光了？我们的证券分析员刚做了分析，三个月的预期价位是一百零四元，北方重工是九十八元！

马义道，你们那位分析员疯了！对不起，就让我保持清醒吧。

挂了电话，马义继续重温陈美丽，努力寻找两年前的感觉。可于文发的面孔和声音驱之不散，那兴奋，那惋惜，生动而顽强地一遍遍在他眼前晃，在他耳边响。机械装备行业的股票集体暴动，北柴北重两大龙头双双涨停，难道他今天卖错了？涨到一百元是扯淡，但会不会涨到七八十元呢？他是不是可以在北柴回调时反手做多，再来次刀口舔血？还有，大盘的这种上涨惯性又能持续多久？在价值投资者退场后，趋势交易者的力量有多大？有没有可能再把指数上推一两千点？不知不觉中，电脑上的陈美丽消失了，大盘K线图出来了……

就在这时，电话响了，是他做股票的证券营业部经理小刘。小刘问，马老师，你对今天的盘面怎么看？带量上涨，是不是又突破了？

马义看着大盘K线图，迟疑说，是有突破的迹象啊！各路资金疯狂入市，都不讲价值投资了，现在是趋势交易者主导市场……

小刘快乐地说，我也这样想，今天我追进了三万股北柴，是在涨停前几分钟追的。哎，马老师，你这次轿子坐得舒服啊，满仓北柴！

马义心头颇为酸楚，行了，别和我扯股票了，我正写小说呢！

又准备写小说了，却发现电脑荧屏上呈现的是K线图。这简直是混帐！马义在心里严厉批判自己，你的定力哪去了？不是回归文学了么？不是要走向崇高了么？怎么股市上一点波动就让你魂不守舍了？记住，你戒股了，就算趋势交易者把大盘推到天上你也别动心！

再次把小说从电脑调出来，还没让陈美丽的形象清晰起来呢，市作家协会又来了个电话，是驻会应付差事的秘书长小白。小白最近刚入市，比较看好金融银行类股票，经常在收市后向他讨教。马义这回警惕性很高，没等小白开口就说，别和我说股票啊，我正写小说呢！

小白说，哎，马主席，我可不是谈股票啊，是谈文学上的事……

谢天谢地，终于有人和他谈文学上的事了。文学，这是一个多么亲切的话题啊，对一个誓言归队的作家协会主席来说，听了真想落泪。

小白说起了“文学”上的事：文学有时真害人，你有个读者，大老远从K省来的，非要见你，都在我这儿磨了一下午了，就是不走。

马义以为是他的粉丝找他签名，便说，哎，小白，协会办公室不是有我的签名书么?《立体对决》啊,你送他一本就是,这也找我?

小白说,不是,不是!马主席,人家不是找你签名,是找你告状的!这位读者姓钱,叫钱结实,手里抱着本你的《春天的愤怒》,都快翻烂了。哎,马主席,你看我能不能把你家的地址告诉他啊?

马义忙道,不行,不行,我两年多没写小说了,真要写小说了!

小白说,那咋办?这位钱读者可是说了,他就是读了你的《春天的愤怒》才开始反腐败的!是你的文学作品给了他决心和勇气……

马义哭笑不得,小白,你饶了我吧!也不想想,他找我告状,我找谁告状去?小说上的事叫他别当真,还是找有关部门去告比较好!

小白仍是没完没了,马主席,这些话我也说了,可他不听啊!这人也挺可怜的,穷困潦倒,可能连回家的路费都没有。再说,北柴集团也太混帐了,任延安和正大重机厂的头头们连偷加捞,都成了亿万千万富翁,像老钱这样的老工人却成批下岗,每月生活费只五百块。

这可真没想到,找他告状的读者竟然是北柴集团的下岗工人!

马义这才认真了,小白,那你说说,这位钱读者都告了些啥?

小白说,材料我粗看了一下,主要是两条,一是说,2005 年北柴股份收购正大重机时没计入老厂区的土地,涉及近六个亿国有资产的巨额流失,老钱推测任延安等人受了贿;第二呢,北柴股份入主正大重机后搞员工持股,没考虑退休和下岗的老员工。现在北柴公司股票这么往上涨,他们就吃大亏了。告状材料上几百老员工都签了名。

马义握着话筒想了想,说,小白,你这样吧,把材料收下,让人给我送来。告诉那位钱读者,我看过材料后和他联系。另外,以我的名义请他吃一顿饭吧,再给他几百块钱路费,让他买张车票回 K 省。

小白试探说,吃饭和车票钱没地方出啊,还是你主席买单么?

马义有些不耐烦,啰嗦!我不买单谁买单?你们哪次洗脚泡澡不是我买单?上次在夜巴黎泡着搓着研讨你的小说,让你掏一分了吗?

小白笑了,泡着搓着不假,可也没怎么讨论我的小说啊!搓得那么舒服,你们都哼哼叽叽讨论股票了!哎,对了,马主席,你不是吃了一肚子北柴么?快扔了吧,从钱读者的材料看,北柴可能会出事!

马义这回得意了,还要你提醒啊?在今天涨停板上我全扔了!

小白很佩服,马主席,你真火眼金睛啊,是不是早看出不对了?

马义故弄玄虚，看出来我也不能给你说啊，学着点吧！股市不相信眼泪，一发现不对就要溜，君子不立危墙之下。好了，就这样吧！

小白带来的“文学”话题，让马义再次远离了文学。这回放下电话，马义再不去想和陈美丽重温旧梦的事了，满脑袋都是北柴集团即将爆发的大案要案。造成六亿国有资产流失不是小事，市场上风波骤起，北柴股价势必大跌。而北柴的大跌，多少会影响到北方重工的股价，也许还会波及相关板块股票下沉。这也许是个机会，如果大盘非理性上涨的趋势不变，真能再涨个一两千点的话，他就完全有可能来一次刀口舔血，不，不，应该是刀下夺肉，也许这块肉还很肥哩。

这是多有意思的消息啊！这种消息不能一人独享，得让另一个肯定也有兴趣的朋友一起分享。于是，便打了个电话给杨柳，开头没说北柴的事，只问，杨董，你对今天机械装备行业股票的暴涨有啥评价？

杨柳那边声音很小，对不起，马主席，我正开会哩，回头再说。

没一会儿工夫，杨柳发了个信息过来：马主席，据我们投资部收盘后紧急汇报，此番板块暴动非比寻常，基金等主力机构大举入场。

天哪，基金等主力机构在这时大举入场了？他们早干啥去了？如果真在这时大举入场建仓，那大盘岂不真要冲上7000点？北柴和北重还不奔九十元一百元去啊？如果你知道疯狂的空间还很大，那为啥要过早理智呢？过早的理智等于愚蠢，看来他犯了个愚蠢的错误……

正痛苦思索着，书房门悄无声息地开了。太太端着一盘切好的杂色水果，轻手轻脚地从他背后走了过来，把他吓了一跳，你干啥呢？

太太的声音仍然很小，老马，你不是写小说么？我怕打扰你。

小说？啥小说？马义没好气地道，小说死了，只有股票活着！

39

在集团大厦门厅前把省委组织部赵部长一行送走后，杨柳拍了拍裴小军的肩头，挺亲切地说，裴总，走吧，我带你去总裁办公室！

裴小军礼貌而客气地推辞，杨主席，不用，不用，您事这么多！

杨柳微笑着，今天我最大的事就是迎接你这新搭档嘛！还得替周到交一交班，我交不了的，你再去问周到，周到说了，他随叫随到。

裴小军似乎也想和他谈谈，杨主席，那我就恭敬不如从命了！

回到大厦，上了电梯，一路往十五楼总裁办公室走时，二人有一搭没一搭说了起来，都很客气。杨柳表示，能来裴小军这么一位年轻总裁，是北重系统四万五千员工的幸运。裴小军说，作为一个专攻机械制造的研究生，能到北重这种优秀大型国企工作，更是他的幸运。

杨柳说，其实啊，你大学毕业时就能来的，可以不到平柴去嘛。

裴小军道，我倒真是想来，我父亲不同意啊！当时他是省委副书记兼省城市委书记，不准我呆在省城，要我从最艰苦最困难的企业干起，还不准对外说是他儿子。头一年孙老师都不知道我的真实身份。

杨柳明知故问，裴总，啥孙老师？你说的是哪个孙老师啊？

裴小军说，就是孙和平嘛，当时是二分厂厂长兼党支部书记。

杨柳淡然一笑，哦，孙猴子啊，这可不是个好猴子，你要小心！

裴小军也笑了，杨主席，我知道，孙和平和北柴是我们的竞争对手，从您主席和我总裁的角度来说，他肯定不是好猴子！不过……

这时，杨柳和裴小军已要走到总裁办公室门口了。办公室言主任正在门前等着，见他们说笑着快到跟前了，略赶一步及时推开了门。

杨柳引着裴小军走进办公室，半真不假地说，裴总，你别给我不过啊！你现在不是平州副市长了，北柴搞好搞坏和你无关，可让孙猴子坑了，把咱北重给搞砸了，第一个挨板子的是我，第二个就是你！

裴小军笑道，杨主席，感谢您及时提醒，不说屁股指挥脑袋，可坐在啥位置上就得说啥话办啥事嘛！您既是老前辈，又是集团董事局主席，大老板，我是您手下的第一打工仔，一定会唯您的马首是瞻。

杨柳拉着裴小军在总裁会客厅的沙发上坐下，又走到饮水机前倒水，我算啥老板啊？名义而已，老板是国家嘛，裴总，我和你一样是打工仔。又对言主任说，哦，小言，你忙去吧，我和裴总先聊聊！

言主任说，好，杨董，裴总，那你们谈，我在隔壁，有事叫我。

小言出去后，杨柳指着办公桌上厚达一两尺的材料说，这些材料你先看看。咱们集团规模很大，旗下两家上市公司，九十八家子公司孙公司重孙公司，既有全资的，又有合资、控股、参股的。处级企业和部门三十二个。当然，和平州不好比，平州是块块，我们是条条。

裴小军道，和平州的GDP不好比，可在国内同行业里咱们是龙头啊！

杨主席，您和同志们为今日这个辉煌的北重集团做出了卓越贡献，我现在只一个念头，在您和董事局领导下，努力做出我的贡献！

杨柳心里很舒服，好，好，有事一起商量吧，重大问题和重大决策我们先通气。据赵省长说，当年裴书记就最强调通气。又口气随意地问，哎，裴书记知道你调到北重了么？支持你离开官场搞企业吗？

裴小军说，这事省委定了后他才知道的，我父亲和我说，这是个好事，年轻人要多些历练。哦，对了，杨主席，我父亲知道你，说杨柳是个好同志，要我好好向您学习，过来后，先做学生，再做老总！

杨柳及时感慨，裴书记有水平啊，做省城市委书记时，到北重来过几次，我都参加接待了。裴书记就是批评你也不在公开场合批，特别注意方式方法。所以，一听说你调过来了，我兴奋得一夜没睡着。

裴小军言词恳切，杨主席，我父亲是我父亲，我是我，您和党委一定要对我严格要求！困难的工作交给我，享受的事先考虑别人，决不能让同志们觉得，我是仗着父亲的关系来咱北重摘桃子捞好处的。

杨柳一时难辩真假，可见裴小军的表情这么严肃，像入党宣誓似的，便也严肃赞扬说，裴总，你真深明大义，不愧是裴书记的儿子！

裴小军又说，杨主席，我今天刚来，按说不该下车伊始就发表意见。可我毕竟是从平州来的，和孙和平很熟悉，对北柴十分了解，所以，如果您不介意的话，我想就我们和北柴目前的现状提点小小建议。

杨柳不由得警惕起来，脸上却在笑，我不介意，你想说啥就说！

裴小军说，省城和香港这两场官司，双方是不是别打了？多大的事啊，我代表北重去和孙和平谈，两边同时撤诉，我让北柴出具书面承诺，为北柴型发动机提供后备支持，咱的两亿多货款也还给他们。

杨柳略一沉思，好啊，裴总，这工作还只有你能做，你不妨试试看！但我提醒你啊，这猴是只坏猴，经常是当面说好话背后下毒手。

裴小军笑了笑，不会的，真要这样，我会让他吃不了兜着走。又说，前几天我研究了一下我们集团和北柴集团的薪酬待遇，真吓了我一跳！同样是上市公司，双方高管和员工的薪酬差别咋这么大呢？长期下去，谁还愿在北重呆着？我们的优秀人才还不都跑到北柴去了？

杨柳不由得激动起来，谁说不是呢？北柴表面上是国有控股，实际上是孙和平的高管层控股，国际化程度高，能按国际惯例来。我们的北方重工和宁川路机都是国有绝对控股，只能执行国家政策条文。

裴小军语气坚定地说，杨主席，我看这种状况必须改变了……

杨柳直摆手，我们改变不了。我兼着北方重工董事长，名义上年薪八百多万，知道我实际年薪是多少么？也就百十万。都不如孙和平手下二级公司的中层干部！嘿，不说了，不说了，咱为国家做贡献吧！

裴小军缓缓摇着头，杨主席，你我可以做贡献，其他同志呢，我们处在一个全球大流通的激烈竞争的市场条件下，对手们全是飞机大炮，我们不能小米加步枪啊！这事你别管了，我找安邦省长要政策。

杨柳心里不由一动，他办不了的事，没准这位裴总还就能办下来呢。赵安邦和裴一弘是啥关系？二人搭档八年，裴一弘调北京时，极力向中央推荐赵安邦继任，若不是碰巧出了亚钢联事件，触动了中央宏观调控的高压线，何新钊根本过不来，赵安邦也许早就是省委书记了。于是便说，裴总，那太感谢你了，弄成了，整个集团为你庆功！

裴小军笑道，杨主席，既然你批准了，我就去努力争取吧，不行就到共和道八号安邦省长家里去耍赖皮！又说，我新来乍到，想先到下面各单位跑一跑，搞些调研。您看，能否让王小飞同志陪我下去？

杨柳有些奇怪，也有些敏感，哎，你和王小飞过去就熟悉啊？

裴小军笑了笑，开会时见过几次，不是太熟，我是想通过他了解些北方重工和产品营销情况，最近半年我们的营销好像缺点后劲吧？

杨柳说，裴总，你还真是有心人啊！不错，也就是这半年，北柴挤占了我们不少传统市场份额，我上个月还在总结会上批评过小飞。

这日，杨柳以交接为名和裴小军初步接触后，得出的结论比较乐观。他没想到裴小军会这么成熟热情，又谦逊低调。在这位年轻人身上，他没看到权贵子弟的傲慢，倒发现了些实用价值。孙和平的北柴，裴小军能出面对付，赵安邦那里，裴小军能去耍赖。杨柳想，如果日后真碰到啥大麻烦，裴小军没准还会跑到北京家里找裴一弘耍赖呢。

然而，王小飞的事有些蹊跷。裴小军咋点名让王小飞陪着下基层？这位年轻新总裁对王小飞了解多少？知道不知道王小飞正和他闹情绪？这半年传统市场份额的下降，王小飞责任不小，裴小军是出于集团大局考虑，要做王小飞的思想工作呢，还是趁机拉帮结派啊？

晚上回到家，周到来了个电话，说那十套房子的事，希望房价能比成本再低点。杨柳爽快同意了，说，行，咱就算尾房处理吧。让周到派人找言主任去办。觉得周到这么多年对集团贡献不小，又主动提出，也以成本价给周到一套二百多平米的大房子，让周到最后享受一次集团高管待遇。周到挺感动，连声道谢，说这种好事他想都没想过。

随后，说起了裴小军上任的情况，杨柳似乎很随意地提到裴小军点名让王小飞陪着下基层调研。周到一听就敏感，抱怨说，杨柳，不是我说你，王小飞对你有意见你不是不知道，看看，新总裁绝吧，一上任就拉拢王小飞了吧！杨柳说，你也别这么想，裴小军能把宁川路机董事长让给王小飞啊？他正要找赵省长争取上市公司高管的薪酬待遇呢。周到说，这就对了嘛，好处他得了，恶人你做，官油子啊。

杨柳想想也是，觉得裴小军在来北重集团之前肯定做了不少外部调查，孙和平就可能给他提供大量的信息。裴小军点名让王小飞陪他下去，既有拉帮结派意向，也是怕王小飞见他摘了桃子而迁怒于他。

结束和周到的通话，正郁闷着胡思乱想呢，作家马义的电话又过来了，开口就问，哎，杨董，我给你寄了个市内快件，你收到了吗？

杨柳有些奇怪，啥快件？今天我一直在集团，没听办公室说呀！

马义说，我是寄你家的，你问问家里人吧，看完咱们再联系！又说，寄你的是份复印件，原件在我这里，这回北柴集团有大麻烦了。

杨柳一听北柴集团有大麻烦，马上来了精神，忙问小保姆：有份快件在哪里？小保姆说，就在你楼上书房桌上。杨柳立即上楼，到了自己的大书房，果然，一眼看到了桌上马义寄来的那份快件。打开一看，嘿，是北柴集团下属子公司正大重机一群下岗工人的告状材料。

材料看罢，马义的电话又过来了，杨董，这材料有点意思吧？

杨柳说，意思不大，马主席，我初步判断是：这些下岗工人因为没有获得持股利益才闹事的，估计不会闹出啥结果，更不会影响到北柴的经营和股票的市场表现。而材料里说，任延安有受贿嫌疑，所以才造成了六亿国有资产的流失，我也存疑。根据材料看，K省的国有资产是有可能大量流失，但孙和平不会行贿，任延安也不会受贿。

马义笑道，完全正确，我们英雄所见略同。正大重机进入北柴集团，任延安做了集团副董事长兼正大重机公司总经理，一举由穷困不堪的国企老总变成了身家过亿的上市公司高管，他犯不着为此受贿！

杨柳便问，马主席，那你还兴奋啥呀？任延安是我们北重的老对手，对此人我们精心分析研究过，他的清廉是一般国企老总不能比的。

马义大笑，错了，杨董！如果这六亿国有资产的流失是事实，那么，贿赂就确凿无疑地发生了！这是一种现在还没人发现，没人提起的巨大贿赂，是法律上的一个漏洞，我将它称之为体制型贿赂！其实质是，以股份制体制贿赂国有企业体制，你想啊，当任延安看到股份制体制给他的巨大利益时，还能坚守一个国企守门人的道义职守吗？

杨柳大为吃惊，脱口道，天哪，马主席，你点破了一个多大的秘密啊！许多国有资产就是这么流失的嘛！孙和平在收购正大重机时肯定会以这种体制性贿赂收买任延安，大幅压低国有资产的价格……

马义道，所以，我把正写着的小说又放下了，准备向简杰克先生学习一下，也站出来保卫一次国有资产。孙和平不是横吗？当年股改时一股不送，大肆侵犯中小流通股东利益，现在我才知道，他也在侵犯国家利益！我准备给《人民证券》写文章，谈北柴的体制性贿赂。

杨柳赞道，好，好啊，马主席，孙和平和北柴对正大重机前领导成员的隐型贿赂是个典型麻雀，值得好好解剖一下，但要慎重……

马义说，我会慎重，免得将来吃官司。现在当务之急是搞到北柴收购正大重机的合同，请权威机构评估一下，国有资产是否流失了。

杨柳以为马义想通过他搞这份合同，便说，这我怕帮不了你忙。

马义说，我也没想请你帮忙，和你说说，是想让你心里有个数。

杨柳心里当然有数，放下电话便想，马义今天提供的这一情报很重要，其要害不在于抓不抓任延安或者 K 省哪个腐败分子，而是很及时地给北柴上了一注大好眼药。此案一出，别管真假，问题不搞清楚，北柴一亿股的增发计划就批不了。孙和平用增发资金吃进平州钢铁的美梦就搁浅了。而北重正可趁虚而入，拿下平州钢铁的控股权。

然而，把这件事捅出去，并且及时搞出影响来，也颇有难度。马义从哪里去搞北柴股份和 K 省国资委的合同？从北柴那边打主意不可能，只能到 K 省国资委那边想办法查。而一个作家，别管你有多著名，跑去查阅这种资产转让合同，成功的可能几乎等于零。唯一的可能是《人民证券》出面，让于文发拿着告状信去 K 省国资委采访。

杨柳眼睛一亮，给马义打了个电话，说，马主席，我刚才想了一下，北柴的这份合同，有个人能搞到，就是《人民证券》的于文发。

马义乐了，对呀！我正想呢，让找我告状的读者去搞，又觉得不行。他一个下岗工人，谁理他呀？你提醒得好，让《人民证券》出面搞个新闻核实估计能成功！但不知道这位于总是否有兴趣跑K省啊？

杨柳深思熟虑道，我会让于总有兴趣！马主席，你拿着材料先找他，看他是啥态度，想不想反一反北柴的这个体制性腐败。北柴和孙和平当年股改搞零对价，于总不气得直骂么？如果他犹豫不决，你就代表北方重工许给他们《人民证券》二十万广告做跑腿调查费好了！

马义说，我代表北方重工不合适吧？二十万的事得你和他去谈。

杨柳道，马主席，你是北方重工独董，就代表一下嘛！这事我不好出面，如果我出了面，外界就会产生错觉，还以为我打压对手呢。

马义想了想，同意了，那好吧，杨董！今天是周六，我周一上班就找于文发商量去，争取让他和《人民证券》来个闪电行动……

杨柳郑重交代，哎，马主席，这事我和北重集团可不知道啊！

马义明白得很，呵呵直笑，杨董，你当然不知道，我和于文发反腐败没有向你汇报的义务！当然，我心里清楚，你入了二十万的股！

杨柳也开起了玩笑，不，不，我这不是入股，是秘密赞助！我对腐败现象深恶痛绝，对任何反腐败的正义举动都有一种支持的冲动！

马义笑得更狠，你正义的冲动肯定会得到很好的市场回报……

放下电话，杨柳心情好极了，浑身上下每个细胞似乎都在微笑。

这真是个快乐的夜晚。当年让他和北重集团头痛不已的蚂蚁老爷，现在无意中竟成他和北重集团手中的枪了。这支枪悄悄地瞄准了孙和平的猴屁股，于文发和《人民证券》的后续部队又要赶上去撒网捉猴，一场类似香港伏击战的战斗又要打响了。市场若是因此发生大幅波动，北柴股价暴跌，他又该去为北柴托盘了。又想，这六亿国有资产的流失，难道仅是任延安的事吗？孙和平就没有责任啊？这个正狂妄的猴头会不会也栽进去呢？他是不是真有机会到监狱探监了？

40

当巨大的胡萝卜在眼前不断晃动，唾手可得时，刘必定怎能不动心呢？孙和平尽管混帐，可毕竟能给他三亿资金的无偿使用权。如果运气够好，在这大牛市里三个亿就可能变成六个亿。他为此付出的代价仅仅是到K省跑一趟，和汤家和喝喝酒泡泡妞，进行一次身心愉快的周末休假而已。孙和平既愿意出五千万，此事必成无疑，老汤咋着也得给他这个面子。他进去四年，咬紧牙关死不交代老汤，老汤心里不会没数。所以，他给老汤一打电话，老汤就让他赶快飞过去，说是要给他隆重接风，还得好好给他补一补这四年在监狱亏掉的元气。

于是，一次愉快的周末渡假开始了。周六睡到中午，赶下午三点多的飞机，于五点左右飞到了K省，一位老汤最新收服的也不知是第多少号美丽小蜜举着牌子在机场接他。这位小蜜自我介绍叫张曼丽，说汤省长目标太大，不方便亲自来接，就让她来接了。还说，汤省长的老婆孩子今年都移民加拿大了，她现在是汤省长的生活秘书。

这位张曼丽真他妈的漂亮。身材修长高挑，胸大臀圆，皮肤细腻得像羊脂玉。刘必定坐到车上，就想伸手摸摸这蜜高隆的美胸，以验证一下这胸的真假？如今假货流行，人造美女很多，当刘总时让他上过不少次当。穿着衣服看不错，衣服一脱，惨不忍睹。张曼丽会惨不忍睹么？从深深的乳沟上看，应是真货。却也说不定，没准用硅胶隆了胸。心里如此这般地进行科学分析，最终强忍着没去摸，直到车进老汤的窝点永福会馆都没摸。这倒不是怕老汤生气，刘必定是觉得自己刚出狱，不能表现得那么急吼吼的。其实，老汤这人很义气，他就是在去的路上按倒张曼丽，把她收了，老汤也不会生气。老汤私下里半真不假地和他说过，女人长个X就是让男人日的，都不去日，也是一种资源上的浪费。为了不浪费资源，老汤的女人他也玩过几个。

到了会馆，张曼丽按汤家和的交代，去安排晚上的接风宴会，汤家和就指着张曼丽的倩影笑问，老弟啊，这位张曼丽还有点意思吧？

刘必定很兴奋，说，太有意思了！汤省长，你眼光就是不俗啊！

汤家和笑道，曼丽在床上就更不俗了，你既看上了，就送你了！

刘必定心里一阵狂喜，嘴上却说，汤省长，你这不是开玩笑吧？

汤家和道，不开玩笑，咱们谁跟谁？说送你就送你！你老弟四年牢坐得不容易啊，老哥我说啥也得给你补补嘛！不过，你可得小心点啊，她床上床下可会折腾了，尽他妈新花样，也不知你能不能适应？

刘必定说，我不怕她花样翻新会折腾，还就怕她不会折腾呢。

汤家和道，好，好，那你们正是一对了。你试后觉得合适，就带到汉江去吧。我下月就到加拿大和你嫂子团聚去了，不能带她过去。

刘必定马上明白了，老朋友要溜，孙和平和北柴集团的事不快办掉就来不及了，便说，汤省长，张曼丽我当然想带走，我是离婚的单身汉，总得有个女人照顾，但生活上也得有个着落。所以我就想……

汤家和打断了刘必定的话头，必定，这事不用你想，我已替你想了。我准备好了二百万现金，划你卡上让你带走。张曼丽那里呢，我送了她一台车，还有一套别墅，把别墅和车卖了，也能值几百万。

刘必定真感动，这才叫朋友，哪像孙和平，口口声声帮忙，实则是利用他，说好听点也是做交易。但有利的交易还得做，于是，便恳切地说，汤省长，你这么义气，为我着想，我真欣慰。可这二百万我不能要！你和嫂子在国外还不知会碰到啥情况呢，还是自己留着吧！

汤家和不高兴了，必定，瞧不起你哥是不是？哥叫你拿着你就拿着！总不能你有钱时老给你哥送钱花，你有困难了却不让哥帮一把！

刘必定便也改了口，哥，我不要钱，但要哥帮忙，让弟挣把钱！

汤家和手一挥，那你说，就是到天上摘月亮我也帮你，朋友嘛！

刘必定这才说起了北柴正大重机老厂区土地补交三亿八千万地款的事，明说了，五千万解决，不管补交多少，余下都是省长哥的。

汤家和听罢，沉默了半天，叹息说，这事不好办啊！孙和平不也是你朋友么？他跑来找过我，我没敢答应。必定，你是不知道啊，正大重机一帮老员工正闹事，四处上访，表面上是对着任延安，实际上是搞我！我兼了这么多年国资委主任，内部也有人坏我的事。我没法子啊，也只能公事公办了。还是照顾了北柴一下，按说得补六个亿。

刘必定明白了，孙和平判断错了，这一回汤家和不是想要钱，是怕出事，汤家和追究不放，也是做戏，以显示他在为国有资产负责。

汤家和又低声说，必定，你嘴严，咱们又是过命的朋友，哥和你实话实说，我们省的老大刚下来，中央新派了个省委书记过来，可能要收拾我们。所以哥随时准备出去，发现苗头不对，立马得走人啊！

刘必定坚持说，哥，既然这样，那你何不把我这事办了再走呢？

汤家和想了想，松口了，那你回去告诉孙和平，让他给我打个报告吧！

强调当年的地价和拆迁安置的费用，要求照顾，补交三千万。

刘必定连连道，好，好，哥，那两千万我想法给你打到国外去。

汤家和摇了摇头，打啥打？我还没说完呢！报告送到我这，我立即批示，三千万不行，要北柴按五千万交纳，这也能暂时遮掩一下。

刘必定说，哥，那你图啥呀？白忙活了不说，还担这么大风险！

汤家和拍了拍刘必定的肩头，这不是为了你老弟吗?！好了，我得去和曼丽谈谈你对她的一见钟情了，争取今晚就完成这块美丽资源的交接！哦，对了，必定，你可记住，你是从美国海归回来的大款！

刘必定迟疑说，哥，这不太好吧？她日后要是知道了真相……

汤家和没当回事，她知道真相时，我已在加拿大了。再说，没准你也受不了她，你是没见过她房里那些新奇玩意，够刺激也够你受的。

刘必定蛮不在乎说，够刺激好啊，现在都他妈审美疲劳了！

汤家和快乐地说，好，好，那你就陪她好好玩吧！我就是不去加拿大也得撤退了，妈的，到底是老了，一玩大半夜的，真受不了啊！

说罢，汤家和出去了。刘必定便利用这机会，给孙和平打了个电话，让孙和平赶快往汉江证券他妹妹的帐上打钱，说是他现在就在K省，刚和汤家和谈完，事情已经办成了。还把具体操作方法说了说。

孙和平很意外，也很吃惊，必定，这么大的事，你转眼就摆平了？

刘必定说，这算啥大事？小事一桩嘛，你们快准备那三个亿吧。

孙和平连连道，好，好，我马上安排。又问，老汤真不要钱啊？

刘必定说，老汤不会向我要钱，你们快按我说的做吧。如果迟疑拖延，事情可能就会起变化。没敢说汤家和随时可能开溜，只说，汤省长还有一个月就要退休了，他真退了，我面子再大也办不下来了。

放下电话，刘必定没啥心思了，又专心去想张曼丽。张曼丽是不是有SM倾向呢？根据汤家和说的情况看，估计是位S女。这种适度施虐型的S女他碰到过一个，玩过几次，真刺激，很合他的胃口……

正想着，汤家和引着张曼丽进来了，笑着说，刘总，刚才我和曼丽谈了，曼丽很很高兴做你回国创业的助手，这接风酒便又多了层意思，为你们俩祝贺！又对张曼丽说，刘总敢欺负你，就给我打电话！

张曼丽脸上似有泪痕，强笑着说，我相信刘总不会欺负我的。

刘必定道，曼丽，你先跟我到汉江看看吧，不满意再回来嘛！

张曼丽说，就是不满意，我也不回来了！说罢，不无哀怨地看了汤家和一眼，挽起刘必定的手，走，我们过去吧，宴席已准备好了！

有关张曼丽的交接就此完成，这美人属于他了，做梦似的。老汤也很满意，既拿张曼丽送了人情，又甩了包袱，随时能轻松走人。因此，老汤在宴会上谈笑风生，尽开玩笑，像似此前从不认识张曼丽。

宴会结束后，张曼丽开着自己的小宝马把刘必定带回了家。这就给刘必定带来了一种怪怪的感觉，好像不是他接收了张曼丽，而是张曼丽接收了他。张曼丽挺坦诚，把和汤家和的事全说了，道是汤家和她啥都玩过，就是没干成过，——刘总，说出来你也许不信，作为男人，老汤实际上是废了，吃了伟哥都没用。刘必定笑道，所以你才把我接收了。张曼丽也笑，谦虚啥，互相接收吧，老汤也算干了件好事。

老汤为张曼丽买的房是高档住宅区湖滨花园的一座别墅。虽说是别墅，却小得可怜，楼下一个客厅一间房。楼上一间客房，一个带套间的主卧室，总面积也就是一百五六十平方米的样子。刘必定一上楼就注意到，主卧室是个亮点，室内装修和摆设，透着肉欲的灿烂和嚣张。几组男女SM雕塑小品十分醒目，灯光性感暧昧，让他有一种想立即脱裤子的感觉。洗澡间很大，放着一只双人浴缸，浴缸上方挂着台电视机，电视机下是个推车式移动小酒柜，酒柜里放着几种洋酒。

刘必定站在卧室，四处打量着，眼睛在SM雕塑小品上停留了许久，曼丽，你很注重夜生活嘛。张曼丽注意到了他的目光和用语，还没让你看到最核心的呢！说罢，打开了套间的门，看吧，老公，这是游戏室，说，喜欢吗？刘必定一看，眼都直了，房间里挂满了各色的性感小衣小裤吊袜带和游戏装，还有SM用品，鞭子、拍子、手铐啥的。张曼丽这才道，我喜欢做女王，你愿意当M，做我的奴隶么？刘必定浑身酥软说，愿意，愿意，女王，你让我干啥我干啥。张曼丽骄傲地笑了，那到楼下浴室洗洗吧……

刘必定到楼下浴室去了，既新鲜又兴奋，完事后身下围着浴巾去见张曼丽。这时的张曼丽成了性感S女，一身红色乳胶皮衣，该露的地方不露，不该露的地方全露着。尤其让他满意的是，红色乳胶上衣的两个洞里露出的雪白乳房货真价实。正贪婪地看着，张曼丽的玉腿向他身下一伸，把浴巾撩去了。

张曼丽在他家伙上打了一下，从身后拿出一付早就准备好的男用贞操带，用裸露的白乳在他身上蹭着，动作熟练地把他的家伙锁了。

偏在这时，电话响了。刘必定判断是汤家和，抢上去接了电话。

果然是汤家和。汤家和说，必定老弟，还有个事忘给你说了，我儿子汤强手上有八十万股兴业电通原始股，靠我的关系每股三元买的，上市后起码二三十元，你要不要？你要我就原价转让。刘必定一听就明白，汤家和的老婆儿子已在国外了，自己又随时准备溜，就算上市后股价几十元，也拿不到一分，纪检部门还不追赃给没收了？于是说，哥，亏你想着我，别三元了，我给你四元一股吧，这样将来有人查我也有话说。上市后有大利润，我和你平分。汤家和说，好，那明天就搞个合同。又问，哎，我送给你的这个新老婆会玩吧？小心她把你玩死啊！刘必定说，该死就死吧，石榴裙下死，做鬼也风流嘛！

放下电话，张曼丽情绪大减，骂道，这老汤尽给本小姐捣乱！

刘必定情绪却没完，而且被撩拨得强烈极了，此前从未有过，整个身体像座就要爆发的火山。便哀求说，老婆，女王，求你把鸟放了吧，可怜它一直饿着，还没吃食呢！说着，把脸凑到女王腿下……S女王的情绪渐渐地又被激起了，最终拿出钥匙为他打开了贞操带……

被穿着乳胶皮衣的张曼丽压在身下，刘必定被动享受了一次从未有过的性快感。这种被压抑撩拨后的性快感持久而强烈，不论是在祁小华，还是在那些小姐们身上都从未体验过。张曼丽真是为性而生的女妖，既知道把握男人，又知道把握自己，身体配合扭动，吟叫得惊天动地，床上床下翻来覆去，玩了许久，让双方同时达到了高潮。

这是一次多么成功愉快的周末渡假啊，不但孙和平和北柴三亿资金使用权到手了，还十分意外地拿到了八十万股即将上市的小盘原始股。更有意思的是，汤家和要溜，为了不浪费资源，竟向他转让了这么一个美好的性伴侣，头一天认识就搞上了SM，想想就像做梦一样。

这真是一个讲效率的时代了，爱情成了遥远浪漫的童话。当年和杨柳对决，追求祁小华，耗了多少时间，磨了多少嘴皮，又花了多少精力啊？可得到了啥？竟然是致命的背叛。现在多好，男女之间就是直截了当的金钱和性的关系。他如果没有钱，不是张曼丽眼中的海归大款，只怕这次汤家和的友情转让不会这么成功。当然，张曼丽早晚会知道他的真实身份，可他才不怕呢。他的霉运已结束了，一个伟大的新时期开始了，他既然有过惨败的经验，就会守住未来的成功……

41

孙和平几乎被任延安逼疯了。他忙得焦头烂额，一再要任延安别到平州来，老家伙就是不听，周六夜里还就从K省飞到了平州，赖在集团总部的副董事长办公室等他接见。他哪有时间接见？今天是周日，约好和裴小军在省城汉江宾馆会谈的。这次会谈非常重要，关乎北柴和北重两大集团未来的微妙关系。裴小军现在不是平州副市长了，是北重集团的老总，偏又出身北柴，对他和田野以及公司内部情况这么了解，最后一天还知道了许多核心秘密，不好好谈，他岂不是自讨苦吃？还有正大花园城补交地款的事，别管刘必定使啥魔法降服了汤家和，反正是用五千万摆平了，他就得赶快布置把这事了掉，首先得给刘必定落实承诺的那三个亿。刘必定昨天电话里是话中有话的，这三个亿不到帐，地款很可能从三亿八千万变成六个亿。更不巧的是，美国FTOP基金经理人琼斯先生又要来华考察，琼斯希望此行不但考察平州总部和平州发动机制造总厂，还要到广东和K省实地看一看两个重卡机械的整装制造厂，行程一旦确定，接待的准备工作也得安排了。琼斯和FTOP可是来自华尔街啊，一旦华尔街做出积极评估，必将影响欧洲和香港市场，股价正上冲的北柴集团就有了后劲。

任延安偏在这时候捣乱！你老家伙不是一般员工，是集团副董事长兼正大重机制造公司的总经理啊，咋能这么意气用事呢？接到刘必定报喜电话后，他忍着气，回了个电话给任延安，告诉他事情已基本解决了，让任延安赶快回K省。任延安还是不听，说不光补交地款这一件事，还有其他重要的事必须汇报。孙和平也是气极了，在电话里脱口而出说，老任，不行你就辞职吧，我和董事会马上批！任延安也硬了起来，说，就算辞职，你孙和平也得见我一次，让我说说话！

从平州一路赶往省城，去和裴小军会谈时，孙和平气呼呼地对随车同行的田野说，田总，老任真是太不顾大局了！我看干脆就让这老家伙马上滚蛋吧！提前半年执行咱们的既定方针，让简杰克的DMG团队入驻正大重机。其他不愿辞职的高管，分散安排到平州和广东。

田野说，这我不反对，你看希望汽车让DMG拾掇得多好，原来不如正大，现在比正大强多了，海外市场一大半份额来自DMG。又说，正大重机七八个高管都发财了，据我所知，真有几个想辞职哩！

孙和平马上问，哦，都是谁？这些高管是不是受了老任的影响？

田野说，这倒不是，孙董，我最近让下面了解了一下，主要原因是咱股票涨得太好了，不辞职大家就没法卖股票，这是有规定的。另外，也怕那帮四处上访的老员工真闹出啥麻烦，影响他们的利益。

孙和平哼了一声，没出息！老员工能闹出啥结果？哪家企业会让不在岗的员工持股？又说起了正事，田总，正大花园城地的事得立即办，你准备一下，周一飞K省，给汤家和送报告交款，等汤家和批示，然后再去交款。就是我和你说过的那些程序，不办完就别回来。

田野迟疑说，那平州老营咋办？下周还有几个生产经营的会……

孙和平没当回事，都往后推推吧！又想了起来，哦，对了，你去K省前，给我安排三个亿打到汉江证券帐上，周一当天必须到……

田野咂了一下嘴，这个……当天肯定到不了，最快也得两三天。

孙和平很霸道，这我不管！田总，不行你打电话给财务部，让他们马上去银行，开着卡车去，用卡车给我把这三个亿拖到汉江证券！

田野笑了，孙董，你讲不讲理啊？你干脆让我带人去抢银行吧！

孙和平没心思开玩笑，田总，情况你不是不知道，股市行情这么好，刘必定等这三个亿买股票，咱误了他的事，他还给咱帮忙啊？你当真想到K省国资委去交三亿八千万，甚至五六个亿？不负责啊？

田野突然想了起来，对了，投资部不在股市上有十几个亿么？就从他们的帐上直接划吧，这边划出，那边就到了，一定让刘必定满意。

孙和平指点着田野直乐，看看，还是有办法吧。刘必定下面就由你对付了，三个亿及时给他，三个月后及时收回，走帐上还不能有任何问题。既要经得起国内的财务审计，又得经得起国际财务审计。有没有困难呢？当然有，但是办法总比困难多，党考验你的时候到了。

田野将拳头举到额前，装腔作势宣誓说，我向党保证，坚决完成任务！戏刚演完，眼皮一翻，又有了新主意，哎，孙董，咱为啥只给刘必定三个亿呢？就不能给他五个亿甚至十个亿吗？反正帐上有钱！

孙和平吓了一大跳，什么，什么？田野，你想卖国投敌是不是？

田野说，恰恰相反，我是为国分忧，忠心报国！孙董，为了高价增发，你不是一直想把股价做上去么？可又不能自己拉抬，咱们的投资部只能做贼似的四处分仓悄悄搞，又累又做不好，倒不如趁机让刘必定根据咱们的意思大干一场了。刘必定本来就是坐庄起家的嘛……

孙和平略一沉思，继而哈哈大笑起来，死劲拍着田野的肩头，田总啊，我总算把你培养调教出来了，比你师傅我还技高一筹！好，这主意好，股改后最大的庄家不是基金了，是我们！这样吧，那三个亿照样给刘必定，遵守承诺。另外呢，再拨五个亿给他，让他根据我们的指令操作，这事我和他再谈，你们先进行第一步，周一划三个亿……

就说到这里，汉江宾馆到了，孙和平和田野下了车，找到约定的威尼斯厅。推开门一看，前平州副市长、现北重集团总裁裴小军已坐在对门的欧式沙发上等着他们了。见他们到了，裴小军满面笑容站了起来，哎呀，孙老师、田总，你们真给我面子啊，只让我等了一个多小时。孙和平急走两步，热情地和裴小军握手，开口又是一个谎，抱歉，抱歉，小裴市长，高速公路上出了车祸，堵了有一小时！田野也说，就是，进城也堵车，把孙董和我都急死了！裴市长，您还好吧？

裴小军说，你们别裴市长了，我现在是裴总，今天是国共谈判。

孙和平道，啥国共谈判啊？小裴市长，要我说你还是我们的人！

裴小军说，我咋是你们的人？上法庭和你们打官司的就是我。说着，到桌边坐下了，孙老师，田总，你们都请坐吧，咱们边吃边谈。

孙和平和田野一左一右，在裴小军两旁坐下了。裴小军让服务员回避，自己亲自拿起一瓶茅台，给他们倒酒。酒杯很大，是一两杯。

孙和平知道裴小军酒量大，自己和田野不是对手，又及时记起了刚刚发生过的那场重大泄密事件，怕自己和田野再酒后失言，上裴小军的当。便苦着脸推辞说，小裴市长，咱们今天是不是能换红酒或啤酒呢？不好意思，我这几天正闹肚子，胃也不舒服，医生让我别喝。

田野也说，裴市长，我更喝不了，最近酒精过敏，啥酒都不能喝。

裴小军不依不饶，孙老师，胃不好就是胃缺酒啊，白酒就治拉肚子，你喝啤酒拉得更凶。又对田野说，田总，你要酒精过敏，我就酒精中毒了！我哪次到北柴不是你陪酒？啥时少喝了？哦，见我不当副市长了，到北重做了个穷老总，既拿不到高薪，又没期权，你们两个亿万大款就看不起兄弟我了？你们要真不喝，这两瓶酒我立即砸了！

这还有啥可说的？喝吧。真不喝，裴小军没准真会把两瓶酒当他们的面摔了。裴小军是什么人？裴一弘的儿子啊，就算做了北重的老总，也不能像对付杨柳似的不给他面子。况且，裴小军这次请他们也是好意，电话里就说了，是想协调两家的关系。于是，孙和平向田野使了个眼色，说，好，小裴市长，那我和田总今天就舍命陪君子了！

裴小军笑了，这就对了嘛，不能总是我喝你们的酒，来而不往非礼也，也得让我请你们一次了！按平州的老规矩来吧，都端起来，先干三杯，三杯后自由活动。说罢，裴小军率先把自己一大杯酒喝了。

孙和平和田野只得捏着鼻子喝了，刚喝完，裴小军又起身准备倒酒。田野还算有眼色，忙夺过酒瓶，裴市长，让我来，让我来吧！

田野倒酒时，裴小军带着开玩笑的口气，再次重申，田总，孙老师，你们别再叫我裴市长了，这么叫会让我犯糊涂啊，还以为自己是你们的人呢。你们喝多了也会糊涂的，没准又要抢着向我坦白交代。

孙和平改了口，笑道，裴总，你也真绝，那天故意要我们吧？

裴小军表情严肃，不是，当时省委的任命没宣布，我不能和你们说。而二分厂老厂房保护的事我又放心不下，非到你们那去不可。许多事我不让你们说，你们非说，我最后是被你们逼急了才摊牌的。说罢，又举起了杯，来吧，第二杯，我先干为敬了，说着，一口喝了。

三大杯酒下肚，孙和平有些晕乎了，话也多了起来，裴总，你到北重集团做总裁可太好了，里应外合是笑谈，可起码两家不会恶打了！

裴小军说，我今天请你们来就是这个意思。本来还想把杨柳同志一起请来，可反复想了半天，觉得不好，怕你和杨柳情绪化，把好事搞砸了。吃着菜，又说，孙老师，田总，我是这样想的，首先双方撤诉，分家后的遗留问题协商解决。欠你们的两个多亿，我们还；你们呢，也得履行过去的合同义务，为北柴产发动机继续提供修配支持。

孙和平说，可以，可以，不是被逼得没办法，谁愿打官司啊！

田野很及时地问道，那你们这两个亿啥时还啊？能马上还吗？

裴小军说，我是这样想的，现在和你们商量：分三年还清，为啥要分三年呢？因为这批老发动机余下的最长包修期是三年，如果你们违反承诺，我们就会用这笔钱去替你们履行义务，双方要有制约嘛。

孙和平觉得合情合理，可仍想占些便宜，裴总，你对我们也太不信任了吧？有你的面子，我们能不守承诺么？还是把钱都先还了吧！

裴小军摇了摇头，这不是谁的面子问题，三年内我如果调走了呢？合同就是合同，双方同意了，达成了一致意见，就得共同遵守。

孙和平做出一副很义气的样子，手一挥，好，那就这么定了！

裴小军又说，还有第二件事，王小飞跳槽。你们和我说时，我还是平州副市长，可我现在是北重的总裁，不能容忍王小飞带着客户资源，到你们那去做销售总监。这我倒希望你们看我的面子了——看在我做平州副市长期间，给你们摇旗呐喊的份上，停止这种猎头行动。

这回孙和平不干了，叫道，哎，裴总，对我们有利的事，你不讲什么面子，只谈合同。对你们有利的事，你又要我们讲你的面子，这不公道吧？再说王小飞跳槽也不是我的猎头行动，是他自己要过来！

裴小军说，孙老师，如果真这样，那算我误会了。但我希望你和北柴先不要给王小飞任何承诺，帮我个忙，给我十天的时间。如果十天后王小飞还是要到你们北柴，我既不拦他，也不怪你们。说罢，恳切地端起一大杯酒，如果你们愿帮我一把，我就隆重敬你们一杯！

孙和平看了看田野，田野却把眼光移向了别处，不予表态。

裴小军又逼了一步，孙老师，你当真连这点面子都不给我了？

孙和平被逼无奈，只得说，好，裴总，我就给你十天时间吧！

裴小军捧着酒杯，一声动情的叹息，孙老师啊孙老师，我可是跟你在北柴最困难时一起奋斗过的啊！后来虽说读研去了，可听说厂内师傅们日子过不下去，你和刘必定要到平州银行弄贷款来发工资，你一个电话打给我，我就专门从汉江大学跑回来，打出我父亲的旗号给你帮忙，还请刘行长喝酒。现在，唉，不能提了，这感情只值十天！

这番有情有义的话，让孙和平一下子记起了当年艰难的岁月和裴小军的贡献，加上酒喝多了，便冲动地站起来，裴总，你别说了，王小飞我们不要了！只要你在北重做一天总裁，我们就不打王小飞的主意！来，小裴市长，不，裴总，让我们为当年，也为裴书记干一杯！

裴小军痛快地把酒一饮而尽，眼含泪光和孙和平紧紧握手，孙老师，谢谢你，太谢谢你了，我就知道你不是那种薄恩寡义的人……

田野虽说喝得也不少，但头脑仍很清醒。这时，在桌下踢了孙和平一脚，说，裴总，孙董既然说了，我们可以不要王小飞，但他可以去其他同类公司啊，甚至去JOP，JOP正委托猎头公司四处搜人呢！

孙和平马上明白了，立即改了口，这倒也是啊，如果真让王小飞去了JOP，那还不如就到我们北柴呢，北柴毕竟是中国的民族企业。

裴小军说，根据我和小飞初步接触的情况看，除了你们北柴，他哪儿也不会去的。孙老师今天一言落地，我就放心了！来，喝酒……

这场酒喝得真叫昏天黑地，不知不觉中两瓶茅台竟全下去了，三个人平均每人喝了六七两。回去的路上，孙和平多少有所醒悟，对田野说，我们是不是有卖国投敌的嫌疑啊？田野说，哎，没有们啊，就是你！你喝得不当家了，把王小飞和他手上的客户资源一脚踢了，永远不要了，还说呢！孙和平心里很惭愧，嘴上仍是硬，我说归说，以后该咋干还咋干嘛！再说，又没有文字材料证明，我可以不承认。田野说，你当真就敢啊？裴小军可不是杨柳，裴小军是谁的儿子？孙和平烦了，连连摆手，别说了，别说了，就算上当，裴小军这一当我也认了！田野见他真生气了，才识趣地闭了嘴，眯眼在车上打起了盹。

车到北郊办事处小楼门前，他和田野一下车，办事处主任仲秋就在楼里看见了，一溜小跑迎过来，口气急切汇报说，哎呀，孙董，田总，你们可回来了！平州钢铁的顾总来了，说是和你们事先约好的。

孙和平一拍脑袋，这才骤然想起，下午还有一场重要会谈……

42

晚上六点多钟，门铃响了，裴小军的面孔出现在门卫系统的视屏上。赵安邦的夫人刘艳一见就乐了，对正吃饭的赵安邦说，哎，裴小军来了。赵安邦继续吃着，这浑小子，倒会赶时候啊，让他进来吧！

片刻，裴小军进来了。进门就说，哟，赵叔叔，刘阿姨，这真是来得早不如来得巧，正好开饭啊！说着，在餐桌前一屁股坐下了。刘艳笑着，手往裴小军额头上一戳，你这孩子，过来也不打个招呼。等着，我再给你搞两个菜，和你赵叔叔喝两杯。裴小军忙阻止，哎，刘阿姨，你千万别搞，我就想喝点粥。赵安邦这时已闻到了裴小军身上的浓烈酒气，便也学着裴小军的口吻说，刘阿姨，你歇歇吧，人家裴总喝得不少了，要你瞎忙啥？你就是炒龙蛋给他吃，他也不会给你付饭钱。说罢，用筷头指指酒柜，裴总，没喝够继续喝，那里有，想喝粥自已到厨房盛！裴小军笑道，好，好，我喝粥。说着，盛粥去了。

刘艳有点奇怪，安邦，小军不是平州副市长吗？咋又裴总了？赵安邦开玩笑说，哦，刘局长，这事还没来得及向你汇报，刚动的，现在小军是北重集团总裁了。刘艳挺高兴，安邦，我早就说小军这孩子不错，稳重、聪明，又有能力，最像老裴，看看，又进步了吧？三十八岁就正厅了。裴小军端着一大碗小米粥过来了，这还不都是赵叔叔偏爱培养的结果嘛，比我能力强的人多着呢！是不是，赵叔叔？赵安邦说，你知道就好，培养你的也不是我，是各级组织，你少在外面胡说八道。裴小军直乐，这不是在家里么！喝着粥，又说，其实，最培养我的还是刘阿姨，有啥好吃的刘阿姨都给我留着，把我培养得浑身是肉。刘艳格格笑着，伸手给了裴小军一巴掌，你这孩子，是夸我还是怨我？是不是想让我给你出钱减肥？你少喝点酒，多去锻炼身体吧！

赵安邦这才问，哎，小军，你中午喝了不少吧？在哪儿喝的？

裴小军半真不假说，赵叔叔，这我可不能和你说。你给我立了规矩的，在家不能和你谈工作，工作上的事都得到你办公室去谈……

赵安邦脸一虎，筷子往桌上一放，反了你了，喝酒是工作吗？

裴小军也不喝粥了，争辩说，喝酒咋不是工作？和北柴集团领导同志的工作午餐嘛！赵叔叔，我这可是执行您的指示，要和为贵……

赵安邦来了兴趣，哦，说说，说说，你们酒一喝，和了没有？咋个和法？小军啊，我和你说过的，我不希望看着他们老这么打架呀！

裴小军一脸恳切，赵叔叔，那您就破一次例，让我做个汇报？

赵安邦心情挺好，说，汇报吧，你刚“总”起来嘛，我破次例！

裴小军乐了，那好，赵叔叔，你让我把粥喝完，喝完正式汇报。

这时，赵安邦已吃得差不多了，离开餐桌，坐到客厅沙发上，点了支烟抽了起来。刘艳一见，马上嚷嚷，安邦，你别抽烟行吗？看看小军这孩子，我只说了他两次，他就把烟戒了。赵安邦笑着说，算了吧，也就你信他的，我敢保证，小军出了咱家烟照抽不误！刘艳便问裴小军，小军，真像赵叔叔说的那样啊？裴小军滑头得很，既不愿得罪他，也不愿得罪刘艳，答非所问，好喝，刘阿姨，这粥好喝！赵安邦笑了起来，故意说，饭后一支烟也很好啊，是不是，裴总？裴小军没法回避了，话却说得机巧，赵叔叔，您岁数大了，真得少抽烟了。

这就是裴小军，真像他老子裴一弘，比他哥哥大军强多了。难怪刘艳会看上裴小军，一度还想把小军招上门做女婿。当时他刚和裴一弘搭班子，都住在共和道上，两家只隔着一堵院墙。真像刘艳想的那样，他省长的独女儿嫁给了老裴这省委书记的小儿子，那可是大新闻了。真这样的话，他和老裴以后还咋工作啊？又是啥政治影响啊？赵安邦坚决喝止了刘艳，可这并不能消除刘艳对裴小军的真心喜爱。

裴一弘调北京时也有个私下托付，希望他这位老伙计老搭档能帮他多盯着留在汉江的两个儿子，特别说了，大军只要有口饭吃，别闯祸就行；小军基础好，有上进心，有责任感，是棵好苗子，如果有可能就让他多些历练。也真让老裴说着了，大军真不让他省心，老裴走的当年，大军就受骗上当，被人利用，卷进了一桩性质极其恶劣的诈骗案。案子报上来后，新任省委书记何新钊做了批示，要求不管涉及到谁，都坚决查处。赵安邦硬着头皮找何新钊，说了大军的情况，建议何新钊给北京的裴一弘打个电话，就大军的事通气汇报一下。何新钊不傻，知道了裴大军是老裴的大儿子，当时就表态说，大军既是被人利用上了当，你我也有责任嘛，咋能再麻烦领导呢？找个能管住他的地方把他管起来吧。这么一来，便由何新钊拍板，在案子正式查办前，先把裴大军解脱了，让他到交警支队干了个中队长。可裴大军这中队长干了没三个月，喝醉酒把他的上司支队长给扁了一顿，让那位支队长断了三根肋骨。赵安邦听说后，气得在刘艳面前大骂，说老裴咋有这么个宝贝儿子?!这回不得不惊动老裴了，便旧帐新帐一起报了上去。老裴听罢也气坏了，在电话里说，依法办事，安邦，你告诉新钊，该判几年就判几年，只准从严不准从宽！赵安邦把老裴的话向何新钊说了，何新钊苦笑不已说，领导这么指示是讲原则，可咱们当真让领导到汉江视察时顺便探监啊？领导去探监，是你陪还我陪？这么一来，裴大军赔了几万块钱，又没事了，只是由中队长变成了副中队长。老裴实在不愿给他们添麻烦了，这才把裴大军弄到了北京某大机关去打杂，说是放在自己身边，有人看管着，能让裴大军安分些。

裴小军和他哥哥正相反，从没给他添过一点乱。小伙子在汉江大学就是校学生会主席，毕业出来，到省委机关或者哪个发达市的市委机关顺理成章。可小军偏去了当时很困难的平州柴油机厂，说是要专业对口。嗣后，就从平柴厂一步步上来了，读研究生回来后，先后做过平州钢铁厂厂长、市工业局副局长、局长，县长、县委书记、平州副市长。小伙子从没到他面前开后门，要过官，老裴在时是这样，老裴走后还是这样。至于是不是平州的同志照顾，他就不知道了。他参预决策的只有一次，就是平州副市长的提名，他当时在常委会上说了一番话，别管裴小军是谁的儿子，够格就得让他上，好好培养。裴大军也是老裴的儿子啊，可让他镇长当我也不同意，老裴也不会同意。

这一次到北重集团做老总，是老裴的意思。今年两会期间，老裴这么繁忙，还在家里邀他和何新钊吃了顿饭，专门请来了钓鱼台国宾馆的大厨做菜。喝酒时，老裴说，小军转来转去都在平州，有些局限性哩！二位诸侯是不是考虑一下，给这孩子提供些历练的机会呢？何新钊说，老书记，这事我和安邦正想向您汇报呢，小军这副市长干两年多了，政绩不小，明年平州换届就能上市长了，您看？老裴直摆手，新钊，你看你，以为我为儿子讨官啊？让他当啥市长？小军是学机械的嘛，我想让他到专业对口的大型集团企业历练一番，也了解一下中国经济崛起是咋回事。他当年呆过的平柴就挺好嘛，现在成北柴集团了，哦，对了，安邦，北重集团也很厉害啊，你们不要考虑啥级别。

从北京回来后，何新钊就和他商量了，说是老裴既点了北柴，咱们是不是把小军安排过去？赵安邦说，咋安排？北柴吸收合并希望汽车和正大重机后，成了真正国际化的股份公司，海外大股东会同意我们撤下孙和平换上裴小军么？想都别想。还把当年孙和平如何挟市场以令权力的事说了说。何新钊说，那就北重吧，这是咱绝对控股的大企业。赵安邦又说，这也有难度，杨柳不是孙和平，我们一纸调令是能换他，可我和省政府不放心啊！资产几百亿的特大型企业集团，在杨柳手上又搞得这么好，一把交给没市场经验的裴小军，是负责任态度么？何新钊咂起了嘴，倒也是，我原以为是个简单的小事，没想到还有些难度。赵安邦说，小军倒也是个好苗子，老裴志在长远，这么想也没错，我的意思啊，找机会把北重总裁周到调走，让小军去杨柳手下做总裁。这样既符合老裴的意思，让小军有了历练舞台，我们也放心。何新钊赞同说，好，好，而且，北重的总裁也是正厅级嘛……

这话是四月份说的，可因周到的安排问题拖了下来。周到是个有成绩的同志，不能随便找个冷板凳让他坐，热板凳你争我夺的，又没有职位，便就等到安监局局长到点退下来，商请国家总局认可后，让周到去了安监局。本来周到和裴小军的任免可以同时下，不料，偏又出了意外。组织部部长找裴小军谈话，裴小军竟然不想去北重，说是这么多年呆在平州，对平州这块土地和平州老百姓有感情。何新钊如实向老裴做了汇报。老裴说，这浑小子成官迷了，想当市长呢！你们还就别让他当，让他给我到北重集团报到去，不听省委调动，就地免职！也给赵安邦打了个电话，让他抽空找裴小军谈谈。正巧，那天赵安邦正在平州考察，就把裴小军叫去谈了。裴小军哭丧着脸，说是他老爹训他了，那就去吧！赵安邦语重心长地说，小军，你别糊涂，你家老爷子是为你长远考虑啊，你哥让他这么伤心，你就争一口气吧。

今天看到裴小军情绪这么好，而且上任后就按他的意思和北柴搞起了和为贵，赵安邦挺高兴的，便也把家里不谈工作的原则打破了。

这时，裴小军吃饱喝足了，坐到了对面的沙发上，赵叔叔，您既破了规矩，那我可真汇报了？时间可能会比较长，也不知赵叔叔……

赵安邦手一抬，停在了半空中，既是汇报，就不是赵叔叔了！

裴小军立即改了口，赵省长，和北柴的前哨战不会再打了，北柴和我们同时在香港和省城撤诉，遗留问题协商解决，孙和平态度不错。

赵安邦说，那就好，我不反对正常的市场竞争，而且支持你们竞争。但不能意气用事，不能情绪化，更不能长期打乱仗。把你调到北重有个好处：你出身北柴，又长期在平州工作，能缓和矛盾。你能这么快进入角色，而且和孙和平谈成了，这很好，哎，和杨柳谈了吗？

裴小军说，谈了，也谈得挺好。我对杨柳同志表了态，一定摆正位置，做好第一打工仔。还说了，要集团党委对我严格要求，困难的工作交给我，享受的事先考虑别人，决不能让同志们觉得，我是仗着父亲的关系，来北重集团挣高薪捞油水的。其实我真想留在平州……

赵安邦说，哎，别再给我提平州了，你现在是裴总！裴总，我再强调一下，杨柳是个好同志，你一定抓住机会，好好向杨柳学习，争取在海内外市场上多打胜仗，现在资本市场那么好，你们都要珍惜。

裴小军说，是，是，赵省长，我现在就在调研学习，有了些初步想法。

我今天得实话实说。我认为，目前北重潜伏的危机很大，如果不能引起您和省委、省政府的足够重视，市场再好也要吃败仗的！

赵安邦心里一惊，这小子可真敢说，到北重集团没几天就有了这么大的主意，还摆正位置呢！这种话让杨柳和集团其他老同志听了还得了？便讥讽道，裴总，你可真厉害，去了才几天啊？就火眼金睛发现北重的危机了？还很大？你说你说，危机在哪里？大到啥程度了？

裴小军口气严肃，赵省长，其实这危机你知道，只是不愿正视。

赵安邦更诧异了，裴小军同志，你今晚喝的可是粥呀，是不是中午的酒还没醒啊？我不愿正视北重集团的危机？你敢这么指责我？

裴小军有些怕了，哎，赵叔叔，你先别气，听我把话说完嘛！

赵安邦还真有些生气，裴总，再提醒你一下，不是赵叔叔了！

裴小军再次改口，赵省长，这危机真的很大呀！同样在香港和内地两地上市，北柴集团从高管到员工都持股，还有期权激励。从孙和平田野开始，集团一级主要高管个个身家过亿，甚至几个亿。中层干部就算没过亿吧，一个个也是千万级的主。北方重工呢，兼董事长的杨柳名义上年薪八百多万，实际从没拿到过。其他高管就更别提了。

赵安邦这才明白，裴小军是虚张声势为北重要政策，便也不客气地道，这是两码事！你们就得做出一些利益上的牺牲，叫什么叫啊！

裴小军说，是，赵省长，我和杨柳可以做出牺牲，其他有才能有贡献的同志呢？也能长期要求他们做牺牲吗？您知道的，我们现在和孙和平的北柴，和国际巨头JOP竞争得这么激烈，如果集团优秀人才一个个被对手们猎走咋办？我可不是危言耸听，事实上几位高管已经被孙和平、JOP、DMG盯上了。其中一位是主管市场营销的副总裁！在孙和平的期权高薪诱惑下，随时可能带着我们长期积累的客户资源投奔过去。我得知内幕后极为震惊，恳求孙和平给我十天时间争取政策，如果争取不成，赵省长，您和何新钊书记还是按我老爸的意见，将我就地免职吧！我既服从省委决定，当了这个总裁，就得对北重集团负责，就不能在这种危机和不公平的竞争条件下去承受失败！

赵安邦注意到，这番话说完，裴小军的大眼睛里已现出了泪光。

裴小军泪光闪闪看着他，又说，赵叔叔，我既然不想做这个总裁了，就还是赵叔叔了，赵叔叔，你和何书记就是免了我的职，我也不会怪你们！

是我无能，实在没本事在这种情况下为党和国家打胜仗！

赵安邦无法沉默下去了，一声叹息，小军啊，你说的这些的确是危机，不是我没看到，没正视，是没办法呀！汉江省国资绝对控股公司的管理，一直是参照国务院国资委规定执行的，这情况杨柳知道。

裴小军激动地站了起来，赵叔叔，不就是参照吗？我们又不是央企，为什么就不能突破一下？在香港和内地两地同时上市的公司，在我省只有我们和北柴，就算试了，也不会有多大影响面。赵叔叔，您可是汉江改革的旗手和闯将啊，不是我贬我老爸，在大胆闯关上，他根本不如你！改革初期，你连地都敢分，为啥就不能给我们松个绑呢？

赵安邦心想，他不正是因为太能闯了才没上去的么？裴一弘离任时这么推荐他，何新钊不还是过来了么？却也不能和面前这位晚辈小子说，只道，小军，这样吧，你回去后和杨柳商量一下，参照北柴的情况搞个方案报上来，我也和新钊书记碰一碰，听听他是啥意见?!

裴小军乐了，把眼中的泪一抹，赵叔叔，太谢谢您了！我就知道您不会把我往火坑里推。又问，何书记那里，我是不是也汇报一次？

赵安邦略一沉思，汇报一下也好嘛，但别说我已经同意考虑了。

裴小军聪明得很，我明白了，赵叔叔，让何书记反过来找你！

赵安邦又提示道，还有个更大的领导，就是你家老爷子，你更得好好去汇报一次。最好赶在向新钊书记汇报之前。把和我说的话全说一遍，尤其是这几句：在这种不公平的条件下，你没法为党和国家打胜仗，也不能去承受这种无奈的失败！看看你家老爷子是啥态度。

裴小军巴掌一拍，对呀，是他老爷子非要我到北重集团来的，我不找他找谁啊？说罢，急忙起身，赵叔叔，刘阿姨，那我走了啊！

裴小军告辞走后，刘艳埋怨说，安邦，你也真是的，本来你和省政府就能定的事情，你偏让小军去找何新钊，还扯上了人家老裴！

赵安邦说，我是能定，可这事没先例，搞出麻烦咋办？从当年分地，到前两年的亚钢联事件，经历了这么多，我还不接受教训啊！又开玩笑说，咋的，刘局长，你还想把人家裴小军招上门做你女婿啊？

刘艳笑了，老裴要是早十年调走呀，这上门女婿我还真得要哩！

裴小军走时不到八点，十点左右，何新钊的电话就打过来了。赵安邦知道何新钊这两天正在北京开会，以为何新钊要说会议精神。不曾想，何新钊说的却是裴一弘。先传达了一下老裴对汉江省上半年工作的积极评价。话头一转，又说，安邦，老书记还给我们提了个建议哩，要我们与时俱进，在市场经济条件下，在全球经济大流通的现实中，继续解放思想，该闯的关就勇敢闯。赵安邦先是云里雾里，不知是啥意思。听何新钊过细一说才明白，老裴建议的实质内容，正是裴小军两个小时前向他要的政策。于是便说，新钊书记，老裴说的这个情况，裴小军也向我反映过，我还没答复他，咱省没这先例。何新钊说，有先例就不叫闯关了，当真墨守成规，看着北重集团在今后国内外市场的激烈竞争中吃败仗吗？咱省不就一个北重么？又不会影响一大片。安邦，你要有顾虑的话，我先在北重的报告上批一下，转你和省政府。赵安邦沉吟了一下，这样也好，你批过我再批。先让北重搞个方案吧。哦，代我向老裴问好啊，就说我想他了，都夜不能寐了。

放下电话，赵安邦对刘艳说，你看你这位女婿多有效率，啊，不到八点从这走的，出门就给老裴打了电话，老裴搁下电话就召见何新钊，何新钊捧了圣旨马上找我商量。中国的事要都这么有效率就好了。

刘艳道，安邦，你别说呀，小军这孩子不太像老裴，倒像你！

赵安邦点点头，这倒是，是个有使命感，有事业心的孩子啊！

刘艳想了想，哎，安邦，你说小军该不会是为自己争高薪吧？

赵安邦头一摇，不，不会！如果是这样的话，老裴才不会听小军的呢。老裴为啥非逼小军到北重？是历练孩子，让孩子以后接班，拿下一片江山。大军这么不成器，小军是老裴的希望和寄托啊！略一停顿，又说，自然规律不可抗拒啊！我和老裴，我们这代人总要老，总要下，总要死。江山还就得交给小军这种接班人才能让我们放心啊！

43

周一上午，开完例行的集团办公会，杨柳被裴小军叫住了。裴小军说，有几件急事要汇报，问他现在有没有时间。杨柳原准备去总装厂搞个突击检查，听裴小军这么一说，便道，那你跟我参加突然袭击吧，咱们边走边谈。裴小军迟疑了一下，说，我汇报的事目前只能让你知道，要不，我在办公室等着，你回来我再汇报吧。杨柳觉得不合适，人家毕竟是新到的总裁，又有重要涉密的情况要汇报，咋也不能冷落人家。便让办公室通知随行人员，取消突袭，当即引着裴小军上电梯，去了顶楼水晶房。水晶房四面玻璃幕墙，能看到全城的风景。

裴小军进了水晶房，居高临下四处看着，感叹说，杨主席，我真不知道咱集团还有这么个好地方呢，你大老板也早不带我过来看看！

杨柳笑道，哎，这还怪我啊？你对高层没兴趣，抢着下基层嘛！

裴小军所站位置正对着北郊风景区，杨主席，真是一片大好河山啊，就像主席诗词里说的，江山如此多娇，引一代英雄竞折腰……

杨柳这时已让工作人员送上了咖啡，招呼说，行了，裴总，别感慨了，你以后有的是感慨机会，来，来，快过来坐，说你的正事吧！

裴小军走到他对面沙发上坐下了，哎，杨主席，你别说我对高层没兴趣啊！我兴趣大着呢，没有高层支持，咱们咋做好工作？你可不知道，昨天一天，我折腾了三位高层领导，赵安邦、裴一弘、何新钊。

杨柳以为裴小军是开玩笑，哎，你昨天不是去会孙猴子了么？

裴小军说，哦，那是上午的事，中午我们一起喝了场酒。孙猴子和他带来的那位田野猴弟都让我灌翻了，他们俩代表北柴猴山，把该答应的条件答应了，不该答应的也答应了，估计现在正后悔着呢！

杨柳乐了，就是说，两边官司都不打了，咱欠款也分三年付？

裴小军说，对，更重要的是，我一举斩断了王小飞叛变的退路。

杨柳很是吃惊，啥？王小飞叛变？哎，你……你咋知道的啊？

裴小军说，你忘了我是从哪来的？从平州啊！离开平州时，我就知道了王小飞要到北柴做营销总监，而且带着咱手上的客户资源过去。这还得了啊？所以，我点名让王小飞陪我，想观察了解他到底是咋回事。昨天把俩猴一灌翻，就把这事说了，不准他们挖咱的墙角！

杨柳听得惊心动魄，王小飞的叛变既在他意料之中，又在他意料之外。此人私心太重，患得患失，他已经发现了，而且有所防范。可没想到的是，就在他的防范之中，王小飞竟然还是和孙和平的北柴勾搭上了，竟要带着北重的客户资源投奔北柴！若不是裴小军调来，及时予以阻止，他和北重的麻烦就大了。便把这话和裴小军交心说了。

裴小军也和他交起了心，杨主席，但你还是心慈手软啊！你既然知道王小飞不可靠，也防范了，咋还让他管整个集团的营销呢？既然搞的是明升暗降，咋就不把他弄去做个工会主席或者党委副书记呢？

杨柳承认说，裴总，你批评得对，在这事上，我犯了糊涂啊！

裴小军忙道，哎，杨主席，我这可不是批评啊，是一起总结！

杨柳摆了摆手，裴总，你不要客气，该批评就得批评！我同意你的意见，班子调整分工，让王小飞去做集团工会主席组织娱乐去吧！

裴小军却说，你误会了，这不是我现在的意见。杨主席，你想想啊，你现在把他拿下来了，他心里会没想法吗？北柴的路堵死了，还有JOP和其他公司可去啊！我观察了他两天，和你的感觉一样，此人私心重，一门心思想多拿钱。所以，我建议调他到宁川路机做董事长，或者到北方重工任副董事长吧，这都是马上就能多拿钱的职位。

杨柳一时无语，看着窗外风景，想了想，觉得裴小军这建议是对的，只有给王小飞挣大钱的好职位，才能暂时稳住市场局面。待得接替王小飞的人到位，有个一两年的时间搞好客户资源这一块，才能考虑修理王小飞。于是便说，裴总，可这么一来，你咋办？我和董事局总不能为了迁就他，就不安排你了吧？王小飞真要挑了宁川路机董事长，你老弟往哪里摆呢？原总裁周到就一直兼着宁川路机董事长的。

裴小军说，杨主席，你和董事局不要考虑我，咋对集团工作有利就咋办！而且，这种给王小飞好处的事得你去谈，让他以后不再抱怨你。这两天跟我跑，他可是对你有抱怨啊，说谁和你走得近谁倒霉。

杨柳道，裴总，你想的真周到啊，连这种细节都替我考虑了。可我不和他谈，这个人是我一手提起来的，现在这种表现，我还得奖赏他吗？还是你和他谈吧，可以告诉他，这些好处是你给他争取来的。

裴小军说，别，杨主席，这话我可不说，我又不想拉帮结派。

杨柳道，裴总啊，你这是想到哪去了？我不做这个假好人，一是要讲原则，我的做人原则；二是要让王小飞有所顾忌，让他这混帐东西知道，我杨柳手上的刀随时会落下来，将来也好解决他的问题嘛。

裴小军明白了，这样也好，咱们就一个唱红脸一个唱白脸吧！

杨柳道，对，就是这意思。却又说，王小飞这事不是偶然的，如果我们和北柴的高管待遇这么悬殊下去，只怕还会发生类似的问题。

裴小军这才说，所以呀，我把高层关系全动用了。昨晚到赵安邦家要了场赖皮，给我家老爷子打电话，让老爷子找了何新钊，说了王小飞叛变的事，还谎报了军情，说咱许多高管都要被孙和平JOP啥的猎走了，杨主席，你可得和我保持一致啊，别在领导面前露了馅。

杨柳注意地看着裴小军，裴总，你还真去折腾了三位领导？

裴小军点了点头，折腾的效果还算不错，领导让我们参照北柴的标准搞个方案报省委、省政府。赵安邦的大秘一大早打电话给我，说是报告先送何新钊书记那里批一下，然后安邦省长再批给省国资委。

这可是杨柳万万想不到的，他和北重集团两年多没解决的天大难题，裴小军竟然一个晚上解决了，说是奇迹都不过分。于是，高兴地大笑道，裴总，干得漂亮，咱这报告到了国资委，孙鲁生得吓晕了！

裴小军也笑，吓晕了就送医院抢救嘛！又交心说，杨主席，你我是党的干部，得为党和国家负责。可谁为咱们负责？就是王小飞这帮人，他们图啥？图我们能给他们带来的利益最大化。你我可以不要利益，但他们的利益得给，说穿了，没有他们的利益，就没你我的前程。

这话说到了问题的本质，让杨柳不得不服。这个裴总厉害啊，看起来年轻，才三十八岁，可官场经验并不比他这五十岁的人少。人家生长在啥家庭？他生长在啥家庭？人家从小就耳闻目睹，及早接受了官场的熏陶，许多门道看也看会了。他呢，是进入官场才受的熏陶嘛。

裴小军汇报得差不多了，最后说，杨主席，大体也就是这个情况了，我有个意见，搞方案时得考虑集团这级高管层。几个不在上市公司兼职的，也都安排到董事会、监事会去，让他们都能拿到将来的好处。但我除外，我就一个职务，北重集团总裁，和上市公司无关。

杨柳忙摆手，咋能与你无关？这好政策本来就是你争取来的！

裴小军很严肃，不，我刚调来，没啥贡献，不能伸手摘桃子！

杨柳苦笑起来，我说裴总啊，你是不是也让我向你学习啊……

裴小军恳切说，不是，不是！杨主席，您和我不一样！北重集团今日的辉煌，是在您手上造就的，您是种瓜得瓜，理所当然！而我这手真要伸了，我家老爷子会骂死我，赵安邦省长、何新钊书记，还有刘艳阿姨也都会看不起我，还以为我这是为自己的私利胡乱折腾呢。

杨柳默然了，这又是他没想到的事。裴小军说的有一定道理，可真这么做了，集团上下几万员工会咋想？便道，裴总，这事咱再议吧！

裴小军说，杨主席，别再议了，就这么定了。我现在真没啥钱的概念，满心想的就是怎么着在您和董事局、党委的领导下做好集团工作。为私，得为我家老爷子长脸；为公，得为党和国家增光，配合您在国内外市场上打胜仗。这不是唱高调，我没必要在你面前唱高调。

杨柳感叹说，裴总啊，像你这样的干部现在实在是太少见了！

裴小军很谦虚，应该的，我家老爷子从小就对我说，战争年代党员是干啥的？就是背炸药包的！哎，杨主席，我有个小小的请求——

杨柳手一挥，还请求？咱们现在一起搭班子，有啥话都直说。

裴小军用那双真诚明亮的大眼睛看着他，杨主席，您以后能别叫我裴总，叫我小裴，或者小军么？我也不叫你主席，就叫你杨老师。

杨柳开玩笑说，哎，你不认了个猴王孙和平做孙老师了么？

裴小军很认真，而且很自然地改了口，杨老师，我这不是和您开玩笑啊！十五年前我走出汉江大学校门，走进了平柴厂，认了个孙老师，算是读了人生的小学中学。现在十五年过去了，我总算从平州进了省城，走进了咱北重，也想认个杨老师，读人生的大学和研究生。

杨柳只好改了口，笑道，小裴，这老师我不当看来还不行了？那就当吧，至少比你十五年前认下的孙老师强，别看他张牙舞爪的……

这日和裴小军的谈话，给杨柳留下了极其深刻的印象，杨柳甚至觉得，就是许多年过去以后，他也不会轻易忘记。这位高官之子是多么的成熟和智慧啊，在他五十年的人生经历中还真是头一次碰到哩。

他相信裴小军认他这个老师是真诚的，不仅是为了处关系，也想跟他学一手。在大型企业集团的管理上，在资本市场和营销市场的博弈中，练出一身真本领。裴小军才三十八岁，又是裴一弘器重的小儿子。他既然有办法在一个晚上解决掉他两年多没解决好的难题，就能在他认为自己够格的时候，一把拿下集团董事局主席兼党委书记的位置。那他呢，可就得走人了，可能到哪个副省级冷板凳上喝茶看报。

杨柳越想越多，也越想越深。从裴小军目前这种态势，和高层领导的支持力度判断，他根本不像在北重集团呆个一年半载，镀层金就走的样子，起码要干个三两年。而在这三两年里，只要他和裴小军发生了工作矛盾，走人的必然是他，这他必须考虑到。而在工作中咋会没矛盾呢？周到那么听话的同志，有时也会为不同意见和他争吵嘛。

还有，裴小军为集团上下争来巨大的利益，自己却啥都不要，这也很可怕。他说是不愿摘桃子，可大家会认为他一心为公，心里只有集团广大干部群众，完全没有他自己，在道德上就占据了制高点。组织上一考评，他就成了一个高尚的人，纯粹的人，脱离了低级趣味的人。而他杨柳同志呢，和人家正相反，拿着上市公司的高薪期权，发着大财，平时就会有人眼红，一考评也就成了个贪婪的人，为钱工作的人，唯利是图的人。然而，裴小军这次争取来的这高薪期权难道他不该拿吗？凭啥在他手下当过儿子的孙和平能拿，他就不能拿呢？他当然该拿嘛，如果离开北重集团，到JOP去，他拿的会更多嘛……

这念头让杨柳吓了一跳，咋想到拿JOP的高薪去了？他可是JOP的竞争对手，北重集团的当家人啊，当真也像王小飞一样叛变吗……

44

站在办事处门厅前，看到刘必定挽着一位时髦的美女，从一辆K省小牌号的新奥迪车里出来，孙和平一下子愣住了，咋也不明白，眼前这一切是咋发生的。上周才出狱的一个刑满释放犯，独自去了趟K省，不但把他和北柴的大难题解决了，还让人家K省的司机连夜开着车，连同这位美女一起拉回来了。美女气质很好，品位颇高，身着一袭淡雅的巴黎时装，挎着LV包，带着副GUESS太阳镜，不像是鸡。如果是鸡，也是少见的高档鸡，她的这身行头就值五六万。而那车是0078号，应该是K省政府机关的，甚至可能就是汤家和的专车。

刘必定下车后，一副大老板的派头，向美女介绍他的身份，曼丽啊，这位就是我和你说的孙和平先生，我的大学同学，上市公司北柴集团的董事长，我们的合作伙伴。又介绍美女身份，和平啊，这位是张曼丽小姐，毕业于中央财大的经济学研究生，是我的助手和生活秘书。张曼丽伸出戴着白丝手套的小手，礼节性地和他握了握，客气地说，孙董事长，幸会，幸会。孙和平嗅着张曼丽手上身上散发的清新香气，连连道，张小姐，欢迎，欢迎。刘必定就是刘必定，啥都做得出来，介绍完毕，当着他的面，以主人的口气吩咐仲秋，要仲秋安排两个大房间，让张曼丽和司机分头休息。张曼丽温柔地说，刘总，我就不休息了吧？还是陪您和孙董谈事吧？刘必定说，不必了，你在车上也没睡好，先睡一觉，睡醒后给我妹妹打个电话，看看这孙董指令划拨的那三个亿到帐了没有。要没到帐，我们和孙董也没啥谈的了。

孙和平吓了一跳，这位张曼丽到底是刘必定的啥人？他咋把底都透给她了？却也不好当着张曼丽的面问。直到仲秋引领着张曼丽和司机到楼上豪华客房休息去了，才拉着刘必定到贵宾室内坐下，咂着嘴说，必定，不服你还真不行啊，就算这世界充满奇迹，奇迹也不能让我这么难以置信啊！你莫不是又走上犯罪道路了吧？诱奸还是诈骗？

刘必定没见到那三个亿，心情不好，手一摆，孙和平，你他妈少废话，赶快说咱们的事吧！这三亿咋还没到帐呢？车进省城时，我还和我妹妹通了次话。另外，你电话里不是说再给我五个亿吗？这又该啥时到帐？赔了算谁的？赚了怎么分？快说，我下午还想去看盘呢！

孙和平解释说，这三个亿实际上已划出来，因为是在几家银行托管，要办转托管手续，所以今天可能到不了帐。还说，若不信，你可以让你妹妹或张曼丽小姐拿着这几家银行的本票，自己亲自去入帐。

刘必定对现在的银证转帐管理不是太了解，操起电话问他妹妹刘必英，有银行托管这回事么？把他解释的情况说了说。刘必英大概证实了他说的情况，刘必定态度变了，放下电话问，那五个亿咋说啊？

孙和平手一摆，先别谈那五个亿，你的这位张曼丽小姐是咋回事？咱的秘密你是不是和她说了？她靠得住吗？必定，你可说清楚！

刘必定道，说了一部分，没全说。不该让她知道的，我不会让她知道。她目前知道的就是，我们将有一次大合作，涉及八个亿资金。

孙和平苦着脸，那也不能说啊，你操纵市场，是个市场禁入者！

刘必定眼皮一翻，哎，和平，你们的钱是打到我帐上的么？我这个市场禁入者有股票帐户吗？没有啊！你们北柴集团是在和我妹妹名下的一家投资公司合作，让张曼丽知道有啥关系？再说她也很可靠。

孙和平说，这位张曼丽我可从没听说过啊？这次在K省认识的？

刘必定脸一拉，开啥玩笑？你把曼丽当啥了？我进去后，曼丽这四年守身如玉等着我！所以我才急着去K省会她，顺便把你们的事办了。你就好好谢谢张曼丽吧，她若不在K省，你们这事我不会办！

孙和平仍是疑惑，以一副开玩笑的口气说，哟，当今这世界还真有这么伟大的爱情啊？竟然能四年守身如玉，必定，你没唬我吧?!

刘必定一脸无奈，好，好，咱们不争论，你这么不放心我，我们停止合作！说着拿起电话，拨通了汤家和——肯定是汤家和，孙和平听得清楚，一开始是秘书接的，刘必定报了自己名字后，让秘书转的汤家和。刘必定和汤家和的关系真是非同一般，开口就是一声哥，还不是汤哥，就是哥！哥，我和曼丽到了，对，一路挺顺利的，你的司机这次太辛苦了。哎，哥，北柴集团那事咋样了？什么？他们的总经理田野刚到啊？亲自把报告送你到办公室来了？哥，这事我想啊……

孙和平吓坏了，及时按下了电话，必定，祖宗，你饶了我吧！

刘必定脸绷着，干啥呀你？你心理阴暗，啥都不信嘛，既不信我和曼丽的贞洁爱情，又不信我和老汤的友谊，那还和我合作个啥呀？

孙和平真是服了，接风那天，刘必定能因为他两年前套汤家和的事翻脸，就足以说明刘必定和汤家和的关系了。今天又能坐着汤家和的专车回来，用这种口气和汤家和说话，还有啥可怀疑的？张曼丽虽然不太靠谱，但应该不会有啥大问题。这么漂亮的女人为刘必定四年守身如玉一般来说不可能，但她知道刘必定是宏远系的老板，入狱后又留下了那么多钱，也不会轻易离开他，勉强算是个爱情吧。于是便说，必定，咱现在谈那五个亿，电话里不好细说，我是这样想的……

刘必定摆摆手，和平，你等等再说，电话被你搞断了，老汤那边我还得说几句。便又和汤家和通了次话，哥，刚才电话断了，北柴集团的事，你一定要抓紧啊，最好今天把报告批掉，免得夜长梦多……

这次放下电话，双方的谈判正式开始。孙和平和盘端出了拟用五个亿让刘必定拉抬北柴股票股价，为北柴一亿股增发造势的计划。明确说，必定，上周收盘，我们北柴已经冲到六十块了，今天开盘我看了一下，又长了两元。我希望你能趁目前大牛市把股价拉到八九十元甚至一百元，越高越好。拉抬过程中能赚钱最好，但不以赚钱为目的。

刘必定是操纵市场的老庄家，一听就明白，你是为了大把圈钱。

孙和平笑了，聪明！我这一亿股的增发价是股价的90%，你拉到八十元，我就能圈七十二亿，拉到一百元，我就能圈到九十亿……

刘必定立即指出，这可又是犯罪啊：就是我犯过的操纵市场罪。

孙和平直乐，所以我找你嘛，你轻车熟路啊！再说，这么干的又不是我们一家。必定，那三个亿的事不说，你想做啥股做啥股，这五个亿可只能做北柴，万一搞赔了，你给我们补上，赚了，你提20%。

刘必定听罢，手一摆，这不公平，赚了我拿20%，赔了全都算我的，而且还只能做你的北柴，老同学，你这算盘打得也太离谱了吧？

孙和平笑了笑，刘总，那你的意思呢？怎么才算公平？请讲吧。

刘必定闭眼想了想，这样吧，赚了我拿20%，赔了我赔20%。

孙和平觉得也有道理，风险和利益应该一致，但仍不松口，老同学啊，现在能赔吗？大牛市啊！连擦皮鞋的老头都在股市上赚钱……

刘必定道，这正说明风险很大，我改主意了：赚了我拿10%，赔也赔10%，不赔不赚，你们向我支付1%的管理费，不能你们大把圈钱，我白忙活。而且你们还得配合我的市场操作，干不干你看着办！

孙和平见刘必定态度很坚决，这才吐了口，好吧，就按你说的办吧，谁让咱们是老同学呢！赔赚都20%好了，配合操作没啥问题。

刘必定说，哎，还有管理费呢？我风险大了，你们得按2%支付。

孙和平断然道，这决不可能，五个亿的2%，就是一千万了！

刘必定一副无奈的样子，好，好，就1%，五百万，行了吧？

孙和平点了头，好吧，下午我让投资部搞个委托理财合同找你。

和刘必定的事谈完，中午陪着刘必定和张曼丽吃了顿饭，把他们二位送走，孙和平本准备赶回平州和任延安谈话。不料，等了几天的任延安却等不及了，竟然找到了省城北郊办事处，在门厅堵到了他。

任延安一见他的面，就阴着一张老脸恶声恶气说，孙董，现在不是两年前了。你和北柴都用不着我了，你不用到我家门口罚站了。轮到我这个老家伙来程门立雪了，你发了，抖了，阔得眼中没人了……

孙和平忍着气，强做笑脸，老任，你和正大重机的同志没发吗？

任延安说，托你的福，也发了，可发得辛酸啊！当年我是没有多少钱，但却是企业的主人，现在我是啥？是条狗，亿万富狗！等了主人几天也见不上，就是被逼死了也没人管！孙董，你还有没有良心！

孙和平这才火了，老任，我没良心，你能当上北柴集团副董事长吗？我第一次见你时你住在哪里？现在住在哪里？那时拿多少工资？现在拿多少钱？你说你是亿万富狗，这富狗多少人做梦都想当！

任延安说，可我不想当，我相信劳动创造价值，相信勤劳致富！

孙和平哼了一声，勤劳致富？笑话！现在勤劳不会致富了，劳动也不再创造价值！创造财富价值的是资本，是大脑，像我和简杰克这样优秀的大脑！最会劳动的农民，辛苦一年也买不了一平方米房子！

任延安眼里噙上了泪水，对，你说的是事实，可这正常吗？合理吗？你过去说，市场解放了我们，现在我发现，市场吞没了我们！我们是谁？为啥要这么拼命？我们生活和工作的意义在哪里？孙董，我们已经迷失在无尽的欲望和资本财富的泡沫中，找不到自己了！我现在就觉得一切都没啥意思，吃啥都没滋味，真怀念饥饿的感觉……

孙和平手一挥，我没工夫和你讨论这些玄虚的人生哲理！既然怀念饥饿的感觉，也没人拦你，你自己去饿几天吧！说着进了办公室。

任延安跟着他进了办公室，嘴上仍说个不休，孙董，你领着我们奔跑，奔跑，不断地奔跑，前面是啥？是天堂还是地狱？我们并不知道，你也不让我们知道。你承诺给我们一个伟大的企业，我曾为之热血沸腾，可现在的一切冷了我的心，我真有一种跟你当狗的感觉……

孙和平的辩论欲望被激起了，我们拼命奔跑，是因为别人也在奔跑！是因为我们生活在一个人类历史上从未有过的加速度年代，这是最好的年代也是最坏的年代，是天堂也是地狱！跑得快上天堂，跑得慢就下地狱。平常年头需要人们用一生的劳动和创造积累的财富，现在一年，几个月，甚至几天就挣到了手。企业更是如此，我们现在一次增发就能拿到五六十个亿，甚至是七八十个亿，而北柴总厂从清末在洋务运动中创立直到今天，一百多年的积累也没这么多！老任，我想想真觉得奇怪，在这种时代奇迹面前，在一个伟大企业已呈现在世界面前的时候，你的心竟然冷了，竟有了当狗的感觉，这只能说明你的落伍！略一停顿，喝了口水，又说了下去，老任，有时我也有当狗的感觉，可我不是哪个人的狗，是这个时代的狗，被这个加速度的时代追赶着一路疯狂撕咬的开路狼狗。因为我知道，我在引领着一个叫北柴集团的伟大企业，一步步走向星光灿烂，充满彩虹的天堂……

任延安情绪已多少有所镇定，可话说得仍很尖刻，所以，你不怕下地狱，啥事都敢干，而且不择手段！对你描绘的那个星光灿烂充满彩虹的天堂，恕我直言，我没看见！孙董，有个话今天我得说了，三百多名老员工告得不是没道理啊！当年北柴对正大重机的并购是造成了国有资产的大量流失啊，细算算可能还不止他们说的六个亿呢！而你和北柴当初答应原拆原建的房子没兑现，再加上历史贡献很大的老员工又没能持股，他们能不找我闹事吗？我的车都被砸过两次了……

孙和平打断任延安的话头，这些情况不要说了，你电话里说过好多次了。现在问题已经解决了，田野已带着五千万支票补交地款了。

任延安说，咋变成五千万了？不是三亿八千万吗？孙董，你又搞啥名堂了？是不是给汤家和或哪个贪官送礼了？你就不怕出事吗?!

孙和平冷冷道，老任，你凭啥怀疑我送礼了？我当初和你谈判收购正大重机时，给你和你们班子任何一位同志送过礼吗？别人不清楚，难道你也不清楚吗？现在你说造成了国有资产流失，而且不止六个亿，那请问：你当初干啥去了？是不是汤省长批评的玩忽职守啊？

任延安被问住了，怔怔地看着他，可……可是，孙董……

孙和平脸一拉，老任，如果我和当年北柴股份任何一个人向你行过贿，或者你发现我今天为少交地款向汤省长以及任何一位K省干部行过贿，你都去举报，既可以在K省举报，也可以在汉江举报！

任延安软了下来，哭丧着脸，孙董，你误会了，我这不是担心出事嘛！现在汤家和那里被你摆平了，我谢谢你！可下面闹群访的老员工还没摆平啊！他们当中有一个全国劳模，一个省级劳模！你补的这五千万是交给国资委的，这些老员工拿不到一分钱，不得继续闹吗？

孙和平的口气和缓了，敲了敲桌子，所以你们要多做工作嘛！

任延安叹息说，现在啥工作都不如发钱管用！所以我才给集团打了个报告，希望拿出四千万补贴一下老员工，闹不闹的都补上一次。

孙和平说，这我不在电话里说了吗？四千万不是大数目，真该补贴四个亿都行，可不该补贴一分钱也不能动，我们是上市公司啊！

任延安眼里再次噙上泪，孙董，请你看在我当年玩忽职守，给咱这家上市公司带来巨大利益的份上，帮我一次忙行不行？老员工这么闹下去，倒霉的肯定是我啊，搞不好得让他们告进去，算我求你了！

孙和平心里不禁一震。这种可能性不是没有，汤家和已经在说任延安玩忽职守了，一旦老员工闹凶了，或者出了人命，麻烦不会小。

任延安流着泪，继续说，我真以玩忽职守罪进去了，孙董，你的确没给我行过贿，可能会没事，但你领导下的这个伟大企业北柴集团可就出大事了！其一，可能要再补交不知多少亿的转让款；其二，当年的转让合同可能无效。还有,汤家和到点了,要退下来,就算你们和汤家和的关系再好,他也没法再护着你和北柴了,你也多想想吧!

孙和平知道任延安说的都是事实,而且进一步想到,万一接汤家和的人是汤家和的官场对手,也有可能借老员工的群访做文章。于是便说,老任,这事咱们都再想想吧,看用啥名目补贴?另外,你回去后也摸摸底,看这类老员工有多少?期望值有多大?四千万够不够?

任延安见他松了口,抹去脸上的泪,孙董,那我太谢谢你了!

孙和平摆摆手,谢啥?你少骂我两句就行了!再难,我也不能让你老任落个玩忽职守罪进去嘛!你进去了,我既要探监,又要捞你!

任延安又说,哦,对了,孙董,还有个事得向你汇报:我电话里说辞职可不是气头上的话,是真想辞哩!你和董事会看,能否考虑让简杰克先生的DMG团队提前进驻正大重机呢?本来也有这计划的。

孙和平心中窃喜,这老家伙,真知难而退了,便道,老任,你是不是被老员工们闹怕了啊?要不,就是想趁着大好牛市行权卖股票?

任延安叹了口气,孙董,你和董事会的同志爱咋想就咋想吧!

孙和平低着头,略一沉思,突然抬头问,老任,那你也和我说个实话:当年我程门立雪,邀你和正大重机加盟北柴集团时,究竟是金钱和利益打动了你,还是我创造一个伟大民族企业的理想打动了你?

任延安怔了一下,主要还是理想吧,也有些金钱和利益因素。

孙和平摇头说,我认为正相反,主要是金钱利益,不是理想!

任延安只得承认了,理想主义者也生活在现实物质世界里嘛!

孙和平桌子一拍,和任延安算总帐了。好,老任,那请问:我程门立雪答应你的利益是不是都给了你?打折扣了吗?你不承认今天的北柴集团是个伟大企业,这我不和你争论,让历史和市场去证明好了。可你骂我没良心!我是真没良心吗?你知道我为你们这帮高管的利益做了多大的牺牲和贡献吗?没有我,北柴集团会有你们这么多的千万富狗亿万富狗吗?越说越激动,你还说我不怕下地狱。作为这个伟大企业的缔造者和领导者,你们利益的创造者和保护者,我不下地狱谁下地狱?你任延安愿下地狱吗?现在不是已想着安全着陆了吗?而我呢,我这只被市场和时代追着飞跑的领头狼狗还在卖命啊!

任延安被他驯服了,道歉说,孙董,对不起,实在对不起!我主要是因为老见不上你，有些生气。这些气话，您千万别往心里去……

孙和平这才说起了正题，老任，你真要辞职，我和董事会原则上可以考虑。你毕竟辛苦了一辈子，也该退下来享享清福了，而且现在也有这个条件了。但最后一班岗得给我站好，先安抚好闹事老员工！

任延安应着，好，好，孙董，那我就不打搅了，今天就回去！

孙和平铁青着脸，挥挥手，让任延安走了，自己也没去送。在整个北柴集团，敢这么和他叫板的，也就是任延安这个老家伙了。就算任延安今天不主动辞职，他也得把他拿下来了。看着任延安离去的背影，孙和平心里已在认真考虑 DMG 团队入驻正大重机的步骤了……

45

张曼丽从没相信过汤家和，汤家和已经把说假话当做事业了，说得连自己都信以为真。在电视新闻里讲话作报告是这样，私下和她在一起也是这样。这老贪官，就是在她调教刺激下，欲火烧身，浑身颤抖，也没说过多少真话实话。所以，当汤家和要她去机场接美国归来的海外大款刘必定时，她立即上网查了查刘必定的中英文条目。这才知道当年有个曾在中国资本市场上呼风唤雨的宏远系，这位所谓的海归大款刘必定先生正是宏远系的巨头，因为操纵市场等经济犯罪，被判刑入狱五年，而且香港方面至今仍在通缉。昔日新闻的标题挺刺激的：《刘必定和宏远系，草莽时代的奇迹》、《刘必定的传奇：不是天堂就是地狱》、《宏远系兵败 2003，资本冒险家刘必定被拘入狱》……

有意思的是，身为副省长的汤家和竟是刘必定的好朋友。不但亲自出面为刚出狱的刘必定接风，还把她许配给了刘必定。汤家和在永福会馆和她说这事时，她本能地给了汤家和一耳光，可却答应了。她为啥不答应呢？这性无能的老东西有啥可留恋的？说出事不知哪一会，她当然更愿意跟着刘必定这位冒险家去冒险，寻求新鲜的刺激。

张曼丽清楚地知道，如今不是一个爱情的年代。爱情的浪漫已像遥远的梦幻，烟云一般散去，渐渐归属于古典了。她有幸或者不幸地置身于一个物欲横流人性颠狂的年代，一个需要不断创造和接受刺激的年代。在迄今为止二十八年的人生中，她就没经历过一次所谓的爱情。从第一次被一位老板醉酒强奸获得高额补偿后，便在一场场金钱和欲望的游戏中不能抽身了。在刘必定之前，她的最后一个游戏对象是身为副省长的汤家和，现在则是刚出狱的资本大玩家刘必定。对刘必定和汤家和这类冒险家来说，因为长期在法律的刀尖上跳舞，在权力和资本的浴场中狂欢，生存压力很大；而对她这种带着先天的美丽来到世界的年轻女人来说，资本和权力提供着丰富的物质享受，生活中又充满了空虚和无聊；所以双方都需要刺激，刺激，不断的刺激。

事实证明，刘必定需要这种刺激，是她理想的伙伴，不但是性伙伴，更是冒险的伙伴。她可以随着他参加充满刺激的资本冒险，没准再创造一个宏远系的奇迹呢。这不是没可能，刘必定刚出狱，汤家和就盛情为他接风，上市公司董事长孙和平就双手捧着送上了八个亿。

为这八个亿，刘必定一直在忙活。当天下午，带着她和他妹妹刘必英一起，和北柴集团投资部一位老总在五星级的欧洲大酒店签了委托理财合同，是刘必英签的字。她当时还不知道刘必定已被列入市场禁入者名单，只随便说了一句，刘总，孙董事长是委托的你啊，你咋不亲自签字？刘必定脸一拉，张曼丽，你懂个屁，少在这乱插嘴！就这一句粗暴无礼的话，立即让她明白了，她追随的这个冒险家骨子里是个十分强悍的男人。在这个强悍男人博弈的世界里，她可不是什么女王，而是不堪一击的弱小食草动物。她要获取的利益，只有在这个男人离不开她的时候，在相互刺激的长期游戏过程中逐步获取。于是老实闭嘴了，嗣后没再说一句不该说的话，并且保持着微笑和温柔。

当晚一起吃过饭，送走那位老总和他妹妹刘必英后，刘必定把门一关，把她搂倒在沙发上说，他妈的，这一天可累死我了！哎，我的女王老婆啊，您老是不是该给你的鸟喂食了？再不喂可就饿死了！

张曼丽不动声色说，怪我，我不知道你刚刚出狱，家伙饿久了。

刘必定听了这话，竟笑了起来，在沙发上坐正后说，曼丽，你都知道了？我声明一下，我可没想骗你，海归啥的可都是老汤瞎说的！

张曼丽冷冷一笑，说，我知道，老汤不可能带我去加拿大，你又一眼看上了我，老汤这王八蛋就甩包袱了。可我是包袱吗？你说！

刘必定忙道，不是，不是，哪有这么美丽这么刺激的包袱啊！

张曼丽转眼间成了女王，边脱衣裙边说，那先伺候女王洗澡吧！

一起洗澡时，刘必定已是欲火难忍。待得洗后出来，她穿上性感刺激的女王游戏装，手持玩具皮鞭和贞操带，挑逗撩拨时，刘必定白日的强悍不见了踪影，本能地趴在她脚下，成了被她驱使的性奴隶。

又一场新鲜刺激的SM游戏开始了。刺激进一步加深，张曼丽使上了皮鞭和锁链，让刘必定在一次次适度的痛中快乐着，自己也在施虐的刺激中享受着感官快感。不知不觉中，这场游戏进行了两个多小时，完事后，双双累得精疲力竭，躺在地毯上好一阵子，才又去洗了个澡。洗澡时，她又要把贞操带给刘必定戴上。刘必定直讨饶，说是游戏已结束。她这才笑道，那你得给我签个协议，保证我的利益，既有我们性伙伴之间的专有利益，也有事业上合作伙伴的经济利益。

刘必定认真了，曼丽，性伙伴之间的专有利益我绝对能保证，说真的，像你这么刺激会玩的性伙伴很难找到，能让我彻底放松。可这事业……哎，你说说看，你的事业是什么？我们有共同的事业吗？

张曼丽道，那看看我能为你做什么吧？必定，你现在麻烦仍然不小，香港对你的通缉仍然有效，你只要敢跨过罗湖桥，香港警察随时可能抓你。而我认为，这个麻烦是可以解决的，我去香港替你解决。

刘必定一脸惊讶，你真不得了，才几天啊，就对我这么了解了！

张曼丽说，不了解你，我会跟你过来吗？必定，别忘了，现在是个网络时代！又说了下去，在你入狱这几年中，港币兑人民币一直贬值，而那家香港上市公司的股票却一直在上涨，你在香港被冻结的股权价值，已远远超过八千万港币了。为啥还逃避？不能正视解决呢？

刘必定倒也实话实说，这个问题我想过，如果出让那些股权，不但能还清八千万港币和利息，还能赚上两三千万，可曼丽啊，我敢去解决吗？香港不是内地，是法制社会，就算还了钱，我也得去坐牢。

张曼丽说，所以是我去嘛，你只要给我委托书，我可以通过律师交涉，设法搞司法和解，以你的认罪受罚为前提，让香港取消通缉。

刘必定眼睛亮了，曼丽，如果这样就太好了，只怕搞不成啊！

张曼丽说，搞不成你也没啥损失，是不是？而真搞成了，你就在这个世界来去自由了。必定，你过去是资本市场的英雄，是宏远系巨头，我相信今天你仍然是位市场英雄，需要的天地应该足够广阔啊！

刘必定激动了，曼丽，我他妈的真幸运，今生今世能碰上你！

张曼丽笑了，晃了晃手上的贞操带，那么，刘总，你是愿意把这个戴上，和我过一天算一天呢？还是和我签个协议，双方长期合作？

刘必定连连说，长期合作，长期合作，曼丽，咱们游戏时的合作就不错嘛，能让我这么亢奋的只有你！你已把我的身体重新开发了。

张曼丽紧抓主线，决不跑题。现在我想开发的是我的利益。我们之间的合作应该全面，没有我的经济利益，这合作不可能长久。你这样的性伙伴虽然很好，但并不难找，而一个市场强人却很难找……

刘必定说，但你也知道，我只是个过路财神，最辉煌时手上有过几十个亿，可 2003 年资金链一下子断裂，我前妻祁小华又在关键时刻出卖了我，转眼之间，我和宏远系兵败如山倒，还让我进去了……

张曼丽冲动地道，可你现在出来了，而且一出来手上又有了八个亿，这是我知道的。不知道的有多少，我不清楚。难道你就不会东山再起吗？我相信，一位英雄不会轻易被打倒，尤其是失败过的英雄！

刘必定呵呵笑了起来，在她圆润的屁股上打了一巴掌，曼丽，你说得太好了！咱别在这里泡着了，这种严肃的话题应该穿上衣服谈。

穿上睡衣，张曼丽为刘必定冲了杯咖啡，放到了刘必定面前。

刘必定只喝了一口就说，这种速溶咖啡，我过去从来不喝，全是进口咖啡豆现炒现磨，有专人负责。我喝的干红也是定制的，存在酒厂酒窖的橡木桶里，上面都有宏远的标签，想喝了就派人提几桶……

张曼丽微笑说，这种日子还会来临的，也许很快就会来临……

刘必定放下咖啡杯，不，这种日子已经来临了！曼丽，你马上要做的就是，买房子，买车，都给我挑最好的买！老汤送你的叫啥别墅啊？那么小。还有小宝马，我们这种人能坐吗？给我去买辆奔驰，你自己也买辆大宝马！哦，对了，咱的新房子别忘了搞个游戏室啊！

张曼丽被镇住了：她真没看错人，刘必定不愧是玩过大钱的资本大腕，真有气派啊，是她此前见过的任何一个男人都没法比拟的。一时间，竟也不知该怎么再和刘必定谈自己设想好的那份利益协议了。

刘必定在屋里踱着步，又交代说，另外，曼丽，你 K 省的房子和车要尽快处理掉，和汤家和不要再联系，要像他从没存在过一样。

张曼丽以为刘必定怕她继续和汤家和重续旧缘，便说，必定，你放心，我任何时候都不会再和汤家和这老家伙玩了，对汤家和……

刘必定手一摆，曼丽，你误会了，我让你不要和老汤联系，不是吃那壶陈年老醋，是担心他出事连累到你。我明确告诉你，老汤一定要出事，你必须在老汤出事前不留痕迹地在检察机关的视线中消失。

张曼丽心里一惊，必定，你咋这么肯定？是不是知道了些啥？

刘必定说，你不必多问，知道多了对你不好，就按我说的做吧！

张曼丽连连点头，好，好，必定，那我就听你安排，先消失吧！

刘必定这才又重回正题，曼丽，你这么信任我，让我很感动，但我不愿欺骗你，我在刀尖上跳舞，有可能成功，也有可能失败，甚至有可能再次进去。你跟着我，和我长期合作，就得有这个心理准备。

张曼丽笑道，这个准备我当然有。别忘了，我才二十八岁，可你呢？生于1958年，你一个五十岁的人都不怕失败，我会怕吗？起码我有年龄上的优势，能陪着你失败N次，只要你还拼得起，败得起！

刘必定注意地看着她，眼里现出温情，曼丽啊，你现在对我的了解来自昔日新闻和网上资料，实际上并不知道我骨子里是啥人。咋说呢？我好像是个永远乐观的马大哈，从不知道也从没想过前面会有多少灾难在等着我，总是哈哈大笑向前走。哪怕身后的追随者已看到我脚下的刀锋一哄而散，我还会踩着刀锋向这世界招手，世界你好……

张曼丽冲动大叫起来，天哪，这可太有意思了！必定，当你再一次踩着刀锋向这个世界招手问好时，起码身后还有我，真的……

刘必定看了张曼丽一眼，继续说，可是，曼丽，这种性格决定了我许多失败是注定的。我的两个同学，一个是你见过的孙和平，还一个就是北重集团董事局主席杨柳，你到网上查查他们的材料，他们是为成功而生存的。你如果渴望成功，以获得最大的青春利益，就应该去找这种人。我追求成功，却不太在乎是否成功，往往更注重冒险博弈过程中的刺激性，就像和你游戏时一样，整个过程实在让我销魂。

张曼丽热烈亲吻着刘必定，必定，我何尝不注重过程？人生说穿了就是个过程，如果这过程不精彩，就是拥有金山银山又有啥意思？

刘必定道，如果你真是这么想的，我们长期而全面的合作就开始了。除了房子、车子，和你日常的一切开销之外，我再给你一千万开个股票帐户，你听我的指令买进卖出，我包你只赚不赔。就算我冒险失败了，再一次进去，你的利益也不会受到损害，这能让你满足吗？

张曼丽这时已完全被面前这个男人征服了，也大方地说，我卖了K省的车和房，加上这些年的积蓄，也还有个七八百万，都拿出来陪你在刀锋上跳上一回舞，就算真的再失败了，我也给你留一条退路。

嗣后，二人为今后刀锋上的舞蹈又说了许多，如何舞姿优美而又能成功地避开刀锋，持久向这世界招手问好。刘必定还主动说起了香港之外其他一些她还不知道的麻烦，要她和刘必英负责一一处理……

说到后来，刘必定又忍不住了，爬到她身上要上她。她虽没欲望却也极力配合。但没有SM的刺激，刘必定咋整也不行。于是，她不得不再次换了一身刘必定还没见过黑色女王装，足蹬皮靴上了场。开始完全是为了满足刘必定的需要，后来，渐渐变成了她的需求……

46

对马义的重归文学，于文发一直存疑。自从大盘上4000点，马义就不断地说要告别股市，好好去写小说。可手上十六万股北柴股票却一直没卖，小说也没见他写，晚报总编想请他开个文学专栏，他也没答应。倒是证券公司的活动常见他参加，还为《人民证券》写周末板块述评。现在大盘冲破了5000点，大蓝筹股启动，没想到，马义偏把属于大蓝筹的北柴卖得一干二净，让于文发十分诧异。可这诧异仅维持了两天，他正为马义的踏空惋惜呢，马义就拿着北柴集团下属一帮员工的告状材料找到《人民证券》来了，和他探讨起了体制性贿赂和国有资产流失的问题。慷慨激昂地说，听啊，蚂蚁们在怒吼！

于文发直乐，马主席，这次不是蚂蚁们怒吼，是你在怒吼吧？

马义说，我不就是蚂蚁吗？于总，我是和你谈正事，这材料你先看看，我准备再上战场，讨伐北柴集团，用手上的鞭子教训孙和平！

于文发看完材料说，怪不得你卖光了北柴呢，原来是怕出事啊！

马义连忙否认，不，不是，天理良心，我是卖了股票后才知道这件事的！于总，你和《人民证券》有没有兴趣保卫一次国有资产呢？

于文发想都没想，马主席啊，我和《人民证券》还真没兴趣！

马义有些意外，你们咋会没兴趣呢？北柴上访员工们揭露了一个触目惊心的事实：国有资产的确在这种体制性贿赂下大量地流失了！

于文发说，国有资产不就这么流失的么？我看得多了，都麻木了！

马义花白的长头发一甩，激动了，于文发，咱们可是2005年股改时剑挑北方重工的老战友啊，咋能麻木呢？该出手时还得出手啊！

于文发这才说了实话，马主席，有些情况你不太清楚：孙和平其实也不愿得罪我们，一直想和我们搞好关系，这二年给我们送了不少广告费。这回要增发一亿股，又和王艺全谈好了，广告费十五万！

马义叫了起来，咋的，人民没死，你们《人民证券》先死了？当真不为人民说话了？于总，不就是十五万吗？我给你二十万好吗?!

于文发说，你真给我二十万我也不能要，你又不为自己的小说做广告，就算做广告，也不会在我们证券类报纸上做嘛！我说这事……

马义脸一拉，哎，于总，我们北方重工拿二十万做广告行不行？

于文发想起来了，对了，我还忘了呢，你现在是北方重工独董！

马义说，你能想起来就好，我保证会让北方重工掏这二十万的！

于文发略一沉思，马主席，这该不是那位大象杨柳的意思吧？

马义说，这和杨柳无关，二十万广告杨柳要不批，我掏就是！你不信，我现在就留字据，甚至可以和你们报社签个合同，痛快点吧！

于文发觉得有些意思了，倒不是对北柴集团属下的正大重机国有资产的流失与否有啥兴趣，是对汉江境内两大上市公司的又一次近身博弈有了兴趣。马义不过是个独立董事，敢开口就是二十万，后面必有杨柳和北方重工撑腰，只是杨柳和北方重工现在不方便出面，但北柴集团和孙和平会想不到吗？能不反击吗？这里面有新闻，而且马义说的这种体制性贿赂虽说是老现象，却也是个新话题，应该做做。别说还有广告收入，如果操作得好，甚至能把两边广告费一起赚了。于是便说，马主席，你既然这么热血沸腾，咱们就再并肩战斗一次，说说你的想法吧！我和《人民证券》总不能凭你这些上访材料发难吧？

马义乐了，当然，当然，这正是我要说的。首先，我们要落实材料上提供的线索，看正大重机的国有资产是不是在转让中流失了六个亿。这就要你们《人民证券》的记者跑一趟K省，找K省国资委采访核实，得到核实证明后，你们发连续报道，我来篇《蚂蚁在怒吼》。

于文发桌子一拍，好，就这么定了！马主席，你把材料留在这里吧，我今天就派记者飞K省！你回去先吼着，如果文章和事实有出入，到时再修改一下。北方重工广告咱们签个合同，王艺全会找你！

马义走后，于文发一个电话把王艺全叫到办公室，把北方重工广告合同的事说了，要王艺全明天赶快找马义去办，也说了说马义准备怒吼的情况。王艺全一听就急眼了，说，于总，咱不能因为北方重工多给了咱五万就见利忘义啊?！于文发脸一拉，谁见利忘义了？见利忘义的只有你！我这是要做新闻，如果上市公司都日日平安无事，月月歌舞升平，还要我们《人民证券》干啥呀？我们还不都该失业了？

王艺全笑了，这倒也是！但想了想，仍觉得不妥，于总，他们掐让他们掐，咱们找啥麻烦？万一搞错了，北柴和孙和平能饶了咱吗？

于文发把材料往王艺全面前一推，所以呀，这些上访材料你去复印一份，送孙和平看，别说是我让送的，把北柴的十五万顺便拿回来！

王艺全晃着手上的材料，请示，于总，万一孙和平愿意为这份材料出个高价呢？比如给咱五六十万？咱和马义的行动是否能停止？

于文发手一摆，不要见利忘义！说好十五万就是十五万，多一分都不要！给我明确把话带给孙和平，只要咱《人民证券》记者调查属实，我们和马义一定行动！孙和平这小子不是很牛嘛，一直和我大谈资本的力量，这一次，我得让孙和平和北柴领教一下新闻的力量了！

王艺全说，于总，人家孙和平现在态度变了，给咱这么多广告！

于文发哼了一声，我心头这口恶气还没出尽哩，你就这么办吧！

这事是星期一发生的。星期二，王艺全在马义的陪同下到北方重工签下了二十万的广告合同，当场拿到了二十万的现金支票。于文发见到了真金白银，当天下午派出两位记者拿着上访材料，到K省国资委采访。星期三，孙和平亲自打来电话，请他和《人民证券》副总们到北郊风景区北柴集团驻省城办事处吃饭，被他回绝了。孙和平只得在电话里解释，说是此事已解决，北柴刚补交了五千万地款。星期四，两位记者回来汇报，说国有资产流失属实，但究竟是五千万，还是六个亿，北柴集团和上访员工双方争执不下。北柴最初想补交三千万了事，但K省不同意，北柴没办法，又被迫补交两千万。这一切说明，要做的新闻由头确凿存在。于是，在周五报纸上，马义正式发难，一篇题为《蚂蚁在怒吼！——国有资产在体制性贿赂下流失》的文章发表，同时发表的还有记者的报道《五千万，还是六个亿?》。

文章见报的当天，孙和平再次打电话来，这回不是请吃饭了，是赤裸裸的威胁，责问于文发和《人民证券》想干啥？为啥抓着一件已解决的小事大做文章？是不是想吃官司了？声称，将考虑采取法律行动。于文发也不客气，回敬道，我和《人民证券》一定陪奉到底！国有资产不容侵犯，再强大的资本力量也必须接受舆论的监督。孙和平又软了下来，问，于总，你知道不知道马义的身份？他可是北方重工的独立董事，你们别受骗上当！于文发心中一阵窃喜，也缓和了口气说，孙董，我们不会上谁的当，只是就事论事，保持公正客观。如果你们对北重和杨柳有啥话要说，或者发现了马义他们有啥见不得人的阴谋，我们也会发表你们的文章。孙和平态度这才变了，那好吧，于总，我们还是得尽快见个面，消除一些误解。其实，你应该知道，上次股改博弈后，我一直要求下面注意和你们《人民证券》的关系。于文发说，这我已经充分注意到了，所以，请别怀疑我公正客观的立场。

真有意思，一直牛皮哄哄的孙和平，现在不牛了，马义的文章和记者报道击中了他的要害。资本在新闻和舆论监督面前，终于低下了高昂的头颅。现在可以考虑会面了。对这种凶险的资本大鳄，必须知道啥时使用新闻和舆论的鞭子，啥时妥协退让，否则必将两败俱伤。

然而，让于文发做梦也没想到的是，这一回，他和马义竟捅了个大马蜂窝。K省副省长兼国资委主任汤家和看到《人民证券》的文章和报道后，竟在周六即九月一日夜里仓皇出逃，经香港中转飞往加拿大。逃跑前，还给新任省委书记王汝成留下了一封长信，说是夫人在加拿大身患重病，需要他去照顾，他已来不及等到十九天后退休，只得不辞而别。信的最后，竟还提出了对K省下一步改革的十点建议。

汤家和出逃的消息一经传出，正大重机三百多名一直上访不断的老员工如梦初醒，极其愤怒。把刊有马义文章和记者报道的《人民证券》贴在大木牌上举着，冲进了正大重机制造公司。和奉命前来维持生产秩序的警察发生激烈冲突，酿发了震惊全国的“九三”流血群体事件。导致十六名警察和三十三名员工受伤，两名员工在冲突中死亡。

九月三日是又一个星期一，大盘强劲上涨，冲上5300点，北方重工上涨5%，北柴集团却盘中一度跌停，收盘仍放量暴跌8%……

47

2007年9月3日上午，任延安在正大重机制造总厂办公大楼八楼自己的大办公室里，透过落地窗，亲眼目睹了这场群体流血事件。

事件的整个过程，任延安看得很清楚。接到正大重机报警后匆匆赶过来的防暴警察，最初只是试图将这三百多名老员工赶出厂区，维持厂内正常的生产秩序。老员工们就是不走。一直领头闹群访的前省劳模钱结实站在一辆正下线试车的二十吨重型卡车上，手持电喇叭指挥着：大家都不要走，这是我们的工厂，谁也没有权力赶我们走……

警察们这就注意到了钱结实。先是站成一圈，用盾牌防护着，团团围住那辆重型卡车。继而，几个警察爬上车，将钱结实抓住，夺了钱结实手上的电喇叭，要把钱结实弄下了车。钱结实倔得很，落到几个警察手上了，仍拼命挣扎，挣扎过程中，手脚可能无意中打到了一位警察，那警察不干了，抡起手上警棍，对钱结实就是一下子。钱结实身子一歪，脸部向下栽倒了，重新站起来时，脑袋脸上全是血。

钱结实抹去脸上的血，仍拼命高喊，这……这是我们的工厂……

因为事情发生在高高的重型卡车上，三百多老员工大都看到了血流满面的钱结实。钱结实作为一个底层工人的英雄，就此定格在正大重机员工们的心里，而他却成了电影《燎原》里万恶透顶的资本家。

在钱结实重新站起来高喊的那一刻，任延安的心一下子揪了起来，不断地默默祈祷，结束吧，就让眼前这一切快结束吧！可他无能为力，他再不是2005年7月前的那个一言九鼎令人尊敬的任总任书记了。自从孙和平和北柴集团入主正大重机，他和原班子成员一个个按集团规定持了股，又拿上了高薪期权之后，就都成了钱结实们眼中要被告垮搞垮的万恶资本家。他若真的敢在这非常时刻走进冲突的人群中，钱结实们回敬他的只有棍棒和拳脚，他现在只能由警察保护了。

流血冲突的导火索就这样被点燃了。一场冲突双方谁也没事先料到的混战，因钱结实流出的鲜血而在一瞬间爆发。员工们操起能操起的一切家伙，和警察们拼起了命。在重型机械厂里，最多的就是铁家伙，加上一些在岗员工本来就对他和管理层不满，有些人又是老员工们的徒弟或后代亲人，暗中提供方便。结果，没一会功夫，老员工们手上就有了锄头、扳手、铁撬棍。警察手上的盾牌和警棍在这些铁家伙的攻击下渐渐顶不住了，将这三百多名老员工赶出厂区一时间竟成了难以完成的任务。老员工们则一心要夺回他们的领头人钱结实，丝毫没有放弃行动的意思。双方便以那辆重型卡车为中心，继续进行混战。任延安注意到，员工和警察不断有人倒下，最终导致警察开了枪。

这枪声实在惊心动魄。任延安在听到枪声那一刻，软软倒坐在地上。心里不断说，完了，完了，这下子他和正大重机一切的一切都完了！事情闹到让警察开枪的这一步，他和正大重机管理层再也没有任何挽回的余地了。就算孙和平和集团把四千万马上划拨下来，他也难以安抚这些流血的心灵了。正大重机的老员工，在自己为之奋斗了一生的厂里流了血，甚至可能有人会中弹死去，他任延安该当何罪?!

天哪，这都是咋回事呀？咋就走到了这一步呢？他当真是万恶的资本家吗？不，他是做了十六年的正大重机党委书记，现在仍然兼着这个党的职务。大学刚毕业，在铸造车间当技术员时，他曾和工段长钱结实在同一个党小组，钱结实还是他的党小组长哩。后来他做了车间工程师、车间主任，仍然在同一个党支部，钱结实是组织委员，他兼任支部副书记。现在，钱结实在他报警叫来的警察枪口下流血，他却站在办公楼顶楼上冷眼旁观。他不是万恶的资本家，还能是啥呢?!

他手上难道没拥有股权期权吗？他不确凿是只属于北柴集团的亿万富狗吗？年薪不是一年一千万吗？一千万是啥概念？是一个中国农民从商朝辛苦劳动到今天不吃不喝的全部收入啊！是正大重机普通员工三百多年的总收入啊！是退休离岗的钱结实们八百多年的总收入啊！任延安同志，不，你和钱结实们也许早已不是同志了，任延安先生，请问，你何德何能？对正大重机的贡献比前省劳模钱结实又多了多少？凭啥你年薪一千万，钱结实们只能拿一万多的退休年金？

正痛苦思索着，一阵刺耳的警车警笛声响了起来。瘫坐在落地窗前的任延安看到，增援的警察又到了，十几辆新来的警车里跳下了上百号警察，还开了一辆广播车。广播车不断广播，要员工们退出厂区。

形势由此发生变化。新来的增援使警察队伍士气大作，由围绕那辆重型卡车的防守，迅速转为进攻。警察们排成方阵，一步步把老员工的队伍逼退，直至逼出厂区。继而，几辆尖叫着的救护车开进了厂区，将伤员一一抬上了救护车。那当儿，任延安还不知道伤亡情况。

中午十二点多，总厂保安队长敲门进来了，脸上带着明显的不安和惊恐，报告说，任董，这次麻烦闹大了，死了两个老人，伤了三十几个，警察也重伤三人，还有十几个轻伤，重伤员医院正在抢救……

任延安听罢，一言未发，面无表情地挥挥手，让保安队长走了。

保安队长走到门口，回过头，又说，任董，你也别多想了，这也是没办法的事！钱结实他们一直这么闹，这次又伤了这么多警察……

任延安这才问了句，除了钱结实，警察还拘留了多少人？

保安队长说，有五六个吧，具体还不清楚。公安局刚才来了个电话，要我们厂协助，敦促所有参与今天暴力事件的人员向警方自首！

任延安点点头，那就协助吧，这事别再找我了，找刘书记汇报！

保安队长连连应着，好，好，任董，你忙，我走了。出门走了。

这时，已到了吃午饭的时间，任延安却没任何饥饿感。让他最担心也是最可怕的事还是发生了。他的命运已在钱结实们打着《人民证券》文章冲进厂区时被决定了。他的确像那位作家，北方重工独立董事马义说的，接受了孙和平以及北柴股份的体制性贿赂，造成了国有资产流失。可用体制行贿的孙和平会有问题吗？没有。有问题的只是他任延安，他作为国有资产代表时，被股份制的高薪和管理层持股的新机制吸引了，接受了这种体制上的贿赂，背叛了一种没有他个人利益的国有体制，投靠了一种能让他获得巨大个人利益的股份体制……

这时，电话铃响了，是专职党委副书记老刘。老刘说，出了这么大的事，我们班子是不是得赶快开个会总结一下教训？任延安说，是该好好总结，这教训太深刻了，我个人意见，最好请集团也派人来听听。这事你就负责抓起来吧，别再问我了。老刘说，任董，不请示你哪成？我是这样想的……任延安不耐烦地说，老刘，你先让我静静吧！

放下电话，任延安又想，钱结实也太过分了！这两年，他那么劝他，甚至自掏腰包给他钱，钱结实不但不要，还人前背后对他大骂不止。今天不是钱结实这么煽动，流血死人事件本不会发生。过去钱结实也领老员工们闹过，警察一来，就一哄而散了。这回倒好，因为《人民证券》的文章，因为汤家和的逃跑，胆大了，就把他逼到了绝路上。

电话又响了。任延安以为还是老刘，开口就是一番发泄，老刘啊，你能不能让我安静一下？算我求你了行吧？我现在连跳楼的心都有！

不料，电话传出的是孙和平的声音，老任，冷静，请冷静些！

任延安更冷静不了了，孙董，你现在怕了吧？让我咋冷静？连枪都被迫用上了，当场死了两个老员工啊，他们是在自己贡献了一辈子的厂里死的！老员工和警察受伤几十人，正大重机历史上从没有过！

孙和平说，老任，事情我都知道了，我和集团正在紧急研究！你可能不知道，今天我们的股票放量暴跌，中午收盘已经快跌停了……

任延安叫了起来，你现在还在关心股票？警察和员工的血还在试车场上没擦洗干净，死去的两个还在殡仪馆躺着，你还有点人性吗?!

孙和平的声音也提高了，事情既然发生了，我们就得正视！死的死了，活着的人还得好好活下去！我听老刘说，你现在躲在办公室不见人，这咋行啊？老任，你听着，给我立即带上支票，带上慰问品到医院看望受伤的警察同志，代表我和北柴集团向他们致以深深谢意！

任延安说，对不起，你让老刘代表看望吧，我要去检察院自首。

孙和平显然很意外，老任，你瞎想啥？《人民证券》一篇文章和一个报道就把你吓成这样？你是行贿了还是受贿了？都没有嘛……

任延安平静地说，孙董，这事你我都清楚，在集团办事处咱们也谈起过，国有资产是在我手上流失了，至于是五千万还是六个亿，让权威机关去判断。起码我知道一个事实，当时简杰克DMG的股权报价已经是八个亿了，我为了自己利益，最终和你七亿五千万成交。至于汤家和为啥最终让了这五千万，你以及北柴股份和汤家和之间是咋回事，我就不知道了，反正汤家和现在逃跑了，也不会去交代了。

孙和平挺警觉，老任，你啥意思啊？怀疑我向汤家和行贿吗？

任延安说，孙董，这你别误会！没有事实根据的话，我一句都不会说，更没有举报立功的想法，只想自我赎罪，求得心灵的一份安宁。

孙和平似乎放心了，老任啊，是不是就去自首，我请你再慎重想想！就算流失了五千万，我们这次也补上了，你为啥非要旧事重提？

任延安叹息道，孙董，不是我要旧事重提啊，是那个马义和《人民证券》旧事重提。是钱结实这帮老员工紧追不放。今天又闹出了死人流血的恶性事件，我就是不去自首，检察机关也会上门来找我的！

孙和平说，你不要怕嘛，我会让马义和《人民证券》闭嘴的！至于那帮老员工，马上拿出几千万补偿！老任，我希望你平安着陆啊！

任延安相信孙和平这话是发自内心的。他去自首也好，被捕判刑也好，对北柴集团和孙和平都不是啥好事，搞不好还要影响到股价起落。可他在劫难逃啊，现在孙和平说啥都晚了。于是便道，孙董，这事我已经想定了，把一些事处理好就去自首，你得考虑谁来接手了。

孙和平直叹气，老任啊老任，你咋就这么固执呢，哎，我说……

任延安不想再听了，默默放下了电话，又想起了心事。这次钱结实不是拘留几天的事了，领头闹出了一场严重流血冲突，肯定得判个三五年的。他呢，恐怕也得在玩忽职守罪名之下领几年刑。没准会和钱结实在同一个监狱，甚至同一个大队，同一个中队，同一个犯人小组。果真如此的话，时光可就倒流了，他们又都回到了三十年前……

48

和裴小军一起，到宁川路机检查工作，是周一例会上定下的。

宁川路机合并林业机械上市后，筹资近四十亿，发展势头迅猛。道路机械和林业机械的整机产能都在紧张扩张之中，销售订单排到了明年。据主持工作的副董事长兼总经理范桐城最近汇报，其中期业绩每股四角八分，全年有望达到甚至突破一元。当然，和北方重工还是没法比，北方重工主营利润就会突破两元，加上投资收入，全年起码三元。但因为宁川路机是新股，流通盘只有一亿八千万，市场有送转股的良好预期，股价走势一直坚挺，昨天已随大盘冲上了五十元高位。

周二一上班，裴小军就来了个电话催促，杨老师，走吧，宁川的开路！我已在楼下恭候您的大驾了。杨柳说，好，好，小裴，我这就下来了。说罢，放下电话，把桌上几份要批的报告批了，这才下了楼。

在集团大楼门厅前上车时，裴小军没上自己的车，笑眯眯地挤进了他的车，说是一路上得和杨老师聊聊天。杨柳心情不错，也想和裴小军聊，便对裴小军说，小裴，知道么，昨天收盘，我们北方重工的股价历史上头一次超过了北柴集团。而且，是香港和内地的双超啊！

裴小军马上接过话头，是啊，在香港，我们收报四十一港元，北柴暴跌

11%，收报不到四十港元；在深沪，我们收报六十二元，北柴大跌8%，收报五十七元零四分。还有宁川路机，昨收报五十元六角。

杨柳亲切地拍了拍裴小军肩头，嘿，你这个小裴，还都知道嘛！

裴小军得意洋洋，杨老师，我是您手下第一打工仔，不知道这些还成？又说，还有您不知道的呢！北柴为啥这么大跌？不仅是《人民证券》上的文章，是出了大事。正大重机发生流血冲突，造成二人死亡，四十九人受伤，一位叫汤家和的腐败副省长也吓得逃到了境外。

杨柳很惊讶，这些情况属实么？哪来的消息？K省还是北京？

裴小军道，K省新书记王汝成的大秘向我透露的。说王汝成当晚就召开了紧急常委会，对这一事件做了重要指示，指出：这是一起腐败和贫富两极分化造成的典型案例，各级党委和政府必须高度重视。

杨柳知道，裴小军说的王汝成，曾任汉江省委常委兼宁川市委书记，是赵安邦当年从宁川市一手提起来的。前些年调到西南某省做了几年省长，上个月刚调任K省任省委书记。汤家和他却从没听说过。

裴小军又说，王汝成在会上提了几个问题，让常委们思考：正大重机老员工上访告任延安和汤家和，为啥没人理睬？对汤家和的告状信和举报材料厚达两尺，为啥就是告不倒他？反而让他在中央准备采取措施前及时逃了？北柴集团一位高管的年薪等于普通劳动者几百年的总收入合理吗？这种日趋尖锐的贫富利益冲突，如何在市场化条件下解决，以保持社会的稳定与和谐？向正大重机派防暴警察是哪一级批准的？是滥用了警力，还是警力使用过度？王汝成还把汤家和留给他的信让常委传阅了，发了大脾气。说他见过腐败分子，却从没见过这种不要脸的腐败分子！竟然还在信中给他提了十条改革建议……

杨柳只关心北柴集团和孙和平，打断裴小军的话头问，小裴，这么说，北柴集团麻烦不小啊？会不会把任延安和孙和平都牵连进去？

裴小军说，可能性很大！起码任延安跑不了，老员工们一直告的就是他和汤家和嘛！又说，现在的王汝成，很像当年的赵安邦啊……

杨柳是汉江土生土长的干部，对王汝成比较了解，说，小裴，这你说错了，王汝成哪像赵安邦啊？像赵安邦的是钱惠人！如果钱惠人当年不是因为腐败进去了，现在K省省委书记没准就是钱惠人。王汝说见过的腐败干部，我估计就是指钱惠人吧？他们一起搭过班子！

裴小军争辩道，哎，哎，杨老师，你咋忘了与时俱进啊？当年王汝成在啥位置上？现在在啥位置上？人家现在是省委书记，封疆大吏啊，想没气魄都不成！我看，孙和平麻烦大了，搞不好当年正大重机对北柴的转让会被宣布无效。对了，咱那三千多万股北柴卖了吗？

杨柳笑道，一直在卖着，马义提醒过我的。上周末看了《人民证券》后，昨天一开盘，就把余下的全卖了，搞得北柴一度跌停板啊。

就说到这里，裴小军的手机响了。裴小军看了看手机上的来电显示，笑了，是孙和平！说罢，做了个鬼脸，接起了电话。哦，孙老师啊，咋这时想起找我了？也不知孙和平在电话里说了些啥，反正是说了好半天。裴小军听后道，孙老师，这不大好办啊！我们杨主席要知道我为你们帮这种忙，还不得把我拉出去就地正法呀！你记着啊，我现在不是平州副市长了，是杨柳主席领导下的第一打工仔。孙和平那边又说了半天。裴小军似乎很无奈，好，好，我承认马义是我们的独董，我向杨主席汇报一下，看看能否请杨主席出面，找马义谈一谈。

合上手机，裴小军汇报说，杨老师，孙和平说了两件事：一、希望我随他到K省去一趟，向王汝成书记做一次汇报，我一口回绝了。

杨柳一脸不屑，不知这猴是咋想的，还当你在平州做副市长啊！

裴小军说，就是！又说，不过，杨老师，作家马义现在可是咱们的独立董事啊，这么写文章挑战北柴，似乎有失正常的游戏规则……

杨柳没当回事，作家有创作自由，你我管得了吗？小裴，我把话说清楚，我可不找马义谈啊！想找马义你去找吧，我给你他的电话。

裴小军仍想说服他，杨老师，创作上的事，咱当然不能管，也管不了，可马义的《蚂蚁在怒吼》，是小说还是散文？分明剑挑北柴嘛！

杨柳不悦地说，马义也剑挑过我和北重呢，我照请他来当独董！

裴小军笑了笑，杨老师，你气魄气量都比孙和平大嘛！可这一次……哎，我咋听说，我们还突然在《人民证券》做了二十万广告？

杨柳真不高兴了，脸一拉，不能做广告啊？我们一年广告支出上千万！为啥不能在《人民证券》上做区区二十万广告？哦，我批的！

裴小军顽强得很，杨老师，别管谁批的都不好！我们在背后支持马义和《人民证券》这么干，不是正当的市场竞争，又捅了这么大娄子。孙和平让我们做做马义的工作也应该，不行就我出面找马义吧！

杨柳看着车窗外的风景，哼了一声，好啊，看马义会听你的吧！

裴小军语调不高，但态度坚决，不听也行，他这独董就别干了！

杨柳心里不由一惊：这位权贵子弟，到底现出真容了！细节决定成败，这件小事上的细节，让他一眼看透了裴小军恭敬后面的强硬。

裴小军算啥东西？不就是省委任命的集团总裁吗？在两个上市公司都还没兼职，凭啥拿下马义的独立董事？于是，压着火气，语调平淡地说，可以啊！不过，让马义滚蛋，得走正常程序。首先，我向北方重工董事会提出申请，辞去董事长职务。然后，提名你任新董事长，主持新一届董事会的工作。我的辞职和对你的提名，如果获得股东大会通过，你如愿出任了新董事长，裴总，你就可以赶走马义了！

裴小军微笑着听罢，一脸恳切地说，杨老师，幸亏我已向您声明过，除了集团总裁这一职务，决不在上市公司兼职，否则，您真会以为我手伸得很长呢！杨老师，我这是为了工作！不错，北柴是我们的竞争对手，该竞争的，双方就正当竞争嘛！但不能不择手段啊……

杨柳道，孙和平承诺高薪，拉王小飞过去，他是正当竞争么？

裴小军说，这当然也不是！可孙和平不是已经承诺放弃了么？

杨柳冷笑，裴总，也就你相信吧，反正我不信，你等着瞧好了！

裴小军语气越发诚恳，好，杨老师，这事我们可以等着瞧，也许是我错了。但今天您为我随口而出的一句话，犯得着动气么？您有必要这么认真，想这么多吗？马义这个独董是您和董事会请的，没您的认可，谁敢动他啊？谁又动得了他？您要这么认真，只有我辞职了。

杨柳心里想，我若不认真，你小家伙就不是随口一说了！嘴上却道，你既然这样坚持，我就抽空找马义谈谈吧，他听不听可不知道！

裴小军笑了，好，好，杨老师，只要你出面谈了就成！又说，哎，对了，咱二十万广告的事可千万别传出去，广告最好也晚点再发！

杨柳说，谁会传啊？要传也只有你去传，孙和平是你孙老师嘛！

裴小军夸张地叫了起来，哟，杨老师，你还怀疑我里通外国啊？！

杨柳故意说，小裴，别说你，连我都有里通外国的可能，现在这社会，有奶就是娘嘛！像王小飞，不就里通外国，和北柴勾搭上了么？

裴小军突然想了起来，对了，杨老师，咱也别光看到孙和平的猴窝着火，给咱带来的好机会，也得看到消极影响，对咱不利的地方！

这倒是杨柳没想到的，消极影响？还不利？小裴，你倒说说看！

裴小军说，杨老师，您想啊，王汝成和赵安邦是啥关系？他们能不通气么？若赵安邦知道正大重机闹了这么一出，对我们激励计划就有影响了。王汝成不是提了么？一位高管的年薪等于普通劳动者几百年的总收入是否合理？当然，我们的方案照做，但期望值不能高了。

裴小军就是敏感啊，竟从孙和平和北柴的危机中看到了这种不利影响。不利影响肯定存在，今天的赵安邦已不是过去的赵安邦了，才不会为这种风险承担责任哩！于是便道，不行就放放吧！反正已经搞晚了。北柴是在熊市中搞的员工持股和股权激励，成本都很低。现在是牛市，股票价格炒得太高了，我们管理层的股权激励没多少意义！

裴小军想了想，说，这倒也是！要不就分两步走吧，先把高管的年薪提上来再说。比如您吧，既然北方重工董事会的薪酬委员会给您定了八百多万的年薪，您就拿着嘛！杨老师，我争取帮您拿到手……

杨柳忙摆手，别，别，小裴！你真这么做，就是陷我于不义！

裴小军直叫，看看，你看看，都提到不义了！让我咋办才好？

杨柳也不知咋办才好。在 JOP 拿这八百万，甚至一千万都名正言顺，没人敢说半个不字。而在北重集团，他就是拿三百万，底下的员工也会议论纷纷，说他涨了几倍的工资。更别说还有裴小军的低薪做陪衬。裴小军这么做，就是为他挖坑，准备埋他。当然，他也可以考虑先把这份高年薪拿到手，在裴小军下手埋他之前，及时跳槽……

这时，裴小军用胳膊肘碰了碰他，哎，杨老师，咋不说话了？

杨柳这才叹息说，这事算了，还是接受正大重机的教训吧！

49

巨大危机就这么突然来临了。不仅是北柴集团的企业危机，也是他孙和平的个人危机。贪婪无耻的汤家和竟然逃了。正大重机制造公司流血死人的严重冲突意外地发生了。任延安被吓破了胆，不听他的好言劝阻，自认渎职，要到检察机关自首。北柴股票在香港和内地同时暴跌，股价竟双双让北方重工超越了。更严重的是，新任省委书记王汝成要拿此事做典型，杀鸡给猴看。这一天一夜，从 K 省传过来的信息又多又杂，都很可怕。有消息说，王汝成在流血事件发生后，连夜召开省委紧急会议，在会上拍了桌子。有消息说，王汝成下令对当年正大重机的股权转让进行彻查，如果造成国有资产流失，将宣布转让无效。有消息说，中央调查组已进驻K省，全面调查汤家和……

孙和平进入了从未有过的惊慌与恐惧中。白日吃不下饭，晚上睡不着觉。几乎是出自本能地竭尽全力进行危机公关。然而，公关效果糟糕透了。他知道王汝成是赵安邦在宁川一手提起来的，想通过赵安邦给王汝成打个招呼。赵安邦却一直不接他的电话，连赵安邦的秘书都不接。这在过去是不可能的事，他毕竟是一家著名上市公司的董事长，他的电话就算赵安邦不接，秘书也会接。这说明了啥？说明赵安邦知道这事闹大了，想躲他，甚至有可能已经从王汝成嘴里得到了要对他动手的什么机密内幕。退而求其次，他又找裴小军。裴小军毕竟是裴一弘的儿子，王汝成虽说是赵安邦的人，但却是在裴一弘主持工作时进的省委常委会。如果裴小军能帮忙，陪他去一趟K省做个汇报，王汝成也会给些面子的。可裴小军也推了。这个小混蛋，一口一个孙老师地叫，却看着自己老师掉进坑里挣扎扑通，就是不搭把手。

田野知道问题的严重性，跑来找他商量，说是任延安那里，我们从没送过礼，就算任延安自首了，我们也不怕。倒是汤家和那里有些麻烦，主要是汤强那五百万的广告费。建议早做准备，让广告部主任把责任担了。孙和平苦着脸说，这也是我过去的想法，昨天夜里病急乱投医，看了看法律规定才知道，你我仍然逃不脱责任，还叫单位行贿罪。田野问，那这次呢？补交五千万地款的事呢？孙和平说，这倒没啥，汤家和又没收咱的钱，咱借给刘必定三个亿是另一回事。田野有些担心，如果刘必定在外面乱说，我们就会有麻烦。孙和平说，他才不会乱说呢。就算他再进去，也不会说我们的事，否则我也不敢找他。田野突然想起，哎，刘必定该不是早就知道汤家和要逃跑了吧？

孙和平一怔，觉得这也不无可能，刘必定和汤家和之间的关系那么好，哥呀弟的！便当着田野的面，给刘必定打了个电话，直截了当问，必定，你和我实话实说，你是不是早就知道了汤家和要逃跑啊？

刘必定不知是真不知道，还是装糊涂，你说啥？老汤逃跑？他往哪跑？哎，和平，我给你说呀，现在市场上传言很多，这盘难做了！

孙和平哪还顾得上做不做盘，继续追问，你真不知道老汤逃了？

刘必定道，老汤逃不逃与我们有啥关系？我问你，你们该补的三亿八千万是不是变成了五千万啊？人家老汤给你们批了没有？批的过程中受你的贿没有？他既没受你的贿，你也没行贿，瞎紧张啥？不过，如果你想借口老汤逃不逃的事违约，敢从我帐上划走这三个亿的话，那你和北柴可真得紧张了，估计你还能赶上进我住过的号子……

孙和平知道刘必定话里的意思，心里一惊，忙道，哎，必定，你他妈都想哪去了？我这不是紧张，就是随便向你了解一下情况嘛！

刘必定道，了解啥？你不说我今天还真不知道！孙和平，你还孙猴子呢，猪脑子啊？我问你：如果你有一天卷几亿十几亿逃到境外去了，会不会在逃走前和我打个招呼，哥们，我逃了！咱以后美国见！

孙和平无言以对了，过了好半晌，才说，这……这倒也是……

刘必定又责备起了他，孙和平，不是我说你，你和杨柳之间咋搞得这么水火不相容？你看看《人民证券》上马义的文章，害得我没法做了。昨天北柴跌停时试着扔进去一个多亿，按你们的要求托盘，结果倒好，今天每股竟套了两块多！这种损失算你们的，还是算我的？

孙和平说，这也不光是杨柳马义捣乱，主要还怪《人民证券》！

刘必定道，是啊，《人民证券》再来几篇这类文章和报道，咱们就惨了，你那一亿股也别增发了，就算勉强增发，也圈不了多少钱！另外，现在市场传言很多，甚至说 K 省国资部门要收回转让的股权？

孙和平气了，全是他妈胡说八道，造谣惑众！必定，你想啊，真有这种事，我能不先和你说吗？你手上的五亿托盘资金可全是我们北柴的！另外，《人民证券》的事你也别急，于文发摆平了，今晚我和田野要请他和报社一帮老总在办事处吃饭，正说马上赶到省城去呢！

刘必定道，好，这就好！又安慰说，和平，你把心放到肚里去，别自己吓自己了，老汤真逃了也是好事啊，陈年烂帐就一笔勾销了！

放下电话，正想着刘必定电话里不无阴险的威胁，田野向他身边凑了凑，吞吞吐吐地开了口，孙董，《人民证券》的事我还忘说了呢！刚才于文发来了个电话，说是……说是这种时候吃饭不是太合适……

孙和平一怔，说，连于文发也觉得不合适了？我还不想请了呢！

田野说，不请也好，孙董，那我们改变一下计划，马上从平州飞 K 省吧！事情发生一天一夜了，任延安又随时可能去自首，咱们再不去也真说不过去了。正大重机党委副书记老刘一天十几个电话请示！

孙和平本来是想打通关系后再去的，现在看来也只好去了。便让田野了解航班情况。结果，平州最早的一班飞K省的飞机也得下午五点多，太晚了。倒是宁川有个航班经停K省，起飞时间是中午一点左右。孙和平觉得还来得及，便和田野匆匆上了车，向宁川机场赶。

一路上，孙和平仍是忧心忡忡，对田野说，田总，你知道我现在最怕啥吗？还不是汤家和腐败案涉及我们，汤强那五百万广告就算涉嫌单位行贿，也是汤家和索贿造成的。我是怕K省国资委新上来的主任别有用心，借口反汤家和的腐败，挽回国有资产流失，否决当年我们的股权转让协议。这会造成一百多亿股东权益的流失啊，我们这跟斗就栽得太大了，咱们的股票还得往下跌，大牛市就和我们无关了。刘必定刚才在电话里和我说，市场已经有这种传言了，可怕呀！

田野直叹气，孙董，否决协议不是没可能啊！我听正大重机老刘说，新任国资委主任姓吴，是被汤家和三年前挤走的。任延安又要去自首，承认在他手上造成了国有资产流失，不就给了吴主任把柄吗？

孙和平接上去说，更重要的是，这两年重卡机械行业景气度太高了，我们北柴股票涨了好几倍，人家也会眼红的！那位吴主任只要把当年的协议否了，把七亿五千万转让款退给我们，K省国资委转眼之间就赚了一百多亿，国有资产就大幅增值了！所以，我们决不能让任延安不战自败，抢着跑去自首，瞎认啥国有资产流失的陈年烂帐！

田野摇头道，就任延安现在的精神状态看，只怕难啊！孙董，我们恐怕得做两手准备，这次能当面说服任延安最好，真无法说服，就得派人马上顶上去。哎，对了，简杰克和DMG的团队啥时能进驻？

这又是伤脑筋的事。因为进驻时间突然提前了半年，DMG还没做好组团计划，马上接手不可能。简杰克在电话里说了，就算请国际猎头公司马上行动，三个月内也无法保证整个管理团队组建到位。孙和平便把简杰克的答复和田野说了，道是现在正是青黄不接的时候。

田野先没说啥，后来突然想起：等啥国际猎头公司？咱不是已经猎了一个王小飞嘛！王小飞做过北方重工董事长，业务熟悉，能力又强，说好要过来的。我看可以先安排到正大重机过渡，以稳定局面。

孙和平难得兴奋了一次，嘿，我咋把王小飞忘了呢！好，好，田总，你现在就给王小飞联系，就是我们承诺过的，年薪七百万，但不是集团营销总监了，暂任正大重机制造公司总经理，准备接替任延安。

田野拿出手机，正要拨，却又停住了。孙董，有两个问题，你现在得考虑清楚了：一、如果我们这次做通了任延安的工作呢？老头子如果不去自首了，能挺三个月，王小飞来了干啥？正大重机听谁的？

孙和平说，王小飞那就到集团做营销总监嘛，级别年薪全一样。

田野又说，第二，不挖裴小军的墙角可是你承诺的，你咋交代？

孙和平火了，去他妈的裴小军！他小王八蛋见死不救，我还管得了那么多？还有，他们的独立董事马义在杨柳的支持下这么发难，他会不知道？再说今天几号了？九月四号了吧？我承诺的十天也到了！

田野提醒说，你没喝多之前，承诺的是十天。喝多了就变了，变永远了，永远不挖裴小军的墙角。另外，别忘了裴小军是谁的儿子。

孙和平压抑已久的情绪爆发了，蛮横地道，我管他是谁的儿子！就是马克思他老人家的儿子，这种时候老子也不认了！快打电话吧！

田野这才拨起了王小飞手机，拨通后，说了句，王总吗？我们孙董找你！说罢，把手机交给了他。孙和平接过电话就问，小飞，你现在说话方便吗？王小飞说，方便，孙董，啥事你说吧！孙和平说，就是你来北柴的事，我和田总希望能在三天内过来，待遇说过了，我不多说了，职务上可能会有变化，你很可能要先去正大重机做三个月的总经理，不知你是啥想法？王小飞没说啥想法，只是透露说，北重这边情况也有变化，正搞激励方案。孙和平说，你就相信能搞成？而且不瞒你说，你跳槽的事你们新到任的裴总是知道的，这可不是我们卖你，裴小军知道这事时还是平州副市长。王小飞吓了一跳，可我跟这位裴总跑了两三天，他也没和我提过这事啊！对了，昨天他还许我做宁川路机董事长或者北方重工副董事长呢！孙和平说，好，那好，老弟，你就去做宁川路机董事长或者北方重工副董事长吧，我这里热烈祝贺了！王小飞却怕了，别，别呀，孙董，我听你和北柴集团安排就是！孙和平松了口气，老弟，你还算明白人！也不想想，就算激励搞成了，会有你的份吗？只要你手上的客户资源一转移，你在北重还能混吗？就不怕杨柳和裴小军整死你！赶快交辞职报告吧！至于是到平州总部，还是到K省正大重机报到，到时我会让田总再通知你的！

合上手机，孙和平闭上眼，又想起了心思：任延安为啥一定要去自首？当真像老家伙电话里说的那样，要自我赎罪？就算真的惭愧了，有这个心思，估计也不全是吧？老家伙是害怕了，被正大重机试车场上的鲜血和尸体吓得精神崩溃了。那他和田野要做的，就是安抚好一个精神病患者，让他冷静下来，慢慢冷静下来。甚至可以这样告诉他，如果哪天真的被法律追究，他孙和平和田野以及集团都可以证明他自首情节的存在，只是因为工作交接上的许多问题才被耽搁了。

任延安是链条上的一环。就算任延安不自首，不去主动承认所谓五千万国有资产的流失，恐怕国资委那位吴主任也要紧追不舍。想想呗，一个被汤家和排挤走的人回来了，能不好好反政敌的腐败么？更何况，还能顺手掠来一百多亿市值的股权，超额完成国有资产保值增值的任务。能阻止这位新主任的只有上层，在K省就是那位王汝成。

想到这里，孙和平睁开眼睛，问田野，田总，你说，我们这次是不是能大胆闯一回关，直接到省委去找王汝成书记做个当面汇报呢？

田野摇摇头，毫无信心地说，孙董，恐怕找不上吧？再说，现在又正在风头上，咱们就算真见着了王汝成，只怕也不会有啥好结果！

孙和平想想也是，连赵安邦都躲了，他还能指望素不相识的王汝成吗？你麾下的正大重机闯了这么大祸，你还想要政策，要照顾？与其去见面找这种难堪，还不如给王汝成书记写封信呢！写信既能把想说的东西讲清楚，又不会当面难堪。但信寄出去有可能会石沉大海。

田野认为不会石沉大海，提示说，孙董，得看这封信咋写？既要写你常说起的伟大民族企业那一套，更得切中要害，给王汝成来点带色的！比如说，搞垮了正大重机，对K省的就业、税源会有啥影响？

孙和平有些担心，真这么写，只怕王汝成更恼火！还以为我们要挟他和K省呢！咱们都再想想吧，也看看国资委那位新主任的态度。

车到宁川机场，二人一路小跑，总算赶上了经停K省的航班。

匆忙上了飞机，孙和平累得精疲力竭，瘫坐在头等舱座位上，系好安全带，准备睡一觉。一天一夜没合眼了，下了飞机又得忙，还不知会碰到啥麻烦要处理，不睡一下真不行。可心里却乱得很，一个个念头像讨厌的苍蝇似的，不受控制地在他脑子里横冲直撞。还又一次想到了汤家和，想到了那次开故事会的情形。汤家和棋高一着啊，废了他精心准备的剧本，换上了新剧本，到底让他犯上了单位行贿罪。

毕竟是太困太乏了，孙和平最终还是在飞机起飞后不久迷迷糊糊睡着了。且于不太踏实的睡眠中做了两个梦。先是梦见自己在模范监狱和刘必定、汤家和呆在同一个号子里打扑克。后来还梦见了汤家和热情赠送给他的一夜使用价值绝不会超过两千元的所谓情人——那位也许床上功夫很好，但经实践检验后证明并不算太好的小姐……

50

刘必定想到了汤家和会逃，却没想到正大重机会酿发流血死人的严重事件，更没想到这一事件会影响到北柴集团股价。事实上，看到上周五的《人民证券》，他就在公用电话亭给汤家和通了个电话，让汤家和注意一下《人民证券》第三版。汤家和说，不用注意了，有人打过招呼了，是散席离场的时候了，你老弟多保重吧。他听罢，默默挂上了电话，当时就猜到，汤家和说的有人，很可能是 K 省刚退下来的省委老大，没那位前任省委书记罩着，十个汤家和也早该进去了。

后来的一切顺理成章发生了。正大重机试车场上的鲜血和尸体与他无关，但北柴股价和他有关，这涉及他巨大的利益。9 月 3 日星期一，开盘时还正常，北柴甚至还随着大盘对 5300 点的突破，一起跟着上冲了半小时。后来就不对劲了，大盘强劲依旧，北柴集团股价却像喝了泻药似的，一路下滑，从上涨 3%到被大量抛单打至跌停板。

刘必定当时并不知道发生了啥，觉得自己有获取孙和平的内幕消息的渠道，不应该有啥闪失。况且，北柴股价高位盘整这么久，终于落了下来，便下令各路操盘手同时吃进跌停板上的封盘，把一亿一千多万资金在不到一小时内扔进了股海。也正因为他各分仓席位的吃进，收盘时北柴跌停被打开了，以 8%的跌幅，收报五十七元零四分。

收盘后，打电话向孙和平了解情况，这才知道正大重机发生了流血冲突。但孙和平强调，对生产没影响，这么暴跌是非理性的。孙和平判断，杨柳的北重有可能打压出货，还把北重三千多万股的来由说了一下。刘必定想想也是，只要生产没受影响，股价咋跌下去的，还会咋回来，况且，杨柳和北重手上的股票扔完后也没有打压筹码了。

没想到，今天大盘以5333点高开，北柴却跳低近两角开盘。嗣后，大盘回落整理时，更跌得飞快，转眼间下跌5%。而孙和平偏在这时来电话说，市场上的种种传言毫无根据，根本不存在当年转让无效的问题。果真如此的话，现在又是吃进的机会了？便又操起电话下令给各路操盘手继续逢低吃进。这一吃就吃到了临近收盘。收盘前半小时，不知是哪儿路基金机构要夺路逃命，竟然抛出了一千多万股筹码，再次将北柴一巴掌打进了跌停板。北柴的跌停价是五十一元三角四分。刘必定不敢再吃了，紧急下令收手，但仍然下去了近两个亿。

北柴的跌停一直维持到收盘。这日大盘情况也不是太好，在短期获利盘的打压下最终失守5300点，报收5265点。和北柴集团同类股票大都在进行高位调整，北方重工报收六十一元，也跌了约2%左右。

情况肯定不对头。刘必定盘后分析认为，昨日北柴的跌停可以理解，今天的跌停有问题。让妹妹刘必英一了解才知道，今天跌停板上的抛盘全来自K省机构扎堆的营业部。刘必英说，市场传言不是毫无根据的。据内部消息，K省新国资委主任已在昨天到任的会上表明了态度，要对在汤家和手上造成的所有国有资产流失一追到底……

刘必定这下子真有些紧张了，孙和平和北柴股份吃进正大重机能不造成国有资产流失吗？这次正大花园城的地不就经他手从三亿八千万变成了五千万吗？这次肯定要被追到头上。如果像土地一样，补点款倒也罢了，最可怕的是宣布当年的转让协议无效，股东权益大量缩水，那还有得跌呢！忙打电话找孙和平问情况，把自己的担心说了。

孙和平这才承认道，必定，这种最坏的结果不是没可能，我算了一下，也许会造成一百亿左右的权益损失。所以，我才来亲自公关。

刘必定气得大骂，孙和平你他妈不混蛋吗？既然知道有这个可能，咋不和我说清楚呢？我今天又下去了近两个亿，三个亿没了！我子弹打光了咋办？我们可是有口头协议的，你们有义务配合我操盘！

孙和平直叹气，我知道，我知道，必定，你别急，我和田野正在想办法！转让无效只是一种可能，并不等于一定如此！哦，对了，明天我们就要对冲突事件和相关市场传闻发公告了，要不，你就先趁公告辟谣先减点仓吧！在我们没有真正的利好消息之前，也别硬托盘了。

刘必定没好气地道，这还要你说？他妈的这次真让你们坑死了！

北柴集团上的操盘失利，让刘必定心情很不爽。妹妹刘必英偏在这时找茬：趁张曼丽一整天在外面看房买车的机会，警察似的追问张曼丽的来历。刘必定支支吾吾不肯说，觉得不太好说。刘必英可不是孙和平，知道他入狱前后的一切底细，他贞洁爱情那一套骗不了妹妹。

收盘后，刚谈完正事，妹妹又一次追了上来，问这位张曼丽小姐到底是咋回事。刘必定这才很无奈地对妹妹说了实话，说是出狱后在K省经汤家和介绍认识的，但没敢说张曼丽原本就是汤家和的小蜜。

就这样便把刘必英吓得叫了起来，哥，你也真够胆，刚认识就把这傻B带到这里来了？还让她知道了咱们这么多秘密？你找死啊？

刘必定很不耐烦，找死也是我死，你操啥心，该忙啥忙啥去！

刘必英不走，哥，我问你，这又买房又买车的，都是谁的钱？

刘必定说，反正不是你的钱，没损害你的利益，我劝你少管！

刘必英非要管，你和祁小华离婚了，我不管谁管？我就觉得张曼丽不太对头！看她在你面前那个样子，像个乖乖女似的，你说句啥话她马上打进电脑记下来。还和我们的操盘手说你的天才、智慧和胆略不是我们常人能理解的，能有幸和你在一起，大家应该感到幸运！

刘必定怔了一下，哎，你听她和谁这么说了？哪一拨操盘手？

刘必英说，就是正义道那拨操盘手，我新聘的，她跑去瞎训话。

刘必定笑了，英子，如果你是因为张曼丽侵犯了你的领地，我会提醒她。可曼丽说得没错嘛，这帮小伙子能跟我混上三个月，就是他们的幸运嘛！这三个月学到的东西，肯定要比他们三年学到的都多！

刘必英哼了一声，哥，你得小心这个张曼丽，保持一些警惕！

刘必定一脸的不屑，警惕啥？张曼丽可是上帝赐予我的天使。

刘必英嘴一撅，啥天使？是魔鬼吧，还不如我嫂子祁小华呢！

刘必定一听祁小华就来火，少给我提她啊，她早不是你嫂子了！

刘必英也不知是赌气，还是玩真的，我还想让祁小华成我嫂子！

刘必定气坏了，刘必英，你敢胡来我可饶不了你！我就是找条狗来，也不会再要这种背叛过我的女人！她见过曼丽，是我为那三个亿的理财合同去汉江证券时见的，是不是她让你打听曼丽情况的？

刘必英有些怕了，吞吞吐吐说，她就随便问了几句，我也没多说啥。可……可我觉得她对你还是挺关心的！所以，我就想……

刘必定知道妹妹想说啥，桌子一拍，你啥也别去想，该干啥干啥，明天准备对北柴斩仓出货！我得考虑出货方案了，去，去，去！

刘必英仍不走，可怜巴巴地说，哥，你也别多想，我知道，你身边也需要有个女人照顾。你真不愿和祁小华复婚，我给你物色一个年轻漂亮的，保证不比张曼丽差。等你腻歪了，我就再给你换一个！

刘必定怕张曼丽突然回来，听到这样的话不好，只得作揖讨饶道，我的亲妹妹，姑奶奶，你就饶了你哥行不行？这话让曼丽听到好吗？你们以后还能和睦相处吗？你和曼丽处长了就知道，她人不错！

刘必英这才说，哥，你放心，这话张曼丽听不到。早上出门时我就和她明说了，今晚八点前别回来，我有重要的事得和你谈谈透。

刘必定很吃惊，咋的，刘必英，你是一定要把张曼丽赶走吗？

刘必英眼泪汪汪说，哥，我希望她走！在你最困难的时候，不是张曼丽在你身边，是我在你身边，一次次到监狱探监的是我！在这四年里忠实执行你指令的也是我而不是她！她凭啥现在拥有了你？甚至取代了我的位置？哥，你还凭不凭良心啊你！说着，哭了起来。

刘必定明白了，妹妹是怕张曼丽将来取代自己的位置，便笑了起来，你看你，都想到哪去了？张曼丽咋会取代你呢？这如果不是祁小华挑拨，就是你小心眼想偏了。你是你，张曼丽是张曼丽，完全是两回事！在这个世界上，我最信任的人就是你，我一手抱大的亲妹妹！

刘必英眼泪一抹马上撒娇，哥，那你让她走！我和她谈了，她只要走，我就送她二百万！她说只要你说句话，她一分不要明天就走！

刘必定愣住了，真不知和妹妹说啥才好。他当真能由着妹妹这么乱来，让张曼丽就此一去不回头？这可是上帝赐给他的尤物啊！可却没法和妹妹说，只道，英子，我再强调一下，你们是两回事！我们之间是兄妹，你的私生活我从不过问，过去是这样，以后还是这样。而我的私生活，你也不许过问，你若真逼张曼丽走，那我只能让你走。

刘必英眼里立即又汪上了泪水，一声凄切的叫唤，哥……

刘必定像没听见，继续说，语调低沉，既诚恳又威严，英子，我当然不希望你走。这场大牛市中的草船借箭之战，得你帮我主打，将来掌管核心经济秘密和渠道的，仍然是你我，我不会让曼丽参与。但是我决不允许今天这种事再发生第二次，除非哪天我要让曼丽走！

妹妹没办法了，沉默半天才说，那好，既然你新鲜劲还没过！

刘必定不知道这是不是新鲜劲的问题。也许是，也许不是。便也没争辩，只道，那你向张曼丽道个歉，还有，不许和祁小华再来往！

这晚，张曼丽过了八点还没回来。刘必定有些急了，怕张曼丽因妹妹的伤害，赌气不回来了，甚至就此一去不回头。便给张曼丽打了个电话。电话通话音响了没几声，张曼丽就接了，说她刚在一家小餐馆点了菜，正吃饭呢。刘必定放心了，要张曼丽吃过饭尽快回来。九点多钟，张曼丽回来了，进门时仍满面笑容，没提刘必英一句。只说这一天又是看房又是看车的，弄得太晚了，就在外面随便吃了点。还问刘必定吃了没有。刘必定说，也随便吃了点，最后大餐等你上呢。

张曼丽一听就明白，往刘必定怀里一倒，现在吃，还是等等？

刘必定抚弄着张曼丽的秀发说，等等吧，你在外面跑了一天，也得歇一歇。又问，哎，曼丽，你咋还是四处看呢？都还没定下来吗？

张曼丽说，我挺犹豫，两部好车加房子，怎么也得上千万啊！

刘必定手一挥，上千万咋了？钱就是让人花的，不花全他妈是废纸。奔驰宝马造出来就是让人坐的，我们不去坐，也会有另外的人坐！

张曼丽道，哎，我听你妹妹说，这两天买进的北柴浮亏不少？

刘必定也没隐瞒，是啊，说出来吓死你，浮亏一千六百多万！

张曼丽花容失色，你不是开玩笑吧？才两天就亏了这么多啊？

刘必定道，很正常，北柴出麻烦了，明天斩仓浮亏就变实亏了。

张曼丽想了想说，必定，那咱这车和房暂时还是别买了吧？等等再说好了！反正你妹妹这别墅可以先住着，她的车也能先用着……

刘必定心里多少有数了，曼丽，是不是刘必英和你说啥了？

张曼丽摆手笑道，没，没有，你妹妹挺好的，你可别瞎想啊。

刘必定心里挺感动，张曼丽受了委屈，能这么忍辱负重，不动声色，难得啊！便也不说破，只道，该买的照买，我妹妹这里不是久留之地，我们得有自己的窝，马上还要有自己的公司！这五亿的帐上虽赔了一千六百万，可我那三亿的帐上却赚了六千万，这点小钱你还算计啥！停了一下，又不无得意地说，曼丽，知道我第一次贷款三千万都用来干啥了吗？说来你可能不信，一千万买房买车，两千万全送礼送掉了。可送出两千万，我又贷出了八个亿，我们宏远系由此起家了。

张曼丽偏在这时把话头点破了，必定，这么说，你不会让我走了？

刘必定一把搂住张曼丽，动情地说，曼丽，我咋会让你走呢？在茫茫人海里，我一人太孤单了。你是上帝派来陪我在刀锋上跳舞的最佳舞伴。刘必英不是，她是我一手抱大的亲妹妹，能陪我走夜路，但不能陪我上舞场。可你能，你的年轻美丽是我财富和成功的象征……

张曼丽流泪了，必定，我也能陪你走夜路，驱散你的孤独……

有了张曼丽，便没了孤独，漫漫长夜变得那么值得期待。刘必定双手托起张曼丽年轻美丽的脸，轻轻吻去了张曼丽眼角的泪水，近乎耳语地呐呐说，那么，还等什么？白天的乖乖女又该变成夜幕下的女王了！为你受的委屈，在你的奴隶身上尽情发泄吧！蹂躏我吧，抽打我吧，用你无情的脚踩扁我的躯体和脆弱的心！让我臣服于你的淫威和淫荡。让我啥都不说，啥都不想，忘掉白天的一切紧张和烦恼，忘掉这个躁动不安又充满危险陷阱的世界，变成一股轻烟随风飘逝……

51

该来的事总是要来，该走人的总是会走，想挡也挡不住。王小飞要投奔孙和平去拿北柴的高薪，裴小军上任时就和他交底说了。现在要走也在预料之中，但王小飞突然说走就走，却又在他的意料之外。

星期三早上一上班，王小飞就带着份打印好的辞职报告，闯进了他办公室，把报告往桌上一扔说，杨董，我要辞职。杨柳最初的反应很强烈，积压已久的恼怒在看完辞职报告的一瞬间爆发了。当时王小飞站在他办公桌对面，他指着王小飞的鼻子本能地一通喝斥。要王小飞自己想想，是咋一步步上来的？他和北重集团哪点对不起他？王小飞啥也不说，既不争辩也不发火，待他训斥完了，才冷冷说了一句话，杨董，我这个报告你和裴总批也好，不批也罢，反正我是要到北柴集团去了！说罢，头都不回地甩手出了门，杨柳气得浑身直哆嗦。

你就是争一争，吵一吵，把心里话说说也好啊！可这混帐的王小飞，竟然就这么甩手走了，都不如当年的孙和平！孙和平还知道做做表面文章，最后时刻还口口声声要摆正位置呢。王小飞连表面文章也不做，一个立正向后转，就公然打着背叛的旗帜，投奔孙和平的猴山了，而且是在猴山正着火的时候。王小飞对孙和平够意思，明知山有火，偏向火山行，孙和平承诺的七百万年薪的力道难道就这么大吗？

冷静下来再想，却又对王小飞多少有些同情和理解了。在市场化条件下，七百万年薪难道没力道吗？干同样的事情，王小飞凭啥非要在北重集团拿八十万不到的年薪？再说，北重集团是王小飞的吗？搞好搞坏和王小飞有关系吗？没有嘛！甚至和他这位董事局主席兼党委书记也没关系。省委一纸文件，周到走了，裴小军就来了。哪天再来一纸文件，让他走，他能不走？如果说王小飞是背叛，那他不也在做背叛的准备么？JOP的亚洲动力正在全球范围物色大中华地区管理团队，国际猎头公司不是已通过他在美国的女儿找到他了吗？他虽然还没答应，可迄今为止也没回绝啊！今天是王小飞，没准明天就是他。

杨柳的心情由此变得复杂起来，不知不觉地站在王小飞的角度思索起来：裴小军虽说为集团争取到了参照北柴标准设计高管激励方案的政策，但最终咋激励还是个未知数，尤其是正大重机事件爆发后就更难说了。王小飞与其留在北重干等这碗空心汤团上桌，真不如直接参加北柴现成的宴席了。而裴小军代表集团承诺给王小飞的宁川路机董事长或者北方重工副董事长，可能反倒引起了王小飞的警觉。就算王小飞不警觉，孙和平也会适时提醒。只要北柴的大门开着，孙和平在那边招手，王小飞迟早要走。今天又公然摊牌了，再无挽回余地。

因此，把裴小军叫到他办公室，商量王小飞辞职问题时，杨柳情绪已安定下来，表态说，这个人既然留不住了，还是让他走吧。裴小军不同意，没骂王小飞，倒大骂起了孙和平，说孙和平承诺过不要王小飞的。杨柳不屑地说，我早就告诉过你，孙和平的承诺不可信，你还要我瞧着，现在瞧见吧？孙和平真能信守诺言，王小飞就走不了。

裴小军便当着他的面，拨通了孙和平的电话，和孙和平交涉，开口就是责问：孙老师，你这人咋回事啊？说话算不算数？上次一起喝酒谈判时，你和田总是咋承诺我的？王小飞今天咋把辞职报告送上来了？裴小军为了让他也能听到孙和平的回话，说罢，按下了免提键。

孙和平的声音马上响了起来，对，对，裴总，我是承诺过的，可你看看今天是几号？九月五号了吧？今天已超过我承诺的十天了嘛！

裴小军一脸恼怒，孙老师，在我的记忆里，十天只是你的最初承诺，后来的承诺不是这样的，是永远，永远不挖我和北重的墙角……

孙和平的声音理直气壮，裴总，哪有啥永远的事啊？你要永远在平州做我们的主管副市长就好了，这次也不会见死不救！另外，酒场上的醉话不算数嘛，这可是你在平州做副市长时我们之间的约定……

裴小军气坏了，“啪”的一声挂上电话，骂道，这王八蛋！他和北柴既然这么不讲游戏规则，那好，我们也不必遵守游戏规则了，他挖走王小飞，给我们一个黑虎掏心，咱就还他们一次趁火打劫好了！

杨柳开始有些朦胧，不知裴小军要怎么搞趁火打劫？听裴小军过细一说才知道，竟是涉及平州钢铁股权的一个大秘密。在此之前，他根本不知道孙和平和北柴已在暗中和平州钢铁第一大股东顾盼达成了股权转让意向。也不知道身为哥哥的顾盼和身为弟弟的顾平，双方关系搞得这么僵，第一大股东顾盼竟一直想借外力给董事长弟弟顾平来一次沉重的打击。而裴小军知道，早在平州副市长位置上就获得了这一宝贵情报。今天，终于在不遵守游戏规则的情况下说了出来——

裴小军因为长期在平州工作，还做过两年平州钢铁厂厂长，和顾家兄弟很熟悉。顾氏光辉集团收购平州钢铁厂时，裴小军虽然已经调离，但对内情一清二楚。按出资额说，哥哥顾盼应该做董事长，可顾盼因为做了集团董事长，就把平州钢铁的董事长让给弟弟顾平了。这二年，房地产形势很好，顾盼力主主业转移，集中力量做房地产。弟弟顾平却不同意，一心谋求平州钢铁借壳上市，做大钢铁产业。道不同不相为谋，两兄弟谈不拢只好分手。分手时，平州钢铁开了次股东大会，包括拥有16%股权的平州国资局也派代表参加了。在这次股东大会上，哥哥顾盼惨败，虽身为第一大股东，却连董事都没当上，平州钢铁落入了弟弟顾平手里。顾盼就此萌生退意，既想抽出资金注入房地产主业，又想给弟弟一次沉重打击。就在这时，孙和平主动找到了顾盼，拟公开增发一亿股，用圈来的钱吃进顾盼手上平州钢铁42%的股权。双方一拍即合，顾盼的股权报价很便宜，仅在净资产附近。

最后，裴小军说……现在正大重机出了这么大的事，孙和平火烧屁股，正是我们下手的好时候！杨老师，如果你和董事局同意，我今天就和顾盼联系，让他在同等条件下，把手上这42%的股权转让给我们。我们只要再从其他小股东手上收购8%左右的股份，就成了绝对控股股东。

孙和平和北柴就算涉险闯过了面前这一关，一亿股成功增发，把钱圈到手了，他梦想中的钢铁和铁矿石的项目也没戏了！

杨柳听罢，对裴小军苦笑不已，小裴，说你里通外国也许不是事实，可你也太幼稚了！明知道我们集团和下属两大上市公司全是钢铁使用大户，产业链向上游延伸是既定的战略规划，对平州钢铁势在必得，可你为了你所谓的游戏规则，就看着我们走弯路，还一直不说！

裴小军急忙解释，杨老师，我也矛盾啊！几次想说没说出口。今天不是被孙和平逼着，不知还会犹豫多久，也许永远不说。其实，最早向孙和平建议吃进平州钢铁就是我！北柴也是钢铁使用大户嘛，也有必要就近控制上游产业链，何况平州钢铁还有铁矿石资源……

杨柳打断裴小军的话头，那就看着我们走弯路啊？我原以为顾平是董事长，还一直以他为对手呢！顾平的要价远高于净资产，而且为了自己保住控股地位，只答应部分定向增发，我们谈得真艰难啊！

裴小军说，现在不难了，顾平的高价股权咱少要些，顾盼手上的低价股权一把全拿过来，一场闪电战就把平州钢铁纳入我们旗下了！

杨柳想了想，不，小裴，今天你既到了北重集团做了总裁，仗就是另一个打法了！顾平的高价股权我们为啥再要？以净资产的价格争取平州国资局转让股权嘛！小裴，你应该能办到，平州是你老窝嘛！

裴小军沉思片刻，杨老师，这倒不一定！据我所知，平州国资局比较看好钢铁产业，所以才在上次投票时支持了顾平，干掉了顾盼。

杨柳说，我们是顾盼吗？不，我们是国有大型企业集团，平州国资局就算不愿转让股权，你起码得让他们做到投票时支持我们。赞同改组董事会，由我们来入主控盘。这不也是顾盼希望看到的局面吗？

裴小军这才道，杨老师，那我试试看吧！不过，这得在我们真正把顾盼手上的股权拿到手再说。说早了，透出风声，我们就被动了。

杨柳说，对！现在的关键在顾盼身上。所以，小裴啊，为了确保闪电战的成功，我们还要做一件事：让顾盼彻底丧失对北柴和孙和平增发圈钱的信心，让顾盼认识到孙和平的钱圈不来了。北柴股价周一周二两天暴跌 18%，今天发公告说，对生产经营无任何不利影响……

裴小军接了上来，公告我看到了，所以北柴今天高开了 4%，但抛盘还是很凶，我过来时，高开的跳空缺口已经差不多补完了……

杨柳道，我要说的就是这个。市场上对北柴不利的传闻很多，其中最重要传闻，是说K省国资委有可能宣布当年北柴股份对正大重机的股权转让无效。小裴，那你考虑一下，看是不是有可能把这个最利空的传闻给它变成事实呢？王汝成书记的大秘你不是很熟悉吗？

裴小军笑道，对呀，该出手时就出手嘛！这个电话我回头就打！

杨柳见裴小军情绪好了，才又说起了王小飞的事，小裴，我看王小飞还是让他走吧！既然已摊了牌，双方都没退路了，王小飞咋着都会走的。与其大闹一场，让他带着更大的怨气走，倒不如和气分手。

裴小军又火了，早知这样，我和他谈个屁，白说了那么多好话！

杨柳说，也许正是你的好话让他警觉了：小裴，你不想想，你是平州调来的，对北柴的情况能没底吗？他不怀疑你承诺的动机吗？况且，我们也不知道孙和平这几天都向他说了啥？没准啥都给他说了。

裴小军点点头，那就让他走吧！他这一走也有个好处，证明我对安邦省长和何新钊书记都没说假话啊，对咱们将来的激励计划有利。

杨柳心里松了口气，忙说，对，对，这也算是坏事变好事吧！

裴小军走后，杨柳想了想，觉得自己今天的行为很奇怪：他咋就为王小飞的跳槽做起裴小军的工作了？裴小军会咋想？如果日后有一天裴小军得知他到JOP做大中华地区高管，只怕会认为这是两个背叛者之间的同气相求的默契配合吧？便不由得为之惭愧起来……

正惭愧着，裴小军的电话过来了，汇报说，杨老师，真巧了，顾盼今天正好在省城参加一块地王的拍卖会。刚才经过十八轮激烈竞争，以十二亿的天价拿下了地王。我和顾盼约了，中午见个面。杨柳说，在哪见？到我们这儿不合适吧？顾盼挺招摇的，目标这么大。裴小军说，这我已想到了，中午一起吃个饭，边吃边谈，顾盼请我们。

中午，和裴小军同车去吃饭时，裴小军又说，王汝成大秘的电话也打通了，K省那边十分热闹。新到任的国资委主任劲头十足，根本没要省委督促，就已组织力量一一审查这几年的国有资产转让合同了。杨柳不禁兴奋起来，好，好，让他们重点审查一下正大重机，你那个孙老师总是无利不起早的，这次撞到枪口上，也该好好吐次血了！

就这么一路谈着，到了顾盼请客的香港大酒店罗马厅。顾盼已先一步到了。见了裴小军就笑着说，裴市长啊，一听说你调到北重做总裁，我就推测你会甩了孙和平和北柴，带着北重过来拿股权。可没想到，你老弟让我等了十几天。裴小军也呵呵直乐，我今天不还是过来了吗？正大重机出事了，北柴的增发圈钱困难了，我得给顾大哥排忧解难嘛！看，我还把我们杨主席请出来了。顾盼忙不迭过来和杨柳握手，杨主席，久仰，久仰，我这个体户能请到您这种国资大腕，实在是很荣幸。杨柳笑道，顾总，你是不是讥讽我啊？我哪像你，一把扔下十二亿，拿下了省城地王，祝贺，祝贺，热烈祝贺！裴小军又插上来，顾大哥，杨主席今天亲自出面，说明北重的重视程度啊！杨柳便又对顾盼说，正大重机这么一闹，北柴没钱吃进你手上平州钢铁的股权了，小裴和我一说，我就表了态，顾总这个忙得帮，北重用不着圈钱！顾盼说，所以，我在电话里就答应了裴市长，给北柴啥条件也给北重啥条件，决不漫天要价。我既要报去年董事会上顾平的那一箭之仇，也真是急需资金打造我的地产帝国啊！光今天拍下的这个地王就得投入七十个亿！哦，二位快请坐，今天就我们三人，都放松了谈。

杨柳和裴小军坐下了，一场带有趁火打劫性质的谈判迅即开始。

52

情况比孙和平想像的还要糟糕。9 月 4 日傍晚，他和田野赶到正大重机后，连夜轮番做工作，好不容易稳定了任延安的情绪，阻止了任延安的自首。省纪委却在第二天，即 9 月 5 日上午，突然对任延安采取了双规措施，几乎是当着他的面带走了任延安。当时，孙和平正主持召开正大重机班子会议，讨论对九三事件的善后处理，以及如何稳定员工情绪。他还没讲几句话呢，任延安就被人叫了出去，嗣后就不见了。直到散会，正大重机刘书记才正式向他和田野汇报了这事。

田野一听就火了，这么大的事，我和孙董在这里，咋不打个招呼？

刘书记说，就是，我向纪委的同志提了，他们说，没这个必要。

田野脸涨得通红，没必要？好，好，我这就找他们纪委书记……

孙和平及时阻止道，田总，你找啥？老任组织关系在 K 省，K 省纪委要立案审查他，既可以和我们打招呼，也可以不和我们打招呼。

刘书记忙说，对，对，孙董，这意思，纪委的同志也说了……

孙和平赶走了刘书记，老刘，你忙去吧，我和田总还有事要谈！

刘书记走后，孙和平才叹着气，对田野说，田总，你傻呀你？人家查的仅仅是老任吗？就没有你我啊？咋会和咱们打招呼通气呢？！

田野仍不服气，查，查吧，他妈的，我看能查出多大的事……

孙和平有些担心，田野，你可注意情绪啊，先别说这牛话！像你我这种人，说没事是没事，想要你有事你肯定有事，现在姿态要低！

田野本来胆子就小，经他这么一吓，不做声了。过了一会儿，又想了起来，对了，任延安不是说要自首么？这咱得替他证明一下啊！

孙和平又阻止了，蠢！老任不是已经让我们说服了吗？还要我们去证明啥？证明国有资产流失啊？我这不是要坑老任，而是协助老任。如果老任顶不住了，要求我们帮他证明，我们再去证明不迟。哦，对了，你赶快给王小飞打个电话吧，让他尽快到正大重机报到……

这个电话一打，第二天，也就是 9 月 6 日，王小飞火速到位。孙和平和田野代表北柴集团，当天下午就宣布，由王小飞出任正大重机制造公司总经理。正大重机一班人都很吃惊，尤其是那位梦想主持工作的刘书记，跑到他和田野面前嘀咕说，王小飞过去是北方重工的董事长，现在是北重集团副总裁，一直是我们的对手，他来做我们的总经理，靠得住么？孙和平没多说，只道，靠不靠得住，不是你们考虑的问题。田野也说，在这种非常时期，你们要全力协助王总做好工作。

9 月 7 日，一直不愿和他们照面的国资委新主任吴树成，在他们七八个电话的催促下，终于吐口了，同意下午在国资委和他们见一次面，听听情况。国资委的人在电话里特别申明，仅是听听情况而已。

这又不是好征兆。同车去国资委见吴树成时，田野说，新主任八成是要和我们保持距离哩，请客送礼这类公关手段恐怕都使不上了。

孙和平道，你还敢想请客送礼啊？人家愿意听听情况就不错了。

田野直抱怨，你说老任和正大重机这帮人是咋回事啊？方方面面的关系咋就这么不注意？吴树成又不是今天才突然冒出来的，咋就没人和他扯上点关系呢？害得我们这么被动，见他比见中央领导还难！

孙和平道，现在抱怨有啥用？做最坏思想准备，去据理力争吧！

不料，K 省国资委的这位新主任连据理力争的机会也没给他们。

到了国资大楼，他和田野被引进会客室刚坐下，吴树成就端着大茶杯进来了，身后还跟着两个人。吴树成一脸寒霜，边走边对那两个人交待…… 有疑问的合同全要查清楚，这还要请示吗？我在会上还没说明白吗？回头告诉他们，相关评估专家这几天就到位了！说着，在正对着门的长沙发上坐下。田野忙站起来打招呼，哦，吴主任……

吴树成挥了挥手，像对待自己的下属似的，坐，坐吧！看了看他们，问，二位想必就是孙和平董事长和田野总经理吧，北柴集团的。

田野这才又指着他介绍说，吴主任，这位就是我们孙董事长！

孙和平强做笑容，站起来，准备过去和吴树成握手。吴树成却又挥了挥手，坐，孙董事长，您请坐，别客气！又对那两个人交代，你们做一下记录吧，把孙董事长和田总经理说的情况都如实记录下来！

这种气氛很不利于会谈，可却又不能不谈，也只好谈了。孙和平主谈，田野在一旁补充。从他们在任延安家门口程门立雪的事实，到打造一个伟大民族企业的构想；从简杰克和 DMG 八个亿的报价，到北柴股份七亿五千万的成交的缘由。这其中自然无法回避汤家和，孙和平便也没回避，对汤家和大加声讨，说是汤家和正因为没能在这过程中捞到好处，所以出逃前还刁难北柴集团，硬让北柴补交了五千万地款。这么一来，北柴实际受让价已是八个亿，正是 DMG 的报价。

吴树成不动声色地插了一句，DMG 的报价不是标准，就算当年 DMG 八亿拿下了正大重机，也仍在我们审查范围中，你们接着说！

孙和平和田野又顽强地说了下去：北柴股份入主正大重机后如何实现了双赢，这两年如何飞速发展。被合并上市后的正大重机为 K 省贡献了多少税收，多少 GDP，等等。吴树成却除了上面那句简短插话，再没多说过一句话，只是听。听的过程中时不时喝口茶，或者在笔记本上记几笔。当领导的没话，两个下属就更不敢有话了，设想中的激烈交锋和据理力争都没发生，只他和田野一唱一和的独角戏。

该谈的全谈完了，吴树成起身道，孙董事长、田总经理，你们说的这些情况，我们在审查合同时会适当参考。今天是不是就这样啊？

孙和平只好站了起来，赔着笑脸说，吴主任，在审查过程中，需要配合的，我们一定全力配合。但北柴是在香港和内地两地上市的股份公司，现在市场传言很多，股价波动很大，甚至有谣言说，当年的转让合同有可能无效。今天，我们希望您和 K 省国资委能有个态度。

吴树成脸上毫无表情，我的态度很明确，K 省国有资产在汤家和手上流失了一百多亿，我要全部追回。流失不超过合同额50%的，连本加息补交转让款；超过合同额的50%，原则上就是无效合同了。说罢，拿起茶几上的大茶杯，径直往门外走，边走边说，——似乎故意说给他和田野听的，我不怕哪家公司和我打官司！我现在不但组织了资产评估专家小组，马上还准备聘请一批律师，成立法律顾问小组！

这还有啥可说的？回去等着和这位新主任打官司好了。K省国资委如果真宣布当年的股权转让无效，他和北柴集团除了法律诉讼，怕也别无它途了。可这话却没法在吴树成面前说，吴树成今天讲的只是个大原则，你可以认为他是威胁，可他却没明确说是针对北柴的，在整个说情况的过程中，他一直也没态度，有啥理由和他争，和他吵？

回去的路上，正想着和K省国资委进行法律诉讼的问题，又意外地接到平州钢铁大股东顾盼的一个电话。顾盼问他在哪里，是不是在平州？孙和平回答说，不在平州，正在K省正大重机处理事。顾盼应该知道是啥事：九三事件风声这么大，顾盼不可能不知道。但顾盼没问，只说他自己的事。道是他刚在省城十二亿拍到一块地，整个项目要投入八十多个亿，急需资金。孙和平本能地觉得事情不对头。

果然，顾盼接下来说，猴哥，你快回来吧，把咱们的事定一定！

孙和平说，顾老大，咱们的事还有啥要定的？意向合同不是签了吗？合同上不是说了么？北柴的增发款一到，你搂银子，我拿股权。

顾盼说，猴哥，我的项目等不及啊！股市是牛市，楼市也是牛市嘛，时间就是金钱！我希望你们能在一周内先付二十亿转让款给我。

一周内二十个亿？顾盼的口气咋变得这么大了？是不是裴小军代表北重许给顾盼这个条件了？顾盼是裴小军介绍给他的，因为王小飞跳槽的事，他狠狠得罪了裴小军，裴小军能不反击？孙和平不无沮丧的想，他可能又在细节上犯了错误。当年因为这种错误，被杨柳掐住脖子，直到后来吸收合并希望汽车，才获取了完全自由。这次搞不好又栽在裴小军手上了。于是便问，顾老大，是不是裴市长找你了？

顾盼道，猴哥，别问这么多了，干脆一句话，能先付二十亿不？

二十亿不是没有，但他敢付吗？万一增发不成，他和北柴就太被动了。便又说，顾老大，咱们的意向协议可没说要先付二十个亿啊！

顾盼道，这不是客观形势发生变化了么？一来，我拿下了省城这个大项目，急需资金投入；二来，有人愿意一周内给我二十个亿。猴哥，换位思考一下，你处在我的位置上会咋做？意向毕竟是意向嘛！

孙和平心里恼怒，却也不好发作，那好，那好，你等我一周吧！

合上手机，孙和平阴沉着脸，把相关情况和田野说了说。田野苦笑道，那你还让顾盼等啥？咱屁股上的屎一周内就能擦干净了？在这种情况下，还能考虑增发吗？就算顾盼今天不逼上来，也得缓缓再说了。孙和平说，可顾盼同意了一周，我就拖他一周。田野问，你还指望一周内出现奇迹？孙和平说，我不指望奇迹，可心疼这个项目！平州钢铁对我们不但有长远的战略意义，也是眼下市场炒作的题材。平州钢铁不是有铁矿石么？这是大好的资源概念啊，让刘必定操盘，还不把股价炒到天上去？田野这才想起来，哎，对了，孙董，刘必定那儿得打个招呼了，K省国资委既然是这种态度，再托盘就没必要了！

谁说不是呢？孙和平没敢直接向刘必定交代，既怕老同学向他打听这些令人沮丧的坏消息，又怕老同学和他研究模范监狱的号子，便打了个电话给投资部，问了问情况。投资部老总汇报说，刘必定真不简单，借公告后的短促反弹，把手上北柴出光了。虽说没托住盘，却也没造成太大的损失，迄今亏损额在一千万左右。孙和平听罢，不无欣慰，指示说，那你告诉刘必定，先停止托盘。这个五亿的帐户，你们投资部要监管好，不能让刘必定动用我们的资金乱买其他的股票。

这日，央行再度宣布提高准备金率，大盘以5381点高开，一路低走，报收5277点。北柴集团跌5%，收四十六元三角。北方重工跌3%，收于五十三元四角。但香港市场相对稳定，两只股票全天横盘。

晚上，孙和平和田野请新任正大重机总经理王小飞吃了顿饭。席间，把相关情况说了。王小飞像似早已有数，婉转指出，现在的关键是如何摆平K省，稳住局面，而稳住K省局面的筹码在汉江。王小飞建议他和田野别在K省泡了，而应速回汉江，带着一种哀兵必胜的信念去找赵安邦做次汇报。别管赵安邦愿不愿见，想法堵到就成。

这其实也是孙和平的想法，要挺过这一关，尽快渡过危机，也只有这一招了。于是，晚宴结束后，孙和平和田野商量，准备次日一早直飞汉江省城。不料，刚商量完，还没让下面订机票呢，刘书记就来了个电话，吞吞吐吐说，刚接到K省纪委电话通知，希望他们明日上午到省纪委去一趟，配合有关部门的调查工作。至于调查谁，是汤家和，还是任延安，刘书记不知道。要他们去配合省纪委，还是中纪委，刘书记也不知道。如果不去又会有啥后果，刘书记就更不知道了。

这日夜里，孙和平和田野在宾馆各自房间都睡不着了，彼此有许多话要说，又不敢用电话，怕电话有监听。便一会儿你找我，一会儿我找你，楼上楼下来回窜了好几趟。最后一次，二人站在宾馆落地窗前，田野说，我明白了，有人就是在这种时候撞破玻璃跳下楼的。孙和平心里虽紧张，在田野面前却不愿暴露，只道，不，绝望的时刻还没来到，也就是配合调查嘛。田野后悔莫及，早知如此，当年何必非要压那五千万?！孙和平说，就算付了八个亿，人家该查还要查，这话吴树成说了嘛！你想啊，简杰克是啥主？他报八个亿就是真实的资产价格了？正大重机的饺子最后是烂在咱们肚子里的，它到底值多少钱，咱心里没数吗？田野说，就是嘛，简杰克和 DMG 的并购，哪次不造成国有资产流失？要是都这么认真查的话，大家都别活了。孙和平说，所以呀，这里的关键不在于是否造成了国有资产流失，而在于人家是不是认真查。不查没事，一认真查准有事。田野无话可说了。

53

正大重机的流血冲突发生后，赵安邦接到了王汝成两个电话。

第一个电话是通报情况。不仅是事件本身的情况，还有背后复杂诡秘的政情。据王汝成透露，这起事件的爆发决非偶然，K 省的官场腐败相当严重，引起了中央的密切关注。前任省委书记生活糜烂，涉嫌受贿，被中纪委带到北京审查，手下副省长汤家和却在他被带走的当天就逃到了境外。王汝成感慨不已，安邦省长，你看这帮家伙厉害不厉害？仗越打越精了，消息灵通得很啊，你稍有闪失，他就成功着陆了。这种事一出，我们的老百姓能不恼火么？不群访闹事才怪呢！

赵安邦说，既然如此，你们咋还往正大重机派警察啊？汝成，你们这是反应过度呢，还是……却没再说下去。今非昔比，王汝成现在不是他的部下了，是省委书记，封疆大吏，自己不好再说三道四的。

王汝成气道，是啊，是啊，这也正是我恼火的地方！我们有些同志威权政治搞惯了，我在常委会上把问题提了出来：这次派防暴警察是哪一级批准的？是滥用了警力，还是警力使用过度？这事我得查！

赵安邦说，对，是得好好查一查，不能这么激化矛盾嘛！你现在是K省最高领导，有这个责任，也有这个权力。汝成啊，我们可不能给老百姓一种感觉，好像我们这个政权已堕落成了人民的对立面。

王汝成却又道，不过，安邦省长，我们的分配制度上恐怕也有些问题。哎，你们是咋搞的？咋就让北柴集团高管拿这么高的薪酬？董事长、总经理的年薪等同于一位普通劳动者几百年的总收入合理吗？

赵安邦说，要我说也不合理，但不是我们搞的。北柴集团是国际化程度很高的上市公司，高管的薪酬标准是薪酬委员会定的。说这话时便想起了北重的高管激励方案，心里不禁暗暗叫苦，觉得此前对裴小军的承诺可能是个大错误。王汝成今天无意之中给他敲了警钟啊！

王汝成道，嘿，我还搞错了？原指望你老领导帮我压压他们的薪酬呢！又说，还有个事，你们《人民证券》这次可给我添乱了啊，安邦省长，你是不是能打个招呼，让他们以后不要再报道正大重机了？

赵安邦一怔，问，《人民证券》的报道是不是和事实有出入啊？

王汝成道，现在没法下结论，都还在查嘛，包括国有资产流失。

赵安邦说，好，那我和省委宣传部打招呼吧，让《人民证券》少跟着瞎掺和！又明确表态说，北柴集团横跨三省，总部又在汉江，现在这种时候，只要有啥需要协调配合的，我们汉江一定会全力以赴。

王汝成连声向他道谢，后来又说了些别的，便结束了这次通话。

在这个电话里，王汝成除了质疑北柴高管的薪酬，根本没提到孙和平。但赵安邦敏感而及时地想到了孙和平，觉得正大重机事件多多少少会和这个不安分的孙猴子有关系。如果没关系，孙和平不可能一再给他，给他秘书打电话。果不其然，五天之后，王汝成第二个电话过来了，开口就问，安邦省长，贵省的那位孙和平是哪片林子的鸟啊？

赵安邦说，哦，平州林子里鸟啊，从困难企业平柴厂起家的嘛！

王汝成说，我在汉江时，咋就没一点印象呢？也没听你说起过。

赵安邦说，那时孙和平还潜龙在渊，没浮出水面呢！别说你，我也没注意到他。他是前些年我们搞几大集团时冒出来的，是个能人！

王汝成讪讽说，确实是个大能人啊，这个孙和平，两年前对正大重机的一次并购，啊，就让我们K省的国有资产流失了一百多亿哩！

赵安邦大吃一惊，汝成，你开啥玩笑？一百多亿是啥概念？整个正大重机全部资产加在一起怕也没一百多亿吧？你这帐是哪来的？

王汝成振振有词，我们国资委报上来的啊！正大重机不是被吸收进北柴集团整体上市了么？我们的股权折算成目前的市值就是一百多亿嘛！而孙和平当年只向我们国资委支付了七亿五千万转让款……

赵安邦明白了，打断王汝成的话头道，汝成，这我可得给你较较真了。帐有这么算的吗？举个例子说吧，如果你们当年卖给孙和平一筐鸡蛋，孙和平把它发展成了一个养鸡场，把养鸡场的股票拿去上市了，你能据此得出结论，说给你造成了多少国有资产流失吗？荒唐！

王汝成说，安邦省长，你认为荒唐，我们国资委主任认为并不荒唐，他在报告中郑重提出，当年转让合同应宣布无效，还不怕打官司。

赵安邦不悦道，你还挺为这位国资委主任得意是不是？那我告诉你：真这么干了，会后患无穷。孙和平和北柴真落得这么个下场，日后谁还敢和你们打交道？谁还敢到你欠发达的K省投资？汝成，今天我不是和你摆老资格，是善意提醒，请你好好想一想当年我们在宁川是咋起步的？如果我们像你今天对付孙和平一样对付投资者，还会有今天这个大好的宁川吗？现在一个宁川GDP就顶你一个K省了。

王汝成连连道，是，是，不过，安邦省长，你也别这么激动……

赵安邦说，我激动啥？孙和平又不是我儿子，北柴集团也不是汉江的国企，我是怕K省和北柴两败俱伤啊！我问你：如果孙和平取消正大重机的销售权，搞集团统一销售，你税源损失会有多大？再如果孙和平把厂子迁出K省，这一万多人的就业问题又如何解决啊？

王汝成这才讨饶道，安邦省长，这些问题我都想到了，我刚才向你通报的是国资委的意见，不是我和省委的决定。如果我的认识也和国资委主任一样，也太没水平了吧？中央也没必要把我摆在K省了。

赵安邦哭笑不得，汝成，你就诈我吧，啊？诈成了，你就是省委决定；诈不成，就是国资委的意见。你老弟这几年本事见长啊！我原还说要带汉江党政代表团到K省访问呢，现在看看，还是算了吧！

王汝成叫了起来，哎，别，别呀！老领导，我还等着你来指导工作呢！还有汉江省劳动密集型产业向我省转移的事，关于这件事……

赵安邦毫不客气，汝成，咱得一件件事了。还是先说贵省国有资产流失问题。正大重机的国有资产在转让时会不会流失？肯定会流失，就是不流失到孙和平和北柴集团，也会流失到其他地方去。流失了多少，就追回多少，我不反对。如果这其中涉及行贿受贿，就从反腐角度去突破嘛，孙和平若行了贿，你们依法处理，但不能要赖。

王汝成道，哎呀，安邦省长，你咋还这么较真？明说吧，国资委的意见我不会采纳。对这事，我的原则很清楚，一是实事求是，充分考虑当时的市场因素，低调处理；二是惩罚那些国资看门狗，人家来买东西，出个低价很正常，你低价卖了就不正常，玩忽职守嘛。有受贿情节的，更得从重处理。哦，对了，正大重机任延安已被规起来了。

赵安邦说，这位任延安我知道一些。便把当年孙和平在任延安家门口程门立雪的事说了说。说罢问，任延安会接受孙和平的贿赂吗？

王汝成道，根据目前掌握的情况，还真没有这种事，就是《人民证券》文章上说的，体制性贿赂，而这种贿赂又很难定行贿受贿罪。

赵安邦说，这种体制性问题，恐怕还得在以后的体制改革中逐步解决。又问，照这么说，孙和平和北柴集团也就不存在行贿情节了？

王汝成道，哎，安邦省长，你们孙和平和北柴没这么干净。他们在受让正大重机股权的同时，给腐败分子汤家和的儿子签了份广告合同，涉嫌单位行贿。我们纪委同志请孙和平还有一位姓田的总经理配合调查，他们也都承认了。说是汤家和索贿，不给不行。这估计也是事实，汤家和的贪婪无耻到了无以复加的地步，索贿受贿近两亿，搞的女人不下一个连。孙和平说，汤家和临逃前还想再敲北柴集团一把。

赵安邦心里有数了，这在意料之中。也正因为如此，这几天他才一直回避，不愿见孙和平。便问，对孙和平这事，你们准备咋处理呢？

王汝成说，还没考虑到这一步呢！汤家和腐败案涉及面大，类似孙和平和北柴集团这种单位行贿的不下二十家，其中还有央企。你说我们怎么办？一个个较真，这些企业不全得罪完了？孙和平又是你手下的爱将，我们就更不会动了，安邦省长，你找他一下，提个醒吧！

赵安邦道，我不是提醒，是要狠狠敲打！汝成，你是不知道这个同志的牛啊，汉江干部我管不了的，大概也只有他了！便把当年孙和平如何挟市场以令权力的事说了说。汝成，你说我能轻饶了他吗？

王汝成乐了，哎呀，那好，那好，那你就好好收拾他吧！孙和平是你们的干部嘛，该规你们规，该抓你们抓，反正没我们K省啥事！

赵安邦也笑了起来，汝成，你想得倒美，孙和平和北柴在你地盘上闯的祸，你倒推个一干二净。哎，你老弟这一手是跟谁学的啊？

王汝成哈哈大笑，笑罢，认真道，安邦省长，我看就算了吧！为这件事毁了一个能干而成功的企业家，我也于心不忍！尤其你说的程门立雪的事，挺让我感动的。咱们的国企老总要是都有孙和平这种玩命劲头，咱们的日子就好过了。不过，有个话你得给我带到啊：让孙和平和北柴集团出点血，把那批上访员工安抚好了，别再给我添乱！

嗣后，王汝成又说起了汉江省劳动力密集型企业向K省规模转移，以及双方党政代表团近期互访的事，说了好一会儿，一直说到快下班。结束了通话，收拾公文包下班回家时，赵安邦差不多把孙和平忘了。直到车进共和道，远远看到孙和平哨兵似的守在门前，才又骤然想起这不安分的猴头。好嘛，这猴头又跑到他门口来程门立雪了。

车在共和道八号门前一停，孙和平忙过来开门，赵……赵省长！

赵安邦从车里出来，讥讽问，孙猴子，谁派你到我家门口站岗的？

孙和平抹着头上脸上的汗，带着副哭腔说，赵……赵省长，我……我一定要向您做……做个汇报！可总……总也约不上您啊，只好……

赵安邦心里愉快着，脸却绷得火石似，所以，你只好到我家门口堵我了，是不是？可这又有啥用啊？你的事犯在K省，找你和田野去谈话喝茶的是K省纪委啊，你得到K省纪委书记家门口站岗嘛！

孙和平吓坏了，赵省长，您……您都知道了？这我更得汇报了！

赵安邦口气严厉，汇报啥？汇报你们向K省前副省长汤家和变相行贿吗？汇报你们如何有能耐，啊？在K省造成了一百多亿国有资产流失吗？孙和平，我一次次警告你，少张牙舞爪，你就是不听！

孙和平腿一软，要往地下倒。秘书一见不好，忙上前扶住了。

毕竟是在自己家门口，天又这么热，也不能太过分，赵安邦这才让孙和平进了门。犯了事的孙和平不牛了，小心翼翼地半个屁股坐在沙发上，可怜巴巴地看着他说，赵省长，有些情况您……您也许不清楚。K省的那位跑掉的副省长汤家和太……太贪婪了，他硬要啊……

赵安邦道，他硬要你们就给啊？不知道这是违法行为吗？不知道市场经济是法治经济吗？孙和平，你就好好造吧，我可告诉你：监狱大门已经向你打开了！你很有可能和你老同学刘必定在监狱里团聚！

孙和平咕噜道，刘必定都出来了，我……我进去也没法团聚了。

赵安邦讥讽说，哟，这么说，我还官僚了？那也好啊，刘必定腾出号子了，你正好进去填坑。我看，你好像已经有这种思想准备了？

孙和平沉默了一下，赵省长，我……我是有这种思想准备啊……

赵安邦一怔，心中的愉快消减了不少，冷冷看着孙和平，那你今天还找我汇报个啥呀？啊？咋在门口差点没吓趴下了？说吧，说吧！

孙和平说，赵省长，我犯的事我准备承担，但我都不能接受K省国资委的讹诈！他们真宣布当年转让协议无效，追讨所谓的一百多亿，我和北柴只能拼命了。这里面也涉及咱江汉省的国有资产啊！

赵安邦心里不由一动：这猴头，吓得孙子似的，竟不是为自己犯事，还是为了企业利益。口气这才缓和了，称呼也变了。孙猴子，这么说，我还得感谢你了？你虽然制造了K省国有资产流失，却给我们汉江国有资产带来了增值？我是不是该让孙鲁生给你发个勋章？

孙和平苦着脸，赵省长，您别讽刺我了，我真是心力交瘁！现在市场上传言四起，北柴集团的股价波动很大，迄今跌了近30%……

赵安邦说，心疼了吧？把你们这帮高管的期权利益跌掉不少吧？

孙和平道，是，这是事实，但更重要的事实是，如果K省国资委坚持这种讹诈政策，一场大动荡就无法避免。这不是我和杨柳之间过去的那场内战了，因为涉及海外股东，官司很可能打到香港、美国、欧洲去。官司打赢了，我们担心K省进行政策性报复，要考虑迁厂；输了，我们当然要报复K省，也会考虑迁厂。这么一来，双方都将元气大伤，对北柴的打击会十分沉重，对K省也没啥好处。

赵安邦这才认真了，孙和平，你们想到的问题，我也想到了，想得也许比你们还多！实话告诉你吧：国有资产流失一百多亿的说法不会成立，王汝成书记没你想像得那么傻，他们那位国资主任的意见并不代表王汝成和K省省委的意见，你说的这种情况是绝不会发生的。

孙和平精神为之一振，赵省长，就是说，没一百多亿那回事了？

赵安邦点了点头，我在电话里已经和王汝成谈过了，王汝成同志的态度很明确：对当年股权转让造成的国有资产流失问题，将在充分考虑当时市场因素的情况下低调处理。现在有个要求，也让我把话带给你：尽快拿出一笔资金，安抚好群访员工，别再给K省添乱了！

孙和平长长舒了口气，谢天谢地，赵省长，真没想到，您……您已经帮我们做工作了！安抚群访员工没问题，本来我们已经要做了。

赵安邦没容孙和平高兴起来，又说，孙猴子，这一来，你就没有后顾之忧了吧？回去后好好考虑自己的问题，我会让省纪委找你的！

孙和平似乎看出了名堂，胆子大了起来，赵省长，您既然和王汝成书记谈过了，就该知道啊，这么干的又不是我们一家，中国特色的潜规则嘛！再说，腐败分子汤家和又那么贪，还真要惊动咱省纪委啊？

赵安邦故作沉思状，倒也是，你的问题比较清楚，配合K省调查时也主动交代了，不惊动省纪委也行，那就直接到检察院自首吧。

孙和平眼珠一转，哎，赵省长，你说我真进去了的话，是不是对咱汉江有利呢？现在可是市场经济，我自首进去，不论是按香港法律还是大陆法律，董事长都不能当了，如果上来一个约翰或者琼斯……

这话让赵安邦及时记起了两年前挟市场以令权力的那一幕，这混帐猴头，脏兮兮的猴尾巴已攥在他手上了，还敢拿市场来说事哩。于是，脸一拉，厉声喝斥道，孙和平，你又给我来这一套了是不是？当真以为离了你孙屠夫，我就要吃浑毛猪了？我宁愿上来个约翰或者琼斯，宁愿不要北柴集团的控制权，也要维护市场经济的法治和秩序！

孙和平这才老实了，赵……赵省长，我……我不是这个意思……

赵安邦继续大发雷霆，那你是什么意思？啊？别以为我和汉江省委就收拾不了你了，真收拾不了你孙和平，我这个省长就别干了！

孙和平几乎要哭出来了，赵省长，我……我……我错了……

赵安邦不依不饶，两年前我就给你说过，市场经济解放人，也会解放人心中的鬼！你说，你现在到底是人还是鬼？啊？除了这次涉嫌单位行贿，你还犯了多少我还不知道的事？今天都给我说说清楚吧！

孙和平越发不安，赵……赵省长，这让我咋……咋说呢？现在的市场经济还……还不是真正的法治经济啊！若是认真起来，很多事都……都有违规违法之嫌，您……您要想收拾我，其实很……很容易。

赵安邦实现了敲打的目的，带着浓重鼻音哼了一声，口气缓和了些，孙猴子，你知道就好，以后就得好好接受教训！时时刻刻提醒自己，把猴尾巴夹紧些，别总竖在那里当大旗摇！好了，先这样吧！

孙和平连连应着，狼狈不堪地告辞走了。走到房门口，又回过头问，赵省长，那……那我是不是明天就……就主动到省纪委去呢？

赵安邦心里窃笑，口吻严肃，该找你时，省纪委会去找你的！

孙和平走后，赵安邦感觉好极了，这可恶而可笑的猴头，到底还是输给了他手上的权力。孙和平头脑清醒得很啊，说的没错，现在的市场经济还不是完善的法治经济，市场博弈者们只要有机会就会钻空子，别管它是国有企业、股份制企业，还是民营企业。这一来，就给权力带来挥鞭惩戒的机会，市场经济从某种意义上说就成了权力经济。但权力的鞭子如何抽打是门艺术，有时鞭子必须立即落下来，以收令行禁止之效；有时悬在半空中不落下来，会比落下来效果更好。

54

《蚂蚁在怒吼》吼出了麻烦，秦老大怒吼自在情理之中。据于文发所知，事情是这样的：赵安邦省长看了马义的文章和记者报道颇不满意，给常委郑部长打了个电话，要宣传部提醒《人民证券》，不要事情没搞清楚就瞎吼，尤其是对我们兄弟省区的事瞎吼。郑部长放下电话就找主管新闻出版的李副部长，要李副部长查一查，看看《人民证券》这一次是不是出了导向性问题。郑部长既然提到了导向，《人民证券》岂能没有这方面问题？李副部长就查出了导向性问题，及时把秦老大叫到部里劈头盖脸一顿毫无礼貌的训斥，要秦老大对《人民证券》好好整顿，不行就先停刊再说。秦老大挨了骂，自然饶不了他于文发，从省委宣传部一回来，立即把他提溜到办公室先行"整顿"。

蝴蝶效应就这样产生了。赵安邦一个并不严厉的打招呼电话，经过一级级传导，到了他这里，就演变成了一场停刊撤职的吓人风暴。

其实，正大重机冲突事件一出，于文发就预感到会有麻烦，主动填好了导向三级的规格检讨，随时准备接受郑部长召见。没想到，郑部长这回偏不召见他了，而是让李副部长召见了秦老大。更没想到的是，他个人的麻烦会这么大。去见秦老大时，他态度极好，没等老大开骂，抢先奉上导向三级检讨，但没起一点作用。秦老大夸人铿锵有力不留余地，骂人也气势磅礴蛮不讲理。接过检讨看都不看，在手上晃着，吼声不断，小于，你还真把自己当回事了？是不是还想让郑部长再接见你一次？也不想想，这个检讨你有资格写吗？啊？你要有资格写，还要我集团一把手干啥？于文发带着一脸痛苦说，秦总，我这不是要有个好态度么。秦老大又吼，你现在态度再好有屁用！《人民证券》闯了大祸，被赵安邦省长点了名，得我亲自为你们写检讨了！于文发越发惭愧，秦总，那我就等候您和集团的处理了。秦老大眼皮一翻，我处理你干啥？你这么给我争光长脸，我得好好奖励你啊！你不是对保护国有资产有兴趣吗？好啊，就去郊区纸库看大门吧，好好保护咱们集团的国有资产！于文发再没想到，惩罚会这么严厉！原以为秦老大会安排他到集团办公室和邢主任一起打杂，管卫生，不料竟发配到了郊区纸库。却也不敢辩解，秦老大正在气头上，多说无益。

已准备到郊区纸库上任了，事情又起了变化。据专事检讨业务的邢主任透露，集团原拟以严肃处理他为前提，保住《人民证券》不关门。检讨和处理方案报上去后，郑部长在部务会议上说了句话，小于这同志挺能干，不能一棍子打死嘛！集团领导——尤其是秦老大的态度起了积极变化，改弃人保刊为人刊双保，他这死鱼才有了活气。而最终活过来，又是赵安邦省长的一个电话。赵安邦得知情况后和郑部长说，老郑啊，我无非打个招呼，提醒《人民证券》少掺和 K 省的事，你们搞这么严重干啥？这里没啥导向问题，让他们注意点就行了。

这个电话把他解脱了，让他保住了《人民证券》总编的位置。但李副部长不太放心，明确指示秦老大：得给《人民证券》派个岗，重要新闻和敏感新闻得有人把关，不能再让他乱拍板了。秦老大和集团就让一位即将退休的日报副总编来管终审。这位副总编姓钱，作风稳健，人也挺好，可却不懂钱，更不懂财经证券。一过来就和于文发交心，说是自己并不想来，是集团派的，他不能不来。股市分析、上市公司点评之类，他既不懂也一概不看，该咋发咋发。但涉及政策导向的报道和文章他要审，审后发表再出问题由他负责，不送审，谁发谁负责。这一来，于文发这《人民证券》的总编辑就贬值成编务主任了。

马义并不知道这番内部掌握的重大变化，还以为他这总编有职有权呢，陆续从网上发过来两篇文章，一篇是《蚂蚁在流血》，一篇是《蚂蚁在哭泣》。于文发一看题目就伤心难过：别说蚂蚁了，现在他的心也在流血哭泣呢！却也不好和马义明说，拖了几天，直到马义打电话催问，才答复道，流血和哭泣归法制类报纸管，你找他们去吧。

马义很奇怪，于总，你怎么了？这么大的新闻咋不做下去了？有些情况你不太清楚吧？中央对K省腐败极其重视，那位前省委书记已被双规，对汤家和正紧张调查，一百多亿流失的国有资产要追回。

于文发这才被迫说了实话，这些情况我都知道，也想进一步做深入报道，可上面不让做啊！便把内情和马义说了，最后郁郁道，马主席，现在别说我们《人民证券》了，我估计，你这两篇文章在汉江和K省的任何一个报刊都发表不了，你真想发声，还是挂到网上去吧！

马义沉默片刻，好吧，好吧，那我就挂到网上去！又叹息说，于总，真没想到，这次给你惹了这么大麻烦，对不起，实在对不起了！

于文发说，没啥对不起的，无非是工作失误嘛！常在河边走，岂能不湿鞋啊？这种事迟早总会发生的，也只能正确对待了！好在这一次赵安邦省长和郑部长都说了话，我最终没去看纸库，也算万幸了。

马义道，要我说，你与其做这种弼马温，倒不如先去看纸库了。

于文发说，看你这话说的，意气用事了吧？像我这种新闻人都去看纸库了，咱以后还有新闻么？要戒急用忍嘛，目前是临时措施，只要上忍几个月，忍到老钱退休了，我这弼马温还会成为齐天大圣的！

马义道，我就怕你接受了教训，成了耍猴人手上听话的乖猴！

于文发不无悲哀地自嘲说，有这个可能。不过，猴就是猴，趁耍猴人不注意，做几个鬼脸，翻几个让人们喝彩的跟头还是能做到的。

马义讽刺道，于总，你对自己和报纸的要求挺高啊！行啊，你有这个好态度，没准将来能接你们秦老大的班！我这里先提前祝贺了！

于文发笑了，马主席，你再激我，我也不上当了！我们以后的合作仅限于财经证券范围。如果你仍愿写这类述评文章，我们欢迎，愤怒啊流血啊哭泣啊这种文章，你可别再往我这送了，送了也没用。就算我赞同你的观点，送给老钱审，老钱也不会签。就算老钱签了，也会给你改得面目全非，蚂蚁在愤怒很可能会变成蚂蚁在狂欢……

马义说，明白了，那我给你们来篇财经证券范围内的述评吧！谈谈正大重机的股权转让一旦无效，会给北柴集团带来多大的影响……

于文发忙道，这也不行，虽说在财经证券范围，但目前犯忌。马主席，我得实话实说，北柴是我省上市公司，这种时候，省里能不保护吗？否则，赵安邦不会出面打招呼，你老能不能给我们省点事啊？

马义咂嘴说，看看，你于总现在多乖啊，连做个鬼脸都不敢了！

于文发道，马主席，你少来，这是个鬼脸吗？这种文章一发，北柴股价还不又要暴跌啊？赵安邦如果再来个电话，我就别活了……

马义说，行了，于总，为了你先活下去，咱们合作暂时结束。

和马义的合作暂时结束了，和下面记者编辑的合作并没结束。

既做了弼马温，就得负起弼马温的责任，马圈里的马还得管。不但得管好马儿的草料，多拉广告赞助，还要管好马儿的蹄子，别让他们再四处乱踢。在这种戴罪立功以观后效的特殊时期，若是哪一只别有用心的蹄子又踢到啥敏感的蛋窝上，他可真得到郊区看纸库去了。

也幸亏有这份小心，才及时发现了记者部主任齐鸣的捣乱破坏。

齐鸣是《人民证券》的台柱子记者兼评论员，当年曾效力于《财经早报》，因连续报道刘必定宏远系从崛起到败亡的过程，而一举成名。此人不但能写重点新闻，还能写财经评论，是他手下的大将。《五千万，还是六个亿》的报道并不是齐鸣写的，按说与齐鸣无关，但根据他早先制定的“一人闯祸，部门连坐”的大政策，齐鸣作为记者部主任，还是被扣发了当月奖金。于文发判断，齐鸣可能是出于对他这领导同志的不满，才又把蹄子狠狠踢向了要命的蛋窝，捣估出了一篇上市公司点评文章：《北柴集团面对危局：百亿市值资产或被追缴》。

于文发看了文章，火透了，一个电话把齐鸣叫来，严厉责问齐鸣道，齐主任，你想干啥？唯恐天下不乱是不是？非要整死我是不是？

齐鸣眨巴着明亮的眼睛，一脸的无辜相，于总，你这是怎么了？

于文发把齐鸣的点评文章往桌上一摔，这是不是你的大作？你搞什么搞？我可不是老钱，啥都一清二楚的，你们少给我来这一手吧！

齐鸣眼睛里泛出狡猾的笑意，哎，于总，这也值得发火？你吃不准就送老钱审嘛，老钱不懂业务，没准就放行了，有麻烦是老钱的！

于文发看着齐鸣，这么说，你想坑老钱？别忘了，老钱一过来就声明了，上市公司评论这类业务稿他一概不管，出了麻烦还是我的！

齐鸣一拍脑门，嘿，我还把这茬忘了呢！话题一转，好，那我们就事论事：于总，我这篇文章到底有啥问题呢？说的是不是事实啊？

于文发头一摇，不是事实。别人不懂，你应该懂，你报道过宏远系，还出过书，在业内名气这么大，能不知道蛋和鸡的道理吗？就算当年有一些国有资产流失，也决不会有百亿之巨，你这不是找死吗？

齐鸣辩驳道，我咋是找死呢？正大重机国有的股权现在市值就是一百多亿嘛！当年我在《财经早报》报道宏远系时，也有人说我是找死，谁也不相信大名鼎鼎的宏远系会垮，刘必定会进去，结果呢，地球人都知道，宏远系兵败2003。现在，也许轮到了北柴和孙和平。

于文发认真了，齐鸣，这么说，你盯上北柴集团和孙和平了？

齐鸣道，是的，于总，这得感谢你，这事说到底是你挑起的！你别误会啊，我可不是为那一个月的奖金，被扣奖金的不是我一人……

于文发说，就是啊，我被扣了三个月奖金呢，该认就得认嘛！

齐鸣道，所以，你也别说我盯上了北柴集团，实际上是你先盯上的，我只是继续追踪这场危机罢了。准备再出一本书，甚至书名都想好了，《北柴集团:资本时代的非线性迷局》。这类文章《人民证券》如果不发，我会陆续拿到《财经早报》上发。《财经早报》既不是汉江省的报刊，也不归K省管，应该能发出来吧，而且影响也不会小。

于文发不由暗暗叫苦，情况比他预料的还要糟，如此说来，这还不是一篇文章啊，是他妈系列文章。齐鸣的系列文章虽说不在《人民证券》上发，可齐鸣毕竟是《人民证券》的记者部主任，他这个始作俑者说得清吗？北柴集团和孙和平打上门来，让他如何交代？齐鸣这么干是不是有人支持？马上想到了北重和杨柳，试探问，齐鸣，你说实话，这事有没有北重和杨柳的背景？那个作家马义是不是掺和了？

齐鸣道，没有，谁都没掺和，真是我想做。但马义提出的体制性贿赂有些意思，给我很大的启发，我准备从此处入手。哦，对了，于总，还记得当年宏远系巨头刘必定么？他也支持我做下去。刘必定透露，K省新上来的国资委主任是个狠角，为追回正大重机的股权，也就是这一百亿流失的国有资产，还成立了一个专门的法律顾问组哩。

于文发提醒说，对刘必定，你要小心。没有宏远系的败亡，就没有北柴集团的崛起。刘必定也是孙和平的对手，他的话你要多分析。

齐鸣道，我当然会分析，还打电话到K省问了一下，K省国资委的人证实了，说相关报告已呈送省委、省政府，他们正在等批复。

于文发无话可说了，好吧，齐鸣，你坚持这么干是你的事！但有一点我得说清楚：如果有一天上面要请你走人，你别怪我不讲情面。

齐鸣道，于总，那我也实话实说，如果连这种文章都发不了，《人民证券》我也真不想再呆下去了，上面不让我走，我也会走的。

于文发苦笑不已，老弟，这不是特殊时期嘛，不是没办法嘛……

齐鸣走后，于文发想了想，给孙和平打了个电话，把相关情况说了，还提到了刘必定的掺和，郑重声明：齐鸣即将发表的文章和《人民证券》无关，是个人行为。孙和平表示了感谢，继而问，齐鸣是咋找到刘必定的？怎么知道刘必定提前出狱了？看得出，孙和平对刘必定的掺和挺吃惊。于文发没法回答，只道，我提醒齐鸣了，让他对刘必定的话多做分析，以免上当。孙和平说，就是，于总，你能不能想想办法，让齐鸣别发这篇文章呢？于文发说，我一点办法没有，齐鸣已不想在我这里混了。孙和平这才骂了起来，刘必定这王八蛋……

次日，齐鸣的文章《北柴集团面对危局：百亿市值资产或被追缴》在《财经早报》头版见报，迅即上了各大财经网站首页。北柴集团再次大幅跳空低开，全天跌停，收盘时跌停位置仍压着上千万股……

55

这是一头暴怒的雄狮，一个陷入歇斯底里状态的疯子，一位在赌场上输急了眼的赌徒。刘必定看着面前咆哮不已的孙和平，理智地判断着。政治斗争的传统思维像块腻乎乎的猪油，蒙住了这位老同学的心智，好吧，那就让他先发泄吧，把政治斗争的思维发挥到极致吧！

孙和平眼睛血红，脸色难看极了，在北柴集团驻省城办事处的大办公室里来回踱着步，吼声不断：……刘必定，我知道你不服我，因为当年两亿一千万希望汽车的股权恨我，是不是？这我能理解。但你不能这样卑鄙而不择手段地害我啊！不能在我的内部，拿着我的资金往死里坑我啊！不能在北柴集团面临这么大的危机，啊，股价这么暴跌的时候，利用齐鸣和《财经早报》这么恶毒地捅我的刀子啊……

刊有齐鸣文章的那份《财经早报》已在孙和平的暴怒中化为一地碎纸片，被孙和平穿着皮鞋的大脚反复践踏着。办公桌的电脑上，呈现着北柴走势图，走势图是一条直线，在跌停价四十一点六七元横着。

孙和平时而双手掐腰，时而挥拳，声音凄厉，刘必定，你应该了解我，面对挑战，我决不会退缩，不论是对杨柳，还是对你！我和杨柳斗了这么多年啊，碰到过不少毒招，可都没毒到今天你这地步！

刘必定仰靠在沙发上，面无表情听着，听到后来，闭上了眼睛。

孙和平的声音开始变得嘶哑，刘必定，你犯忌了，越过了博弈的底线！你如果想在市场上把我扳倒，就不该接受我的入盟邀请！就该去投奔杨柳和北重集团，从正面战场向我和北柴集团发起攻势，可你没这么做，你利用了我的信任，使出了见不得人的最卑鄙的套路……

嘶哑而愤怒的声音在这时候停止了。刘必定睁开眼一看，孙和平正在饮水机前喝水，握纸杯的手直抖，纸杯也被捏得变了形。刘必定这才冷冷开了口，老同学，你是不是发泄完了？也该轮到我说了吧？

孙和平把纸杯往地下一摔，没有！我还没说完！刘必定，我知道你想说什么！又要和我讨论一下模范监狱的号子了，是不是？这正是我要说的，为了我一手缔造北柴集团，我不怕下地狱，也不在乎进去住上两年。如果有幸住上你刘必定住过的号子，也算是一个佳话了！

刘必定道，孙和平，你想得乐观了一些。我住过的号子，估计你是住不上了，我们这个操纵市场而且共同变相行贿的大案子从立案到判决，没有半年到一年怕是不会结束。而在这半年到一年中，模范监狱肯定拆迁了。你老弟得到白云山采石头去啊，当然了，我也得去！

孙和平立即揪住这个话头，原来你知道自己也得去啊！那么请问，刘必定，你对我的怨愤当真深到了要和我同归于尽的地步了？你让我无法理解！你不是不知道，这场危机正在化解，齐鸣文章说的那种结果根本不可能出现！我出了赵安邦家门，在第一时间把内情向你做了通报，你却不告诉齐鸣，反倒把对股价不利的事全都告诉了他。

刘必定道，我为啥要把内情告诉齐鸣呢？告诉齐鸣，会有这么漂亮的跌停板吗？孙和平，你听着，这正是我想要的结果！现在可以告诉你了，是我主动找的齐鸣，是我故意向齐鸣报的猛料！我早就算好了，这种特大利空就算在这种牛市里，也足以把股价再拉下20％！

孙和平一声冷笑，看来我有必要提醒你：不要忘了基本事实，你这所谓特大利空是莫须有的，赵安邦和王汝成已经达成共识了……

刘必定呵呵一阵大笑，笑罢，手一拍，从沙发上站了起来，北柴能为这个电话共识发布公告吗？不能吧？你得等到K省的批复正式下来。这有个过程吧？而在这令人焦虑的等待过程中，市场将充满恐慌的气息。所以，我期待着明天再来一个伟大的跌停板，就算明天封不住跌停了，也应该在未来的三四天内再跌个10%，你等着瞧好了！

孙和平气得跳脚大骂，刘必定，你……你他妈的混帐王八蛋……

刘必定指点着孙和平，孙猴子，你能不能不要这气急败坏啊？能不能听我把话说完啊？有人说，人是从猴子演变来的，人比猴子年纪小，所以人经常要猴。猴比人年纪大，也就很有耐心陪人玩！你老弟号称孙猴子，咋就不能耐心陪我玩一次？玩好了，你我都是大赢家！

孙和平怔住了，愣愣看着刘必定，哎，你……你这话是啥意思？

刘必定指了指沙发，猴董，你是不是能坐下休息一会儿？你的疯狂表演已经结束了，我也得有所表演和奉献吧？总不能你骂了我半天娘，不让我关心一下你的老娘吧！请坐，该抽烟抽烟，该喝水喝水！

孙和平在沙发上坐下了，点了支烟抽起来，夹烟的手仍有些抖。

刘必定踱起了步，眼睛时而看着天花板，时而看着大办公室里的盆景花卉，说话的声音不高，却透着轻蔑和阴毒：孙和平，你真让我痛苦啊！我再也没想到，你这堂堂北柴集团董事长的愚蠢和无知会达到这种程度，让我十分震惊！和你这么一个对证券市场毫无感觉的人合作，真是我的大不幸！怪不得你在香港会被杨柳和简杰克伏击，甚至被我前妻祁小华放水。更不幸的是，你政治斗争的传统思维又那么强烈，联想还那么丰富！竟能想到当年的股权转让，想到我的怨愤！

孙和平心头的猪油仍糊得很厚实，刘必定，难道你不怨愤吗？

刘必定在孙和平面前站住了，我为啥要怨愤呢？那笔股权不给你和北柴，我也会给北方重工，给杨柳。当时我站在悬崖上，往哪边跳都是跳，逼我跳下去的是时势，是命运，和你们任何人都没有关系！

孙和平心头的猪油开始溶化了，必定，如果你这话是真的……

刘必定道，难道会是假的吗？我至于打入你北柴的内部，和你来个同归于尽的大爆炸吗？我对政治斗争那一套会感兴趣吗？我不是杨柳，也不是你，既不要官场上的乌纱帽，也不要啥伟大的企业！我要的是暴利，奇迹般暴增的财富，为此不惜在刀锋上跳舞！所以，我明白告诉你，就是你想爆炸，想到白云山去采石头，我也不会奉陪！

孙和平实在没有市场感觉，根本不知道操纵坐庄是咋回事。他话说到这份上了，这小子仍没悟出他的意图，眨着眼探问，那你故意施放利空，打压北柴股价，你自己的利益，还有我们的利益在哪里呢？

刘必定只得耐心地开导，就在股价的大幅震荡中！先把股价打到泥里去，然后低位吸货，吃足筹码，再迅速拉起来。迄今为止，知道赵安邦和王汝成这个绝密电话的，就是你我。你就愚蠢地认为，应该用这个天大的利好去稳定股价，甚至恨不得明天就能宣布出来……

孙和平连连点头，是啊，是啊，股价从六十多跌到四十多，跌得我心惊肉跳啊！必定，你……你都不知道我这阵子是咋熬过来的……

刘必定道，你不说我也能想像到。但你熬过来了，最黑暗的时刻过去了，现在到了向市场索取巨额回报的时候了。所以，听到你的电话报喜，我就找了齐鸣，故意带着对你的怨愤报料，诱导他写了这篇文章，还让我妹妹花钱请了两个著名股评家写了两篇分析文章。今天过来时，我注意了一下，两位股评家的文章也已挂到全国各大财经网站上了，北柴再跌10%至15%是可以预期的。如果我们在三十六元附近吃足货，你的特大利好公告也应该出来了，到那时，也许就是十几个涨停板，既不影响你高价增发圈钱，还能在市场上大赚一笔！

孙和平总算听明白了，身子往沙发靠背上一倒，呐呐道，刘必定啊刘必定，你可吓死我了！这种作战策略，你咋事先不给我说一说？

刘必定没好气道，老同学，你看看你现在这副熊样吧，整个一惊弓之鸟！我敢和你事先说这种刀锋上的舞蹈啊？说了你会同意吗?！

孙和平想了想，承认说，也许不会同意，但决不是什么愚蠢！刘必定，请你也冷静想想，我真愚蠢的话，能有今天这个北柴集团吗？

刘必定道，我说的愚蠢是有特定指向的，是指股票市场的操纵。

孙和平恢复了常态，那也可以理解嘛！你老兄是操纵市场的犯罪老手，艺高胆大嘛！我他妈的是初犯，毕竟缺乏历练！再说，我又碰到了些麻烦，K省纪委找过我了，赵安邦都要我到检察院自首去了！

刘必定吓了一跳，哎，咋回事？你他妈这时候可不能出啥事啊！

孙和平摆摆手，都过去了，没啥了不得的。把汤强广告的事简单说了说，最后道，赵安邦省长也就是吓唬我一下，让我以后规矩点！

嗣后，又说起了下一步市场操作。孙和平政治斗争的思维这时候起好作用了，要刘必定警惕杨柳和北重的动作。孙和平认为，作为同业竞争的对手，没有谁比杨柳更了解北柴的底细了，如果北柴股价继续暴跌，价值严重低估，杨柳很有可能重兵伏击，重演一次香港之战。

孙和平这个提醒很及时。刘必定认为，香港之战的再度发生不是不可能，杨柳和北重有可能设伏，简杰克的DMG估计也不会袖手旁观。如此一来，他这一仗就难打了，此役的赢利目标将大幅下降。

被孙和平送回家后，刘必定无法安眠了，越想越觉得不对头。杨柳本来就有官方背景，现在的新总裁裴小军又是裴一弘的儿子，孙和平知道的信息，他们会不知道吗？十有八九会知道，只是早一天晚一天罢了。如果他们也在利好出台前看到了底牌，他按原定方案继续打压，把此前陆续吃进的大量筹码以更低价吐出来，那就愚蠢之极了。

然而，该愚蠢时还就得愚蠢。对北柴的股价不进一步打压还真不行。张曼丽和妹妹两边的老鼠仓目前还按他的指令空着仓啊，几十个帐户上的一亿三千多万资金眼巴巴地等着低位那些带血的筹码呢。他应该愚蠢一下，把手上属于北柴的高位筹码，在明天开盘集合竞价时就以新的跌停价卖给张曼丽和妹妹两边的老鼠仓。当然，这一来就有点对不起孙和平和北柴了。但这又有啥关系呢？在今天这场秘密会晤中，他已向孙和平交了底嘛，打压是既定战略。再说，这一亿三千万不像借自北柴的那三个亿，是秘密的，并不在北柴投资部的监控中。

至于杨柳的北重和简杰克的DMG，爱来就来吧，他们真的都来抢筹，股价就推上去了，孙和平也没话说。而在股价上升过程中，他为北柴操作的这五个亿最终肯定不会亏损的，只是赚多赚少的问题。

主意打定，刘必定把张曼丽和妹妹刘必英从睡梦中叫了起来，让她们到楼下客厅喝咖啡。两个女人睡眼惺松下了楼，咖啡一喝，都精神了。刘必定这才说了说情况，下达了老鼠仓满仓吃进北柴的命令。

张曼丽对他崇拜得五体投地，从不怀疑他的指令，没多说什么。

刘必英却提出了疑问，哥，昨日收盘跌停位置可还压着上千万股啊？现在全仓吃进是不是早了？要是北重和DMG不跟进，再跌呢？

刘必定说，再跌，我们那三亿帐户接着吃嘛，吃足了，北柴五个亿继续吃，反正我们手上有底牌！所以明天的跌停三十七元五角，就是我们此轮打压的底线了，进一步打压既不现实，也不可能……

刘必英尖锐地道，万一底牌变了呢？官场上的事说得清吗？哥，你可想清楚了！现在市场那么好，就是不做北柴，我们也不少赚！

刘必定坚定地说，但没有这种看着底牌豪赌的暴利！说穿了，这又是一场刀锋上的舞蹈，底牌真若变了，就接受流血出局的事实；底牌没变，我们就赢得盆满钵满。你们要保证，在明日集合竞价前，所有操盘手必须及时到位，在三十七元五角的跌停位承接北柴的打压盘，一次性吃足货！如果大量抛盘跟着压下来，我刚才说过的二、三梯队会陆续跟上，渐次抛空其他股票，用九亿资金进行底线决战！

两个他身边最亲近的女人，全被他这关键时刻的气势震住了。

刘必定感觉好极了，记住，明天不是一般的日子，很可能是个历史性的日子。兵败 2003 之后，一个叫刘必定的市场英雄将崛起于 2007。明天的决战不但北柴股价的市场拐点，也是我们崛起的起点！

56

杨柳敏感地注意到了北柴股价的持续暴跌。昨天，整个机械装备板块强势盘整，北方重工高收五十六元三角，北柴竟全天跌停，收盘价只有四十一元多。更蹊跷的是，今天开盘又是一个跌停板，跌到了三十七元五角，集合竞价一下子成交了近四百万股。杨柳觉得哪里不太对头，打了个电话给集团证券部总监，要他们了解一下，是不是正大重机的股权真要被 K 省国资委收回了。同时，认真做个分析，在假定正大重机股权被收回，但没有其他新利空的情况下，北柴股份的合理市价应该是多少。要求证券部马上给他一个报告，越快越好。

电话刚打完，裴小军就到了，见他电脑荧屏上是北柴的分时走势图，伸过头看了看，幸灾乐祸说，哟，又是一个跌停板啊？这下子孙猴子惨了，北柴猴山上的火灾看来很严重嘛，还没有熄灭的迹象啊！

杨柳颇为愉快地和裴小军讨论起来，哎，你说《财经早报》和网上的文章会不会是 K 省国资委授意的？对了，K 省有没有新消息？

裴小军说，这两天事多，没顾上和 K 省那边联系，但应该有 K 省国资委的背景。否则，齐鸣和那两个著名股评家敢这么乱说啊？杨老师，你别烦了，孙猴子是自作自受，反正咱们手上没他的北柴了！

杨柳笑道，小裴，你不够意思啊，也孙猴子了？就没想过帮着人家救救灾？北柴从六十多元跌到今天的三十七元多，还没跌透啊？就算正大重机转让真的无效，北柴也不该这么暴跌了！别人不了解，我们作为重卡机械的从业者，也不清楚业内情况吗？北柴的业绩一直在大幅增长，增速高北方重工二十多个百分点，股价不应低于我们嘛！

裴小军一怔，也是啊！忙从电脑里调出北方重工走势图。边看边说，哦，我们北方重工也跌了点，目前在五十五元盘整。杨老师，听你的意思，是不是想来次短平快的出击，趁机抄一把北柴的底啊？

杨柳思索着，为什么不呢？我们高位卖掉的北柴好像该买些回来了。不过，风险必须充分考虑，我刚下了个指令，让证券部紧急研究。

裴小军反应机敏而及时，那我现在就找王汝成的大秘，看看K省有啥新情况吧？说着，掏出手机拨了起来。手机通了，对方却没人接听，裴小军便又发了个信息，说是有要事请教，让对方方便时复机。

这时，已是十点十五分。北柴的跌停有所松动，时不时有四位数的大单进场吃货。从分时图看，多空争夺相当激烈，开盘才四十五分钟，成交量已达一千四百多万股，压在跌停位置上的卖盘已不到二百万股了。毕竟是大牛市，北柴的股价又经历了大幅下跌，应该是最后探底了。杨柳心里痒痒的，真想操起电话，让证券部立即吃进。但犹豫半天，还是没敢下这个命令。有道是君子不立危墙之下，除非他能证明，危墙已获得了支撑。但证券部的研究报告还没传过来，裴小军发了信息过去，K省那边也没回话，出于谨慎的考虑，他只能等待。

裴小军是约好来谈集团战略规划的，为此准备了好几天，见他一直盯着电脑看，估计心里不太舒服。小伙子却又没明说，只道，杨老师，别看盘了，北柴今天这种跌法肯定没啥好事，咱能抄底出击一把当然好，不行就算了，市场机会多的是，我们还是研究一下大事吧！

杨柳心里没把裴小军的所谓“大事”当回事，尤其是涉及集团战略规划的大事。这种大事本来就不该这位总裁多操心，主要是他和董事局的事，可裴小军非要谈，不应付也不行。杨柳便把目光从电脑上移开，笑眯眯地看着裴小军说，小裴，那就开始吧，我交代了，今天谁都不见，就听你说！哦，要喝茶自己倒，茶叶在饮水机旁的柜子里。

裴小军从对面的高背沙发上站了起来，杨柳以为裴小军要去泡茶。不料，裴小军却伸手将他桌上的电脑显示屏掉转了个方向。还半真不假说，我敬爱的杨老师呀，您老能不能暂时放下北柴这粒掉进泥里的小芝麻，听我给你谈谈未来的大西瓜？这可是我的智慧结晶啊！

杨柳心里不悦，脸上仍在笑，好，好，小裴，你谈，你谈吧！

裴小军谈了起来，从近年来资本市场的积极变化，谈到集团原规划的局限性；从孙和平和北柴利用资本运作实现的跨越式发展，到北重此次趁火打劫一举拿下平州钢铁控股权的经典战例；雄心勃勃地提出，趁着现在市场火爆，牛气冲天，北方重工股价高昂，增发八至十亿股，把除宁川路机之外的全部集团资产都装入北方重工整体上市。

……杨老师，这么好的市场机会，你想，我们不及时抓住是不是太可惜？集团原定战略规划的基本思路是产业资本的自我发展，这没啥不对，当时没这么好的资本市场。现在情况变了，金融资本把明天看得这么美好，愿意以几十倍甚至上百倍的市盈率购买我们企业，我们为啥不马上卖掉呢？几十年甚至上百年以后才可能实现的产业价值，我们今天就能在金融资本的疯狂中一举实现，简直匪夷所思啊！

杨柳不得不承认，裴小军有头脑，把事情的本质看透了。同样看透的还有马义。马义对产业资本和金融资本的关系有深刻认识，当股市陷入疯狂后，马义卖光了手上的股票，退出了这场非理性博弈。于是，便说，小裴啊，你想的这些，我也早想到了，否则不会有北方重工香港和内地的两地上市，也不会有宁川路机和文柴的捆绑上市嘛！

裴小军乐了，杨老师，这我注意到了！北方重工两地上市时，集团资产装了不少进去，宁川路机又捆绑了文柴，干得漂亮！所以我才顺着你的这个大思路，提出了更进一步的建议。具体方案，我是这样想的：这八至十亿股的增发，一半以集团资产认购，一半公开对市场发行。北方重工股价目前是五十五元，以后甚至涨到七八十元，我们就算按五十元增发也赚疯了。不但实现了集团整体上市，还一举圈到了二百多亿。有这二百多亿，我们足以再造一个北重集团了。哦，对了，对了，杨老师，我刚得到一个信息：简杰克的DMG在欧洲控股一家重机装备公司，是法兰克福的上市公司，正想转让控股权哩……

杨柳打断了裴小军的话头，这事我知道，简杰克和我提过，我没理他。

小裴，简杰克和 DMG 是干啥的，你也许不是太清楚。他们的做法就是在某个企业碰到困难，价值被大幅低估的时候吃进，收拾光鲜了，市场也好了，高价转手卖给别人，这个当我们可别去上啊！

裴小军争辩说，杨老师，但另一个问题你想过么？DMG 的这家公司在欧洲不少国家有市场，其份额比 JOP 少不了多少。如果价格比较合理，我们拿下了这家公司，也就顺手拿下了这些市场份额嘛！

杨柳未置可否，只问，哎，小裴，你说完了吗？没说完继续说！

裴小军道，先说这么多吧！又解释了一下，DMG 欧洲公司的事，我是顺口一说，主要是国际化的问题得考虑了，你和董事局参考吧。

杨柳这才笑着，缓缓开了口，小裴，你不简单，脑瓜好使！你说的都对，总体想法很好，但有一个毛病：就是太急躁了，想一口吃成个胖子。想今天晚上打冲锋，明天一早就把蒋介石几百万军队全消灭掉，这不可能，也不现实。请你回答我几个问题：首先，我们看到的这种高价出卖明天的大好机会，其他产业资本就没看到吗？请回答。

裴小军笑道，当然也看到了，不少上市公司都想高价增发嘛！孙和平的北柴不就发了公告，要增发一亿股吗？这年头谁比谁傻呀?!

杨柳摇了摇头，有傻的，就是非理性的金融资本，他们愚蠢地计算着几十年甚至上百年以后的价值，这个不谈了。第二个问题：都像我们这样毫不掩饰地狮子大开口的话，目前这个市场能承受得了吗？

裴小军手一拍，当然承受不了。哎，杨老师，声明一下，我从没认为资本市场会这么长期火爆下去，所以我们才得抓紧行动啊！得在市场垮下来，股市进入下一轮熊市之前，干净利索地狠狠圈它一把。

杨柳苦笑了一下，法国有位皇帝，叫路易十几的，记不清了，曾说过这样的话：我死后哪管它洪水滔天。你的想法和他颇为相似，圈完后哪管它市场崩溃。别忘了，真的搞到市场崩溃，大家都别玩了！

裴小军怔住了，哎，杨老师，你……你啥意思？不准备出手吗？

杨柳这才道，北方重工董事会已准备研究增发问题了，但不是你希望的八到十亿股，而是八千万股，所筹资金用于平州钢铁的收购。

裴小军大失所望，杨老师，这……这，你也太没气魄了吧?!

杨柳不愿再谈下去了，把电脑显示屏移正了，小裴啊，这不是气魄问题，是战略战术问题，要审时度势，一步步来嘛！说罢，看起了北柴的分时图，这一看，不禁吓了一跳：就在他和裴小军谈话的这一个多小时里，北柴的股价被拉起来了，从跌停位置急速上攻，竟然一举上涨了8%，收盘时达到了四十五元。于是便叫，小裴，快，再打个电话给K省，问问北柴有啥新情况？咋反跌为涨了，这么异动！

裴小军雄心勃勃的建议被否了，情绪不高，但电话还是打了，仍然没打通。这时，证券部的电话过来了，给出了最新的研究结论：假定正大重机股权被K省国资委收回，相对目前的大盘指数点位和机械板块的指数点位，北柴的合理市价应在四十三元至四十六元间。证券部总监也注意到了盘面异动，推测说，北柴股权危机可能已经消除。果真如此的话，则股价应重回北方重工之上，达到六十元左右。该总监建议，下午开盘时伺机吃进，待利好消息公开以后逢高出局。杨柳想了想，没敢同意，要证券部先别盲动，耐心等他的下一步指令……

和裴小军一起在食堂吃午饭时，王汝成大秘的电话回过来了。裴小军问起了正大重机股权的事，对方说了半天，不知说了些啥。结束通话，裴小军骂骂咧咧说，杨老师，孙猴子又他妈走狗屎运了！王汝成和K省政府根本就没批国资委收回正大重机股权的报告，反而要国资委配合北柴集团澄清相关传言，稳定市场，北柴股价能不涨么！

杨柳扼腕叹道，看看，看看，上午跌停时吃进多好？我当时就感觉不对头，怀疑某些机构打压吸货，果然如此！说罢，急忙拿出手机，给证券部总监发了个指令信息：立即追高进场，尽力吃进北柴。

这个指令一下，下午开盘不到十五分钟，北柴便冲到了四十五点八四元，封上了涨停板。嗣后，涨停位置上的买盘越来越多，收盘时仍堆着近一千万股。万幸的是，由于K省的信息来得还算及时，由于他的当机立断，集团证券部在接近涨停位置总算吃到了二百余万股。这日，北柴的日换手率达到23%，创出了合并上市以来的新高。

当晚，北柴集团董事会公告和K省国资委声明在各财经媒体网站上同时挂出。双方一致宣称：正大重机股权转让是合法有效的，不存在任何变易的可能。相关网上传言和《财经早报》的文章是不负责的主观臆断，双方不排除对《财经早报》和相关责任人进行法律追究。

次日，北柴按交易所规定停盘一小时后，以新的涨停价五十点四二元开盘，全天成交不足二百万股。接下来是两个放了量的涨停，充分换手后，北柴克复了六十元高地，周五收盘时，股价已是六十一元。

证券部锁定的目标位就是六十元，目标位既到，建议出货。杨柳同意了，结果，三天小赚了三千多万。当天下班，在集团大厦门厅见到裴小军说起这事时，杨柳开玩笑道，小裴总啊，那天你不来给我捣乱，我没准让证券部在三十七元附近出手，能赚上差不多五千万啊！

裴小军皱了皱眉头，就算五千万，也是芝麻。杨老师，我的增发建议你最好还是能再想想。哦，对了，有个主意我改了，既然您一再提议，我想，我还是到上市公司兼个职吧，就兼北方重工副董事长。

杨柳知道裴小军心里想的啥，笑道，咋的，还惦记着到北方重工董事会上推销你的西瓜呀？小裴啊，这事不要再争了好不好？该说的，我全和你说了嘛，你还是和周到一样，到宁川路机兼董事长吧！

裴小军手一摆，那就算了吧！说罢，也不等杨柳做出反应，快步出了门，往自己的车前走。临要上车了，似乎觉得哪里不太对头，才又转过身，冲着杨柳说了句，杨老师，你别想多了，我这不是赌气！

杨柳尽管心里不太高兴，还是冲着裴小军挥了挥手，好，好，小裴，有想法咱们再及时多交流吧！说罢，也上了专车，下班回家了。

这事过去就过去了，杨柳没放在心上。直到那天下班为止，杨柳还认为，裴小军出于对他的尊重，基本上是能摆正位置的。他再也没想到，这位权贵子弟会去找省长赵安邦和省委书记何新钊“汇报”……

57

2007年9月17日，星期一，宏观政策再次发出明确信号，央行第五次加息。面对又一次利空，沪市略微低开，以5309点开盘，一路高走，报收5421点，又涨了一百多点。北柴以涨停价六十七点一元高开，上午高位震荡之后，一路低走，和大盘走势正好相反。当日收报五十七点三四元，录得6%的跌幅，换手率再度达到20%以上。

根据哥哥的指令，刘必英和张曼丽各自旗下的操盘手，整个上午都在大量出货，大都出在六十五元以上。老鼠仓的三百五十多万股几乎全部出光，近一个亿的利润兑现了。张曼丽从没见过这样的财富奇迹，在电话里惊叫，天哪，这比抢银行还带劲啊！光我们的暗仓就赚了这么多，公司那三亿帐上和北柴那五亿的帐又该赚多少啊？刘必英心想，赚多少也不能给你说，更不可能和你分的！嘴上却说，我的小嫂子，别这么大惊小怪，这种钱来得快，去得也快。我们赚了，肯定有人亏了，没准北柴帐上就亏了。别忘了，低价筹码都是我哥从北柴帐上对倒出来的，咱今天高价卖出的这些筹码，没准也是北柴接的。

事实上，北柴帐上也没亏，还赚了不少。当晚，和哥哥一起统计阶段性战果时发现，北柴帐上浮盈也达一亿四千多万。当然，赚得最多的还是公司帐上那三亿，竟赚了一亿七千万，而且大都兑现出来了。

一举赚了近三个亿，刘必英以为，战斗结束，哥哥应该收手了。

不料，吃罢晚饭，哥哥立即布置起了第二阶段战役。指示她和张曼丽，从明天开始，逢低再度吃进北柴，越跌越吃，只吃不吐。哥哥交底说，我已告诉孙和平了，要把股价炒到一百元去，让他出消息配合，他同意了。股价经过回落整理，会在消息主导下引发技术主升浪。

张曼丽既惊喜，又不敢相信，说，一百元以上，谁还敢买啊？

刘必英这回不怀疑了，只问，哥，北柴消息的力度足够大吗？

刘必定道，应该足够大的吧？根据我的建议，北柴集团将于本周五，或者下周一，发布业绩预增公告，——准确的发布时间会根据我们手中掌握的筹码而定，业绩增长300%以上，每股收益达到五元多。

刘必英快乐地大叫起来，哎呀，这可太好了！真有五元收益，就算股价到了一百，市盈率也才二十倍啊，现在市场平均市盈率都五十多倍了！哎，哥，我看目标位还得提高点，可以炒到一百五十元去！

刘必定说，英子，这梦我劝你别做！我和孙和平策划时，又看过底牌了，北柴这五元利润中两元多是投资所得，是炒股赚的，没持续性。所以，我们的暗仓从九十元开始就出货，风险利润让别人赚吧。

张曼丽激动得脸色绯红，连连道，就是，就是，北柴真要涨到九十，每股又赚三十多块啊！必定，你太伟大了，我幸福得都要晕了！

刘必定这时也布置完了，暧昧地看了张曼丽一眼，说，好啊，曼丽，那就到咱们房里晕去吧！哎，英子，你别瞎想了，也早点睡吧！

刘必英明白哥哥的意思，一个刚打了胜仗的男人，太需要在女人身上施展身手了，对此，她有经验。她曾经有个男友就是这样，只要在生意场上赚了钱，干她的劲头，大得让她受不了，而生意受挫亏了本，咋都不行，男人就这德行。而在这种幸福得要晕过去的时刻，张曼丽怕也需要男人狠狠操她，尤其是一个给她带来巨大财富的男人。

张曼丽和哥哥回二楼他们房间了，刘必英也回了自己三楼房间。

然而，刚赚了一笔大钱，且赚得这么迅速，这么轻松，太让她兴奋了。张曼丽说的一点不错，这比抢银行还来劲。抢银行被抓住是要掉脑袋的，他们这么干虽说不太地道，既涉嫌操纵市场，又涉嫌老鼠仓的利益输送，但风险却并不大。就算抓住，也不过罚点款，事情再严重些，了不起判上三五年，绝无掉脑袋的危险。这种宽大无边的法律，简直是鼓励大家坐庄操纵嘛，所以，市场操纵成风，无股不庄。

又觉得孙和平傻得可爱。明知哥哥因操纵市场进去过，竟还敢把五个亿交给哥哥，这就为他们开启了老鼠仓的利益通道。有意思，真有意思。有这种利益输送的对敲盘，第二阶段战役他们应该没风险。

不过，孙和平也有精明过人之处。这一点，哥哥说过的：孙和平拿出这五个亿，目的并不是赚钱，而是拉升股价，以便高价增发大肆圈钱，一圈就是五六十亿。如果股价真被如愿拉到了一百元以上，就能圈到九十多亿，最大的赢家还是孙和平和北柴！所以哥哥心安理得。

兴奋过后，是九月秋夜无边无际的孤独和寂寞。哥哥和张曼丽用彼此肉体的狂欢，接续着白日天金钱的狂欢，她呢，却独守空房……

翻来覆去，横竖睡不着，刘必英心里突然生出了窥视念头：他妈的，张曼丽凭啥霸占了哥哥啊？有啥了不得的身手？她那身臭肉当真这么值得哥哥留恋吗？刘必英便从床上爬起来，打开了监视器，通过偷偷装在哥哥和张曼丽房间里的微型探头，窥测起了二人的动静——

在二楼哥哥和张曼丽的房间装探头，原是为了监视张曼丽。既然赶不走这可恶的女人，刘必英只能小心防范。既怕张曼丽偷哥哥的钱财，又怕张曼丽和别的男人偷情，做出啥对哥哥不利的事情。但事实证明，她臆想中的这类事情并没发生过，起码到目前为止没发生过。

然而，这夜的窥视，却让刘必英大吃一惊。监视器画面上最先出现的是张曼丽的侧影。若不是清楚地知道画面出自哥哥和张曼丽的房间，刘必英几乎不敢相信是真的。高雅而漂亮的乖乖女张曼丽，此刻成了衣着暴露刺激的淫荡女王。这婊子，——不是骂她，真是货真价实的婊子，身着开裆露乳的红制服，足登高跟艳红的长筒皮靴，一手握着皮鞭，一手揪着铁链，正对一团白肉抽打着。白肉是哥哥。哥哥的脖子上被铁链锁着，跪在地毯上爬，再不是白天那个浑身英雄气的资本大玩家，而像个任人蹂躏的可怜虫，让刘必英觉得十分陌生。

刘必英这才恍然大悟，哥哥和张曼丽竟是SM关系。而且，做S的是张曼丽，哥哥是M。二人之间的关系地位，在肉体狂欢的黑夜里全颠倒过来了。有这么一种特殊的性关系，她当然赶不走张曼丽了。

关了监视器，刘必英陷入了不安的思索：事情咋会是这样呢？

这种具有SM性取向的男人，她一年前碰到过一个，是某大公司高级白领。在发现他的性取向前，她甚至考虑过和他结婚。这人喜欢她的腿和脚，经常把家伙里的东西弄到她腿上和脚上。还喜欢穿着女人的性感内衣，让她蹂躏鞭打。后来浏览网上资料才知道，这叫SM，是你情我愿的性爱游戏，在这种疯狂的游戏中甚至会造成身体伤害。

张曼丽会不会伤害哥哥？这婊子真要不安好心的话，这种性游戏就有可能变成性谋杀啊！便又打开监视器，忐忑不安地看了起来——

画面真是不堪入目，这时，张曼丽裸露的臀部正死死压在哥哥的脸上。哥哥似乎要窒息过去了，本能地挣扎着，身体上挺，腿脚都在颤动。直到这种时候，张曼丽才抬起了自己圆润硕大的臀部，开始在哥哥脸上磨蹭自己的下体。哥哥的身体也才停止了挣扎和颤动……

这夜，刘必英失眠了。事情很清楚，这种对绝对隐私的窥视，是不能让哥哥知道的，一旦让哥哥知道，她说不清楚，麻烦很大。但她对性游戏变成性谋杀的联想又是那么丰富。而且，这种游戏本身就可能造成意外伤害，又不能不管。唯一可行的只能是及时对张曼丽发出警告。她要让这小婊子明白，有一双眼睛在盯着她，让她小心就是。

第二天一早，饱受蹂躏的哥哥活蹦乱跳下楼了，精神很好。疯狂淫荡的女王张曼丽又变成了高雅的乖乖女。一起吃早饭时，哥哥重申了再度吸筹的计划，提醒说，你们手上的暗仓都没有打压任务，只管不断低买就是。盘中该打压了，我和北柴会打的，注意和我保持联系。

吃罢早饭出门时，刘必英没让张曼丽开车，坚持要自己开车，送张曼丽到汉江证券上海路营业部。该说的话是一路上说的。对这种难以启齿的话题，刘必英开口就来，语含讥讽，小嫂子，我原以为你和我哥之间是我哥操你，没想到是你操我哥，我哥还偏就喜欢被你抽着骑着，让你可着劲操！张曼丽既意外，又吃惊，刘必英，你……你偷看我们了？那……那我解释一下！刘必英说，小嫂子，你别解释，我知道，你们是SM关系，我管不了。但你最好悠着点，别把我哥玩死了。今天我把话说清楚，真出了啥意外，我肯定怀疑你图财害命！张曼丽说，你想偏了，我咋会图财害命呢？玩时我们心里有数，真不放心，你就去提醒你哥哥吧。刘必英忙道，这事你千万别说，就是我们两个女人之间的私房话。张曼丽叹息说，刘必英，你不会理解我和你哥之间的关系，我们彼此都太需要刺激了。这才问，你是不是在我们房间装了探头？刘必英只得承认了，我是为了防你。张曼丽说，你也太卑鄙，太阴暗了吧？我不知道你哥哥知道了这件事，会不会杀了你！你看到了最不该看的东西。刘必英心里不由一惊：这倒是，不论是作为女人，还是作为妹妹，一个男人被污辱蹂躏的场面都是她不该看到的。于是，扮起笑脸说，小嫂子，你别误会，我也是好心提个醒，你们注意就是了。张曼丽也不愿弄得太僵，说，谢谢你的好心了，这事我不会和你哥说。但为了我和你哥的尊严，你那里也不能再住了。

几天后，张曼丽和哥哥便搬到了北郊风景区新买的高档别墅。别墅有欧式装修，带全套欧式家具，现楼售价一千五百万。哥哥一张现金支票就给搞定了。前些日子张曼丽定下的大奔驰和宝马车也到货了，购车又是三百多万。刘必英感叹不已，张曼丽真有福啊，碰到了哥哥这么个大气男人。在这种坐庄操纵的日子里，一千八百多万若是留在股市上，没准又能多赚上个千儿八百万了，哥哥却一点不在乎。

哥哥不在乎也有道理。他太能赚钱了，似有神助。股市上的钱水一样哗哗向他口袋里流。又一次低位吸筹完成后，哥哥和孙和平操作的预增公告如期出来了。技术派们期待的主升浪，借这个利好骤然爆发。股价从五十一元再度起步，一路大涨小回，在九月最后一个交易周，冲上了九十七元。一百元大关的突破，看来仅仅是时间问题了。

到了这种高位，市场没有任何怯意，信心反倒意外大增。甚至有人编出了《死了都不卖》的歌，唱得股市一片沸腾。上证指数被高看到8000点，甚至10000点以上。北柴的情况好得连哥哥都吃惊，谁都没去组织，各大券商和众多著名分析师就纷纷给出了买进和强力买进的评级，北柴三个月至半年的预测股价，平均达到一百五六十元。

在这种市场气氛下，出货根本不成问题。哥哥略微调整了一下目标位，十一国庆长假之前，在九十五元附近下令全面清仓。没想到的是，出货后，北柴不但冲过了一百元，而且国庆长假过后，在大盘指数再次跳空拉升时，创出了一百零八元新高。哥哥根据这一情况，下令出击相同板块绩优股北方重工。北方重工股价才八十元出头，哥哥判断会大幅补长。果不其然，北方重工第二天开始便补涨，一周以后也冲到了一百零一元。这一把短炒，又让他们获利不少。后来，刘必英算了算，整个第二阶段战役，又兑现了两亿三千多万的利润。仅仅两个月的时间，哥哥这场草船借箭之战的净利就达五亿多。因此，一千五百万的别墅，三百多万的奔驰、宝马，对哥哥来说也真不算啥。

58

马义的精神世界崩溃了。原本就不够坚强的神经，被现实彻底撕裂了。精神的残片像大年夜过后落得满地都是的炮仗纸屑，一派狼藉。

先是道德信仰的崩溃：北柴集团明明通过对任延安的体制性贿赂，造成了K省国有资产的巨额流失，甚至由此酿发了影响恶劣的群体流血事件，却最终没得到追究。K省国资委和北柴集团竟然口径一致地宣称：当年正大重机的股权转让合法有效，还要对提出追究意向的《财经早报》和相关记者进行所谓法律诉讼，这真是岂有此理！

既然要法律诉讼，那就让他们和他诉讼一场吧！马义看到北柴公告和K省国资委声明的当天，就写了篇言词激烈的文章：《在人民的鲜血中觉醒》。明确提出要对正大重机国有资产的流失一追到底，而且结合“九三”群体流血事件，指出了此事后果的严重性。鉴于昔日的盟友于文发大权旁落，《人民证券》的大门关闭，文章写好后，马义便挂到了网上。可不到半小时，就被网管删掉了，再挂上去，又被删掉了。在极其短暂的时间里，这篇严厉尖锐的文章K省国资委和孙和平是否看到，马义不知道，只知道他希望的诉讼根本没有发生。

更让马义沮丧的是关于人民的事实。他在文章中高举着人民的旗帜，但正大重机群访的“人民”似乎也不领情。领头群访的钱结实在“九三”事件后被批捕了。钱结实的老婆不知是被啥人授意，还是出于自己的真心，竟来电话说，马老师，我们的事，你别再管了，有关部门说了，事出有因，老钱不会被重判，也就两三年。肯定不会比任延安判得重。北柴集团也还不错，一次性拿出了四千多万，给我们所有老员工每人补贴了近两万块。结果已经够好的了，连老钱都挺满意。

正大重机流失的国有资产没被追回，以钱结实为代表的这部分“人民”却挺满意了，他还有啥可说的？难道想打着人民的旗号，破坏改革开放的大好局面，破坏和谐社会吗？只怕想破坏也破坏不了。

事实又一次证明，在利益面前，这个时代的道德信仰太脆弱了！

然而，往深处想想，马义又觉得，钱结实们的满意也不是没道理的。正大重机国有资产的流失与否和他们的利益有啥关系？他们这种名义上的主人，实际上的底层弱势群体，在改革的加速度时期何曾享受到多少国有资产增值的利益？闹一闹，每人拿两万元，也算不错了。

道德信仰的崩溃令马义痛苦不堪。接过钱妻的那个电话后，马义好几天都闷闷不乐。没想到，接踵而来的，又是市场价值观的崩溃。

马义怎么也没想到，就在他盯着孙和平和北柴，极力替 K 省国资委捍卫国有资产的这段日子里，北柴股价竟从调整低点三十七元多，冲上了一百元。北方重工也冲到了八十元。市场对北柴和北方重工都给出了买进的评级。最为乐观的一位著名分析师给出的北柴年内预测股价高达一百九十八元。大盘也怪得很，竟能在一次次加息，一次次提高准备金率的利空情况下，反复蓄势上攻。10 月 8 日，国庆长假过后的第一个交易日，跳空了一百三十多点高开，新的升势确立。

在大学里学过的所有价值理论，在这种令人惊异的市场表现面前全都失灵了。马义实在想不明白，到底是他错了，还是市场错了？市场咋就会错得这么理直气壮？在金融宏观政策如此不利的情况下仍然能这么强势不减？存在即合理，起码应该部分合理，错的怕是他。

于是，马义长期以来一直坚信不疑的价值理念，在 2007 年 10 月 8 日这天，彻底动摇了。这一百三十多点的高开，和指数新升势的确立，迫使他不得不自我检讨。他的问题很明显，没有把中国股市的市场情况和大学里学过的价值理论相结合，犯了教条主义的错误啊！

晚上吃饭时，夫人也数落不休，老马，不是我说你，还北方重工的独董呢，还学经济的呢，你都不如一般小散户！知道么，在这种超级大牛市里，死了都不能卖嘛！当初那十六万股北柴不卖多好啊？今天都一百零八元了。每股少挣四十八，十六万股，少赚了七百多万！

马义嘴上没说，心里也懊恼不已：岂止七百多万？假若他在三十七八元把北柴全仓买进，就算现在卖掉，也能多赚一千八百万。而真像市场分析的那样，长到一百六十元再卖，赚上多少都不敢想。可话又说回来，在北柴陷入股权危机的时候，他敢买吗？除非他是疯子。

夫人说，老马，我看你就是个疯子！正大重机国有资产流不流失关你啥事啊？你看你忙的，又是怒吼，又是指责。有那劲，都不如研究股票了，今天也不至于全面踏空。现在大家都在说呢，一个国家本币升值的过程，就是股市走牛的过程。升值不结束，大牛市就不会结束。况且，中国经济正在强劲增长，10000 点不是梦，起码 8000 点！

连学工艺美术专业的夫人都成经济学家了，不但知道本币升值和股市的正相关，还知道中国经济正强劲增长，真让他这个学经济，懂经济的大作家颜面丧尽。马义惭愧之下，难得谦虚地问夫人，那我们是不是再买点北柴？真到 8000 点，北柴股价可能会长到一百六十元。

夫人把筷子往桌上一撂，那还犹豫啥呀？买嘛，明天开盘就买！

马义的价值观念尽管已经崩溃，但崩溃产生的大小碎片仍在起作用，迟疑了半天，还是没敢定。再想想吧，北柴毕竟一百零八元了！

吃罢晚饭，于文发突然来了个电话，约他周末参加《人民证券》的一个活动：作为特邀嘉宾为 2007 年上半年度优秀基金经理授奖。

于文发热情洋溢……马主席，你可不知道，基金上半年的战果真叫辉煌啊，一个个都赚疯了！哎，你可一定要来给我们捧个场啊！

马义正郁闷着呢，没好气说，我为啥要去？基金赚疯了，我又没赚疯，现在还空着仓呢！上个月，北柴跌到三十七块多都没敢进……

于文发叫道，还说呢！这不都是你自找的吗？你非要挺身而出捍卫国有资产嘛，差点儿把我也连累了！哎，马主席，你还是过来一下吧，对你有好处，能当面听听这帮优秀基金经理人对后市的看法嘛！

马义守着近千万资金空着仓，夫人又吵着要买进，已等不及听基金经理的看法了，便问于文发，你对后市啥看法？我真有些看不懂了。

于文发说，看不懂就好好学习啊，活到老学到老嘛！今天基金机构又一次大举进场了。我判断，大盘指数站稳 6000 点后，可能不做调整，直接向 8000 发起攻击。马主席，我知道你的谨慎，现在只提醒你一点，注意趋势的力量。我也看不懂这个市场，但我知道，市场趋势一旦形成了，一段时间内是任何力量包括政策力量难以改变的。

这话有道理，马义决意去追随市场趋势，向趋势投降。又直奔主题请教，于总，北柴今天上一百零八元了，你觉得还有投资价值吗？

于文发笑了起来，哎呀，我亲爱的马主席，这你咋问起我了？你是机械板块的研究专家嘛，今天咋一下子变得这么没有自信心了?!

马义不无痛苦地道，咋说呢？老弟啊，实话告诉你，我崩溃了！

于文发说，怕是跟不上迅猛发展的市场形势了吧？马主席，关于北柴，你最好冷静下来自己分析。根据前不久的预增公告看，北柴每股收益会达到五元以上，就算一百零八元了，市盈率也只二十一倍。

马义质疑道，但问题是，它两元多是炒股所得的投资收益啊！

于文发说，对，这是个很有意思的问题。马主席，你想啊，北柴能有这么多的炒股收益，股市上的投入该是多少？如果指数真冲到了10000点，北柴投资收益又会增加多少？年底没准每股收益七八元！

马义讷讷道，也是啊，真这样的话，北柴也许会突破二百元！

于文发不屑地说，二百元算啥？中国船舶已经在向三百元冲击了嘛！在这种千年等一回的超级大牛市里，只有没想到的，没有做不到的！却又说，不过马主席，我可不是让你买北柴啊，你得自己决定！

和于文发的通话结束后，马义还是没敢定。虽说牛市里北柴投资收益前景看好，但更重要的还是主营业绩必须稳定增长。马义便又打了个电话给杨柳，询问北方重工的重卡机械产品的生产和销售情况。

杨柳乐呵呵说，马主席，北方重工好得很啊！产销两旺，我预计在未来三年内，主营业务增幅都会保持80%以上，全行业都很好嘛！

马义十分欣慰，杨董，这就是说，孙和平北柴的情况也是这样？

杨柳道，可能比我们还好些。你知道的，北方重工是大型国企改制上市，非经营性资产没有完全剥离，北柴就不同了，没啥包袱！又说，孙和平运气够好啊，正大重机的股权竟让他保住了，否则……

马义接了上来，否则，北柴不会疯长到一百多元，真气死我了！

杨柳劝道，马主席，你别气了，这事我也想明白了。国有资产流失的事多着呢，更恶劣的也有，都追下去还有个完？岂不要推倒重来了？我最近才知道，连赵安邦省长都出于大局和市场考虑，不让追。

马义自嘲说，所以我觉悟了，管这种闲事干啥？自己发财好了！

自己发财的决心，就这么下定了，而且还就得发在北柴上。马义不无讥讽地想，他既然不能阻止孙和平和北柴对K省国有资产的侵吞，那就不妨去参预分享。杨柳电话里说的情况，和他掌握的情况是一致的。未来三年重卡机械行业主营业务不会有问题，就算没有炒股的投资收入，北柴每年主营收益也会保持在三元以上。目前市场平均市盈率五十多倍，北柴仅主营业务的合理股价已达一百五十元了。

让马义没想到的是，就在当晚，北柴发布增发公告。公告称，经董事会研究决定，增发一亿股。三千万股向基金机构定向增发，七千万股向市场增发。增发价为公告发布前一日收盘价的90%，即九十七元二角。因为平州钢铁落入北重集团手中，公告宣布的增发收购项目也不再是平州钢铁了，改为收购DMG的新欧洲机械公司51%的控股权。公告说，此项收购完成后，北柴将成为欧洲市场仅次于JOP的最大重卡机械生产商和销售商，北柴的全球化战略迈出了重要一步。

孙和平和北柴真他妈牛。在股权危机中弄丢了平州钢铁，转眼就盯上了欧洲的项目，增发价竟达到九十七元多，一次融资近百亿。那还有啥可说的？马义同志，立即跟进吧，有九十七元多的增发价摆在那里，就算日后大盘有所调整，北柴的股价怕也不会跌到哪里去了。

次日，北柴跳空高开，冲到一百一十二元后回落整理，下午开盘后进一步下跌，最低见到了一百零五元。马义果断地在一百零五元进场买入，一直买到一百零八元左右，九百多万资金一共买了不到九万股。收盘时，北柴股价再次被拉了起来，收报一百零九元五角二分。

夫人下班回家后，马义颇为得意地宣布说，太太，马主席今天全面进场，反手做多了，全仓吃进了近九万股北柴，赌它伟大的明天！

夫人却说，当初是十六万股啊，让你一折腾，就变成九万股了！

马义挺惭愧，错了就认帐，这九万股我会拿住，死了都不卖了！

于文发偏劝他卖，次日来电话提醒说，马主席，北柴增发项目不靠谱啊。简杰克和DMG不会有啥便宜给北柴赚，我不看好这项目！

马义自信地说，恰恰相反，我看好这个项目！简杰克和DMG是咋回事，我知道。但我更知道孙和平嘛，孙和平是英雄兼混蛋，精明着呢，不会轻易上简杰克的当。况且，北柴藉此实施全球化战略，股价想像空间很大,也颇值得一搏。所以,我昨天全仓吃进了九万股!

于文发说,马主席,你太激进了,就算搏,也不能全仓啊!哎,我建议你今天出掉一部分,哪怕赔点手续费也出一部分,稳当点嘛!

马义呵呵笑道,今天出了,我是不是到二百元再去追呀?那我这九万股可能就变成四万五千股了!算了吧,我一生就赌这一回了……

嗣后才知道,在精神世界和价值理念崩溃状况下做出的决策是多么地愚蠢!价值投资变成豪赌的结果是多么可怕,但后悔已经晚了!

马义做梦也没想到,市场趋势的扭转会来得这么快,大盘会在几天后的6124点掉头向下,跨年度地向1802点俯冲。在牛市里被市场忽略了的大小非流通股,会在市场趋势转变后这么疯狂地抛售。北柴的投资收入会像太阳下的露水一样迅速蒸发,股价最终跌到二十三元。幸好他利用反弹,在五十元清仓,才保住了大部分本钱。说来真是可笑,这轮大牛市,非但没让他赚到一分钱,还亏掉了近一百万。

牛顿在投资失败时说过,我能战胜万有引力,却无法战胜人心的贪婪。马义在反思中也一次次想,他不也是这样吗?啥经济理论都知道,还自认为是位价值投资者哩,却就是没能战胜人心的贪婪……

还有一件事值得一提:2007年12月,当北柴完成增发,开始高位大跳水时,《人民证券》记者部主任齐鸣背着于文发,悄悄找到了他,重提正大重机国有资产流失的话题,希望和他合作,共同阐述北柴集团的非线性迷局和体制性贿赂。马义那时还没清仓,便说,他对此已没兴趣了,还劝齐鸣打住。劝齐鸣时,心里就想,我这近九万股还套在一百元以上呢,跟你这么折腾下去,真不知哪天才能解套了!

59

奇迹就这么发生了。闪电雷鸣转眼间化作阳光灿烂。世事的变化就这么快。命运又一次向他和北柴集团展露出了迷人的笑脸。难过的一切都过去了,那让他惊魂不定,焦头烂额的日子和尊严扫地被污辱被损害的时刻,那正大重机群访员工流出的鲜血和暴跌不止的股价。

风雨过后的现实多么美好啊,美好得都让孙和平难以置信了。

正大重机国有股权在汉江和K省两位高层领导——赵安邦和王汝

成的支持下保住了。K省国资委的那位吴主任很听招呼，挺清楚自己的乌纱帽是谁给的，看到王汝成的批示后，态度立即来了个一百八十度大转弯，主动提出，配合北柴发布澄清声明。群访员工被区区四千多万安抚好了——这件事想想，让孙和平后悔不已。早知如此，他当初真该接受任延安的建议，及时把补助金发下去。若早这么做了，也许就不会发生“九三”流血事件了，任延安今天也不会栽进去……

更美好的是，这番从特大利空到特大利好的惊天大逆转，给了他操纵股价的机会。他找刘必定真是找对人了，这个前犯罪分子现在的市场禁入者实在太能干了，在集团投资部配合下，充分放大利空，把股价从六十元上方，一举打到了三十七元左右。又借利好，把股价拉起来，随着大盘的不断上攻，最终让北柴冲上了一百一十二元。这大大超出了孙和平的计划和想像。此前，无论想像力多丰富，他都没想到能以每股九十七元二角增发一亿股，一次融资九十七亿两千万啊！

当然，这一来，刘必定也赚了大钱，从五亿委托理财帐上分走了近七千万。北柴融借给刘必定的那三亿帐上，更大赚了两亿多。据投资部经理密报，刘必定有开老鼠仓嫌疑，赚得可能远不止这两亿七千万，此番操作的总利润也许达到五亿元以上。该经理建议，立即追查老鼠仓，在追查结果出来之前，冻结北柴融借的那三亿帐户，别让刘必定提走两亿利润。孙和平听后，先是觉得有道理，转而一想，又觉得不对了。他真这么干，刘必定肯定要和他讨论模范监狱的号子或者白云山采石场的劳动强度，他犯不着惹这种麻烦。更重要的是，刘必定干得不错，把股价炒到了超预期的一百一十二元。便当场警告那位经理，不要自找麻烦，就算刘必定他们开了老鼠仓也认了。经理不死心，建议他私下和刘必定谈谈，让刘必定吐出一部分利润。孙和平仍没同意，说，有钱大家赚，现在局面那么好，我们一定要好好珍惜！

就在这值得珍惜的好日子里，琼斯先生亲率美国FTOP基金一行三人来中国考察了。三人当中有一位华裔，叫王涛声，是汉江大学机械动力专业研究生，还是裴小军的大学同班同学。这让孙和平十分惊异，也有所警觉。琼斯主动解释说，王涛声是FTOP基金聘用的全球机械动力行业分析师，负责此次考察的专业评估。孙和平便坦率说出了自己的担心：王涛声的大学同学裴小军目前是北重集团总裁，公司的核心机密会否因此泄露？琼斯对王涛声很信任，肯定地说，孙，你要知道，王是一个生活在华尔街上的诚信而有职业道德的美国公民。

接下来几天的考察很紧张。孙和平陪同琼斯一行，从平州总厂一直看到K省正大重机制造公司和广东希望汽车制造公司。琼斯一行看得仔细，问得认真，但专业上的问题几乎全来自王涛声。在正大重机的咨询会上，王涛声竟然把很内行的总经理王小飞问得张口结舌。

然而，王涛声是公道的，的确是一位诚信而有职业道德的美国公民。考察结束时，对北柴重卡机械的技术水准和专业水平的总体评价颇高。于是，在送行的宴会上，孙和平真心诚意地向王涛声敬了酒。

送行宴会轻松而欢快。考察过程中一直不苟言笑的琼斯先生，在田野的劝说下，平生头一次品尝了中国的茅台酒，其后谈兴大发——

……孙，对在工厂亲眼看到的一切，我很满意。事实证明，FTOP基金在中国大陆的投资，尤其是在北柴的投资上是很成功的。王从专业角度做出了积极评估，认为可以继续持有。我从投资角度认为，应该在必要的时候进一步增持——请记住这个前提，是必要的时候。也就是股票价格足够低廉的时候，而不是现在股价超过一百元的时候。

孙和平笑着争辩说，一百元人民币不过十几美元嘛！市场分析师们认为，北柴可预见的股价将会是一百五十元至一百九十八元啊！琼斯先生，我此前已告诉过你，我们这次增发价都已是九十七元二角了。

琼斯先生连连摇头，NO，NO，这不真实，很不真实，九十七元增发价不能说明价值，只能说明你们聪明。你们利用这次全球性大牛市，在市场失去理智，人心陷入贪婪和疯狂的时候，进场剪羊毛了。

田野不无愚蠢地问，琼斯先生，那么，谁是损失了羊毛的羊呢？

琼斯耸了耸肩，那些市场交易者！那些贪婪到试图在刀口上舔到最后一口血的疯子们！市场一次又一次证明，人心的贪婪是不可战胜的，不管在中国还是在美国。所以FTOP基金作为北柴的投资者，对你们这次的高价增发非常欣赏，我们将幸运地分享剪到的羊毛……

孙和平哈哈大笑，精辟！琼斯先生，让我们为这把羊毛干杯！

琼斯喝了不少，没敢再干杯，只喝了一口，又说，孙，我们要做的，正是利用市场的起伏不断地剪羊毛，以获取最大的利益！因此必须激起市场的贪婪，要给贪婪者不断制造借口。你们这次增发借口就很好，收购

DMG的欧洲项目。尽管我和FTOP基金完全不看好……

孙和平打断了琼斯的话头，琼斯先生，你为什么就不看好呢？中国积弱百年，今天终于轮到中国企业对世界讲故事了，而且是欧洲！

琼斯一脸的不屑，欧洲老了，连性交的能力都没有了！孙，请你别忘了，FTOP是投资中国，不是投资欧洲。你不至于试图以这个欧洲的故事，说服FTOP用九十七元的价格购买新发的股票吧？提醒你一下，北柴H股现价只有六十多元港币，欧洲的故事并没打动香港。

孙和平一下子明白了，欧洲的故事只能说给中国国内A股投资者听，说给FTOP这类国际投资人听是找错了对象。琼斯若是看好欧洲，就不必战略性持有北柴H股了。一时间有些窘，竟无话可说了。

琼斯先生吃了些东西，放下刀叉，目光专注看着他，孙，我还注意到一个事实，简杰克和DMG上个月不可思议地在低位不断减持北柴！关于我们这位共同的老朋友，你有什么有趣的消息要告诉我吗？

孙和平深知这位具有犹太血统的新泽西人的精明，微笑着摇了摇头，NO，没什么有趣的消息，简杰克和DMG只是一时误判了形势。

OK！琼斯蓝眼珠一转，孙，你会不会误判呢？欧洲真的这么重要吗？你们一直宣称要走向世界，我认为很可笑。中国本来就在世界之中，是目前世界最大的工厂，人类最大的建设工地！这一次为什么一定是欧洲呢？为什么是简杰克和DMG呢？用高价买一堆狗屎吗？

孙和平道，琼斯先生，如果没有一个美好而充满想像空间的欧洲故事，我凭什么说服市场给我九十七个亿呢？市场需要理由。简杰克正好给了我这个理由。琼，请相信，我不会为狗屎付高价的，OK？

琼斯悟性很高，马上就明白了，OK，OK！孙，我是不是可以这样理解：如果简不接受狗屎价格，你和董事会的欧洲故事就结束了？

孙和平笑道，需要结束时当然会结束，不过现在我是虔诚的！

琼斯这才放心了，孙，你真是有趣！你这个借口和理由很好，对中国投资者来说，是个可以炒高股价的题材。题材和概念，你们中国人喜欢炒，美国人也很喜欢炒，早些年网络的题材概念就很火爆啊！

田野说，可是琼斯先生，后来纳斯达克指数跌得真惨不忍睹！

琼斯说，YES，但现实和经验告诉我们，题材概念还在风行，也许将永远风行！田，我告诉你：今天的华尔街比网络泡沫时代有过之无不及。华尔街能在概念的包装下，将人类所能想到的一切卖掉。甚至能高价卖掉富人一场盛宴后的残汤剩饭，乞丐们未来的乞讨收入。

孙和平明白琼斯的意思，接上去，以开玩笑的口气说，是的，如果这些乞丐在纽约乞讨，就有了华尔街概念，含有潜在的金融题材。

琼斯很正经，不像在开玩笑，YES，YES！由于乞丐们讨到的是无数的小额现金，它财报上出现的现金流将是正数，会显得很健康。

孙和平仍是戏谑，如果这些美国乞丐出现在中国的北京，除了金融和现金流的概念之外，应该还有奥运概念吧？琼，是不是这样？

琼斯苦笑摇头，孙，你在开玩笑，但这不是玩笑！这是华尔街今天的现实场景。今天的华尔街已走到了想像的极致，遥远的明天被今天的人们疯狂地买进卖出。高杠杆率金融产品铺天盖地，几乎涉及欧美所有金融机构。一美元被当作几十美元甚至上百美元用，泡沫在不断积累。我不知道下一步会是什么？我隐约嗅到了危机的气息……

嗣后回忆起来，孙和平才知道，其实琼斯说这话的时候，日后必将震惊全球，席卷人类财富的美国次贷危机已悄然爆发了，只是他和许多远离华尔街的人们还没察觉到。许多身处华尔街的人们也没察觉到，琼斯对重大危机的嗅觉让孙和平颇为惊讶。当时，美国第二大次级抵押贷款机构新世纪金融公司和第十大抵押贷款机构美国住房抵押贷款投资公司已向法院申请破产，华尔街三大股指大幅下挫，已现由牛转熊的端倪。好像就是在琼斯一行飞返纽约的次日，全球最大券商美林证券首席执行官斯坦·奥尼尔，受次贷危机的影响丢掉了饭碗。

琼斯后来也说，FTOP基金之所以在2007年10月把目光投向中国，关注中国资产，是希望中国能成为一个例外，一个安全岛。可没想到，在全球性金融危机面前没有例外，中国不是安全岛。FTOP基金持有的北柴H股，也在后来的暴跌中损失了三十多亿港币的市值。

然而，到宁川国际机场为琼斯先生送行那天，危机还没露出席卷全球的面目。孙和平满脑子想的不是如何对付日后的暴风骤雨，而是如何对付简杰克和DMG，讲好一个关乎欧洲的故事。琼斯的提醒很及时，也很中肯，中国本来就在世界之中，他和北柴哪能用高价买一堆狗屎呢，哪怕是来自欧洲镶嵌着金边的狗屎！欧洲故事只是一个融资圈钱的理由和借口而已，接下来用真金白银构筑的收购故事应该美丽动人，具有足够的价格吸引力。因此，要尽快聘请一家苛刻严厉的投行，对 DMG 手上这笔新欧洲机械公司的股权进行尽职调查了……

60

简杰克在孙和平的陪同下走进北柴集团总部大楼时，心头突然泛起一种难以言传的苦涩。他没想到，作为曾经的北柴大股东，他会在恐慌抛光手上持股之后，为新欧洲机械公司的股权再次走进这座熟悉的大楼。其实，他应该在 2007 年 9 月 3 日之后几天中的某一天飞过来看一看，嗅嗅这里的气息。如果当时他看到一位在危机面前充满自信的董事长和一个镇定自若的高管班子，也许事情就会变成另一个样子了。他和 DMG 就算出于规避风险的考虑，不在低位上吃进北柴股票，也不会在低位毅然出局，战略性地撤出这个近乎伟大的企业。

2007 年 9 月 3 日不论是作为耻辱，还是作为教训，都应该被他和 DMG 牢牢记住。那是一个错误判断和愚蠢决策的触发点。在他此前不无恐怖的想像中，危机爆发后，这里的气氛一定非常可怕。正大重机试车场上的血腥味势必在楼内空气中四处弥漫，来自正大重机和相关部门的电话此起彼伏，孙和平肯定惊慌失措，惶惶不可终日……

嗣后，从北京，到 K 省，方方面面信息都不乐观，进一步丰富着简杰克的想像，折磨着简杰克的神经：K 省腐败案主角不仅只有一个汤家和，还涉及前省委书记，引起了中央高层的震怒；正大重机国有资产流失案是 K 省腐败案的一部分，中央要一查到底；任延安和孙和平随时可能被捕入狱，正大重机国有股权转让即将宣布无效……

在这种信息的轰炸下，简杰克做出了战略出局的决策，9 月 7 日下令在香港和大陆同时卖空北柴。大陆方面，一直卖到了三十七元附近；在香港，则一直卖到二十六港币的低位。后来香港和内地强烈反弹，简杰克也没下令追进，反而对负责指挥撤退作战的包尼娜说，这只是回光返照而已。基于我对中国国情的了解，孙和平和北柴这次麻烦太大了。作为当初的竞争对手，没有谁比我更清楚正大重机股权的真实价值了。中国的事情就是这样，不被盯住，你可以把一座银行扛回家。而一旦被盯住，你就是多贪一分钱，他们也会让你连血吐出来。

让简杰克大跌眼镜的是，他这一回看走眼了。任延安以玩忽职守的罪名进去了，孙和平并没以任何罪名进去，更没把正大重机国有股权带血吐出来。他断言的回光返照，竟是绝地大反转，北柴股价不但迅速收复失地，还攻上了一百一十二元的历史高位。他是在K省国资委和北柴发出公告声明，把底牌亮出后才看明白的，可那时啥都晚了。2007年9月不是2005年7月，他不可能再看着底牌出牌了。

今天，当一切都成为过去，他和孙和平为新欧洲机械公司的控股权转让，又一次面对面坐在一起的时候，简杰克不禁在心里悄悄问自己：如果事情重来一回，在2007年9月3日之后的日子里，他会重新选择吗？敢在没看到底牌的情况下，赌这个魔鬼一般的董事长吗？结论仍然存疑，他恐怕还是不敢，中国的政策性风险毕竟太大了。

孙和平微笑着，极力扮演天使，嘴角眉角满是笑意，简先生，真是遗憾！我没想到像你这样的精明人，会在一个错误的时间，以错误的价格卖出一个伟大的企业！知道你今天要来，昨夜我失眠了，想了许多。为了这个企业的今天，我们既博弈又合作，往事历历在目啊！

简杰克一声叹息，是啊，从希望汽车股权，到正大重机争夺，我和DMG碰到了强硬的对手，就是你老兄和北柴。从2003年2月受让第一笔希望汽车股权起，我用了三年时间布局，却在2005年7月因为任延安和汤家和失了手。现在这二人都到他们该去的地方去了。

孙和平连连点头，感慨做态，对，对！简先生，没想到汤家和还真是个大贪官哩！据说弄到境外的赃款有两个亿，实在触目惊心啊！

简杰克哑然失笑，你会没想到？我还怕你因为汤家和进去呢！

孙和平很正经，老弟，你这个想法不太友好吧？我凭什么进去？

简杰克不好再说了，识趣地换了一个话题，孙先生，任延安玩忽职守案，你恐怕得过问一下，北柴可是任延安玩忽职守的受益者啊！

孙和平道，这还用说？我和田野分别写了文字材料给K省纪委，还有检察机关，证明他有自首情节，听说快判了，也就两三年吧？又说，老任进去，客观上倒也有个好处哩，你们团队进驻就没阻力了。

简杰克心里一阵发冷，嘴上却应付说，哦，这……这倒也是！说罢，摆了摆手，孙先生，不谈这些了，说正事吧！首先，祝贺你和北柴这次融资的成功，一把拿到了九十七亿，真让我和DMG嫉妒啊！

孙和平毫不掩饰自己的得意，笑道，简先生，你别嫉妒了！不是我说你，你这次不出局多好？也能从九十七亿里分享利益。你给我打过三次电话，我每一次都告诉你，问题总会解决，你就是不信嘛。

简杰克故作轻松地笑了笑，在那种时刻那种情况下，我敢相信你吗？我连自己都不敢相信！孙先生，当时你也这么自信吗？真还相信奇迹吗？指了指对面的宽大明亮的落地窗，就没想过从这里跳下去？

孙和平一脸惊讶，从这里跳下去？简先生，我跳下去了，谁来照管这个伟大企业？这种懦弱而不负责任的念头我从未有过！不错，那些日子令人沮丧，但我对未来充满信心，一遍又一遍告诉自己：一切都会过去。哦，老弟，知道那些日子我在干什么吗？我在睡觉啊，也让田野他们好好去睡觉。在我一生中休息最充分的，也就是那阵子了。

简杰克根本不信，讥讽道，睡醒之后，危机和麻烦就都解决了？

孙和平手一摊，可不都解决了?！简先生，你想一想，当麻烦大到超出我们掌控能力时，还有比睡觉更好的办法吗？睡醒之后，我起码能保证头脑的清醒，不至于犯下你和DMG犯下的严重决策错误！

这是尖刻的讽刺，却也不无道理，简杰克被堵住了，一时无语。

孙和平呵呵大笑了一阵，笑罢，从对面沙发上站起来，走到他身边坐下来，拍着他的手背说，简先生，知道你和DMG的问题出在哪里了吗？2005年7月，你们问题出在对中国国情的不了解上；2007年9月，你们又犯了相反的错误，就是自以为对中国国情太了解了！

简杰克承认说，是啊，决定出局时，我对包尼娜说，中国的事情就是这样，只要被盯住，麻烦会很大，中国的政策性风险太大了……

孙和平道，但你就没想过政策性利益吗？比如我们这次，汉江和K省为了各自不同的地方利益，谁不希望维护一个稳定的局面呢？谁想看到两败俱伤的后果呢？另外，你还忽略了一个事实：北柴是具有相当市场影响的上市公司，第一大股东是汉江省国资委。在我们这个具有中国特色的社会主义股市上，上面的政策怎么会不多加保护呢？

简杰克不想再谈了，他今天过来要谈的不是这个，而是新欧洲机械公司，便说，孙先生，你说得对，中国股市的社会主义特色，只怕会让亚当·斯密和卡尔·马克思同时大吃一惊！哦，咱们言归正传！

孙和平不愿言归正传，继续大谈股市。不错，中国股市是个畸形的怪胎，有人将它称之为过渡性杂种，我觉得很准确！说穿了，在这里被买卖的不仅是股票，还有权力和政策。简先生，你想啊，许多央企上市公司连人事权、产品定价权都由政府掌控，是不是盈利全在政策，能叫做股票吗？当然，我们北柴还没荒唐到这种程度，是不是？

简杰克只得硬着头皮奉陪，北柴虽然没荒唐到这一步，但也是权力和政策的产物，你我这部分特殊股东才因此赚了大钱。一般中小投资者就没这种机会了。因为这个市场从不承认，也从不遵守通行世界的股权平等、买卖公平、自由竞价、等价交换等等基本的市场法则。

孙和平不无夸张地鼓起掌，简先生，你的眼睛好明亮啊！所以在这里，造假、坐庄、欺诈、内幕交易、行政垄断，无所不有，无奇不有。我们北柴那点破事算个啥？你和 DMG 怎么会做出出局的决策呢？

简杰克这才想起问，哦，对了，话既说到这里，孙先生，请你实话告诉我：你和北柴是否利用这场危机进行了操纵市场的内幕交易？

孙和平一脸的无辜，简先生，你怎么会这样想呢？这方面的行家是你，并不是我呀！2005 年 7 月，你和 DMG 在香港就操纵得很好嘛！

简杰克不太相信，从盘面上看，尤其是在三十七八元附近的时候，DMG 的巨量抛盘全被神秘资金吃进了，没有内幕消息谁敢吃呢？

孙和平略一沉思，哦，我想起来了，公司投资部根据我的指令买了些。不过，天理良心，真没啥内幕消息，就是为了托盘，我不能容忍这种非理性暴跌。意味深长地笑了笑，简先生，你们 DMG 这么不顾一切地逃命，在香港和大陆两个市场同时突围，我也得成全你们嘛！

简杰克有苦难言，强做笑脸道，孙先生，你们这次干得漂亮！

孙和平这才言归正传，手一摆，简先生，过去的事不谈了，我们在欧洲的合作又开始了。哎，我注意到，我们签订股权收购意向书以后，新欧洲机械的股价一直在跌啊，到昨天为止，跌了 17%左右吧？

简杰克心里一紧，也不光我们新欧洲在跌，法兰克福市场的机械制造类股票都在跌，新欧洲的跌幅并没超过大盘，不影响投资价值。

孙和平缓缓摇头，不对吧，简先生，我刚看到尽职调查报告，报告建议我在收购总价格不改变的情况下，放弃这笔无利可图而风险很大的股权交易。你我都熟悉的那位老朋友琼斯先生更将这笔交易称为狗屎。所以，你们五亿三千万欧元的报价是不能接受的。我和北柴能够接受的最高报价不会超过三亿欧元，当然，我们希望能更低一些。

简杰克十分吃惊，孙先生，听你的口气，好像没有谈的余地了？

孙和平果决地道，在价格上没有谈的余地，这是董事会的决议。

简杰克心里气得要命，脸上却不动声色，甚至带着笑容，这真令我惊讶！孙先生，如果我没记错的话，两个月前，我和包尼娜陪你在新欧洲考察时，好像你对这五亿三千万欧元的报价并没有疑义……

孙和平抢上来道，所以，回国后，我立即和你签了意向合同！但我没想到尽职调查会是这种结果啊，而琼斯先生和 FTOP 基金……

简杰克手一摆，别找这种拙劣的理由，更别给我扯 FTOP 基金和那位新泽西人！如果你还想完成这笔意义重大的交易，请报个实价！

孙和平一脸恳切，简先生，我的实价就是不超过三亿欧元，这是董事会给我的授权，否则，很遗憾，我和北柴将不得不放弃这笔交易。

简杰克呆住了，他想到过孙和平会讨价还价，但没想到会是如此凶狠的拦腰一刀。更没想到这一刀下去的价格就是不可协商的最后交易价。这显然不对头，孙和平不是不知道 DMG 的投资成本，这种不可思议的超低报价，只能说明一个问题：交易对手变卦了。过细一想才发现，孙和平这个资本市场的天生魔鬼，产业资本和金融资本的双重玩家，比他想像的还要厉害，很可能把他和 DMG 耍了：孙和平要的也许只是一个融资圈钱的借口，而不是什么新欧洲机械公司股权……

这时，孙和平又开口了，口气仍是那么真诚，简先生，我希望你和 DMG 能认真考虑一下我们的报价，进行一次双赢的历史性合作！退一步说，即使这次合作不成，北柴的全球化战略也决不会改变！欧洲我们以后还是要去的，可以自己投资建厂，北柴现在有这个资金实力。

简杰克点头笑道，是的，你们现在是有这个实力了，操纵市场赚了不少，又以我向你提供的欧洲题材讲了个大好故事，一把圈了九十七亿！我承认，你和北柴充分利用了这个具有中国特色的市场，进行了一次成功的欺骗和欺诈，但是对不起，我和 DMG 不陪你玩下去了！

孙和平似乎很茫然，简先生，你啥意思啊？当真不能考虑我们的报价吗？三亿欧元不少了，你们已经赚了六千多万欧元了，是不是？

简杰克反问道，难道我和 DMG 会为区区六千万欧元蝇头小利出让新欧洲机械公司的控股权和欧洲市场吗？哦，顺便说一句，北重集团对新欧洲机械公司的控股权和我们的欧洲市场很有兴趣，我想，他们的新任总裁裴小军先生也许会给我和 DMG 一个公道合理的价格……

孙和平做出一副吃惊的样子，怎么？裴小军又升官了？成北重董事局主席了？董事局主席好像还是杨柳吧？杨柳会同意吗？就算杨柳也同意，收购资金又从哪来？他们刚增发七千万股收购了平州钢铁！

简杰克说，据裴小军透露：下一步，他们要整体上市了，2008 年内将增发八至十亿股，在装入集团资产的同时，融资二百至三百亿！

孙和平手一摊，天哪，太有气魄了！看来，我和北柴要准备进行欧洲决战了！简先生，谢谢你及时向我通报这一重要信息！说罢，看了看表，哦，时间不早了，明天是圣诞夜，由于你的到来，我决定把圣诞夜提前一天，和你来个一醉方休，也顺便谈谈正大重机的团队！

简杰克本不想再和这个魔鬼啰嗦，但考虑到 DMG 的管理团队马上就要入驻正大重机，数目不菲的管理费还要由这个魔鬼支付，只得继续与之周旋。这番周旋，让简杰克痛苦不堪。提前来临的圣诞之夜没有圣诞老人，只有一个不断炫耀胜利的魔鬼。在这个魔鬼面前，他昔日的成功和辉煌，他曾拥有过的光荣与梦想，全变得一片灰暗了……

61

恰在圣诞那天，赵安邦带着复杂的心情，和杨柳开始了一次重要而艰难的谈话。其实，他本意并不想谈，但不谈又不行，仅仅不到五个月，身为北重总裁的裴小军，就和身为董事局主席的杨柳，为未来的发展战略闹到了水火不相容的地步。裴小军不但找到他，还找到了省委书记何新钊，就集团整体上市的计划一再汇报，寻求支持。杨柳得知情况后，极为恼火，上周于激愤中提出辞职，送上了辞职报告。

此时此刻的杨柳仍在激愤中，一改昔日的谦和与恭顺……赵省长，今天你不找我，我也得找你了！我辞职不是闹意气，是实在不能胜任了！裴小军同志身为集团总裁，主要精力不用在生产经营上，却对董事局工作这么感兴趣，一不如愿就找你和何书记汇报，我和董事局工作还怎么做啊？我已经无法履行一个董事局主席的职责了……

杨柳说的没错，有这样一位总裁，他董事局主席不好当。赵安邦想，裴小军确实有些过分了。早在两个月前，小伙子找到共和道八号向他汇报时，他就提醒过他，你是总裁，不是董事局主席，可以有自己的意见和建议，但必须好好执行董事局的决策。小伙子不服，为整体上市说了不少理由。赵安邦听得有些不耐烦了，敷衍说，那你就去说服杨柳和董事局的同志吧！不料，裴小军没去说服杨柳，倒跑到何新钊那里，说服了何新钊。大前天一起接待国家发改委一位领导同志的间隙，何新钊和他简短地交换了一下意见。何新钊说，咱们这位小裴总很能干啊，既有市场头脑，又有全球战略眼光，想整体上市，还要进军欧洲，拿下新欧洲机械公司控股权，我们得支持啊！赵安邦一听头就大了，咋支持？把手伸到企业去？给杨柳和北重董事局下命令吗？杨柳已经要辞职了！何新钊一怔，有这事？赵安邦点了点头，新钊，不论你对小裴评价多高，可对企业的事，我们最好不要插手。何新钊说，对，你说得对，我们插了手，万一搞砸了，我们就被动了。

本以为事情到此为止了。不料，昨天上午，何新钊突然打了个电话过来，以商量的口气说，安邦，杨柳既然主动辞职，你看是不是就让他辞呢？省工会主席马上要退下来了，就安排杨柳做总工会主席嘛！这是个副省级岗位，杨柳作为副省级后备干部也好几年了。赵安邦听罢，半天没吭气，马上想到，这是不是老搭档裴一弘的意思？见他不作声，何新钊又说，安邦，这不是决定，是我个人建议，主要考虑北重班子的团结，调出杨柳，让裴小军兼任董事局主席，团结问题解决了，也给小伙子一个甩开膀子干事的舞台。直到这时，赵安邦才说，这事还是再想想吧，北重集团毕竟是几百亿资产的大型国企啊！

杨柳仍在说，近乎发泄……赵省长，只要做一天北重集团董事局主席，我就要为国家这几百亿资产负责，就不能允许任何人为了个人政绩铤而走险！谁做这种铤而走险的决策，谁就应该为之负责！所以，这个董事局主席省委最好安排裴小军做！

赵安邦这才违心地做工作说，杨柳，不要这么激愤嘛，更不要说谁为了政绩。公道地说，你和裴小军都是好同志，这次是工作决策上产生了分歧，不涉及个人恩怨，哪至于搞到辞职的地步？太冲动了！

杨柳道，如果是个人恩怨倒好办了，我可以退让一步，不和他计较。问题是，他在胡闹，甚至连北柴放弃的新欧洲机械公司股权，他也当成了宝贝！我反复提醒他，简杰克和DMG是资本运作高手……

赵安邦打断杨柳的话头，暗示说，哎，杨柳，这我得给你提供个信息啊，何新钊书记对新欧洲机械公司股权也有兴趣，认为这是全球性战略的重要一步！裴小军也和我说过，改革开放三十年，今天终于轮到我们中国的大企业到欧洲，到美洲，到世界各地讲资本故事了。

杨柳没听懂他的暗示，谁会相信这种资本故事？我就不信！就算真的增发融资二三百亿，我也决不会从简杰克和DMG手上去买高价股权，宁可自己投资建厂！可能我真落伍了，我仍相信产业的创造！

赵安邦马上就这话头，因势利导道，哎，杨柳，这是不是说，你和董事局也并不一定就坚持反对这八至十亿股的增发？哦，你看看那个孙猴子，啊？这回就干得不错嘛，一次增发就融资九十七个亿！

杨柳苦笑不已，赵省长，我们不也增发七千万股么？也融资四十五个亿啊，拿下了平州钢铁的控股权。明年如果市场情况允许，再增发一亿股，收购集团部分资产，也不是不可以。我反对的是这种不顾死活的冒险。担心大增发方案一旦公布，会成为市场暴跌的导火索。

赵安邦想了想，杨柳，你说，假定这样，我们损失的会是什么？

杨柳哼了一声，这还用说啊？我们的股价率先暴跌，市值大量蒸发，企业形象受损，增发计划十有八九会落空，成为市场的一个大笑话。至于裴小军设想的啥欧洲资本故事，全球性战略，就更不用提了。

赵安邦道，我听明白了，就是说，如果增发失败，就北重本身的生产和经营来说，并无实质影响，高价收购DMG的股权也不会成为事实，是不是？好，杨柳，既这样，你就支持裴小军的增发计划吧！

杨柳仍不理解他的苦心，我为什么要支持？市值损失不是损失吗？企业的市场形象可以不顾吗？这个市场搞垮了，谁都别玩了！赵省长，如果您和何书记都认可裴小军的计划，那就批准我辞职好了！

赵安邦一时无语，起身走到落地窗前，看着窗外阴暗的天色，想起了心事。这个杨柳，聪明过人，顾全大局，本来是个很听招呼的好同志嘛，今天咋这么固执呢？当真不想干这个董事局主席了？看来不交底真不行了！这才转过身，一声叹息，杨柳啊，本来我不想说，但你坚持辞职，我不得不说了：何书记同意你辞职，和我商量，安排你到省总工会做主席。你真愿意离开这个大型国企去做总工会主席吗？

杨柳怔了一下，自嘲说，有意思，一个国家资本的代理人，转眼成了工人领袖，要去维护工人利益了，我们这种体制也太有趣了……

赵安邦不无讥讽地说，是，更有趣的是，总工会主席是副省级！

杨柳摇了摇头，赵省长，您是知道我的，我毕业于汉江大学机械动力系，是搞企业的，重型机械企业，对做官没啥大兴趣！如果省委能批准我辞职，我也许会加盟JOP，出任大中华地区首席执行官！

这可是赵安邦没想到：他手下这员能干的大将要投奔国际巨头JOP了！这是咋回事？为啥会发生这种事？而且是发生在杨柳身上！

杨柳当场给他释疑，赵省长，不瞒您说，从裴小军走进北重那天起，我就知道会有这一天的，我知道裴小军是谁的儿子嘛！我随时准备像周到一样离开这个并不属于我，但却沉浸着我一生感情的企业！

赵安邦真火了，我看你感情是假的，是背叛这个企业的借口！

杨柳眼里噙着泪，缓缓从沙发上站了起来，不，赵省长，这不是背叛，是无奈的放弃！到JOP去做执行官，和北重集团在市场上竞争，对我来说很痛苦。但有啥办法呢？我没有一个在北京做高官的老子，没有这么多在汉江省做高官的叔叔、阿姨！我是一个煤矿工人的儿子，我的父亲在劳累了一生之后，带着严重的煤矿职业病——矽肺病去世了。他是多么愚蠢，竟相信为国家挖煤和人家做官一样，都是为人民服务，同样神圣！

赵安邦，杨柳，你父亲的情况，在这之前我一无所知。

杨柳抹去了眼角的泪，你知道又怎么样？这样一个为大型国有煤矿挖了一辈子煤的老矿工能和裴一弘书记在一个档次上吗？今天你领导下的一个大型国企不是同样要逼我挥泪离去吗？但我为有这么一位父亲自豪！他虽然没有一个高官朋友，不知道啥官场潜规则，他给予我的教诲却让我受用终身，他使我知道了做人做事都要有原则！

这是无情的谴责，犀利而又尖刻，让赵安邦心神不安。如果不考虑裴一弘、何新钊的因素，会有今天这场艰难的谈话吗？他还会这么劝说杨柳向裴小军妥协吗？他那么厌恶官场潜规则，却又不得不违心地按这种潜规则行事，这真是悲哀啊！于是不得不正视了，杨柳，从你的指责中，我发现你的确不是意气用事，到JOP去可能是真的了？

杨柳已平和下来，当然是真的。四个月前，国际猎头公司已通过我在海外的女儿找到了我。我一直没答应，直到现在都没答应……

赵安邦心里一热，哦？杨柳，那我收回刚才说过的过头话……

杨柳却又说，赵省长，今天谈话结束后，我会答应的。根据有关规定，半年内我不能出任同类竞争企业的高管，这就给审计部门留下了离职审计时间。我不是任延安，没接受过体制性贿赂。在国有资产守门人的位置上，我从来没和JOP打过任何交道，所以我不怕审计。

问题严重了。赵安邦沉思着，在屋里踱起了步。他当真能让杨柳这么走吗？如果连杨柳这种优秀企业家都留不住，都被种种原因排挤走了，如果杨柳出任JOP大中华地区首席执行官后，在市场上把北重杀个落花流水，他将何以面对国人，何以面对历史？这么一想，原有的念头越发坚定了：必须说服杨柳留下来。

赵安邦这才缓缓开了口，推心置腹说，杨柳，如果你真要走，我留不住你，也不能责怪你。为什么不能责怪你呢？因为错不在你，是裴小军违反了游戏规则，插手了他不该插手的决策，又动用权势将其变成了让你无法容忍的现实。如果是我，可能也会做出同样的反应。

杨柳眼里又现出泪光，抱怨说，赵省长，原来你啥都清楚啊！

赵安邦道，我咋会不清楚呢？但另一点我也要说，裴小军本意是好的，既不是针对你，更不是想搞垮北重。他和你和孙和平一样，心中有梦，做强我们民族企业的梦，做强大中国的梦。杨柳，请你回忆一下，五个月来的共事，除了这次决策分歧，裴小军真那么可恨吗？

杨柳愣了半晌，摇起了头，我并没说过他可恨，这人没啥私心。

赵安邦心里多少有数了，走到杨柳身边的沙发上坐下，继续做工作。至于审计，杨柳，我相信你的清白和清廉，你也不是一个私欲膨胀的人，否则你早到JOP挣大钱去了！我刚才也说了，你是一个有梦的人嘛！所以，我不希望你走，也不会让你走。今天找你谈话，我唯一的目的，就是要把你留在北重集团董事局主席的岗位上，既不想让你去总工会，更不愿看你去JOP。为什么？因为我不敢把这么一个正在高速发展的大型国企交到裴小军手上，我不相信这位小裴总凭五个月的任职经验，就能领导好北重集团，尽管他也是个好同志！如果连这点认识，这点责任心都没有，我赵安邦就不配做这个省长了！

杨柳这才明白了，怔怔看着他，赵省长，这么说，你是在保护我？

赵安邦没回答，摆了摆手，自顾自地继续说了下去，杨柳，刚才你说到你父亲，为国家挖了一辈子煤，最终窒息去世的老矿工。那我也说说我父亲吧，一个老实巴交的农民，一辈子脸朝黄土背朝天，1960 年差点饿死！在那所谓的三年自然灾害中，我们赵家远近亲属中饿死了十八人，十八个种粮食的农民啊！而我，现在的汉江省长，你眼中的权贵人物，在十四岁之前从没穿过鞋，当时我多想有一双鞋啊……

这回轮到杨柳震惊了，赵省长，这我可没想到，我原以为……

赵安邦又起身踱起了步，你以为什么？这就是我们的历史，改革开放前的历史！背负着这样历史，我们就不能辜负这个时代，就得坚守我们的梦，多困难都要坚守！今天让你做个妥协，你不理解，认为我不讲原则，甚至认为我是为了一个你眼中的权贵子弟。错了，杨柳同志！原则没你想像的那么简单，有时妥协恰恰是为了坚持更大的原则。我问你，不妥协，你真离开了北重集团，北重集团将是什么局面？

杨柳态度悄然发生了转变，婉转道，但赵省长，你可以顶回去。

赵安邦点头道，是，我可以顶回去，可新钊同志那里呢？党管干部啊，不能请你到总工会去吗？好，就算新钊同志和我一起顶，裴书记又会怎么想啊？你知不知道裴书记这些年为咱们汉江做了多少工作？一次次批项目，一回回要政策，哪一次不找裴书记啊？真为你们一个决策分歧闹僵了，我和新钊同志还能去见裴书记吗？汉江的事以后怎么办？文山马上就有个电厂项目，现在卡在发改委，你能批吗？

杨柳无话可说了，讷讷道，赵省长，我……我好像明白了……

赵安邦长长舒了口气，明白就好，我知道你能明白！如果是孙和平，这些话我决不会说！这才从桌上的一只文件夹里，找出杨柳的辞职报告，把这个拿回去！我明天就告诉新钊同志，没辞职这回事了！

杨柳看着报告，似乎想接，却又没接，哎，赵省长，你咋这么自信？就没想过，我仍然会到 JOP 拿高薪吗？人家还承诺了，给期权！

赵安邦根本不接这茬，哦，对了，杨柳，你不提我还忘了呢！我已和裴小军说了，你们的激励方案恐怕不妥。孙猴子的北柴不能作为榜样，正大重机事件的教训摆在那里，新激励方案只能在原有方案基础上略有突破。裴小军早先有个提议，把上市公司薪酬委员会给你定的八百万年薪发到位。我原则上同意，但我建议你最好不要一人拿。

杨柳苦笑不已，赵省长，我敢一人拿吗？就做高管奖励金吧！想了想，却又道，不过，就算妥协，也得有个度，鉴于市场情况，2008 年度的增发最好分两步走，先定向增发收购集团资产，不要急于圈钱。

赵安邦一脸讪讽，你不让这位小裴总圈钱，他还怎么进军欧洲啊？有本事就让他圈吧！但有一点你要把关，就是那笔股权的价格！

杨柳马上摇头，赵省长，这个关我把不了。反正北重集团不是我的，为了汉江大局，我妥协，我退让，我让他玩，玩砸了也是他的事。一声叹息，又说，有了这位裴总，只怕北重以后不是北柴的对手了！

赵安邦强做笑脸，也不要这么早下结论，鹿死谁手还很难说。裴小军将来就不会成为另一个你，或者孙和平吗？未必嘛！这小伙子我了解，有他的长处，虽然现在让你担心，没准还就让他搞成功了呢！

杨柳尽管不服，也没再说啥，这谈话结果已让赵安邦很满意了。

然而，送走杨柳后，赵安邦却又生出了另一种担心：事情当真就这么完了？这位董事局主席会真心妥协，去接受一个强加给他的决策吗？杨柳不是省油灯啊，连孙和平这种恶猴都吃过他的大亏。真暗中较起劲来，只怕够裴小军喝一壶的。杨柳会不会以一种忍辱负重的姿态，看着裴小军往陷阱里跳？甚至直接把裴小军往陷阱里推呢？事后还不必承担责任。如果这样的话，他今天所做的努力就全白费了……

62

那天，杨柳走出赵安邦办公室门就后悔了：他这是怎么了？咋把辞职报告收回来了？早已下定的决心咋就这么轻易动摇了？省委书记何新钊既已露出让他出局的意向，就算有赵安邦保护，他又能挺多久呢？国企就是官企，汉江最大的官认为你可有可无，你还有必要坚守心中的梦吗？但后悔也晚了，就算为了赵安邦，他也不能马上再把辞职报告交上去。赵安邦是官场上少有的明白人，有责任心的人，和他这么交底交心，把该说的不该说的都说了，他只能走一步算一步了。

估计赵安邦也和裴小军谈了话。裴小军在达到目的之后，又恢复了恭敬谦虚的老样子，一口一个“杨老师”地叫着，不断向他请示汇报。拿下新欧洲机械公司股权，进军欧洲，明明是裴小军的意思，却变成了他和董事局的意思。在和简杰克等人谈判时，裴小军言必称“杨主席”。他也不傻，能躲就躲，只陪简杰克吃过一次饭。不过，背后该提醒的也提醒了，让裴小军注意法兰克福市场的股价变化情况，同时，还通过安插在北柴内部的沙子，了解到了北柴给 DMG 的报价。

春节前几天，当裴小军一行即将启程前往欧洲考察时，杨柳又把裴小军单独叫到办公室，做了一番交代。明确提示：简杰克要价五亿三千万欧元，溢价已高得离了谱，而北柴的报价是不超过三亿欧元。

裴小军说，杨老师，这我心里有数，两边都不是实价！据简杰克说，孙和平耍了他们，为了高价增发圈钱，拿新欧洲机械讲了一次故事，把九十七亿圈到手，就一脚将简杰克和 DMG 踹了。这也有可能。

杨柳道，是有可能，这种事孙猴子干得出来。这正说明市场的险恶，资本的丛林里充满了各种食肉动物。孙猴子咬了简杰克一口，你小心被简杰克咬一口。考察时不要轻易表态，别一副志在必得的样子。

裴小军连连点头说，杨老师，您提醒得太及时了，哦，我回头就给参加考察的同志开个小会，传达您的指示精神！考察回来后，我马上向您汇报，在您和董事局没有明确态度之前，我不会表任何态的。

杨柳道，这就好。想了想，又说，小裴，你是不是就一定急着去考察啊？明天就是江汉大学百年校庆了，你也是汉大的毕业生，还做过一届校学生会主席，是不是和我一起参加一下？金校长希望你去。

裴小军说，杨老师，你代表就行了，我该走还是走吧！哦，对了，给汉江大学的捐款我按您的指示办了，一千万元支票昨天送过去了。

杨柳有些意外，孙和平和北柴不是捐五百万么？咱们参照捐啊！

裴小军乐呵呵的，嘿，这不就是参照北柴数目捐的嘛！孙和平五百万，咱们当然得一千万了，再说金校长又是你们那届的留校同学！

杨柳明白了，裴小军这是讨好他，想让他在孙和平和金校长面前扬眉吐气。可这又是抗命。却也不好发作，只道，好，好，这下子我有面子了！不过，小裴，下次把北重集团捐出去，得给我打个招呼啊！

裴小军也很敏感，脸上的笑僵住了，哦，杨老师，您嫌捐多了？

杨柳便又笑了起来，没，没有，你别瞎想啊，我开个玩笑罢了！

当晚十点多钟，祁小华突然来了个电话，问他去不去参加明天的校庆活动。杨柳说，去呀，我们北重还给母校捐了一千万呢！又问祁小华，你去不去？祁小华说，我正犹豫呢，听说刘必定去，我就不想去了。杨柳说，你当年的校花不去，会让多少男同学失望啊！看了看身边朦胧入睡的夫人，觉得说话不方便，哦，我换个电话打给你吧。

穿着睡衣，到楼上书房再一次和祁小华通话时，杨柳的心难得湿润了。祁小华熟悉的声音和即将到来的校庆，勾起了他对大学时代的美好回忆，回忆里的一个重要人物，就是电话那边的祁小华。那时的祁小华多么美丽，多么清纯，笑起来银铃似的，哪有今天这么多算计和世故？如果不是刘必定横刀夺爱，今天睡在他身边就是祁小华了。

祁小华也在感慨，杨柳，人生真是一场连续不断的梦啊，和你的梦，和刘必定的梦，今天是一个苍老女人的孤独梦，唉，我真想哭。

杨柳劝慰道，别哭，别哭，人人都在苍老，孤独的也不是你一个！怕祁小华伤感，换了个话题，哎，我听说，这轮大牛市让你赚了不少？

祁小华说，是赚了不少，今年高管分红每人不下二百万。可这种疯狂能维持下去吗？好日子怕是快过到头了。哦，你看孙和平干的好事啊，明明没落实好任何项目，哪怕把圈的钱存银行也要圈，一圈就是九十七个亿。还和我振振有词说，他在出售一个伟大企业的明天。

杨柳道，都这么干，哪还有明天呢？得抢先把明天卖给他啊！

祁小华叫了起来，那还用说？我们前阵子已经把北柴清仓了，均价一百元左右！来，杨柳，让我们为彼此的冷静和清醒干一杯吧！

杨柳有些吃惊，哎，小华，这半夜三更的，你怎么在喝酒啊？

祁小华笑道，难道不可以吗？你和刘必定都成了我人生的过去，谁还关心我今天的孤独呢？杨柳，请再为我的孤独干杯！

杨柳心里不好受，小华，就算孤独也少喝酒。我们聊聊天吧。哎，我问你个问题：你当年离开我，真是为了新的爱情吗？如果是，为啥又要和刘必定离婚，而不是陪他坐牢呢？当年俄罗斯十二月党人的妻子——那些贵妇人能追随革命者丈夫流放西伯利亚，你为啥不能？你们这场让我困惑至今的爱情，到底是咋回事？到底有多少真挚感情？

祁小华一副不屑的口气，杨柳，你问得好奇怪啊，我为啥要陪刘必定坐牢？他是十二月党人吗？是为理想坐牢吗？我把自己搭进去犯傻啊?！至于和他的爱情，让我咋说呢？一场错误的交易而已！

杨柳叹息说，这就是问题的实质啊，我们活在交易中。交易，交易，无休无止的交易，除了生理需求，爱情成了奢侈品！冷却已久的热血，伴着青春的记忆在心头又一次沸腾，小华，还记得汉江大学东墙下的那条“胡志明小道”吗？我第一次见到你，就是在小道尽头。

祁小华声音哽咽了，咋会忘呢？小道是你起的名。就在那里，我把成人后的第一个吻给了你，可却把第一次给了刘必定，杨柳，看到我今天这个样子，你很解气吧？说着，饮泣起来。

杨柳，小华，很长时间我对你的离去耿耿于怀，那只关乎一个男人的自尊，并不想看你的笑话，你应该相信我的！

祁小华：其实我打这个电话就想告诉你，我当年的选择是错误的！

杨柳愣了，高傲的祁小华从未低过头，错了也不认的主，今天咋祁小华意识到杨柳的沉默，接着说：你别误会，我知道一切都不可能重来了，今天，我好不容易找到刘必定新家的号码，打电话给他，他一听是我就挂了机！他又找了一个年轻漂亮的女人，开始了一场新的交易！

杨柳责备说，小华，你何必要打电话给刘必定呢，这不是……

祁小华道，自取其辱，是吧？我想和他谈谈女儿，唉，不说了！

杨柳道，不说就不说吧！我建议你明天还是去参加校庆活动吧！

祁小华说，不，不，不去了，我怕见到刘必定后，会失态骂他！

让杨柳没想到的是，次日校庆活动，刘必定被安排在主席台上就座，而且位置正好在他和孙和平之间。问了金校长才知道，出狱不到半年的刘必定竟以个人的名义，向汉江大学捐款一千万，参预发起创立“立德奖学金”。相对刘必定个人的一千万，北重的一千万和北柴的五百万，就显得黯然失色了。对这样慷慨的个人捐款者岂能不给予最高礼遇？杨柳注意到，金校长不但请刘必定在主席台前排就座，而且满面笑容，亲自引领着，安排刘必定在他身边坐下来。还带着感动和敬意说，必定，你的情况我听说了，好像……这个，哦，这次差不多是裸捐了吧？西装革履的刘必定没正面回答，只道，所以只能捐这么多了，能尽多少心意尽多少心意吧！孙和平这时过来了，接过话头说，金校长，刘同学就是裸捐啊，只为自己留下一条裤头，这身西装还是我借给他的呢！弄得金校长有些窘，这不至于吧？说着，走了。

刘必定却哈哈大笑，笑罢，把脸转向他，老班长，你说说看，孙猴子的话能信吗？杨柳勉强笑了笑，我当然不信，你刘必定是什么人？资本市场的大玩家，昔日宏远系巨头，就算想借身西装，也得借巴菲特或者比尔·

盖茨的西装，哪会借身猴服啊！孙和平大叫，杨主席，我永远不能进化了？刘必定直乐，叫啥叫？这才叫水平，知我者老班长啊！又夸张地感慨说，不过，今天我这个社会闲杂人员能和二位大老板坐在一起，实在是荣幸之至！杨柳本想提提祁小华，敲打一下这位老情敌，话到嘴边，又觉得不妥，便改了方向，哎，必定，最近忙啥啊？刘必定正经起来，哦，读书，萨特的《存在与虚无》，让-保尔·萨特。孙和平立即讥讽，咋还是《存在与虚无》？哎，你休假四年都没读完啊？杨柳心里有数，休假就是坐牢。刘必定很严肃，和平，你提醒得不错，《存在与虚无》不好读，别说我，就是在法国知识界也没几人能读下去。但这个时代太浮躁了，恰恰要读些哲学书啊。

就说到这里，大会开始了。校党委书记主持会议，介绍来宾。常务副校长宣布创立总额为五千万元的汉江大学立德奖学金，并朗声宣布了为之捐款的发起人企业和个人。其后，金校长在新老校友的掌声中，做了热情洋溢的讲话。金校长当年就擅长演讲，杨柳记得，这厮好得还得过一次演讲一等奖。金校长说，本校创办于一百年前的1908年，原为南洋机器专业学堂，第一任督学也就是校长，是留德机械专家马彼德。马彼德领四品同知衔，倾家创校之初，就立下了校训：精万国之技，扬中华之威，立人立德，以强吾国驱动之力。汉大正是在这一基石上，先是发展为汉江工学院，及至今天成为一所综合大学。

金校长慷慨激昂，……同学们，同志们，强吾国驱动之力是什么意思？就是为国家提供强大的动力！一个国家没有强大的动力，就要被动挨打，就要受人欺凌，就要蒙受国耻！所以，马彼德先生每年开学，都要告诫新学子：记住马尾海战，记住北洋水师的全军覆没。直到今天，机械动力仍然是本校的主要院系之一。在中国乃至海外的大型机械企业中，遍布本校优秀毕业生。今天在座的就有两位，北重集团董事局主席杨柳先生，和北柴集团董事长孙和平先生。他们把一个大中国的故事呈现在世界面前，这是马彼德先生当年做梦都想不到的啊！为此，我要向杨柳、孙和平、裴小军等本校优秀毕业生致以崇高的敬意！汉大感谢你们，是你们实现了一个百年老校的光荣与梦想！

会场上响起了一片热烈的掌声。在热烈的掌声中，金校长大声宣布，下面，有请汉江大学创建百年以来最慷慨的个人捐款者，立德奖学金发起创立人之一，1982 年毕业生，尊敬的刘必定先生发表演讲。

杨柳大吃一惊，他可没想到，头一个发表演讲的人会是刘必定。

刘必定不无得意地向他笑了笑，起身离座，一边向台下的新老校友们挥着手，一边健步走到位于主席台右侧的演讲席前，大人物似的拍拍话筒，开始了庄严的演讲。各位尊敬的师长学友，女士们，先生们！诚如金校长所言，早在一百年前，我们的创始校长马彼德先生就提出，这所学校要立人立德。所以，在校训中，“立人立德”摆在了“强吾国驱动之力”前面，这是值得我们后人细心体会的。那么，要立怎样的人呢？我个人的理解是，立有理想，有道德的人。就是毛泽东所曰之高尚的人，纯粹的人，脱离了低级趣味的人，有利于人民的人。立德奖学金要奖的就是这样的学子，在贫寒中追求理想的学子。

杨柳像似在看戏，心里哑然失笑。这个无良无德的资本玩家，因操纵市场入狱四年的前犯罪分子，竟然在这种严肃的场合，如此庄严地大谈立人立德，该不是恶作剧吧？孙和平好像也看不下去了，伸过头来，你说刘必定是不是适合当演员啊？当年真不该进机械动力系！

刘必定还在演戏。演得很投入，似乎已经把自己感动了，声调语气中充满感情，如同布道。在读的同学们，女士们，先生们，不必讳言，今天的社会现状并不那么令人满意，资本在侵蚀着我们浮躁的灵魂，唯利是图成了很多人心中的道德理想。这时候我们难道不该重温一下伟大的意大利革命者朱瑟佩·马志尼的教诲吗？他说，让我们热爱崇尚理想吧！理想是精神国度，是我们灵魂之都。在那里，所有的人都是兄弟，他们相信思想不可侵犯，相信灵魂有尊严。受到这种友爱关系的洗礼就是殉道。不要畏惧邪恶、愤怒、自满、野心，以及所有物质追求的欲望。要视良知高于一切，让上帝把真理之根植于我们心中。这就是我今天想说的话，尽管可能有些老派。衷心谢谢大家！

刘必定在颇为热烈且延续许久的掌声中结束讲演，走回座位。主持人又宣布，下面有请企业捐赠者代表，立德奖学金主要发起人，1982 年的毕业生，北柴集团董事长孙和平先生发表演讲！大家掌声欢迎！

杨柳以为自己听错了，捐五百万的北柴，咋也排到北重前面去了？刘必定作为个人捐了一千万，具有爆炸性新闻效应，排在他和北重前面虽说不妥，倒也可以理解，孙和平是咋回事？却也不好发作。

这时，孙和平的演讲开始了。各位尊敬的师长，各位学友，女士们，先生们！刚才，金校长格外偏爱地提到我和杨柳先生，夸我们实现了一个百年老校的光荣和梦想，让我感慨万端。这不仅是本校的光荣与梦想，也是一个伟大国家，一个古老民族的光荣和梦想啊！今天站在这里，那些逝去的历史风景图画禁不住在我湿润的眼前涌现。从那个积弱衰竭的东亚病夫，到今天这个世界巨人，经过百年跋涉，我们穿越了旧时代的腥风血雨，改革开放前的老化僵死，一步步走到了辉煌而充满活力的今天。今天，我作为汉大校友，代表一个叫北柴集团的伟大企业走上母校的讲台，唯一想说的话就是：报告母校，孙和平没辜负您的教诲和期望，他在一个人类历史上从未有过的加速度年代，一个充满挑战的资本时代，引领着一个机械制造企业，一步步走向星光灿烂充满希望的未来，正为国家提供着持续发展的强大动力！

孙和平在一片暴风雨般的掌声中结束了富有激情的简短演讲。

主持人这才宣布，下面，有请企业捐赠者代表，立德奖学金主要发起人，1982 年毕业生，北重集团董事局主席杨柳先生发表演讲！

杨柳强压着心头恼怒，在座位上原地站起来，没往讲台前走，礼貌地向台下挥了挥手，抓过话筒说，同志们，同学们，我没什么要讲的了，立人立德刘必定先生讲得很好，让我受了教育。光荣与梦想的话题呢，又让孙和平先生说了，我和北重唯有奉上一个衷心的祝福！

金校长这才发现了问题。在其他学友陆续发表演讲时，猫着腰走到他身后，做贼似的悄声解释说，杨主席，真对不起，可能让您生气了！刘必定捐款时说了，他出一千万，就得让他第一个讲话。孙和平呢，得知您和北重捐了一千万，突然又加码六百万，这一来，捐款总额就超过您和北重一百万，所以……杨柳故意大声说，别解释了，我明白，这年头谁的钱多谁是爷嘛，忙你的去吧！金校长灰头土脸地走了。刘必定注意到了他的发泄，摇头感叹，老班长，想不到啊，大学这种神圣所在，也被资本侵蚀了，变得四处铜臭味。杨柳心里又气又恼，嘴上却道，所以，刘必定，你的演讲很好，深深地教育了我！

63

校庆的午餐也分了等级。曾做过一届汉江大学学生会主席的马义，因为捐款只有区区一万五千元，不但没有上主席台和发表演讲的资格，连正规赐宴也没轮上。根据校方安排，不但是马义，举凡主席台下的新老学友，一律到大食堂享用酒水自理的自助餐。而主席台上的诸多贵宾，官场上的有权者，由校党委书记一干人陪同；商场上的有钱者，由金校长几人陪同，都在外国专家餐厅茅台酒招待。这又让杨柳很反感。大会结束之后，一起去参观百年校史时，正好碰上了马义，便和马义聊了起来。马义说，早知如此，我根本不来了，不来还能留下个好印象呢！杨柳说，来了也不错嘛，否则，哪知道咱们母校也在与时俱进啊！马义抱怨，你说我发啥神经？还捐了一万五！有这钱，我都不如捐给非洲难民了！杨柳开玩笑道，后悔了？那就把它吃点回来嘛！中午再灌上两瓶茅台，现在一瓶茅台得上千块了！马义自嘲说，像我这穷酸校友灌得上吗？喝茅台是你们有钱大老板的待遇！

就在这当儿，金校长过来了，恭请杨柳去专家餐厅用餐。杨柳拍拍马义的肩头，走，马主席，有我的茅台喝，就有你的茅台喝，虽说你一万五千元捐得太少，够不上金校长陪你喝茅台的资格，但北重掏了一千万嘛，你就有资格了！说罢，指着马义介绍，金校长，知道马作家的另一个身份吗？他还是北重集团的独董哩！如果马独董提出疑议，我这个董事局主席对你和母校再有感情，也不敢再掏一分钱了！

金校长很窘，杨主席，看您说的，走，一起去，我正四处找马主席呢！马义不愿去，推辞说，我还是自助吧，也和多年没见的穷校友们聚一聚，机会难得啊！有北重集团一千万镇着，杨柳又是这么个态度，金校长哪敢放马义去会穷校友？带着央求的口气说，马主席，还是去吧！都怪我安排不周，慢待您和杨主席了，多担待，多担待啊！

和金校长这么一折腾，杨柳和马义走进外国专家小餐厅时，孙和平、刘必定和另外几个捐款百万以上的富有的校友们全都就座了。孙和平这厮正猴相毕露，歪坐在主宾位置上，旁若无人地高谈阔论——

……要我说，资本改造中国，已经是一个不可忽略的事实了！实际上每个国人都被资本改造了，只是有人自觉，有人不自觉罢了。所以，你们谁也别和我侈谈什么市场正义！市场就是市场，是各类资本力量主宰的战场，哪来那么多正义？正义这个词汇，用在今天的中国资本市场既多余又奢侈！这里的故事和战场上的故事一样，胜者王侯败者贼，谁财大气粗占了上风，谁就代表正义！必定，你说是不是？

刘必定呷着茶，笑而不答，孙董，现在数你牛，你说，继续说！

孙和平继续说，我不怕谁反对我，用多么恶毒的语言诅咒我！各位设想一下，如果我把这次增发的九十七亿抛入市场，把北柴股价拉上去，拉到一百五六十元，二百五六十元，让买股票的投资者都获利大赚，那些反对我，诅咒我的家伙们，是不是又会为我山呼万岁了？

金校长在主人位上坐下，笑道，孙董，让我先为你山呼万岁吧！

杨柳这时也在金校长身边坐下了，一边布着面前的餐巾，一边郁郁说，金校长，你就算是与时俱进了，也请慎呼万岁！孙董讲的是资本霸权的道理。根据这个道理，市场就变成了屠场，强势资本就永远拥有了正义，广大中小投资者被宰杀后，还背负着非正义的罪名啊！

孙和平似乎这才发现了他，笑道，哦，我们老班长终于到了，伟大的人物总最后一个到场！哎，老班长，我只是戳穿了一个事实，咋又被你老兄当靶子打了？你承认不承认，这是一个泡沫高涨的年代？

杨柳说，我承认啊，大家在泡沫中狂欢，也会在泡沫中死亡！

忝陪末座的马义接了上来，对孙和平道，不过，孙董事长，死亡好像并不属于你这种人。你们财大气粗的正义怎么会轻易死亡呢？作为资本市场的超级敏感者，你们或许早在泡沫的掩护下，在世人的狂欢声中穿好笔挺的西装，打好领带，彬彬有礼地等着为泡沫中的死难者默哀了！你们的成功中包含着多少中小投资者失败后的血泪啊！

孙和平道，这是事实，资本积累和扩张的过程就是这么残酷。可有什么办法呢？为了一个强大的国家，我们必须付出一些代价，包括道德的代价！所以，那些失败者的血泪和我自己的血泪都可以忽略不计。老班长一直骂我是狼，那我就做狼好了，我不在乎后人的评价！

一直没说话的刘必定，这时开口了，指点着孙和平说，但后人仍然会给你们这些或许不道德的开拓者应有的评价！当后人传承着这些在血泪中成长起来的伟大企业的时候，他们也许会说，正是当年这些创业者的不道德，才使我们今天能以最道德的方式在这个世界上生存和发展。他们会带着崇高的敬意，缅怀你们今天的拼搏和奋斗……

杨柳讥讽地看着刘必定，哎，刘必定，你今天演讲时可刚论述过立人立德啊，让我好好受了次再教育，咋现在又这么富于哲理地肯定起了不道德呢？这是读哪本哲学书的心得啊？是《存在与虚无》吗？

刘必定直笑，老班长，较啥真？到啥场合说啥话嘛！主席台上的话，那是说给台下在读孩子们听的！现在是我们大人之间的对话。要知道，这个世界的许多秘密是瞒着孩子们的，金校长，你说是不是？

金校长不好回答，笑呵呵地王顾左右而言他，必定，你们三个同班同学真是有趣哩，碰到一起就斗嘴，一个比一个厉害！要我说，你们都有道理，不愧是我们汉大三杰！哦，来，喝酒，大家都喝酒……

这场酒喝得实是无趣。大人之间的对话充满了算计与提防，已无任何意趣。大学校园里共同的青春早已逝去，回家的路已无法找回。

酒宴结束后，和马义同车回家时，马义说，我再没想到会坐在台下听孙和平和刘必定训话！训话讲点发财故事也好啊，还偏讲光荣与梦想，还道德和理想！你说孙和平、刘必定有道德感吗？都是啥动物？

杨柳摇头苦笑，我也说不清楚，现在还在观察思索呢。但有一点可以肯定，孙和平和刘必定这些人是这个资本时代的新物种！我们既往的经验没法规范和判断他们了，他们既像似英雄，又像似混蛋……

马义颇为冲动地接上来，对，他们就是英雄兼混蛋！杨主席，我正写一部新长篇小说呢，叫《卖空明天》！试图对孙和平和刘必定这类英雄兼混蛋的新物种做出初步判断，不过，也许不会太准确……

杨柳眼睛一亮，哎，你很敏感嘛！这个题材抓得好，就算不太准确，也能画出这类新物种的大致轮廓了。又说，《卖空明天》的书名也不错，都这么疯狂卖空明天，我们还会有明天吗？我们已经没有回家的路了，手上就是有再多的金钱，只怕也买不回我们宝贵的昨天了。

马义深有同感，似乎又回到了当年的大学校园，又成了校学生会主席，话说得文采飞扬。是啊，是啊，精彩的昨天已买不回了！那些在春风朝露中呈现出的创造活力，那些青春的理想，诚挚的友谊，忠贞的爱情；那些救赎、信任、宽容等一切不创造利润，但却创造着人间温暖的全人类全社会共同信守的道德价值，都买不回来了……

然而，无论有多少感慨，过去的毕竟过去了，永远过去了，生命的驿站从不出售回程票。今天的一切杨柳仍必须面对，他的生活和事业还得进行下去，JOP那边不能再拖了。女儿前天来电话说，JOP又在催了，必须马上答复，否则他将永远失去JOP这个机会。他该怎么答复呢？女儿的建议是，就算没有裴小军作梗，他也该离开北重集团了。女儿在越洋电话里劝他说，在全球经济一体化的大背景下，资本早已没有了国界，企业的国界也日渐模糊了，他应该把个人价值观和人类价值观统一起来，为自己，也为了JOP全球战略大干一场。

没想到，当晚九点多，杨柳正看电视新闻，JOP的电话就来了。

这时，外面正在下雪，2008年的头一场雪。杨柳起身接电话时注意到，窗外的路灯下，雪花正无声无息地漫天飞舞，小区的路面上已一片洁白。因为对方说的是汉语，杨柳一开始不知道电话来自JOP。

是一个年轻女性的标准普通话，声音清脆，请问您是杨先生吗？

杨柳不在意地看着电视，哦，是啊，我是杨柳。您是——

那个年轻女性的声音说，我是JOP总裁助理王珍妮，负责协调处理亚洲及大中华地区事务，现在，我是在美国JOP总部和您通话。

杨柳明白是咋回事了，哦，珍妮小姐，我女儿前天还说起过您呢！

王珍妮道，是吗？你女儿很优秀，杨先生，真为你高兴！您的有关情况，JOP已经知道了，根据贵国的规定，您身为北重集团董事局主席和党委书记，半年内不能出任同类竞争企业的高管，是不是？

杨柳想了想，谨慎地回答说，所以让我现在答复，我很为难啊！

王珍妮说，杨先生，您不必为难。詹姆斯总裁和JOP高层讨论后的意见是，我们将尊重和遵守中国的法律法规。同时，您也需要用这半年的时间来熟悉一下JOP的企业文化和JOP的核心价值观……

客厅里的大电视仍开着，在播天气预报。杨柳很熟悉的那位女主持人正指着气象图解说天气情况，道是西伯利亚寒流的提前生成南下，预示着刚到来的2008年会有一个严酷而漫长的寒冬。那么，美国经济、中国经济，还有全球经济也会面临严酷寒冬吗？发端于华尔街的次贷危机毕竟已波及欧洲，据说中国海外投资也在严重缩水……

王珍妮在电话那头似乎发现了他的走神，杨先生，您在听吗？

杨柳回过神来，哦，我在听，珍妮小姐，您说，继续说！我这边下雪了，好大的雪啊！气象台说，这将预示着一个寒冷漫长的冬天！

王珍妮说，美国的冬天已经来临，这边已下了三场暴风雪了！杨先生，我想您以后会常有机会到我们JOP总部领教的！就说了这么两句，又谈起了正事，哦，杨先生，您女儿说，您有英语会话能力？

杨柳略一迟疑，遂充满自信地道，YES！我想这应该没什么问题。

王珍妮说，那好，我们总裁詹姆斯先生现在要和你直接通话。旋即，一个带牛津腔的中年男人的声音响了起来，Hello，Mr. Yang……

（全书完）

2008 年 10 月 17 日